**CORNELIA NAUMANN**

Königlicher Verrat

**CORNELIA NAUMANN**

# Königlicher Verrat

*Historischer Roman*

GMEINER SPANNUNG

Bisherige Veröffentlichungen im Gmeiner-Verlag:
Die Portraitmalerin (2014)

Besuchen Sie uns im Internet:
www.gmeiner-verlag.de


Im Ehnried 5, 88605 Meßkirch
Telefon 07575/2095-0
info@gmeiner-verlag.de

1. Auflage 2016

Lektorat: Claudia Senghaas, Kirchardt
Herstellung: Mirjam Hecht
Umschlaggestaltung: U.O.R.G. Lutz Eberle, Stuttgart
unter Verwendung einer Zeichnung aus dem »Buch der Königin« von Christine de Pizan (https://commons.wikimedia.org/wiki/File:Isabeau_de_Baviere3.jpg?uselang=de)
Druck: CPI books GmbH, Leck
Printed in Germany
ISBN 978-3-8392-1912-6

Wie konnten es all diese großartigen Frauen,
die so weise und gelehrt,
die des Schreibens mächtig waren
und schöne Bücher verfassten,
wie konnten diese Frauen es so lange widerspruchslos hinnehmen,
daß alle möglichen Männer Scheußlichkeiten
über sie verbreiteten –
schließlich wußten sie nur zu gut,
daß man ihnen damit gewaltiges Unrecht zufügte?

*Christine de Pizan, 1405*

# DRAMATIS PERSONAE

Prinzessin Elisabeth von Bayern-Ingolstadt, später Isabel, Königin von Frankreich (1370–1435), genannt Isabeau de Bavière

Charles VI, König von Frankreich, ihr Gatte (1368–1422), genannt le fou, »der Wahnsinnige«

**Ihre Kinder:**
Charles (*/† 1386)
Jeanne (1388–1390)
Isabella (1389–1409) ∞ Richard (1367–1400), König von England
Jeanne (1391–1433) ∞ Johann VI. Montfort (1389–1442), Herzog der Bretagne
Charles (1392–1401)
Marie (1393–1438), Nonne in Poissy
Michelle (1395–1422) ∞ Philipp (1396–1467), Herzog von Burgund
Louis (1396–1415), Dauphin, ∞ Margarete von Burgund († 1441)
Jean (1398–1417), Dauphin, ∞ Jakobäa von Bayern-Hennegau (1401–1436)
Catherine (1401–1437) ∞ Henry V. (1387–1422), König von England
Charles (1403–1461), genannt Charlot, 1422 Charles VII. König von Frankreich ∞ Marie von Anjou (1404–1463)
Philippe (*/† 1407)

**Die französische Herzogsfamilie:**
Louis von Valois, Herzog von Orleans, Bruder des Königs (1372– 23.11.1407)
Johann, Herzog von Berry (1340–1416), Onkel des Königs
Louis II., Herzog von Bourbon (1337–1410), Onkel des Königs
Ludwig I. von Anjou (1339–1384), Onkel des Königs
Philipp II., Herzog von Burgund (1342–1404), Onkel des Königs
Johann Ohnefurcht, genannt Jean Sanspeur, sein Sohn (1371–1419)

**Die bayerische Herzogsfamilie:**
Herzog Stefan III. von Bayern-Ingolstadt, der »Kneissl«, Isabels Vater (1137–1413)
Ludwig der Bärtige von Bayern-Ingolstadt, Isabels Bruder (1368–1447)

**Weitere:**
Katharina von Fastavarin und Catherine d'Alencon, Hofdamen Isabels
*Blanca, angelehnt an* Blanca von Navarra (1331-1398), *Witwe Philipp II.*
*Margaud, Mädchen vom Land*
*Maria, ihre Freundin*
*Blanche, Bäckerin*
*Louis, Ballspieler*
*Jaquette, seine Großmutter*
Christine de Pizan, Dichterin und Philosophin (1364–nach 1429)

Yolantha von Aragon (1384–1442), Gattin Ludwig II. von Anjou
Simon le Coutelier, genannt Caboche, Abdecker und Revolutionär (um 1413)
Jean Gerson, Professor der Theologie an der Sorbonne (1363–1429)
*Der schwarze Ritter*
Jeanne Tarc, später Johanna von Orleans genannt (1412–1431)

*Die kursiv gesetzten Figuren sind keine historischen, sondern von der Autorin frei erfundene Figuren.*

# 23. NOVEMBER 1407

# MARGAUD

Der Nebel war dicht. Der federnde Waldboden, durchtränkt vom Regen der vergangenen Tage, dämpfte den festen Schritt der Söldner. Margaud blickte nicht zurück. Nicht, weil sie in den feuchten grauen Schwaden des Novembermorgens kaum einen der geduckten Hausgiebel ihres Heimatdorfes hätte erkennen können. Sie blickte nicht zurück, weil es nichts gab, was sie noch einmal sehen wollte. Am Grab war sie gestern gewesen. Sie hatte der Mutter eine der letzten Rosenblüten auf die feuchte Erde gelegt und ihr erklärt, warum sie fortmusste, fort aus diesem untergehenden Dorf, fort vom ständig betrunkenen Vater, fort aus der bitteren Armut. Nach zwei Missernten und einer marodierenden Soldateska hatten die verwüsteten Felder in diesem Herbst zum dritten Mal keinen Ertrag gebracht. Verzweifelt und sittenlos sei das Leben hier auf dem Lande, hatte Margaud der Mutter erklärt, es bleibe kein anderer Ausweg, sie müsse nach Paris. Zärtlich hatte sie ein neues Kreuz aus Weidenruten geflochten und auf den Grabhügel gesteckt. Sei mein Schutzengel, schwebe über deiner Tochter, ich werde mich gewiss nicht leichtfertig in Gefahr begeben, Maria ist ja mit von der Partie. Das Leben ist woanders, Mutter.

Margaud war sicher, dass die Mutter ihren Plan billigte. Nie hätte sie dem Vater zugestimmt, Margaud mit dem halbirren Sohn des Dorfvorstehers zu verheiraten. Dessen Idee war vor zwei Jahren aufgekommen, als Margaud zwölf Jahre alt war, und seitdem hatte sie sich des grinsenden, schielenden Kerls kaum erwehren können, der mit beachtlichen Kräften nach ihr griff, wann immer er ihr begegnete. Die Hochzeit wurde immer wieder verschoben, da Margauds Vater die Mitgift nicht aufbringen konnte. Schließlich hatte der Dorfvorsteher auf die Mitgift verzichtet. Kein Wunder, dachte Margaud, die der Ekel unwillkürlich heftig schüttelte, der Junge wuchs ihnen über den Kopf. Zwei Mädchen des Dorfes hatte er bereits Gewalt angetan und die Eltern mussten zahlen. Statt einer Mitgift sollte der Debile in Margauds Familie übersiedeln. So wollten die Eltern den unbequemen Sohn loswerden. Aber nicht mit mir, dachte Margaud und band entschieden das Tuch, das die wenigen Dinge enthielt, von denen sie sich nicht trennen mochte, fester um ihre schmale Taille. Die Soldaten waren zwar nicht minder bedrohlich als der schwachsinnige Dorfvorstehersohn, aber wenn sie alles beherzigte, was ihre Freundin ihr geraten hatte, konnte Paris ihre neue Heimat werden.

Margaud griff nach Marias Hand, die stumm, mit gesenktem Kopf, neben ihr durch den feuchten, winterdunklen Morgen schritt, eine mit Streitäxten gefüllte Holzkarre hinter sich herziehend. Maria war zwei Jahre älter als sie, im Nachbarhof groß geworden, und sie hatten alles gemeinsam getan, als wären sie Schwestern. Ihre Tatkraft, ihr Durchsetzungsvermögen und ihre Schönheit bewunderte Margaud neidlos. Im Gegensatz zu Margaud war Maria von lieblicher Molligkeit, hatte blondes Haar und wunderschöne bernsteinfarben schimmernde Augen.

Maria drückte Margauds Hand.

»Wirst sehen, in Paris kann eine Frau reich werden, ohne dass sie heiraten muss«, raunte sie. Margaud nickte zustimmend, obwohl die Freundin ihr Nicken im Dunkel des Waldes nicht sehen konnte.

»Und ihren Spaß kann sie auch haben, wenn du verstehst, was ich meine!« Maria stieß Margaud in die Seite.

Margaud hatte keine Ahnung, welchen Spaß Maria meinte. Wein in großen Mengen sollte angeblich eine Menge Spaß bringen, aber der Vater war alles andere als lustig, wenn er gezecht hatte, und er hätte auch den letzten silbernen Livre der Mutter, den Margaud hütete wie einen Schatz, vertrunken, wenn er ihn bei seiner berserkerhaften Suche im Haus gefunden hätte. So musste er sich damit begnügen, alles zu zerstören, was ihm in den Weg kam, er schmiss Tische und Stühle umeinander, riss das Bord mit dem Geschirr von der Wand, sodass sie zuletzt gezwungen war, einen Topf von der Nachbarin zu leihen, um den Hirsebrei zu kochen. Im Spiel mit kleinen Kindern konnte Margaud viel Spaß haben, aber … Margaud wollte den Gedanken verscheuchen, doch das Bild hatte sich so fest in ihr eingebrannt, dass sie es nie wieder auslöschen konnte.

Die Soldaten hatten den kleinen Bruder, der sein erstes Lebensjahr noch nicht erreicht hatte, aus der Wiege gerissen. Gröhlend hatten sie sich den Säugling zugeworfen, bis einer, verärgert vom gellenden Schreien des winzigen Wesens, das Bündel nicht mehr mit der Hand, sondern mit der Spitze seiner Pike aufgefangen hatte. Mit der blutigen Trophäe war die Horde brandschatzend und plündernd durchs Dorf gezogen.

Margaud hatte das entsetzliche Spiel vom Heuboden aus beobachtet. Sie hatte sich den Zipfel ihrer Schürze in den Mund gestopft, um nicht laut zu schreien. Nicht auszudenken, was die Soldaten ihr angetan hätten, wäre sie von ihnen entdeckt worden.

Nein, das Leben konnte nur besser werden in Paris. Margaud erwartete keinen Spaß, sondern ein bescheidenes Auskommen, ohne sich an einen Mann zu ketten, der sie schlagen oder auf andere nicht auszudenkende Arten quälen würde. Wurden Mägde nicht stets gesucht von den Stadtleuten? Margaud wusste, was im Haus zu erledigen war. Von klein auf hatte sie nichts anderes getan, als auf dem Feld und im Haus zu arbeiten, und stets hatte die Mutter sie gelobt, weil alles gut wuchs, das Geflügel prächtig gedieh und der Lehmfußboden des kleinen Hauses jeden Abend sauber gefegt war. Spaß, das war, wenn Margaud mit der Mutter nach einem harten Tag ein Bad im See nehmen und auf dem Heimweg einen Strauß Feldblumen pflücken konnte.

Das Fähnlein des Herzogs Johann von Burgund trabte zügig durch den Wald, von gefährlicher Lautlosigkeit wie ein Rudel Wölfe. Nur die Streitäxte und Morgensterne klirrten leise am Gürtel beim Laufen. Hin und wieder hörte Margaud ein Keuchen, einen unterdrückten Fluch, wenn sich eine Pike in tief hängenden Ästen verfing, und immer wieder das Schnauben der Pferde von den Berittenen, die weit vorn den Zug anführten.

Margaud wusste nicht, wie viele es waren. Sie ging hinter dem Fähnlein, das dreihundert Söldner umfassen sollte, aber es waren weniger. Margaud hatte gesehen, wie der Hauptmann die Werber geprügelt hatte, weil sie nicht die erforderliche Anzahl von Armbrustschützen, Pikenieren und Hellebardieren zusammengebracht hatten. Dieser Hauptmann, dessen Umrisse sie nur im Morgendämmern unter den Wehlauten der Werbersoldaten gesehen hatte, schien ein brutaler Kerl zu sein, sie musste sich vor ihm in Acht nehmen.

Maria und Margaud waren nicht die Einzigen, die dem Fähnlein folgten. Den Tross bildeten fast ausschließlich Frauen und Kinder aus Burgund. Ihr Herzog, Jean Sanspeur, der furchtlose Johann genannt, zog aus dem heimischen Burgund nach Paris.

Es hieß, sie sollten vor den Stadttoren von Paris in der Nähe des herzoglichen Besitzes, Hotel de Bourgogne genannt, Quartier beziehen. Warum? Die Frauen wussten es so wenig wie das Fußvolk. In Frankreich herrschte nicht mehr König Charles der Weise, es herrschte Charles VI. mit seiner ausländischen Königin, die sie Isabel de Baviére nannten, und seinem furchtbaren Konnetabel, dem Herrn Krieg. Als Margaud geboren wurde, herrschte der Krieg bereits in voller Brutalität und Ungerechtigkeit. Die Alten nannten ihn den Hundertjährigen Krieg. Nicht einmal der Dorfälteste konnte sich an Zeiten des Friedens erinnern. Der Krieg in Frankreich hatte bald sein siebzigstes Jahr erreicht, aber er stand in voller Manneskraft. Mal hier, mal dort loderte er auf wie Waldbrände in trockenen Sommern, und immer ging es nur um eines: die königliche Thronfolge. Mal dienten die Soldaten den Burgundern, mal den Orléanisten, mal den Engländern, die die Normandie besetzt hielten, mal deren Gegnern, den Schotten. Aber der Sold blieb immer wieder aus, die Söldner wurden nur als Routiers für drei Monate bezahlt oder die Heere wurden aufgelöst, wenn die Herzöge wieder einmal zahlungsunfähig waren. Daher zog, wer niemanden fand, bei dem er sich verdingen konnte, plündernd durch die Lande. Ehefrauen zogen mit ihren Männern, Schwestern versorgten ihre Brüder, Marketenderinnen verdienten Geld mit der Versorgung der leiblichen, aber auch weiterer körperlicher Bedürfnisse der Männer, von denen Margaud gehört und vor denen ihre Mutter sie gewarnt hatte. Margaud war diesen Gefahren bisher entgangen und hatte ihre Jungfräulichkeit, ihr höchstes Gut, wie die Mutter gesagt hatte, stets bewahrt. Viele Frauen schleppten den Söldnern Waffen und Munition hinterher, wie Maria, damit der Tross dem Zug direkt folgen konnte und die Söldner bei einem Angriff schnell zum Nachschub greifen konnten. Die Männer wurden für den Kampf gebraucht, als Lastesel waren sie zu schade.

Es war heller Tag, als das Fähnlein nach vielen Stunden Marsch und einem mehrstündigen Transport auf Flößen die Seine hinunter vor den Stadtmauern von Paris das Lager aufschlug. Margaud erschien es riesig, es besaß jedenfalls mehr Zelte als ihr Dorf Hütten und doppelt so viele Söldner wie Einwohner. Eine Frau behauptete, hier sei der Treffpunkt von zwei Fähnlein. Der Herzog sei mit 600 Bewaffneten losgezogen, um Paris und den König zu schützen. Wovor? Die Frau zuckte nur die Achseln: Was weiß unsereins schon. Da ist ständig Streit, zwischen den Herzögen Burgunds, Orleans, Anjou und Bourbon. Alle wollen König sein. Sie sollten besser einig gegen die Englischen kämpfen. Aber was verstehen wir arme Leute davon. Und wandte sich ab, ihren Kessel über dem Feuer aufzuhängen und Wasser hineinzugießen, das ein kleiner Junge in einem Ledereimer brachte.

Maria stieß Margaud an: »Komm! Wir müssen hinein, solange die Tore geöffnet sind!«

Offenbar hatte sie eine Verabredung getroffen, denn eine Rotte von zwölf Bewaffneten stand bereit, in die Stadt zu ziehen, und einer von ihnen blickte Maria auffordernd an. Die deutete auf Margaud, worauf der Soldat den Hauptmann anstieß. Der wendete sich um und warf einen scharfen Blick auf das Mädchen. Margaud schrak zusammen.

Mit diesem Mann sollte sie nach Paris gehen? Am liebsten hätte sie laut geschrien, aber kein Laut kam über ihre ausgetrockneten Lippen. Schnell senkte sie den Blick, nestelte an ihrem Umhang, richtete ihr Tuch. Keiner durfte ihr Entsetzen wahrnehmen. Niemals würde sie dieses schreckliche Gesicht vergessen. Die Narbe eines Schwertschlages, den der Hauptmann in einem Gefecht erhalten haben mochte, zog sich von seinem rechten Ohr über seine Wange und hatte auch seinen Mund nicht verschont. Der Hieb hatte seine Oberlippe so gespalten, dass sein Gesicht zu einem höhnischen Grinsen entstellt war. Seine Augen standen dem nicht nach. Kalt und mitleidlos blickten sie auf alles, was sich bewegte, auch auf wehrlose kleine Kinder. Dieser Mann war kein Chevalier, kein Soldat, der auf ritterliche Tugenden hielt. Dieser Mann hatte Margauds unschuldigen kleinen Bruder ermordet.

»Was hast du? Komm jetzt!« Maria legte sich den dicken Zopf nach vorn über die Schulter und lächelte dabei den Soldaten mit schräg gelegtem Kopfe an. Sie zog die Freundin am Arm mit sich. Als sie Margauds körperlichen Widerstand spürte, hielt Maria inne und schaute sie unwillig an.

»Was zögerst du?«

»Müssen wir mit diesen Männern gehen? Können wir nicht allein gehen?«

»Bist du blöde? Wir haben keine Passierscheine, sie würden uns am Tor nicht einlassen!«

»Wir könnten uns in die Stadt schleichen, wenn es dunkel ist!«

Maria schüttelte den Kopf und betrachtete Margaud wie ein geduldiger Esel den Spatz im Trog.

»Sie schließen am Abend alle Tore! Jean erzählte mir, die Pariser spannen sogar dicke Eisenketten über die Straßen! Wie willst du da hineinkommen?«

Margaud flüsterte hoffnungsvoll: »Wenn wir ein Stück die Seine hinunterlaufen und dann im Dunkeln über den Fluss?«

Sie hatte keine Ahnung, wie und wo sie die Seine überqueren konnten. Der kleine Fluss, auf dem sie in Nogent die angsterregenden zusammengeklammerten Baumstämme betreten hatten, war zu einem immer breiteren Strom angeschwollen, auf dem die Flöße immer schneller flussabwärts getrieben waren. Aber Margaud war entschlossen, jede Plage auf sich zu nehmen, nur um nicht gemeinsam mit diesem entsetzlichen Hauptmann nach Paris zu gehen.

Maria schüttelte entschieden den Kopf, verärgert über die Halsstarrigkeit ihrer Freundin. Was sollte der nette Soldat von ihnen denken?

»Kannst du schwimmen?«, fragte sie erzürnt, und ohne Margauds Antwort abzuwarten, erklärte sie: »Ich nicht. Mir war schon auf dem Floß himmelangst, ich habe einen Rosenkranz nach dem anderen gebetet.«

»Vielleicht ein Fischer …«, meinte Margaud verzagt.

Ungeduldig erklärte Maria: »Auch über die Seine haben sie dicke Eisenketten gespannt, und Gewappnete stehen an den Ufern der Isle de Paris. Was glaubst du, was sie mit uns tun, wenn sie uns erwischen? Zwei Mädchen allein, ohne jeden Schutz, ohne Reisepapiere?«

Margaud sah der Älteren in die Augen, die unter den ärgerlich zusammengezogenen Brauen blitzten, und schauderte. In ihrem sechzehnjährigen Leben hatte sie genug gesehen, um zu wissen, wozu eine aufgebrachte Soldateska fähig war.

»Nur unsere Soldaten können uns mitnehmen«, sagte Maria eindringlich. »Und sie tun's gern! Er da, der Jean, hat es mir versprochen, und ich …« Sie kicherte.

Margaud blickte auf die verwitterten Schaftstiefel des furchterregenden Hauptmannes, um seinem grausamen, kalten Blick nicht standhalten zu müssen. Unsere Soldaten, dachte sie. Es waren aber auch unsere Soldaten, die unser Dorf überfallen haben. Ein immerwährender Krieg ohne Hoffnung auf Gerechtigkeit. Keiner weiß, wer Freund, wer Feind ist. Nur Maria schien es seltsamerweise zu wissen.

Margaud wandte sich der Freundin zu. »Was hast du ihm versprochen?«

Maria errötete. »Dem Jean? Ein Küsschen … da ist doch nichts dabei! Der ist sogar Doppelsöldner!«

»Doppelsöldner! Und was hast du dem Hauptmann versprochen?«

Maria wandte sich verlegen ab. Eine böse Ahnung überkam Margaud. Sie packte ihre Freundin am Arm. »Dieser da ist der Mörder meines kleinen Bruders! Eines unschuldigen Kindes, das ihm nichts getan hat! Was hast du ihm versprochen?«

Maria sah ihre Freundin tödlich erschrocken an. »Nichts, bei der Muttergottes, nichts hab ich ihm versprochen!«

»Schwör keinen Meineid bei der Heiligen Jungfrau! Warum sieht er mich so an?«

Aber Margaud wusste, warum der Mann sie betrachtete wie ein Stück Fleisch. Maria mochte lügen oder nicht. Dieser

Mann würde sich nehmen, was er wollte, wie es ihm passte, so wie er winzige Kinder tötete, nur zu seinem Vergnügen. Und wenn sie sich ihm verweigerte … Aber sie musste nach Paris, sie hatte keine Wahl. Zurück konnte sie nicht mehr.

Margaud griff nach ihrem Bündel und betrachtete die hohen steinernen Mauern, die Paris umgaben. Die neueste Stadtmauer war gerade vor einem Jahr fertig gebaut worden. Wenn ihr Dorf eine solche Mauer gehabt hätte, wäre ihr Bruder vielleicht noch am Leben. Diese Wälle, hoch wie zwei Mann zu Pferd und breit wie Brücken, versprachen Schutz in ihrem Innern. Sie fasste Marias Hand und drückte sie fest. So folgten die Mädchen Hand in Hand der Rotte von zwölf Söldnern, indes Margaud einen Plan nach dem anderen schmiedete und wieder verwarf. Unklar wirbelten verwegene Ideen in ihrem Kopf herum. Bis zu den Stadtmauern musste ihr etwas einfallen. Sie band ihr Bündel mit zwei Stricken fest um die Taille und folgte Maria.

Aber Margaud hatte nicht mit ihrem Feind gerechnet.

## ISABEL

Die Königin hatte sich am 23. November ins Hotel Barbette zurückgezogen. Offiziell hieß es, sie wolle dort die Niederkunft ihres Kindes erwarten, und Isabel war das recht. Mochten die anderen denken, was sie wollten, Isabel war nie einfach nur Mutter. Isabel war immer Königin, und diese in zwei Wochen erwartete Niederkunft würde ihre zwölfte sein. Die heilige Reliquie der Vorhaut Jesu Christi würde ihr auch diese leicht machen, denn die Königin regierte immer, und derzeit war dies mehr als nötig, nachdem die Irrsinnsanfälle ihres Gatten immer häufiger wurden und sie die alleinige Verantwortung im Kronrat trug. Für die Zeiten seiner Anfälle hatte sie befohlen, dass diese als »Abwesenheit« des Königs bezeichnet wurden.

Langsam, die Hände an die Seiten ihres prallen Leibes gelegt, schritt Isabel durch den schönen Garten, den sie vor zwei Jahren hinter den hohen Mauern ihres neu erworbenen Hotels Barbette hatte anlegen lassen. Sie betrachtete die verblassenden Farben der letzten Herbstastern und schickte ein kurzes Gebet an die heilige Barbara, dass alle schönen Blumen den Winter gut überstehen mögen. Und da ihr dies gleich darauf hoffärtig vorkam und die Hoffärtigkeit eine Todsünde war, bat Isabel die Heilige umgehend um Verzeihung und sandte ihr ein weiteres Gebet, in dem sie auch um Schutz für die Feldfrüchte, das Getreide und den Wein bat. Dann besuchte sie ihre besonderen Lieblinge, die wertvollen exotischen Vögel in den Volieren.

Habe ich mich an die Anfälle von Charles schon gewöhnt?, fragte Isabel sich traurig. Wahnsinn war etwas nicht Greifbares, nicht zu Heilendes, eine Strafe Gottes, gegen die nichts half als Wallfahrten und Messen lesen, immer wieder, und beides veranlasste Isabel ständig und großzügig. Sie nahm es als göttliche Gnade, dass der König von Frankreich immer wieder aus seinem Wahn erwachte und sich für kurze Zeit in den liebevollen, klugen Mann verwandelte, mit dem sie verheiratet worden war.

Isabel beobachtete, wie der prächtige Goldfasan seine unscheinbare braungefiederte Henne anbalzte, und musste unwillkürlich daran denken, wie sie, die kleine, schlecht gekleidete bayerische Prinzessin, ihrem Goldfasan gegenübergestanden hatte. Isabel gestattete sich einen kurzen schwärmerischen Ausflug in ihre Erinnerungen. Die politischen Erwägungen mussten zurückstehen.

Charles, siebzehn Jahre, nur zwei Jahre älter als Isabel. Blonde Locken fielen weich auf blauen Samt, kurz und eng lag das samtene Wams um seinen schmalen Körper, schlanke Beine steckten in der neuen, koketten Mode der engen Beinkleider, verlängerten sich über spitz zulaufenden Schuhen. Wie schön er ausgesehen hatte, noch nie hatte sie einen solchen Mann erblickt. Er musste seinen Körper nicht unter einem faltenreichen, bodenlangen Gewand verbergen. Die Alten und die Pfaffen verurteilten die schöne neue Mode als lasterhaft, aber deren Körper, von der Todsünde der Völlerei verfettet, hätten in den neuen eng und kurz geschnittenen Schecken hässlich und albern ausgesehen. Wahrscheinlich waren die, die gegen die neue Mode predigten, nur neidisch.

Charles war schön, aber er besaß nicht den Hochmut der Schönen. Er war freundlich, mutig und klug. Jedes Mal, wenn der Wahn ihn losließ, verschaffte er sich in wenigen Stunden Überblick über das politische Geschehen und traf seine Anordnungen. Alle waren richtig, der Situation angemessen, und alle galten nur einem Ziel: seinem gegeißelten Land Frieden zu schenken. Frieden, damit wieder Wohlstand einkehrte auch im untersten Stand, denn der König wusste, dass der Reichtum Frankreichs bei den Bauern begann und nicht bei den Edelleuten, die sie ausplünderten. Aber die Edelleute wollten hofiert sein, sie gierten nach Macht und Reichtum, auch wenn sie so taten, als sei ihnen Gottes Gnade und das Wohlwollen ihres Königs das Wichtigste im Leben.

Isabel griff in das Säckchen, das am Gitter der Voliere hing, und lockte den bunten Stieglitz mit einem Körnchen Gerste an. Sie pfiff ihm ein Liedchen vor und beobachtete, wie er das schwarzrote Köpfchen schief legte. Sie lächelte in Erwartung seiner Antwort, hielt ihm ein zweites Körnchen hin, und er zwitscherte ein langes Lied, als Dankeschön, wie Isabel glaubte. Ach, sie waren so dankbar, ihre Lieblinge, und so schön in ihrem bunten, glänzenden Gefieder, sie waren Gottes Lieblinge und trösteten sie über die Undankbarkeit der Menschen hinweg.

Vor drei Jahren war der Onkel des Königs gestorben, Herzog Philipp von Burgund, dem sie ihre Hochzeit verdankte und dem sie jeden Tag aufs Neue ihre Dankbarkeit bezeugt hatte. Seinem Rat hatte sie unbedingt vertraut. Nach dem Tode Philipps schien keiner die Königin ernst zu nehmen. Oh, es fehlte nicht an Respekt, den wusste sie sich zu verschaffen, aber ständig geschahen Dinge hinter ihrem Rücken, kleine, hässliche Intrigen, und sie wurde vor vollendete Tatsachen gestellt, die sie vor Zorn und Machtlosigkeit erbeben ließen. Sie reichte dem Stieglitz das Körnchen und ermahnte sich, so ausdauernd, genügsam und Gott gehorsam zu sein wie dieser Vogel. Dann ging sie weiter.

Isabel straffte sich, als sie weiterschritt. Hochschwanger zu sein, musste nicht bedeuten, wie ein Bauernweib zu watscheln. Graziös und gemessen setzte sie einen kleinen Fuß vor den anderen, stolz war sie auf ihre zierlichen Gliedmaßen. Nun, sie würde es allen zeigen. Sie hatte den Vorsitz im Kronrat, und wenn der unfreundliche Sohn Herzog Philipps, dieser hässliche Jean, den alle »Sanspeur«, den Furchtlosen, nannten, nicht zugänglicher wurde, dann würde sie Jean Sanspeur fallen lassen und stattdessen mit seinem Rivalen Louis, dem Bruder des Königs, enger zusammenarbeiten. Der Tod Philipps hatte viele ihrer Hoffnungen zerstört, denn mit ihm ebenso wie mit seiner Gattin Margarethe, die ihre bayerische Cousine war, hatte Isabel echte Freundschaft verbunden. Mit Margarethes Sohn aber, diesem Raubein

Jean, der nicht einmal richtig Französisch sprach, sondern dieses entsetzliche Flämisch, konnte Isabel wenig anfangen. Die Feindschaft zum Bruder des Königs, seinem Cousin Louis von Orleans, machte ihn unberechenbar. Er machte aus seinem Hass keinen Hehl, und das geziemte sich nicht. Er musste klein gehalten werden.

Sanft strich Isabel über ihren gewölbten Bauch, der sich seit einigen Tagen nicht mehr nach vorn wölbte, sondern nach unten senkte. Sie war eine erfahrene Mutter und wusste, was dies bedeutete. Ihr Kind würde in wenigen Tagen zur Welt kommen. Siebenunddreißig Jahre und noch immer fruchtbar, schön und machtvoll, dachte Isabel, nicht ein graues Haar, das soll mir erst mal eine nachmachen.

Sie schlenderte von Voliere zu Voliere, betrachtete mit Missbilligung einen toten Goldfasan am Boden, befand die Einstreu als nicht frisch genug. Das Futter roch muffig. Sie befahl einer ihrer Ehrendamen, die ihr in respektvollem Abstand folgten – stumm, das ständige Schwatzen und Kichern hatte Isabel sich verbeten –, die Vernachlässigung dem Gärtner zu melden. Einen Finger werde sie ihm abhacken lassen, wenn dies noch einmal vorkomme.

Ihr zwölftes Kind! Ihr zwölfter Beitrag für Frieden und Verständigung! Isabel überlegte, wem es dienen könnte, während sie den Weg einschlug, der zum Spielplatz führte. Die Verbindung ihrer Tochter Isabella mit England war ein geschickter Schachzug gewesen, die Normandie zu befrieden. Aber der englische König Richard war von seinem Cousin Henry ermordet worden, sodass nicht nur ihre kluge Familienpolitik, sondern auch Isabellas Lebensglück zerstört war. Zwei Jahre hatte sie um Isabella in England gebangt, gedroht, verhandelt. Endlich hatte Henry IV. die kindliche Witwe zurückgeschickt, natürlich hatte er die Mitgift frech behalten. Erst im vergangenen Jahr hatte sie die untröstliche Kleine mit ihrem viel jüngeren Cousin erneut verheiratet, um sich den Beistand ihres Schwagers Louis zu sichern. Vorher aber hatte sie den Dauphin Louis mit Burgunds Tochter verlobt, um sich die Loyalität der Burgunder zu erhalten. Es war ihr gelungen, Jean Sanspeur und Louis von Orléans mit dieser Doppelhochzeit ihrer Kinder zu versöhnen. Sie hatten ihre Heere entlassen, auf weitere giftige Embleme verzichtet und sich die Hände gereicht. Isabel war mit dieser Politik des Ausgleichs recht zufrieden.

Die jüngere Tochter Jeanne hatte sie mit Jean de Montfort verbunden, dem reichen, unabhängigen Herzog der Bretagne. Sie brauchte einen Schwiegersohn, auf dessen Loyalität sie sich verlassen konnte, um die Küste zu sichern. Marie hatte sie mit Jesus Christus vermählt, als Opfergabe für den kranken König, eine Entscheidung, die sie manchmal bereute, aber vielleicht konnte man das Mädchen umstimmen. Marie war inzwischen fünfzehn Jahre alt und damit im heiratsfähigen Alter.

Der kleine Johann war gerade neun Jahre alt. Die niedliche Catherine, erst sechs Jahre alt, und den schüchternen vierjährigen Charlot hatte sie noch keinem versprochen. Sie waren Isabels Unterpfand, die Herzöge gierten danach, sich der der königlichen Familie zu verbinden. Mal hier, mal da konnte sie Interesse heucheln oder kokett sein, bis sie ihr Ziel erreicht hatte. Eigentlich galt es jetzt, das Haus Burgund ein wenig zu streicheln. Vielleicht konnte sie eine Heirat einfädeln, die Burgund in die königliche Familie holte, ohne sich einen Befehlshaber heranzuziehen, und sich gleichzeitig Jean von Burgund so weit wie möglich vom Leib halten.

Isabel griff nach dem Schläger und befahl der Hofdame mit einem Nicken, das *cochonet* aufzustellen, das Schweinchen, einen Kegel, den es mit dem Ball zu treffen galt. Die Hofdamen versammelten sich um sie, alle mit Schlägern, ein Diener brachte die kleinen, schweren Lederbälle, die das

Schweinchen umwerfen sollten. Isabel hatte sich in jedem ihrer Gärten einen kleinen Sandplatz eingerichtet für das beliebte *quilles* und *boule* – ein Spiel, das sie erheiterte. Es war ihr zu langweilig, in ihrem Garten nur zu promenieren, wenn eine ihrer Schwangerschaften sie daran hinderte, auf die Jagd zu reiten.

»Die Siegerin erhält diesen Rubinring«, verkündete Isabel und hielt den kleinen Finger mit dem rot schimmernden Ring in die Höhe. Sie erwartete ein Kind, sie war schön und mächtig, sie wollte großzügig sein. Nichts war schlimmer als eine geizige Königin.

Die Damen lachten aufgeregt und griffen nach den kurzen hölzernen Schlägern, mit denen sie die kleinen Bälle nach den *quilles,* den schweren Holzkegeln, schlugen, um sie umzuwerfen.

Isabel wartete, bis die Damen geschlagen hatten. Nun galt es, die letzten beiden *quilles* zu treffen. Sie taxierte mit zusammengekniffenen Augen die Entfernung, holte weit mit dem Schläger aus und traf den Ball, als ein Schmerz wie ein Blitzschlag ihren Körper um die Lende durchzuckte. Stöhnend stützte sie sich auf den Schläger und griff mit beiden Händen unter den harten runden Leib.

Besorgt ließen die Damen die Schläger fallen und stützten ihre Königin. Mühsam richtete Isabel sich auf. War es schon so weit? Dieses Kind kam früh, hoffentlich nicht zu früh.

»Lasst mir ein Bad ein!«, befahl sie einer Dame, und während die andere zum Arzt rannte, schickte sie die dritte zur Wehmutter. Sie griff nach der Reliquie, die an einer schweren Goldkette um ihren Hals hing. Keines ihrer elf Kinder war tot geboren worden. Es war ein trauriges Geschick, dass Gott drei ihrer Kinder früh zu sich geholt hatte, obwohl sie sie gesund zur Welt gebracht hatte.

Langsam, auf zwei ihrer Damen gestützt, erreichte Isabel ihre Gemächer in der ersten Etage des Hotels Barbette. Sie ließ sich entkleiden und den Körper mit kostbarem weißem Schlamm einreiben, den ihre Schwägerin Valentina eigens aus Byzanz kommen ließ. Dann bestieg sie den Badezuber und streckte sich wohlig aus. Mit einer energischen Handbewegung wies sie alle Damen hinaus, nur die Bademagd durfte sich in der Nachbarkammer zur Verfügung halten, um die Wehmutter zu empfangen.

Isabel seufzte genussvoll und verrieb den Rest des Schlammes auf ihrem Gesicht.

So, Gustl, du hast dich also entschieden, früher das Licht dieser Welt zu erblicken, sagte sie zu ihrem Ungeborenen, der sich nun durch eine erste Wehe ankündigte.

Gustl nannte sie alle ihre Kinder während der Schwangerschaft, nach dem Lieblingsjagdhund ihres Vaters, der als Welpe mit großen Pfoten so täppisch dahergelaufen war, dass die Jäger des bayerischen Herzogs sich vor Lachen gebogen hatten.

Sie schloss die Augen und versuchte, sich an das Gesicht des Vaters zu erinnern. Es gelang ihr nicht. Vor mehr als zwanzig Jahren hatte sie Herzog Stephan verlassen. In die väterlichen, früher so vertrauten Gesichtszüge des Vaters mischte sich das bärtige Gesicht ihres älteren Bruders Ludwig.

Sie riss die Augen auf. Der Wiggerl! Auch so eine Sache, die sie klären musste, und zwar mit diplomatischen Samthandschuhen. Sie liebte ihren einzigen Bruder, und er liebte sie, seine kleine Schwester, zärtlich, warum sonst verbrachte Ludwig so viel Zeit an ihrem Hofe, nahm immer wieder die beschwerliche weite Reise von Bayern nach Paris in Kauf. Doch nur, um sie zu sehen, ihr zu raten. Seit sie die Hoffnung aufgegeben hatte, dass der König wieder dauerhaft zu Verstand kam, lag ihr viel am brüderlichen Beistand. Ludwig war der Einzige aus ihrer Familie, der sie ernst nahm. Sie beschenkte ihn gern, und war sie nicht großzügig? Seinetwegen hatte sie das kostbarste Schmuckstück, das »goldene Rössel«, das sie Charles vor vier Jahren zum Dreikönigstag geschenkt hatte, versetzt. Aber Frankreich war kein orientalischer Basar, er konnte hier nicht billig alles verpfänden und erwerben, wonach ihm der Sinn stand. Erst im vergangenen Jahr hatte es viel Gerede um zehn mit Gold beladene Esel gegeben, die von schwer Gewappneten nach Bayern getrieben wurden. Alles war legal, Isabel hatte die Gemüter beruhigt, denn es handelte sich um die Mitgift seiner Gattin Anna von Bourbon, ihrer geliebten Hofdame, aber Ludwig musste vorsichtiger sein. Wie immer, wenn sie an den Bruder dachte, fiel sie ins Bayerische zurück, fing sie an, deutsch zu denken, obwohl sie längst französisch sprach, dachte und träumte.

Wiggerl, wie soll ich die Fehden befrieden, die du vom Zaun brichst, grübelte die Königin unzufrieden. Du solltest dich lieber um deine Gattin kümmern, wenigstens der Form halber, wenn es dir schon nicht möglich ist, mit ihr liebevollen Umgang zu pflegen.

Aber dann durchfuhr eine weitere Wehe so heftig ihren Leib, dass sie sich am Rand des Zubers festkrallte und nach der Wehmutter rief.

## CHRISTINE

Es war noch dunkel am Morgen dieses 23. November, als Christine de Pizan sich von ihrer Tochter Marie verabschiedete. Es schlug Laudes, und die morgendlichen Exerzitien im Kloster Poissy waren beendet. Christine ging mit den Nonnen ins Refektorium und löffelte ihren Morgenbrei aus einem einfachen Fichtenholzschälchen wie alle.

Ihr Herz zog sich zusammen, als sie Marie betrachtete, deren schmales weißes Gesicht unter der strengen schwarzen Kutte eigenartig reglos wirkte, wie aus Marmor gemeißelt. Wenn sie nur glücklich ist, meine einzige Tochter, dachte Christine. Eine Jungfrau, zart, beinahe heilig in ihrer durchscheinenden Blässe, mit kindlichen braunen Augen, nichts deutete darauf hin, dass sich hier aus einem Mädchen eine junge Frau entwickelte. Dabei war Marie inzwischen fünfzehn Jahre alt und lebte seit ihrem vierten Lebensjahr in Poissy. Gemeinsam mit der gleichnamigen Königstochter Marie, die Königin Isabel ins Kloster gegeben hatte als Opfer für Charles' Krankheit, war sie nach Poissy gegangen, und beide Marien fühlten sich hinter den dicken Mauern des Stiftes offensichtlich wohl.

Nach dem einfachen Frühstück trafen Mutter und Tochter in der Halle zusammen und umarmten sich. Nun kam auch die Königstochter die Treppe hinunter.

»Liebe Christine, würdest du dies bitte meiner Mutter mitbringen?«

Sie reichte Christine ein Häubchen aus feinem blauem Wollstoff, wunderschön mit königlichen Lilien aus goldenen Fäden bestickt. »Ich habe es selbst genäht und bestickt, denn bald werde ich ja noch ein Geschwisterchen haben, wenn es Gott gefällt.«

Christine dankte der jungen Frau. Natürlich würde sie der Königin mit Freuden das Geschenk überbringen. Nach jedem Besuch in Poissy befahl die Königin sie zu sich, um ihren Bericht über Maries Befinden zu hören.

Christine drückte beide Mädchen herzlich an sich. Die Prinzessin erkundigte sich scheu nach ihrem Vater.

Dem König gehe es leider derzeit nicht gut, musste Christine zugeben. Er hatte die Königin angegriffen, sie beschimpft und versucht, sie zu schlagen. Die Königin hatte es wegen ihres Zustandes vorgezogen, das Hotel Saint-Paul zu verlassen und die Geburt in ihrem neuen Palais, dem Hotel Barbette, zu erwarten.

Marie nickte gedankenvoll und spielte mit den kostbaren Elfenbeinperlen ihres Rosenkranzes. Sie hielt die Wahnsinnsanfälle des Königs für eine Strafe Gottes. Charles VI. war König von Gottes Gnaden, und Gott gefiel es, ihm die Gnade seiner schützenden Hand zu verweigern. War ihre Familie verflucht?

Christine de Pizan hielt nichts von diesen Gedanken.

»Dein erlauchter Vater ist krank. Wir müssen den Wahnsinn als eine Krankheit sehen, gegen die es kein Mittel gibt – noch nicht. Eines Tages wird die ärztliche Kunst solche Krankheiten heilen können. Es kann nicht Gottes Wille sein, dass ein König unrettbar dem Wahnsinn verfällt.«

Marie zog ein weiteres kleines Päckchen aus ihrem Umhang hervor.

»Dies ist für meinen Vater. Siehst du eine Gelegenheit, es dem König zukommen zu lassen, vielleicht über …« Sie stockte, eine tiefe Röte überzog ihr Gesicht. Dann fuhr sie tapfer fort: »Vielleicht über Mademoiselle Odinette?«

Christine verstand. Odinette de Champdivers war vor fünf Jahren zur offiziellen Mätresse des Königs bestimmt worden. Der Kronrat hatte beschlossen, die sanftmütige junge Frau, eine Tochter des königlichen Stallmeisters, Charles als Pflegerin zuzuführen, als seine Anfälle von geistiger Umnachtung häufiger und heftiger auftraten. Sogar die Königin hatte dem Beschluss zugestimmt. Sicherlich nicht gern, dachte Christine, aber die Pflege des Königs ging über ihre Kräfte. Die Königin hatte wichtige Aufgaben im Kronrat wahrzunehmen, auch die Erziehung und Heiratspolitik ihrer Kinder oblag ihr allein. Es hieß, dass der König in seinen Anfällen nicht nur das Mobiliar zerschlug und auf alles eindrosch, das sich ihm widersetzte, sondern sogar die Königin brutal misshandelte. Auch wenn er ihr Herr war, musste seine Gemahlin dies nicht ertragen. Eigentlich war Odinette weniger die Geliebte als eine Pflegerin des Königs, aber sie schlief auch bei ihm und hatte vor zwei Jahren eine Tochter von ihm empfangen. Dass Marie dies sehr peinlich war, verstand Christine. Dennoch ging der Weg zum König oft nicht über die Königin, sondern über Odinette. Sie nahm das Päckchen und lächelte die junge Nonne aufmunternd an.

»Der König wird das Geschenk seiner Tochter bekommen, das verspreche ich dir, Marie. Und er wird es in Ehren halten, denn immer, wenn Gott ihn erhellt, ist er fröhlich, der Königin und seinen Kindern zärtlich zugetan und bei wachem Verstand.«

»Die Wege des Herrn sind unerforschlich, nicht wahr?«, flüsterte die Prinzessin, der über Christines Schilderung die Tränen in die Augen getreten waren.

Christines Tochter ergriff freundlich ihre Hand.

»Gott liebt den König, Marie. Er liebt ihn so sehr, dass er ihn ein Martyrium erleiden lässt wie seinen eigenen Sohn.«

Christine lächelte wenig überzeugt. Der Vergleich des irren Königs mit Jesus Christus behagte ihr nicht. Christine war die Tochter eines Wissenschaftlers, des Astrologen Thomas de Pizan, der dem verstorbenen König Charles V. die Sterne gedeutet hatte. Die Konstellationen der Gestirne bestimmten das Wetter. Sie hatten Einfluss auf die Ernte, auf die Zustände der Menschen, und sie waren erklärbar, wenn man sie weiterhin erforschte, die Ergebnisse notierte und die Entwicklungen ständig systematisch beobachtete. Christine hätte nie bestritten, dass der allmächtige Gott Himmel und Erde und den Menschen erschaffen hatte, aber es lag an den Menschen, was sie aus den Fähigkeiten machten, die Gott ihnen verliehen hatte. Der bedauernswerte Zustand des Königs war eine

Krankheit, so entsetzlich wie die Pest und andere Seuchen, die immer wieder wüteten, aber mit den richtigen Arzneien geheilt werden konnten. Bevor es diese Arzneien gab, fürchteten die Menschen hinter jeder Krankheit eine Strafe Gottes oder hielten die Juden für die Schuldigen.

Christine hatte dazu ihre eigenen Gedanken. Sie konnte sich nicht vorstellen, dass Gott seine eigene Schöpfung wieder verdarb. Der Mensch hatte die Pflicht, die ihm von Gott geschenkten Fähigkeiten segensreich zu verwenden. König Charles war 1368 unter einem schlechten Stern geboren worden, und es hätte die besondere Sorgfalt seiner Eltern gebraucht, ihn auf den richtigen Weg zu bringen. Aber diese hatten den Einfluss des schlechten Sterns nicht rechtzeitig erkannt, waren früh gestorben, und daher war diese Sorgfalt versäumt worden. Für den kleinen Kronprinzen war es schwer, vaterlos aufzuwachsen und schon mit zwölf Jahren zu herrschen, bevormundet von vier ehrgeizigen Onkel, die nur eines wollten: Macht.

Also lächelte Christine nur, pflichtete Marie ein wenig zerstreut bei, denn einer Königstochter widersprach man nicht, und bestieg ihr Maultier, das der Reitknecht hilfsbereit vorführte.

»Lebe wohl, chere maman!« Wie immer hatten Mutter und Tochter Tränen in den Augen. Wie immer konnte es der letzte Besuch gewesen sein, wer wusste schon, wohin das Leben die Mutter trieb, die entschieden abenteuerlicher lebte als die Tochter.

Christine winkte zum Abschied, dann überließ sie sich dem ruhigen Schritt ihres Maultiers. Der Knecht ritt neben ihr und führte das Tier am Führzügel, und dieses Mal wehrte Christine sich nicht dagegen. Sie ritt sonst gern allein, den Knecht hinter sich wissend, aber an diesem Morgen fühlte sie sich erschöpft und wusste nicht recht, warum.

Als die Sonne aufging, war Christine de Pizan schon vier Meilen geritten. Eine Pause für sie, den Esel und das Pferd war in einem kleinen Weiler vorgesehen, in dem sie im Frühjahr auf ihrem Rückweg ebenfalls Station gemacht hatte. Sie hatte dort bei einer Bauernfamilie Milch, Brot und weißen Käse mit frischen Kräutern bekommen.

Sie schnalzte aufmunternd, und das weiße Maultier beschleunigte seinen sanften Passgang und trabte auf den Hof.

Aber ach, wie sah es hier aus! Entsetzt blickte Christine um sich. Der Reitknecht riet, so schnell wie möglich zu verschwinden. Das Dorf war von Soldaten gebrandschatzt worden. Schwarz verkohlte Mauern ragten in den herbstlichen Morgen. Die Hütten, aus Lehm und mit Schilfdächern errichtet, waren völlig verbrannt. Der Brunnen war zerstört. Noch bevor Christine vom Reittier steigen konnte, stürzte aus den Trümmern eine halb nackte Frau. Mit weit aufgerissenen Augen schrie sie unverständliche Flüche und Verwünschungen und schlug mit einem verkohlten Ast wild auf die Maultiere ein. Der Reitknecht benutzte den Fluchtreflex der scheuenden Tiere und suchte schleunigst im Galopp das Weite.

Im nächsten Weiler waren beide Höfe erhalten, aber die Reisenden hatten kaum ihre Ziegenmilch getrunken, als der Bauer seine Frau aus einem nichtigen Anlass verprügelte. Christine schritt ein, aber der Bauer scheute sich nicht, auch sie anzugreifen, und behauptete, Frauen müssten regelmäßig gezüchtigt werden und die Züchtigung sei das Recht aller Männer, denen ihre Frau untertan sei. Christine ließ die Milch stehen und flüchtete, bevor der Bauer übergriffig wurde.

Kaum saß Christine wieder auf ihrem Maultier, da kroch aus einer mit Schilf bedeckten Erdhöhle eine halb wahnsinnige Frau und flehte sie auf Knien an, sie mitzunehmen, um weiteren Vergewaltigungen durch nachrückende Soldaten zu entgehen. Auf den Misthaufen lagen die Leiber verhungerter Kinder, ein weiteres Dorf war durch die Pest vollkommen entvölkert, in einem kleinen Weiler wurde sie mit Forken und Dreschflegeln angegriffen und verdankte ihr Leben nur ihrem schnellen Maultier und der Besonnenheit des Reitknechtes.

Die Wintersonne hatte längst den Zenit überschritten, als Christine de Pizan in Paris anlangte. Die elf Meilen von Poissy hatte sie in einem halben Tag zurückgelegt, regelrecht auf der Flucht, aber sie war nicht erschöpft, sondern wütend. Seit zehn Jahren besuchte sie regelmäßig ihre Tochter. Die normalen Unbequemlichkeiten einer Landpartie blieben auch ihr, der gefeierten Dichterin, nicht erspart. Sie blieben keinem Menschen erspart, der es wagte, sich den Unbilden der schaurigen Wege und des Novemberwetters auszusetzen, sei es zu Fuß, reitend, in einer Maultiersänfte oder in einer Chaise, und die war mit ihren hohen hölzernen Rädern das Unbequemste, was ein Reisender wählen konnte. Nein, was sich dort auf dem Land verändert hatte, ging alle an.

Christine entlohnte den Reitknecht und betrat ihr Haus, einen alten Turm der einstigen Stadtmauer, den der frühere König ihrem Vater überlassen hatte. Noch im Vorraum riss sie sich die steife weiße Haube vom Kopf, hängte sie an den Haken neben der Tür und schüttelte ihr Haar. Dann ließ sie den dünnen weißen Witwenschleier, der ihr Gesicht umspannte, als Tuch um den Hals fallen und ging alle schaurigen Details ihrer Erlebnisse auf der Hinreise vor drei Tagen und auf der heutigen Heimreise durch. Zügellos sind die Leute geworden, dachte Christine wütend, jedes Menschliche ist ihnen abhandengekommen, und daran sind sie nicht einmal selbst schuld. Schuld waren die Fürsten, die ihnen nichts anderes vorlebten, die sie ausplünderten, statt sie zu schützen, die zwei Päpste, ja zeitweilig sogar drei, anbeteten, deren Heere gottlos alles vergewaltigten und unterjochten, wie es ihnen gefiel, weil ein schwacher König ihnen nicht Einhalt gebot. Und währenddessen breitete sich der Krieg um Frankreichs Thron immer weiter aus, die Engländer standen in der Normandie, und das Volk verhungerte, verrohte oder verkam ebenso im Wahn wie sein Regent.

Sie musste an die Königin schreiben.

Christine ging die gewundene Treppe hinauf, betrat ihre Schreibstube und beruhigte sich ein wenig bei dem behaglichen Anblick. Im Kamin brannte ein Feuer, die schweren blauen Brokatvorhänge umrahmten die Fenster mit Butzenscheiben. Ihr altes hölzernes Schreibpult war geputzt, ordentlich steckten die gespitzten Federn in dem grauen Metallkästchen, und in der Lade unter dem Pult lagen mehrere Bögen preiswertes Papier für Notizen sowie teures Pergament für die Reinschriften. Christines bequemer Sessel mit der hohen Lehne stand vor dem Pult, und die Wand dahinter bedeckte ein Gobelin mit dem Bildnis eines wunderschönen Einhorns, ein Geschenk des Herzog von Berry, in dessen Auftrag sie die Geschichte des weisen Königs Charles V., des Vaters des Königs, geschrieben hatte. Die andere Wand beherbergte ihre gut sortierte Bibliothek. Christine seufzte zufrieden auf, als die Wärme ihres *studiolo* sie umfing.

Die Kopistin unterbrach ihre Arbeit an ihrem Pult in der Ecke nicht, als Christine eintrat, sondern sah nur kurz auf und grüßte respektvoll. Der große Eichentisch war mit dem schweren grünen Tuch bedeckt, der hoffnungsvollen Farbe der Auferstehung, das sie von ihrem Vater geerbt hatte. Seine astrologischen Berechnungen hatte er an diesem Tisch angestellt, und sie hatte ihn vor allen Gläubigern retten können, weil er ihnen zu schäbig erschien. Auf dem Tisch lagen mehrere Blätter mit farbigen Zeichnungen. Die Illustratorin

Anastasia habe sie am gestrigen Abend gebracht, erzählte die Kopistin, sie seien für den Auftrag des Buches über das Gemeinwesen.

Christine begrüßte ihre Kopistin mit einem erleichterten Lächeln. Wie friedvoll alles war, wie warm und freundlich war ihr schmaler Turm, welch ein Gegensatz zu dem Entsetzlichen, das sie hatte sehen müssen! Wie notwendig war es, über das Gemeinwesen zu schreiben, offensichtlich war Frankreich von jeglichem Gemeinwesen, von Gerechtigkeit, Freiheit und Wohlstand weit entfernt.

Christine sah die Arbeit der Kopistin durch, lobte sie für ihre Sorgfalt und fragte, ob sie mit ihr essen wolle. Das Mädchen errötete vor Freude und bejahte. Christine schickte sie zur Köchin, damit diese das Nachtmahl auftischte, und meinte, sie müsse schnell noch einige Notizen niederschreiben, auch wenn sie Hunger habe wie eine Wölfin, die zehn Welpen ernähren müsse.

Die Kopistin goss ihr ein Glas mit Wasser vermischten Wein aus der Karaffe ein und ging in die Küche.

Aufatmend nahm Christine an ihrem Schreibpult Platz. Königin Isabel erwartete ihren Bericht aus Poissy. Isabel wollte stets wissen, wie es ihrer Tochter Marie ging, und sie ermöglichte daher Christine die häufigen Reisen, die diese sich sonst nicht hätte leisten können. Dank der Königin, der sie schon vor acht Jahren ihr erstes Buch, eine Sammlung von Liebesballaden, gewidmet hatte, ging es Christine de Pizan besser als in den ersten Jahren ihrer Witwenschaft, in denen sie von Gläubigern bedrängt und um ihre Erbschaft betrogen worden war.

Fünfzehn Bücher in acht Jahren, dachte Christine zufrieden, und mit dem Ende dieses Jahres 1407 sind mir nicht die Ideen ausgegangen. Natürlich sind meine Werke nicht vollkommen, aber sie sind wichtig, und ich muss meine guten und schlechten Erfahrungen mitteilen, heute mehr denn je.

Ob es helfen würde, sich an die Königin zu wenden? Oder würde diese nur wieder ein neues Buch zu ihrem Lieblingsthema, dem Cour d'amour, erwarten? Eine rhetorisch raffiniert formulierte Antwort auf die einfache Frage, wer schlechter dran sei, der betrogene Ehemann oder der betrogene Liebhaber. Oder welche Tugenden die höfische Minne ausmachten.

Christine beschloss, ihren Sendbrief nicht ausschließlich an die Königin zu richten. Sie könnte zu Recht beleidigt sein, wenn Christine in ihr die einzig Schuldige an den schrecklichen Zuständen sah. Sie begann: »Edle Fürsten, öffnet die Augen!«

Sorgfältig malte sie Buchstaben um Buchstaben, ließ auch Platz für den Illustrator, denn eine Schrift war nichts wert ohne schöne Bilder, vor allem wenn es eine Klageschrift werden sollte.

»Im Namen des Allmächtigen, öffnet eure Augen – und Ihr werdet die Ruinen von Städten, zerwüstete Ortschaften und Burgen sowie geschleifte Festungen erblicken!«

Dies wird etwas anderes werden als Liebeslyrik, dachte Christine, aber das Maß ist voll, wenn eine Frau nicht mehr unbeschadet von Paris nach Poissy reiten kann. Die armen Bauernfrauen, die keine Stadtmauern haben, können sich nicht wehren, und das alles nur, weil die königliche Erbfolge nicht geregelt ist.

»Und wo?«, fuhr sie fort, nachdem sie das Anschneiden der Feder zu weiterem Nachdenken genutzt hatte.

»Mitten in Frankreich! Jene edle französische Ritterschaft, jene erlesene Jugend, die einst in vollkommener Eintracht Königtum und Gemeinwesen schützte, streitet nun in einem schmachvollen Kampf einer gegen den anderen, Verwandte gegen Verwandte.

Todbringend sind ihre Schwerter, die Schlachtfelder des Grauens quellen über von Blut, Leichen und abgeschlagenen Gliedern! Bei Gott, das ist ein Sieg, auf den Sieger stolz sein können!

Und welcher Ruhm winkt als Preis für einen solchen Sieg? Wird es einen lorbeerbekränzten Sieger geben? Ach, ich arme, unglückliche Frau – dieser Siegerkranz wird ein Kranz der Schmach sein, gewunden aus pechschwarzen Dornen als Zeichen dafür, dass dies nicht der Ruhm eines Siegers, sondern der eines Schlächters von seinem eigenen Fleisch und Blut ist. Schwarz gekleidet möge dieser Sieger gehen, wie es sich gehört, wenn ein Blutsverwandter den Tod erlitt!«

Sollte sie wirklich bis morgen warten? Der Bote der Königin befahl sie stets, wenn sie aus Poissy zurückkam, zur Königin, sie wurde bevorzugt vorgelassen.

Christine fasste einen Entschluss. Schnell schrieb sie ihre Lamentacion auf gutes Pergament ins Reine, streute Sand über die feuchte Tinte, rollte die Bögen zusammen und band sie mit einem Band zu einer Rolle, die sie in den Korb zu Maries Geschenken legte. Dann warf sie ihren Umhang über und ging zur Küche.

»Wartet nicht auf mich, bitte esst, ihr seid hungrig. Ich gehe zur Königin.«

Die Köchin und die Kopistin sahen erschrocken aus.

»Um diese Zeit, im Dunkeln …«, begann die Köchin.

»Keine Sorge, ich nehme den Hund mit«, unterbrach Christine den Wortschwall, der jetzt drohte. Sie kannte die spindeldürre kleine Frau, die aussah, als würde sie von dem, was sie kochte, niemals essen.

Die Kopistin wagte einzuwenden, dass der Hund ein Feigling sei. Aber Christines Entschluss war gefasst. Sie sei Bürgerin dieser Stadt, erklärte sie energisch, was solle ihr in Paris schon geschehen. Auf dem Lande herrsche die wahre Gefahr, das habe sie heute gesehen und sie müsse die Königin warnen. Sie sei bald zurück.

Mit diesen Worten trat Christine de Pizan, den Korb am Henkel über dem Arm, hinaus auf die dunkle, menschenleere Gasse.

## MARGAUD

Die Söldner hielten ihr Wort. Margaud hatte während des Weges durch die Ebene ständig ihr kleines Messer in der Hand gehalten, bereit, sich auf jeden zu stürzen, der es wagen würde, sie anzugreifen und in ein Gebüsch zu drängen, statt wie versprochen in die Stadt zu bringen. Aber keiner der Soldaten hatte einen solchen Versuch unternommen. Die Stadt, deren schöne Türme sich in der abgeholzten Ebene abzeichneten, war weiter entfernt, als Margaud erwartet hatte. Erst nach einer Stunde zügigen Marsches erreichten sie ein wuchtiges Stadttor. Der Hauptmann schlug den breiten Kragen über seinem Kettenhemd zurück und sagte zu dem Stadtsoldaten: »Ich houd!«

Der legte die rechte Hand auf den Knauf seines Schwertes, führte die Linke zur Brust: »Ich houd«, und ließ das Fähnlein passieren, ohne die Mädchen zu beachten. Margaud und Maria schienen für ihn so etwas wie Reiseproviant zu sein.

Wie geht es jetzt weiter, dachte Margaud. Plötzlich überfiel sie eine wilde Verzweiflung, wie ein Raubvogel, der aus dem Hinterhalt mit scharfen Krallen in ihren Nacken griff. Sie hatte nur bis zu diesem Moment gedacht. Nun war sie in Paris, aber was nun? Wie ging ihr Plan weiter?

Sie zupfte Maria am Ärmel, aber die lachte sie an und ging beschwingten Schrittes durch die verdreckten Gassen. Schon auf den ersten Blick war in Paris alles anders als in ihrem Dorf. Die Sonne, wenn sie an jenem trüben Novembertag geschienen hätte, wäre nicht in die engen Gassen der Stadt gedrungen. Sie waren nur wenige Fuß breit und glichen den Schluchten der gewaltigen Berge am Ende Europas, von denen Margaud gehört hatte. Maria und sie konnten nur hintereinander gehen. Einem Mann, der ihnen mit seinem Karren entgegenkam, mussten sie ausweichen, indem sie sich an die Wand eines Hauses drängten, so schmal war die Gasse, und ständig zweigten winzige Gässchen von dieser ab, die sich im Dunkel der hohen Häuser verloren. Überhaupt, die Häuser! Nie hatte Margaud Häuser auf Häusern gesehen. Über den Fenstern der trutzigen steinernen Fundamente wölbte sich nicht das Dach, sondern weitere Fenster, und bei vielen Häusern folgte sogar noch eine Etage mit Fenstern, und Holzstiegen führten hinauf. Die Dächer waren nicht mit Stroh gedeckt, sondern mit dunkelgrauen Platten, die Margaud für Steine hielt, und viele Wände waren aus hellen Steinen gemauert, und wenn sie aus Lehm waren wie daheim, waren es keine unansehnlichen Lehmziegel wie in ihrem Dorf, sondern der Lehm bildete, hübsch verputzt, nur die Füllung zwischen starken Holzbalken.

Wie reich mussten die Pariser sein!

Maria sah Margaud fragend an.

»Was nun?«, wisperte Margaud.

Maria hob die Schultern. »Was soll sein? Wir gehen mit ihnen!«

Margaud schüttelte entsetzt den Kopf. Ihr Plan war gewesen, sich in Paris von den Soldaten zu trennen, vielleicht durch einen Trick, vielleicht durch Flucht. Aber alles war so verwirrend, sie hatte keine Ahnung, wohin sie gehen sollte.

Die Soldaten hingegen kannten ihren Weg. Schnell schritten sie voran, alles Volk wich zurück und machte dem Trupp Platz. Manchmal schrie einer laut: »Ich houd!«, aber die Soldaten hatten es nicht nötig, ihm zu antworten, sondern marschierten zügig ihres Weges, durch breitere Gassen, auf denen Kutschen unterwegs waren, überquerten einen belebten Marktplatz, zogen um eine Ecke in eine schmalere, links, rechts, Margaud schwirrte der Kopf. Nichts konnte sie sich merken in dem Gewirr von Gassen, Häusern, Plätzen.

»Was willst du tun?«, flüsterte sie Maria zu. Die lächelte und deutete auf den Soldaten, der vor ihr ging.

»Aber du kannst doch nicht …«

»Er bekommt seine Belohnung. Er hat versprochen, mich zu seiner Schwägerin zu bringen, die wohnt in Paris. Du kannst mitkommen, hat er gesagt – wenn dein Hauptmann nichts Besseres für dich hat.«

»Es ist nicht *mein* Hauptmann«, brachte Margaud mühsam heraus. Was sollte sie nur tun?

Der Hauptmann hob nun die Hand. Das Fähnlein kam vor einem großen Palais, das von einer hohen Mauer umgeben und von Gewappneten bewacht wurde, die dieselben Farben trugen wie die Söldner, zum Stillstand. Wieder brüllten sie die merkwürdigen Worte »Ich houd!«, begleitet von der ritterlichen Geste. Auch das Zeichen, das sie verband, konnte Margaud nun erkennen: Es war ein Hobel.

Ein Hobel, dachte Margaud überrascht, ein Handwerkerzeichen. Etwas so Friedliches, untrennbar mit der Zunft der Tischler und Zimmerleute verbunden, hätte sie niemals dem Kriegshandwerk zugeordnet. Warum trugen die burgundischen Soldaten und die von Paris einen Hobel als Wappen? Auch diese seltsame Devise »Ich houd«, die sie nicht verstand, sie war nicht französisch. Aber die hohen Herren hatten oft markante Leitsätze. Vom verstorbenen Herzog Philipp wusste sie, dass sein Wahlspruch gewesen war:

»Ich warte nicht«, und der des Königs war sehr einfach: »Niemals.«

Über dem Tor des prächtigen Palais sah sie das burgundische Wappen. In der Mitte prangte der flämische schwarze Löwe, umgeben von den goldenen Lilien Frankreichs und den Farben der Valois. Welche Machtfülle hatte dieser Fürst!

»Es ist das Hotel unseres Herrn von Burgund«, wisperte Maria ehrfürchtig, »und Jeans Schwägerin wohnt hier gleich um die Ecke.«

Sie sah sich suchend um, als könne sie das Haus erkennen.

Margaud betrachtete ihre Freundin zweifelnd. Worauf hatte Maria sich eingelassen? Was hatte dieser Söldner ihr versprochen? Sagte er die Wahrheit?

Die Wachsoldaten öffneten das schwere Holztor. Der Hauptmann hob die Hand, das Fähnlein schickte sich an, in das Hotel de Bourgogne zu marschieren. Der Soldat Jean packte Maria bei der Hand. Margaud packte sie an der anderen. Schlagartig wurde ihr klar, dass sie in diesem Haus hinter den steinernen Mauern Gefangene sein würden. Dies war keine der schäbigen Lehmbuden oder Holzhütten ihres Dorfes, hier wurde der Schutz des Stadtwalles zur Falle. Aus den zehn Fuß hohen Mauern des Hotels Bourguignon gab es kein Entfliehen.

»Nicht, Maria! Geh nicht!«

Maria zögerte. Der Soldat drehte sich verärgert nach ihr um.

»Sag deiner Schwester, sie soll den Mund halten und gutwillig mitkommen.«

»Wo ist das Haus deiner Schwägerin?«, wagte Maria zu fragen.

Ein anderer Soldat stieß ihn in die Seite und grinste. »In der Rue de bordelle, was!«

Die das gehört hatten, hauten sich auf die Schultern und grinsten ebenfalls. Margaud verstand nicht, was daran komisch war, denn sie kannte keine Straßennamen. Die Höfe in ihrem Dorf trugen den Namen ihrer Besitzer. Aber es war klar, dass man in Paris, in diesem städtischen Gewirr, die Straßen und Häuser irgendwie benennen oder nummerieren musste, sonst fand sich ja keiner zurecht. Das grinsende Einverständnis der Soldaten aber und die anzügliche Art, wie sie die Mädchen musterten, ließ eine Sturmglocke in ihr läuten, lauter als die des Nachbardorfes, wenn die Rufe »Feuer! Feuer!« herüberdrangen.

Margaud packte die Hand der Freundin fester. Maria zögerte, dann tat sie, was der Soldat befohlen hatte, und sagte schmeichelnd: »Komm, kleine Schwester, komm! Ist dies nicht ein prachtvolles Palais? Hier werden wir nicht länger Hunger leiden!«

Der Hauptmann, verärgert über das Getuschel und die Verzögerungen hinter seinem Rücken, wandte sich um. Mit scharfem Blick hatte er die Szene erfasst und befahl laut: »Haltet die Weibsbilder fest!«

Noch stand Margaud auf der Gasse. Noch waren die Wachsoldaten am offenen Tor, hielten einen der schweren eichenen Flügel auf, bereit, es hinter dem Trupp sofort wieder zu schließen und den langen, massiven Eichenbalken als Riegel quer zu legen.

Margaud zog an Marias Hand, wollte sie aus dem Torbogen herausziehen, aber der Soldat ließ ihre andere Hand nicht los. Margaud sah, wie die Soldaten nach Maria griffen, wie Hände auch nach ihr griffen. Sie sah das vernarbte Gesicht des Hauptmanns, sah die kalten Augen über dem scheinbar höhnischen Grinsen. Nie würde sie sich in die Gewalt des Mörders ihres Bruders begeben. Noch einmal zerrte sie an Marias Hand, noch einmal sah sie in das arglose, ein wenig ob der Weigerung der Freundin erstaunte Gesicht der Freundin, dann ließ sie Marias Hand los und rannte.

Sie rannte und rannte und rannte. Sie hörte nicht die Befehle des Hauptmanns, hörte nicht das Krachen des zufallenden Tores, sie hörte nur ihr eigenes tobendes Blut, das rasende Pochen ihres Herzens, sie spürte ihre mächtigen Schritte, als sei sie in jene märchenhaften Siebenmeilenstiefel gesprungen. Einen Wimpernschlag lang sah Margaud die Mutter, sie stand vorn an der Gasse und winkte ihr. Margaud rannte zu ihr, in die schmale Gasse hinein, flüchtete in einen Hauseingang, und verhielt heftig atmend. Vorsichtig lugte sie hinaus. Die Soldaten waren ihr nicht gefolgt. Einige Bauern waren mit ihren Körben unterwegs, ein Messerschleifer schickte sich an, seinen Stein aufzubauen, und pries sein Handwerk an.

Sie blickte in die andere Richtung und überlegte, wohin sie sich wenden sollte, wandte den Kopf und sah direkt in das zornige Gesicht des Hauptmanns. Blau verfärbt zog sich die Narbe über seine gerötete Wange, nur etwa zehn Schritt entfernt war er, und nun hatte er sie entdeckt.

Margaud flüchtete aus dem Hauseingang. Sie hörte den Hauptmann rufen: »Haltet sie! Haltet die Diebin!«

Während sie um ihr Leben rannte, fragte sie sich, was sie wohl gestohlen hatte, war es die Ehre des Hauptmannes, aber sie wusste es nicht, rannte um eine Häuserecke, blind in die nächste Gasse, noch eine Wendung, noch eine Gasse, und die war hier an der Stadtmauer zu Ende. Voller Entsetzen blieb Margaud stehen. Panik erfüllte sie. Was tun? Wohin sollte sie flüchten?

Da entdeckte sie einen schmalen Trampelpfad zwischen dem Haus und der Mauer und sie folgte ihm. Hinter sich hörte sie das Schnaufen ihres Verfolgers, aber es kam nicht näher. Es gab keinen Ausweg, nur den schmalen Pfad, der zwischen den Häusern an der Mauer entlangführte. Und wenn er eine Sackgasse war? Wenn er im Kreis ging und sie direkt in die Arme des Hauptmannes trieb?

Margauds Knie wurden weich vor Angst, sie strauchelte, hörte das Schnaufen näher kommen, fing sich und rannte schneller als je zuvor. Mutter, dachte sie, Mutter, schick mir die Heilige Jungfrau, damit sie mir hilft in meiner Not, ich flehe dich an, barmherzige Muttergottes, hilf mir.

Und da bog tatsächlich eine Gasse links ab. Margaud rannte hinein, ohne nachzudenken, wieder empfing sie ein Gewirr von Gässchen, ein hastiger Blick zurück, aber sie hatte ihren Verfolger nicht abgeschüttelt, und er schien ihr wütender als je zuvor. Rot im Gesicht, schwergewichtig, aber als Soldat recht gut in Form und mit Ortskenntnis, konnte er lange traben, ohne zu ermüden, wie ein Fuchs, der die Haken des Hasen nicht mitläuft, sondern grausam und stetig auf der Spur seiner Beute bleibt.

Margaud bog wieder in eine Gasse ein, schmaler und dunkler als die anderen, und plötzlich hörte sie ihren Verfolger nicht mehr. Im Laufen drehte sie den Kopf kurz über die Schulter, gottlob, er war fort. Sie hatte ihren mörderischen Verfolger abgehängt.

Nach einer weiteren Ecke wurde es heller. Sie lief auf einen Platz und sah sich unvermutet umringt von einer großen Menschenmenge. Geschrei, Rufe, Schellen, Pfeifen und Rasseln, ein ohrenbetäubender Lärm umfing sie. Margaud versuchte sich durchzukämpfen, hielten die sie fest? Gefangen? Sie zappelte und schlug um sich, bis sie begriff, dass niemand sie aufhielt. Niemand beachtete sie.

Alle Leute, vom jungen hübschen Weib bis zum Greis auf hölzernen Krücken, starrten gebannt in eine Richtung. Keine Menschenseele interessierte sich für Margaud. Irgendwann blieb sie in der Menge stecken und gab auf. Ängstlich sah sie um sich, konnte ihren Verfolger aber nirgendwo entdecken. Sie schob sich ein wenig vor, und als sie merkte, dass sie den Unwillen der Umstehenden erregte, machte sie sich schmal und klein wie ein Kind und schlüpfte zwischen den Menschen hindurch, erleichtert, ihren Verfolger abgeschüttelt zu haben. Was war auf dem Platz los? War hier eine Hinrichtung? War sie auf dem Galgenplatz gelandet? Sie hatte von dem grässlichen Pariser Galgenplatz gehört, nicht ein Delinquent, sondern Dutzende schaukelten im Wind und verwesten zur Schande ihrer Familien, und niemals wurden sie in heiliger Erde begraben.

Tief atmete Margaud durch und wischte sich den Schweiß von der Stirn. Dann tastete sie nach ihrem Beutel. Ja, er lag noch um ihre Hüften, fest, verlässlich, ihr einziger Besitz. Sie merkte, dass sich jemand daran zu schaffen machte, fuhr herum und schlug einem verdreckten Jungen auf die Finger, der mit einem Wehlaut floh.

»Aufpassen, Mädchen!«, warnte ein Mann neben ihr. »Die Kerle klauen dir die Schuhe von den Füßen, wenn du nicht achtgibst!«

»Danke«, murmelte Margaud, aber der Mann hörte nicht, sondern schrie plötzlich: »Los doch, du Gurke! Auf die Beine! Pack ihn dir!«

Margaud fuhr zusammen. Aber der Schrei galt nicht ihr, auch nicht dem kleinen Dieb, der nicht mehr zu sehen war. Der Mann sah über die Menge hinweg und beobachtete offensichtlich etwas, das Margaud nicht erkennen konnte, das aber seine ganze Aufmerksamkeit forderte. Wer sollte etwas packen? Welche Gurke? Es konnte keine Hinrichtung sein, niemand betete. Auch die Sänger fehlten, die Verkäufer mit Leckereien, die Gaukler.

Margaud wand sich zwischen den Umstehenden hindurch wie ein Fisch zwischen Seetang und sah sich plötzlich unvermutet auf dem freien Platz. Heftig riss eine Frau sie zurück: »Runter vom Spielfeld! Bist du irre? Willst du umgerannt werden?«

Die Frau hatte sie gepackt und beschimpft, ohne sie anzusehen, und sie würdigte Margaud auch jetzt keines Blickes. Verwirrt bedankte sich Margaud und wandte den Blick in die Richtung, in die alle unverwandt starrten und brüllten. Einige hatten Rasseln, andere Tuten in den Händen, wieder andere pfiffen grell auf zwei Fingern, es war ein ohrenbetäubender Lärm. Zwischendurch fauchten die Menschen bedrohliche Befehle wie »Pack ihn!« oder stießen grobe Flüche aus, die Margaud die Röte auf die Wange trieben. Ihre Mutter hätte ihr an diesem Ort die Ohren zugehalten, da war sie sicher. Aber warum das Ganze?

Plötzlich sah Margaud acht Männer auf dem Platz wild umeinanderlaufen. Jetzt warf einer einem anderen hoch über die Köpfe der ihn Bedrängenden etwas zu, der fing es mit der hohlen Hand und rannte auf das andere Ende des Platzes zu. Aber er erreichte es nicht: Schon hatte ihm einer ein Bein gestellt und er fiel der Länge nach auf den festgestampften Boden, der, wie Margaud erkannte, mit Wasser gesprengt war, damit er nicht staubte. Au! Margaud schloss instinktiv die Augen, aber als sie sie wieder öffnete, hatte der Mann sich bereits aufgerappelt und jagte demjenigen hinterher, der ihm das Ding abgenommen hatte, und vier weitere Männer folgten ihm.

Das kleine Ding war ein Ball, erkannte Margaud, die in ihrer Heimat mit großen mit Sand gefüllten Schweinsblasen gespielt hatte. Sie wurden mit einem Stock vorangetrieben und hielten nie lange. Dieser Ball aber war klein wie eine Maus, die Spieler konnten ihn mit der hohlen Hand fangen, und er schien schwer zu sein wie ein Geschoss, denn als der Spieler, von den Verfolgern gehindert, sein Ziel verfehlte und einen Zuschauer traf, griff der sich mit einem Wehlaut an den Arm, wo der Ball ihn getroffen hatte. Sein Nachbar warf den Ball wieder ins Spielfeld, und alle Spieler stürzten sich auf ihn. Mit offenem Mund sah Margaud auf die Männer, die zappelnd auf einem Haufen lagen, was die Zuschauer zu wilden Anfeuerungsrufen, lautem Rasseln, Pfeifen und durchdringendem Tröten anspornte. Margaud lachte befreit auf. Keine Hinrichtung. Sie war in ein Ballspiel geraten.

Im Gegensatz zu den Dorfkindern spielten hier erwachsene Männer. Sie sah in begeisterte, lachende Gesichter und dachte: Diese Pariser sind wie Kinder. Dann aber rannte einer los und legte den kleinen Ball ins gegnerische Feld, anstatt ihn zu werfen, und plötzlich verzerrten sich viele Gesichter vor Zorn. Männer ballten die Hände zu Fäusten und schwangen sie drohend über dem Kopf, Frauen kreischten und machten Anstalten, auf das Spielfeld zu stürzen und den Spieler zu verprügeln. Erschrocken dachte Margaud: Sie sind wie die marodierenden Söldnerheere, die unser Dorf überfielen. Kinder? Oder Mörder? Wie war beides möglich?

Einige Minuten verfolgte sie das Spiel, dessen Regeln sie schnell begriff, denn sie waren denkbar einfach: Es galt, den Ball in das Feld des Gegners zu bringen. Eine Linie war in den Boden gezogen, an der stand der Zähler, der mit einem Stöckchen auf der Erde markierte, wem dies wie oft gelungen war. Hin und her tobte das Spiel, mal gewann die eine Mannschaft, mal die andere. Margaud vergaß für Minuten ihre gefährliche Lage und war zunehmend gefesselt von den schnellen Bewegungen und der Geschicklichkeit der Spieler. Sie wusste nur noch nicht, wann das Spiel beendet war. Gab es eine festgesetzte Zeit oder eine festgelegte Anzahl von Würfen?

Sie ertappte sich dabei, wie sie in die Hände klatschte vor Vergnügen, wie ihre Beine unwillkürlich zuckten, wenn sie einem schwerfälligen Spieler Beine machen wollte. Der Zähler bückte sich, um einen weiteren Strich in den Boden zu ziehen. Da sah Margaud hinter ihm in der Menge die entsetzliche Fratze des Hauptmanns. Direkt in ihre Richtung sah das vernarbte, höhnisch grinsende Gesicht.

Margaud fuhr zusammen. Aber in diesem Augenblick ertönte ein scharfer Pfiff und die Spieler rannten mitten unter die Menge. In Sekundenschnelle zerstreuten sich Zuschauer und Spieler. Stille senkte sich über den Platz, als sei dort nie gespielt worden. Nur zwei kleine Kinder standen daumenlutschend vor einer Haustüre.

Margaud fühlte sich mit der Menge mitgeschoben, offenbar zu langsam, denn jemand griff sie beherzt um die schmale Taille und schob sie vor sich her, und als das immer noch nichts half, fühlte sie sich hochgehoben und fortgetragen.

In einem Hauseingang wurde sie abgesetzt.

»Mon Dieu, bist du langsam, Mädchen! Willst du dich erwischen lassen?«

Margaud sah in das schweißüberströmte Gesicht eines Spielers, den sie gerade bewundert hatte, weil er sich geschickt zwischen den gegnerischen Spielern durchgeschlängelt und den Ball so treffsicher platziert hatte. Er war nicht groß, aber kräftig und sehr wendig, trug bequeme weite Pluderhosen und einen Kittel, den er mit einem Band eng um den Körper gewunden hatte.

Sie errötete. »Wobei erwischen lassen?«

»Na, beim Jeu de paume!«

So nannten sie also das Spiel, das sie mit der hohlen Hand spielten.

»Ich habe doch nicht gespielt!«

Der Spieler betrachtete Margaud genauer. »Du sprichst nicht wie eine Pariserin. Und wenn du nicht aus der Stadt bist, dann weißt du nicht, dass nicht nur Jeu de paume verboten ist, sondern auch das Schlachtenbummeln. Und gerade ist dort einer aufgetaucht …«

Margaud nickte aufgeregt. »Ein Hauptmann! Der ist aber nicht hinter euch her!«

Der Spieler lachte amüsiert.

»Ah, das weiß die kleine Provinzdrossel!«

»Ja, das weiß ich, denn er sucht mich!«

»Sieh mal an!« Der Spieler musterte das Mädchen, das er wie eine Feder getragen hatte, genauer. Schöne große, aber sehr ängstliche braune Augen sahen ihn unter struppigen, verschmutzten Haaren undefinierbarer Farbe trotzig an. Ein grob gewebter Bauernkittel unter einem einfachen Kleid, beides aus ungefärbtem Leinen, ein Lederbeutel um die Mitte, von Taille nicht zu reden. Nicht viel dran an ihr, satt zu essen hatte sie wohl nie bekommen. Was war dran an der mageren kleinen Jungfrau, dass sie von einem Soldaten gesucht wurde?

»Was hast du ausgefressen?«

Margaud reckte sich stolz. »Nichts. Ich habe mir nichts zuschulden kommen lassen, aber er.«

»Ach, die kleine Provinzdrossel kehrt die Ständeordnung um! Was sollte ein geachteter Soldat des großen Herzogs Jean Sanspeur, unseres Ohnefurcht, des eigentlichen Regenten unserer schönen Stadt, getan haben! Noch dazu ein Hauptmann!«

Margaud senkte den Kopf. Natürlich glaubte er ihr nicht. Niemand würde ihr glauben. Sie war völlig allein in einer riesigen Stadt. Dieser Ballspieler konnte sie ohne Weiteres dem Hauptmann ausliefern, offensichtlich war er ein Anhänger des Herzog Ohnefurcht. Es hatte wenig Sinn, ihm ihre Lage zu erklären, er würde sie sowieso nicht verstehen.

»Euer Jeu de paume kann ich auch! Da ist ja nichts dabei!«

Die Worte waren aus ihr herausgesprudelt, ohne dass Margaud darüber nachgedacht hatte, und sie hätte sich schon beim nächsten Wimpernschlag dafür verwünschen können. Was fiel ihr nur ein? Aber etwas in ihr, das sie nicht kannte, hatte ablenken wollen und gewusst, dass sie den Spieler an seiner Ehre packen musste, und genau so war es. Er legte den Kopf schief und beschaute sie interessiert.

»Ich brauche nur etwas, um meine Hände zu schützen!«

Nun grinste der Mann.

»Ah, Mademoiselle will die zarten Händchen schützen! Nun, damit wird sie eine Menge an Treffsicherheit gewinnen!«

Margaud schob trotzig das Kinn vor.

»Treffsicher bin ich auch ohne! Aber die Kraft wird verstärkt, wenn ich richtig zupacken kann!«

»Womöglich möchtest du dir erst noch Handschuhchen stricken wie die feinen Damen!«

»Nein, das würde nicht viel helfen«, versicherte Margaud ernsthaft, »aber ein eiserner Handschuh ...« Margaud drehte ihre Hand hin und her, sie dachte an die Rüstungen der Berittenen und wie fein jedes Fingerglied geschmiedet war. Kein schlechter Gedanke, wenn man die Hand schützte.

Aber der Spieler lachte spöttisch.

»Ja, das wäre ein Spaß, wenn wir Jeu de paume in Rüstung spielen würden! Das Geschepper möchte ich hören, die Soldaten hätten uns schnell erwischt! Und dann könnten wir nicht mal fliehen, so langsam wären wir!«

Er sah das Mädchen abschätzend an.

»Ich weiß nicht, was du auf dem Kerbholz hast, du Göre, aber ich werde dich nicht diesem Hauptmann ausliefern, obwohl es das Einfachste wäre, denn dann würde er mit dir abziehen und wir könnten unser Spiel ungestört fortsetzen.«

»Danke!«, hauchte Margaud.

Der Spieler nickte grimmig. »Wir können dich immer noch ausliefern, wenn du nur geprahlt hast. Jetzt zeigst du erst mal, was du kannst.«

Er sah verächtlich an ihr herunter. »Ich weiß überhaupt nicht, wie du in diesem Gewand spielen willst.«

»Ich werde den Rock schürzen, ganz einfach. Ich brauche nur eine Männerhose darunter, damit es nicht unzüchtig ist.« Ihr Gegenüber nickte. »Die sollten wir beschaffen können.«

Ein Pfiff ertönte, dann folgten noch zwei Pfiffe, wie ein Code. Der Mann horchte und sagte: »Der Soldat ist fort. Wir können unser Spiel fortsetzen. Du darfst in meiner Mannschaft spielen, Mädchen, und gnade dir Gott, wenn wir wegen dir verlieren.«

Er packte sie am Arm und zog sie aus dem Eingang heraus. Respektvoll bildete das Volk vor den Spielern eine Gasse. Der Junge, der die Striche gezogen hatte, verkündete den Spielstand, was bei den einen zu Hurrarufen führte, bei den anderen wütende Protestrufe zur Folge hatte.

»Wen hast du denn da aufgelesen, Louis!«, spotteten die Mannschaftskameraden.

»Sie wird für mich einspringen. Besorg ihr Beinkleider.«

Die Spieler sahen unwillig von ihrem Mannschaftskapitän zu dem Mädchen.

»Ein Weib beim Jeu de paume! Das hat es noch nie gegeben, Louis! Bist du verrückt geworden?«

»Ich muss mich ausruhen, dieser Idiot von Charles ist mir auf den Fuß gesprungen. Sie behauptet, gut zu sein, was soll's? Bei unserem hervorragenden Spielstand kann sie nicht viel verderben.«

In feindseligem Schweigen betrachteten die anderen drei Spieler Margaud, die sich einen Streifen von ihrem Unterrock abriss und um ihre Linke wickelte. Mithilfe der Zähne band sie den Streifen fest zusammen. Dann griff sie nach dem kleinen Ball und wog ihn prüfend in der Hand. Sie versuchte, sehr erfahren zu wirken, in Wahrheit war sie überrascht, wie schwer der massive, aus Lederstreifen gefertigte Ball war. Harmlos sah er aus, wie ein Spielzeug, aber seine Wirkung kam der eines Geschosses gleich. Vielleicht hatte der weise verstorbene König Charles V. doch recht, als er die Ballspiele verbot? Vielleicht hatte er seine Untertanen nur vor Verletzungen schützen wollen?

Der größte Spieler der Mannschaft sagte böse: »Ich mach mich doch nicht zum Narren. Wenn sie spielt, geh ich nach Hause.« Warf den Ball zu Boden und wollte sich verziehen.

Louis sagte ruhig: »Wer blöd ist, kann gehen. Ich hab eine vielversprechende Wette laufen, die wird dann eben nur durch drei geteilt.«

Der Spieler blieb stehen.

»Du kannst ruhig gehen, Segus«, sagte Louis, »aber nur, um die Beinkleider für das Mädchen zu holen. Beeil dich.«

Als Segus mit einer weiten Hose zurückkehrte, ertönte wieder ein Pfiff.

»Los, nun komm, das Spiel geht weiter«, drängte Louis. Er reichte Margaud, die schnell die Hose unter ihren Rock gezogen und festgebunden hatte, die Hand, alle legten ihre Hände darauf, sagten ihre Namen, schrien »A la bonheur!« und rannten sofort los.

»Wenn die Sanduhr abgelaufen ist, bin ich wieder bei euch. Und vergesst nicht: Jungfrauen bringen Glück!«, rief Louis hinter ihnen her.

Margaud spielte. Sie spielte zum ersten Mal in ihrem Leben Jeu de paume. Es war ein völlig anderes Spiel als das mit dem schweren, großen Ball im Dorf, der mühsam mit Stöcken vorangetrieben wurde. Aber sie hatte es gern gespielt, und sie war stets gut gewesen. Margaud rannte, wich den gegnerischen Spielern durch katzenartige Wendungen aus, schrie laut und hob die Hände, wenn sie frei stand, und landete nach einiger Zeit tatsächlich einen Treffer, den ihre Mannschaftskameraden mit so heftigem Schulterklopfen bejubelten, dass sie glaubte, zusammenzubrechen.

Louis stand am Spielfeld, und von Schritt zu Schritt wich seine kritische Miene und machte einer respektvoll vorgeschobenen Unterlippe Platz.

Die Zuschauer tobten. Erst war das Mädchen mit Spottrufen empfangen worden, sogar von den Anhängern ihrer eigenen Mannschaft. Einige hatten Louis drohend die Fäuste gezeigt, andere hatten obszöne Bewegungen gemacht, Zoten gebrüllt, mehrere hatten verächtlich ausgespuckt.

Als Margaud ihren ersten Treffer landete, veränderten sich die Reaktionen der Zuschauer. Frauen schlugen sich auf die Seite der unerwarteten Spielerin und stießen gellende Rufe aus, um die hämischen Worte der Gegner zu übertönen. Kinder schrien, Männer schlugen sich auf die Schultern. Spottgesänge entstanden, Gegengesänge antworteten, Tröten übertönten gellende Pfiffe. Der kleine Platz hatte sich in einen Hexenkessel verwandelt.

Als der Pfiff die abgelaufene Sanduhr anzeigte und die Spieler ausgewechselt werden durften, wechselte Louis nicht Margaud aus, sondern Segus, der sich am Knie verletzt hatte. In atemberaubendem Tempo ging das Spiel weiter. Die Frauen hatten inzwischen den Namen der Spielerin herausgebracht und kreischten Reime auf Margaud: »Oho, oho, Margaud – flinker als ein Floh!« und »Röcke vor – noch ein Tor!«

Endlich ertönte wieder ein scharfer Pfiff. Der Zähler hob seinen Stock und verkündete den Spielstand, hob Louis' Arm hoch, erklärte seine Mannschaft zum Sieger und ermahnte mit lauten Worten die Schlachtenbummler, friedlich nach Hause zu gehen und keine Händel zu beginnen. Aber Margaud wurde dennoch Zeuge einer wüsten Schlägerei zwischen einigen, die die Schmach der Niederlage mit Fäusten rächen wollten.

Louis zog Margaud in die Ecke, in der die anderen Spieler standen, schmutzig und schweißüberströmt die einen, mit einem blauen Auge Segus, dem es schwerfiel zu lachen. Aber er klopfte Margaud auf die Schulter.

Louis kam mit einem Lederbeutel voller Münzen. Segus protestierte, als Louis Margaud Münzen in die Hand legen wollte. Man hätte die Partie auch ohne sie gewonnen.

Louis bestätigte das. »Aber sie hat einen Treffer gelandet und dafür soll sie einen Anteil erhalten.«

Zu Margauds Überraschung zählte Louis ihr zwanzig Deniers in die Hand. Fassungslos starrte sie auf ihre schmutzige Hand. So viel Geld!

»Ihr geht nun alle nach Hause. Wir sehen uns zum nächsten Spiel in drei Tagen wieder. Morgen ist Entrainement, da werden wir beraten, ob wir die Jungfrau behalten. – Wo wohnst du?«, wandte sich Louis an Margaud.

Margaud blickte in die verschwitzten Gesichter, trank einen Schluck von dem Wasser, das einer in einer Kelle aus dem Kübel schöpfte, und schwieg. Das Spiel hatte Freude gemacht und sie ihre Situation vergessen lassen. Mit heißem Schrecken sah sie, dass es dunkel wurde. Längst war der Nachmittag des dunklen Novembertages herangerückt. Margaud fröstelte im kalten Abendwind, als sie aus der Männerhose schlüpfte und nach ihrem Bündel griff.

Sie hatte kein Heim mehr. Sie war in einer fremden, riesigen Stadt, in der sie keinen Menschen kannte, und wurde von einem Trupp Soldaten verfolgt, der sich ärgerte, dass ihm die Beute entflohen war. Wenn der mörderische Hauptmann inzwischen sein Mütchen an Maria kühlte?

Margaud biss sich auf die Lippen und wischte sich über die Augen, verärgert über die Träne, die auf einmal über ihre Wange rollte. Hatte sie die Freundin im Stich gelassen? Aber Maria hatte ihre Hand losgelassen, sie hatte dem Soldaten folgen wollen. So war es doch gewesen, oder? Traf Margaud dennoch eine Schuld? Umständlich, mit gesenktem Kopf, um die Tränen zu verbergen, die ihr über die Wangen flossen, packte sie einen Denier nach dem anderen in ihr Bündel und blickte keinen der jungen Männer an.

Louis hatte die Situation mit einem Blick erfasst. Er wusste nicht, wo das Mädchen herkam und warum sie von einem Hauptmann verfolgt wurde. Aber Margaud war nicht die Einzige, die mit den Straßen und Winkeln von Paris vorliebnehmen musste. Tausende von Menschen, die der offenbar niemals endende Krieg um Hab und Gut gebracht hatte, suchten Schutz in den festen Mauern ihrer Hauptstadt, unterliefen die Kontrollen und lebten auf den Gassen, verdingten sich als Schauerleute am Hafen oder als Taglöhner in den Markthallen, als Bettler, Dirnen, Taschendiebe oder Spieler.

Paris war seit Jahren übervölkert, jede Dienstleistung war für einen Spottpreis zu haben.

»Kannst du backen?«

Überrascht sah Margaud auf. »Du meinst Brot?«

»Brot, Kuchen, alles.«

Kuchen! Mit was hätte Margaud Kuchen backen sollen! Für Brot hatte es gerade gereicht, und mit Johannisbeermarmelade bestrichen, war es ein süßer Traum, der Kuchen ersetzen musste. Die Erinnerung an den einzigen köstlichen Kuchen ihres Lebens, den ihre Mutter zu ihrem Namenstag gebacken hatte, durchzuckte Margauds Geschmacksnerven und trieb ihr das Wasser in den Mund. Plötzlich merkte sie, dass sie den ganzen Tag über nichts gegessen hatte. Margaud wurde schwarz vor Augen, dann sank sie um.

## ISABEL

ERSCHÖPFT, ABER GLÜCKLICH betrachtete die Königin das Neugeborene, das gewaschen und in Weißzeug gewickelt neben ihr lag. Die Geburt ihres letzten Kindes, des kleinen Charles, den sie zärtlich Charlot nannte, lag vier Jahre zurück. Damals war sie sicher gewesen, dass Charlot ihr letztes Kind sein würde. Mit besonderer Fürsorge hatte sie den Kleinen aufgezogen. Noch heute war sie ständig in Angst, dass Charlot den Wahn seines Vaters in sich tragen würde. Ihre Angst hatte sich bisher nicht bestätigt. Charlot war schüchtern, etwas verträumt, aber der Vierjährige war ein kluges Kind, und sie beschäftigte sich gern mit ihm.

Und dann hatte es unerwartet wieder einige zärtliche Nächte gegeben.

Isabel seufzte und strich mit dem Zeigefinger zart über die runde Stirn des Neugeborenen. Die Anfälle des Königs waren mit den Jahren häufiger und schlimmer geworden. Im Wahn erkannte der König sie nicht, hielt sie für seine Feindin, schlug nach ihr und wurde derart gewalttätig, dass seine Ärzte ihn festhielten, damit sie flüchten konnte, ohne dass er ihr mit dem schaurigen Gebrüll eines verletzten Raubtieres nachsetzte. Manchmal war er aber auch nur apathisch, hockte in einer Ecke und starrte an die Wand. Das fand sie schlimmer als seine Attacken.

Und nun dieses winzige Wunder, empfangen in einer selten gewordenen zärtlichen Phase. Nach vier Jahren noch einmal ein Kind, und es war ein Sohn, von zwölf Kindern der sechste Sohn. Sie waren so anfällig, diese winzigen Wesen. Die Geburt ihres ersten Kindes lag fast zwanzig Jahre zurück, aber sie war ein Schock für die damals erst sechzehnjährige Isabel gewesen. Der kleine Dauphin war nach drei Monaten verstorben. Sie hatte damals, unerfahren wie sie war, auf die Wehmutter, Ärzte und Ammen gehört, hatte das Kind fest in Tücher eingewickelt und auf ein Brett gebunden, es in der dämmerigen Wochenstube gelassen, wo alle Fenster dicht verschlossen blieben. Alle hatten gesagt, die kühle Luft schade dem Säugling, ja, sie könne ihn zu Tode bringen. Schon beim zweiten Kind, der kleinen Johanna, hatte Isabel das Gegenteil angeordnet, hatte sich über die ärztliche Gelehrsamkeit und den Aberglauben der Ammen und Wehmütter hinweggesetzt. Sie hatte die Kleine nicht eng auf das Brett wickeln lassen wie ein Fatschenkind, es sollte mit den Beinchen strampeln können. Sie hatte es auch nicht mehr wochenlang in der dunklen Stube des Wochenbettes gelassen, sondern früh an die frische

Luft in den Gärten des Schlosses Creil gewöhnt, in dem sie damals residierte.

Nein, es konnte unmöglich ihre Schuld gewesen sein, dass die Kleine im zarten Alter von kaum zwei Jahren einer Seuche erlag. Diese grauenhaften Seuchen, deren Ursache niemand kannte und die das furchtsame Volk für Strafen Gottes hielt, machten auch vor königlichen, sorgsam behüteten Kindern nicht halt.

Ich habe alles getan, um die zarten Schätzlein richtig zu pflegen, dachte Isabel. Zu Beginn jeder Schwangerschaft hatte sie eine Wallfahrt unternommen, hatte Klöstern und Kirchen großzügige Spenden zukommen lassen, Leuchter und Marienbilder gestiftet, aber darüber die Verbesserung der Wissenschaft nicht vernachlässigt. Die besten Ärzte der Sorbonne berieten sie, Quacksalber hatten vor Isabels kritischem Blick keine Chance. Sie hatte gemerkt, dass es ihr besser ging, wenn sie während der Schwangerschaften nicht zur Ader gelassen wurde, und dass die Kleinen kräftiger wurden, wenn sie strampeln durften.

Drei Kinder waren ihr gestorben, aber keines war ihr direkt nach der Geburt genommen worden.

In Isabels Rührung über das winzige Gesichtchen mischte sich Sorge. Dieser Gustl hatte nicht kräftig geschrien, als die Wehmutter ihn ins Licht gehalten hatte.

Er ist wie dieser Novembertag, dachte Isabel besorgt, ein graues Greislein, das Jahr geht zu Ende. Winterlämmer taugen nichts, hatte ihre Amme immer gesagt, warum sollte das nicht auch für Kinder gelten. Aber des Menschen Sohn war mitten im kalten Winter geboren, in einem Stall, und er hatte es auch überlebt mit Gottes Hilfe und der Liebe seiner Mutter. Das ist das Wichtigste, die Liebe und Achtsamkeit der Mutter, dachte Isabel.

Sie betrachtete das bläuliche Antlitz, blicklos durch geschlossene Augen. Welche Gleichmut in seinem Gesichtchen liegt. Es kennt die Welt noch nicht, kennt keine Gier, weder Hass noch Neid. Isabel streichelte die zarten Wangen und dachte: Warum können wir Menschen nicht alle so bleiben wie in diesem heiligen Moment der Geburt? In diesem Moment schlug der Kleine die Augen auf. Sie lächelte ihn an. »Nicht wahr, mein süßes Krischperl?«, flüsterte Isabel. »Gleichmut statt Wagemut, das brächte den Frieden.«

Sie griff vorsichtig nach den winzigen Fingerchen und war wieder einmal entzückt über die Kraft der Schöpfung, mit der sie ein solches Leben erschaffen konnte. »Du wirst mein letztes Kind sein, Gustl, ich werde keines mehr gebären.«

Diese Geburt hatte sie mehr erschöpft als alle anderen. Es war genug. Für diese Anstrengungen fühlte sie sich mit ihren 37 Jahren zu alt.

Der Kleine hatte die Augen wieder geschlossen. Isabel lächelte das blasse Gesichtchen an und wärmte die winzigen bläulichen Fäustchen in ihrer Hand. Sie würde gut für ihn sorgen, für ihren jüngsten und letzten Sohn, den kleinen Nachzügler. Auch wenn er als vierter Sohn wohl niemals Dauphin werden würde, noch weniger als der kleine Charlot, so konnte er doch ein schönes Herzogtum erhalten und eine gute Partie machen. Sie musste ihn warm halten und er würde die beste Amme bekommen.

Schwaches Geschlecht, dachte Isabel, welch ein Unsinn, wir Frauen sind die Stärkeren, auch wenn wir keine ritterlichen Turniere ausfechten und nicht in den Krieg ziehen. Vielleicht war es nur der Neid der Nicht-Gebärenden, der die Frauen zu Schwächeren erklärte? Der Gedanke gefiel ihr, sie musste ihn mit ihrer Hofdichterin erörtern. Christine hatte zu solchen Fragen stets interessante Ansichten. Sie bereicherte auch Isabels Cour d'amour, ihren Minnehof, durch ungewöhnliche Schiedssprüche in Fragen der Liebe.

Der Priester erschien mit dem Haushofmeister des Königs.

»Er soll zur Ehre des verstorbenen königlichen Onkels den Namen Philippe tragen«, verkündete die Königin. Dann befahl sie alle hinaus. Sie musste sich ausruhen.

Zwei ruhige Stunden lang schlief sie neben dem Kleinen, den sie nicht aus ihrer Wärme entlassen wollte, bis der Herzog von Orleans gemeldet wurde.

Sie ließ sich frisieren und das Gesicht pudern, das Gebände ums Gesicht winden und feststecken, darauf ein hübsches, mit goldenen Blumen besetztes Schapel, und befahl die kostbare, perlenbestickte Jacke über ihr Nachtgewand. Die Dienerin breitete eine prächtige golddurchwirkte Brokatdecke über ihr Bett und zog die schweren Vorhänge zu. Öllampen wurden entzündet, nur die teuersten und besten. Isabel hasste Talglichter, die wenig Licht, dafür so viel Ruß verbreiteten, dass sie in solchen Kammern schier erstickte.

Sie setzte sich in hoheitsvoller Position aufrecht ins Bett und befahl, ihren Schwager eintreten zu lassen. Sie hatte keinen Gatten, der kam, um seinen jüngsten Sohn zu bewundern, und ihr, der Gebärerin, Geschenke machte. Sollte der Schwager ihr einmal huldigen, es würde ihr guttun. Er tat es seit ihrer Hochzeit, er war gerade dreizehn Jahre alt gewesen und hatte seiner Schwägerin von Anbeginn seine Verehrung bezeugt. Isabel hatte stets ein nachsichtiges Lächeln für Louis' Avancen gehabt, bis er die Staatskasse erst in Melun, dann im Louvre geplündert hatte, das war nicht fein gewesen. Er war eben ein Spieler und damals hatte er sich wieder einmal ruiniert. Und er war der einzige Bruder des Königs. Mit jeder Geburt eines weiteren Königssohnes sank seine Hoffnung, König zu werden, also musste er sich auf diese Weise schadlos halten. Sie hatte ihn gezwungen, ihr einen Anteil von seinem Raub zu geben, und hatte sich das Hotel Barbette gekauft. Er hatte verstanden, dass er die Königin nicht übergehen durfte, dass mit Schmeicheleien allein bei ihr nichts zu gewinnen war. Seit dem Tod ihres väterlichen Freundes Philipp von Burgund war Louis ihr einziger Vertrauter, ihre einzige Stütze in ihrem Bemühen, mit dem Kronrat ohne den immer wieder abwesenden König zu regieren.

Louis von Orleans trat ein, schlug seinen reich bestickten Umhang zurück und beugte vor ihrem Bett das Knie. In wohlgesetzter Rede bewunderte er erst den Kleinen, den sie noch immer nicht von ihrer Seite gelassen hatte, dann die Schönheit der Mutter. Isabel lächelte ihn an. Er trug eine kurze, reich gefaltete Schecke, die seinen gut entwickelten Oberkörper betonte. Sie bedeckte nur seine Taille, darunter sah sie die hautenge Hose mit der Braguette, einer runden Schamkapsel über dem Geschlecht, das dieses weniger verhüllte als auffällig betonte. Die Hose hatte ein rotes und ein blaues Bein und mündete in spitze Schnabelschuhe, in denen andere sich lächerlich machten, aber Louis wusste elegant auf ihnen zu schreiten und zu tanzen. Er hatte ein hübsches, beinahe mädchenhaftes Gesicht, das mittlerweile in die Jahre gekommen war und einen etwas zerknitterten Charme bewahrte. Seine Haare fielen in dunklen Locken auf die Schultern, lässig bedeckt von einer Fellmütze, die nach der Mode der Kreuzzüge etwas verwegener, wie Kappen der Sarazenen, auf seinem Kopf saß.

Isabel lächelte unwillkürlich, als sie ihn anschaute. Alle Frauen lächelten, wenn sie den Prinzen sahen. Louis von Orleans sah zweifellos blendend aus, aber Isabel erlag seinem Charme nicht. Gemeinsam mit seiner schönen Frau, ihrer Cousine Valentina Visconti, hatten sie zu viert ausgelassen gefeiert, mal in Vincennes, mal in Schloss Beauté, Feste, die in den breiten, baldachinüberhangenen Betten endeten. Lustvoll und trunken waren sie übereinander hergefallen. Isabel errötete bei dem Gedanken an die Menage a trois und a quatre, an die Erregtheit der Brüder, wenn die schöne Valentina und sie einander liebkosten, bis die Gatten es nicht mehr aushielten und sich auf sie stürzten. Sie hatte keine Eifersucht empfunden, wenn Charles sich mit Valentina vergnügte, aber Louis' Liebkosungen hatten sie nicht erregt. Sie hatte nicht zugelassen, dass er sie bestieg, sondern es bei Liebkosungen belassen, weil es Charles offensichtlich erregte, sie mit seinem Bruder zu sehen, mit dem er geschworen hatte, alles zu teilen. Charles war völlig anders. Viel schüchterner, aber intelligenter und weniger oberflächlich als sein Bruder, hatte er sein gutes Aussehen und seinen natürlichen Charme nie eingesetzt, um die Damen zu erobern. Ach, hätte Charles die Konstitution seines Bruders! Ein Schatten flog über Isabels Gesicht, als sie an den König dachte. Ihre Hoffnung auf seine Gesundung schmolz langsam, aber stetig, wie Fetzen schmutzigen Schnees im Frühjahr.

Louis sah ihre Betrübnis. Er verdankte seinen Ruf als Frauenheld nicht nur seinem guten Aussehen, sondern seinem Charme, seiner Bildung und seinem Einfühlungsvermögen in die weibliche Seele. Die Königin hatte er nicht erobern können, sie war die Einzige, die ihm bisher die höchste Gunst nicht gewährt hatte. Warum nur? Gerade eben war sie wieder einmal traurig gewesen, er hatte den Schatten, der über ihr Gesicht flog, genau gesehen. Isabel lagen viele Männer zu Füßen, sie sollte zugreifen und einen von ihnen erwählen, am besten ihn, ihren Schwager, denn Inzest gäbe ihrem Verhältnis erst die Würze, die eine elegante Liaison ausmachte. Sonst würde sie alt und hässlich werden und kein Mann würde sich mehr für sie interessieren.

Er musste ihr das mitteilen, in eleganter Form. Zunächst überreichte er ihr mit einer formvollendeten zierlichen Verbeugung und einem aufgehauchten Handkuss eine kostbare Rubinbrosche zur Geburt des neugeborenen Prinzen von Frankreich. Nach ihren Ausrufen des Entzückens erläuterte er die Magie des Rubins, des königlichen Steines, der für die Genesung der Mutter und die Gesundheit des Königskindes sorgen solle. Wieder lächelte sie huldvoll, er traf einfach immer den richtigen Ton. Alles das hätte der König, der Kindsvater, sagen und tun sollen, aber der war wieder einmal »abwesend«.

Louis bat um die Gnade, ihr ein »lai« zu ihrer Unterhaltung vortragen zu dürfen, und als sie zustimmend den Kopf neigte, winkte er seine Spielfrau herein, die ihn auf der Harfe begleitete. Er selbst war ein passabler Harfenspieler, Isabel wusste das, denn sie hatten oft gemeinsam musiziert, sie hatte ihn auf der Laute begleitet. Mindestens ebenso gern aber erzählte und sang er Minnelieder und Lais, die von der Liebe erzählten.

Louis begann: »In Nantes lebte einmal eine Dame, deren Schönheit, feine Bildung und Anmut berühmt war. Auf der ganzen Erde gab es keinen ruhmreichen Ritter, der sie nicht begehrte, und sie wurde Tag und Nacht leidenschaftlich umworben. Sie konnte nicht alle lieben.«

Die Spielfrau nahm den letzten Satz auf und sang: »Sie aber konnte nicht alle lieben noch wollte sie einen Edlen in den Tod treiben.«

Er antwortete: »Besser sollte man alle Damen des Landes lieben und umwerben, als einem Narren das Brot wegnehmen – denn wo der Narr zuschlägt, weiß die Dame Dank und Preis.«

Isabel lächelte. Das war echt Louis! Er wusste, was Frauen hören wollten, wusste, wie er sie betörte. Er war mit einer der schönsten und reichsten Frauen Europas verheiratet, mit Valentina Visconti, die ihn abgöttisch liebte, aber er war ihr nicht treu angesichts der Schönen dieser Welt, die sich ihm in Scharen anboten.

Louis fuhr mit mahnendem Blick auf seine Schwägerin fort: »Selbst wenn sie nichts von ihm wissen will, so darf die Dame den Chevalier doch nicht kränken, sondern muss ihn in Ehren halten, ihm nach Wunsch ergeben sein und danken.«

Nun war Isabel etwas empört. Was wollte er? Dass sie ihm ihre höchste Gunst versagte, hatte er bisher als Ansporn genommen, sich um sie zu bemühen. Nein, sie wollte sich nicht auf eine Liaison mit dem schönen Schwager einlassen. Sie verspürte wenig Lust, ihre Cousine Valentina zu kränken. Und überdies hatte sie als Königin über die rivalisierenden Parteien zu herrschen. Es wäre unklug, wenn dem jungen Burgunderherzog Jean Sanspeur eine Liaison zwischen Orleans und der Königin zu Ohren kam. Gerüchte gab es ohnehin mehr als genug, und die schadeten ihr sehr, vor allem, seit sie im Sommer in Louis' Begleitung ihre Tochter in Poissy besucht hatte.

Der Zweck der Reise war rein politischer Natur gewesen. Sie hatten Marie an ihrem vierzehnten Geburtstag zu einer Heirat mit dem Herzog von Bar überreden wollen, der nach Philipps Tod ein weiterer wichtiger Verbündeter sein konnte. Da Marie sehr fromm, aber auch sehr stur war, hatte Isabel auf Louis' Charme vertraut, aber die junge Nonne war auch von ihrem Onkel nicht zu überreden gewesen, den Schleier abzulegen. Auf der Rückreise der erfolglosen Mission waren sie in ein entsetzliches Unwetter geraten und hatten in einem Gehöft Schutz gesucht, was übles Gerede zur Folge hatte.

Isabel hatte sich über den Hoftratsch sehr aufgeregt, der ihr einen galanten Ausflug unterstellte, obwohl sie sich schicklich von ihren Ehrendamen hatte begleiten lassen. Was war dabei, wenn der Schwager vor dem Regen in ihrer Kutsche Schutz suchte und sein Reittier an die Kutsche band? Aber der Blitz war neben ihrer Kutsche eingeschlagen und hatte die Pferde zu einer wilden Flucht veranlasst, und als sie schließlich, angstvoll und durcheinander, ja sogar aufeinander in den Polstern lagen, hatte ein Pferdeknecht aus ihrem derangierten Zustand vermutlich falsche Schlüsse gezogen.

Nein, ihr guter Ruf bedeutete Macht, und die war Isabel wichtiger als eine kurzlebige Liaison. Selbst wenn der gesamte Hof promiskuitive Verhältnisse mehr oder weniger offen pflegte, die Königin durfte sich an solchem Treiben nicht beteiligen.

Versuchte er es ernsthaft bei ihr, ausgerechnet in diesem Moment, in dem sie im Kindbett lag?

Verärgert zog Isabel die Augenbrauen zusammen.

Louis fuhr fort: »Es gab vier Herzöge, von großer Anmut, tapfere kühne Ritter, mit höfischen Manieren, großzügig und über jedes Lob erhaben. Alle vier liebten die Dame und bemühten sich, ihre Liebe zu erringen. Jeder begehrte sie für sich und bot alles Erdenkliche auf, und jeder von ihnen glaubte, der andere habe mehr Erfolg als die anderen. Die Dame überlegte mit großer Klugheit und Umsicht, welchen von ihnen sie am meisten lieben könne. Die Ritter aber waren von solcher Vortrefflichkeit, dass sie den Besten nicht herausfand. So zeigte sie jedem ein lächelndes Gesicht, gab jedem ihre Liebespfänder und sandte jedem Liebesbillets. Jeder wusste es vom anderen, aber keiner konnte sich von ihr trennen. Im ritterlichen Wettstreit wollte sich jeder als Bester hervortun, um der Dame zu gefallen. Alle sahen sie als ihre Geliebte an, trugen ihre Minnegeschenke, Ringe und Ärmel und Lanzenflagge, und alle riefen zum Kampfe in den Schranken ihren Namen.

Einmal wurde vor der Stadt Nantes ein Turnier ausgetragen. Ritter kamen aus allen Landen, um sich mit den vier Verliebten zu messen. Normannen, Franzosen, Flamen und Brabanter, sogar aus Boulogne und Anjou kamen die Ritter herbei. Und keiner, der nicht kämpfen wollte! Mit solchem Ingrimm hieben sie aufeinander ein, dass es zu einem wilden Kampfgetümmel kam. Mit gesenkten Lanzen nahm sich jeder einen Gegner vor und hob ihn aus dem Sattel.

Die Dame stand oben auf einem Turm. Sie sah ihre Geliebten bestens sich schlagen und wusste nicht, welchen am meisten rühmen.«

»Und wusste nicht die Dame, welchen am meisten rühmen«, sang die Spielfrau mit melancholischer Miene.

Isabel begann, Gefallen an dem Lai zu finden. Louis zog ein trauriges Gesicht und erzählte weiter: »Das Turnier begann. Die vier Verliebten hielten sich so gut, dass sie den Preis vor allen davontrugen. Erst als es zu dämmern begann, ließen sie vom Kampfe ab. Allzu unvorsichtig entfernten sie sich zu weit von ihren Leuten. Das mussten sie teuer bezahlen.«

»Das mussten die armen Verliebten teuer bezahlen«, sang die Spielfrau in hellem Sopran zu dramatisch schrillen Harfentönen.

»Drei von ihnen wurden getötet und der vierte von einer Lanze durchbohrt und schwer verletzt. Die Lanze durchbohrte seinen Leib so, dass sie …«

Louis blickte auf die erblassende Königin und brach die blutige Beschreibung ab. »Die Ritter, die sie verwundet hatten, warfen ihre Schilde ins Feld, banden ihre Helme los und rauften Haare und Bärte in tiefer Bestürzung. Lärmen und Geheul erhob sich unter den zweitausend Rittern des Turniers, noch nie hat man ein solches Wehklagen gehört.«

»Gegen dies Gemetzel man sich wehre / es war gegen jede ritterliche Ehre«, sang die Harfenistin.

»Die Dame aber fiel ohnmächtig vor Schmerz zu Boden. Als sie erwachte, klagte sie: Ich Unglückliche! Nie mehr kann ich mich des Lebens freuen. Diese vier Ritter habe ich geliebt und jeden Einzelnen begehrt. Sie besaßen die besten Eigenschaften, wegen ihrer Schönheit und Tapferkeit, ihrer Tüchtigkeit und Großzügigkeit wollte ich, dass sie mich liebten. Ich wollte nicht alle verlieren, um einen zu besitzen.«

»Ich wollte nicht alle verlieren, um einen zu besitzen«, sang Louis von Orleans im Duett mit der Harfenistin. Voller Wärme war seine zweite Stimme. Isabel traten die Tränen in die Augen. Was wollte ihr schöner Schwager ihr mit diesem Lai sagen?

Louis fuhr fort: »Ich finde keinen Trost mehr auf der Welt, klagte die schöne Dame. Welche soll ich mehr beklagen? Die Toten oder den Verwundeten? Sie ließ den verwundeten Ritter in ihre Kemenate bringen. Die drei anderen Ritter schmückte sie unter Tränen mit liebevoller Sorgfalt und ließ sie in der Abtei begraben.

Den verwundeten Ritter pflegte sie nach Anweisung der berühmtesten Ärzte, die sie an ihren Hof rief, und siehe, er genas.

An einem Sommertag nach dem Diner unterhielt sich die Dame mit dem Ritter. Da überkam sie die Erinnerung an ihren großen Schmerz, und sie senkte den Kopf und überließ sich ihren traurigen Gedanken. Er betrachtete sie unverwandt und fragte, was seine Herrin bekümmere und ob er sie trösten dürfe. Mein Freund, sagte sie, ich sah Eure edlen Züge und rief mir Eure Gefährten ins Gedächtnis. Nie wird eine Dame vier solche Ritter zugleich lieben noch sie an einem Tag verlieren, außer Euch, der Ihr verwundet wart und Todesangst ausstehen musstet! Da ich euch alle so sehr geliebt habe, möchte ich, dass man die Erinnerung an meinen Schmerz bewahre. Ich werde einen Lai dichten und ihn ›Die vier Beklagenswerten‹ nennen.

Der Ritter sah traurig drein. – Die drei Ritter haben ihr Leben hingebracht im Leid um Eurer Liebe willen, sagte er. Ich könnte mich glücklich schätzen, überlebt zu haben. Aber ich bin tief unglücklich. Jeden Tag sehe ich die Dame, die ich über alles in der Welt liebe, kommen und gehen. Jeden Morgen und jeden Abend lächelt sie mich voller Huld an, unterhält sich freundlich mit mir, aber nie werde ich die Freude eines Kusses, die Seligkeit einer Umarmung empfangen! Edle Dame, Ihr lasst mich täglich hundert Schmerzen erdulden, dabei würde ich lieber den Tod erleiden. Nennt, Madame, Euren Lai ›Le Chaitivel‹, ›den Glücklosen‹.«

»Hier endet dieser Lai / Mehr weiß ich nicht, mehr kann ich Euch nicht sagen«, sang die Spielfrau und verneigte sich vor der Königin. Louis gab ihr einen Wink und die Spielfrau verließ die Wochenstube. Kurz darauf hörte Isabel durch die angelehnte Tür aus dem Nebenraum sanfte Harfentöne. Sie lächelte dankbar, das war sehr aufmerksam von ihrem Schwager. So konnte man sich doch unbelauscht unterhalten. Sie sah nach ihrem Kind und streichelte dem Kleinen sanft das zerknitterte Gesichtchen.

»Wie würdest du den Lai nennen?«

Isabel hörte das Lauernde in seiner Frage. Sie war erschöpft von der Geburt, aber es wäre ja vermessen gewesen zu glauben, der Schwager hatte ihr nur eine Freude bereiten wollen. Louis tat nichts ohne Grund. Sie beschäftigte sich mit ihrem Söhnchen, um nicht aufsehen zu müssen, und überlegte blitzschnell. Was hatte er ihr mit dieser Geschichte erzählen wollen? Auch wenn sie den Schwager zu ihren Freunden, ja zu ihren Verehrern rechnen konnte, ohne taktische Vorsicht ging nichts bei Louis, das hatte sie gelernt.

Sie sah auf, lächelte ihn an und meinte betont gleichmütig: »Es passen beide Namen, nicht wahr?«

Louis lächelte maliziös. »Nun, ich brauche dir nicht zu sagen, verehrte königliche Schwägerin, wer die Dame ist. Aber wer sind die vier Ritter? Und welcher Teufel reitet die Dame, alle vier zu lieben?«

»Kein Teufel«, meinte Isabel, »die vier Ritter stehen für die vier ritterlichen Tugenden Freigiebigkeit, Tapferkeit, Ritterlichkeit und Edelmut. Die Dame muss alle diese Tugenden lieben, sie kann sich nicht entscheiden.«

Louis lächelte über den Versuch der Königin, den Lai im Sinne ihres Minnehofes zu deuten. Gut, sie hatte gerade geboren, das machte eine Frau weich, aber hinter der vergnügungssüchtigen Königin verbarg sich eine kluge Politikerin. Wie raffiniert sie ihn, obwohl er der Bruder des Königs war, isoliert hatte, als sie den Vorsitz im Kronrat übernommen hatte! Den Vorsitz hatte sie zuerst benutzt, um den Dauphin vorzeitig für volljährig zu erklären, und dann in seinem Namen regiert.

Inzwischen aber war ihr Berater Philipp, der mächtige Herzog von Burgund, gestorben, und zu seinem Sohn hatte sie kein Vertrauen. Louis wusste, dass Johann von Burgund mit seiner ungeschliffenen Rede und seinem hässlichen Äußeren der Königin zuwider war. Im kleinen Kreis hatte sie aus ihrer Abneigung keinen Hehl gemacht, wenn sie ihm auch bei Hofe zuvorkommend begegnete. Dies war Louis' Chance, die Dinge zu seinen Gunsten zu wenden.

»Die hohe Dame begeht aus hohem Sinn einen tragischen Irrtum«, erklärte er sanft. »Drei Ritter hat sie vom Hofe entfernt, den vierten muss sie sich ebenfalls vom Leib schaffen. Sie pflegt den Falschen. Denn, wie du mit der untrüglichen Feinheit einer Königin weißt, muss die Dame das Böse ausreißen, wenn es sich zu viel Macht herausnimmt.«

Isabel fuhr auf. »Den König, meinen Gatten, werde ich immer pflegen. Böse ist er nur im Wahn, er weiß nicht, was er tut, aber er wacht immer wieder auf, seine Weisheit ist über jeden Zweifel erhaben. Und erleidet er nicht die Passion Christi? Er ist ja ein Heiliger wie sein Großvater! Er ...«

Louis hob beide Hände, seine Schwägerin zu besänftigen. Sie hatte ihn völlig missverstanden.

»Liebste Schwägerin, wer spricht vom König?«, sagte er begütigend. »Er ist gesalbt, gerade sein Leiden macht ihn zu einem Heiligen! Nie würde ich sagen, das Böse sei mein Bruder, der König! Du weißt aber, edle Dame, dass gerade die Edelsten von den Schlechtesten umgeben sind.«

Isabel betrachtete den Kleinen in ihrem Arm, der friedlich zu schlafen schien. Louis fuhr mit sanfter Stimme fort: »Die Dame kann keinen Ritter erhalten, wenn sie nicht über Einkünfte verfügt, die von einem tüchtigen Schatzmeister verwaltet und vermehrt werden.«

Er wollte sich die Rechnungskammer wieder aneignen! Isabel sah erstaunt auf.

Vor vier Jahren hatte der König die königliche Tresorie, das Schatzamt, aufgelöst, da die Verwalter inzwischen zu den wahren Herren über die königlichen Einnahmen geworden waren und enorme Privilegien genossen. Die Verwalter rächten sich an der Königin, indem sie erklärten, sie würden niemanden ernennen oder entlassen, bevor sie nicht mit dem König persönlich gesprochen hätten. Für Isabel war dies eine Erniedrigung gewesen, sie hatte vor Zorn getobt. Louis hatte die verriegelten Türen zur Schatzkammer mit einem Beil einschlagen lassen, um Geld für den Krieg gegen England zu bekommen. Damit hatte er sich den Burgunderherzog zum Feind gemacht, aber außerdem war da noch eine Sache mit dessen Frau Margarethe gewesen …

»Wer sollte deiner Ansicht nach die Einkünfte dieser unbescheidenen Dame vermehren?«, fragte Isabel lächelnd.

»Selbstverständlich der edelste Ritter des Königs!«

»Der edelste Ritter des Königs ist sein Sohn.«

»Richtig! Dem Dauphin vertraut der König die Streitmacht seines Reiches an. Aber seinen Schatz …«

»… sollte er seiner Dame anvertrauen«, vollendete Isabel seinen Satz und lächelte. »Ich werde dennoch über deinen Vorschlag nachdenken, edler Schwager.«

In diesem Moment klopfte es. Ein Bote bat den Bruder des Königs in den Palast Saint-Pol, der König wolle ihn sprechen.

Isabel war völlig erschöpft und dankbar, dass sie den raffinierten Disput mit Louis unterbrechen konnte. Sie fragte, was der König von seinem Bruder wolle, aber der Bote wusste es nicht. Louis vermutete, dass er wissen wolle, ob er Vater geworden sei.

Isabel sah ihn erstaunt an. »Der König ist seit einigen Wochen abwesend. Trotzdem ist der Bote mit der freudigen Nachricht nach Saint-Pol geritten, noch vor deinem Besuch. Ich verstehe nicht …«

Louis äußerte die Hoffnung, dass der König durch die gute Nachricht wieder anwesend sei. Er neigte das Knie, küsste der Königin die Hand und wünschte nochmals das Beste für Mutter und Kind. Dann befahl er seine Pagen mit seinem Pferd und eilte die Treppe des Hotels Barbette hinunter, um zum König zu reiten.

Isabel hörte das Getrappel seines Pferdes auf der Rue Vieille-du-Temple und schob misstrauisch die Unterlippe vor. Der König verlangte nicht nach seinem Bruder, wenn er in Wahnzuständen war. Er verlangte im Gegenteil nach gar nichts, er zog sich zurück und ließ niemanden an sich heran. Jeden Tag ließ Isabel sich von seinem Zustand berichten, auch am Morgen ihrer Niederkunft. Unverändert hatte er im Wahn verharrt. Wie hätte er einen Boten schicken können? Warum wollte er Louis sehen? Hier stimmte etwas nicht.

Aber was?

# MARGAUD

Sie erwachte von dem belebenden Duft nach frischem Brot. Margaud schlug die Augen auf und hörte ihren Magen vernehmlich knurren. Brotformen aus Rattanrohr hingen an den Wänden, ein großer Backofen machte den Raum behaglich warm. Sie war in eine Backstube geraten. Verwirrt setzte sie sich auf. War es Nacht oder Morgen?

Eine kräftige weibliche Stimme kommentierte ihre Bewegung: »Ah, Mademoiselle ist wieder bei sich!«

Margaud erblickte eine ältere Frau mit einer Witwenhaube, die an einem großen Holztisch mit nackten Armen eine riesige Menge braunen Teig walkte.

»Louis hat dich angeschleppt und behauptet, du kämst vom Lande und könntest backen! Du hast volle zwei Stunden geschlafen.«

Die Frau musterte sie kritisch aus kleinen dunklen Augen: »Viel dran ist an dir ja nicht!«

Sie schlug mit den Handkanten auf den Teig, schlug ihn geschickt um und knetete ihn von Neuem. Ohne ihre Arbeit zu unterbrechen, betrachtete sie Margaud misstrauisch. »Wenn ein junger Schuster wie Louis Jeu de paume spielt, um seine magere Kasse aufzubessern, schön und gut, aber ein Mädchen, das Ball spielt …!« Die Frau schnalzte missbilligend mit der Zunge. Sie machte eine unwillige Bewegung mit dem Kinn zu einem kleinen Tisch, auf dem Margaud ein Brot und einen Krug Wasser entdeckte. »Da, iss!«

Das Mädchen war völlig schwach vor Hunger. Sie schnitt sich einen Kanten herunter und biss gierig hinein. Das altbackene Brot schien ihr das Delikateste, was sie je gegessen hatte. Sie nahm einen großen Schluck Wasser aus dem Krug und spürte, wie sich in ihrem Mund ein köstlicher säuerlicher Brei bildete, der sie wieder zu sich brachte. Dankbar beobachtete sie die Bäckersfrau bei ihrer Arbeit und erzählte kauend von den Backtagen ihres Dorfes, an denen die Männer das Backhaus anheizten und alle Frauen des Dorfes ihre Brote hineinschoben, wenn das Holz zu Kohle verbrannt und wieder hinausgefegt worden war.

Je länger Margaud erzählte, desto weicher wurden die Züge der Frau. Ohne das Teigwalken zu unterbrechen, hörte sie aufmerksam zu, und nachdem sie sich gestärkt hatte, begann Margaud unaufgefordert, den Brotteig in die Formen zu legen und neben den warmen Backofen zu stellen, damit er aufgehen konnte.

Sie könne hierbleiben, meinte die Frau, nachdem Margaud von ihrer Flucht vor den Mannen des Herzogs Ohnefurcht erzählt hatte und dass sie keine Bleibe hätte. Sie erzählte von ihren Söhnen, von denen zwei im Heer in Flandern standen. Einen hatte die Pest dahingerafft, einer hatte in der Normandie gekämpft und war nicht zurückgekehrt. Seit zwei Jahren sei sie Witwe und das Backen werde ihr allein immer saurer. Daher habe Louis, ihr Nachbar, anscheinend geglaubt, Margaud anschleppen zu können.

»Ein Bett und freies Mahl, mehr kann ich nicht bieten«, erklärte die Frau. Sie betrachtete Margaud scharf und fügte hinzu: »Wenn ich dich beim Stibitzen erwische, übergeb ich dich den gens d'armes des Prevot.«

Margaud errötete. Niemals hatte sie gestohlen. Sie war eine Ausreißerin, aber keine Diebin. Die Frau wies auf das Strohlager neben dem Ofen. Das sei Margauds Platz, sie habe den Ofen anzuheizen und ihr, Blanche, beim Backen zu helfen.

»Danke, Blanche«, sagte Margaud leise. Ein neues Leben konnte beginnen. Was eben noch im Ungewissen gelegen hatte, nun lag es klar vor ihr. Sie war jetzt Bäckerin – nein, noch nicht, sie war nur Gehilfin einer Bäckerin, aber es gefiel ihr. Sie hatte ein Dach über dem Kopf und eine anständige Arbeit.

Blanche und Margaud hatten eben alle Brote in den vorgeheizten Ofen geschoben und die Sanduhr umgedreht, als draußen Geräusche zu hören waren. Margaud schrak zusammen. Diese Geräusche kannte sie von ihrem Marsch genau. Es waren Gewappnete. War der Hauptmann auf ihre Spur gekommen? Sie kauerte sich neben den warmen Ofen und zitterte vor Angst.

Blanche entging das nicht. Wovor fürchtete sich die Kleine? Hatte sie etwas ausgefressen? Louis hatte nichts gesagt. Wen hatte er ihr da ins Haus gebracht? Blanche betrachtete Margaud mit neu erwachtem Misstrauen. Sie hatte keine Lust auf Gendarmen oder Soldaten in ihrem Haus. Die fanden stets einen Grund, etwas mitzunehmen, und nicht immer ließen sie sich durch einen Laib Brot oder ein Küchlein bestechen, sondern nahmen sich, was sie wollten.

Sie befahl Margaud, das Licht zu löschen, und ging an den Fensterladen. Sie spähte ins Dunkel, dann legte sie den hinteren hölzernen Laden vor und meinte zu Margaud: »Keine Angst! Du wirst vielleicht etwas Besonderes erleben! Der Bruder des Königs kommt fast jeden Abend mit seinem Gefolge durch unsere Gasse!«

Margaud war nicht überzeugt, dass dies ein besonderes Schauspiel bieten würde. Blanche lachte. »Der Herzog von Orleans hat keinen besonders guten Ruf, aber er ist ein schöner Mann! Er trägt stets prächtige Gewänder, reitet ein wunderschönes Ross und ist generös zu jedermann. Nur vor seinem Gefolge muss man sich in Acht nehmen.«

Margaud blieb auf der Hut. Die Orleanisten waren Feinde ihres Herrn, des Herzogs Johann von Burgund. Sie galten als brutal und rachsüchtig, stets hatte man in ihrer Heimat gewarnt vor den Mannen der Orleanisten. Sie taten jungen

Mädchen Gewalt an und entführten hübsche Jungen als Lustknaben, die sie später wegwarfen wie abgenagte Knochen. Man hatte ihre kleinen Leichen, entsetzlich zugerichtet, in den Wäldern gefunden. Und war da nicht auch jener brutale Freund des Herzogs von Orleans, der seine Diener wie Hunde behandelte?

Blanche bestätigte Margauds Vorbehalte. Sie erzählte vom Herzog von Guisay, der seine Diener zum Amüsement seiner Gäste auf allen vieren hatte herumkriechen lassen und ihnen befohlen hatte, sie sollten bellen und winseln.

»Aber Huguet de Guisay ist genauso umgekommen, wie er gelebt hat! Er ist ja jämmerlich verbrannt!«, sagte sie und erzählte Margaud vom »Bal des ardents«, bei dem der König und sein Bruder beinahe ums Leben gekommen waren. Die jungen Herren hatten sich Trikots mit Pech bestreichen und mit zotteligem Werg bekleben lassen, lange Krallen an die Hände geklebt, Tiermasken mit Hörnern und Geweihen aufgesetzt und waren zu schriller Pfeifenmusik als monströse Ungeheuer maskiert auf dem Hochzeitsball erschienen. Der Ball war gerade mit einem feierlichen Schreittanz eröffnet worden, als die sechs Ungeheuer durch die Reihen der Tanzenden brachen, als seien sie vom Teufel besessen. Sie machten anstößige Bewegungen und heulten grässlich wie die Wölfe. Offenbar seien auch die Spielleute mit im Bunde gewesen, denn sie begleiteten das groteske Hüpfen der Ungeheuer mit den wilden Pfeifen und Trommeln einer »Sarrasine«, einem äußerst anstößigen Tanz, den die Kreuzfahrer von den Heiden mitgebracht hatten und der bei Hofe trotz Missbilligung der Priester häufig getanzt wurde.

»Du weißt schon«, sagte Blanche vielsagend. Margaud wusste nichts. Fragend sah sie Blanche an. »Einen Charivari haben sie gemacht, obwohl es verboten ist! Ach, es sind doch immer Anspielungen auf die bevorstehende Hochzeitsnacht, wie sie bei jungen Männern üblich sind! Hüpfen, Verrenkungen, Fingerschnalzen …« Blanche sprang mit wiegenden Hüften in der Stube umher. Margaud lachte schallend. Sie hatte nicht gedacht, dass an dem furchtbaren Geschehen etwas Komisches sein konnte. Blanche schien keine Angst zu haben, darüber zu spotten. Die Streiche junger Männer fänden nicht ihre Billigung, ob sie nun von Stand waren oder nicht, und der Herzog von Guisay habe sein verdientes Ende gefunden.

Die Bäckerin wurde wieder ernst und erzählte von dem entsetzlichen Ausgang des Charivari. Die übermütigen jungen Männer hatten die Fackelbeleuchtung nicht bedacht. Bei den wilden Sprüngen war einer der Kostümierten an die Fackel geraten oder einer der Umstehenden hatte seine Fackel zu nah an die Ungeheuer gehalten, vielleicht aus Neugier, um zu sehen, wer sich unter den grausigen Masken verbarg. Die mit Pech bestrichenen Kostüme fingen sofort Feuer, und so waren fünf Männer vor den Augen der Hochzeitsgesellschaft elendig unter grässlichen Schreien verbrannt, nur der junge König nicht, den die Geistesgegenwart der Herzogin von Berry gerettet hatte. Ein schlechtes Omen für die Brautleute.

Margaud hatte der Schilderung mit offenem Mund zugehört. So lasterhaft ging es bei Hofe zu? Aber irgendwie klang Blanches Schilderung auch aufregend …

»Wie hat die Herzogin den König gerettet?«, fragte sie gespannt.

»Sie hat ihn an sich gedrückt! Mit ihren Röcken und ihrem Schleier hat sie die Flammen erstickt!«

»Warum hat die Königin das nicht getan?«, fragte Margaud.

»Ach, die Königin«, meinte Blanche wegwerfend, »die ist doch eine Deutsche.«

Margaud verstand nicht, was das mit der Rettung des Königs zu tun hatte. Blanche überlegte. Warum war die

Königin nicht eingeschritten? Man erzählte sich, dass auch die Königin den Spaß köstlich gefunden hätte, sie hatte selbst mit hohen Sprüngen getanzt und war entsetzt geflohen, als das Feuer ausbrach. Andere sagten, die schwangere Königin sei bereits in ihrem Schlafgemach gewesen, als die Katastrophe ausbrach, und wieder andere, die Königin habe mit ihren Damen im Nebenzimmer erfahren, dass unter dem Kostüm ihr königlicher Gatte war, und man habe sie ohnmächtig in ihre Gemächer tragen müssen. Ach, es gab so viele Gerüchte.

»Wir kleinen Leute werden es nie erfahren«, konstatierte Blanche, »wir sind nie dabei, und wer dabei war, der wird die Wahrheit nicht sagen, denn die Wahrheit ist meist viel schrecklicher als die geschönte Version des Chronisten. Das Volk könnte sich erheben, wenn es die Wahrheit erfährt. Eines aber ist gewiss …«

Blanche beugte sich vertraulich zu ihrer neuen Gehilfin hinüber und fuhr flüsternd fort: »Der König war nach diesem Vorfall nicht mehr derselbe. Er ist darüber wahnsinnig geworden.«

»Wahnsinnig?«, fragte Margaud erschrocken. Frankreich hatte einen wahnsinnigen König?

»Nun ja, zeitweilig«, meinte Blanche, »wenn er aus seinem Wahn erwacht, ist er weise wie sein Vater und gnädig gegen das Volk. Er erlässt manche ungerechte Steuer, die uns drückt. Sein Bruder ist nach dem Ball der Brennenden menschlicher geworden. Es scheint, dass dieses Unglück, durch Leichtsinn verursacht, den Herzog von Orleans hat reifen lassen. Er gilt seitdem als weniger hochfahrend, nicht mehr so brutal und freundlich gegenüber den Damen.«

»Ich denke, er ist ein Weiberheld?«, fragte Margaud erstaunt, die in ihrer burgundischen Heimat nie Gutes über den Widersacher des Jean Sanspeur gehört hatte.

An der Hauswand war ein schabendes Geräusch zu hören, als schliche jemand in dem Bemühen, lautlos zu sein, dort entlang, aber der eiserne Panzer oder der Degen schabte am Gemäuer. Blanche lauschte kurz und erklärte dann: »Weiberhelden verachten Frauen. Der Herzog war einer von ihnen. Die Königin und die Herzogin von Berry mit ihrem unerschrockenen Eingreifen haben ihn in einen Minnediener verwandelt. Seither lobt und preist er die guten Eigenschaften, die Sanftheit und Schönheit der Damen, er beschäftigt Spielleute, Dichter und Illustratoren, um ihnen zu huldigen, und er hat die Loge der Rose begründet. Vorher holte er sich nur einfach, was er brauchte, wie ein Tier.«

Margaud betrachtete Blanche erstaunt. Dieser Unterschied war ihr fremd und erschien ihr widersinnig. Sie konnte nur hoffen, dass Marias Soldat ein solcher Minnediener war, dass er sich ihrer ohne Gewalt bediente.

Das Schaben hatte aufgehört. Aber da war etwas draußen vor der Tür der Bäckerin, ein angestrengtes Schweigen, ein tiefes verschwiegenes Atmen, eine mörderische Stille. Das verhaltene Schnauben eines Pferdes hörte sich an, als würden dem Tier die Nüstern zugehalten.

»Das kann der Herzog nicht sein«, erklärte Blanche flüsternd, »sein Gefolge ist groß, mindestens zwanzig Mann, die durch unsere Gasse Vieille-du-Temple reiten, prächtig gekleidete Männer! Die haben keinen Grund, leise zu sein. Nein … seit einigen Tagen haben sich hier finstere Gestalten eingemietet. Man hört sie die ganze Nacht rumoren, aber bei Tag treten sie nicht aus dem Haus. Warte, ich schleiche mich hinten hinaus zur Großmutter des Schuhmachers, der alten Jaquette. Mal sehen, was dort los ist.«

Margaud hatte entsetzliche Angst, allein zu bleiben. Sie flehte Blanche an, sie begleiten zu dürfen. So schlichen die beiden Frauen hinaus in den Garten, durch einen wackeligen alten Holzschuppen, und dann sah Margaud die Gasse Vieille-du-Temple. Im schwachen Licht einer Fackel, die der Schuhmacher neben seine Haustüre gesteckt hatte, erkannte sie, dass dies die Gasse war, durch die sie vor dem entsetzlichen Hauptmann geflüchtet war. Dort, am Ende, stand das Haus, in das der Hauptmann mit den Gewappneten gezogen war. Das große Holztor war geschlossen. Dies war Marias Gefängnis, und es wäre unweigerlich ihr Gefängnis geworden, wäre sie nicht geflüchtet. Durch diese Gasse war sie gerannt, blind vor Angst, bis sie auf dem kleinen Platz untergetaucht war, auf dem das Ballspiel gerade im Gang war. Noch am Morgen war Margaud die Stadt riesig, als unüberschaubarer Wirrwarr von Gassen und Häusern erschienen. Jetzt, in der Dunkelheit, kam Paris ihr vor wie ihr Dorf, in dem keiner ungesehen sich verstecken konnte, in dem die Gefahr hinter jeder Ecke lauerte.

Blanche verhielt ihren Schritt und deutete mit dem Daumen nach links.

»Dort ist das Hotel Barbette, das Lieblingspalais der Königin«, hauchte sie, »und dort ist die Residenz Saint-Pol.« Blanche zeigte in die entgegengesetzte Richtung.

»Wir sehen den Herzog immer, wenn er vom König zur Königin reitet oder wenn er die Königin in ihrem Hotel Barbette besucht und zu seinem Stadtpalais zurückkehrt. Immer dann reitet er hier durch die Rue Vieille-du-temple entlang zur Rue Saint-Antoine, denn er muss die Seinebrücke überqueren. Sein Hotel ist auf der Insel.«

Im Haus des Schuhmachers war alles dunkel. Blanche klopfte dreimal kurz an die hintere Holztür. Eine Frau öffnete die Tür einen Spalt und blickte misstrauisch hinaus. Bei Blanches Anblick hellte sich ihre Miene auf, und nach einem hastigen Blick in beide Richtungen ließ sie die Besucher ins Haus schlüpfen und schloss die Tür hinter ihnen. Der Schlüssel knarzte, als sie abschloss.

Die Frau war alt. Graue Haare fielen in verlausten Zotteln auf ihre Schultern, sie hatte keinen Zahn mehr im Mund und hinkte. Mit der Behändigkeit einer dreibeinigen Katze bewegte sie sich voran in die Küche, in der Louis aufstand, als er Margaud erblickte. Er lächelte sie an, aber bevor er dazu kam, seine neu entdeckte Ballspielerin zu begrüßen, raunte die zahnlose Alte aufgeregt: »Da ist was faul, Blanche, hast du es auch gehört? Meine Ohren sind nicht mehr die jüngsten, aber ich höre genau, dass es vier Bewaffnete sind, und sie stehen in der Gasse, drücken sich an die Hauswände und lauern.«

»Fünf Bewaffnete«, widersprach Blanche. »Aber auf was warten sie?«

Jaquette antwortete unter vielen unverständlichen Zischworten indirekt: »Sie haben den Hund erschlagen, der sie verbellen wollte. Er liegt auf der Gasse.«

»Den großen grauen Streuner?«

Louis nickte grimmig. »War ein tapferer Köter, hat für sich selbst gesorgt und die halbe Gasse verteidigt.«

Der Hufschlag von Pferden war zu hören. Alle drängten sich an den Fensterladen und sahen nach draußen. Das Pferd kam in schnellem Trab durch die Gasse. Es trug zwei vornehm gekleidete junge Knappen auf seinem Rücken, die das Wappen des Herzogs von Orleans trugen. Der vordere Knappe hielt die Zügel, der hintere hielt zwei Fackeln in seinen Händen und beleuchtete die düstere Gasse für seinen Herrn. Hinter ihnen folgte im Schein des Lichtes ein prächtig aufgezäumtes schwarzes Ross. Silbern funkelten die Beschläge des Zaumzeugs am kräftigen Hals und auf der breiten Brust des schönen Tieres, das den Hals unter seinem kundigen Reiter in anmutigem Bogen gesenkt hielt.

»Der Herzog!«, flüsterte Blanche Margaud verzückt zu. Es war offensichtlich, dass sie den Herzog bewunderte, und nun verstand Margaud, warum. Louis von Orleans war schön.

Seine ebenmäßigen Züge mit langer Nase und kräftigem Kinn umrahmten dichte dunkle Locken, die ihm auf die Schultern fielen. Ein kleines hohes Hütchen mit einer frechen kleinen Krempe saß keck und etwas schief darauf und unterstrich den Eindruck von Wagemut. Er war schlank und nach einer Mode gekleidet, die Margaud noch nie gesehen hatte und deren bloßer Anblick sie verlegen machte, so herausfordernd unterstrich sie das Geschlecht. Hautenge Hosen steckten in langen, ebenfalls hautengen gelben Lederstiefeln, die am Oberschenkel zu einer weichen Krempe umgeschlagen waren. An den Füßen des Reiters liefen sie in einer so langen Spitze aus, dass sie die Brust des Pferdes berührt hätten, hielte der Reiter sie nicht anmutig nach unten gesenkt. An den Fersen trug der Herzog große silberne Sporen, in der Mitte der Rädchen funkelten Edelsteine, wenn nicht gar Diamanten. Sein Wams war kurz und knapp gearbeitet mit weit geschnittenen und wattierten pelzbesetzten Ärmeln, die seine schlanke Taille betonten. Das Schößchen reichte kaum bis zum hohen Zwiesel des Sattels hinauf, und Margaud errötete bei dem Gedanken, wie es seine Männlichkeit zur Schau stellen würde, wenn er abstiege. Margaud, die bisher nur Bauern in weiten Kitteln, Priester in langen Gewändern und gewappnete Söldner gesehen hatte, staunte und wunderte sich nicht mehr, dass dieser Herzog ein Weiberheld war. Die Damen des Hofes liefen ihm sicher scharenweise nach und warben um seine Gunst.

Der Herzog machte eine gute Figur auf seinem Ross. Mit einem verträumten Lächeln drückte er ihm die Sporen in die Flanken und hielt gleichzeitig die Zügel lässig in der linken Hand so kurz, dass es nervös tänzelte. Die Rechte auf den prächtigen Knauf seines kurzen Schwertes gelegt, schnalzte er seinem Tier aufmunternd zu.

»Wo ist sein Gefolge?«, rätselte Blanche. Jäh scheute das Pferd der Knappen vor dem toten Hund, der mitten in der schmalen Gasse lag. Es stieg, den Knappen gelang es, im Sattel zu bleiben, aber bevor sie das Tier zügeln konnten, war plötzlich eine Bewegung im Dunkel zu sehen. Eine Peitsche knallte auf die Kruppe, dann galoppierte das Pferd mit angelegten Ohren in Richtung Rue Saint-Antoine davon. Dem Knappen entfiel eine Fackel.

Verwundert sah der Herzog seinen Knappen nach, zügelte sein Pferd und betrachtete den Kadaver auf der Gasse neben der noch brennenden Fackel. Als er erkannte, dass es sich nur um einen toten Hund handelte, wollte er sein Pferd anspornen und den Knappen nachreiten, aber da drängten die bewaffneten Gestalten aus dem Dunkel und umringten ihn.

»Tötet ihn!«, rief einer und trat die Fackel am Boden aus. Margaud entfuhr ein Schrei, Jaquette hielt ihr schnell die Hand vor den Mund. Aber der Herzog reagierte alles andere als eingeschüchtert. Ob er an eine Verwechslung glaubte? Jedenfalls rief er, ohne sein Schwert zu ziehen, laut: »Ich bin der Herzog von Orleans!«

»Genau den suchen wir!«, antwortete einer der Kerle.

Himmel! Wie grausam bekannt kam Margaud die heisere Stimme vor!

Der Mann schwang sein Schwert und hieb treffsicher die herzogliche Hand ab, die die Zügel des Pferdes führte. Blut spritzte wie aus einem Geysir in die Höhe. Ehe der überraschte Herzog um Hilfe rufen konnte, hatte ihn der Streitkolben des Nächsten von seinem Pferd geholt, das mit schrillem Wiehern dem Getümmel entfloh.

Margaud wollte hinaus auf die Gasse, dem schönen Herzog helfen, aber ihre Beine waren wie gelähmt vor schrecklicher Angst. Beim matten Geflacker der Fackel am Haus des Schusters ging das grausame Mordwerk weiter.

Laut schrie der Herzog auf: »Was soll das? Wer seid ihr?«

Seine Stimme hatte nichts Ängstliches. Aber ein Hieb mit dem Morgenstern schlug ihm den Schädel ein. Hirn vermischte sich mit Blut und floss zäh über die staubige Gasse. Gnädig erlosch die Fackel und ersparte den entsetzten Zeugen das grausige Ende der Mordtat.

Die alte Jaquette hatte sich gefasst, feige war sie nicht. Sie riss den Laden auf, lehnte sich weit aus dem Fenster und schrie: »Mord! Mord! Zu Hilfe, ihr Leute! Zu Hilfe! Mord!«

Der Mann mit dem Schwert hielt inne. Er hatte weit ausgeholt, um dem Herzog auch die rechte Hand abzuhauen, nicht genug war das Mordwerk. Er spähte in die Richtung, aus der die Stimme kam, aber in diesem Augenblick eilte ein Mann aus der Tür des Hauses am Ende der Rue Vieille-du- temple. Er war mit einer blutroten Haube vermummt, wie der Henker persönlich, und trug eine kleine Laterne in der Hand. Sein Anblick war so schrecklich, dass Blanche zu Boden sank und das Vaterunser murmelte. Aber der Schein der Laterne des Vermummten, der den Ermordeten betrachtete, fiel auch auf den Mann mit dem Schwert, und Margaud erstarrte.

Es war der Mann mit der Narbe. Es war der burgundische Hauptmann, und er sah ihr geradewegs in die Augen. Konnte er sie erkennen? Reichte der Schein der Laterne des Vermummten bis zu ihr? Margaud fuhr zurück. Der Hauptmann blickte in die Richtung, aus der die Stimme der Alten gekommen war, und rief: »Still, du lasterhafte Schlampe! Ruhe!«

Der Vermummte mit der Laterne trat nun an die Leiche des Herzogs heran, gab dem Hauptmann ein Zeichen, das Schwert sauste herab und durchtrennte den Arm. Ein Hieb noch mit der Keule, Margaud schwankte. Ihr war übel.

»Lichter aus«, befahl der Vermummte, »los, verschwinden wir, er ist tot.«

Aber der Hauptmann ging nicht zurück in das Haus, aus dem er gekommen war. Mit zwei seiner Spießgesellen lief er zum Haus des Schusters, und schnell, bevor Jaquette den Fensterladen schließen konnte, packte er sie an den Haaren, drehte ihren Kopf zu sich und zischte: »Kein Wort, du alte Vettel, verstehst du, sonst drehe ich dir den Hals um. Ist da noch wer?«

Die Lichter waren gelöscht, er starrte ins Innere des Hauses. Margaud hockte am Boden neben Blanche und befürchtete, das Herz würde ihr im Leib zerspringen. Ihr Herz würde sie verraten, es klopfte so laut, er musste es hören. Jetzt würde er kommen. Er würde sie finden. Alles war aus.

# CHRISTINE

Im Korb lag, sorgfältig gerollt und mit einem schönen Band verschlossen, Christines Schrift für den Frieden neben den Geschenken Maries für das Neugeborene. Christine de Pizan stand etwas ratlos vor der Wache des Hotels Saint-Pol. Die Gasse war dunkel. Sie hatte eben erfahren, dass die Königin sich zur Geburt ins Hotel Barbette zurückgezogen hatte. Nun musste sie den Weg durch die Gasse Vieille-du-temple nehmen. Christines Turm Barbeau lag nur wenige Fuß von Saint-Pol entfernt. Sollte sie umkehren?

Sie zögerte einen Moment, dann schüttelte sie unwillig den Kopf über ihre eigene Feigheit. Konnte eine Frau nicht am Abend durch ihre Heimatstadt gehen? Was sollte schon geschehen? Ihre Fantasie drängte ihr auf, was geschehen konnte, unwillig schob sie die Gedanken an gierige Männer, brutale Herumlungerer, Räuber, Huren und all das Gesindel, das sich nächtens auf den Pariser Gassen herumtreiben sollte, beiseite. Meist war die Dichterin mit Einbruch der Dunkelheit in ihrem Haus, und wenn einmal ein Gang nötig war, ließ Christine sich von der Magd oder der Kopistin begleiten. Viel Erfahrung mit nächtlichem Ausgang hatte Christine nicht, aber sie war Dichterin und reich an Fantasie.

Die Botschaft eilte, befand Christine, und die Kopistin war bereits gegangen. Und sie war doch nicht allein ... Christine pfiff schrill, und da kam er angewedelt, der kleine Hund, der ihr zugelaufen war und der sie oft begleitete. Sie lockte ihn, mit ihr zu kommen, freute sich an seinem munteren Wesen und ging beruhigt weiter.

»Bist du ausgerissen, foli chon?«, fragte sie ihn. Christine hätte keinen Hund durchfüttern können. Das schwarzweiße Hündchen war ein Rassehund, eines der Schoßhündchen, das sich edle Damen hielten. Vielleicht war ihm das höfische Leben zu langweilig geworden und er war ausgerissen, oder er war ausgesetzt worden, weil er das Kleid seiner Herrin beschmutzt hatte.

Christine bog gerade in die dunklere Gasse Vieille-dutemple ein, als sie Wiehern und Hufgetrappel hörte. Das wäre nichts Beunruhigendes gewesen, aber dieses Pferd kam viel zu schnell näher, und ehe sie auch nur zwei weitere Schritte tun konnte, jagte das Tier mit angelegten Ohren und wild aufgerissenen Augen in gestrecktem Galopp auf sie zu.

Christine erschrak. Der kleine Hund aber, ermutigt durch seine neue Freundin, stellte sich mit gesträubten Nackenhaaren mitten auf die Gasse und kläffte, so laut er konnte. Das Pferd machte einen Satz, Christine presste sich blitzschnell an eine Hauswand, der Hund jaulte auf, dann verschwand das Pferd im Dunkel. Gerade noch erkannte Christine, dass sich an den Reiter ein Junge klammerte, der bei dem Sprung beinahe zu Fall gekommen wäre. Beide trugen die Farben des Herzogs von Orleans. Waren es Pagen, die sich ein Pferd teilten? Wie ungewöhnlich, da der Herzog stets von großem Gefolge umgeben war.

Vorsichtig trat Christine aus dem Hauseingang und packte den wehklagenden Hund, um ihn aus der Bahn zu nehmen.

»Dummkopf«, sagte sie zu ihm, »bist du ein Löwe? Du sollst mich nicht vor einem Pferd beschützen, sondern vor bösen Männern. Das hätte dein Tod sein können.«

Sie nahm den Korb in die Hand, presste mit der anderen das zappelnde Tierchen an sich und lief weiter, so schnell sie konnte. Warum war den Leuten des Herzogs das Pferd durchgegangen?

Christine hielt sich eng an den Häuserwänden, denn sie rechnete damit, dass die Männer ihr Reittier beruhigen und zurückkommen würden. Oder waren es eilige Kuriere gewesen? Dann hätten sie in der Stadt vorsichtiger reiten müssen, dachte Christine verärgert. Die Bediensteten der Hofleute benahmen sich wirklich zu rücksichtslos.

Erleichtert sah sie den Erker des Hotels Barbette an der Wegkreuzung und beschleunigte ihren Schritt nochmals. Das Hündchen spitzte plötzlich die Ohren, knurrte und strampelte heftig auf ihrem Arm. »Was hast du nun wieder, foli chon?«, flüsterte sie, aber sie hörte es schon: Hufgetrappel, laute Rufe, nun sogar Waffengeklirr.

Christine presste den zappelnden Hund an sich, um keinen Preis wollte sie allein sein. Ihr Herz klopfte bis zum Hals. Was ging hier vor sich? Ein Pferd wieherte jetzt auf. Ein riesiger dunkler Schatten tauchte vor Christine auf. Der Korb entfiel ihren Händen, der Hund sprang mit einem Satz auf die Gasse. Christine wollte flüchten, da traf sie ein heftiger Schlag auf den Kopf. Das Letzte, was sie hörte, bevor sie niedersank, war der wilde Ruf einer Frau: »Mord! Mord!«

# MARGAUD

DER NARBIGE LIESS JAQUETTE LOS und pfiff seinen Spießgesellen. Im gegenüberliegenden Haus flackerten Laternen auf, Läden öffneten sich, rostige Türangeln knarzten. Noch einmal schrie die alte Jaquette mit aller Kraft, die ihre Lungen hergaben: »Mörder! Mörder! Zu Hilfe, so helft doch, Leute!«

Wütend wandte der Hauptmann sich wieder Jaquette zu. Was fiel der Alten ein, sich seiner Order zu widersetzen? War hier ein Nest von Orleanisten? Mit bloßen Händen würde er dieses alte Weib erwürgen! Aber vorher musste er herausfinden, welche Verbrecher sich außer der frechen Vettel in diesem Hause befanden. Er griff nach der Fackel eines Soldaten und wollte in das Fenster hineinleuchten.

Margaud glaubte den letzten Lidschlag ihres Lebens gekommen. Sie faltete die Hände und betete stumm zur Muttergottes und zu ihrer eigenen Mutter, dass sie ihr beistünden in ihrer schwersten Stunde. Noch ein Wimpernschlag, dann würde sie entdeckt und abgeführt werden. Sie sah das triumphierende Grinsen des Narbengesichtes vor sich und schluchzte unwillkürlich laut auf.

Margauds Schluchzer blieb ungehört. Denn in diesem Augenblick ertönte ein Kläffen, dann ein Knurren, es folgte ein Fluch des Hauptmanns. Die Fackel fiel in die Schusterwerkstatt. Heftig sirrte das Schwert durch die Luft, offenbar erfolglos, denn der Hauptmann brüllte den neben ihm Stehenden an: »Erschlag das verfluchte Vieh!«

Man hörte einen Wortwechsel. Der Kapuzenmann befahl, sofort zu verschwinden. Louis sprang auf, griff nach der Fackel, die die Stube in Brand zu setzen drohte, und warf sie mit einem kräftigen Wurf weit hinaus auf die Gasse. Dann schloss er blitzschnell die Läden und legte den schweren Riegel vor. Vier Menschen blieben drinnen mit klopfenden Herzen stumm im Dunkel, während draußen ein Hund unausgesetzt kläffte.

Dann knurrte er, sie hörten einen Fluch, was Jaquette mit einem leisen, befriedigten »Ha!« kommentierte.

Sie hörten die Faust des Hauptmanns an den geschlossenen Laden hämmern, begleitet von einem drohenden: »Euch krieg ich noch!«

Es folgte noch ein Knurren, ein Fluch, wieder heulte der Hund auf, dann verstummte er. Schwere Schritte entfernten sich. Die Stille, die folgte, war unheimlich, die Kammer schwarz, keiner wagte sich zu rühren.

Margauds Hirn begann wieder zu arbeiten. Ihr Feind hatte sie nicht entdeckt. Louis hatte die ganze Zeit neben ihr gehockt und sie verdeckt. Als sie vor Panik aufspringen und hinausrennen wollte, hatte er sie festgehalten und ihr den Rücken gestreichelt, immer wieder. Er hatte neben ihr im Dunkel der Kammer gehockt, ohne den Versuch zu machen, die Situation für sich auszunutzen.

Meide Situationen im Dunkel oder allein mit einem Mann, hatte die Mutter ihr eingeschärft, in beiden ist ein Mädchen zu schwach, sich zu wehren, und schnell ist es sein kostbarstes Gut los, ist verletzt und entehrt.

Hatte Louis sie entehrt durch seine Nähe? Verletzt durch sein Streicheln? Margaud fühlte sich seltsam leicht, fast schwebend. Noch immer schienen seine Hände auf ihrem Rücken zu liegen, und sein Streicheln machte wohlig warm und etwas in ihr prickelte …

Licht flackerte auf. Margaud blinzelte. Jaquette hielt ein Öllicht in der Hand.

»Sind sie weg?«, flüsterte Blanche. Jaquette rieb sich mit der freien Hand den Hals, wo der Griff des Narbigen blutunterlaufene Flecke hinterlassen hatte.

»Auf diesen Schreck trinken wir«, schlug Jaquette vor. Sie humpelte in ihre Küche und kam mit einer Kanne wieder. Louis hatte unaufgefordert Becher geholt und nun goss Jaquette Wein ein. »Setzt euch, wir müssen ja nicht wie die Hühner die ganze Zeit auf dem Boden verbringen!«

Jaquette kicherte vergnügt, sie hatte ihren Altweibermut und ihren Humor wiedergefunden. Es war zu komisch, wie die beiden Frauen auf dem Boden kauerten. Blanche lachte befreit auf und stieß Margaud in die Seite: »Auf, Mädchen, Martini ist vorbei, Gänse werden nicht mehr geschlachtet!«

Margaud konnte nicht lachen. Die lieben Frauen hatten keine Ahnung, wen sie im Haus hatten. Sie bringe Unglück über alle, erklärte Margaud leise, aber Blanche erklärte, das Mädchen sei bleich wie der Tod, kein Wunder bei dem Schrecken, den es habe ausstehen müssen, und nun solle sie endlich trinken, das bringe Farbe auf die Wangen und Mut ins Herz. »Ja, trink, Mädchen!«, forderte auch Jaquette. »Trink, denn in diesem Jahr ist der Wein wohlfeil zu haben! Den letzten Winter haben wir bei Wasser zubringen müssen, was, Frau Nachbarin!«

Die Wangen der Frauen hatten sich gerötet. Sie überlegten, wer den Herzog auf dem Gewissen haben könnte. Was sie tun sollten, ob es ratsam war, die Garde zu rufen, und was um Himmels willen mit der Leiche geschehen sollte, sie trauten sich nicht hinaus. Margaud wurde warm vom Wein. Es war ein schwerer, gewürzter Wein, sie hatte bisher nur Wein mit Wasser vermischt getrunken und fühlte nach wenigen Schlucken ihre Glieder schwer werden. Sie wollte erzählen, wer den Herzog ermordet hatte, oh ja, sie wusste es, und das war das Gefährliche an der Sache. Besser für alle, wenn sie es nicht wüsste, orakelte sie laut, besser für alle, wenn sie schwiege, ihre Zunge wollte ihr nicht recht gehorchen. Der Mörder des Herzog von Orleans sei …

Louis legte den Finger auf den Mund, Margaud verstummte. »Der Hund hört nicht auf zu jaulen, hört ihr das?«, fragte er.

Alle lauschten.

»Da stimmt etwas nicht«, entschied Blanche.

»Unsinn, der Hund jault wegen der Leiche«, meinte Jaquette und erschrak: »Um Himmels willen! Wir müssen den Hund von der Leiche wegschaffen! Er frisst womöglich an ihr …«

Bewegung kam in die Anwesenden. Nur Margaud blieb wie betäubt auf ihrem Schemel hocken. Louis und Blanche gingen vorsichtig hinaus. Jaquette schloss sorgfältig die Tür hinter ihnen.

»Was ist dir, Mädchen?«, fragte sie und klopfte Margaud auf die Wange. »Trink, glaub einer alten Frau, ein Schluck Wein hat schon über manchen Schreck hinweggeholfen. Die Dinge haben danach weichere Konturen, das macht sie schöner zum Betrachten!«

Margaud schluckte tapfer und versuchte zu lächeln. Aber es gelang ihr nicht, die Sache weicher zu sehen. Ein Mord blieb ein Mord blieb ein Mord, und sie hatte den Mörder gesehen. Und der Mörder kannte sie …

Es klopfte. Louis und Blanche waren zurück, aber sie waren nicht allein. In ihrer Mitte trugen sie eine besinnungslose Frau, die eine klaffende Wunde an der Stirn hatte. Ein kleiner Hund umsprang sie, gebärdete sich wie wild und war nicht zu beruhigen, bis sie ihn ebenfalls in die Stube ließen.

Jaquette ließ die Frau auf die Strohsäcke in der Bretterkiste legen, die ihr Lager war. Sie löste die Haube der Frau, schickte Louis an die Feuerstelle nach dem heißen Wasser, das dort stets im Kessel war, und betupfte die Wunde vorsichtig mit einem Tuch, das sie in heißes Wasser getaucht hatte.

»Eine vornehme Dame!«, flüsterte Blanche ehrfürchtig. »Wer ist das?«

Margaud hatte eilig das Tuch herbeigebracht. Noch nie hatte sie eine solche Dame in einem so feingewirkten Gewand gesehen. Sogar ein Pelzkragen zierte ihren Umhang. Bei dem Jeu-de-paume-Spiel, bei dem sie zum ersten Mal städtisch gekleidete Frauen gesehen hatte, war eine solche Dame nicht dabei gewesen.

»Die Königin!«, flüsterte sie ehrfürchtig.

Die anderen brachen in Gelächter aus. Vor allem Jaquette wieherte so, dass ihre Hand zitterte.

Louis erklärte, dass die Dame zwar sicherlich von Stand, aber keinesfalls die Königin sei, nicht einmal eine ihrer Hofdamen. Er beschrieb Margaud die weiße Kleidung, die die königlichen Ehrendamen trugen, und dass keine Witwen darunter seien. Er deutete auf die Haube: »Diese Dame ist Witwe und sie ist nicht reich.«

Der feine Stoff ihres Umhangs war tatsächlich ein wenig abgeschabt, auch der Pelz, und das blaue Kleid sei nicht nach der neuesten Mode geschneidert, wie Blanche flüsternd erklärte.

Ob es vom Gelächter oder vom Wasser war, die Dame schlug die Augen auf. Es waren große, schöne Augen von dunklem Blau. Erstaunt blickte sie um sich, versuchte mit einem Ruck, sich aufzusetzen, sank aber stöhnend zurück. Dann sah sie Blanche und flüsterte beruhigt: »Meine Bäckerin, die das gute Brot backt!«

Blanche lächelte geschmeichelt. Sie betrachtete die Dame genauer und rief plötzlich aus: »Madame de Pizan! Sie!«

»Wie bin ich zu dir gekommen?«

»Ihr Hündchen hat uns zu Ihnen geführt! Er hat sich gebärdet wie toll, nachdem der Herzog …« Blanche brach ab. Wie sollte sie der Dame gegenüber von diesem Mord sprechen?

Sie senkte die Stimme. »Wir haben einen Mord gesehen, wir sind Zeugen.«

Lähmendes Entsetzen packte Margaud. Mordzeugen. Und

nicht irgendein Mord. Einer der höchsten Edelleute Frankreichs, der Bruder des Königs, war ermordet worden! Und sie kannte den Mörder, er hatte auch ihren kleinen Bruder auf dem … Gewissen? Nein, er schien kein Gewissen zu haben, der narbige Hauptmann, wie viele Menschen mochte er noch ermordet haben?

Margaud schlug die Hände vors Gesicht. Diesen lieben Leuten, die sie in ihr Haus aufgenommen hatten, brachte sie nichts als Unglück. Sie wurde gesucht, die anderen würden als ihre Spießgesellen ebenfalls hängen. Hängen! Wie grauenhaft! Sie erinnerte sich an das riesige quadratische Galgengerüst vor der Stadt auf dem Hügel, an dem die Leichen der Gehenkten, Geköpften und zu Tode Gefolterten weithin sichtbar im Wind schaukelten, vom ekelhaft süßlichen Gestank der Verwesung umweht, bis die Knochen einzeln abfielen. Entehrt, ohne christliches Begräbnis, würden dort auch ihre Gebeine in alle Winde geweht, von Raben verschleppt, nie würde sie die ewige Seligkeit erlangen.

Margaud nahm die Hände vom Gesicht und sagte schwach: »Ich reiße euch alle ins Verderben. Ich muss fort, bevor sie zurückkommen.«

Die alte Jaquette und Blanche sahen das junge Mädchen ungläubig an. Louis, der noch am Fensterladen stand und horchte, betrachtete Margaud ernsthaft. Dieses magere Mädchen umwehte ein Geheimnis. Woher kam sie? War sie auf der Flucht?

Aber warum sollte das Auswirkungen auf sie alle haben? Sie alle steckten jetzt tief drin in der Geschichte. Sie hatten den Mord am Bruder des Königs gesehen, sie waren Zeugen eines entsetzlichen Verbrechens. Es war die Frage, ob in Paris Recht und Gesetz des Königs herrschten oder ob die Mörder auch noch die Zeugen mundtot machen konnten.

Alle schwiegen. Die Dame Christine verkehrte bei Hofe, sie galt als Lieblingsdichterin der Königin. Die erlauchten Onkel des Königs zählten zu ihren Auftraggebern, und für den Herzog von Orleans hatte sie ein Liederbuch verfasst. Sie konnten ihr unmöglich sagen, dass ihr Gönner auf der Gasse erschlagen in seinem Blut lag.

Louis, weniger zimperlich, erklärte in wenigen Sätzen, was geschehen war, und schloss: »Sie werden wiederkommen.«

Alle schwiegen. Margauds Atem war zu hören, schwer und keuchend ging er vor Angst. Christine de Pizan schloss einen Moment ihre schönen dunkelblauen Augen. Dann öffnete sie sie, griff nach Margauds Hand und sagte: »Du kommst mit mir, ma fille. In meinem Hause bist du sicher. Wenigstens vorerst.«

## ISABEL

Von dem furchtbaren Geschehen war durch die hohen dicken Mauern des Hotels Barbette kein Laut gedrungen. Isabel hatte keine Ahnung, dass ihr eleganter Schwager Louis, der sie vor wenigen Minuten verlassen hatte, keine halbe Rute von ihr entfernt auf der Rue Vieille-du-temple ermordet in seinem Blut lag.

Neugierig griff die Königin nach dem Kästchen, das Louis auf ihr Nachtkastl gelegt hatte. Es war nicht aus Holz, sie spürte es erst, als sie das unerwartete Gewicht in den Händen wog. Das Kästchen war aus kostbarem Elfenbein, es hatte einen Griff und Verzierungen aus vergoldetem Messing. In das Elfenbein waren Szenen geschnitzt, meisterlicher Art, wie sie sie nur von ihrem eigenen Juwelier kannte. Sie betrachtete den Deckel. Unterhalb des Griffes kämpften zwei Ritter zu Pferde einen Tjost, sie waren in vollem Harnisch. Der Künstler hatte den dramatischsten Moment des Kampfes festgehalten, in dem die Ritter ihre Lanzen zum Angriff auf den Gegner gerichtet hielten. Über dem Messinggriff, der auf raffinierte Art die geschmückte Tribüne bildete, saßen die Damen und beobachteten mit sichtlich aufgeregten Mienen den Kampf. Jedes Detail des Reliefs war sorgsam gearbeitet, die Frisuren der Damen, die Falten ihrer reich bestickten Gewänder ebenso wie die Muskeln der Pferde und die aufrechte Haltung der Ritter, die in den Steigbügeln standen und ihre Pferde antrieben.

Das Kästchen selbst war mit verschiedenen Szenen verziert, die Isabel sofort mit einer gewissen Rührung erkannte: Es waren Szenen aus dem Roman der Rose von Guillaume de Lorris, einem Dichter des vergangenen Jahrhunderts, der seine Ode an die minnigliche Liebe begonnen, aber vor seinem Tod nicht mehr hatte vollenden können. Vor einigen Jahren hatte ein Professor der Pariser Universität das Werk mit eigenen Versen vervollständigt und sich die scharfe Kritik der Christine de Pizan und des Rektors, Jean Gerson, zugezogen. Sie befanden das Werk Lorris' durch die Zusätze Meungs nicht nur entstellt, sondern auf eine frauenverachtende Weise verändert. Die Rose, Symbol der Weiblichkeit und Unbeflecktheit, sei in den Schmutz gezogen worden, hatte Christine geschrieben und gefordert, dass Schluss sein müsse mit der Verachtung der Frauen. Die ritterliche Gesellschaft solle sich wieder auf die Ehre und Minne der Väter besinnen, die allen Frauen, nicht nur den Damen, mit Ehrerbietung begegnet sei. Louis von Orleans hatte den Orden der Rose gegründet, um den Minnedienst wieder aufleben zu lassen und die neue misogyne Haltung der Universität zu kritisieren.

Isabel drehte das Kästchen und betrachtete die kostbare Schnitzerei voller Bewunderung. Dieser Elfenbeinschnitzer war ein Meister seiner Kunst. Woher hatte Louis eine solche Kostbarkeit? Hatte er es eigens für sie anfertigen lassen? Sie strich mit den Fingern über das feine Relief. Es schien ihr keine neue Arbeit zu sein. Ob Louis sich von einem wertvollen Erbstück getrennt hatte? Oje, das würde Ärger mit Valentina geben, die schätzte es keineswegs, wenn nicht sie die Empfängerin solcher kostbarer Gaben war, die in der Familie bleiben sollten.

Aber das Thema …

Isabel ließ das Kästchen sinken. Sie hatten nicht nur einen Minnehof und einen Rosenorden begründet, sie hatten ihn auch gelebt, Valentina, sie und die Männer. Wie sie sich geliebt hatten! Manchmal hatte Valentina geschluchzt, sie hatte es nicht ausgehalten, dass Louis neben ihr stets auch sie, Isabel, begehrte, aber sie hatte die Schwägerin in den Arm genommen, ihre Haare gestreichelt und sie zärtlich beruhigt. Zart war sie, die Cousine, wie Isabels Mutter Taddea, aber sie hatte nicht die dunklen, feuchten Augen der Visconti, sondern große blaue, und ihr Profil war nicht von der scharfen Energie, sondern hatte die weichen Züge, die dem französischen Schönheitsideal entsprachen. Wäre Charles nicht so in mich verliebt gewesen, ich wäre vermutlich oft eifersüchtig auf die schöne Cousine gewesen, dachte Isabel. So aber liebte sie Valentina wie eine Schwester, niemals würde sie sie betrügen.

Nein, es war Isabel nie schwergefallen, sich dem Schwager zu entziehen, nur die Spiele, die Charles und sie erregten, spielte sie mit. Ein Augenzwinkern reichte, sie waren sich völlig einig, wo sie die Grenze zogen, und sie sprachen nie darüber. So waren die Jahre der ersten wilden körperlichen Liebe, ihres Minnehofes zu viert, vergangen.

Mit Charles' Krankheit hatten die Vierertreffen ein Ende gefunden. Der Minnehof war förmlicher geworden, die Feste aber weiterhin von ausschweifender Obszönität, um Charles abzulenken und aufzumuntern, wie es der Arzt empfohlen hatte. Isabels Haltung hingegen war die einer besorgten Krankenschwester geworden. Mühsam hatte sie gelacht, wenn der König seine seltsamen Witze riss, die keiner verstand. Ihre Gramfalten verbarg sie unter mehr Schminke, gegen die Sorgen ließ sie sich prachtvoll frisieren, und wenn die Verzweiflung sie zusammenbrechen ließ, sorgten hohe Absätze für eine hoheitsvolle Haltung. Isabel, die Ausländerin, wurde zur Modeikone des Hofes, deren Habit alle Damen sofort kopierten. Kein Hennin war zu hoch, kein Schleier zu raffiniert, kein Stoff zu kostbar, kein Absatz zu gewagt, um nicht ausprobiert zu werden.

Und Louis von Orleans, so unberechenbar sein Charakter, so sprunghaft sein Handeln war, von schönen Dingen verstand er viel. Bewundernd betrachtete Isabel das Kästchen von allen Seiten. Die Festung der Minne wurde erobert. Dann zog sie an dem goldenen Griff und öffnete den Deckel. Was sie erblickte, ließ ihr Herz schneller schlagen.

Ein goldenes Medaillon an einer schön gearbeiteten Goldkette lag auf einem Samtkissen, und als sie es öffnete, erblickte sie eine Miniatur, die die Mutter Gottes mit dem Jesuskind darstellte.

Wie bezaubernd! Wie wunderschön! Aber die Tränen der Rührung traten ihr erst in die Augen, als sie das steife Papier entfaltete, das sie unter dem Samtkissen fand. Es war ein Brief des Königs. Wie lange hatte sie keinen Liebesbrief mehr erhalten! Aber dies war einer, kein offizieller Gattenbrief, sondern ein zärtlicher Liebesbrief, voller Freude über die Geburt des kleinen Philippe, und am Ende, bevor er schwungvoll mit »Charles« zeichnete, bat der König Isabel um Verzeihung für seine Zeiten der Abwesenheit, er wisse, was er ihr damit antue. Sie habe sein vollstes Vertrauen in diesen Zeiten und solle tun, was recht sei: »Die Aufgabe des Königs ist, Recht zu schaffen, auch mit dem Schwert; die der Königin ist, Frieden zu schaffen, und wiegt nicht die Aufgabe der Königin ungleich schwerer in meinen Zeiten der Absence?«

Isabel schloss die Augen und stellte sich vor, wie sie in einer armseligen Hütte lebte, morgens mit schwerem Rücken das Wasser vom Brunnen holte, am Abend nach hartem Tagwerk hungrig und erschöpft ins Bett fiel, neben einen ebenso erschöpften Mann – aber neben einem gesunden, der sie am Morgen ebenso hell und klar anschaute wie am Abend. Und sie zweifelte an ihrem Herrgott, nicht zum ersten Mal, aber bitterer und verzweifelter als jemals zuvor.

Der Traum kehrte immer wieder: Wie wäre es, wenn ich ihn in die Kutsche packte und nach Hause auf meine Güter führe, in meine Münchner Burg, und dort schlüge er die Augen auf und der Fön, der von den Alpen herüberweht, erfrischt seinen Geist und lässt ihn für immer gesund und fröhlich sein.

Wie wäre es, wenn er tief atmet und die Sonne scheint auf sein lächelndes Gesicht, und er dankt mir, seiner Retterin, und wir lassen uns ein kleines Lustschloss bauen im milden Tölzer Ländchen, zwischen weichen bewaldeten Hügeln mit Blick auf den tiefblauen Tegernsee, die furchterregenden grauen Zacken der Alpspitzen als Hüter herum in beruhigender Ferne … Ach, wie schön wäre das!

Welchen Unsinn male ich mir aus. Isabel rief sich streng zur Ordnung. Königinnen dürfen nicht träumen. Königinnen dürfen dergleichen nicht einmal denken. Königinnen dürfen nicht in die Berge flüchten. Sie haben für den Frieden und für Nachkommen zu sorgen. Sie schlief ein und träumte von der Nacht, in der sie diesen Kleinen gezeugt hatten, der ihr letztes Kind sein würde.

Sie hatte die Hofdamen glauben lassen, dass diese letzten beiden Söhne im Wahn gezeugt worden waren. Ein irrer, verwahrloster Mann sei der König, wie jeder sehe, und er stürze sich auf sie, stinkend, voller Schmarotzer auf Haut und Haaren …

Lüge! Lüge, Lüge, Lüge, dachte sie, ausgestreut an alle meine Feinde, damit es sich nicht lohnt, das Kind zu vergiften, diesen letzten, kostbaren Dauphin. Keiner ermordete einen Wahnsinnigen, das hatte sie während Charles' zunehmender Krankheit gelernt.

Sie jagte Odinette hinaus und legte sich auf sein Lager, auf die weichen Felle, und zog die Vorhänge vor. Sie hatten ihn gebadet und gesalbt, das hatte sie angeordnet, ebenso wie den Harfenspieler im Alkoven und Sträuße weißer Madonnenlilien, die im Dunkeln leuchteten und betörend dufteten. Zärtliche Töne drangen durch die dichten Vorhänge, mild und dunkel war diese Mainacht, und sie trug Perlenohrgehänge und Seidenstrümpfe und sonst nichts. Und der König kam, voller Vorfreude, die schweren Vorhänge des Bettes schlugen hinter ihm zusammen. Ob er wusste, wer in seinem Bett lag? Ob er wusste, welche Frau er liebte?

Ihr war es gleich. Einmal wollte sie ihn so genießen, wie sie ihn kannte und liebte, nicht jedes Mal sollte Odinette den Rahm abschöpfen. Einmal wollte auch sie noch einmal naschen an ihrem Ehemann, dem Schönen, dem Zärtlichen, der niemals wieder genesen würde trotz aller Wallfahrten, Gebete, Doktoren, betrügerischer Wunderheiler und Pfaffen.

Und Charles, ihr über alles geliebter Gatte, war sanft und wild und liebte sie stürmisch wie ein junger Liebhaber, und sie weinte, weil sie sich fragte, ob er Odinette so liebte.

Aber er war wie früher. Sie liebte ihn mit aller Raffinesse, tat alles, was er und sie mochten. Die Erregung bestand in der aufregenden Furcht: Was würde geschehen, wenn er sie erkannte?

Ach, mein Liebster, mein König, einmal noch im Dunkel der mondlosen Nacht war es wie einst in Amiens, unter deinen Händen zitterte ich wie du unter den meinen bebtest und stöhntest. Wir liebten uns, wie sich zwei Liebende nur lieben können, schöner, intensiver, liebevoller und leidenschaftlicher, als wir es beim ersten Mal taten. Die Jugend ist tollpatschig, sie weiß nichts von der Raffinesse des Liebesspiels ... Es war das letzte Mal.

Er schlief ein und sie griff nach dem Nachtlicht und betrachtete seine Züge.

Er schlief entspannt wie ein Kind, voller Unschuld, sanft wie ein Engel. Noch immer leuchteten seine Haare golden im Schein der Kerze, kein graues Haar war zu sehen.

Isabel betrachtete ihren Engel und weinte lautlos, um ihn nicht zu wecken, und während ihre Tränen auf seine Brust tropften, fragte sie sich, was einen so sanften, klugen Menschen immer wieder in eine Bestie verwandelte. Wer strafte ihn? Gott? Der Teufel mit seinen wilden Heerscharen? Musste der König für die Sodomie, die Gier und das Blutvergießen seiner Vorfahren büßen?

Sie betrachtete den schön geschwungenen Liebesbogen seiner Lippen, wagte aber nicht, seinen im Schlaf lächelnden Mund zu berühren. Lautlos fragte sie ihn: Was sollen wir hier auf dieser Welt, die offensichtlich von Gott verflucht und verlassen ist? Welchen Auftrag haben wir zu erfüllen zwischen Pest, Krieg, Mord und Familienfehden? Und sie versprach ihm, die Erde, die sich ja angeblich drehte wie ein Glücksrad, in diesem Augenblick anzuhalten, alle ihre Diamanten herzuschenken, in Armut, in einen Nesselkittel gekleidet, zu leben und nie wieder etwas zu fordern, wenn sie damit den grauenhaften Fluch von ihrem geliebten König nehmen könnte. Und da schlug Charles die Augen auf, er hatte ihre Gedanken gehört und lächelte, nahm sie in die Arme und flüsterte: Ja, meine Isabel, tue das, was kümmern uns solche Tollheiten wie Diamanten und eine Krone und Feindschaften und Krieg. Komm, wir gehen zum See und baden im Mondlicht.

Später konnte sich Isabel nicht mehr daran erinnern, was ihren sehnsüchtigen Traum zuerst zerstörte. Sie ließ sich das Medaillon umlegen, als sie merkte, dass der Kleine in ihrem Arm nicht mehr atmete. Oder kam der Bote mit der mörderischen Nachricht, während sie das Medaillon an ihrem Hals im Handspiegel betrachtete?

Isabels Kehle entrang sich ein Schrei, tief und schwer, wie der einer bei der Jagd verwundeten Wölfin. Wer ihn hörte, im Hotel Barbette, auf der Rue Vieille-du-temple, hielt inne, mit einem Schauder über der Haut. Der Schrei der Königin zuckte über Paris wie ein Blitz, der in Sekunden auch die dunkelste Hütte in grelles Licht taucht und dem das entsetzliche Peitschen des nahen Donners folgt, der alles erzittern lässt.

Nach dem schrecklichen Schrei der verwundeten Königin am 23. November des Jahres 1407 sollte nichts mehr so sein, wie es war. Das Volk stöhnte auf und ahnte, dass alle Schrecken der Vergangenheit nichts waren gegen die mörderischen Jahre, die nun anbrechen sollten.

In der Ecke einer Pariser Bäckerei verstaubte eine Friedensschrift in einem Körbchen. Motten zerfraßen nie getragene Kinderschühchen.

# MÜNCHEN,
# ALTE VESTE 1385

In dem 1385. jar viengen die von Münichen
ain erbern burger und slugen im
das haupt ab unverdienter sach..

*Chronik des Burkard Zink*

Auf dem Burghof der alten Kaiserburg scharrten die Pferde mit den Hufen. Das Feuer des Hufschmieds verbreitete beißenden Qualm. In dem Winkel, in dem die morgendliche Frühlingssonne die froststarren Finger erwärmte, hockte eine Magd auf einem Schemel und rupfte ein fettes braunes Huhn. Der Schmiedegeselle schäkerte mit ihr, bis sie einen roten Kopf bekam und er sich die Hand verbrannte. Sie lachte meckernd, ohne ihre Arbeit zu unterbrechen, er fluchte. Knechte fuhren mit Karren Heu zu den Ställen, Mägde schleppten lederne Wassereimer in die Gemächer der Burg. Laut und anhaltend heulten die Jagdhunde des bayerischen Herzogs Stefan in Erwartung einer aufregenden Jagd.

Aus dem weit geöffneten Fenster des Affentürmchens beobachtete des Herzogs Tochter Elisabeth die morgendliche Betriebsamkeit. »Sieh mal, Katherl!«

Katharina von Fastavarin, die beste Freundin der vierzehnjährigen Prinzessin, kam ans Fenster. »Wie findest du den?« Elisabeth deutete auf einen Ritter, der die Jagdaufsicht hatte. Er war einer ihrer Cousins. Mit hochrotem Gesicht schlug er einen Stalljungen, der offenbar sein Pferd nicht gut genug versorgt hatte.

Katharina kicherte. »Geh her, Lisei, der hat Säbelbeine und eine Hasenscharte!«

»Magst ihn nicht heiraten?« Elisabeth tat unschuldig. »So einen Feschen lässt du dir entgehen? Schau, wie er sich schlägt!«

»Sehr fesch! Ein wahrer Ritter schlägt sich auf dem Turnier, aber doch nicht den armen Sepp!«

Mitleidig betrachtete Katharina die Szene. Der Pferdejunge war sechs Jahre alt und er arbeitete hart, aber den riesigen Grauschimmel des Ritters hätte er nicht einmal auf einem Schemel stehend ordentlich striegeln können.

»Wie muss dein Ritter aussehen?«, fragte Elisabeth. Katharina zierte sich. »Nun sag schon! Soll er aussehen wie ein echter italienischer Conde oder wie ein französischer Chevalier?«

»Ich weiß nicht«, meinte Katharina nachdenklich, »ich weiß nur, dass er so mutig wie ein Kreuzritter sein muss.«

»Kreuzritter, die sich mit den Sarazenen schlagen? Kathi, die sind immer unterwegs, sie stinken, und womöglich musst du an ihrer Seite ins Heilige Land ziehen!«

»Es gibt Frauen, die das getan haben«, meinte Katharina.

»Meiner soll auch mutig sein«, meinte Elisabeth unsicher. Bisher hatte sie das nicht so wichtig gefunden. »Aber er muss vor allem klug sein. Der da kann ja nicht einmal seinen Namen buchstabieren.«

In diesem Augenblick sah der Ritter auf und blickte nach oben. Die Mädchen wichen blitzartig zurück, ließen sich auf den Holzboden des Erkers plumpsen und kicherten unbändig.

Der junge Geistliche, der in diesem Augenblick die Kemenate betrat, errötete bei dem Anblick der Prinzessin und ihrer Hofjungfer auf dem Fußboden. Er ließ die schwere Eichentür ins Schloss fallen und räusperte sich vernehmlich. Die Amme konnte gerade noch hinter ihm ins Zimmer schlüpfen. Sie legte unwillig die Stirn in Falten, klatschte in die Hände und rief energisch: »Zum Unterricht, edles Fräulein! Auf! Setzt Euch nieder, Hochwürden ist da!«

Verlegen eilten die Mädchen zum Pult.

Der Priester, noch jung und scheu gegenüber doppeltem bayerischem Mädchencharme, sah die Amme dankbar an. Diese nahm das als Einladung, setzte sich auf die Bank im Erker und holte ihre Spindel hervor. Während der Befragung, die nun ohne weitere Störung verlief, spann die Amme einen Arm voll Wolle zu einem hübschen runden Knäuel, sah hin und wieder aus dem Fenster auf den wolkenlosen blauen Maihimmel und hörte dem Unterricht mit halbem Ohr zu, während sie überlegte, ob sie an alles gedacht hatte, was für den morgigen Tag notwendig war.

Der junge Priester examinierte die Prinzessin auf Lateinisch nach der Bibel. Elisabeth antwortete ebenfalls auf Lateinisch, wurde mehrfach korrigiert, fand aber den Beifall ihres Lehrers. Katharina saß still hinter ihr. Sie war nur die Gespielin der Prinzessin. Am Unterricht hatte sie insofern Anteil, als sie später die Prinzessin das Gelernte abfragen musste.

»Wiederholen Sie, edles Fräulein«, forderte der Pater die Prinzessin auf.

Elisabeth erzählte etwas stockend die Geschichte von Johannes dem Täufer. Es lag nicht am mangelnden Latein. Sie sprach und schrieb Latein recht geschickt, aber sie mochte die Geschichte nicht sonderlich gern. Die Vorstellung eines abgeschlagenen Kopfes war ihr unheimlich. Als der Priester ihr die Bibelstelle zum ersten Mal vorgelesen hatte, hatte sie die Vision eines sprechenden Kopfes, der sie um Hilfe anflehte, und sie irrte machtlos und verzweifelt herum, weil sie den Körper nirgendwo finden konnte.

Aber gottlob gab es ja Heilige, deren Leben friedlicher verlaufen war. Elisabeth erzählte eifrig die Geschichte ihrer Namensvetterin, der heiligen Elisabeth, die den Aussätzigen Hilfe gebracht hatte, und des heiligen Martin, der als römischer Soldat seinen Mantel teilte, um einen frierenden Bettler zu bedecken. »Ich bin nackt gewesen und Ihr habt mich bekleidet. Was Ihr getan habt einem meiner geringsten Brüder, das habt Ihr mir getan.«

Elisabeth hatte die lateinische Bibelstelle auswendig gelernt. Sie wusste auch sofort, was es mit dem Gleichnis auf sich hatte: »Wir Geschlechter von Gottes Gnaden sollen stets Almosen geben. Es geziemt uns nicht, geizig zu sein.«

»Worauf beruhen die Todsünden, die unser Herrgott mit der Hölle bestraft?«, fragte der Priester, und Elisabeth zählte sehr ernsthaft auf: »Dies sind sieben Laster der Menschen: Avaritia, die Habgier. Luxuria, die Wollust. Gula, die Völlerei. Superbia, der Hochmut. Ira, der Zorn. Invidia, der Neid, und Acedia, die Faulheit.«

Sie dachte einen Augenblick nach und fragte: »Hochwürden, ist es für den wahrhaftigen Christen mit Almosengeben und Wallfahrten getan?«

Der junge Priester verstand die Frage nicht.

Elisabeth überlegte kurz und forschte schließlich: »Können wir die sieben Laster nicht am besten vermeiden, wenn wir keine irdischen Güter haben, die die sieben Laster hervorrufen? Müssen wir nicht arm sein, um Gott wahrhaft zu dienen?«

Katharina betrachtete die Prinzessin wie einen seltenen Schmetterling. Die Amme erschrak, stach sich in den Daumen, steckte ihn in den Mund und begnügte sich, am Sprechen gehindert, mit einem vorwurfsvollen Räuspern.

Der Priester zögerte. Er wusste, dass er sich auf gefährliches Terrain begab, gleich, welche Antwort er gab. Das Armutsgelübde des Franz von Assisi hatte vor zweihundert Jahren eine Revolte in der Heiligen Kirche hervorgerufen. Schnell war Franz für seine Imitatio Christi heiliggesprochen worden, um keine weiteren Geister zu rufen. Ausgerechnet der Verteidiger des jungen Ordens der Franziskaner, William von Occam, hatte in Bayern Asyl und beim bayerischen Herzog Ludwig, dem späteren Kaiser und Urahn Elisabeths, ein offenes Ohr gefunden. Aber der Kaiser war vom Papst exkommuniziert worden, und das Schisma hatte die Macht der Kirche geschwächt …

Er beantwortete die Frage seiner Schülerin nicht, sondern fragte streng nach den christlichen Tugenden. Enttäuscht, aber gehorsam leierte Elisabeth herunter: »Fides, der Glaube, Spes, die Treue, Caritas, die Liebe, Prudentia …«

»Mord! Mord!« Der schreckliche Ruf unterbrach den Unterricht in christlicher Nächstenliebe. Die Amme, die dem Erkerfenster am nächsten saß, beobachtete, wie ein Pferd in den Hof stolperte und beinahe zusammenbrach. Der staubbedeckte Reiter fiel aus dem Sattel. Der Schmied ließ sein Eisen fallen und hob den Mann auf.

Elisabeth und Katharina stürmten mit fliegenden Röcken ans Fenster.

»Mord!« Seine Stimme versagte ihren Dienst, der Mann sackte zusammen. Der Schmied übergab ihn zwei Dienern, die aus der Haustür gerannt kamen, gefolgt von Herzog Stefan und seinem Bruder, Herzog Friedrich. Plötzlich umringten alle den Reiter, flößten ihm mit einer Kelle Wasser ein, klopften seine Wangen, fächelten ihm Luft zu. Der Mann kam wieder zu sich und verlangte nach seiner Satteltasche. Er habe Herzog Stefan eine wichtige Nachricht zu überbringen.

Mord? Die Mädchen wollten nach unten rennen, aber die Amme hüstelte wieder. Es gehörte sich nicht, den Unterricht auf diese Weise zu beenden, gleich, was dort unten auf dem Hof geschah. So knickste Katharina eilig zum Herrn Monsignore hin, Elisabeth entließ ihn mit einem hoheitsvollen Kopfnicken, kaum konnten sie Hochwürdens Segen abwarten, dann stürmten sie die Treppe hinunter in die große Halle. »Barnabo Visconti ist ermordet worden!«

Elisabeth schrie auf und rannte zu ihrem Vater.

»Großvater ist tot?«, rief sie. Ihr Bruder Ludwig kam mit seinem Cousin im Jagdkleid herein. Sie hatten gerade zur Jagd aufbrechen wollen, als ihnen der Bote vor dem Tor begegnet war. Enttäuscht heulten die Hunde im Hof.

Elisabeth lief dem zwei Jahre älteren Bruder entgegen. »Großvater ist ermordet worden! Wie schrecklich!« Tränen liefen ihr über die Wangen. Ludwig, dem die Gefühlsaufwallung seiner kleinen Schwester peinlich war, klopfte ihr auf den Rücken und schob sie etwas von sich. Der Bote, inzwischen gestärkt durch einen Krug Bier, wischte sich den Mund mit dem Ärmel ab und berichtete, der Neffe Johann Galeazzo Visconti habe die Macht an sich gerissen und seinen Onkel Barnabo ermordet. Er zog einen gesiegelten Brief heraus und reichte ihn den Herzögen.

Friedrich öffnete ihn, überflog ihn und reichte ihn mit besorgtem Blick seinem Bruder: »Diese Gewalttat wird ganz Italien erschüttern.«

Herzog Stefan versuchte, seine weinende Tochter zu trösten. Es war zu viel für sie. Erst vor drei Jahren hatte der Tod, der dürre, entsetzliche Geselle, ihr die Mutter, seine Frau Taddea Visconti, entrissen. Taddea hatte erst im dreißigsten Lebensjahr gestanden. Und nun Taddeas Vater! Was war in Galeazzo gefahren? Er hatte stets alles gemeinsam mit seinem Onkel verwaltet und hatte ein reiches Erbe zu erwarten. Oder hatte Barnabo seinen Neffen zugunsten seiner Söhne enterbt?

Ludwig las den Brief und sah auf: »Unsere Cousins Carlo und Mastin bitten um Asyl!«

»Barnabos Söhne folgen mir auf dem Fuße«, bestätigte der Bote, »sie sind nach der Gewalttat geflüchtet, unzweifelhaft wären sie die nächsten Opfer gewesen. Und sie werden nicht die einzigen bleiben.«

»Galeazzo wird mit Sicherheit auch Herrscher über Verona und Padua werden wollen«, mutmaßte Friedrich sorgenvoll.

Stefan meinte, so schlimm würde es wohl nicht kommen, aber es dauerte nur wenige Stunden, bis die jungen Männer eintrafen und Friedrichs düstere Prognosen bestätigten. »Galeazzo ist ein Wüterich«, erklärte Carlo beim Abendessen am großen Tisch in der Halle, und Mastin bestätigte: »Mailand wird ihm nicht reichen. Er wird Bewaffnete um sich scharen und alles überfallen, dessen er habhaft werden kann.«

Die jungen Männer gingen erschöpft zu Bett.

Friedrich stieg mit seinem Bruder in den ersten Stock hinauf. Im Erker stand ein massiver Eichentisch, die bleiverglasten Fenster erlaubten am Tage einen weiten Blick über die Stadt und das Isartal. Hierhin zogen sich die Herzöge gern zurück, zum Schachspiel, zu kleinen Mahlzeiten, zu vertraulichen Gesprächen. Friedrich schickte die Diener hinaus und goss selbst Bier aus der Kanne in zwei Krüge. Bedeutungsvoll sah er seinen Bruder an. »Wir brauchen dringend neue Verbündete.«

Stefan nickte duster. Niemals hätte er sich ausgemalt, dass seinem Schwiegervater, dem Stadtherrn von Mailand, etwas Derartiges zustoßen könnte. Ermordet vom eigenen Neffen! Und keine Gerechtigkeit, keine Sühne für das Verbrechen in Sicht. »Glaubst du, Galleazzo will nun Bayern überfallen?«

»Nicht bevorzugt. Zunächst wird er sich die widerspenstigen Herzöge unterwerfen, das sehen Carlo und Mastin ganz richtig. Wir müssen ihnen Waffenhilfe leisten, aber Bayern allein wird Galeazzo kaum einschüchtern.«

Stefan lehnte sich zurück und musterte seinen Bruder eindringlich. Sie regierten das bayerische Erbe ihres Vaters gemeinsam mit ihrem Bruder Johann, aber mit Friedrich verband Herzog Stefan ein besonderes Vertrauensverhältnis. »Kommst du wieder auf dein Heiratsprojekt zurück?«, fragte er leise.

Friedrich nickte.

»Du weißt, warum ich dagegen bin!«, sagte Stefan erregt. »Die Franzosen lassen ihren Bräuten nicht einmal das Hemd an! Da steht mein liebes unschuldiges Madel nackend vor irgendwelchen Hofdamen und wird begutachtet, ob sie Kinder gebären kann – und dann wird sie womöglich zurückgeschickt! Diese Demütigung will ich meiner einzigen Tochter ersparen!«

»Aber nein, sie sind Lisei gutgesinnt! König Karl V. hat auf dem Sterbebett die Heirat seines Sohnes mit einer Deutschen gewünscht! Wir brauchen Frankreich und die Hennegauer brauchen es auch! Jetzt gegen die Visconti allemal!«

Stefan war das alles bekannt, aber es war ihm zuwider. Er hätte seine Tochter lieber in seiner Nähe gewusst. Eine Hochzeit mit einem Viscontisohn hätte ihm aber wegen der nahen Verwandtschaft ebenfalls nicht behagt. Einem landlosen Flüchtling würde er seine Tochter auf keinen Fall geben, einem Mörder noch weniger. Andererseits, wenn die gut aussehenden Neffen nun die nächste Zeit in München blieben … nein, das ging nicht, ganz und gar nicht. Bei der Vorstellung, dass Mastin und Carlo seiner Lisei schöne Augen machen würden, hieb der besorgte Vater den Bierhumpen mit einem Knall auf den Eichentisch.

Friedrich deutete die Geste falsch. Beschwörend sagte er: »Ich bin mit Herzog Philipp von Burgund völlig einig! Du weißt, er hat unsere Cousine Margarethe geheiratet, und ihr Einfluss wird stark genug sein, auf die französischen Gebräuche zu verzichten. Philipp von Burgund ist ja fast mächtiger als sein Neffe, der König! Glaube mir, sie werden Elisabeth diese Demütigung ersparen! Der Kronrat wird auf diese Prüfung verzichten! Wir brauchen Frankreich, Bruder, sonst stehen wir völlig allein da!«

»Und wenn sie Karl nicht gefällt?« Sie wäre nicht die erste Braut, die schmachvoll zurückgeschickt worden wäre.

»Die Lisei ist ein sauberes Madel«, meinte Friedrich, »sie wird ihm schon gefallen.«

Stefan war nicht überzeugt. Die Franzosen hatten eine andere Vorstellung von Schönheit, zumal wenn sie nicht von einer anständigen Mitgift begleitet war. Was konnte er dem König von Frankreich schon bieten!

»Der König von Frankreich hängt dem falschen Papst an, diesem Ketzer in Avignon«, brachte er seinen zweiten entscheidenden Einwand vor.

Friedrich seufzte. Stefan sorgte sich um seine Tochter,

das ehrte ihn, aber er konnte ein arger Sturschädel sein. Das Erbe Ludwigs, der sich freudig mit allen angelegt hatte, war unübersehbar. Der wichtige Bund mit Frankreich konnte aber nur über diese Heirat zustande kommen, und er musste bald geschlossen werden, sonst würde der König von Frankreich sich eine englische oder womöglich sogar eine österreichische Braut suchen, und das durfte auf keinen Fall geschehen. Wie konnte er das seinem Bruder nur vermitteln?

Ihm kam eine Idee: »Wir müssen es ihr nicht sagen!«

Wie sollte das gehen? Über seinen Bierhumpen betrachtete Stefan misstrauisch seinen Bruder. »Wie willst du ihr das verheimlichen? Lisei ist keine dumme Gans!«

Stefan war stolz auf seine Tochter. Er hatte sie mit seinem Sohn gemeinsam erzogen, sie hatte eine gute Bildung, konnte passabel reiten und machte eine gute Figur bei der Jagd. Die kuriosen Fragen, die sie schon in frühem Alter gestellt hatte, wiesen sie als wissbegieriges Kind aus. Der Priester war von ihrem eleganten Latein entzückt. Wie sollte man sie hintergehen?

Aber Friedrich erläuterte leise seine Idee. Und sie war so gut, dass sie auch Stefan überzeugte. Am Schluss hellte sich seine Miene auf. Zwei Humpen krachten fröhlich aneinander, Bier schäumte, das brüderliche Geschäft war beschlossene Sache. Nur der Prinzessin sollte die Sache verschwiegen bleiben.

Am nächsten Morgen lud Herzog Friedrich seine Nichte auf eine Wallfahrt ein. Elisabeths Lehrer habe ihm berichtet, dass die Prinzessin an Sankt Martin und Johannes dem Täufer großes Interesse bekundet habe.

Elisabeth sah verweint aus. Sie kniff die geschwollenen Augen zusammen und sah sich hilfesuchend nach ihrer Amme um. Aber der Herzog hatte dafür gesorgt, dass sie nur zu dritt waren.

Er wolle sie auf seine Fahrt nach Frankreich mitnehmen, auf Wallfahrt nach Amiens, wo die Reliquien verwahrt seien. Sie könne dort endlich Onkel und Tante aus dem Hennegau kennenlernen, und …

»Aber doch nicht jetzt«, wagte Elisabeth einzuwenden.

»Doch, liebes Kind, gerade jetzt! Meine Fahrt ins Hennegau ist lange geplant. Ich werde noch warten, bis deine Sachen gepackt sind, und dann …«

»Vater! Ihr könnt doch jetzt nicht fort, jetzt, wo wir Großvaters Tod rächen müssen!«, rief Elisabeth erregt.

Herzog Stefan versicherte seiner Tochter, dass er nicht vorhabe, sie zu begleiten: »Ich werde anwerben. Dein Bruder Ludwig wird mit Carlo und Mastin und so vielen Bewaffneten, wie sie bekommen können, nach Vicenza reiten, um Italien zu retten …«

»Und da willst du mich auf eine Wallfahrt schicken!«, unterbrach Elisabeth ihren Vater mit blitzenden Augen.

»Willst du mit uns in den Krieg ziehen?«, fragte Stefan ironisch.

Aber bevor es Streit mit seiner offenbar zu allem entschlossenen Nichte geben würde, sagte Friedrich rasch: »Ich möchte, dass deine Wallfahrt dem Unternehmen Erfolg schenkt. Du wirst für die Seelenruhe deiner Mutter und deines Großvaters bitten und für das Gelingen des Kriegszuges, und ich werde Verbündete in Frankreich suchen. Dabei brauche ich deine Hilfe.«

Tatsächlich? Elisabeth betrachtete ihren Onkel erstaunt. Er war groß, kräftig, galt als erfahrener tapferer Ritter und gefürchteter Turniergegner. Wie konnte sie, eine schwache Jungfrau, ihm helfen?

»Schau, edle Nichte, das Kämpfen ist der Damen Sache nicht, der Fräulein noch weniger. Aber deine Frömmigkeit, deine Fürsprache bei den Heiligen in Amiens wird der Gerechtigkeit in Italien zum Sieg verhelfen, und mit deinem Charme können wir die Franzosen als Bündnispartner gewinnen.«

Das leuchtete Elisabeth ein. Wo Amiens sei, wollte sie noch wissen.

In Nordfrankreich, erklärte ihr Onkel, fast schon an der Küste des endlosen Meeres sei es gelegen, und die Reise dorthin sei lang, er sei mit seinen Männern vier Wochen unterwegs gewesen.

»Dann wird es mit mir nicht länger dauern!«, beteuerte Elisabeth ehrgeizig.

»Deine Amme und dein Hoffräulein dürfen dich begleiten«, fügte Herzog Stefan schnell hinzu. Damit war Elisabeth überredet. Sie umarmte ihren Vater, dankte ihm für seine große Gnade und bat darum, alles in die Wege leiten zu dürfen, damit sie so schnell wie möglich reisen konnte.

Der Herzog nickte zustimmend. Elisabeth nahm all ihre Selbstbeherrschung zusammen und rannte nicht aus dem Zimmer wie sonst, sondern schritt würdig, wie es sich für eine Wallfahrerin und Gesandte ihres Landes gehörte, aus dem Erkerzimmer. Erst als sie die Tür des Erkerzimmers hinter sich geschlossen hatte, raffte sie die Röcke, rannte die Stufen hinunter und schrie: »Kathi! Kathi! Kisten packen! Schnell!«

Die Brüder sahen sich erleichtert an. »Du hast mich überredet, Friedrich. Aber bedenke: Wenn du sie mir zurückbringst, wirst du in mir einen Todfeind haben.«

Herzog Stefan, den das Volk wegen seiner Liebe zu prunkvollen Kleidern »den Kneissl«, den Prächtigen, nannte, ließ das Burgtor öffnen und ritt neben seiner Tochter hinaus, gefolgt von seinen Brüdern Friedrich, Johann und dem gesamten Tross. Er hatte Befehl gegeben, nur das Notwendigste mitzunehmen, um schneller voranzukommen, aber es blieben dennoch dreißig Berittene und zwei vierspännige Gogelwagen, die sich nun in Bewegung setzten.

Die Münchner hatten diesen Augenblick seit Stunden mit Spannung erwartet. Sie hatten nicht einen, sondern drei gemeinsam regierende Herzöge und keinen Mangel an Festlichkeiten. Erst im Frühjahr war Herzog Friedrich, mit Ruhm bekrönt, aus dem französischen Feldlager bei Arras zurückgekehrt, wo er die Engländer an der Seite des französischen Königs aus Flandern vertrieben hatte. So dachten die Münchner und waren stolz auf ihren ritterlichen Herrscher. Niemand hatte ihnen gesagt, dass die Schlacht nicht stattgefunden hatte, da der Gegner sich zurückgezogen und kampflos kapituliert hatte.

An diesem Tag wollten sie die vierzehnjährige Prinzessin bestaunen, ihre Lisei, die so fromm war, dass sie auf Wallfahrt ging. Das würde alle Bayern von sämtlichen Sünden erlösen, und so waren die Münchner voller Vorfreude erst in den Liebfrauendom zur Messe und dann auf die Gassen der ständig wachsenden Stadt geströmt, um den Saum des herzoglichen Gewandes zu küssen oder wenigstens ein Lächeln der Prinzessin zu erhaschen. Gaukler hatten sich zu dem großen Ereignis eingefunden, liefen närrisch auf Seilen und machten derbe Späße mit den Gaffern. Einige zeigten dressierte Tiere, Spielleute bliesen beliebte Weisen, die viele mitsangen, einige tanzten sogar auf den Gassen.

Die reichen Patrizier und Ratsherren hatten ihre Festtagstrachten angelegt und schritten würdevoll auf und ab, von Quacksalbern und Händlern bedrängt, die sich ein gutes Geschäft erhofften. Nur die Handwerker und ärmeren Taglöhner hielten sich zurück. Die Steuerbelastung war zu hoch, und Herzog Stefan hatte alle ihre Versuche, sich in Zünften zu vereinen, vereitelt. Einen Ratsherrn, den reichen Tuchhändler Impler, hatten die aufgebrachten Handwerker im vergangenen Jahr kurzerhand geköpft, weil sie ihn der Spionage für die Herzöge verdächtigten. Einhundert Bürger hatten den Herzog kniefällig um Gnade bitten müssen, eine

Demütigung, die sie nicht so schnell vergaßen, und der Rat war verdonnert worden, eine neue Veste zu bezahlen. Die alte Kaiserburg erschien den Herzögen nicht mehr sicher genug.

Grimmig beschauten die einfach gekleideten Handwerkerfamilien die herzogliche Pracht.

Als die Fanfaren ertönten und das schwere Tor der Burg von innen geöffnet wurde, brach aufgeregter Lärm aus. Kinder schrien, borstige braune Schweine rasten vor Schreck quiekend auf den Gassen davon, Hunde bellten, Spielleute bliesen ohrenbetäubend. Es war ein Lärm wie auf der alljährlichen Kirchweih, die das Volk die »Tult« nannte. Alles drängte nach vorn, um besser sehen zu können.

Zuerst kam die herzogliche Wache und trommelte, um den Weg frei zu machen. Ihr folgten die Berittenen in Kettenhemden, darüber Umhänge in den herzoglichen Farben mit hoch erhobenen Lanzen, deren Piken sie drohend auf jeden richteten, der den Weg nicht schnell genug freigab.

Die drei bayerischen Herzöge Johann, Friedrich und Stefan, die ihnen folgten, boten in ihren kostbar bestickten Houppelanden, die in den Farben der bayerischen Wappen in prachtvollen Falten weit über die Sättel bis über die Kruppen der Pferde fielen, einen imponierenden Anblick. Reich verzierte silberne Tasseln hielten die herzoglichen Umhänge an der Schulter zusammen. Manchmal verschob sich durch die Bewegung der Reitenden der Umhang, dann blitzte der eiserne Brustharnisch in der Morgensonne auf. Jeder Herzog hatte sein kunstvoll geschmiedetes Schwert in einer kostbaren edelsteingeschmückten Scheide am Sattel hängen.

Den Herzögen folgten auf prächtigen Zeltern mit fein verziertem Zaumzeug die Damen, zuerst Maddalena Visconti, die junge Gattin Friedrichs und Tante der Prinzessin. Der Volksmund hatte die Schwestern Maddalena und Taddea die »100 000-Gulden-Töchter« genannt, denn der reiche

Mailänder Herzog Barnabo Visconti hatte alle seine Töchter – und es waren derer fünfzehn! – mit dieser unglaublich hohen Mitgift ausgestattet. Die schönen Italienerinnen hatten Bayern manchen zuvor verpfändeten Besitz zurückgebracht.

Maddalena trug einen leuchtend roten Mantel aus italienischem Scharlach und auf ihrer kunstvoll aufgeflochtenen Frisur eine Haube aus Goldfäden. Von der Haube aber fiel ein schwarzes Band der Trauer auf ihre schmalen Schultern und ihr schönes Gesicht war blass.

Am meisten Bewunderung rief die mit Spannung erwartete Prinzessin Lisei hervor. Elisabeth hatte sich das dunkelbraune Haar gelockt. In langen, glänzenden Locken, von zwei feinen, geflochtenen Zöpfchen aus der Stirn gebunden, fiel es über ihre Schultern. Auf dem Haar trug sie einen zierlichen Haarreif aus Silber, verziert mit stilisierten fünfblättrigen goldenen Blüten. Die Fruchtknoten bildeten Rosenquarze, deren zartes Rosa einen aparten Kontrast zu Elisabeths dunklem Haar bildeten. Der Reif war ein Meisterstück der italienischen Goldschmiedekunst, sie hatte ihn von ihrer verstorbenen Mutter Taddea geerbt. Auch Elisabeth hatte sich ein schwarzes Band in die Zöpfe geflochten.

Die Prinzessin war nicht groß, und durch ihre bereits fraulichen Formen wirkte die Vierzehnjährige ein wenig gedrungen, aber sie hielt sich in untadeliger Haltung aufrecht auf ihrem Zelter, einem prächtigen Falben mit langer sahnefarbener Mähne. Elisabeth trug eine weite safrangelbe Houppelande mit schmuckvoll gedrehten Silbertasseln. Kragen und Ärmel ihres Gewandes waren mit weißem Pelz verbrämt. Die mit Goldborten verzierten Ärmel fielen bis zu den Steigbügeln, nur die fein gearbeiteten Lederstiefelchen waren zu sehen. Auch ihre Houppelande fiel in verschwenderischen Falten elegant über die Kruppe ihres kostbaren Zelters. Die Prinzessin lächelte etwas schüchtern, aber freundlich in die Menge, die sie mit Hochrufen empfing.

Katharina von Fastavarin, die ihr folgte, hatte ihr blondes Haar zu einem dicken Zopf geflochten, in den sie weiße Bänder hineingeflochten hatte. Auch das Hoffräulein trug einen weiten, aber schmucklosen Umhang mit Kapuze, die Gogl, die ihr breites Gesicht in sanftem Schwung schmeichelhaft umrahmte.

Den Abschluss des Zuges bildete Elisabeths zwei Jahre älterer Bruder Ludwig im glänzenden Brustharnisch, dessen breiten Gürtel ein kostbares Schwert zierte. Er ritt einen wertvollen jungen Rapphengst, der beim Anblick des jubelnden Volkes scheute und von einem Knappen gehalten werden musste. Den Schluss bildeten die Gogelwagen mit dem Gepäck, von Berittenen begleitet. Auf einem thronte die Amme mit der Miene einer Bärin, die ihr Junges verteidigt.

Herzog Stefan warf Almosen unter das Volk, wie es sich gehörte für einen Herrscher. Seine Brüder taten dasselbe. Es waren Kupfermünzen, die mit Geschrei, Geheule und heftigen Stößen aufgesammelt wurden. Unter den fortwährenden Segenswünschen zog der prächtige Zug am Liebfrauendom vorbei zum Neuhauser Stadttor, das die Wallfahrer zur Salzstraße nach Westen führen sollte. Weit öffneten sich die Pforten für die Landesherren. Am Tor nahm Friedrich Abschied von seiner schwangeren Frau, die sein Bruder Johann nach Burghausen geleitete, bevor er in seine Landshuter Residenz zurückkehrte. Dann ritt er mit Herzog Stefan, Ludwig und Elisabeth weiter bis Pasing. An der Marienkapelle am Wegkreuz saßen sie ab, baten die Schutzheilige um Beistand und nahmen Abschied.

Lisei saß ab und sank in eine zeremonielle Verbeugung vor ihrem Vater, doch Stefan Kneissl hob sie auf. Tränen liefen ihm über die Wangen. Erstaunt sah sie ihn an. Ihr Vater war kein Mensch, der Gefühle zeigte. Gewiss, Reisen waren immer gefährlich, aber eine Wallfahrt war kein Kreuzzug, und sie stand unter dem Schutz des Onkels, der ein tapferer Held war. »Nicht weinen, Papa, ich komme doch bald wieder«, sagte sie zärtlich.

Der Herzog wechselte einen Blick mit seinem Bruder. Er hasste es, seine Tochter zu belügen. »Möge Gott dich beschützen, Lisei, mein Kind«, murmelte Stefan und strich ihr sanft über die Wangen.

Ludwig beugte in ritterlicher Geste das Knie vor seiner Schwester, aber sie nahm ihn liebevoll in den Arm.

»Dich werde ich am meisten vermisssen, Wiggerl«, flüsterte sie, »ach, warum kommst du nicht mit mir, liebster Bruder.«

Eng umschlungen standen sie da, aber Elisabeth hörte doch, wie Stefan seinem Bruder Friedrich zuraunte: »Ihr wisst: Wenn Ihr sie mir zurückbringt, werdet Ihr keinen ärgeren Feind besitzen als mich, Euren eigenen Bruder!«

Erschrocken ließ das Mädchen ihren Bruder los und versuchte, die Miene ihres Vaters zu ergründen. Aber die Herzöge sahen einander mit feierlichem Ernst in die Augen und legten ihre Hände ineinander wie bei einem Schwur.

Elisabeth hatte die Worte genau gehört. Wie ein Dorn sich schmerzhaft in den nackten Fußballen drückte, so hatten sie sich in ihr Herz gerammt. Ihr Vater wollte nicht, dass sie zurückkehrte. Und der Onkel hatte es ihm geschworen. Verwirrt drückte sie ihrem Zelter die Fersen in die Flanken und folgte Herzog Friedrich.

Der seltsame Satz ließ Elisabeth nicht los. Sie überquerten noch an jenem Tage den Lech und am übernächsten die Donau, sie ruhte im Gogelwagen neben ihrer zärtlichen Amme, aber ständig spukte in ihrem Kopf herum: »Wenn Ihr sie mir wieder zurückbringt, werdet Ihr keinen ärgeren Feind besitzen als mich.« Elisabeth grämte sich, grübelte, kniff die Lippen zusammen und mochte sich weder Katharina noch der Amme anvertrauen.

Als die Reisenden nach gut sieben Tagen den breitesten der Ströme, den Rhein, überquerten, als Elisabeth bewusst wurde, dass es unaufhaltsam nach Frankreich ging, da konnte sie ihre Tränen nicht mehr zurückhalten.

»Was ist Euch, Lisei?«

Katharina trieb ihren Zelter dicht neben Elisabeths Falben. »Mein Vater liebt mich nicht mehr«, weinte die Prinzessin.

Katharina sah erschrocken aus. »Niemals, Herrin!«

Laut schluchzte Lisei auf und erzählte der Vertrauten im Flüsterton, was sie gehört hatte. »Wenn Ihr sie mir wieder zurückbringt, werdet Ihr keinen ärgeren Feind besitzen als mich.« Katharina konnte es nicht glauben. Der Herzog sei der gnädigste Vater der Welt, niemals wolle er seine Tochter loswerden.

Aber Liseis Welt war ins Wanken geraten. Wohin sollte die Reise führen? Warum sollte sie nicht mehr zurückkehren in ihr geliebtes München? Der Vater hatte es dem Onkel bei seiner Ehre verboten. Liebte Herzog Stefan seine Tochter nicht mehr? Hatte er sie nicht stets geherzt und ihr jeden Wunsch erfüllt, sie zärtlich seine Lisei, seine einzige Tochter genannt?

Katharina von Fastavarin war überzeugt, dass der Herzog seine Tochter nach wie vor väterlich liebte. Sie reichte der Prinzessin ihr besticktes Taschentuch und riet ihr, den gnädigen Herzog Friedrich, ihren Onkel, zu fragen. Elisabeth putzte sich die Nase und schüttelte so energisch den Kopf, dass der Falbe die Ohren anlegte und den Schritt beschleunigte.

Verweint und abgemagert, mit vom Reisestaub ergrauten Haaren, stieg die bayerische Prinzessin am 10. Juni 1385 in der Festung von Le Quesnoy von ihrem Falben. Ihre Tante, Herzogin Margarethe, sah mit kaum verhülltem Entsetzen von ihr zu ihrem Gemahl Prinz Albrecht, der wiederum sah fragend zu Herzog Friedrich. Wieder einmal tauschten Verwandte bedeutungsvolle Blicke.

Elisabeth sah sie wohl, wusste sie aber nicht zu deuten, und ihre Erschöpfung machte sie noch misstrauischer. Sie wolle sofort weiter nach Amiens, ihre Wallfahrt in Christi absolvieren und dann ebenso schnell wieder nach Hause zurückkehren, erklärte sie mit schwacher Stimme und einem mühsamen Rest von Höflichkeit, aber mit festem Willen.

Wieder tauschten Tante und Onkel Blicke. »Liebe Nichte, wir werden Euch erst einmal aufpäppeln«, erklärte die Tante entschieden, und ihr Blick sagte, dass dies eine Menge Arbeit sei. Mit Elisabeths Äußerem war sie offensichtlich nicht zufrieden. Klein und abgemagert, befand Margarethe, die Haare von undefinierbarer Farbe, und die Haut von der Sonne entsetzlich braun verbrannt, wie die einer Bäuerin. Die Herzogin fragte böse, ob es in Bayern keine Gogl an den Umhängen und keine Pilgerhüte gäbe, und schalt Katharina: »Hätte Sie nicht Sorge tragen können, die zarte Haut der Prinzessin zu schützen? So kann sie doch nicht aussehen, die künftige ...«

Die Herzogin unterbrach sich mitten im Satz und nahm Elisabeth am Arm. »Kommt jetzt, liebe Nichte.«

Sie führte Elisabeth in die Frauengemächer und ließ ihr ein Bad richten.

Katharina war beschämt. Sie hätte besser auf ihre Lisei achtgeben sollen. Eine wahre Pilgerin trug ohnehin ständig ihren Pilgerhut. Und eine künftige ... was meinte die Herzogin?

Nachdenklich folgte das Hoffräulein den beiden hohen Damen mit der Garderobe der Prinzessin. Als Lisei im Bade saß, nahm die Herzogin die Garderobe in Augenschein, die Katharina aus den Kisten holte, sorgfältig ausbürstete und in den riesigen Schrank des Gästegemaches hängte. Auch die Schuhe beäugte die Herzogin von Hennegau kritisch, und was sie sah, gefiel ihr offenbar nicht, denn sie schüttelte den Kopf und seufzte schmerzlich.

Schon am nächsten Tag ließ Herzogin Margarethe zu Schneiderinnen und Schuhmachern schicken, wurden Maße genommen, Stoffmuster begutachtet und kostbare Brokate bestellt, Stickerinnen und Goldschmiede beauftragt. Elisabeth wurde in die französische Mode eingeführt. Sie errötete vor Scham, als sie sah, wie eng die Gewänder geschnitten waren und wie sie unter der Brust zusammengerafft wurden, sodass der Busen auf unanständige Weise hervortrat. Auch die komplizierten Frisuren, bei denen das Haar zusammengedreht, geflochten und mithilfe von kleinen Kissen zu künstlichen Schnecken und anderen waghalsigen Gebilden über den Ohren hochgesteckt wurden, fanden nicht ihren Beifall. »Liebe Tante, wozu soll das gut sein bei einer Wallfahrt?«, fragte sie. »Mir scheint, ich solle schlicht und einfach vor meinen Schöpfer treten, das ziemt sich auch für eine Fürstentochter, wenn sie als Wallfahrerin kommt.«

Margarethe zögerte. Das Mädchen war nicht dumm, und wenn sie ihren Trotz herausforderte, würde dies ihrer Schönheit schaden. Weibliche Schönheit hatte von sanfter Schüchternheit geprägt zu sein, und die Kleine hatte weder das eine noch das andere, sondern sie war ein Wildfang vom Lande. Zwar hatte Elisabeth das Hofzeremoniell gelernt, es aber offenbar noch niemals angewandt. Herzog Stefan schien sie mit seinem Sohn gemeinsam erzogen zu haben, nur so war es zu erklären, dass die Prinzessin einen kostbaren Zelter anstelle standesgemäßer Gewänder geschenkt bekommen hatte und dass sie nutzloses Latein statt Französisch und Tanzen gelernt hatte. Sie war außerstande, sich elegant zu bewegen. Dazu diese alberne Verballhornung ihres Namens! Um Erfolg zu haben, musste die Prinzessin kooperieren. Wenn der ehrgeizige Plan Friedrichs scheiterte, würde das auch auf Herzogin Margarethe zurückfallen. Und damit wäre die Verbindung der Wittelsbacher mit Frankreich zu Ende, bevor sie begonnen hatte. Die Herzogin von Hennegau entschloss sich nach all diesen klugen politischen Erwägungen, die halbe Wahrheit zu sagen. »Liebe Elisabeth, nicht nur du wirst vor deinen Schöpfer treten. Wir alle werden dich mit großem Gefolge begleiten, denn höre: Der König von Frankreich wird ebenfalls in Amiens auf Wallfahrt sein. Wir werden ihm huldigen, denn der Hennegau bedarf der Gunst des französischen Königs ebenso wie der des Herzogs von Burgund.«

Elisabeth sank auf den Schemel, auf dem eben noch die Schneiderin Maß genommen hatte. Sie kreuzte die Hände über der Brust, eng wurde ihr ums Herz.

»Der König von Frankreich? Karl der Weise?«, flüsterte sie ehrfürchtig.

Die Herzogin lachte. »Dummchen, Karl V. ist vor drei Jahren gestorben! Du darfst dem jungen Charles VI. deine Aufwartung machen. Er ist nur drei Jahre älter als du.«

»Aber warum ist er …«

»Charles führt die Tradition seines Geschlechtes, der Valois, fort. Seit die Reliquie aus dem Heiligen Land nach Amiens gebracht wurde, und das liegt noch keine fünfzig Jahre zurück, macht der König von Frankreich jedes Jahr eine Wallfahrt nach Amiens.«

Das mit der Wallfahrt stimmte zwar nicht, aber es klang durchaus glaubwürdig, was Margarethe da eben erfunden hatte. Elisabeth schien beeindruckt, und, was am wichtigsten war, sie ließ sich ab diesem Moment widerspruchslos wie eine Kleiderpuppe nach den detaillierten Vorstellungen ihrer Tante einkleiden, frisieren, die Haut mit geheimnisvollen Schönheitstinkturen bleichen, und sie ritt nicht mehr auf ihrem geliebten Falben, sondern ließ sich in einer Sänfte herumtragen, die vorn und hinten mit einem Maultier bespannt war. Sie fragte, wie der König aussehe, welches Zeremoniell am französischen Hofe gelte, wer vom Hofe dabei sei und ob sie nicht die Zeit nutzen und ein wenig Französisch lernen solle, um dem König angemessen zu begegnen.

Margarethe betrachtete die Prinzessin. Sie war wie ein ungeschliffener Diamant. Wenn sie stumm und unschuldig blieb, konnte sie als Schönheit durchgehen, obwohl sie kein blonder Engel war, vorausgesetzt, sie lernte das elegante Schreiten mit der Schleppe auf hohen Schuhen. Wenn sie aber mit ihrer bairischen Mundart, in diesem entsetzlichen Dialekt, versuchte, Französisch zu parlieren, würde dies am intriganten französischen Hof nur höhnisches Gelächter hervorrufen. Elisabeth würde Jahre Zeit haben, Französisch zu lernen, wenn … ja, wenn der große Plan gelingen würde. An ihr, Margarethe, sollte er nicht scheitern, die Grafschaft Hennegau hatte sich im Frühjahr in einer großen Doppelhochzeit mit Burgund verbündet. Nun musste der Bund mit Frankreich folgen. Es war besser, Elisabeth wie ein stummes jungfräuliches Marienbildnis zu präsentieren. Also schüttelte die kluge Herzogin nur den Kopf und meinte, dafür bliebe keine Zeit, Französisch sei eine komplizierte Sprache.

Vier Wochen später, am 13. Juli 1385, traf Elisabeth von Bayern in Begleitung ihrer Onkel Herzog Friedrich von Bayern, Herzog Albrecht und Herzogin Margarethe von Bayern-Hennegau mit großem bewaffnetem Gefolge in Amiens ein. Zwei Tage hatte die Fahrt mit den umständlichen schweren Sänften und Wagen gedauert, aber ihre Tante hatte Elisabeth das Reiten untersagt.

Maulend sah Lisei ihren schönen Falben neben der Kutsche hertraben, während sie stöhnend von den harten hölzernen Rädern auf den Schlaglöchern des schlechten Weges von einer Seite auf die andere geworfen wurde. Flach war die Region um die Somme, angenehm zog sich die Wegstrecke durch lichte Wälder und Kiefernheiden. Der Himmel war bedeckt, ein angenehm frischer Wind wehte vom

Meer her, und erbittert dachte die Fünfzehnjährige, wie zügig und angenehm sie den Weg über den weichen Waldboden auf ihrem elegant töltenden Zelter zurückgelegt hätte, nachdem sie mit dem Ellbogen schmerzhaft erst gegen ihre Tante, dann gegen die hölzernen Kanten des Wagens gestoßen war.

Amiens, bedeutend größer als die kleine Residenzstadt Quesnoy und in der Vergangenheit immer wieder feindlichen Angriffen von Normannen, Engländern und Banditenbanden ausgesetzt, war von einem gewaltigen alten Schutzwall umgeben. Elisabeth lernte die Herzoginnen von Brabant und von Burgund kennen, die sie gemeinsam mit Margarethe feierlich in die riesige neue Kathedrale geleiteten, deren langes Schiff noch von keinem Turm bekrönt wurde. Platz für Tausende von Menschen bot sie, über hundert Fuß hoch schien das prächtige Kreuzgewölbe der neuen gotischen Bauart über den frommen Wallfahrern zu schweben. In breiten, geradezu himmlischen Bahnen fiel das Sonnenlicht durch die hohen verglasten Fenster, dass es der staunenden Elisabeth vorkam, als sei sie im Freien, unter dem himmlischen Gewölbe des Allerhöchsten. Eine prächtige Rosette über dem Portal sprühte Diamanten aus Licht auf den hellen Steinboden, wie winzige Gaukler tanzten sie in allen Farben zur Begrüßung der Prinzessin.

Weit, in unendlicher Ferne, hinter einem Wald riesenhoher Säulen, funkelten Roben, glitzerte Schmuck, blitzten Schwerter, glänzten Harnische einer prächtigen Hofgesellschaft. Dort, erkannte Lisei mit klopfendem Herzen, stand der König. Vergessen war der Reliquienschrein mit dem schaurigen Haupt des Johannes.

Charles, der erst siebzehnjährige König von Frankreich, stand zwischen den Säulen der prachtvollen Kathedrale, umgeben von seinem Gefolge, seinem jüngeren Bruder Louis, seinem Onkel und Vormund Herzog Philipp von

Burgund, den ranghöchsten Ministern, seinem Mundschenk, dem Konnetabel von Paris und vielen aufgeputzten Damen. Alle wussten Bescheid, nur die kleine Prinzessin nicht.

Gefolgt von den Herzoginnen und ihrem Hoffräulein Katharina, der einzigen vertrauten Freundin, trippelte Elisabeth mit wild klopfendem Herzen durch die mächtige Kathedrale, bemüht, in dem neuen, schwer fallenden Gewand mit Schleppe so zu schreiten, wie die Tante es mit ihr geübt hatte. Jeder Schritt auf den ungewohnt hohen Absätzen knallte auf den steinernen Boden wie ein Peitschenknall. Elisabeth fuhr angstvoll zusammen nach dem ersten Schritt, eingeschüchtert vom Hall der riesigen Kathedrale. Je näher sie kam, desto deutlicher sah sie die Züge des Königs, erblickte sein feines, in seiner depressiven Intelligenz früh erwachsen gewordenes Gesicht, seine blonden, auf die Schultern herabfallenden Locken, die vornehme Haltung seiner schlanken Gestalt. Wie schön er war! Wie elegant er sich hielt! Wie edel seine Züge waren! Elisabeth hatte noch nie einen Mann in derart kurzem Wams über hauteng anliegenden Strümpfen gesehen. Auch die schnabelförmigen Schuhe, die seine schlanken Beine noch länger und schlanker erschienen ließen, waren ihr neu. Was sie sah, gefiel ihr sehr, und ihr Herz pochte so heftig, dass sie fürchtete umzusinken, bevor sie den König erreicht hatte.

Hätte sie auch nur ein Wort Französisch gesprochen, vor Aufregung wäre es ihr im Hals stecken geblieben. Sie dankte Gott, dass sie stumm auf den König zugehen durfte, und in einer tiefen Verneigung kniete sie vor ihm nieder, so wie es ihre Tante, Herzogin Margarethe, mit ihr geübt hatte.

Voller Spannung beobachtete Charles, wie die kleine Gestalt immer näher kam. Er war entzückt von ihrem fraulichen Körper, ihrem zarten Gesicht, das sich, sobald es seiner ansichtig wurde, mit einem schimmernden Rosa überzog, von den großen braunen Kinderaugen und von der raffinierten Erotik ihrer Röcke, die sich um sie herum bauschten, als sie vor ihm hinsank.

Charles beugte sich zu ihr hinunter und hob sie auf. Er lächelte und sprach sie an, und er war so freundlich und hatte eine so schöne Stimme, und seine Sprache war völlig anders als das Bairische, so weich und elegant, Elisabeth verstand kein Wort, aber das war völlig gleichgültig, denn er war gut, sie spürte das. Er war so gut und edel, er konnte kein Mensch sein. Sie stand vor ihm, spürte seine Hand in der ihren und einen Lufthauch, als habe ein Engel sie geküsst, und so musste es doch sein in dieser Kathedrale, oder nicht?

Als die Glocken mächtig in ihre Gefühle dröhnten, breitete der Engel seine großen schimmernden goldenen Engelsflügel aus, nahm sie an die Hand und flog mit ihr in die Höhe, zu den Posaunen Gottes. Sie hörte das sanfte Rauschen seiner Flügel, und während sie an seiner Hand neben ihm höher und höher ins fein geschwungene Gebälk des Kathedralenhimmels schwebte, lächelte sie. Sie wagte weder zu sprechen noch sich zu bewegen, sie konnte die Augen nicht abwenden von ihm. Ein Engel war ihr begegnet. Das Wunder der Reliquie hatte gewirkt, bevor sie sie überhaupt gesehen hatte.

Eine der Damen übersetzte, dass der Engel nach ihrem Namen gefragt habe. Elisabeth flog aus der heiligen Sphäre der Kathedrale hinunter auf die Erde. Hier stand sie, auf dem festen steinernen Boden der Kathedrale von Amiens. Wer war sie? Wie hieß sie? Sie konnte dem Engel doch nicht ihren profanen, unaussprechlichen Namen sagen. Plump kam er ihr vor, auch die bisher geliebte bayerische Koseform erschien ihr plötzlich unsagbar albern.

»Isabel«, flüsterte sie. Es war ihr erstes Wort Französisch, denn die französische Form ihres Namens war das Einzige, was sie gelernt hatte, und sie gefiel ihr gut. Aber noch besser gefiel ihr, wie der junge König mit der wundervollen Stimme ihren Namen andächtig wiederholte.

»Isabel«, sagte er, »Isabel de Bavière«, und es klang wie eine Liebkosung, die vom Hall der gigantischen Kirche weitergetragen wurde und sich in sanften Engelsgesang verwandelte. Isabel, sang die Kathedrale hundertfach, Isabel de Bavière. Ein Engel hatte die kleine, unscheinbare baierische Elisabeth in die schöne fränkische Dame Isabel verwandelt.

Zwei Tage später sandte Charles ihr eine Krone. Katharina flüsterte ehrfürchtig, sie müsse den Wert einer gesamten Provinz haben. Isabel nahm die Krone, setzte sie auf und schritt durch den Saal der erzherzoglichen Residenz, in der die Hennegauer Quartier genommen hatten. Sie ging sehr gerade und blickte sehr ernsthaft, und die Krone lag schwer und sicher auf ihren langen braunen Haaren. Das war ihre Verlobung.

Als Philipp, Herzog von Burgund, König Charles fragte, ob die baierische Prinzessin Königin von Frankreich werden solle, antwortete dieser: »Meiner Treu, ja, sofort!«

»So war es, genau so«, erzählte Katharina von Fastavarin noch ihrer Enkelin, »der König verliebte sich auf der Stelle in die Prinzessin, obwohl sie kein blonder Engel war, denn sie war keine jener kränkelnden durchscheinenden Madonnenschönheiten, die man in Frankreich zu jener Zeit schätzte, nein, Isabel war genau das Gegenteil. Die Königin war eine dunkelhaarige, mollige Schönheit, wie man sie heute im Welschen als Madonnen malt. Da kannst du sehen, dass die Liebe sich nicht nach Modetorheiten richtet.«

Isabel hätte mit der Hochzeit gern gewartet, bis ihr Vater kam, aber Herzog Friedrich, der froh war, dass sein konspirativer Plan mit dem Burgunderherzog gelungen war, überredete sie, nicht zu warten, und so wurde die Hochzeit schon drei Tage später, am 17. Juli 1385, in der Kathedrale von Amiens gefeiert. Hoch aufgerichtet trug die kleine Elisabeth die Krone auf den dunklen langen, seidig gebürsteten Haaren und hauchte vor dem Priester das einzige Wort, das man ihr eingeschärft hatte: »Oui.«

Am 18. Juli erwachte Isabel im hellen Schein der Mittagssonne und betrachtete den schlafenden König an ihrer Seite. Wirr lagen seine Locken auf dem zerrauften Kissen, seine Züge waren so sanft, dass sie auf der kühlen weißen Seide zu zerfließen schienen. Wie schön er aussah, wie friedlich er schlummerte. War sie nun Königin von Frankreich? Gleichviel, sie war die Frau dieses Mannes geworden. Sie war nicht mehr die kleine pummelige Lisei, sie war über Nacht zur schönen strahlenden Königin von Frankreich erhoben worden. Der schöne Engel war herabgeflogen, und das auf geradezu unengelhafte Weise, sehr irdisch hatte er sich auf sie geworfen, hatte Orte ihres Körpers erkundet, von denen Isabel in ihrem vorigen Leben als Elisabeth von Bayern nicht einmal geahnt hatte, dass sie existierten. Sie hatten sich geliebt, und dann waren sie eingeschlafen, und eine Bewegung, ein Reiben der schlummernden Körper hatte ihr Begehren neu entfacht, und sie hatten sich wieder geliebt, und wieder, als hätten sie nur diese eine Nacht in ihrem Leben. Isabel schwebte über ihm, er lag vor ihr, dann lagen sie aufeinander, bis sie wieder die Oberhand gewann und sich auf diesen köstlichen unerschöpflichen Lustpfahl setzte und voller Entzücken in sein Gesicht blickte. Sie zog seine Lippen und seine Augenbrauen mit ihrem Zeigefinger nach, tastete nach seinen Ohrläppchen, erkundete seine kaum behaarte Brust, seine schön geformten Schultern und blickte begierig in seine vor Erregung dunkel gewordenen Augen, bis er sie stöhnend schloss und sich in sie ergoss.

Er habe nicht gewusst, dass die Gattenliebe etwas so Wundervolles, Aufregendes sein könne, murmelte er, und ob sie sicher sei, dass man sie nicht als Konkubine zu ihm geschickt habe. Und Isabel stöhnte und wand sich unter seinen liebkosenden Fingern, murmelte, von Liebesseufzern unterbrochen, sie wolle stets seine Konkubine sein, wenn er dies wolle, und was eine Konkubine sei. Da lachte er träge und zufrieden, er hatte ihre Antwort nicht verstanden, küsste sie, und sie liebten sich wieder, müde und zärtlich geworden, und irgendwann, als der Tag heraufgraute, schliefen sie endlich ein.

Isabel streichelte den schlafenden Mann. Unter ihrer Berührung lächelte er im Schlaf. Mein König, mein Cherub, dachte sie, ein Wunder ist geschehen. Dich zu verstehen, brauche ich keine Worte. Der Klang deiner Stimme ist mir die himmlische Harfe, deine Worte streicheln mich, dein Körper ist reine, herrliche Liebe.

Sanft strich sie ihm eine zerzauste Locke aus der Stirn und fühlte ihr Herz heftig pochen vor Glück. Ich werde ihn immer lieben, dachte sie, immer.

Drei Wochen später erreichte ein Brief Elisabeths ihren Vater auf der Jagd, und als Stefan sah, dass sie mit »Isabel, Königin von Frankreich« unterzeichnet hatte, stieg er die steile Treppe des Jagdschlosses Burghausen hinauf, sah auf die verschwenderische Schleife der Donau, das sommerliche Blau des Wassers und weinte vor Glück und Dankbarkeit über den Aufstieg seiner Tochter. Dann ließ er die Glocken läuten und einen Dankgottesdienst halten, dem, als einige Tage später Friedrich zurückkehrte, ein üppiges Festmahl folgte. Seine Tochter sei nun eine der größten Damen der Welt, versicherte Friedrich seinem Bruder Stefan, zufrieden mit seinem diplomatischen Erfolg. Er übergab prächtige Geschenke des königlichen Schwiegersohnes, und die mit dem Herzog zurückgekehrte Amme erzählte jedem ausführlich, wie schön die kleine Lisei ausgesehen habe mit der viel zu großen Krone auf den langen Haaren, und dass der Glanz ihrer Haare hinter dem Gold der Krone nicht zurückgestanden habe, denn sie, die Amme, habe sie jeden Tag eine halbe Stunde gebürstet! Die braunen Locken der Prinzessin hätten schöner geglänzt als das gesamte Gold und die Pracht des königlichen Hofes, behauptete sie, und es sei eine Liebesheirat gewesen, und dass die Kathedralen in Frankreich so hoch seien wie die bayerischen Berge. Wunderdinge erzählte die Amme den Gaffern in der Burgküche, und zum Beweis zeigte sie prächtig gewirkte Stoffe, raffte ihr einfaches Gewand unter den üppigen Brüsten zusammen und stolzierte im Entengang einher, um den ungläubig grinsenden Zuschauern zu zeigen, wie sich die Damen des französischen Hofes in zu engen Kleidern und die »Messiös« auf Schuhen bewegten, die – ungelogen! – so lang und spitz seien wie die Fischerboote des Tegernsees.

Einer saß nicht an der herzoglichen Tafel. Es war Ludwig, der Bruder, den Isabel zärtlich liebte. Seinem Vater hatte er ein lächelndes Gesicht ob der freudigen Nachricht gezeigt und ihn als Königsvater beglückwünscht, dann aber hatte er seinen Rappen satteln lassen und war hinunter in die Donauauen galoppiert, weinend vor Wut und Neid.

Königin von Frankreich! Wie war es möglich, dass diese kleine Göre aus dem Nichts heraus eine solche Karriere machte? Ging es in dieser Welt nur ums Heiraten? Wie ungerecht war sie doch, diese Welt, in der ein baierischer Erbprinz nur einer von dreien war, dass das zu erwartende Land sich nur voller Mühsal regieren ließ und lächerlich wenig für drei Fürsten abwarf. Reich und riesig war dieses Frankreich, kein saures Bier wurde dort gebraut, sondern süßer Wein bedeckte Felder und Berge und garantierte beste Ernte, auf weichen Hügeln an breiten Flüssen – breiter als die Donau – gediehen die Reben. Und hier in Bayern besaßen sie gerade den kältesten und herbsten Teil dieser sonst so reichen Donau, ein unwirtliches Stück Flusslandschaft mit schroffen Felsen, auf denen nichts wuchs als dornige Sträucher und Bäume, deren hartschalige, bittere Früchte ein paar verwilderte Ziegen ernährten.

Wie ungerecht ist diese Welt, dachte Ludwig wütend, sprang vom schweißbedeckten Pferd und warf einen Stein nach dem anderen in den Fluss. Als ein prächtiger Erpel auftauchte, beschoss er ihn mit seiner Zwille grausam und gezielt, bis dieser mit dem grün schimmernden Bauch nach oben trieb. Recht geschah ihm, befand Ludwig, Strafe für die Dummheit. Ein prächtig gefiederter Vogel, bunt und schön anzusehen, und was tut er? Balzt ohne Unterlass um ein unansehnliches braunes Weibchen, und was bringt es ihm ein? Nur Mühsal und Plage. Ludwig fiel ein, dass die Plage des Erpels im Gegensatz zu der der Menschen nur ein Jahr dauerte, fast war die Welt der dummen Biester beneidenswert! Das hast du von deiner Dummheit, dachte Ludwig mitleidlos und warf dem forttreibenden Erpel noch einen schweren Brocken hinterher.

Aber dann erinnerte er sich an sein eigenes Schicksal. War nicht seine Ritterehre, sein schimmerndes Panier von erlesener Pracht wie das Gefieder des Erpels? Und doch wurde ihm, Ludwig dem Starken, Schillernden, die dumme kleine Gans vorgezogen. Nicht einmal schön war seine Schwester, ein Pummelchen mit riesigen dummen Kinderaugen, dick und hässlich würde sie als Frau werden, man wusste doch, wie Weiber sich entwickelten. Nichts mussten sie tun, alle Welt hofierte sie und schrieb Gedichte und besang ihre Schönheit in albernen Liedern zur Laute, lag im Staub vor ihnen mit blöden verliebten Augen, und selbst die dümmste Bäuerin stolzierte einher wie eine Königin, wenn sie einen reichen und noch dümmeren Bauern ergattert hatte. Nichts taten sie, die Weiber, und hatten eine solche Macht!

Ein Weib, und mehr wert als er! Ach was, nicht mal ein Weib, ein dummes kleines Mädchen war seine Schwester, und der Vater verheiratete sie mit dem König von Frankreich. Immer schon war das kleine Mädchen ihm vorgezogen worden, bemuttert und gehätschelt von allen, und bemitleidet, ach, das arme mutterlose Wesen! Musste man es nicht lieb haben? Und was war mit ihm? Auch er hatte seine Mutter mit zehn Jahren verloren, die heitere, unbekümmerte Taddea, schmerzlich hatte er gespürt, dass sie sich nicht sonderlich für ihre Kinder interessierte. Tanz auf den Hofbällen, die Jagd und ihren kostbaren Falken, ja sogar ihre halbwilden italienischen Jagdhunde zog sie den eigenen Kindern vor. Dann verließ sie ihren Sohn, sie starb einfach. Wie gemein, ihn allein zurückzulassen! Und wie ungerecht! War er nicht der Erstgeborene, ein Ritter und Erbprinz? War er nicht ein stattlicher Jüngling? Oh ja, es hätte sich gehört, dass der Vater ihm eine reiche Braut aus dem Französischen oder Welschen verschaffte, die ihm das Leben versüßte. Aber Ludwig musste schuften und das Regierungsgeschäft würde härter werden als das des Vaters. Aus diesem erbärmlichen Land, in dem man alles durch drei teilen musste, war immer weniger herauszuholen. Ein wenig Salz gab es zu verteidigen, die Viehsteuer brachte ein paar Heller in die herzoglichen Kassen, wenn die widerspenstigen Untertanen ihn nicht darum betrogen. Um jedes Stückchen schlechten Acker mussten sie Krieg führen. Jahrzehntelang reiten und kämpfen, reiten und kämpfen, stets das ritterliche Ideal als Banner vor sich hertragen, nie Ruhe und Wohlstand, Wärme und ein behagliches Plätzchen am Kamin. Er hasste es. Er hasste die schwere Rüstung, die stundenlange Plackerei des Einrüstens, er hasste die unhandlichen Waffen, die störrischen, plumpen Rösser. Er durchschaute, dass die Mühsal sich nie lohnen würde, höchstens für das gesamte Bayern, aber das würde er nie erlangen, dafür müsste er alle seine Vettern ermorden.

Ludwig erwog diesen Gedanken und entschied, dass die Mordtaten zu mühsam waren. Nein, er musste heraus aus diesem armen, aussichtslosen Erbland, wollte er nicht Hungers sterben. Er warf sich auf sein erschöpftes Pferd und trieb es unbarmherzig den Berg hinauf.

Wenige Monate später scheiterte Herzog Stefans Versuch, Besitzungen in Italien zu erlangen. Er war getarnt als Rachefeldzug für Massimo und Carlo, seine Cousins. Aber Ludwig merkte bald, worauf er sich eingelassen hatte.

Welch törichter Feldzug! Es fraß an Ludwig. Die eiserne Rüstung drückte, das Kettenhemd scheuerte seine Haut durch, jedes Glied seines Körpers schmerzte, und alles, was er tat, erschien ihm ohne Sinn und Verstand. Er holte weit aus und schlug wieder mit seinem Schwert zu, und wieder, und wieder. Was sollte er hier, in Italien, mit diesem mageren Häuflein Bewaffneter, gedungene Söldner mit schlechten Piken, die beim ersten Kampf davonlaufen würden? Oder die womöglich auf eigene Faust losstürmen und jeden Sieg vereiteln würden? Er hatte von dergleichen gehört, und er wusste, dass es so geschehen konnte. Leichte Siege hatten selbst große Könige verschenkt, weil ihre ehrgeizigen Ritter ihnen nicht gehorchten. Der französische König Johann I. hatte befohlen abzusitzen und sich der Ehre wegen ohne Pferd ins Kampfgetümmel geworfen. So hatte Mann gegen Mann gekämpft, während der englische Gegner die hinteren Reihen bereits zurückgezogen und neu formiert hatte. Ja, beim Rückzug waren die ritterlichen Fußkämpfer ihren eigenen wehrhaften Mannen, die nachfolgten, ins Gehege gekommen, hatten ein heilloses Durcheinander ausgelöst, und so war die Schlacht mit Tausenden edler Ritter verloren, obwohl der schwarze Prinz zum Frieden bereit gewesen war.

Der schwarze Prinz hatte wenigstens ein klares Ziel gehabt. Er wollte nicht nur England, sondern auch Frankreich regieren. Aber er, Ludwig, ein baierischer Prinz, wofür kämpfte er hier? Oberitalien würde er niemals beherrschen. Um die

Ehre der lange verstorbenen Mutter? Um den Großvater zu rächen, hätten sie eines feigen Giftmörders bedurft, nicht eines Heeres Bewaffneter, die, schlecht zu Fuß, geschwächt von den Strapazen des Fußmarsches über die Alpen, nicht fähig waren zum Kämpfen.

Ludwig stöhnte auf und griff nach seinem Schwert. Er holte weit aus und traf irgendeinen armen Menschen, der mit seiner hölzernen Lanze keine Chance hatte.

Nun lag er in seinem Blut, kein Bedauern fühlte Ludwig. Alles war sinnlos und so etwas wie Gefühl hatte er längst in sich abgetötet. Es galt, alles in sich abzutöten, wollte man in diesen Zeiten der Apokalypse überleben.

Verzweiflung packte ihn. Ununterbrochen holte er aus, schlug Schwert um Schwertstreich, brüllte Befehle, ohne zu sehen, ob sie befolgt wurden, und vernichtete voller Hass, aber was?

Das Land war lieblich. Silbrige Olivenbäume gediehen, warm war es, der Duft von Orangenblüten umwehte den Geruch von Mord und Blut, und für einen Moment durchfuhr ihn der Gedanke an ein Leben hier, im Land seiner Mutter. Wie friedlich wäre es, hier seinen Acker zu bestellen auf den terrassierten Hügeln und sich um nichts zu kümmern als um die nächste Ernte, die unter dieser milden Sonne unzweifelhaft gedeihen würde, während er mit einem Grashalm im Maul unter dem Baum im Schatten lag und wartete, bis die Oliven herunterfielen. Anders als in Bayern, diesem harten, felsigen Land, das nichts hervorbrachte als mühsam zu jagende Gämsen und wenig Heu für mageres Viehzeug, und ebenso magere, harte Menschen, sehnig, einsilbig und als Untertanen nicht zu gebrauchen. Wenn ihnen etwas nicht passte, verschwanden sie in den unzugänglichen Gebirgszügen, wilderten und pflegten ihre archaischen Gebräuche. Einen Herzog? Hatten sie. Sogar drei Herzöge. Denen sollten die Gämsen und Hirsche gehören? Er hörte ihr kehliges Lachen. Da war keine Demut, kein Respekt vor der hohen Geburt, nichts, was er in diesem zerrissenen Land, dreigeteilt, wie das Erbrecht es bestimmt hatte, hätte ändern können. Diese Untertanen respektierten nur den Wind, die Sonne und den Mond, sie hegten heidnische Rituale, um die Ernte einzubringen, lästerten über die Pfaffen und spielten der Obrigkeit böse Streiche. Was brauchten sie einen Herzog? Sie taten, was sie wollten.

Und die hier, Welschen ebenfalls, die ließen sich nicht einschüchtern, aber sie hatten es ungleich leichter.

Ludwig hieb ein letztes Mal drein, erwischte drei unbewaffnete Bauern auf einmal, die hinsanken, und dachte, keiner wird es mir danken, keiner wird mir ein Lehen geben, keiner wird mich zum Ritter schlagen, keiner wird meine Taten besingen, denn keinen interessiert es, ob ein kleiner bayerischer Herzogssohn nach Italien zieht, um … um was eigentlich? Um für Gerechtigkeit zu sorgen? Um den Mord an Großvater Visconti zu rächen? Um Heldentaten zu begehen? Bisher hatte er nur gebrandschatzt, geplündert, gemordet. Er war kaum von den Gefechten des Städtekrieges zurückgekehrt, da hatte er wieder vor Donaustauf gekämpft, und nun dieses Italien, dabei war Isabels französischer Schwager inzwischen mit einer Tochter des Mörders Galeazzo verheiratet worden. Die schmiedeten Bündnisse und tanzten auf Hochzeiten, während er sich hier aufrieb.

Nein, das alles war zu mühsam und brachte nichts ein. Er musste zu seiner Schwester nach Frankreich, die ließ es sich als Königin wohl gehen und daran musste er sich seinen Anteil sichern, bequem, ohne Courtoisie, ohne Waffengang, ohne all diese scheußlichen ermüdenden Taten. Keine Rachegelüste fühlte er, nur die Sehnsucht, an ihrem Reichtum bequem teilzuhaben. Er würde nach Frankreich fahren und sich von Lisei aushalten lassen.

Er parierte sein Streitross, ein schwerfälliges Kaltblut, und trieb es neben das des Vaters.

»Wir sollten uns zurückziehen, Vater. Dieser Kampf hat keine Aussicht auf Erfolg!«, schrie er durch das Visier. Herzog Stefan wirkte erschöpft.

Ludwig hob die Hand zum Rückzug, ohne den Vater weiter zu fragen, nahm dessen Pferd am Zügel und führte ihn vom Schlachtfeld, eine willenlose, rostige Eisenpuppe auf einem gepanzerten Pferd.

# CREIL, 1386

Fröhlich, friedlich, lieblich, zärtlich, lässlich, sacht, gemach
und sanft und süß und frisch und rein erwach
du schönes minnigliches Weib
streck, reck, zeig deinen zarten stolzen Leib

*Oswald von Wolkenstein*

Nur wenige amouröse Sommertage folgten der zärtlichen Hochzeitsnacht. Den jungen König erwarteten ritterliche Ehren, denn die starken Heere der Stadt Gent waren in Westflandern eingefallen. Herzog Philipp von Burgund erwartete Waffenhilfe seines Lehnsherrn, und so zog Charles bereits vier Tage nach seiner Hochzeit mit einem gewaltigen Heer von 14.000 Mann gegen das aufständische Flandern.

Dem König werde nichts geschehen, versicherte Philipp der jungen Frau, die er aus politischen Gründen favorisiert und wegen ihres mädchenhaft naiven Charmes bereits liebgewonnen hatte. Auch war ihr Einfluss auf den König unübersehbar, er war vernarrt in sie, also musste er sie sich zur Freundin machen. Isabel solle sich der Sprache und der Kultur ihres neuen Landes widmen, forderte Philipp sie freundlich auf, der König habe ihr für diesen Zweck eines der schönsten Schlösser Frankreichs zur Verfügung gestellt. Charles verwünschte sich zum ersten Mal in seinem Leben dafür, spannenden Aventuren den Vorzug vor Latein gegeben zu haben, aber Latein war tatsächlich die erste Sprache, in der sich die Liebenden verständigen konnten. In schlechtem Latein und mit reichlichen ausladenden Gesten erklärte Charles seiner jungen Königin, dass auf Burg Creil eine würdige Lehrerin auf sie warte: seine von ihm sehr geliebte und verehrte Großtante, Blanca von Frankreich.

Isabel schluckte die Tränen hinunter und nahm zärtlich Abschied von Charles. Sie schenkte ihm einen Ring mit einem herzförmigen Rubin, umarmte Herzog Philipp, der darauf bestand, dass sie ihn mit »Onkel« anredete, und machte sich unter dem Schutz des Hauptmannes von Dammartin und seiner Leute noch vor dem Morgengrauen des 22. Juli 1385 auf den Weg zur Burg Creil. Katharina blieb bei ihr.

Isabels Sorge um Charles wurde von der Freude abgelöst, wieder reiten zu dürfen. Keine überbesorgte Tante, die ihr Vorschriften machte, die sie aufputzte, bis sie unter schweren Schleppen fast zusammenbrach, die sie in schwankende Sänften und harte Kutschen steckte, aus denen sie mit blauen Flecken am ganzen Körper hinauswankte. Kein herrischer Onkel, der ständig die schwache weibliche Konstitution beschwor, das Reiten und die Jagd verbot und langweilige Ruhezeiten verordnete. Ein neues Gefühl bemächtigte sich Isabels: sie war die Königin, sie sie befahl, und Dammartin und seine Soldaten gehorchten.

Sie ritt ihre Falbenstute, die sie nach Wochen mit einem kräftigen Nasenstüber begrüßt hatte. Weit griff des Zelters Vorhand aus, mit leichter Hand überließ sie ihm die Zügel und bewunderte die sanfthügelige Landschaft, die, frei von schroffen alten Gebirgen und undurchdringlichen Wäldern, kultiviert war mit Feldern, auf denen das Korn prächtig gedieh. An den Hängen rankte der Wein um hölzerne Spaliere, Rosenstöcke wuchsen vor jedem ersten Holzpflock des Wingerts und erblühten in feurigem Rot, zartem Rosa und leuchtendem Weiß.

Wie anders erschien der Königin von Frankreich das Land als der baierischen Prinzessin auf der Hinfahrt! Dies alles gehörte ihr, dies war ihr Land! Die Bauern liefen herbei und zogen die Kappen, Kinder gafften, Frauen riefen Segenswünsche, Edelleute beugten das Knie.

Creil lag 28 Ruten entfernt von Amiens, und sie erreichten es am Abend eines langen, zügigen Rittes. Creil rief das Entzücken der jungen Königin hervor. Auf einer Insel, von beiden Armen der Oise liebevoll umschlungen, hatte der verstorbene König Charles V. ein gut befestigtes Schloss errichtet, ein Wasserschloss mit natürlichen Gräben, umgeben von einem bezaubernden Inselgarten, der Schönheit der Blumen und Heilkräuter mit wirtschaftlichem Gemüseanbau harmonisch verband.

Die Schlossherrin war Blanca. Als Witwe König Philipps VI. war sie nur wenige Monate Königin gewesen und stand vor ihrem sechzigsten Lebensjahr. Sie war eine schmale, hochgewachsene Frau mit ruhigen Gesichtszügen und klugen, schmalen Augen. Drei Regenten hatte sie überlebt und den vierten, den erst zwölfjährigen unmündigen Charles, hatte sie betreut, als er die Regentschaft unter seinen vier Onkeln übernehmen musste. Klug, aber erfolglos hatte Blanca zwischen ihrem Bruder Karl von Navarra, den man zu Recht »den Bösen« nannte, und König Charles zu vermitteln versucht. Als junge Witwe hatte sie jede Wiederverheiratung abgelehnt und sich in ihr Pariser Palais unweit des königlichen Palastes St. Pol zurückgezogen. Schloss Creil durfte sie als Sommersitz nutzen.

Isabel erschien ihr wie ein Gottesgeschenk. Zärtlich nahm sie die junge Frau auf, hatte sie doch ihre einzige Tochter durch die furchtbare Seuche der Pest verloren. Blanca lehrte Isabel Französisch und bildete sie im Hofzeremoniell aus. Unbeschwert, dachte Blanca, so jung, beinahe zu jung, hoffentlich wird sie noch nicht so schnell schwanger, sie sollte sich Zeit lassen. Jeden Tag unterrichtete sie die Königin, die Konversation drehte sich stets um die Geschichte und die Merkwürdigkeiten Frankreichs, und Isabel lernte begierig.

Blanca erzählte von den Königen, von den Plantagenets und den Kriegen, die es auszufechten galt, von König Eduard von England, dem sagenumwobenen »schwarzen Prinzen« und seinem Anspruch auf den französischen Thron. Als Enkel Philipp des Schönen sei der englische König Thronerbe gewesen, raunte Blanca, da beiße die Maus keinen Faden ab, denn seine Mutter sei schließlich Isabella von Frankreich gewesen …

Als habe sie zu viel gesagt, verstummte Blanca. Schnee von gestern, murmelte sie und beantwortete Isabels Fragen nicht. Schnell ging sie zu den Königen Frankreichs über, vor allem aber zu den Königinnen. Blancas besondere Liebe galt ihrer Namensvetterin Blanca von Kastilien und deren Großmutter Eleonore von Aquitanien. »Tochter« – so nannte sie die junge Königin vom ersten Tag an. Isabel stellte erleichtert fest, dass sie nicht von der strengen Hennegauer Tantenhand in die nächste übergeben worden war, und nannte sie gern ihre Tante. »Tochter, ich glaube nicht an die großen gekrönten Häupter, die siegreichen Könige, als unsere Vorbilder. Es sind die Taten der Königinnen, die uns als Vorbild dienen sollten. Den meisten bleiben sie verborgen, warum?«

Isabel wusste es nicht. Blanca gab die Antwort auf ihre rhetorische Frage selbst. »Weil wir in allen Büchern, von allen Geschichtsschreibern nur von den Taten der Könige erfahren, von ihrer Tapferkeit, ihrem Wagemut, von ihren ritterlichen Taten auf Kreuzzügen, Turnieren und auf dem Schlachtfeld. Wer berichtet von der Tapferkeit einer Mutter, die ihre Kinder bis zum letzten Blutstropfen verteidigt?«

Blanca betrachtete Isabel herausfordernd.

»Niemand!«, erklärte sie. Es klang wie ein Triumph. »Im Gegenteil, die Königinnen werden als töricht und albern hingestellt, dabei haben ihre Taten einen Sinn – nur bleibt der weiblich ordnende Sinn den Chevaliers verborgen. Eleonore von Aquitanien hatte vier Söhne. Sie erzog sie zu tapferen, aber auch klugen Männern in der Nachfolge ihrer Väter. Nur bei ihrem jüngsten gelang ihr das nicht. Durch Gottes unerforschliche Fügung wurden die drei ältesten Söhne, die wegen ihrer Tapferkeit, ihrer Klugheit und Güte zu den schönsten Erwartungen berechtigten, dahingerafft, und ihr Jüngster wurde König von England. Johann Ohneland war ein törichter eitler König, der seine Untertanen so lange ausplünderte und malträtierte, bis sie zum König von Frankreich flüchteten und seinen Schutz erbaten. Was tat Eleonore?«

Isabel hatte sich bemüht, Blancas Schilderung zu folgen. Sie verstand noch nicht alles.

»Hat sie ihren eigenen Sohn ermordet?«, fragte sie aufgeregt.

Blanca sah der jungen Frau in die aufgerissenen, kindlich runden dunklen Augen. An ihrer Frage merkte sie, dass die Königin ihr folgen konnte, das war gut. Französisch und Hofetikette allein erschienen Blanca aber zu wenig an königlicher Bildung. Isabel sollte ihren weiblichen Wert kennen lernen, sie sollte eine weise Königin werden, denn mit Sicherheit würde sie ihren Gatten überleben und als Königin eine Zeit lang Frankreich regieren. So war es stets gewesen.

Sie tätschelte Isabels Schulter, steckte ihr ein Stück Konfekt in den Mund und erklärte: »Manchmal darf jeder einen schlimmen Tyrannen ermorden. Auch eine Frau, selbst wenn der Tyrann der eigene Sohn ist. Aber Eleonore fand eine solche Tat grausam und dumm. Was hätte sie mit dem Mord an Johann Ohneland bewirkt?

Sie entschied sich, die Macht in die Hände einer Frau zu legen: ihrer Enkelin Blanca. Sie vermählte sie mit dem einzigen Sohn ihres geschiedenen Mannes und machte sie damit zur Königin von Frankreich. Das wurde ihr als treulos ausgelegt, wie auch zuvor ihre zweite Heirat mit dem König von England. Immerhin war Eleonore Königin von Frankreich und England, wenn auch nacheinander.«

Blanca kicherte vergnügt. »Du siehst, Töchterchen, was Ruhm bei Männern, gilt bei Frauen als Verrat.«

Neben den eigenwilligen Lektionen in französischer Sprache und Hofzeremoniell fand Blanca die Literatur passend zur königlichen Bildung. Respektvoll hatte sie bemerkt, dass Isabel des Lateinischen kundig war. Es werde ihr, prophezeite Blanca, noch helfen: Wer Latein könne, werde sich auch die störrischsten Pfaffen zu Freunden machen.

Es half Isabel bereits, sich einen eigenwilligen Dichter zum Freund zu machen.

Blanca hatte Isabel Gedichte und Balladen von Eustache Deschamps, den sie respektvoll Morel nannte, vorgelesen, aus einem dickbändigen Werk, das der Meister dem jungen König Charles dediziert hatte. Sie fand die Gedichte des ehemaligen Gesandten des Hofes genau richtig, um gutes Französisch zu lernen, und damit nicht genug, ließ sie Deschamps von Senlis herüberkommen, der jungen Königin seine Aufwartung zu machen.

Der Dichter, im vierzigsten Jahr stehend, war ein würdiger Amtmann, nicht nach der neuen höfischen Mode gekleidet. Er erschien in einem langen, weiten Umhang, mit einer Pelzmütze auf ergrauten Haaren, die ihm bis zu den Schultern herabfielen, und verstand es, die junge Königin derart zu examinieren, dass sie eingeschüchtert wie eine Schülerin in ihrem Sessel versank. So waren die französischen Troubadoure? Sie sehnte sich nach den fröhlichen Tanzweisen des Tannhäusers und den frechen Dorfliedern des Neidhart von Reuental, zu denen ihr Vater anzüglich grinsend das Tanzbein geschwungen hatte.

Unbeholfen fragte sie, woran Deschamps arbeite, ob es weitere schöne Poesie aus seiner Feder gäbe. Durch ein Versehen entschlüpfte ihr das Wort auf Latein, und Morel, aufmerksam geworden, antwortete in dieser Sprache, dass er an einer theoretischen Abhandlung über das Verseschmieden arbeite. Vor Freude errötend, fragte Isabel, ob zu einer guten Dichtung nicht unbedingt die Musik gehöre. Das weckte Morels Begeisterung: »Vollkommen wird ein königliches Gedicht erst durch die Musik, edle Dame, das seht Ihr völlig richtig!«

Er erläuterte der Königin die sieben freien Künste. Neben Rhetorik und Grammatik stünden gleichberechtigt Logik,

Geometrie, Arithmetik, Astronomie und die Musik. Er wolle beweisen, dass die Poesie nicht zur Gattung der Rhetorik gehöre, sondern der Musik zuzuordnen sei. Allerdings nicht zur künstlichen Musik.

Isabel glaubte, sie habe sich verhört. Zur *künstlerischen* Musik?

Nein, erläuterte der Dichter und Amtmann, zur *künstlichen* Musik. Die natürliche Musik seien die Wohllaute, die den schönen Lippen der Königin entspringe. Dazu rechne er auch die Kunst der Verse. Er verneigte sich höflich. Wenn die Königin aber ein Instrument spiele, werde er dies der künstlichen Musik zuordnen.

Isabel verstand. Ob er in Abrede stelle, dass schöne Verse durch künstliche Musik gehoben würden, meinte sie und gab Katharina einen Wink, sie solle die Harfe bringen.

Morel fand die menschliche Stimme über alle anderen Künste erhaben.

Aber da wurde die alte spanische Harfe hereingebracht, Blancas ehrwürdiges reich verziertes Instrument, und Isabel forderte den Dichter auf, einen Lai zu singen, sie wolle ihn begleiten, um ihm zu beweisen, dass künstliche und natürliche Musik sehr schön zu vereinen seien.

Was blieb ihm übrig? Morel entschied sich lächelnd für ein Gedicht über die Liebe, und die junge Königin hörte ihm aufmerksam zu und fand die richtigen Töne, ihn zu begleiten.

Blanca war entzückt. Nach zwei Tagen Disputierens und Musizierens ritt Deschamps zurück nach Senlis und rühmte die junge Königin Isabel de Bavière, die zwar des Französischen noch nicht mächtig sei, aber Latein besser beherrsche als mancher Priester, der nicht imstande wäre, die Messe zu lesen.

In Morels Gefolge, mutig geworden durch den Erfolg des ehrwürdigen Rhetorikmeisters, kamen Troubadoure aus dem Süden nach Creil und erfreuten Isabels Herz mit langen Balladen über die Taten ruhmreicher Ritter und die unsterbliche Minne edler Damen.

Isabel blieb vier Jahre auf Burg Creil. Charles kehrte siegreich zurück, und sie begleitete ihn auf den nächsten Feldzug. Ein Feldzug ritterlicher Ehren folgte dem nächsten. Einmal war sie es müde, ihn zu begleiten. Warum sie nicht in ihrem Schloss vergnügt leben könnten, fragte sie. Charles, schon in seiner Rüstung, hielt ihr seinen wundervollen vergoldeten Prunkhelm hin, um den sich die Lilien Frankreichs als fein ziseliertes Band zogen. »Sieh her, geliebte Königin! Als ich noch keine zehn Jahre zählte, stellte mein Vater einmal eine Krone und einen Helm auf den Tisch und fragte, was mir wichtiger sei. Ich zögerte keine Sekunde und wählte den Helm.«

Charles küsste Isabel zärtlich. »Ich bin König, aber zuerst bin ich Ritter. Ah, wenn erst Frieden ist, dann werde ich regieren wie der weise König Artus. Meine Tafel wird rund sein und keine Standesdünkel kennen, es zählen nur Tapferkeit und Edelmut. Willst du meine Ginevra sein?«

Isabel lächelte. Die Ritterlichkeit, hier Courtoisie genannt, war auch ihre Leidenschaft. Die ritterlichen Tugenden verpflichteten die Edelleute auf ein hohes Ideal, das alle ihre Handlungen bestimmen sollte. Ihr, der Dame, kam zu, ihren geliebten Ritter anzufeuern, seine Tapferkeit zu bewundern, aber sie wollte nicht stets auf dem Schlachtfeld sein.

»Das musst du nicht«, meinte Charles.

Aber Eleonore habe den König auch auf der Pilgerfahrt ins Heilige Land begleitet, wandte Isabel ein.

Charles überlegte, während er sich von ihr den Helm auf die Locken setzen ließ. Voll ungeschickter Zärtlichkeit fingerte sie an dem Lederriemen herum, bis er lachend ihre Hände festhielt und ihr versicherte, eine solche Pilgerfahrt werde er nicht antreten, es sei nicht mehr in Mode und man habe zu viel verloren während der jahrelangen Abwesenheit. »Ein König und Ritter muss sich um sein Land kümmern.«

Damit bestieg er sein Pferd, den braven Schimmel, und seine Mannen führten den wilden Streithengst hinter ihm her.

Charles und Isabel liebten sich im Lustschloss Beauté, feierten Hochzeiten überall auf der Isle de France, jagten in den Wäldern der stattlichen Burg Vincennes, feierten Feste mit ausgelassenen Spielen auf der Festung Melun.

Isabel ließ sich huldigen in Senlis, wo sie Deschamps wiedertraf, in Beauvais, Noyon und Mantes. Sie richtete vier Hochzeiten aus, darunter die ihrer Hofdame Katharina, die sie mit einem reichen Greis aus uraltem Adel verheiratete, damit sie ihr erhalten blieb.

Isabel feierte Hochzeiten, Maskenspiele, Turniere, das Leben bestand aus Räuschen und schmerzenden Füßen, aus einem Wirbel nie endender aufregender Ereignisse. Isabel ließ sich in festlichen Gewändern, raffinierten Frisuren und wertvollem Schmuck bewundern. Sie genoss das Aufsehen, das sie erregte, den Wirbel, der um sie gemacht wurde, die Moden, die sie kreierte, kehrte aber stets, wenn Charles wieder im Reich unterwegs war, zurück nach Creil zu Blanca.

Sie gebar ihr erstes Kind und begrub es zwei Monate später. Blanca war außer sich vor Schmerz. Wie sollte sie die Königin trösten, was sollte sie ihr sagen? Königin Johanna hatte drei Kinder begraben, bevor sie Charles gebar, der prächtig gedieh. Aber sie spürte, dass dies für Isabel kein Trost sein konnte. Sie setzten den winzigen Kronprinzen in der Schlosskapelle bei.

Isabel ertrug die steinerne Halle nicht. Sie floh die kalte Pracht der goldenen Kreuze, den erstickenden Weihrauch, das grausam liebliche Lächeln der Marienstatue und eilte hinaus in den gefrorenen Garten. Es war der 28. Dezember, die Luft war von durchsichtig eisiger Kälte.

Unglücklich folgte Blanca der Königin, nahm hilflos ihre Hand. Sie standen nebeneinander, sahen auf die sanft fließende Oise, und um sie zu trösten, sagte Blanca: »Auch die große Königin Eleonore hat mehrere Söhne verloren.«

Isabel schwieg.

»Wir müssen mit den Verlusten leben. Im Leben sind wir vom Tod umgeben. Sieh auf die Oise, wie unbeirrt sie ihren Weg findet! Das Leben ist ein langer, ruhiger Fluss.«

Isabel schwieg weiter. Sie erinnerte sich, wie sie einmal mit ihrem Vater hinausgeritten war, als die Isar über die Ufer getreten war. Der schöne turmalingrüne Gebirgsfluss hatte sich in eine schlammbraune, eiskalte Flut verwandelt, hatte die Hütten unter Wasser gesetzt, die zu nah an den Ufern gebaut waren, hatte Menschen und Vieh mit sich gerissen, Brücken zerstört, Tod und Verwüstung hinterlassen. Woher die Isar eigentlich käme, hatte sie gefragt, und Herzog Stefan hatte ihr erklärt, sie entspringe im Gebirg.

Könne man dem bösen Gebirg nicht verbieten, die Isar derart springen zu lassen, hatte sie gefragt, und der Vater hatte ihre törichte Frage nicht verlacht, sondern war mit ihr und Ludwig südlich aus München hinausgeritten, immer weiter, an den Flößern vorbei, die ihre Waren kühn durch den wilden Fluss in die Stadt hineinsteuerten. Bei Wolfratshausen hatte er den Kindern gezeigt, wo die Loisach schäumend in die Isar strömte und sie verbreiterte. Auf den Kiesbänken des Flussbettes waren sie weitergeritten, so breit hatte sich die Isar ausgedehnt.

Ständig suche sie sich ein neues Bett, erzählte Herzog Stefan, eine launische sei sie, die Isar, und mit Respekt zu behandeln, auch wenn man den alten heidnischen Flussgöttern nicht mehr opfere. Endlich, am zweiten Tag, waren sie ins Gebirg hinaufgeritten, immer steiler ging es das Karwendel hinauf, immer wilder schoss das klare eisgrüne Wasser über verwaschenes graues Gestein, bis sie in ein Tal kamen, wo das Wasser aus der Erde quoll. Eine Gruppe Gämsen, die dort getrunken hatten, flüchteten vor den Reitern. Dies sei der Ursprung der Isar, hatte der Vater feierlich erklärt, und sie durften absteigen, das klare Quellwasser schöpfen und es zu ihren Jausenbroten und Braten trinken. Es war der schönste Ausflug gewesen, den Isabel mit dem Vater und dem Bruder gemacht hatte.

Plötzlich sehnte sich Isabel nach ihrer Familie. Die Mutter hätte sie verstanden, ach, tot war sie, und Lisei war noch keine zehn Jahre alt gewesen. Tränen traten in ihre Augen. Wer konnte sie trösten in ihrem Schmerz?

Charles würde ihr Vorwürfe machen, dass sie nur an sich und ihre Vergnügungen gedacht und seinen Sohn darüber vergessen hatte. Er hatte keinen Thronfolger mehr. War das ihre Schuld?

Brüsk wandte Isabel sich vom Anblick der Oise ab. Die Flüsse waren alles andere als ruhig und das Leben war es auch nicht.

»Das Leben ist wie ein Fluss, Tante«, bestätigte sie, »mag sein, dass du an seiner ruhig fließenden Mündung angekommen bist. Aber ich bin sechzehn Jahre alt und es brodelt in mir wie in einem Gebirgsbach. Das Gestern ist nichts als ein Traum, das Morgen nur eine Vision.«

Blanca wandte ein: »Aber wohin gelangst du leichter? Nach Morgen oder nach Gestern?«

Blanca war freundlich und klug. Isabel lernte spielend mehr als Französisch, und als Charles von einem seiner Feldzüge siegreich zurückkehrte, war sie imstande, ihn auf Französisch zu begrüßen. Ihre zärtlichen Koseworte waren allerdings noch deutsch, viele Worte waren Latein, aber er machte ihr keine Vorwürfe. Hand in Hand standen sie am Grab des Kleinen, Trauer braucht keine Sprache. Stumm hielten sie sich an den Händen. Er küsste ihre Tränen fort. Sie würden noch viele Kinder haben, versicherte er ihr, und sie lächelten einander an, sie getröstet und erleichtert, er erfreut, dass seine unbeholfenen Worte Trost spendeten.

Sie trösteten sich mit Jagden, Bällen, mit Musik, Tanz und ausgelassenen Spielen. Die Hochzeit der neunjährigen Schwester des Königs, Catherine, wurde glanzvoll mehrere Tage gefeiert. Vieles gab es zu bestaunen, zu bewundern, zu pflegen und zu betrauern. Jedes Mal, wenn sie von einem Todesfall hörte, schrie Blanca panisch: »Die Seuche! Die Seuche ist zurück!«, und gab Befehl, die Brücke hinaufzulassen, damit kein Mensch hineinkäme. Dann ließ sie das Stroh auf allen Fußböden erneuern, das alte verbrennen und räucherte mit raffinierten Kräutermischungen die Räume aus. Wenn Isabel ihr zusprach, beruhigte sie sich etwas, meinte aber: »Du weißt nicht, Kind, wie furchtbar es war! Der Schwarze Tod hat die Hälfte der Menschheit dahingerafft, Berge von Toten lagen auf den Straßen. Sie starben wie die Fliegen, man konnte sie nicht beerdigen. Die es versuchten, starben noch, während sie die Löcher gruben. Ein Cousin von mir nahm die Hacke und wollte seine drei Kinder selbst begraben, weil keiner von seinen Vasallen mehr am Leben war. Er zog sein Hemd aus, da entdeckte er die Beulen unter seinen Armen. Ehe er seine Kinder in die Grube legen konnte, stürzte er tot neben ihnen zu Boden. Ja, ja, so war es! In jenen Jahren konnten die Raben die fette Beute nicht bewältigen, Geier kamen aus Spanien, angelockt von Leichenbergen.«

Die Seuche hatte in ganz Europa gewütet, es war noch keine vierzig Jahre her, das prägte Menschen ihrer Generation. Isabel lachte nur. Zu viel Panik, dachte sie, wie unwissend die Alten doch sind, und beruhigte Blanca: Die Juden waren doch als Schuldige dieser Katastrophe entlarvt und vernichtet worden.

Blanca blieb skeptisch.

»Die Juden haben die Brunnen vergiftet!«, erklärte Isabel bestimmt. »Die daraus getrunken haben, sind gestorben.«

Blanca meinte, die Menschen seien überall gestorben, auch in Regionen, wo das Wasser sauber gewesen sei.

»Aber es wurde besser, nachdem wir die Juden ausräucherten!«, beharrte Isabel. »In Regensburg kehrte die Gesundheit zurück, als die Juden fort waren. Gott hat gesehen, dass die Regensburger ihm treu ergeben waren.«

Blanca betrachtete die eifrige junge Königin. Sie kannte Regensburg nicht. Sie fühlte, dass etwas daran falsch war. Die Jungen urteilten zu schnell, die wahren Ursachen der Dinge waren oft komplizierter als die kessen Erklärungen der jungen Menschen, die ihr Heil in Spielen und Zerstreuungen suchten. Wenn die Pest die Strafe Gottes war, wie so viele dachten, warum hatte Gott dann auch die Juden bestraft?

Sie erläuterte Isabel die Bulle Papst Klemens VI, der den Massakern an den Juden Einhalt zu gebieten suchte. Alle Menschen seien aufgrund des unerklärlichen Ratschlusses Gottes mit der Seuche geschlagen, sogar in Ländern, in denen keine Juden lebten. Auch waren Juden ebenso Opfer der Pest geworden wie andere. Blanca hoffte, mit diesem Argument bei der Königin auf offene Ohren zu stoßen. Einer päpstlichen Bulle würde die junge eifrige Königin nicht so leicht widersprechen, auch wenn die beiden Päpste nicht unfehlbar waren, sondern sich in vielen Dingen widersprachen.

Tatsächlich hörte Isabel ihr aufmerksam zu. Papst Klemens sei sicher sehr weise, erklärte sie dann, aber sein Vorfahr, Papst Innozenz III, habe doch schon vierzig Jahre früher erklärt, dass die Juden für ihren Mord an Jesus Christus auf immer und ewig zur Sklaverei verurteilt seien.

Blanca seufzte. Die junge Königin war gescheit, aber die Richtung passte Blanca nicht. Auf kirchlichem Gebiet war das Kind so geschult wie die schlauen Pfäfflein, die Blanca aus ihrer Umgebung verbannt hatte. Sie erhob sich und erklärte, dieser kleine Disput habe gezeigt, wie gut Isabel des Französischen inzwischen mächtig sei. Gottlob seien die entsetzlichen Zeiten der Seuche vorbei, sie hoffe, dass ihre verehrte edle Königin sie niemals erleben müsse.

Isabel lächelte und ging mit Katharina in den Garten zum Ballspielen.

Zum neuen Jahr, das sie Ostern 1387 feierten, kam Philipp, Herzog von Burgund, nach Creil und beschenkte Isabel mit kostbaren golddurchwirkten Stoffen aus seinem Flandernreich.

Wohlgefällig sah er, dass die Königin erneut schwanger war. Rosig war ihre Haut, Wangen und Haare glänzten. Sie erschien ihm größer und stattlicher als das schüchterne Mädchen, das er in Amiens kennengelernt hatte. Elisabeth war zu Isabel herangewachsen. Allerdings ahnte der Herzog nicht, dass die Königin auf hohem Kothurn ging und ihrer Statur mit diesem modischen Trick eine königliche Größe gegeben hatte.

Blanca nahm den Herzog beiseite. »Hört, liebster Vetter, so geht das nicht weiter. Es wird Zeit, dass Isabel Königin wird.«

»Wie verfallt Ihr darauf, edle Base? Sie ist doch die Königin!«, fragte der Herzog erstaunt.

»Ihr wisst so gut wie ich, dass nicht Herrscher von Frankreich ist, wer nicht in Paris eingeführt wurde. Ihr solltet endlich dafür sorgen, dass die Königin in Paris gekrönt wird, so wie die Könige in Reims gesalbt werden.«

»Die Königin fühlt sich bei Euch sehr wohl«, widersprach Philipp. »Sie sollte sich hier auf die Geburt eines Kronprinzen vorbereiten.«

Blanca schnaubte. »Wie soll sie sich darauf vorbereiten? Kinder werden geboren! Die Königin hat wichtige Pflichten …«

»Deren erste es ist, einen Thronfolger zu gebären«, fiel ihr Philipp ins Wort.

»Es ist nur eine unter vielen Pflichten der Königin.« Blancas Stimme bebte von unterdrücktem Zorn. »Ihr könnt sie nicht auf dieser abgelegenen Burg von ihrem Volk abschotten!«

Philipp war der Meinung, dass Isabel noch zu jung und auf Burg Creil bei Blanca sehr gut aufgehoben sei. Sie solle noch einige Jahre hier in dieser guten Luft verbringen, die auch Säuglingen besser bekömmlich sei, bevor sie sich von den unberechenbaren Parisern huldigen ließ. Das nächste Kind werde dann hoffentlich wieder ein Thronfolger sein und überleben.

Isabel hatte das Kaminzimmer betreten und war nicht bemerkt worden. Ungewollt hatte sie das Gespräch hinter dem schweren Brokatvorhang belauscht. Was sie gehört hatte, machte sie sehr nachdenklich. Blanca war also der Ansicht, sie werde nicht wie die Königin von Frankreich behandelt. Und sogar die selbstbewusste Blanca, die ehemalige Königin, sagte dies nicht ihr, der Königin, ja, nicht einmal dem König, sondern trug ihr Anliegen dem Herzog von Burgund vor. Wie mächtig dieser Onkel war! Und sein Neffe Charles war zwar König, aber mündig wurde er erst mit seinem zwanzigsten Geburtstag im kommenden Jahr.

Isabel beobachtete Herzog Philipp, seine hoheitsvollen Gesten, seine kleinen tief liegenden Augen, die flinken Blicke, mit denen er abschätzte, ob er kämpfen, verhandeln, strafen oder galant sein wollte. Machtvolle Menschen konnten so hässlich sein, wie sie wollten: Da es ihnen leichtfiel, höflich und entgegenkommend zu jedermann zu sein, pries die Welt sie als schön und ihre Eigenschaften als edel. Es war also einerlei, wenn die Sänger ihre Schönheit besangen: Sie war nichts wert ohne die Krone, die ihr gebührte, erkannte Isabel.

Charles schenkte ihr einen weißen Falken, und der Jagdmeister erklärte Isabel die Beizjagd. Wie eigenartig es war, die gelben Krallen des schönen Vogels auf der Faust zu spüren! Sie befreite ihn von seiner Haube, beobachtete, wie er den edlen Kopf mit den schwarzen Augen drehte, wie er das Gefieder schüttelte, wie er verärgert nach ihrer Hand hackte, wenn sie es wagte, ihn zu berühren. Dies war kein gezähmtes Rötele, dies war ein wilder Raubvogel und nur sie beherrschte ihn, sie wusste, wie er zu ihr zurückkehrte, obwohl er sie hasste.

Isabel spürte neben der Verliebtheit ein zweites Gefühl: das der Macht. Sie gefiel ihr, diese Macht. Sie war wie Honig: Strich man sich damit ein, war man unwiderstehlich, wie der Herzog von Burgund.

»Ich zoch mir einen Falken«, sang Isabel, wenn der Wind wehte. »Ich zoch mir einen Falken / mehre dann ein Jahr / da ich ihn gezamete / als ich ihn wollte han / hob er sich auf viel hohe und flog in andere land …«

Sie sang und zupfte die Harfe für Charles: »Sit sah ich den Falken fliegen / an seinen Fängen seidene Riemen / und sein Gefider alrot golden. / Gott sende die zusammen die geliebt wollen sin!«

Charles lächelte, als sie ihm das Lied Walters übersetzte, und fand, es sei das schönste Minnelied, das er je gehört habe. Ein glanzvolles Turnier wolle er ausrichten, versprach er Isabel, Ritter und Troubadoure aus allen Teilen des Landes werde er laden. Er schwärmte von der Ritterlichkeit, die seinen Großvater Johann den Guten ausgezeichnet habe, von der Courtoisie, die es neu zu beleben gelte.

Am Abend, als sie vor dem Kamin saßen, las er Isabel vor. Er hatte einen Pagen in die Bibliothek des Louvre gesandt. Dies sei sein Lieblingsbuch als Kind gewesen, erklärte er seiner jungen Frau feierlich, und er und Louis hätten ständig daraus gelesen. Er lächelte und meinte entschuldigend: »Daher war auch mein Latein so schlecht.«

Isabel saß am Feuer, blickte in die tanzenden Flammen und hörte Charles gespannt zu, der von den edlen Taten des König Artus und seines Hofes las. Charles las fließend, die Aventure war spannend und seine Stimme war sanft und voller Erotik. Das Feuer wärmte den Körper, der Wein Kopf und Herz, und später lagen sie sich in den Armen auf den Fellen vor dem Kamin und rissen sich die Kleider vom Leib. Isabel streichelte den schlanken Leib des Geliebten, gab sich seinen Stößen in ihren Leib hin, bis auch sie vor Wollust bebte, ein Feuerwerk, wer war heißer, Isabel oder die Flammen. Dezent zogen Blanca und Katharina sich in ihre nachtkühlen Kemenaten zurück. Die Minne, sagte Charles viel später, als sie erhitzt und rosig vor den letzten glühenden Holzscheiten lagen, und er küsste seine Frau auf die Stirn: die Minne, das habe er nicht gewusst, bevor er sie kennenlernte.

Isabel richtete sich träge auf und betrachtete den nackten Mann auf dem Fell. »Was hast du nicht gewusst, mein Liebster?«

»Dass die gesamte Ritterlichkeit ohne die Liebe nichts wert ist.«

Er zog sie zu sich herunter und küsste sie lange. Nach einer Weile, als sie feucht, erschöpft, nach Liebe duftend neben ihm lag, meinte sie: »Wir werden einen Minnehof begründen, du und ich, mit allem, was früher dazugehörte, was meinst du? Edler Wettstreit, Turnier, Beiz mit den kostbaren Falken, Musik, Tanz und einem Gericht, das die Fragen der Minne klärt.«

»Ob es anständig ist, wenn sich ein Ehepaar vor dem Kamin liebt«, lachte Charles.

»Ob ein Ehemann seiner Frau Respekt schuldet«, kicherte sie und warf ihm ein Schaffell an den Kopf.

»Ob es gerecht ist, wenn die Ritter die Tafelrunde verlassen, um ihren Frauen beizuwohnen.«

Er packte sie und wickelte sie trotz ihres Kreischens und Zappelns in das Fell ein. Sie wand sich: »Ob es zum Liebesspiel gehört, wenn der Mann sein Weib fesselt ...«

Sie kicherten erregt und entwarfen eine Menge eigenartiger Fälle, die sie dem Minnegericht vorlegen wollten. Anklägerin sollte die Königin, Richter der König sein, Verteidiger sein Bruder Louis.

»Und nach jeder Entscheidung wird der König den Fall für den nächsten Mond vorstellen«, entwickelte Isabel die Idee weiter, »so werden wir zu jedem vollen Mond den Minnehof feiern, mit Gerichtsbarkeit, Musik und Tanz.«

»Und die besten Troubadoure des Landes werden an unserem Hof aufspielen«, begeisterte sich Charles.

Isabel erinnerte sich an einen Sängerwettstreit, von dem sie gehört hatte. »Tannhäuser! Der beste Sänger bekommt einen Lorbeerkranz!«

»Ja, aber wenigstens mit vergoldeten Lorbeerblättern, sonst heißt es am Ende, der König von Frankreich sei ein Geizhals!«

Erst in den frühen Morgenstunden fanden sie Schlaf. Das Mädchen, das den Kamin fegen und anfeuern wollte, floh errötend vor dem nackten, nur mit Fellen umhüllten Paar vor dem Kamin. Isabel lächelte im Schlaf. Sie hatte keine Vorstellung davon, wie schnell das Glück sich wenden konnte. Warum sollte sie auf eine so launische heidnische Göttin wie Fortuna vertrauen? Sie hatte gelernt, einem strengen Gott zu gehorchen.

# PARIS, 1389

Fürst, alles, alles kenn ich,
Ich kenn die Roten und die Bleichen,
Ich kenn den Tod der alles raubt,
ich kenne alles nur nicht mich.

*Francois Villon*

Am 3. Dezember 1388 wurde der junge König zwanzig Jahre alt. Damit war er mündig und traf im Kronrat seine ersten Entscheidungen. Charles tat dies mit Genuss.

Er dankte seinen Onkeln höflich mit kostbaren Geschenken zum neuen Jahr, schüttelte aber deren bevormundende Hände entschieden ab, vor allem die des Herzogs Philipp von Burgund. Dieser hatte ihn in einen desaströsen Feldzug gegen Geldern geführt, der in den unwirtlichen Ardennen begann und im überschwemmten Flussgebiet geendet hatte, nur um Philipps reiches Brabant zu schonen. Fünftausend Mann hatte Charles unter dem Einfluss des Herzogs berufen, um den Unverschämtheiten des Grafen von Geldern mit Waffen statt mit lachendem Spott den Mund zu stopfen.

Charles' erste Tat war, die Berater seines Vaters wieder in ihre Ämter zurückzurufen. Die Onkel hatten sie verächtlich »Marmousets« genannt und ihrer Ämter enthoben. Unter ihnen war Olivier de Clisson, den die Onkel entmachtet hatten. Charles setzte den reichen, einflussreichen Mann wieder als Konnetabel ein, nicht zuletzt aus tiefer Dankbarkeit, denn Clisson hatte einst den vierten, inzwischen verstorbenen Onkel Ludwig von Anjou daran gehindert, den Staatsschatz zu plündern. Aus der Sicht des jungen Königs war dies der Beginn seiner Regierung. Er sah nicht, dass seine Handlungen für seine Onkel einem Staatsstreich gleichkamen, den sie fürchterlich rächen würden.

»Was sind Marmousets?«, fragte Isabel.

Charles küsste sie auf die Nase und zog dann eine entsetzliche Fratze, sodass sie zurückzuckte. Er lachte.

»Das war ein marmouset«, sagte er, »so nennen wir die Fratzen an den Türklopfern. Ein alter Aberglaube, sie sollen Teufel und Dämonen nicht ins Haus lassen.«

»Und das sollen deine Berater auch nicht!«, lachte sie.

Charles war zwanzig und voller Unternehmungsdrang.

Er genoss seine Volljährigkeit und war bis zur Halsstarrigkeit entschlossen, sich von niemandem dreinreden zu lassen. Sein Frankreich sollte wieder ein ritterliches, edles Land werden, stolz, unbesiegbar und gerecht, mit Edelleuten, die diesen Namen auch verdienten. Der gerichtliche Zweikampf 1386 um die Ehre der Familie Carrouges hatte den Beginn gebildet, ihm sollte der Ritterschlag der Prinzen Anjou folgen.

Die Gelegenheit bot sich zu Pfingsten 1389. Charles wollte seiner jungen Frau Glanz und Größe seines Reiches vorführen und sie selbst in die Gesellschaft einführen. Seine Cousins Charles und Louis, 9 und 12 Jahre alt, waren die Söhne des vor vier Jahren verstorbenen Herzogs Louis von Anjou, des dritten Onkels des Königs, der während Charles' Unmündigkeit mit denen von Berry und Burgund den Kronrat gebildet hatte.

»Aber er hatte nie Zeit für Frankreich, stets musste er den Kampf um Neapel führen, weil er sich dort einen Anspruch auf die Regentschaft erworben hatte«, erzählte Charles, »und er ist auch in Italien gestorben. Seine Söhne sind nun alt genug, Neapel wieder unter die Herrschaft der Anjou zu bringen.«

»Und dafür muss der König von Frankreich sie zu Rittern schlagen«, meinte Isabel gut gelaunt, »hoffen wir, dass der Feldzug nicht in einer sizilianischen Vesper endet.«

Charles betrachtete seine Frau erstaunt. Sie sprach inzwischen perfekt Französisch, und zum ersten Mal gab sie eine politische Äußerung von sich.

»Der Papst selbst hat dem Herzog von Anjou das Königreich Sizilien und Neapel verliehen. Wie kannst du seinen Anspruch bezweifeln?«, fragte er ungläubig. Die Wittelsbacher hatten manchmal merkwürdige Ansichten bezüglich des Papstes, vermutlich war Isabel von ihrer Familie beeinflusst.

Isabel erinnerte daran, dass sie die Enkelin der Königin von Sizilien sei und dass Louis' Adoption durch die Königin Johanna, nicht der Papst den Anjou die Herrschaft über Neapel verliehen hatte. Aber Charles schüttelte ernst den Kopf und sie wollte keinen Disput. Sie dachte an zwei kleine Jungen, die auf Eroberung ausziehen sollten, statt leichten Herzens zu jagen und zu spielen, und ihr Herz war voller Mitleid. Charles küsste sie. »Du solltest mit deinem liebsten Gatten Mitleid haben, der mit zwölf Jahren Waise wurde und bereits mit vierzehn ein Königreich regieren musste!«

Isabel betrachtete ihn zärtlich. »Dein Herz ist erfüllt von Edelmut, und deine Seele zart wie der Brustflaum des Jagdfalken. Deine königlichen Eltern müssen stets voller Liebe gegen dich gewesen sein.«

Charles nahm ihr Gesicht in beide Hände und bedeckte es mit Küssen. »Ich glaube, die Liebe ist in meinem Herzen erst erwacht, als ich dich sah, damals, in Amiens, als du mir in der riesigen Kathedrale entgegenkamst. Du warst so klein, so unschuldig, so schön in deiner Schüchternheit. Ich werde dich immer lieben.«

»Unser Hof soll das Abbild unserer Liebe sein, ein Hof der Minne, ein Ort des Friedens und allen ein Vorbild«, sagte Isabel feierlich, »die Feier der Prinzen von Anjou zum Ritterschlag soll allen verkünden, dass am französischen Hofe der ritterlichste unter den Rittern König ist und alle ihm nacheifern sollen.«

»Es soll das prächtigste Turnier werden, das je gefeiert wurde.«

Charles sandte Boten nach Deutschland und England, um alle Könige zu seinem mehrtägigen Fest nach Paris einzuladen. Der französische Adel erschien beinahe vollzählig, aber auch siebzehn der einflussreichsten königstreuen Pariser Bürgerfamilien waren geladen. Isabels Freude wurde ein wenig getrübt, als der Bote mit der Nachricht zurückkehrte, dass ihr Vater und ihr Bruder nicht kommen konnten. Sie waren mit der oberitalienischen Liga in Padua eingeritten und hatten sich dort mit Franz von Carrara verbündet. Es wurde sogar über Heiratsabsichten des Herzogs Stefan gemunkelt, die den Neapelplänen der Anjou so zuwiderliefen, dass Isabel Mühe hatte, die Gemüter zu beschwichtigen. Florenz und Bologna seien freie Städte, die sich gegen den Mörder Visconti wehrten. Bayern habe keine Absichten auf Unteritalien, versicherte sie, aber geschickte Heiratspolitik sei oft erfolgversprechender als Kämpfe, die das Land ausbluteten. Es war ihre erste politische Äußerung vor den Onkeln, dem Konnetabel und anderen königlichen Beratern, und sie wurde zu ihrem eigenen Erstaunen von den Herren wohlwollend aufgenommen. Den wichtigsten Beratern des Königs galt ihre Stimme etwas! Isabel nahm sich vor, künftig die Politik genau zu beobachten.

Besorgt war sie dennoch. Wollte der Vater sich tatsächlich mit Margarethe von Neapel verheiraten? Was versprach er sich von dieser Verbindung? Er konnte doch unmöglich König von Neapel werden wollen. Erleichtert erfuhr sie nach dem großen Fest, dass der Vater den Italienfeldzug abgebrochen und sich auf eine Pilgerfahrt nach Rom begeben habe. In den Augen Frankreichs pilgerte der Herzog zwar zum falschen Papst, er hätte nach Avignon reisen müssen. Aber Isabel verstand den Vater. Er hatte immer ins Heilige Land pilgern wollen und den Gedanken aufgeben müssen. Nun gestattete er sich wenigstens Rom. Eine Bußfahrt stand ihm besser an als eine Ehefrau.

In Saint-Denis wurde ein großer Turnierplatz angelegt, mit prachtvollen seidenen Zelten in königlichen Farben, die mit Teppichen ausgelegt waren. Vor den Zelten flatterten die Wimpel, und die Schilde mit den ritterlichen Wappen standen auf hölzernen Gestellen und leuchteten in prächtigen Farben in der Maisonne. Gaukler kamen, angelockt durch Hoffnung auf Verdienst, und zeigten Kunststücke. Fahrende Schauspieltruppen fanden sich ein und führten fromme Mysterienspiele auf, wobei sie, wenn der Klerus beschäftigt war, deftige Bauernkomödien folgen ließen. Troubadoure priesen die Schönheit der anwesenden Damen, Tierbändiger führten Kreaturen aus den Ländern der Kreuzfahrer vor.

Das Volk strömte aus Paris herbei, gaffte die Fremden an, bestaunte turnende Äffchen und hochmütig blickende langwimperige Dromedare, immer in der Hoffnung auf kostenlose Stücke der Ochsen und Lämmer, die über großen Feuern an Spießen brieten und köstlichen Duft verbreiteten.

König Charles, verliebt in die Artuslegende, belebte die alten ritterlichen Bräuche. Die Damen, in kostbare bestickte Houppelanden gehüllt und mit hohen Henninen auf den sorgfältig frisierten Haaren, geleiteten die königlichen Ritter zum Turnierplatz. Über Isabels dunklen Haaren wehte ein langer, feiner Seidenschleier im milden Frühjahrswind von der Spitze ihres Hennins, als sie feierlich neben Herzog Philipp von Burgund einritt. Der König ließ sich von Jeanne de Luxemburg, sein Bruder Louis von Madame de Coucy geleiten. Die beiden ernsthaften jungen Herzöge von Anjou erwarben sich auf ihren schweren Streitrössern die ersten Ehren, nachdem Charles sie feierlich mit dem Schwert umgürtet und sie zu Rittern erklärt hatte.

Isabel blickte in die blassen, ernsten Gesichter der Jungen und fühlte einen Stich im Herzen. Die kleine Johanna war gerade ein Jahr alt geworden und sah im Festtagsgewand auf dem Arm ihrer Amme sehr niedlich aus. Stolz war sie auf ihre kleine Tochter, die sie den Schmerz um den früh verstorbenen Charles ein wenig vergessen ließ. Aber zwei solche Jungen ... wie sehnte sie sich nach einem Sohn. Sie sah zu der Mutter und wollte ihr ein Kompliment machen, da blickte sie in das hochmütige Gesicht der ehrgeizigen Herrin von Guise, der es offensichtlich schwerfiel, das Knie vor ihr zu beugen. So neigte Isabel nur hoheitsvoll den Kopf.

Später, bei der Jagd, berichtete sie Charles ihren Eindruck. »Kein Wunder!«, lachte er. »Sie wäre gern an deiner Stelle, und beinahe wäre sie es auch gewesen!«

Er erzählte Isabel von Ludwig von Anjou, dem einzigen der vier Onkel, der allein hatte regieren wollen, bis Charles volljährig geworden war. »Vor allem wollte er den Kronschatz allein regieren, und ich glaube nicht, dass er ihn aus freien Stücken wieder hergegeben hätte! Den Staatsschatz und die Krone verdanke ich meinen drei anderen Onkeln – und dem Konnetabel Clisson!«

Da fiel Isabel wieder ein, was sie von Blanca gehört hatte. »Bin ich nicht Königin von Frankreich?«, fragte sie Charles.

Charles sah seine Frau erstaunt an. »Selbstverständlich bist du meine Königin, meine liebste Isabel!«

Gattin des Königs sei in Frankreich offenbar etwas anderes als Königin, mutmaßte Isabel. Sie sei ungekrönt und seit Jahren noch nicht feierlich in Paris eingezogen, obwohl sie nun bereits in Saint-Denis sei.

»Gebührt mir dies nicht als Königin?«, fragte Isabel schüchtern, aber durchaus rechtsbewusst.

Charles betrachtete seine Frau, die mit geradem Rücken ihren neuen gescheckten Zelter ritt. Ihre Röcke bauschten sich über den Sattel hinweg, die glänzenden dunklen Haare waren zu vielen Zöpfchen geflochten und in goldenen Netzen aufgesteckt. Ihre hohe, rasierte Stirn wölbte sich in einem sanften, unwiderstehlich schönen Bogen über ihrer geraden Nase. Wie schön sie war, einer Königin würdig, er liebte sie und Johanna, die kleine Tochter, die sie ihm geschenkt hatte. Hatte sie nicht recht? Seit vier Jahren waren sie verheiratet, und alle diese Jahre hatte sie auf Creil und im Umland verbracht, das war einer Königin nicht würdig.

Er ritt nah an sie heran und griff nach ihrer Hand. »Meine Königin, meine Isabel, verzeih mir! Schon im Herbst wirst du in Paris einziehen, und es wird das kühnste, schönste Fest sein mit der feierlichsten Zeremonie, die Frankreich je gesehen hat, das verspreche ich! Sie werden dir huldigen, meine Liebste, du wirst sehen, wie die Pariser dir zu Füßen liegen werden!«

Die Fanfaren bliesen zur Jagd. Isabel drückte seine Hand an ihre Lippen und flüsterte, dass sie wieder guter Hoffnung sei. Bevor er auch nur ein Wort dazu sagen konnte, spornte sie ihr Pferd an, dass es mit aufgeworfenem Hals davongaloppierte, wandte noch einmal den Kopf und schenkte Charles ihr strahlendstes Lächeln.

Der König schuf eine besondere Abteilung seiner Rechnungskammer für die Krönung und bat Blanca um Hilfe. Isabel hatte ihm von dem Gespräch zwischen Blanca und dem Herzog von Burgund berichtet, das sie unfreiwillig belauscht hatte.

»Wir möchten das Zeremoniell so durchführen, wie es die Tradition vorsieht, prachtvoll in allen Details, verehrte Tante«, befahl Charles.

Blanca war begeistert von dem Auftrag und studierte die alten Chroniken. Wie waren die Königinnen von Frankreich einst gekrönt worden?

Von dem Ergebnis war sie enttäuscht. »Die Chronisten haben nicht viel berichtet«, sagte sie empört zu Isabel, »ist es nicht beschämend? Keinem schien es wichtig zu sein, festzuhalten, wie die Königinnen gekrönt wurden! Dabei sind sie doch die Herzen Frankreichs! Wir werden vieles erfinden müssen!«

So zog die junge Königin, Isabel de Bavière genannt, unter nie gekanntem Prunk am Sonntagmittag des 22. August 1389 in

Paris ein. Es war ein freundlicher Spätsommertag, mit seinem milden Sonnenlicht wie geschaffen, um die Pracht und die Schönheit der jungen Königin zum Leuchten zu bringen.

Der Zug begann im Kloster Saint-Denis, neben der prächtigen Basilika zu Ehren des Schutzheiligen von Paris, in der die Könige Frankreichs ihre letzte Ruhe gefunden hatten. Die Strahlen der tief stehenden Sonne fielen in bunten Streifen durch das Triforium und die prächtigen Chorfenster auf die junge Königin, die mit ernsthafter Miene die Huldigungen des französischen Adels entgegennahm. Ein Madonnengesicht, raunten die anwesenden Damen ehrfürchtig, und auch der letzte zweifelnde Chevalier war durch den Anblick der von regenbogenfarbenen Strahlen umfluteten Königin sicher, dass er ihr und keiner anderen huldigen musste. Ach, wie kurzlebig waren die Schwüre der Höflinge! Hoheitsvoll schritt Isabel nach der Zeremonie hinaus und bestieg unter dem thronenden Christus des Mittelportals ihre Sänfte. »Ich möchte dir diesen Tag schenken, meine Königin«, sagte Charles zärtlich. Sie sollte die schönste Königin sein, die je in Paris gekrönt wurde, und Charles liebte zu ihrem dunklen Haar besonders die Farben Weiß und Rosa an ihr.

Isabel hatte sich für ein zartes Rosé entschieden. Ihr Kleid aus rosa Seide war über und über mit den goldenen Lilien Frankreichs bestickt. Darüber trug sie eine ebenfalls reich bestickte Houppelande aus Samt, die mit rosa Seide gefüttert war. Der kräftigere Rotton des samtenen Überhangs mit den langen, rosa gefütterten Ärmeln bildete einen reizvollen Kontrast zu dem hellen Rosé der Robe. Die besondere modische Raffinesse aber bestand in Isabels Kopfbedeckung.

Die kluge Blanca hatte ihr von allem abgeraten, was in Mode war, und zu einem breitkrempigen Hut geraten, der sie vor der Sonne schützen sollte. So trug Isabel einen Hut, aber einen, von dem die Chronisten nicht satt wurden zu berichten, denn er war wie eine Sonne gearbeitet. An ihrer Hutkrempe pendelten, gehalten von kaum sichtbaren feinen Goldfäden, dreizehn Diamanten, sodass das Gesicht der Königin je nach Sonneneinstrahlung abwechselnd beschattet oder von Funken beregnet wurde. Die Sonne Frankreichs, das ist die Königin, sagte jede Bewegung der lächelnden Dame, die hoch über den Menschen auf ihrem schwankenden Thron vorüberzuschweben schien. Zwei weiße Maultiere trugen ihre Sänfte, die die Farben und Lilien ihres Gewandes als Bemalung fortsetzten.

Louis, der Bruder des Königs, und die Onkel des Königs, die Herzöge von Berry, Burgund und Bourbon, ritten an Isabels Seite, auch sie in festlicher goldbestickter Kleidung. Der Sänfte folgten zu Pferde und in weiteren Sänften die ersten Damen des Landes, allen voran Valentina Visconti, die Cousine der Königin, die erst wenige Tage vorher Louis, den Bruder des Königs, geheiratet hatte.

1.200 berittene Bürger in grünen Gewändern bildeten die linke Seite des Festweges, der über die Brücke der Seine führte und an der prächtigen Sainte-Chapelle enden sollte. Auf der rechten Seite spielten Musikanten und alle Hofbediensteten in rosenfarbenen Gewändern auf. Gerührt sah die junge Königin auf das Spiel der Farben. Vor mir ist es wie ein herrlicher Garten, hinter mir eine klafterlange Schleppe meines Gewandes, dachte Isabel, wie wundervoll Charles alles hat gestalten lassen. Der König hatte die Komplementärfarben ausgewählt, um Isabel, die das Farbenspiel der Blumen liebte, eine Freude zu machen. Auch die Straßen, Häuser und die Brücke ihres Weges waren mit Blumengirlanden und bunten Stoffbahnen herausgeputzt. Hinter der Kapelle von Saint-Quentin kam der Königin der Zug der ausländischen Chevaliers entgegen, die von Jean von Lothringen und Wilhelm von Hennegau angeführt wurden, um ihr die Ehre des Geleites anzutragen.

Nach Saint-Quentin kam der umfangreiche Zug nur noch langsam voran und geriet immer wieder ins Stocken, denn auch alle Bürger von Saint-Denis und Paris waren zusammengeströmt. Das Tor von Saint-Denis war als Himmel mit Sternen verkleidet, kleine Kinder hockten darin, als Engelchen verkleidet. Als Isabel vor dem Tor ankam, öffnete sich der Himmel, und zwei Engel hielten eine reich verzierte Krone in der Hand. Sie reichten sie der Königin und verschwanden zum Erstaunen des Volkes wieder in der Höhe, singend, sie wollten die frohe Botschaft von der Krönung der Königin im Paradies verkünden. So säumten viele lebende Bilder den gesamten Weg bis zur Kathedrale Notre Dame, kein Augenblick war langweilig.

Charles war nirgendwo zu sehen. Er wollte der Königin die Ehre und den Vortritt lassen und sie erst in der prächtigen Sainte-Chapelle empfangen. Aber der König war neugierig, und so mischte er sich unter das Volk, indem er unerkannt hinter seinem Oberhofmeister aufs Pferd stieg.

Am großen Chatelet hielt der Zug der Königin an. Hier war eine der Bühnen aufgebaut, auf der eine Spielschar eine Episode ihres den Zug begleitenden Mysterienspiels aufführte. Plötzlich verdeckte das Pferd mit seinen beiden Reitern die Sicht und wurde von erbosten Zuschauern und Aufsehern mit Hellebarden vertrieben. Als der König am Abend beim großen Galadiner erzählte, wie sein Volk ihn vertrieben hatte, wurde viel gelacht.

»Wer den Parisern die Sicht nimmt, wird gestürzt«, witzelten sie, und Louis küsste seine schöne Valentina, in die er offensichtlich verliebt war wie ein Narr, und erklärte ihr lachend: »Was ist dem Pariser am wichtigsten im Leben? Sein Amusement und seine Spiele! Wer ihm das nimmt, wird gnadenlos vertrieben, auch wenn es der König ist!«

Nur die pfeilspitzenartigen Blicke aus Herzog Philipps kleinen Augen verrieten, dass der Herzog von Burgund der Anekdote mehr Bedeutung beimaß als mancher andere. Seinen Machtverlust hatte er nicht verwunden. Philipp sann auf Rache. Den König vertreiben? Mehr als ein Scherz bei Tische, sagten seine Augen.

Erst mit Einbruch der Dunkelheit erreichte Isabel die Kathedrale. Etwas steif vom langen Sitzen auf ihrem schwankenden Thron, aber glücklich, kniete sie nieder, um zu beten. Der Bischof Pierre d'Orgemont empfing sie mit einem kostbaren Diadem. Auf dem Platz erhellten Hunderte von Fackeln den würdevollen Einzug der Königin in den Palast, in dem der König und Blanca sie feierlich empfingen, und dann durfte Isabel endlich ruhen, während das Volk auf den Straßen ausgelassen feierte. Denn sie erwartete ihr drittes Kind, und die Anstrengungen eines stundenlangen Zuges für eine Schwangere hatten alle unterschätzt.

Die Salbung und Krönung fand am nächsten Tag in der märchenhaft blau und golden ausgemalten Sainte-Chapelle statt. Charles hatte eigens die heilige Kapelle seines Urahnen Louis, in der die heilige Reliquie der Dornenkrone Jesu aufbewahrt wurde, für Isabel bestimmt.

»Der König ist Haupt, die Königin helfende Hand«, betonte er. »Wir erwählen die Königin zum Beistand des Königreiches.«

Nach dem großen Festmahl und dem Empfang der Pariser Bürger mit Geschenken war Isabel völlig erschöpft. Ein letzter festlicher Umzug führte sie in ihre neuen Gemächer im Hotel Saint-Pol.

Am Abend kam Charles zu ihr. Besorgt musterte er ihr blasses Gesicht.

Sie lächelte und sagte: »Es war alles so wunderschön, verzeih mir, wenn ich jetzt nicht mehr tanze und springe. Es ist wegen des kleinen Dauphins.«

Sie nahm seine Hand und strich damit sacht über ihr gewölbtes Sechsmonatsbäuchlein.

Charles küsste sie.

»Die Feierlichkeiten, weißt du … alles war so prunkvoll, so festlich, dabei geschah doch das Wichtigste heute Morgen.«

Fragend sah er sie an. »Quam in adiutorio Regni Reginam elegimus«, deklamierte sie feierlich und küsste seine liebevolle Hand. »Du willst mich als Königin zum Beistand deines Königreiches.«

»Ut scias te esse consortem Regni«, antwortete er lächelnd. »Du bist mit mir an der Regierung beteiligt.«

Sie umarmte ihn. »Das ist das Wichtigste, nicht wahr? Dafür schenke ich alle Diamanten von meinem Sonnenhut gern den Armen.«

Er lachte. »Du hast heute schon die Gefangenen begnadigt, das sollte erst einmal reichen.« Er erhob sich. »Du hast hoffentlich nichts dagegen, wenn ich Valentina zum Tanz führe?«

Isabel lächelte. »Und die Herzogin von Berry und meine Cousine Margarethe von Bayern – alle Damen, ich bitte darum! Denn ich bin deine Hand und dein Beistand.«

»So soll es sein, für alle Tage«, sagte er und ging in den Festsaal.

Isabel blieb auf ihrer Chaiselongue liegen und spürte voller Glück die Bewegungen ihres Kindes in ihrem Leib. »Jetzt schlafen wir erst mal, Gustl«, murmelte sie träge, »ab morgen consortem regni.«

# PARIS, OKTOBER 1409

Gelehrsamkeit stehe Frauen nicht an, sagte er,
wie es ja auch nur wenige gelehrte Frauen gebe.
Ich entgegnete ihm, Unwissenheit stehe
Männern noch weniger an,
auch wenn es viele unwissende Männer gebe.

*Christine de Pizan*

# MARGAUD

Louis' Spott über die Handschuhchen der feinen Damen war Margaud noch in den Ohren. Aber sie musste ihre Hände schützen. Ihre rechte Hand schmerzte, seit ein heftiger Wurf auf sie geprallt war. Die Wucht des kleinen Balles hatte zwei Finger gestaucht, sie waren angeschwollen, und das konnte sie sich nicht leisten. Denn Margaud brauchte ihre Hände nicht nur für das Jeu de paume, sondern auch zum Teigkneten bei Blanche, und bei Madame de Pizan, die sie Schreiben und Lesen lehrte.

Christine de Pizan hatte Margaud bei sich behalten seit jener schrecklichen Mordnacht, die nun fast zwei Jahre zurücklag. Sie gab ihr Unterkunft und Essen gegen das Kopieren ihrer Schriften. Mit dem Ausmalen von Anastasias fein gezeichneten Illuminationen in Christines Büchern hatte Margauds neues Leben begonnen. Die Philosophin hatte die Intelligenz des mageren, struppigen Mädchens erkannt und sie Lesen und Schreiben gelehrt mit den Worten: »Wenn du unter meinem Dach lebst, musst du dich auch um die Bücher kümmern.«

Christines Geschäfte hatten zunächst durch den Mord an Louis sehr gelitten, denn der Herzog von Orleans war einer ihrer wichtigsten Auftraggeber gewesen. Christine hatte auch mit zusammengebissenen Zähnen gezischt, wie sie diesen Professor Petit hasste, der den Mord an Louis als Tyrannenmord bezeichnet und den Herzog von Burgund als Befreier gefeiert hatte. Christine hatte vom Verrat an der Freiheit der Wissenschaft gesprochen, das hatte Margaud nicht verstanden. Aber dann erteilte die Königin selbst Aufträge, und so kamen Christines Werke schnell in Mode. Mittlerweile lasen die Ehrendamen der Königin Christines Bücher, sogar für die königlichen Kinder hatte die Königin Bücher bei Christine in Auftrag gegeben. Vor allem ihre Gedichte über die Liebe erfreuten sich großer Beliebtheit, auch Christines intelligente Schiedssprüche, die sie zu den Fragen des monatlich stattfindenden Cour d'amour, des Minnehofes der Königin, beitrug, erregten jedes Mal Aufsehen.

Geschäftig huschte Margaud durch die Gassen zu den Hallen, um Gemüse und Fisch für das Nachtmahl zu kaufen. Sie hatte nicht den aufrechten, selbstbewussten Gang einer Bürgerin. Sie war eine Illegale, und auch nach fast zwei Jahren in Paris fürchtete sie stets die Entdeckung durch ihren furchtbaren Gegner, den narbigen Hauptmann. Ob Maria noch lebte? Sie hatte sie nie wiedergesehen.

Margaud hatte nicht gegen die Mörder des Herzogs von Orleans aussagen müssen, das hatten Louis, Blanche und Jaquette getan. Offiziell gab es Margaud nicht in der Stadt Paris. Sollte sie jemals aus einem der großen Tore der Stadtmauer spazieren, konnte sie nicht wieder hinein. Der Trick, mit dem sie die Pariser Stadtmauer einmal überwunden hatte, ließ sich nicht gefahrlos wiederholen. Aber Margaud hatte nicht das Bedürfnis, die gut gesicherte Stadt zu verlassen.

Ein Tuch, tief in die Stirn gezogen, verbarg ihr Gesicht vor neugierigen Augen. Mit schnellen, verstohlenen Blicken suchte Margaud jede Gasse ab, bevor sie einbog, musterte die Menschen, und erst wenn sie keinen burgundischen Söldner ausmachen konnte, atmete sie auf und erledigte in unauffälliger Eile die Dinge, die zu tun waren. Und derer gab es viele: jeden zweiten Morgen vor Sonnenaufgang ging sie zu Blanche und half ihr, den Ofen anzufeuern und den Brotteig für den Abend vorzubereiten. Danach kehrte sie in Christines Haus zurück, jenen eigenartigen Turm, und bereitete mit der Köchin den Hirsebrei. Wenn Christine später hinunterkam, saß Margaud bereits in der Schreibstube und unterbrach ihre Arbeit, um mit Christine den Morgenbrei zu essen. Beide mochten dieses Frühstück sehr und ließen sich Zeit, um die neuesten Nachrichten auszutauschen. Margaud hatte stets viele Fragen, und Christine freute sich über den Wissensdurst des Mädchens und beantwortete ihre Fragen geduldig und klug.

An diesem Oktobertag hatte Margaud neben den Lebensmitteln für die Köchin auch eine eigene Besorgung. Sie betrat die Werkstatt eines Handschuhmachers in einer kleinen Gasse, die von der Markthalle zu den Gerbern an die Seine führte. Die Wetteinnahmen des letzten Jeu de paume waren gut gewesen, und eine Frage kostete nichts. Vielleicht konnte sie sich Handschuhe leisten, sie hatte eine bestimmte Idee.

Zwei Menschen saßen im Halbdunkel auf Schemeln bei der Arbeit. Es roch nach Schweiß, Leder und Urin. An den Wänden hingen gegerbte Häute in verschiedenen Größen und Stärken. Zu ihrer Überraschung erhob sich der ältere der beiden mit breitem Grinsen, als er sie sah.

»Ah, die Hexe von den Roten«, meinte er, aber seine Stimme klang nicht verächtlich, sondern bewundernd.

Louis hatte der Mannschaft einen Namen gegeben: »die Roten vom Saint-Greve«. Seit einiger Zeit trugen die Spieler rote Bänder quer über ihren Sachen, eine Mode, die die anderen Mannschaften schnell mit Streifen in anderen Farben imitierten. Louis' Wetten wurden sogar besser, wenn die Leute erfuhren, dass »die Hexe« mitspielen würde.

Margaud lächelte schüchtern. Sie lebte in einem seltsamen Widerspruch. Einerseits war sie ein Flüchtling, eine Illegale, andererseits war ausgerechnet ihre Popularität als Ballspielerin der beste Schutz, den sie sich denken konnte.

»Bin bloß Spielerin, hab keine Hexenkräfte«, sagte sie.

Der Mann erzählte seinem neugierig aufblickenden Lehrjungen, dass er noch keines von Margauds Spielen versäumt habe. »Und jetzt will die Jungfer ihre schönen Hände schützen«, stellte er fest.

Margaud errötete. Würde er sie jetzt verspotten wie ihre Mannschaftskameraden? »Ich dachte …«

»Hab mich schon lang gefragt, warum ihr eure Hände nicht besser schützt. Jetzt ist es passiert, was?«

Er griff nach Margauds Hand und rief den Lehrjungen zu sich. »Gott hat die Frauen mit einem zartgliedrigen, schmalen Gelenk ausgestattet. Sieh dir mein Handgelenk an, Mädchen, und das ist noch schmal. Ich kenne Männer, da kannst du keinen Unterschied sehen, das Handgelenk von eurem langen Degus ist so breit wie sein Oberarm.«

Der Bub glotzte auf Margauds Hand. Margaud genierte sich und versuchte, ihre Hand aus der des Handschuhmachers zu ziehen. Aber der hielt sie fest wie in einem Schraubstock und drehte ihren Handballen nach oben. »Sieh her, wie gut und sinnreich der Herrgott unsere Greifer gestaltet hat. Wie oft in unserem Leben beugt und streckt ein Mensch wohl seine Hand, ohne dass sie murrt? Aber wenn sie von einem kleinen, harten Lederball getroffen wird …«

Margaud betrachtete ihre Hand mit neu erwachtem Interesse. Auch der Bub hörte aufmerksam zu.

»Sieh, hier!« Der Handschuhmacher klopfte vorsichtig auf Margauds kräftigen Handballen und dann auf jedes einzelne Muskelpolster zwischen den Fingergelenken. »Muskelpakete, die unsere Hände vor dem Aufprall schützen!«

Margaud nickte. Wenn der Ball zu hart und der Aufprall zu heftig war, konnte hier schon einmal das Blut spritzen. Das tat nicht sehr weh, aber es war beim Spiel lästig, beschmutzte die Kleidung, und die Wunde neigte nach dem Spiel zu schmerzhaften Entzündungen.

»Dies ist der Griff um den Ball! Hier musst du deine Hand schützen, ohne ihre Beweglichkeit einzuschränken! Deshalb sind Handschuhe nichts für dich, Jungfer Margaud!«

Der Meister des Handschuhs ließ ihre Hand los. Unwillkürlich entfuhr Margaud ein Laut der Enttäuschung.

»Ich hatte gedacht …« Margaud verstummte. Sie hatte sich Handschuhe anpassen und später die Finger abtrennen wollen. Handschuhe ohne Finger gingen vermutlich gegen die Ehre des Gewerkes, daher hätte sie nicht gewagt, fingerlose in Auftrag zu geben.

Der Meister aber lachte nur. »Du brauchst hier eine Verstärkung und hier einen Schutz!«

Er tippte erst auf seinen Handballen und umfasste dann sein eigenes Handgelenk. »Ich hab gesehen, dass du deine Hand mit Lederstreifen umwickelt hast. Das ist kein schlechter Einfall, hält aber während des Spiels nicht – und ist natürlich ein Dreck gegen einen gut gearbeiteten Handschuh.«

Also doch Handschuhe! Der Mann verwirrte Margaud. »Nimm das Maß!«, wies er den Buben an, dann deutete er mit ausgestrecktem Zeigefinger auf Margaud. »Kannst du zahlen?«

Wieder errötete Margaud, dieses Mal vor Ärger. Selbstverständlich könne sie zahlen, sonst wäre sie nicht gekommen.

Der Meister der Handschuhe lachte amüsiert. »Du brauchst nur den halben Preis zu zahlen, Jungfer. Weil du nämlich nur halbe Handschuhe von mir bekommen wirst.«

Halbe Handschuhe? Unwillkürlich spreizte Margaud ihre Finger.

»Genau!«, rief der Meister und lachte. »Wozu soll ich deine Finger in Hüllen stecken! Die müssen beweglich bleiben. Nein, ich mach dir zwei Paar fingerlose aus elastischem Ziegenleder, und die verstärke ich dir an den Muskelballen mit weichem Hirschleder.«

Sie hatte also einen Handwerker gefunden, dem eine solche Fertigung nicht gegen die Ehre ging. Margaud strahlte, sie fühlte sich verstanden. Der Lehrjunge beendete sein umständliches Ausmessen, grinste scheu und schrieb die Daten von Margauds Hand mit Kreide auf eine Schiefertafel.

»Zum nächsten Spiel darfst du mit«, versprach ihm sein Meister, »damit du beobachten kannst, wie die Mademoiselle mit unseren Handschuhen gegen die stärksten Männer gewinnt! Das wird Schule machen, sag ich dir! Das wird Geschäfte geben!«

Nachdem sie unerwartet auf einen ihrer Anhänger gestoßen war, nahm Margaud all ihren Mut zusammen und fragte den Meister, ob er bitte auch die Rückseite verstärken könne. Er sah sie erstaunt an. Den Handrücken?

Margaud nickte. Vielleicht so etwas? Sie befühlte ein Stück dickes stabiles Rindsleder, das an der Wand hing. Ob er das einnähen könne?

»Willst du dich prügeln, Jungfer?«, rief der Meister.

Bevor sie antworten konnte, ertönten Trompetenstöße und das tiefe Trommeln einer Pauke von der Gasse. Man hörte Berittene.

Der Meister und sein Junge rannten aus der Werkstatt. Margaud, stets auf der Hut bei jeder Art von Tönen und Geräuschen, die auf Söldner hinwiesen, blieb vorsichtig in der Tür stehen.

Zwei Trompeter der Stadt Paris kamen durch die Gasse auf die Markthalle zu. Hinter ihnen zog die Schindmähre einen hölzernen Karren, auf dem ein Mann erhöht auf einem Hocker saß, damit das Volk ihn von allen Seiten betrachten konnte. Der Mann blickte unglücklich, aber nicht würdelos. In seinen Augen stand die Qual der Torturen, denen er ausgesetzt war. Er zählte um die vierzig Jahre und trug ein prächtiges zweifarbiges Staatsgewand. Eine Hälfte seines Mantels und seiner Mütze und ein Hosenbein waren weiß, die andere Hälfte leuchtend rot. An den Stiefeln trug er goldene Sporen, ein Privileg, das nur der König selbst ihm hatte verleihen können. Die Pracht seiner Gewänder stand in scharfem

Gegensatz zu dem jämmerlichen hölzernen Karren. In seine gefesselten malträtierten Hände hatten ihm die Folterknechte ein Kreuz gesteckt.

Margaud kannte den Mann nicht. Aber der Handschuhmacher flüsterte: »Montaigu!« und bekreuzigte sich.

Montaigu? Dies war Montaigu, der Oberhofmeister der Königin? Auf dem Weg zur Richtstätte?

Das konnte doch nicht sein. Margaud wollte den berühmten Mann näher betrachten, aber schon war die Schindmähre vorbeigezockelt, dem Karren folgten die Soldaten, und am Hobel an ihren Mänteln erkannte Margaud, dass es Leute des Herzogs von Burgund waren. Schnell trat sie zurück in den dunklen Eingang.

Die Montaigus waren eine reiche, einflussreiche Familie von hohem Adel. Erst im Sommer hatte Montaigus ältester Sohn die Tochter des neuen Konnetabel von Frankreich d'Albret geheiratet, eine Hochzeit, die die Königin in einem Glanz und einer Pracht ausgerichtet hatte, als heirate einer ihrer Söhne. Sogar der Herzog der Bretagne war eigens angereist, und für das Volk auf den Gassen hatte es Wein und Brot gegeben. Als Halbbruder des Königs trug Montaigu den Titel »batard de France«. Und nun saß er auf diesem Karren, einer der höchsten Beamten, ein langjähriger Vertrauter der Königin, die seine Treue außerordentlich schätzte, wie es hieß. Sollte Montaigu wie ein gewöhnlicher Verbrecher hingerichtet werden? »In die eigene Tasche hat er gewirtschaftet, der Verräter, mit unseren teuren Steuern«, murrte der Handschuhmacher und spuckte vor dem Karren aus. Dieser Montaigu habe sich Schloss Marcoussis davon gekauft und es mit Gold und Silber behängt, als sei er der König.

»Gut, dass der Herzog von Burgund diese Verbrecher entlarvt«, schimpfte der Handschuhmacher vor sich hin. »Jean Sanspeur ist der Einzige, der ein Herz hat für das Volk! Nur *er* setzt sich für Steuererleichterungen ein, denn die Steuern fließen ja lediglich in die Taschen dieser Verräter!«

Der Karren hielt am Blutgerüst vor der Halle. Der Henker verlas das Urteil des Prevot von Paris: Der Kämmerer der Königin wurde der Bereicherung und der Verhexung des Königs für schuldig befunden. Dann schlug er Montaigu vor der gaffenden Menge mit dem Schwert den Kopf ab und steckte das blutige Haupt auf einen Pfahl. Margaud beobachtete das Geschehen vom Eingang der Werkstatt aus und schloss kurz die Augen, als das Schwert durch die Luft sirrte.

Im Gegensatz zu vielen anderen fand sie Hinrichtungen nicht spannend, sondern grausig.

Stimmte das, was der Handschuhmacher gesagt hatte? Aber selbst wenn es stimmte: Konnte man Unrecht mit Unrecht bekämpfen? Das Verhexen … Margaud wusste, dass Christine von derlei Dingen nichts hielt. Hatte Montaigu den König verhext? Die Witwe des ermordeten Louis, eine Visconti, war ebenfalls verdächtigt worden, den König verhext zu haben. Dabei hatte diese Valentina Visconti nur ihr Recht gefordert, sie wollte den Mörder ihres Mannes, den Herzog von Burgund, hängen sehen. Im vergangenen Jahr war die edle Dame an Gram auf ihrem Schloss Blois gestorben, weil es nicht einmal der Königin gelungen war, ihr Gerechtigkeit zu verschaffen.

Eigentlich müsste der Herzog von Burgund mit gebundenen Händen auf diesem Karren sitzen, dachte Margaud, aber er ist mächtiger als der König, er hat sich mitten in Paris einen Turm gebaut, in den keiner eindringen kann, und die Pariser lieben ihn. Und die Königin? Sie musste Christine fragen, die stand bei der Königin Isabel in Gunst. Nachdenklich griff Margaud nach ihrem Korb mit den Lebensmitteln.

Der Meister kehrte zurück, den Jungen an der Hand, der blass aussah. »Jungfer, zum nächsten Spiel hast du deine Handschuhe! Und von mir aus am Rücken verstärkt! Denn ich bin neugierig, was du mit dem verstärkten Rücken anfängst!«

Margaud versprach, ihm ihre neue Idee beim nächsten Spiel vorzuführen, und eilte in ihr neues Zuhause. Sie lieferte ihre Einkäufe bei der Köchin ab und ging die Treppe hinauf in Christine de Pizans Schreibstube.

Christine stand mit ihrer Zeichnerin vor dem großen Tisch. Anastasia hatte ihre feinen Illuminationen für Christines neues Buch »Vom Weg des langen Lernens« vor sich ausgebreitet und erwartete gespannt Christines Reaktion.

»Sie haben Montaigu hingerichtet!«, sagte Margaud aufgeregt und berichtete vom Oberhofmeister auf dem Karren und der Anschuldigung.

Anastasia sah Christine an. »Zauberei!«, zischte sie verächtlich, »dieses Geständnis haben sie Montaigu auf der Folterbank entlockt!«

»Kann man Menschen verhexen?«, fragte Margaud Christine. Diese Überlegung hatte sie während ihres gesamten Heimweges beschäftigt. Anastasia lachte laut heraus, aber Christine de Pizan warf ihrer Zeichnerin einen vorwurfsvollen Blick zu.

»Selbstverständlich gibt es Zauberkräfte«, sagte die vernünftige Christine, »aber Montaigu hat sie nicht beherrscht. Es war für die Henker am einfachsten, ihm die Daumenschrauben so lange anzulegen, bis er gestand, was seine Folterer hören wollten. Im peinlichen Verhör gestehen Menschen alles, was ihre Folterer hören wollen, nur damit der Schmerz aufhört. Montaigu hat sogar nach der Folter widerrufen, hörte ich, aber es hat ihm nicht geholfen. Er war einigen im Wege, die Einfluss auf die Königin nehmen wollen.«

»Warum hat die Königin ihn nicht gerettet?«

»Weil sie feige ist!«, rief Anastasia. »Sie sitzt in ihrer Festung und lässt in Paris Unrecht geschehen, Hauptsache, ihre Schmuckschatulle ist nicht gefährdet!«

Christine widersprach. »Die Königin ist auf die Festung Melun geflüchtet, weil sie dort ihre Kinder am besten beschützen kann. Dem Herzog von Burgund sind die Marmousets schon lange ein Dorn im Auge. Er hat den neuen Stadthauptmann von Paris bestochen, damit er Montaigu den Prozess macht.«

Anastasia sah Christine mit einer Mischung aus Skepsis und Bewunderung an. »Woher weißt du das?«

»Ach herrje, ich kann bloß eins und eins zusammenzählen«, meinte Christine.

»Konnte die Visconti den König verhexen?«, fragte Margaud.

»Es gibt in der Lombardei viele heilkundige Frauen«, sagte Christine, »die Kenntnis um Kräuter und ihre Wirkung hat bei uns eine lange Tradition. Aber sie werden angewendet, um die Menschen gesund zu machen. Ich nehme an, Valentina hat am König einige ihrer Tränke erprobt, vielleicht, um ihn zu beruhigen, denn heilen kann man ihn anscheinend nicht. Er wurde unter einem schlechten Stern geboren. Aber Valentina machte sich damit bei Hofe unbeliebt, flugs ist ein Heiltrank ein Zaubertrank, denn der König hätte seine Schwägerin vor allen anderen auszeichnen können.«

»Es gibt also keine Zauberer?«, fragte Margaud hartnäckig.

Anastasia lachte, Christine seufzte. »Sieh dir die Raupe an. Sie frisst und frisst, und dann spinnt sie sich in einen Kokon ein und nach einiger Zeit entschlüpft sie ihm als farbenprächtiger Schmetterling heraus.«

Das hatte Margaud nicht gemeint, aber es leuchtete ihr ein. »Die Natur ist voller Zaubereien, nicht wahr?«, fragte sie zögernd.

»Was für unsere begrenzte Vernunft Zauberei ist, ist die Logik des Unendlichen«, bestätigte Christine.

Beim nächsten Spiel erschien Margaud mit den neuen fingerlosen Handschuhen. An einem regnerischen Herbsttag spielten sie zum ersten Mal auf dem Platz, auf dem die Besten spielten: in der Rue Garnier-Saint-Ladre, direkt hinter der Stadtmauer, in der Nähe des Friedhofs Saint-Nicolas unter hohen Bäumen. Der festgestampfte Lehmboden war rutschig, immer wieder fielen gelbe Blätter von den Bäumen, und die gegnerische Mannschaft, gegen die sie zum ersten Mal antraten, war sehr angriffslustig.

Mit Herzklopfen wartete Margaud auf eine Gelegenheit, ihren Rückhandtrick auszuprobieren, den die Versteifung auf dem Handrücken möglich machte.

Die Gelegenheit bot sich, als einer der gegnerischen Spieler auf dem Boden ausrutschte.

Margaud tobte in halsbrecherischem Tempo über den Taumelnden und erwischte den Ball, der ihm aus der Hand geglitten war, gerade noch mit dem Handrücken, bevor er zu Boden und damit ins Aus fiel. Mit einem kräftigen Schlag der Rückhand warf sie ihn nach oben, konnte ihn aber nicht gezielt Louis zuwerfen, fing ihn also noch einmal aus der Luft auf und schmetterte ihn über die Linie, nicht auffangbar für den Gegner.

Es sah aus, als habe Margaud dem Liegenden den Ball aus der Hand geschlagen und ihn ins Aus geworfen.

Es hatte ihr Buhrufe, aber auch Beifall eingebracht. Segus meinte, es sei nicht fair gewesen. Einem Liegenden dürfe man nicht den Ball aus der Hand schlagen.

»Er wäre aus gewesen«, verteidigte sich Margaud.

»Du hättest es auch gemacht, Langer«, meinte Louis, »es gibt keine Regeln dafür, warum soll sie ihm nicht den Ball abnehmen?«

»Man macht es nicht«, nuschelte Segus, und dann: »Sie hätte ihn verletzen können.«

Margaud lachte nur. Der gegnerische Spieler war zwei Köpfe größer als sie und viel stärker.

»Es geht nicht um Kraft, Segus«, meinte sie, »es geht um Raffinesse!«

»Genau darum geht es nicht«, erregte sich Segus, der Lange, und lief dunkelrot an. Die beiden anderen Spieler tranken Wasser aus einem Krug, wischten sich den Schweiß von der Stirn und zogen die Schultern hoch. Das Spiel war klar gewonnen, und es war ein gutes Spiel gewesen, ohne Unterbrechung, als hätte die Polizei Besseres zu tun gehabt.

»Was willst du eigentlich?«, fragte Louis. »Margaud bringt neuen Schwung ins Jeu de paume, eine neue Spielweise. Diese Rückhand ist toll, wir sollten sie trainieren.«

Genau diese Rückhand fände er blöd, erwiderte Segus. »Aber es ist doch gut, wenn wir geschickt und flink spielen! Früher haben wir uns die Hände aufgerissen und die Köpfe eingehauen, fandest du das besser?«

»Jedenfalls fand ich es männlicher«, erregte sich Segus. Alle schwiegen.

»Das ist ein Männerspiel«, ergänzte der Lange und befand, man müsse sich auch mal prügeln, das gehöre dazu, aber seit eine Frau mitspiele, werde das Ganze etepetete. Handschuhe, so ein weibischer Unfug.

Alle schwiegen und starrten vor sich hin. Margaud merkte, dass er Zustimmung fand. »Ich störe hier nur«, sagte sie, »ich denke, es ist besser, ich steige aus der Mannschaft aus.«

Aber Segus selbst hielt sie zurück. Er möge sie, versicherte er, aber Frauen hätten beim Jeu de paume nichts zu suchen. Es sei … er suchte nach einem Wort, und dann fiel es gewichtig in die Runde: Es sei wider die Natur.

Margaud war traurig. Sie war in ganz Paris die einzige Spielerin. Seit sie an jenem Tag ihrer Ankunft in dieses erste Spiel eingestiegen war, hatte die Mannschaft nur wenige Spiele verloren. Alle hatten viel Geld verdient, alle hatten sie integriert. Als gegnerische Mannschaften nicht gegen sie spielen wollten, weil sie eine Frau in der Mannschaft hatten, fiel das Spiel aus, so gut hatten sie zusammengehalten. Und jetzt das.

Es sei nie eine Frau Margauds Beispiel gefolgt, sagte Segus, sie sei in den letzten zwei Jahren so eine Art exotische Bestie geworden. Er klopfte Margauds Arm und sagte: »Ich hab nichts gegen dich, Margaud. Du warst ein tolles Mädchen. Aber inzwischen bist du eine Frau, und Frauen sollten … andere Dinge tun. Ich habe keine Lust auf diese Zuschauer, die dir bloß auf den Arsch glotzen …«

Die anderen protestierten. Margaud meinte, sie sollten Segus ausreden lassen. Ihr Herz klopfte wie ein Hammer. Kamen die Zuschauer wirklich nur aus dieser Sensationslust? Ging es ihnen nicht ums Spiel?

Louis rettete die Situation. »Wir sind eine Mannschaft«, erklärte er, »und ich bin der Kapitän. Die Natur? Zeig mir die Natur in dieser Stadt! Meinst du den Turm, den sich der Herzog von Burgund in sein Hotel Bourgogne gebaut hat? Ich sage: Männliche Kraft und weibliche Raffinesse bilden die Schlagkraft unserer Mannschaft. Die Leute kommen nicht wegen Margauds Arsch, verzeih, Segus, und sie kommen auch nicht wegen dir oder mir. Sie kommen, weil wir ihnen das spannendste Spiel bieten. Weil wir eine Sensation sind. Wir sind die Roten vom Place de Greve, und wir haben eine Hexe in unserer Mannschaft. Und heute sind wir aufgestiegen auf den besten Spielplatz vom Garnier-Saint-Ladre, wo einen die Stadtwache nicht mehr stört.«

Der Handschuhmacher rannte herbei und schrie begeistert: »Jungfer! Das war eine tolle Nummer! Rückhand! Das wird Schule machen, Glückwunsch, Jungfer Margaud!«

Die anderen lachten befreit auf. Margaud lachte mit ihnen und bot Segus die Hand. Er schlug ein. Schon beim nächsten Spiel trug auch Segus die neuen Handschuhe.

Aber Margaud störte sich weniger an ihrem neuen Spitznamen »Hexe« als an dem, was Segus gesagt hatte. War sie zur Frau geworden? Sie ging inzwischen in ihr sechzehntes Jahr. Musste sie bald heiraten und eine Haube tragen?

# DER KÖNIG

Zuviel Weisheit mag ich nicht,
zuviel Narrheit trag ich nicht.
Weisheit, Tugend, Narrheit haben jedes seine Zeit,
wenn man sie richtig mischt und scheidt':
so ist meine Meinung.

*Peire Cardinal*

# AUGUST 1392

Das künftige Unheil im Leben des Königs entstand aus der Sehnsucht nach einer besseren Welt. König Charles war entschlossen, sein Königreich nach dem Vorbild des gerechten König Artus zu führen, gemäß den königlichen Tugenden seiner Vorväter: weise und gerecht, edel und klug, und diese Tugenden musste ein König nicht nur mit schönen Worten, sondern erfahrungsgemäß auch mit dem Schwert durchsetzen.

An diesem Morgen im August war er zornig, weil sich der gesamte Hofstaat seinem hohen Ziel widersetzte. Es galt, einen Mörder vor den König als obersten Richter Frankreichs zu stellen. Der König konnte nicht dulden, dass der Verbrecher Craon sich versteckte, und der Herzog der Bretagne hatte alles noch schlimmer gemacht, indem er Craon nicht auslieferte. Erkannte das keiner? Beherrschte er ein Land voller Hohlköpfe? War jeder nur hinter seinem persönlichen Profit her, ohne Interesse an der göttlichen Gerechtigkeit?

Voller Verachtung inspizierte der König die Truppen, die sich vor der mächtigen Stadtmauer von Le Mans versammelt hatten, um gegen die Bretagne zu ziehen. Ungeordnete Haufen, nicht einmal zweitausend Mann hatten seine Werber zusammenbekommen. Zum ersten Mal schien es Charles, als habe auch Coucy, sein Feldherr, Zweifel an dem Unternehmen. Coucy war bekanntermaßen kein Freund des Konnetabel Clisson, sondern dem Herzog der Bretagne recht zugetan. Alle waren gegen ihn. Gegen ihren König! Das war Verrat, zweifellos.

Mit finsterer Miene ritt Charles die Haufen ab, betrachtete die teilweise zerlumpten Mannen mit rostigen Piken, von denen manche schwankten. Aus Entkräftung? Oder hatten sie dem Wein schon am Morgen zugesprochen?

Seine Miene hellte sich etwas auf, als er den Bruder der Königin erblickte, der noch nicht lange am französischen Hof weilte. Ehrerbietig nahm Ludwig seinen Helm ab und verneigte sich. Dieser bärtige Bayer war offenbar kein Feigling, und er redete ihm nicht drein in seine königlichen Entscheidungen. Er nickte Ludwig wohlwollend zu und betrachtete dessen Leute. Es war nur ein kleines Fähnlein von dreißig Männern, aber es waren wohlgerüstete Edle. Ihre Rüstungen blinkten in der Morgensonne, ihre fetten Schlachtrosse scharrten mit den Vorderhufen, dass der Staub nur so flog, und waren kaum zu halten. Mit solchen Männern konnte man gegen die Bretagne ziehen, mit einigen Hundert von dieser Sorte statt tausend Untauglicher würde er den aufsässigen Herzog in die Schranken weisen. Aber es waren leider nur dreißig.

Charles wendete wütend sein Pferd und sah, wie ein Bote in scharfem Galopp heranritt und vor Herzog Philipp sein Pferd zügelte. Was brachte Philipp nun schon wieder? Eine weitere Verzögerung?

Unwillig beobachtete er den staubbedeckten Boten, der seinem Herrn etwas mitteilte, das der König nicht verstehen konnte. Philipp von Burgund hatte zwei Wochen Zeit gehabt, seine Truppen nach Le Mans zu beordern, denn Charles war krank gewesen. Nichts Ernstes, er hatte nur Fieber bekommen, aber dieses Fieber war ebenfalls Philipps Schuld! Ständig hatte er auf ihn eingeredet, den Feldzug abzubrechen, unterstützt von seinem Bruder, dem Herzog von Berry, so lange, bis Charles die schwarze Galle ins Blut getreten war. Das hatte der Arzt eindeutig gesagt. Seinem König widersprach man eben nicht, man hatte sich seinen Befehlen zu fügen. Aber die Onkel sahen in ihm nicht ihren königlichen Herrn, sondern immer noch ihren kleinen Neffen, den zehnjährigen verwaisten Prinzen, den sie zu ihrer fügsamen Marionette erziehen wollten.

Herzog Philipp näherte sich auf seinem etwas ermatteten Schimmel. Der König bedachte ihn mit einem gereizten Blick und richtete nicht das Wort an ihn.

Ungefragt berichtete Philipp, dass seine Werber nur 300 Männer hätten stellen können, die seien unterwegs.

»Was bedeutet ›unterwegs‹?«, herrschte Charles ihn an.

»Sie werden in zwei Stunden eintreffen, Monseigneur.« Philipp neigte demütig das behelmte Haupt.

Charles juckte es in der Rechten, mit einem Schwertstreich den Helm wie eine Nusshälfte zu teilen, den albernen Federbusch abzureißen, die goldverzierten Gehänge abzuschlagen, das Pferd unter dem Herzog zusammenzuhauen.

Er durchschaute die altbekannte burgundische Taktik. Aus Feldzügen, die er nicht goutierte, hielt Philipp sich heraus. Was wollte er damit erreichen? Dass der König sein Vorhaben aufgab? Niemals, dachte Charles, ein König muss zu seinem Wort stehen. Ein Mord muss gerächt werden, der Mörder muss hängen, wie soll sonst jemals Gerechtigkeit herrschen in diesem Land. Er vergaß, dass es nur ein Mordversuch gewesen war. Olivier de Clisson, sein Konnetabel, hatte den Mordversuch durch Craon überstanden. Er lebte und genas.

Der König musterte Philipp mit kalten Blicken, obwohl in ihm der Zorn brodelte wie siedendes Öl. Seine Truppen seien abmarschbereit. Ob Philipp einen Putsch plane? Der wehrte entsetzt ab. Es habe eine Verzögerung gegeben, für die er nicht verantwortlich sei …

»Und Wir noch weniger, werter Onkel.«

Charles gab seinen Fanfarenbläsern ein Zeichen. Sie bliesen zum Aufbruch.

»Ihr könnt mich begleiten, Onkel, oder hier auf Eure Männer warten, wie es Euch beliebt.«

Damit ritt er davon. Sein Zorn hüllte ihn ein wie die Staubwolke, die sein prächtiger Hengst aufwirbelte, als er ihn scharf auf der Hinterhand wendete. Seine Männer, die durchaus gern von dem Getreide, das der König an seine Streitrosse verfütterte, Brot gebacken hätten, starrten beeindruckt auf das Bild königlichen Zorns: das gewappnete Pferd mit den Schabracken der königlichen Insignien, der schöne junge Reiter mit fieberglühenden Augen in seinem schwarzen Samtmantel, der mit einer kaum wahrnehmbaren Bewegung seiner Schenkel den gewaltigen Hengst zu einer prächtigen Levade veranlasste, um daraus mit dem Sprung der Kapriole temperamentvoll der Truppe voranzusprengen. Unter bewunderndem Gemurmel setzten die Soldaten sich in Bewegung. Mit diesem König war ihnen der Sieg gewiss. Philipp von Burgund stand einen Moment starr vor Verblüffung. Wie leicht diese geworbenen Haufen zu beeindrucken waren!

Louis von Orleans, in eine prachtvolle Samthouppelande gehüllt, folgte seinem königlichen Bruder umgehend. Im Vorbeitraben warf er dem Herzog einen höhnischen Blick zu. Stets hatte Louis dem König geraten, das Verbrechen an Konnetabel Clisson zu sühnen, wenn es ihm auch weniger um Gerechtigkeit ging wie Charles, sondern um seine eigene Ehrenrettung. War er nicht verraten worden von seinem Diener Pierre de Craon? Eine peinliche Geschichte. Louis drückte seinem Streitross die Sporen in die Flanken und galoppierte dem König hinterher.

Charles hörte, wie seine Mannen ihm folgten. Neben ihm erschien das Pferd seines Bruders, aber er wandte den Blick nicht ab vom Weg, der in den Wald hineinführte. Erst als die Bäume immer dichter standen, gestattete er seinem Pferd, in Schritt zu fallen, und ließ Louis und die gewappneten Wächter auf dem schmalen Pfad voranreiten. In der stillen Kühle des Waldes wich sein Zorn einer bösartigen Analyse. Was war eigentlich geschehen? Warum waren alle gegen ihn?

Ein Höfling seines Bruders, Pierre de Craon, hatte eine Dummheit begangen. Dienstleute hatten stets diskret zu sein gegenüber ihren Herren, aber Craon hatte sich nicht nur Louis, sondern auch seiner schönen Dienstherrin Valentina Visconti verpflichtet gefühlt und ihr von einem geplanten amourösen Abenteuer ihres Gatten mit einer Dame geplaudert. Louis hatte seinem königlichen Bruder geschworen, dass er mit der Dame nichts begonnen hatte, nichts sei geschehen, nur ein kleiner Flirt, ein teures Geschenk, um sie gewogen zu stimmen.

Charles lächelte bei dem Gedanken an seine schöne Schwägerin. Valentina hatte das italienische Blut der Visconti wie seine Isabel. Diese Damen waren reich und verwöhnt und daher großzügig. Manches galante Abenteuer ließen sie durchgehen, aber sie durften nie das Gefühl bekommen, für dumm verkauft zu werden.

Valentina hatte besagte Dame zu sich befohlen, sie für ihre Tugendhaftigkeit gelobt und ihr böse Folgen angedroht, sollte sie sich mit ihrem Gatten einlassen. Die Dame hatte geweint und alles bei ihrer Ehre versprochen, und damit dem schönen Louis die Tour vermasselt: dem zeigte die kompromittierte Dame nun die kalte Schulter. Louis hatte Craon unehrenhaft entlassen. Aber da Craon glaubte, von Konnetabel Clisson verraten worden zu sein, hatte er sich an diesem gerächt: Nach einer ausgelassenen Feier im königlichen Palast hatte Craon mit seinen Mordgesellen Clisson aufgelauert. Aber Clisson hatte schwer verwundet ins nächste Haus flüchten können, und Charles hatte seinem getreuen Konnetabel die besten Ärzte geschickt, damit er genas.

Charles warf einen Blick auf das satte grüne, in der Morgensonne schimmernde Moos, das den Waldboden unter den hohen Bäumen bedeckte wie ein kostbarer Teppich. Wäre die Unschuld der Menschen doch so schön und unberührbar wie die Schöpfung!

Warum hatte Craon ausgerechnet Clisson in Verdacht? Sicher, der Konnetabel war nicht beliebt, das war auch nicht seine Aufgabe. Clisson nahm dem König wesentliche Aufgaben der Regentschaft ab, er schützte ihn, er war loyal, tapfer und ihm absolut ergeben. Zum ersten Mal in seinem Leben konnte sich Charles auf einen Menschen verlassen. Und das, so hatte ihm sein Vater immer eingeschärft, sei das Wichtigste für einen König: ergebene, aber kluge und tapfere Berater. Der König konnte nicht zulassen, dass sein wichtigster Mann wegen törichter Privatfehden überfallen wurde. Craons Verdacht war außerdem völlig unberechtigt, Clisson hatte mit dem albernen Klatsch nicht das Geringste zu tun. Charles wurde den Verdacht nicht los, dass sich hinter dem Mordanschlag auf seinen Konnetabel eine andere Intrige verbarg. Er musste Craons habhaft werden, damit er gestand, was oder wer ihn in Wahrheit zu seiner Tat getrieben hatte.

Craon war auf sein Schloss in der Bretagne geflohen, und Herzog Johann IV. Montfort lieferte seinen Vasallen nicht aus. Es gehörte sich auch nicht, Vasallen auszuliefern, aber Craon hatte ein Verbrechen an einem Vasallen des Königs von Frankreich begangen, das wog schwerer. Boten wurden erfolglos in die Bretagne geschickt, nichts geschah. Also musste Charles ihn sich holen, er konnte sich doch nicht auf der Nase herumtanzen lassen! Ausgerechnet Johann Monfort! Im Januar hatte er endlich Frieden mit dem schwierigen Herzog gemacht: Er hatte seine jüngste, erst einjährige Tochter Johanna mit Johanns kleinem Sohn verheiratet. Johann und Johanna, hatten sie feierlich geschworen, und waren in gutem Einvernehmen geschieden – sollte ein dummer Höflingsstreich sie wieder entzweien?

Charles betrachtete sein königliches Banner, das sein Page stolz und aufrecht vor ihm hertrug. Die goldenen Oriflammen auf orangefarbener Seide wehten siegesgewiss im Reitwind. Er war der König, und er durfte unmöglich dulden, dass Verbrecher ihm nicht ausgeliefert wurden. Das war es, was seine Onkel Burgund und Berry nicht verstehen wollten. Es ging nicht um eine lächerliche Intrige zwischen zwei Höflingen, es ging um klare Machtabgrenzungen. Ein Herzog durfte sich gegenüber seinem König keine Freiheiten herausnehmen. Natürlich wollten sich auch seine Onkel, die Herzöge von Burgund und Berry, solche Freiheiten erlauben, aus diesem Grund folgten sie des Königs Weisungen nur unwillig. Sie waren über ihre Entmachtung erbost, daher hatte er sich neben den vier »Marmousets«, zu denen Clisson gehörte, zwei weitere mächtige Verbündete geschaffen: seinen Bruder Louis, den er zum Herzog von Orleans erhoben hatte und zum Mitregenten, und seine Königin, die er in den Kronrat befohlen hatte. Er schätzte Isabels klugen Rat. So würde er seine mächtigen Onkel, die Herzöge, zwingen, seine Autorität anzuerkennen.

Plötzlich hörte Charles das Zerbrechen trockener Zweige. Als geübter Jäger wandte er sofort den Kopf in die Richtung, aus der das Geräusch kam. Ein Bär? Tatsächlich bewegte sich ein braunes Tier auf ihn zu. Warum sollte er sich die gute Gelegenheit entgehen lassen? Seine Stimmung hellte sich schlagartig auf.

Charles zügelte sein Pferd und griff behutsam nach seiner Armbrust, legte einen Bolzen ein und legte an.

Aber das Wesen hob die Arme, fuchtelte wild herum, und Charles ließ die Armbrust enttäuscht wieder sinken. Ein Wandermönch in brauner Kutte lief zwischen den Bäumen entlang. Verärgert steckte Charles den Bolzen wieder in den Lederbeutel. Diese Bettelmönche in ihren Fellkutten waren von Tieren kaum zu unterscheiden. Seit der heilige Franziskus zu Armut aufgerufen hatte, trieben sich ständig diese Subjekte auf den Straßen und in den Wäldern herum. Vermutlich lebten sie nicht nur vom Betteln, sondern auch vom Diebstahl und von der Wilderei, warum sonst hüllten sie sich in Felle, weniger Armutsgelübde als schlaue Tarnkleidung, in denen sie herumzogen und die Leute erschreckten.

Die Gewappneten trieben den Mönch fort, er stolperte über eine Baumwurzel, kam zu Fall, und schon war der König vorüber, sein Streithengst war in nervösen Trab gefallen.

Charles blickte sich nicht um. Sein Pferd trabte schnaubend den Mannen seines Bruders hinterher und er ließ ihm die Zügel frei. Dabei fiel ihm beinahe der Rosenkranz herunter. Schnell griff er danach und betrachtete ihn mit einem versonnenen Lächeln.

Vor dem Abmarsch in Saint-Pol war Isabel auf ihn zugestürzt und hatte ihn angefleht, den Feldzug aufzugeben. Ein Kuss, ein Lachen sollten ihre Bedenken zerstreuen, und dann hatte er sich in den Sattel geschwungen. Frauen waren manchmal peinlich, signalisierte sein Blick seinen Männern. Aber er hatte Isabels Befürchtung nicht zerstreuen können. An die Zügel seines Pferdes hatte sie sich gehängt, seine starke, empfindsame Isabel, die niemals Angst hatte! Was war nur in sie gefahren? War sie zu lange mit ihren abergläubischen Hofdamen, diesen zwar hübschen, aber manchmal reichlich dummen Gänsen, zusammen gewesen?

Er hatte etwas Beruhigendes gemurmelt und sein Ross die Sporen fühlen lassen, aber sie hatte in die Zügel gegriffen und ihn beschworen, den Feldzug wenigstens zu verschieben. Als er sie auslachte, begann sie zu weinen. Also hatte er sein Ross pariert und ihr zugehört. Wieder abzusteigen, kam nicht infrage, er hätte sich doch wegen eines weinenden Eheweibs nicht vor seinen Leuten lächerlich gemacht!

Unter Tränen hatte sie gestammelt, sie habe geträumt, einen schrecklichen Traum, eine Vorahnung. Etwas Schreckliches werde ihm geschehen, er solle bleiben und den Feldzug verschieben.

Isabels Blick war klar und vernünftig gewesen, wenn auch von Tränen verschleiert, die ihr die Wangen hinuntergelaufen waren und Streifen in ihr sorgsam gepudertes Gesicht gezogen hatten. Seine Isabel, die lustige, die für jeden Spaß, für jedes Fest zu haben war, die in ihrem Minnehof in Fragen Liebe die klügsten und ausgefallensten Antworten gab, sodass die Ritter der Minne das Knie vor ihr beugten und die Troubadoure sie besangen, sie machte sich Sorgen um ihn?

Er hatte dann doch Befehl zum Absitzen gegeben, war vom Ross gestiegen und hatte sie in ihre Kemenate geleitet. Unaufhörlich hatte sie geschluchzt und ihn beschworen, sein Vorhaben aufzuschieben. Etwas Entsetzliches werde geschehen, im Traum läge die Wahrheit. Endlich aber respektierte sie, dass sein Entschluss gefasst war, und hatte ihn nicht länger beschworen, sondern ihm ihren wertvollen Rosenkranz aus geschnitzten Elfenbeinperlen um die Hand geschlungen, einen Kuss darübergehaucht und ihn mit traurigen Augen dem Schutz des Allmächtigen und der Jungfrau Maria anbefohlen.

Welch seltsame düstere Vorahnungen Frauen manchmal haben, dachte Charles und ließ seinen Blick vom Rosenkranz auf den Weg vor ihm schweifen. Es war noch nicht lange her, da hatte Isabel im Kronrat eine Steuererhöhung verhindert, weil während der Verhandlungen ein heftiges Gewitter niederging. Es sei nicht Gottes Wille, die armen Leute noch mehr zu belasten, hatte sie gesagt, und so wurde die Steuer nicht beschlossen. Frauen! Aber warum nicht, sein Leben und die Ehre der Valois hingen nicht an einer Steuer, sondern an einem Dauphin, und den hatte sie im Februar geboren. Charles lächelte. Ein süßes Kind, das seinen Namen trug.

Der Wald öffnete sich, vor ihm lag die sonnenbeschienene Ebene von Le Mans, und er atmete auf. Helle Sonne, wie gut.

Sie ritten auf den Weg und waren sofort in eine Staubwolke eingehüllt. Es hatte seit Wochen nicht geregnet in der Ebene, sodass seine Leute Abstand hielten, um ihren König nicht zu beschmutzen. »Wo ist der Herzog von Burgund?«, fragte er seinen Bruder, der wieder an seiner Seite ritt.

Louis wusste es nicht, sandte aber einen Boten zur Nachhut, der dies in Erfahrung bringen sollte.

Eine Weile ritten sie schweigend. Es ging auf Mittag zu und der Augusttag entwickelte eine enorme Hitze. Der Weg war ausgedörrt und steinig. Charles verwünschte den schwarzen Brabanter Samt, in den man ihn eingehüllt hatte. Er war schimmernd und würdevoll und Dernier Cri der Mode bei Hofe, eine Farbe, den Edelleuten vorbehalten nach den schreienden Farben der letzten Jahre, aber in der zunehmenden Sonnenglut nicht auszuhalten. Wo blieb der Herzog mit seinen Leuten? War sein Säumen eine Finte?

Der Herzog von Burgund war es nicht gewohnt, dass man ihm widersprach. Der Herzog von Berry, sein Bruder, pflichtete ihm stets bei und hasste jede Unannehmlichkeit, die ihn von seiner angenehmen Lebensart und seiner jungen Frau abhielt. Ein Verdacht keimte in Charles auf: Hatten die Onkel Isabel etwas versprochen, damit sie ihn von dem Feldzug abbrachte? Nutzte Philipp seine väterliche Freundschaft zu Isabel, um sie gegen ihren Gatten aufzubringen? Philipp hatte diesen Feldzug nicht gewollt, das stand fest, warum sollte er sich nicht der Königin bedienen, um ihn zu verhindern.

Unmöglich! Charles erschrak vor seinem eigenen Misstrauen. Isabel liebte ihn, sie war nicht bestechlich. Obwohl … die Frauen liebten den Schmuck, Isabel liebte außerdem die Macht, und sie verehrte Philipp von Burgund sehr. Er galt ihr als liebevoller Onkel, der sie mit dem König vermählt hatte, sie tat viel für ihn. Wenn sie …

Charles wischte sich den Schweiß von der Stirn. Nein, das war unmöglich, seine Frau liebte ihn und war ihm treu ergeben. Ergeben? Das war nicht die richtige Beschreibung für seine Isabel, die weniger ergebene Ehefrau als glühende Geliebte war, und außerdem eine würdevolle, standesbewusste Königin. Nein, sie hatte durchaus ihren eigenen Kopf, und wenn Philipp …

Diese Hitze verwirrte Gedanken und Sinne, der Staub drang in Augen und Lungen. Charles nahm einen Schluck mit Wein vermischten Wassers, das ihm sein Page in einer Lederflasche reichte. Wenn er nur erst in Laval wäre! Wo blieb Philipp? Was hatte der Bote gesagt? Ach, er hatte es schon wieder vergessen … die Sonne schien so unbarmherzig. Kein Schatten, nirgends. Aber er musste wachsam sein. Seit er Burgund und Berry entmachtet hatte und sich in die Regierungsgeschäfte nicht mehr dreinreden ließ, waren die machtgierigen Onkel zu allem fähig …

Ruhig ritt sein Bruder einige Fuß entfernt an seiner Linken, um ihm den aufwirbelnden Staub zu ersparen. Ein guter, loyaler Bruder, den er zum Regenten erhoben hatte. Zu seiner Rechten ritt sein Page, sein Fußvolk folgte. Dumpf schlugen Hufe auf Steine. Eisen klirrte leise, Schritte tappten schwer. Charles wurde schläfrig und überließ sich dem ruhig wiegenden Tritt seines Hengstes, der am langen Zügel mit ausgestrecktem Hals und aufmerksam spielenden Ohren seinen Weg durch die glühend heiße Ebene zog.

Plötzlich vernahm er Waffengeklirr. Er fuhr zusammen, hatte er geschlafen? Er parierte sein Pferd durch, das erschreckt davongeprescht war. Was war das? Wo war er? Louis war nicht an seiner Seite. Der Page war nicht an der anderen. Wieder klirrte Metall, ein Schild polterte zu Boden, ein erschreckter Laut entfuhr einem Menschen, als ob er sich verraten fühlte. Verrat!

Charles zog sein Schwert, wendete den unruhigen Hengst und sah sich unvermutet allein einer riesigen Streitmacht gegenüber. Eiserne Gesichter ohne Regung, stählerne Masken, unbekannte Augen hinter schmalen Schlitzen, bewehrt, Piken, Lanzen, keine Fahne. Montforts bretonische Streitmacht? Unmöglich, sie konnten noch nicht in der Bretagne sein, hatte er so lange gedöst? Unbekannte Feinde griffen ihn an! Hatten sich seine Leute aus dem Staub gemacht? Wo waren die Mannen seines Bruders? War er in eine Falle geraten?

»Verrat!«, schrie Charles, der seine eigenen Leute nicht erkannte, drückte seinem Ross die Sporen in die Weichen und raste im Galopp auf die Bewaffneten zu. Mit dem Schwert hieb er auf die eisernen Helme ein, stöhnend sank der Erste aus dem Sattel.

»Louis!« Er schrie nach seinem Bruder, keine Antwort. Kein Zweifel, er war verraten worden, das steckte wohl hinter Isabels Traum. Wo war Louis? Da kamen sie, er sah Louis hinter den Gewappneten des Herzogs von Burgund heransprengen, gefolgt vom Herzog von Berry. Schmale Schlitze, auch sie hatten ihre Helme aufgesetzt und die Schwerter gezogen, kein Zweifel, der Feldzug ging nicht gegen Montfort, sondern gegen ihren König. Sie wollten sich an ihm rächen. Sie wollten ihn wieder entmündigen.

»Verrat!« Wieder schlug er zu, der Hieb ging fehl, denn jemand hatte ihn von hinten angegriffen. Aber sein Ross war wendig und gut geschult, es machte auf der Hinterhand kehrt, er bekam den Angreifer zu fassen. Doch der Feigling floh, er schrie etwas, das Charles nicht verstand. Er ging auf den nächsten los und schrie dem Herzog von Burgund zu: »Verräter! Du bist entlarvt!«

Sein Onkel tat etwas sehr Seltsames. Er gab seinem Ross die Sporen, dass es auf die Gewappneten zusprengte, die Charles umringten, dann zog er sein Schwert und schlug einige von ihnen zu Boden, mit derart kräftigen Streichen, dass sie nie wieder aufstehen würden, da war Charles sicher. Erschrocken starrte er den offenbar rasend gewordenen Onkel an.

»Hara! Hara!«, schrie der Herzog. »Monseigneur ist leider wahnsinnig geworden! Welch ein Unglück!«

Wahnsinnig? Um Charles drehte sich alles, seine Kehle war trocken, seine Augen tränten vor Staub, aber sein Verstand war völlig klar. Sein Onkel hatte soeben einige seiner Männer ermordet und wollte ihn als Wahnsinnigen darstellen, der seine eigenen Leute angriff.

Nun, Feigheit würde er, der König aus dem Hause Valois, sich niemals vorwerfen lassen. Wenn die Herzöge die Macht wollten, sollten sie darum kämpfen. Eher würde er sterben, als sich den Verrätern zu ergeben. Wieder hieb Charles drein mit dem prächtigen Schwert, seinem einzigen Freund, nun gegen die Männer des verräterischen Burgunderherzogs. Er würde ihnen den Sieg so teuer wie möglich verkaufen, lebend sollten sie ihn nicht bekommen.

Wieder sank jemand in den staubigen Grund, ein Mensch, den er nicht kannte. Er war umringt von Feinden! »Um Gottes willen! Man halte ihn!«, hörte er den Herzog von Berry rufen. Louis sprengte heran, offenbar, um ihm zu helfen. Wo war er nur gewesen? Warum war der Bruder nicht an seiner Seite geritten? Aber Louis wurde von Philipp aufgehalten: »Flieht, flieht!«

Louis zügelte sein Pferd und betrachtete seinen kämpfenden Bruder unschlüssig. Charles rief nach ihm, er solle ihm helfen, aber kein Ton kam aus seiner Kehle. Ausgetrocknet war sein Schlund, alles war ausgedörrt, die Zunge klebte am Gaumen, diese unbarmherzige Hitze! Und kein Baum, kein Schatten, warum hatte niemand einen Baldachin über ihn gehalten? Verrat überall, auch unter den eigenen Leuten. »Flieht, schöner Neffe von Orleans, flieht! Monseigneur, Euer Bruder, will Euch töten!«

Welch ein Unsinn, nie würde ich meinen lieben kleinen Bruder töten, dachte Charles, und das sagte er auch, er schrie es heraus, aber aus seiner Kehle drang nur ein mattes Krächzen. Er hob sein Schwert und wollte sich auf den Herzog von Burgund stürzen. Erschreckt blickten ihn die großen blauen Augen seines Bruders an, fassungslos, wie ihm schien, und als er den tödlichen Hieb setzte, der den Burgunder niederstrecken sollte, packte ihn einer von hinten und entwand ihm das Schwert.

Charles verfluchte sich dafür, nicht aufgepasst zu haben, aber hatte nicht sein Bannerträger hinter ihm zu sein? Wo war der überhaupt und wo war seine königliche Fahne? Da lag die Oriflamme, im Staub! Kein Zweifel, er war besiegt. Der Hengst machte einen Satz, der König und der ihn Umklammernde hinter seinem Sattel fielen auf den harten, ausgedörrten Boden. Charles erkannte seinen Kammerherrn Wilhelm Martel. »Auch du, Wilhelm?«, wollte er fragen, dann wurde die Welt schwarz, und er sank, sank und sank immer tiefer in eine Schwärze hinab, in die kein heißer Sonnenstrahl schien.

Schweigend legten sie den König auf eine schnell zusammengezimmerte Bahre, banden den Ohnmächtigen fest und ritten durch den kühlen Wald nach Le Mans zurück. Die verbliebenen Edelleute hatten die Hufe ihrer Pferde zu umwickeln, angeblich, um den König nicht zu stören, aber es waren Vorkehrungen wie für eine Beerdigung. Auf Befehl des Herzogs von Burgund wurden die Soldaten entlassen, der Feldzug abgesagt, und nie würde jemand erfahren, dass die Version des Geschehens im Wald von Le Mans erstunken und erlogen war, von Philipp von Burgund erdacht, der einen Schwächeanfall seines Königs für einen Staatsstreich genutzt hatte. Der Herzog hatte sich für seine freche Entmachtung von 1388 gerächt und sie auf seine Weise rückgängig gemacht. Innerlich zufrieden, aber eine besorgte Miene zur Schau stellend, stieg Philipp von Burgund in Le Mans vom Pferd.

Und als Ludwig, der bärtige Bayer, endlich einen Blick auf das leichenblasse Gesicht seines königlichen Schwagers werfen konnte, dachte er, dass seine Schwester früh zur Witwe geworden und seine eigene Karriere in Frankreich damit beendet sein würde, bevor sie begonnen hatte.

## ISABEL

Isabel war außer sich. Am liebsten hätte sie mit Gegenständen geworfen wie Charles, den sie in seinen Gemächern toben hörte.

»Lasst mich zu ihm, wer soll ihn besänftigen, wenn nicht seine Königin!«, schrie sie. Vier Ärzte hatten sie mit sehr viel Latein traktiert, aber keiner wollte sie zum König lassen. »Lasst mich zu ihm, ich werde ihn heilen, wer sonst!«

Ihr Traum, ihre furchtbare Vorahnung, was war nur geschehen? Man hielt sie vom König fern, seit er krank aus Le Mans zurückgekehrt war. Isabel war vor Schmerz nicht zu beruhigen, als man ihr erzählte, er wolle sie nicht sehen, er dürfe niemanden sehen, er wüte und lasse keinen Menschen an sich heran.

Ihr liebster, zärtlicher Charles, der Engel unter den Königen, sollte ihr gefährlich werden! Ach, hätte er doch auf sie gehört und diesen Feldzug abgesagt, der von Anfang an unter einem schlechten Stern gestanden hatte!

Philipp von Burgund trat ein.

»Was ist geschehen, lieber Onkel? Keiner will mir die Wahrheit sagen!«

Die Wahrheit sei nicht so einfach, meinte Philipp von Burgund und spielte mit tief gefurchter Stirn den väterlichen Onkel, dem es schwerfiel, die Wahrheit zu berichten. Er komme vom König, der voller Zorn sei. Philipp verriet nicht, dass dieser Zustand erst eingetreten war, nachdem er Charles den Zutritt zur Königin verweigert und den Dienern befohlen hatte, den König einzuschließen.

Isabel bat, sie nicht zu schonen. Sie müsse ihren Gatten sehen, gleich, in welchem Zustand er sei. Habe ihn jemand angegriffen?

»Liebe Nichte, das Gegenteil ist der Fall.«

Philipp macht eine Kunstpause und berichtete dann, was er sich sorgsam zurechtgelegt hatte. Noch Jahrhunderte später sollte seine gefälschte Version des Geschehens die einzige sämtlicher Chronisten sein.

»Wir waren von Le Mans auf dem Weg in die Bretagne. Der König war bereits am Morgen krank. Sein Diener sagte mir, er habe das Fieber und müsse im Bett bleiben. Aber davon wollte mein lieber Neffe nichts hören, er bestand auf seinem Feldzug. Du weißt ja, wie eigensinnig der König sein kann, nicht wahr, verehrte Isabel? Nach einigem Hin und Her ritten wir am Mittag von Le Mans durch den Wald. Unser Ziel war zunächst Laval. Und da geschah es.«

Isabel presste ihre Hände aufeinander. »Was geschah, lieber Onkel, was?«

»Ein zerlumpter Mann, eine Art Bettelmönch, stürzte durch die Bäume auf den König zu. Er hängte sich dem Ross an die Zügel, wie du …«

Isabel schlug die Hände vor den Mund und sah Philipp angstvoll an. Er wolle lieber nicht weitererzählen, meinte der Herzog, die Wahrheit sei für zarte Damenohren unerträglich. »Bitte, lieber Onkel, ich habe doch gesagt, du sollst mich nicht schonen! Haben meine Vorahnungen sich bestätigt?«

Philipp dachte, dass Isabels Aberglaube ihm in die Hände spielte. Er betrachtete sie mit aufgesetzter Nachdenklichkeit. »Ja, die Träume von Frauen … wir sollten sie ernster nehmen. Dieser zerlumpte Mann fiel dem König in die Zügel und wollte, ganz wie du, nicht loslassen! Und mit einer seltsamen Stimme, als käme sie nicht aus seiner Kehle, rief er: ›Reite nicht weiter, vielgeliebter König, kehre um, denn du bist verraten!‹«

»Woher kam der Mann? Hat man ihn verhört?«, fragte Isabel aufgeregt. Aber das hatte keiner getan, man habe ihn fortgejagt, meinte Philipp.

»Erzähle weiter, Onkel, diesen Mann werden wir nicht mehr finden.«

Gottlob nicht, wir müssten einem Phantom hinterherjagen, dachte der Herzog und fuhr fort: »Wir lachten über den Vorfall, aber auf den Verstand des Königs wirkte diese geisterhafte Warnung verstörend. Da ich an seiner Seite ritt, bemerkte ich, wie in sich gekehrt er war, wie er grübelte …«

»Ritt nicht Louis an seiner Seite?«, fragte Isabel.

Woher hatte sie das? »Wer sagt das? Louis?«

Isabel nickte. Philipp überlegte, was Louis erzählt haben mochte. Diesem Neffen, der sich inzwischen albernerweise Regent nennen durfte, musste er auch noch einen gehörigen Schrecken einjagen, damit er den Mund hielt. Aber bei Louis' Genusssucht würden wohl die Besitzungen des vertriebenen Craon ausreichen, dachte Philipp und lächelte maliziös. »Nun, da Louis ja selbst beinahe erschlagen worden wäre …«

»Erschlagen? Oh, lieber Onkel, was ist nur Entsetzliches geschehen?«

»Ich will es kurz machen, liebe Nichte. Der König hätte um ein Haar seinen eigenen Bruder erschlagen.«

Oh heiliger Gott, dachte Isabel, Kain erschlug seinen Bruder Abel, welcher Teufel ist in Charles gefahren. Ihre Spiele zu viert fielen ihr ein, mit denen Valentina, Louis, Charles und sie den Minnehof heimlich bereichert hatten, angeregt von den pikanten Fragen und amourösen Urteilen. Schön waren diese Treffen in den Boudoirs gewesen, aufregend, prickelnde Feste der Sinne … Waren sie für Charles nicht schön gewesen? Hatte ihn doch die Eifersucht ergriffen? Niemals durfte jemand von ihren erotischen Spielen erfahren, niemand würde das verstehen. Ihr schöner Minnehof würde als Lasterhof voller Ausschweifungen gebrandmarkt werden. Plötzlich bekam Isabel Angst.

Durch eine Intrige konnte man Valentina und sie verbannen. Es konnte sogar noch schlimmer kommen, wenn man sie der Zauberei anklagte. Bei dem Aberglauben des Volkes konnte das schnell gehen, und wer würde dann Charles retten? Oh Gott, dein Zorn wird mich treffen, dachte sie, ich bin schuld in meiner Unkeuschheit, ich muss sofort zu Bischof Orgemont schicken und Messen lesen lassen und büßen auf einer Wallfahrt, sobald es geht.

Herzog Philipp hatte Isabel beobachtet. Sie hatte Angst. Er wusste nicht, wovor, das war ihm auch gleich. Ihre Angst passte gut in seinen Plan.

Er fuhr fort: »Wir kamen aus dem Wald heraus in eine Steppe, auf der große Hitze lag. Einem Knappen, der hinter uns ritt, war das Banner entfallen. Vielleicht war er in der Hitze eingedöst, es gab jedenfalls einen scharfen metallischen Klang, als das Banner auf den Helm eines Kameraden schlug. Da fuhr der König zurück, Mordlust im Blick: Er dachte an Verrat und hieb wie im Wahnsinn um sich. Mindestens vier der Seinen fielen, bevor ich nach Berry rufen konnte und mit seiner Hilfe den Bruder des Königs schützte.«

»Charles hat vier Söldner erschlagen?«, fragte Isabel fassungslos.

»Ja, leider. Er war nicht bei Sinnen. Er wollte sich auf seinen Bruder stürzen, da warnte ich Louis mit lautem Warnruf, und er zog sich zurück, um den Zorn des Königs nicht weiter anzufachen. Ohne Zweifel galt der Zorn des Königs seinem Bruder, er hatte ihn im Verdacht, ihn verraten zu haben.«

Isabel weinte. Wie furchtbar war diese Geschichte. Sie deutete es zweifelsfrei als Strafe Gottes für ihre Ausschweifungen und beschloss, ihr Leben zu ändern. Weniger Feste, weniger Ausgaben, für Charles' Seelenheil eine Wallfahrt, und bis zu seiner Genesung würde sie Messen lesen lassen in allen Kirchen Frankreichs.

Vertrauensvoll blickte sie den Herzog an und dankte ihm unter Tränen für alles, was er für den König getan hatte.

»Ich bitte dich, liebste Nichte«, sagte Philipp von Burgund großzügig, »das ist doch selbstverständlich. Ich habe auch einen Arzt auf Empfehlung von Coucy herangezogen, den besten, den es gibt.«

»Wir haben bereits fünf Ärzte befragt und keiner weiß ihm zu helfen«, sagte Isabel ungeduldig, »lasse mich endlich zu ihm, ich werde mit ihm beten.«

Genau das lief den Plänen des Herzogs zuwider. Die Ehegatten eine Weile trennen und Misstrauen säen, das gehörte zu seinem Plan. Philipp brauchte einen geschwächten König. »Sieh dir den Professor an, verehrte Herrin«, überredete er sie, »es ist der Weiseste unter den Weisen. Coucy sagt, er kann Tote wieder zum Leben erwecken. Ich habe 500 Goldtaler gebraucht, ihn von Laon nach hier zu bekommen.«

Isabel ging in ihre Gemächer und ließ ihre Tränen von Hofdamen mit heißen feuchten Tüchern trocknen, sich frisieren und pudern, bis sie ihre Fassung wiedergewonnen hatte. Dann befahl sie Wein und Gebäck und begab sich wieder in den Saal zum Herzog, neben dem ein weißhaariger Greis stand.

»Keine Sorge, liebe Isabel, es wird alles gut werden. Sieh, wer gekommen ist, unseren König zu heilen: Wilhelm von Harcigny.«

Isabel betrachtete den Mann, der sie zahnlos anlächelte. Er musste uralt sein. Er trug einen orientalisch anmutenden Umhang, wie ihn die Pilger trugen, hatte einen langen weißen Bart und unzählige, tief in seine braune Haut eingegrabene Falten. War das der berühmte Arzt, der angeblich schon Tote erweckt hatte? Der seine Kunst bei den Ungläubigen in Ägypten studiert hatte? Harcigny verbeugte sich leicht, ein selbstbewusster Greis, in dessen faltenreichem Gesicht sich die Weisheit des Alters spiegelte. Oder die Gerissenheit eines alten Scharlatans? Isabel vermochte es nicht zu unterscheiden. War wirklich noch ein fünfter Arzt notwendig, den König zu heilen?

»Wir wissen, was dem König fehlt«, erklärte sie, nicht ohne eine Spur Hochmut. Harcigny entgegnete lächelnd, dass er dies nach seiner gründlichen Untersuchung nun auch wisse.

Isabel biss sich auf die Lippen. Er hatte Charles untersucht, und sie hatte nichts gewusst! Wer hatte das veranlasst? »Ich habe es mir erlaubt, verehrte Nichte«, erklärte Philipp. »Wenn ich meine Kompetenz überschritten habe, laste es bitte meiner großen Sorge um meinen königlichen Neffen an. Wir müssen ja den hässlichen Gerüchten entgegentreten.«

Gab es etwa schon Gerüchte? Etwa über ihren Minnehof? Isabel zuckte zusammen und fragte vorsichtig, welcher Art die Gerüchte seien.

Der König sei einem Giftanschlag zum Opfer gefallen, dieses dumme Gerede kursierte in Paris. Andere munkelten, er sei verhext worden. Isabel atmete erleichtert auf. Das Volk musste beruhigt werden, und natürlich auch der Hofstaat, denn darunter gab es einige, die abergläubischer und tratschsüchtiger waren als die Waschweiber an der Seine.

Sie lächelte hoheitsvoll und lud in die bequemen Fauteuils in den Erker ein.

Harcigny kraulte seinen langen Bart und betrachtete die junge Königin, die zwar traurig und bekümmert, aber in ihrer Besorgnis durchaus handfest und energisch wirkte. Diese Dame hatte ein anderes Charisma als die blassen blonden Dämchen, deren Lieblingsbeschäftigung darin bestand, bei Turnieren in Ohnmacht zu sinken, nicht ohne vorher ein Tüchlein fallen zu lassen. Er sah zum Herzog von Burgund, der ihn bezahlte, und überlegte, wie er es beiden recht machen konnte.

»Der König braucht absolute Ruhe und gute Luft«, begann er. »Die Genesung von seinem Zorn …« Er sah zum Herzog, der die Stirn furchte, und verbesserte sich: »… von seinem Anfall wird eine Weile dauern.«

»Anfall?«, unterbrach ihn die Königin.

Harcigny schmatzte genießerisch ein Mandelplätzchen. Der Zorn des Königs habe sich zu einem Anfall gesteigert. In der Familie des erlauchten Königs sei es ja schon seit zwei Generationen zu Verstimmungen gekommen, und wenn der König …

»Verstimmungen?« Isabel verstand nichts. Wovon redete Harcigny? Da hatte sie ja das lateinische Kauderwelsch der anderen Ärzte besser verstanden.

»Nun, auch die königliche Mutter aus der edlen Herrscherfamilie Bourbon litt unter schwerer Melancholie, und der erlauchte Großvater …«

Nun wurde es Isabel zu viel. »Willst du sagen, du elender Scharlatan, dass der König nicht bei Verstand ist, nur weil ein Irrer auf ihn zugestürzt kam?«, rief sie.

Harcigny war tief gekränkt. Scharlatan hatte ihn noch keiner genannt. Beleidigt verwies er auf seine langjährige Erfahrung, sein Studium in Ägypten, wo man von der Medizin bedeutend mehr verstehe als in Frankreich und erst recht in Bayern, und erhob sich.

Der Herzog drückte ihn in seinen Sitz zurück, machte ihm Komplimente, bat ihn, zu bleiben, und bedachte die junge Königin mit einem ärgerlichen Blick. Aber die zupfte an ihrer raffinierten, zu Hörnern gedrehten Coiffure herum, sah zum Fenster hinaus und zog die Mundwinkel nach unten.

Nach zwei weiteren Mandelplätzchen ließ sich Harcigny zu einer näheren Erklärung herab. Ein Mensch könne zuweilen durch außerordentliche Umstände in seinem Verstand getrübt sein. Solche außergewöhnlichen Umstände seien seines Wissens auf dem Feldzug gegeben gewesen. Ein Bettelmönch sei dem König in den Weg getreten und habe ihn gewarnt, er sei verraten und solle nicht weiterreiten, offenbar ein Irrer. Bei einem so jungen, ausnehmend intelligenten Herrscher von Gottes Gnaden, der auf eine jahrhundertelange Ahnenreihe zurückblicke, könne dessen Blut nach einem solchen Erlebnis schneller in Wallung geraten als bei einem gewöhnlichen Menschen.

Isabel zeigte sich versöhnlich. Wie bei einem edlen Pferd, dachte sie, ein edles Streitross würde vor dem Pflug auch ausbrechen.

»Wir wollen zu ihm, dann wird er genesen«, forderte sie.

Aber Harcigny schüttelte den Kopf. Der König sei schon als Kind verwaist, er habe außerordentlich früh Verantwortung für Frankreich tragen müssen. Philipp von Burgund nickte ernst. Es sei zu viel gewesen für den jungen König, bestätigte er.

»Schon mit zwölf Jahren«, bestätigte Isabel erstaunt. Viele Prinzen wurden in diesem Alter König, Prinzessinnen wurden verheiratet, es waren die besten Jahre, Verantwortung zu übernehmen. Was hatte das mit Charles' Krankheit zu tun?

»Der König hat seitdem nicht geruht, ist mein Eindruck«, erklärte Harcigny, »mir scheint, er bekam diesen Anfall, weil ihm alles über den Kopf wuchs, edle Herrin, versteht Ihr?«

Ja, das verstand Isabel. Sie war erst 22 Jahre alt, hatte fünf Kinder geboren und zwei davon begraben müssen. Sie war von Bayern in eine ihr völlig fremde Welt gekommen und hatte immer wieder bittere Stunden erlebt, in denen sie in

Tränen ausgebrochen war, weil sie mit Sprache, Sitten und Zeremoniell des fremden Hofes völlig überfordert war, und Monate voller Pein, in denen sie befürchtete, niemals einen Thronfolger zu gebären.

»Der König sollte ausspannen, bei guter Luft, fort von Paris, so lange, bis er vollständig genesen ist. Er sollte zur Ruhe kommen. Jede Aufregung, jede Unannehmlichkeit will ich ihm ersparen«, erklärte Harcigny.

»Ich könnte den König in meine Residenz bringen lassen«, schlug der Herzog vor. »Dijon hat ein mildes Klima, ist ruhig, und ich werde für die beste Pflege sorgen.«

Eine dunkle Wolke zog sich über Isabel zusammen und legte sich schwer wie ein Kettenhemd auf ihre Brust. Was sollte sie tun? Die dunkle Wolke machte nicht nur traurig, sondern auch lethargisch. Ach ja, ohne Sorgen in der heiteren Wärme von Dijon, in dem Schloss mit den sagenhaft schönen Wandteppichen, die jeder rühmte, mit der lieben Margarethe, Philipps Gattin, das wäre … Nein. Die Apathie wich einem eigenartigen Misstrauen, das sie sich nicht erklären konnte. Besser zu Blanca.

»Creil«, entschied Isabel in königlichem Ton, der keinen Widerspruch duldete, und befahl dem Pagen: »Bring Clisson her! Er soll den König mit seinen Leuten begleiten.«

Der Page, ein junger Bursche von kaum vierzehn Jahren, der die Stelle noch nicht lange versah, lief rot an und wollte zu einer Erwiderung ansetzen. Isabel, nicht gewohnt, dass ihre Befehle nicht umgehend ausgeführt wurden, sah ihn unwillig an.

»Clisson …«, stotterte der Page.

»Ja, der Konnetabel! Nun schick dich!«

Der Page rannte zur Tür, blieb dann aber stehen und stotterte etwas Unverständliches.

»*Ich* werde den König nach Creil bringen«, ließ sich der Herzog vernehmen. »Clisson ist … nun, er ist verhindert.«

»Aber er ist doch genesen«, sagte Isabel, die Clisson besucht hatte, bevor der König in die Bretagne ritt, ihn zu rächen.

»Er ist sogar so gesund, dass er auf seine Burg Josselin in die Bretagne fliehen konnte«, sagte der Herzog, ohne seinen Zorn darüber zu verbergen.

Isabel glaubte zu träumen. Clisson, der Kronfeldherr, wegen dem Charles sich in Gefahr begeben hatte, war fort? Der einzige Grund seines Rachefeldzuges war geflüchtet? Ausgerechnet, welch eine Ironie des Schicksals, in die Bretagne?

»Es ist leider so, dass der König in der letzten Zeit schlecht beraten war«, erklärte Philipp. »Er hat seine ihn zärtlich liebenden Onkel gegen diese geldgierigen Marmousets eingetauscht.«

»Die Messieurs Riviére, Mercier und Clisson waren schon dem Vater des Königs treu ergeben«, verteidigte Isabel Charles' Entscheidung, die früheren Ratgeber wieder einzusetzen.

»Ja, und das unzweifelhaft zu ihrem Vorteil«, sagte der Herzog bissig.

Isabel schwieg. Die drei verächtlich »Marmousets« genannten Herren waren reich. Sie wurden vom König für ihre Dienste gut bezahlt und wussten ihren Besitz zu vermehren. Nicht zuletzt deshalb waren sie dem König treu ergeben und hatten stets in seinem Sinne gearbeitet. Hatten sie das königliche Vertrauen missbraucht? Waren sie korrupt? Oder hatte der Herzog nur seine Entmachtung übel genommen? Sie musste dies in Erfahrung bringen.

Harcigny erklärte freundlich, dass er Creil für eine sehr gute Idee halte, der guten Luft, des milden Klimas und der sanften Aussicht wegen. Isabel sah ihn dankbar an.

Ja, sie konnten sich in das wundervolle Schloss Beauté zurückziehen, mit Musikern, konnten dort tanzen, Ball spie-

len, Jagden geben, prachtvolle Sommerfeste feiern, und ...
»Dazu gehört, pardon, edle Dame, auch die Liebe.«

Erstaunt sah Isabel auf den alten Arzt. Harcigny lächelte. »Eine schöne Frau ist weniger imstande, einen Mann zu beruhigen, als ihn aufzuregen.«

Isabel sah ihn unsicher an. »Aber die Liebe heilt doch ...«, begann sie.

Harcigny hob die Hände. »Natürlich! Die Liebe unseres Herrn Jesus hat die Menschen geheilt, aber nicht die Liebe eines Weibes! Haltet Euch zurück, edle Dame, und ich werde Euch sofort zu ihm lassen, wenn er gesund ist. Der König muss in den nächsten Wochen enthaltsam leben.«

Isabel errötete. Die Männer glaubten wohl, eine Frau denke stets nur an diese Art der Liebe! Sie konnte sehr wohl ihren kranken Gatten umsorgen, dann würde sie eben keine Jagden und Feste geben, sondern würde mit Charles in Beauté leben, und sie würde liebevoll und sorgsam mit Charles umgehen und ihn pflegen ... Nein, gestand sie sich, dabei würde es nicht bleiben. Wenn seine Hände sie berührten, lief ihr eine heiße Welle über den Rücken, breitete sich über ihren Körper aus, und ihm, das hatte sie gespürt, ging es ebenso. Sie würden einander in die Arme fallen und sich lieben bis zum Morgengrauen ...

Sie sah auf den Alten, der sie lächelnd beobachtete. Viele Fältchen umspielten seine Augen. Hatte er ihre Gedanken erahnt?

Seit ihrer Heirat vor sieben Jahren lebten Charles und sie immer wieder getrennt, ständig Krieg, erst der gescheiterte Feldzug gegen England, dann gegen Verrückte wie den Grafen von Geldern, Rechtsprechungen in allen Teilen des Landes, kirchliche Verhandlungen in Avignon, das Sichern der Grenzen in der Normandie, die Huldigungen der Städte und Lehnsherren, Empfänge, Bankette, Bälle und Turniere überall. Selbst die Vergnügungen konnten anstrengend sein.

Dieses Leben war beschwerlich und bereitete Sorgen, aber die Freuden des Wiedersehens waren umso köstlicher. Auch nach sieben Jahren Ehe liebten Charles und sie sich lustvoll, voller Wonne und Glück, wo immer sie sich trafen, und die Wiedersehen mit seinem Bruder Louis und der schönen Cousine waren aufregend und leidenschaftlich.

Nun forderte Harcigny eine Trennung ohne Abschied, eine Trennung, die sie hilflos zurückließ, nicht nur als Frau, auch als Königin. Sie würde nicht erfahren, ob ihr Gatte aus Eifersucht gehandelt hatte und sie hasste. Wenn er sie verstieß? Der kleine Charllou, kaum ein halbes Jahr alt, war zwar Thronfolger, aber Isabel erkannte voller Entsetzen, dass sie keine Macht hatte, in seinem Namen zu sprechen. Sie würde den König nicht mehr darum bitten können, eine Vollmacht zu unterschreiben. Unten liefen die Leute zusammen, weil ihr vielgeliebter König auf Leben und Tod lag, weinten und schrien, sie wollten ihren König sehen. Gerüchte hetzten durch Paris, er sei verhext, wahnsinnig oder ermordet worden.

Isabel fuhr der Schrecken in alle Glieder: Sie war hilflos. Sie konnte das Volk nicht beruhigen. Der Einzige, der dies konnte, war der Onkel in seiner unbestrittenen Autorität, und der mochte die Marmousets nicht. Clissons Flucht bewies: Er traute Philipp von Burgund nicht. Andererseits, dachte Isabel zornig, hätte Clisson bleiben und seine Königin beschützen müssen. Sie konnte nichts tun, nichts. Wo waren Mercier und Riviére? Hatte Philipp sie beseitigen lassen?

Isabel betrachtete den Onkel, den sie bis eben verehrt und geliebt hatte, plötzlich voller Argwohn. Aber ihr waren die Hände gebunden. Sie musste den Dauphin schützen, das war ihre wichtigste Aufgabe. Alles andere würde sich aufklären, wenn Charles in Creil genesen war.

»Wir werden den König so bald wie möglich in Creil besuchen. Gibst du Uns Bescheid, verehrter Harcigny?«

Der Arzt verbeugte sich. Es sei ihm eine Ehre. Isabel

wandte sich an Philipp von Burgund und erklärte: »Gut, Ihr bringt den König nach Creil. Mein Bruder wird Euch begleiten.«

Sie sagte dies in einem Ton, der keinen Widerspruch duldete. Wenn Ludwig mit seinen wohlgerüsteten Männern bei der Eskorte war, wurde der Einfluss ihrer Familie gewahrt. Sie würde Ludwig instruieren, neben Philipp zu reiten und stets die Hand am Schwert zu haben, damit Charles nicht entführt oder ihm ein Leid angetan wurde. Offenbar musste man mit allem rechnen.

Der Herzog legte die Hand aufs Herz. »Selbstverständlich, verehrte Nichte. Alles wird zu deiner Zufriedenheit geschehen. Du kannst dich voll und ganz auf mich verlassen, bei meiner Ritterehre.«

Isabel sah aus dem Fenster von Saint-Pol hinunter, als Charles nach Creil gefahren wurde. Sie sah, wie der König zur Sänfte geleitet wurde, sah seinen schleppenden Schritt, seine hängenden Schultern, sah, dass seine Kleidung unordentlich und schmutzig war, und es zerriss ihr fast das Herz.

Dies war ihr geliebter Mann, ihr König, und sie konnte, sie durfte nichts tun. Sie wollte hinunterstürzen, ihn in die Arme nehmen, ihm zuflüstern: Alles wird gut, Liebster. Sie wollte ihn umarmen, ihn so fest drücken, bis er sich lachend aus ihrem Griff befreite, und er würde sie anschauen, wachen Sinnes, und etwas erstaunt sagen: Es ist gut, liebste Isabel, es ist gut! Was hast du? Und sie würde sich an ihn schmiegen und murmeln: Komm wieder herein, mein Liebster, mein König, komm, lass uns glücklich sein, sieh, hier ist dein kleiner Sohn, sieh nur, wie lustig er strampelt, er lacht schon, er ist fröhlich und stark wie du, mein König.

Aber sie stand stumm, das Kind auf dem Arm, am Fenster, und flehte Gott an, er möge den Blick des Königs einmal, nur ein einziges Mal, zu ihr hinauflenken.

Doch Charles blickte nicht hinauf. Er ließ sich in die Sänfte helfen, ein zusammengesunkener Mann mit krummem Rücken und hochgezogenen Schultern zwischen bewaffneten Bediensteten. Er sah nicht aus wie ein Kranker, sondern wie ein Gefangener.

Die Sänftenfenster wurden mit dunklen Tüchern verhängt, die Maultiere gingen im Gleichschritt, und auf der verwinkelten Gasse entschwand die Sänfte mit Gefolge Isabels Blicken so schnell, dass sie schon an der Stadtmauer war, als ihr die Tränen aus den Augen quollen. Lange stand sie da und murmelte die alten eingelernten Fürbitten. Heiße Tränen tropften auf das schlafende Kind und ließen sein blasses Gesichtchen glänzen, als sei es aus feiner Fayence. Sie betrachtete die zarten Züge des von Weißzeug umhüllten Säuglings, hörte seine regelmäßigen Atemzüge und tupfte ihm vorsichtig die Tränen von den runden Wangen. War sie schon eine recht- und willenlose Witwe?

Wenn Charles nur gesund zurückkehrte! Isabel schwor sich und ihrem Sohn, dass sie in diesem glücklichen Fall niemals wieder so würde mit sich verfahren lassen. Nein, sie wollte eine französische Königin sein wie Eleonore, eine Königin, die die Rechte ihres Kindes, des Thronfolgers, sicherte und verteidigte. Eine Königin, die regieren und ihre Ratgeber selbst suchen würde, und die sich von niemandem außer Gottes Geboten vorschreiben ließe, was gut für sie, das Land und den kleinen Prinzen war.

Langsam verwandelten sich Trauer und Schmerz Isabels in heftigen Zorn. Für dumm haben sie mich erklärt, dachte sie wütend, sie halten mich für ein blödes baierisches Prinzesschen, dem sie mitspielen können, wie sie wollen. Ich bin unfähig, zu regieren, das ist es, was alle denken. Aber selbst wenn sie ein schwaches Weib war, in ihren Armen hielt sie den Thronfolger, das war ihre Macht, und die würde sie sich von niemandem nehmen lassen.

Sie hob das fest gewickelte Kind hoch, lockerte die Bindung an das Wickelbrett, die ihr zu fest erschien, und küsste den Kleinen sanft auf die winzige Nase. »Und wenn wir zum Großvater nach Bayern fliehen müssen«, flüsterte sie, »selbst wenn wir im Kloster Altötting Zuflucht suchen müssten, hab keine Angst, mein kleiner Prinz. Ich beschütze dein Leben als künftiger König von Frankreich.«

Aber es war nicht das Volk, das auf den Gassen von Vergiftung und Hexerei munkelte. Es war der Herzog von Berry, der in Komplizenschaft mit seinem Bruder Philipp von Burgund diese Gerüchte unter das Volk von Paris streute, damit er ständig erklären konnte, wessen Werk die Verwirrung des königlichen Geistes sei: das der verhassten »Marmousets«, und die befänden sich schon auf dem Weg nach Montfoucolt. So strömte das Volk jeden Tag auf den schrecklichen Hügel, auf dem die Galgengerüste nicht abgenommen wurden, und erwartete voller Hass die Hinrichtung der vermeintlichen Königsvergifter.

Isabel ahnte nicht, dass sie bereits völlig isoliert war. Auch der erste Schritt ihres Rufmordes war in vollem Gang.

## DER KÖNIG

UNTER DEN WACHSAMEN AUGEN und den behutsamen Händen von Harcigny, der heilkundigen Blanca und ihres Arztes Johann von Montnanteuil kam Charles im Herbst 1392 langsam auf Burg Creil wieder zu Kräften. Er befahl seinen Kronfeldherrn Clisson zu sich und erfuhr, dass dieser in seiner Burg Josselin in der Bretagne weile. Man könne aber nach dem neuen Konnetabel schicken.

»Wer ist das?«

»Der junge Graf d' Eu.«

»Wer hat ihn verpflichtet?«

»Der Herzog von Burgund, Monseigneur. Macht Euch keine Sorgen, edler König, der Herzog hat für alles gesorgt«, versicherte der Arzt.

Das merke ich, dachte Charles mit steigendem Zorn. Graf d' Eu war einer der besten Freunde von Jean, Philipps Sohn, und den Burgundern treu ergeben.

Charles befahl seinen Finanzverwalter Jean de Montaigu zu sich und erfuhr, dass dieser geflohen sei. Keiner wisse, wohin.

Er befahl Jean Le Mercier und Bureau de la Rivière zu sich und erfuhr, dass sein Kämmerer und sein Oberhofmeister im Gefängnis Le Chatelet waren.

Charles erblasste. Sein Zorn wich blanker Fassungslosigkeit. »Wer hat das befohlen?«

Seine Onkel, die Herzöge von Berry und Burgund. Die Marmousets seien der Vergiftung des Königs bezichtigt worden. »Bin ich vergiftet worden?«

»Nein, Monseigneur.«

Er schickte nach seinem Bruder Louis und erfuhr, dass dieser sich in Orleans aufhalte, seinem neuen Herzogtum.

Er fragte nicht mehr, auf wessen Veranlassung. Keiner seiner Getreuen war noch in seinem vom König verliehenen Amt. Jeder Name, der Charles genannt wurde, war einer der Vertrauensleute des Herzogs von Burgund. Nicht sein Bruder, mit dem er sich die Regentschaft hatte teilen wollen, hatte die Regierung übernommen, sondern der Onkel. War Louis zu jung oder zu leichten Sinnes? Hatte er nichts bemerkt oder war er geflüchtet? Was hatte ihm Philipp im Wald von Le Mans zugerufen? Bringt Euch in Sicherheit, Monseigneur will Euch töten! Natürlich, der Bruder war voller Angst nach Orleans geflüchtet, so wie er auch im Wald geflüchtet war. Dies alles war ein abgekartetes Spiel. Oder er war tatsächlich irrsinnig geworden. Wenn er sich doch nur erinnern könnte! Aber seine Erinnerung ging nur bis zu dem Moment, als alles schwarz um ihn geworden war. Charles stöhnte auf wie ein verwundetes Tier.

Blanca eilte herein, mit wehendem Schleier, in jedem lautlosen Schritt hoheitsvolle Besorgnis.

Konnte er der alten Königswitwe trauen? Isabel jedenfalls tat es, erinnerte er sich.

Er würde gern einen Gang über die Insel tun, die Königin habe die Gärten so schön angelegt. Ob die Tante ihn begleiten wolle?

Selbstverständlich wollte sie. Der Wunsch des Königs sei ihr Befehl.

Charles, der nie einer Blume sonderlich viel Bedeutung beigemessen hatte, noch weniger dem kaum als chevaleresk einzuordnenden Gemüse, zeigte sich beim Gang durch die sorgfältig gepflegte Anlage sehr angetan. Er bewunderte jede Blüte, jedes Heilkraut, ließ sich zu Blancas Verwunderung Mangold und Artischocke erklären, so lange, bis die Begleiter gelangweilt zurückblieben. Endlich hatte er seine Bewacher abgehängt.

In dem angenehm schattigen Rosenpavillon, den Isabel hatte anlegen lassen, sah der König hinaus auf die träge fließende Oise. »Sage mir, ma tante, war mein Vater irrsinnig?«

Er hörte Blancas erstauntes Schnauben, wandte sich um und betrachtete die alte Dame in der Laube. Weiß waren ihre Haare geworden, zwei lange Strähnen wehten unter dem Witwenschleier hervor und gaben ihrem zarten, faltigen Gesicht etwas Verwegenes. »Monseigneur, man nannte

Ihren Vater den Weisen! Wie kann die Weisheit gleichzeitig irrsinnig sein?«

»Er hat keine Feldzüge gewonnen, und er hat Frankreich nicht von den Engländern zurückerobert«, sagte Charles leise.

Die alte Frau betrachtete den jungen Mann mit den schönen, aber leider verzerrten Gesichtszügen, den etwas wirren blonden Haaren, dem unsteten Blick.

»Ist es Euch gelungen, Sieur?«

Charles erinnerte sich ungern an das Desaster in der Brügger Bucht. Er gab zu, dass auch ihm nur ein vager Waffenruhevertrag gelungen sei.

»Nun, seid Ihr deshalb wahnsinnig, Sieur?«

Wahnsinnig erschien Charles plötzlich sein damaliger Plan, England per Schiff zu erobern. Die schwerfälligen, nie eingesetzten Kriegskoggen mit den viel zu schweren goldverzierten Achterspiegeln, die schwimmende Insel aus schweren Holzplanken mit 60 Fuß hohen Wehrtürmen, die Heere von Gewappneten, so seeuntüchtig wie die Schiffe navigationsunfähig. Gottlob war der Feldzug wegen widriger Winde abgesagt worden, sie wären vermutlich alle schon ertrunken, bevor sie den ersten Engländer erblickt hätten … Wahnsinnig?

»Ich weiß es nicht, edle Dame«, gestand er unglücklich.

»Sieur, ein weiser Herrscher zeichnet sich nicht durch Gewalt, sondern durch Gerechtigkeit aus«, mahnte Blanca sanft. »Charles V., Euer Vater, war ein Herrscher von großer Klugheit und Weitsicht. Er wusste, dass das Rittertum dem Untergang geweiht war, und hatte darum …«

»Dem Untergang!« Charles' Protest war ein verzweifelter Schrei. Er schlug die Hand über den Mund und blickte ängstlich aus der Laube nach allen Seiten. Kein Wachsoldat war zu sehen. Leiser sagte er: »Das Rittertum ist unsere Vergangenheit und unsere Zukunft, ma tante!«

»Wenn Ihr an die Gerechtigkeit und die Gottesfürchtigkeit des großen Königs Artus denkt, Sieur, dann habt Ihr unbedingt recht«, pflichtete ihm Blanca bei. »Aber die schreckliche Niederlage bei Crecy hat gezeigt, dass mannhafte Ritter den englischen Bogenschützen und ihrer feigen Taktik unterlegen waren. Auch mein Bruder Navarra, den sie mit Recht den Bösen nennen, und die Aufstände, die er im Volk schürte, machten Eurem Vater sehr zu schaffen. Das waren keine ritterlichen Tjosts, das war üble Rede, der Hinterhalt und Mordbrennerei folgten. Die Kriegszüge haben weite Landstriche verwüstet, statt dass sie den Reichtum Frankreichs vermehrt hätten. Die marodierenden Horden, die die entlassenen Söldner bilden, und die bittere Armut, die sie unter den Bauern hinterlassen, das kann nicht unsere Zukunft sein.«

»Wen interessieren die dummen Bauern!«, fuhr Charles auf.

Blanca legte den Kopf schief und betrachtete den jungen Mann. »Sieur, eben noch habt Ihr den Garten bewundert, den Eure Gemahlin angelegt hat. Liegt nicht ebenso viel Weisheit im Anbau von Getreide für unser Brot wie im Erlegen von Wildbret?«

Charles lachte verächtlich und deutete mit ausgestrecktem Arm auf die Oise: »Gleich werdet Ihr behaupten, dass dieser Fischer dort weiser ist als der alte Harcigny!«

Blanca folgte seinem Blick und lächelte. »Stimmt Euch der Anblick nicht friedlich, mein König? Mag sein, dass der Fischer zu dumm ist, um am Abend seine Fische zu zählen. Er weiß aber, dass er sich völlig still verhalten muss. Eine falsche Bewegung, schon ist seine Beute fort. Darin gleicht er dem umsichtigen Jäger, nicht wahr?«

»Nur an Mut mangelt es ihm«, wandte Charles ein, »was ist der Fischfang gegen die Bärenhatz.«

Blanca schwieg. Mit Männern war über diesen Punkt keine Einigkeit zu erzielen, das wusste sie. Sie beobachtete, wie der

Fischer sein Netz mit geschicktem Schwung auswarf, sich ins Boot setzte und regungslos in den Fluss starrte.

»Du glaubst also nicht, ma tante, dass mein Vater irrsinnig war«, nahm Charles den Faden wieder auf. »Von wem habe ich dann den Wahnsinn? Sagt dein Arzt nicht, er sei erblich?«

»Die Folge des Aufwallens schwarzer Galle ist nicht erblich, Monseigneur«, befand Blanca.

»Aber meine Mutter? Sie war doch im fünften Grad mit meinem Vater verwandt, und diese Heiraten ...«

»Eure liebe Mutter, Sieur, war zart, aber wahnsinnig war sie ganz gewiss nicht. Eure Eltern haben einander sehr geliebt. Der Papst hatte seinen Dispens erteilt.«

»Ich hatte acht Geschwister, Blanca. Die ersten vier überlebten ihr erstes Lebensjahr nicht, drei Schwestern starben mit drei, vier und sieben Jahren. Mitten im zarten Heranwachsen war ich von Tod und Schmerz umgeben. Und Louis, der einzige Bruder, der mir blieb, flieht mich, weil er denkt, ich wolle ihn ermorden. Im ständigen Angesicht des Todes verlieren wir unsere Menschlichkeit – und wohl auch unseren Verstand.«

Blanca dachte an Königin Johanna, ein zierliches Persönchen von schwacher Gesundheit, die nach neun Geburten im Kindbett gestorben war. »Eure Mutter starb nach der Geburt Eurer Schwester. Dies geschieht leider vielen edlen Frauen. Daher tragen wir heute Sorge, dass das Kindbett für die niedergekommenen Frauen heiter und ruhig verläuft, mehr als einen Mond lang. Bei Eurer Mutter war die Sitte noch nicht so, eine längere Schonung hätte ihr sicher geholfen. Eine Geburt fordert alles von einer Frau, sie verliert fast ihr Leben, um neues zu schenken. Manche ist darüber schwermütig geworden, wenn ihre zarten Säuglinge vor der Zeit sterben.«

Blanca blickte Charles voll an und erklärte: »Sieur, ich halte Euch für völlig normal.«

Ja, dachte Charles, völlig normal, aber völlig entmachtet. Er bedachte, dass dieser Krieg gegen England nun schon den fünften französischen König in Atem hielt. In der Normandie standen die Engländer und nannten sich Könige von Frankreich. Sein desaströser Versuch, England im Handstreich zu erobern, musste ihn in den Augen der Engländer zum kompletten Narren gemacht haben. Viel zu viele Zugeständnisse hatten sie ihm abgerungen, genau betrachtet war der Frieden mit England nur eine befristete Waffenruhe und stand auf ebenso brüchigem Boden wie die vergangenen Friedensschlüsse, die stets gebrochen worden waren. Er war umgeben von gierigen Raubtieren, die ihre Klauen in sein Land schlugen.

Der Herzog der Bretagne hatte keine Feinde außer der rauen See und konnte Bündnisse schließen, wie es ihm beliebte, mal mit den Engländern, mal mit Frankreich, mal mit Burgund. Der Burgunder besaß nicht nur sein reiches, durch keinen Krieg erschüttertes Land, sondern regierte inzwischen auch Flandern und besaß damit die gesamte Tuchweberei. Berry tobte sich im Languedoc derart aus, dass das Volk über die drückenden Steuern klagte.

Der Herzog von Anjou war zwar mehr an Neapel als an Frankreich interessiert, aber gerade deswegen in seiner Unersättlichkeit gefährlich: Der Feldzug um Neapel verschlang Millionen, Angers war hoffnungslos verschuldet. Dazu kam das Schisma, zwei Päpste in Avignon und Rom, die zu befrieden es einen Heiligen gebraucht hätte.

Was blieb ihm? Die Ile de France, eine Insel im wahren Sinne. Alle rannten darüber, die Plantagenets zu ihrem Lehen Aquitanien, das er ihnen nur zu gern entrissen hätte, die burgundischen Heere auf ihren Feldzügen gegen das aufständische Flandern, und alle Heere verwüsteten das Land. Die Hennegauer waren nur friedlich, solange er mit den Wittelsbachern im Bunde war, und die kleinen Grafen und Herzöge ringsum erlaubten sich eine Frechheit nach der anderen, wie beispielsweise der von Geldern, der ihm glatt den Krieg erklärt hatte. Was die sich alles herausnahmen! Wem die Einkünfte seines Lehens fürs pomphafte Leben nicht ausreichten, der fraß sich bei Hofe mit einträglichen Posten durch. Allein dieser Hof! Wem konnte er noch trauen?

Charles bedachte die Hintergründe des Konfliktes zwischen Craon und Clisson, diese verworrene, verbitterte Todfeindschaft. Die Messieurs hätten das Knie vor ihrem König beugen und ihn um einen ritterlichen Schwertkampf bitten müssen, deren Ausgang ihre Fehde beendete. Stattdessen hatte Craon versucht, seinen Feind durch einen Meuchelmord loszuwerden, und war danach feige geflüchtet. Und Monfort lieferte ihn nicht aus, sondern beschützte ihn. Sie sind wahnsinnig, dachte er, alle. Nicht ich. Alle sind wahnsinnig außer mir.

»Glaubst du, ma tante, dass die Menschen einmal Frieden machen und ewig bewahren werden?«

Blanca sah den König überrascht an. Von einem jungen Mann, der nichts lieber tat, als sich im ritterlichen Kampf zu üben, hatte sie eine solche Frage nicht erwartet. »Jedenfalls ist dies der sehnliche Wunsch unseres Herrn Jesus Christus«, sagte sie, »es scheint, dass wir Menschen noch weit davon entfernt sind.«

Charles wendete den Blick von ihr auf den Fischer, der stumm die Wasseroberfläche beobachtete, scheinbar träge, aber doch in aufmerksamer Wachheit. War Jesus nicht als ein Fischer bezeichnet worden? »Du glaubst also, dem Herrn ist es nicht wichtig, dass wir mit der Oriflamme sein Land der Christenheit zurückzuerobern suchen?«

Blanca erschrak. Wollte der junge König etwa auf Pilgerzug ins Heilige Land gehen? Auf einen jener schrecklich blutigen Züge, die im Namen des Kreuzes in Elend, Tod und Verrat endeten? Blanca hatte viele Berichte gehört, viel gelesen. Außer ein paar heiligen Reliquien hatten diese Pilgerzüge nichts eingebracht. Schon die von ihr verehrte Eleonore von Aquitanien hatte, fasziniert von den reichen Kulturen Konstantinopels und Antiochia, den Kreuzzug gegen die Damaszener abbrechen wollen. Später hatte Ludwig, auch wenn das Volk ihn den »Heiligen« nannte, auf seinen blutigen Pilgerzug bestanden, sich eine schauderhafte Niederlage eingehandelt und dem Königreich Jerusalem schwer geschadet. War der Erwerb der Dornenkrone dieses Opfer wert gewesen? »Ehrlich gesagt, junger Sieur, unser Herr Jesus hat gesagt, jeder an seiner Stelle, jeder an seinem Ort, nicht wahr? Ist es nicht wichtiger, dass Ihr als Frankreichs König von Gottes Gnaden gottesfürchtig regiert?«

Charles hatte tatsächlich überlegt, ob er sich dem gesamten Desaster durch einen Kreuzzug entziehen konnte. Aber damit würde er allen Kabalen gegen sich nur in die Hände spielen. Wenn sein Bruder Louis sich bereits jetzt während seiner Krankheit nicht als der Regent durchsetzte, zu dem er ihn gemacht hatte, sondern von den Onkeln kujonieren ließ, dann würde er während des Pilgerzuges erst recht nicht an seiner Stelle regieren können. Bei seiner Rückkehr würde Charles ein schlimmeres Chaos vorfinden als vorher, vermutlich würden seine Onkel das Land an sich reißen, kaum dass er es verlassen hätte. Und für Nachfahren konnte er im Heiligen Land auch nicht sorgen – es sei denn, Isabel käme mit. Aber die Kinder?

Charles verwarf den Gedanken und lächelte Blanca fröhlich an. Nein, kein Kreuzzug. Sein Entschluss war gefasst. Das Einzige, was im Wahnsinn helfen konnte, war der Wahnsinn selbst.

Am nächsten Tag sah er Isabel heranreiten und fühlte einen heftigen Stich im Herzen. Wie aufrecht sie auf ihrem Falben saß, wie gut sie sich hielt! Wie sanft der Seidenschleier ihr schönes italienisches Profil mit der energischen Visconti-Nase umwehte! Und wie niedlich der Kleine war, den sie ihm entgegenhielt, kaum dass sie die Treppe hinauf zu ihm geeilt war! Wie hübsch sich die kleinen Mädchen Isabella und Jeanne machten, drei und kaum zwei Jahre alt, die ihn mit großen Augen aus sicherem Abstand am Rock ihrer Amme betrachteten! Die Größere glich ihrer Mutter, die Kleine hatte seine helle Haut und blaue Augen. Sie alle würde er bei seinem Plan verraten müssen, erkannte er erschrocken. Nicht nur für sein Volk würde er den Narren spielen, für seine mordlüsternen habgierigen Onkel, nein, er musste ihn auch für seine Familie spielen. Seine Frau, seine Kinder, alle würden ihn für einen Wahnsinnigen halten, für einen Vater, den man schwerlich ehren, für einen Gatten, dem man nicht gehorchen konnte. Aber er wollte ja auch nicht, dass Isabel ihm gehorchte.

Er schloss sie in die Arme, küsste ihre Haare und atmete den Duft, der ihrem Nacken entströmte. Sie roch nach Honig und nach einem dieser schweren orientalischen Düfte, die dem neuen Handel mit den Fürsten Konstantinopels zu verdanken waren. Er schloss die Augen. Sie roch so betörend gut, so sinnlich, und er würde sie so entsetzlich verraten müssen. Er würde sie verlieren. Eine schöne Königin konnte keinen Narren lieben. Man sagte, die Liebe gehe über den Tod hinaus, aber nicht über den Wahnsinn. An den Gräbern hockten trauernde Witwen, aber die Irrsinnigen schwankten allein durch das Land, lebten von Almosen, und jeder war erleichtert und bekreuzigte sich, wenn sie weiterzogen. War die Befriedung Frankreichs dieses Opfer wert?

Charles liebkoste Isabels volle runde Brüste, schloss die Augen und wurde schwankend in seinem Entschluss.

Sie schob ihn ein wenig von sich und sah ihm prüfend in die Augen. Was ging in ihm vor? War er wieder völlig gesund? Liebte er sie noch?

Charles merkte, dass die Umsetzung komplizierter war als der Plan. Isabel besaß eine natürliche intuitive Intelligenz. Es würde nicht leicht sein, sie zu täuschen, und es war Verrat. Verrat an der Liebe. Aber ging es ihm nicht um die Liebe zu seinem Land? Was war wichtiger? Er seufzte.

lsabel sah, dass sein Blick klar, sein Haar schön gekämmt und seine Kleidung offensichtlich so ordentlich gebürstet war wie seine Gedanken. Was hatte man ihr erzählt von dem wahnsinnig gewordenen König! Da stand er, ein wenig blass, aber von königlicher Haltung, in gnädiger Stimmung, zärtlich zu seinen Kindern.

Aber da waren vier Tote. Es ließ sich nicht leugnen, dass sie im Wald von Le Mans von den eigenen Leuten erschlagen worden waren, aber von Charles? Warum sollte der König auf seine eigenen Leute einschlagen? Wegen eines irrsinnigen Wandermönches? Nein, es musste etwas anderes geschehen sein, aber niemand hatte ihr Genaueres berichten können. Louis war eilig nach Orleans gezogen, sie hatte ihn nicht fragen können. Ihr Bruder war am Schluss des Zuges geritten und hatte zugeben müssen, nur den auf der Bahre gefesselten König gesehen zu haben. Das Geschehen selbst hatte er nicht beobachtet. Meuterei? Rache der beiden beleidigten Onkel nach der Volljährigkeit des Königs?

Isabel konnte die Geschichte von dem seltsamen Bettelmönch nicht recht glauben. Sie glaubte an den Kometen, den man zu Beginn des Jahres 1392 gesehen hatte, und an ihre Vorahnung, die sie nicht hatte schlafen lassen. Dieses Jahr schien unter einem schlechten Stern zu stehen.

Isabel hatte keine Lust, länger darüber nachzudenken. Wie hatte sie Charles vermisst! Ihr Mund suchte den seinen. Und er seufzte vor Sehnsucht nach ihr. Nie wieder würde sie sich von ihm trennen lassen, die Liebe machte alles, alles gut, sie spürte es, und sie spürte an seinen suchenden Händen, dass er sie begehrte, und drängte sich an ihn. Endlich waren sie wieder beisammen, das war alles, was zählte! Vergessen die angstvollen durchwachten Nächte, vergessen die intrigenreichen Wochen, vergessen ihre Ohnmacht, die Minister Riviere und Mercier aus dem Gefängnis zu befreien. Vergessen die Monate, in denen sie ohne einen Sous auskommen musste, weil sie nichts, nichts befehlen konnte, ohne dass es vom Grafen d' Eu abgesegnet wurde, und der fragte in allen Dingen den Herzog von Burgund. Vergessen ihre Rechtlosigkeit, ihre Angst um die Kinder, vor allem um den kleinen Dauphin. Nacht um Nacht hatte sie sich mit Katharina und der zuverlässigen Amme abgewechselt, ihn zu beschützen. Der Verbannung des Königs konnte ein Giftanschlag auf den Dauphin folgen, und dies hatte sie verhindert.

Charles spielte mit seinen Töchtern, und Isabel, den kleinen Charlot auf dem Arm, sah lächelnd zu. Dem König machte es Freude, leichte Verstecke auszuwählen, hinter Hecken und Sträuchern zu verschwinden, bis die kleine Isabella ihn fand, gefolgt von Johanna, die den Sinn des Spiels nicht verstand, sondern jauchzend hinter ihrer größeren Schwester her stolperte.

Plötzlich fand Isabella den Vater nicht. War sein Versteck zu schwierig für die Dreijährige? Sie brach in lautes Schluchzen aus, sodass er hinter dem breiten dunkelgrünen Eibenbusch hervortrat und sie in die Arme schloss.

»Du warst so lange weg, Papa«, weinte die Kleine, und Charles wiegte sie in seinen Armen und beruhigte sie.

»Aber Schätzchen, ich komme doch immer wieder.«

Das kleine Mädchen betrachtete ihn ernsthaft. »Papa kommt immer wieder«, wiederholte sie zaghaft.

Charles küsste die Tränen vom Kindergesicht und hatte plötzlich den entscheidenden Einfall, der sein Leben verändern sollte. Er würde immer wiederkommen.

# PARIS 1394

Ein Pack von Dieben ist's, das uns beherrscht,
und wir sind Toren und gedankenlos:
denn Dieb ist, wer den Dieb gewähren lässt.

*Peire Cardinal*

Isabel musste ihre erste folgenschwere Entscheidung im Kronrat treffen. Charles hatte ihr nach seinem Anfall eine eigene Argenterie und ein Wittum gegeben und wichtige Befugnisse, darunter die Vollmacht für den Dauphin. Ein weiterer Anfall war dem ersten nach einer etwas zu wild gefeierten Hochzeit ihrer Hofdame gefolgt, und hatte Isabel in große Angst versetzt. Aber wenigstens führte die Umsicht des Königs zum Vorsitz der Königin in diesem wichtigsten Gremium. Sie hatte alle Vollmacht als Regentin, wenn Charles »abwesend« war. Auf die Sprachregelung der Abwesenheit hatte Isabel alle verpflichtet, nachdem der König den zweiten Umnachtungsanfall überstanden hatte.

Krieg mit England?

Isabel bedachte dies, sprach mit dem Konnetabel d'Eu, auch wenn sie ihn nicht liebte, mit ihrem Kämmerer Montaigu und allen, denen Charles vertraut hatte. Alle, auch Philipp von Burgund, rieten zum Krieg. Sein Sohn, der ihr extrem unsympathische Jean, brannte förmlich darauf, in den Krieg zu ziehen. Isabel dachte, dass der Zeitpunkt günstig war. Die englischen Barone hassten Richard II., den Sohn des Schwarzen Prinzen. Sie zweifelten seine Erbfolge an und er hatte daraufhin voller Zorn ihre Macht beschränkt und das Parlament aufgelöst.

Die verärgerten englischen Barone würden darum auf französischer Seite kämpfen, behauptete Philipps Sohn Jean, er kenne sie alle, und des schottischen Beistandes sei man gewiss. Philipp riet, befeuert von seinem streitlüsternen Sohn, zu einem Blitzkrieg mit Überraschungseffekt, so könne man England in einem Handstreich für immer in die Knie zwingen. Der Name William des Eroberers fiel, von ruhmreichen französischen Schlachten wurde erzählt, Heldentaten wurden besungen, schon stand der gesamte Kronrat kriegsbegeistert auf und war bereit, in die Schlacht gegen England zu ziehen.

Isabel ging zu Charles. Vielleicht war er bei Verstand, vielleicht konnte sie mit ihm sprechen. War ein solcher Blitzkrieg sinnvoll? Die Italienkrise war noch nicht beigelegt, Montfort in der Bretagne war nach wie vor ein unzuverlässiger Partner, das Schisma schien ohne Aussicht auf Beilegung. Aber ein Krieg schien die einzige Möglichkeit zu sein, eine weitere Invasion zu verhindern. Die Engländer standen schon in der Normandie, und wenn keiner sie hinderte, schifften sie sich ein und eroberten Paris von der Seine aus.

Charles saß in seinem Sessel am Fenster und sah auf die Rue d' Antoine hinaus. Einige Dinge, mit denen er sich unterhielt, lagen auf dem Tischchen neben ihm.

»Man hat von mir verlangt, auf zwei Beinen zu gehen«, berichtete er ihr empört.

»Wie wolltest du denn laufen?«, erkundigte sie sich.

Charles kicherte leise. Es schien, dass er vergessen hatte, wie der Mensch auf zwei Beinen lief.

»Macht nichts, mon cherie«, sagte sie, ließ sich einen Stuhl bringen und setzte sich neben ihn. Ihre Hoffnung, sich mit ihm beraten zu können, war dahin. Der teuflische Wurm nagte wieder in seinem Hirn. Ihre letzte Wallfahrt mochte seinem Seelenfrieden aber dennoch gedient haben, denn er schien friedlich zu sein. Jedenfalls würde er nicht nach ihr schlagen, sie sah es an seinem abwesenden Blick und dem freundlichen, unverbindlichen Lächeln.

Sie nahm seine Hand, küsste sie und legte sie an ihre Wange. Warm, trocken und lebendig fühlte sie sich an. Wie sein Körper schienen auch des Königs Hände völlig gesund und muskulös, gemacht zum Liebkosen ebenso wie zum Schwertführen. Es war ein Jammer und eine Strafe Gottes, dass in diesem schönen, königlichen Körper ein kranker Geist herrschte.

Sie begann zu sprechen, mit wem sollte sie sonst sprechen. Alle rieten ihr zu, gegen England zu ziehen, und dann müsste sie Steuern erheben, um Kriegsschiffe bauen zu lassen. Der Konnetabel müsste teure Leute anwerben, die etwas von der Seefahrt verstanden.

»Es wird viel kosten, und ob es gelingt?«, flüsterte Isabel und sah hinaus in den nebelfeuchten Morgen, der die Türme von Paris als verschwommene Silhouetten zeigte. Der graue Nebel hüllte alles in feuchte Tücher, der tägliche Lärm der Gassen lag wie erstickt darunter.

Plötzlich fasste Charles ihre Hand fester. In wirren, abgerissenen Worten begann er zu erzählen. »Es war der Sommer unseres Vergnügens, wir kannten uns erst ein Jahr, und ich war erst … das ist jetzt …«, verwirrt brach er ab.

»Du warst achtzehn Jahre, mein Liebster«, half sie ihm. Der Sommer nach ihrer Hochzeit war jäh abgebrochen durch den Kriegszug nach Brügge. Nur wenige Tage hatten sie in Amiens verbringen können. Aber da war ja England …

Sie betrachtete ihn erstaunt. Ja, die Situation war sehr ähnlich gewesen. Erinnerte er sich?

Charles starrte in den Nebel. »Alles grau … das Meer, der Himmel. Hohe Wellen, gefährlich! Aber wir müssen fort … alle Kriegskoggen sind fertig, unsere prächtige Lagerfestung … ich reite nach Rouen, sie ist fertig, und sie war …«

Er brach ab. Isabel hatte vom Plan der schwimmenden Festung gehört, sie war Konnetabel Clissons ganzer Stolz gewesen. »Die Lagerfeste wurde in Rouen gebaut und in einzelnen Teilen die Seine hinunter nach Brügge geschafft«, ergänzte sie, froh, dass er etwas sagte. Sie hätte mit ihm auch über das Einsalzen von Heringen disputiert, Hauptsache, er sprach mit ihr.

Leicht drückte sie seine Hand, aber er entriss sie ihr und flüsterte aufgeregt: »Vorsicht! Wir sind verraten! Nur siebzig Boote kommen, aber das einundsiebzigste, das die Bolzen bringt, kommt nicht! Keine Bolzen, wir können nichts montieren ohne Bolzen, nichts, und da liegt meine Kogge, mein prächtiges Schiff, es zeigt meinen Löwen …«

»Deinen Hirsch«, verbesserte Isabel, »du hast einen fliegenden Hirsch mit goldenen Flügeln zum Wappen …«

Charles sah sie an, plötzlich wütend. »Hirsche können nicht fliegen! Ihr redet Dummsinn. Wer ist diese Dame, die mir …«

»Deinen Löwen, ich habe mich geirrt«, sagte Isabel schnell. Sie wollte keinen Streit, sie wollte, dass er weitererzählte. Löwen, Hirsche, war das einmal wichtig gewesen? Die hohen heraldischen Tiere erschienen ihr inzwischen völlig nebensächlich. Sie nahm wieder seine Hand und lächelte ihn an. Schien es ihr, oder lächelte er zurück? Ach, es war vermutlich nur dieses verzerrte Grinsen, das ihn so oft befiel, wenn er sich anstrengte, seinen Gedanken hinterherzulaufen, die ihm entflohen.

»Was war mit dem einundsiebzigsten Boot?«, fragte sie sanft.

»Wir sind verraten worden! Und weißt du, von wem?«

Ach, nun fing er wieder an mit diesem Verfolgungswahn. Isabel seufzte innerlich, aber sie lächelte ihn fragend an.

»Von den Herzögen Berry und Burgund!«, flüsterte er, sich umschauend.

»Keine Angst, sie sind nicht hier«, sagte sie.

»Angst!« Charles reckte sich und tätschelte ihre Hand. »Ein Valois kennt keine Angst. Ein Valois beschützt seine Dame auch gegen Verräter.«

»Aber es muss nicht jeder hören«, entschied sie, küsste seine Hand und flüsterte: »Was war mit den Verrätern?«

»Burgund hat mir von William dem Eroberer erzählt, er hat mich verführt, ich sollte seinem Beispiel folgen, nur der könne sich einen wahren ritterlichen König von Frankreich nennen, der endlich die Engländer besiege, in einem Handstreich …«

Isabel hatte sich vorgebeugt und sah ihren irrsinnigen Mann gespannt an. Genauso hatten Burgund und sein Sohn gestern im Kronrat argumentiert! Ein Handstreich! »Ja? Und bist du nach England gesegelt?«

Plötzlich fing er wie irre an zu lachen. »Auf Sand!«, schrie er. »Auf Sand! Wir segelten auf Sand! In die Wanden! Hoch das Reff! Alle auf Backbord, es kommt ein entsetzlicher Sturm auf! Alle fallen, aber sie ertrinken nicht, sie fallen auf Sand!«

Er blickte Isabel voll an und fragte ängstlich: »Auf Sand ertrinkt man nicht, edle Dame, nicht wahr?«

Enttäuscht bestätigte Isabel das. Sie hatte gehofft, etwas über den damaligen Feldzug zu erfahren. Soweit sie sich erinnerte, war er abgesagt worden, weil das Wetter ungünstig war. Sie wusste es nicht genau, sie hatte im Sommer 1386 in den Wehen gelegen mit ihrem ersten Kind … Ach, er war nicht alt geworden, der kleine Charles, der erste Charles, und der zweite Charles, den sie bewachte wie eine Löwin, machte ihr große Sorgen mit seiner schwächlichen Konstitution, und das jüngste Kind war wieder ein Mädchen, Marie. Was wäre, wenn … Tränen quollen in ihre Augen.

Ärgerlich wischte sie sie fort. Wie hatte sie sich Aufschluss von einem Irren erwarten können. Sie wollte sich erheben, aber Charles klammerte ihren Arm fest und zwang sie, sich wieder zu setzen.

»Der erste Verräter hat mich hingelockt, der zweite hat es vereitelt … ein Komplott! Wochen warteten wir auf den Herzog von Berry. Der wollte nicht segeln, der bummelte die Seine entlang und wollte dem Burgunder nicht helfen, denn er wusste ja, der war ein Verräter …«

Charles lachte quiekend und schrie, in die Hände klatschend: »Verraten! Auf Sand gebaut – auf Sand gesegelt! Riesige Sandberge voller Geld, keine Bolzen, alles verschlungen, nichts mehr da, ha, ha! Wie sie scheitern an Frankreichs

Küsten, statt Frieden zu machen, ha! Sand, nichts als Sand kriegt das Volk, man stopft ihm Sand in die Mäuler, bis es erstickt, denn sonst verhungert es …«

Ekelhaft, dachte Isabel, aber sie hatte es sich zur Gewohnheit gemacht, ihm beizupflichten, damit er sich nicht aufregte. So nickte sie und sagte, mehr zu sich: »Die alte Frauenpolitik des Heiratens erscheint mir weniger aufregend, aber auch weniger kostspielig zu sein.«

»Richard und Isabella!«, schrie Charles plötzlich.

Erstaunt wandte sie ihm den Kopf zu. »Richard ist mit Wenzels Tochter Anna verheiratet«, mahnte sie.

Charles grinste sie an. »Wird nicht mehr lange dauern!«

Nachdenklich betrachtete Isabel den Irren. Mochten seine lichten Momente immer kürzer werden, er half ihr dennoch. Nein, sie würde noch nicht gegen England segeln. Sie würde Spione aussenden, um Richards Absichten zu erkunden. »Richard hat keine starke Position«, murmelte sie nachdenklich.

»Musst ihn stärken! Nicht auf Sand bauen!« Charles wackelte mit dem Kopf.

»Und unsere Tochter Isabella ist mit fünf Jahren zu klein, um ihn zu stärken«, dachte sie laut weiter. »Ja, wenn wir eine ältere kluge Tochter hätten …«

Sie spürte plötzlich Charles' Hand auf ihrer Stirn. Mit dem Daumen zeichnete er eine Falte nach, die sich zwischen ihren Brauen gebildet hatte, wie immer, wenn sie angestrengt nachdachte. »Liseifalte, Liseifalte! Alte Lisei!«

Er lachte unbändig. Verärgert stand Isabel auf und ging. An der Tür drehte sie sich um und sah, dass er sie gespannt beobachtete. Als sie ihn anschaute, wandte er seinen Blick nach oben, sah angestrengt an die Decke und sang mit hoher, quäkender Stimme wie ein Kind: »Wenn wir Narren närrisch sind / wird jede Schlechtigkeit verkürzt. Der Schurke fehlt dann seine alte Bahn / und stürzt.«

Eigenartiger Vers, dachte sie, woher hat er das?

»Hast recht, alter Narr«, sagte sie lächelnd. »Ich werd' nicht auf Sand bauen. Ein Mensch kann mal einen Fehler machen, aber denselben Fehler zu wiederholen, ist nicht einmal eines Narren würdig.«

Charles griff nach dem Pokal, der auf dem Tischchen stand, und schleuderte ihn kreischend in ihre Richtung, aber sie hatte das unbestimmte Gefühl, dass es aufmunternd, nicht feindlich gemeint war.

An dieses eigenartige Gespräch erinnerte sich Isabel, als Anna von Böhmen starb. Wird nicht mehr lange dauern, hatte Charles in seiner Narretei gekichert. Isabel sandte neben der Kondolation einen Boten nach England mit einem Brief an Richard und bot ihm einen Friedensschluss und die Hand ihrer Tochter an. Richard überlegte nicht lange und willigte ein.

»Liebste Isabella«, sprach Isabel ihre kleine Tochter an, »als Königin von England wirst du zwar auf deine Erbfolge in Frankreich verzichten müssen. Aber, du süße Kleine, du bist etwas viel Wichtigeres: Du bist ein Friedensengel.«

Sie küsste ihre Tochter auf die Stirn und übergab sie ihrer liebsten Hofdame Anna von Bourbon, die sie nach England begleiten würde, denn die Königin erwartete in zwei Monaten ihr achtes Kind.

Am 1. November 1396, der streitlüsterne Erbprinz Jean von Burgund war nach der vernichtenden Schlacht bei Nikopolis in Gefangenschaft der Türken und Philipp war in seiner Sorge um ihn abgelenkt, traf Charles mit Richard in der Nähe von Calais zusammen und übergab ihm sein sechsjähriges Töchterchen Isabella.

Der knapp dreißigjährige König von England betrachtete gerührt das Kind, das seine Gattin werden sollte, und hob es auf seine Arme. »Vor einem Jahrzehnt wollte ich mit dir, lieber Vetter, hier an diesem Ort zusammentreffen, um in einem Zweikampf die Herrschaft über Frankreich und England zu entscheiden«, erinnerte Richard.

Trocken erwiderte Charles, kraftvoll und gesund durch die Seeluft: »Du würdest nicht mehr leben und für mein schönes Töchterchen hätte ich einen unbedeutenden Ehegatten wählen müssen.«

Richard, verblüfft über die unerwartete Schlagfertigkeit des Königs, den man ihm als debil und schwachsinnig geschildert hatte, lachte schallend, küsste Isabella auf den Mund, reichte sie an ihre Hofdame zurück wie ein kostbar verpacktes Geschenk, und streckte Charles die Hand hin: »Ich war vierzehn, lieber Vetter, wie schnell sind wir in diesem Alter mit Ross, Lanze und Schwert!«

»Viel zu schnell«, bekräftigte Charles, »auch ich hätte in den Staub sinken und dieses Prinzesschen nicht zeugen können. Wahre Ritter braucht es für den Frieden.«

Würdig war die Versöhnung, glanzvoll die Feste, ewig die Treuegelübde.

Bis 1426 sollte der neue Friede zwischen Frankreich und England dauern. Fast dreißig Jahre Frieden. Eine Ewigkeit.

Beruhigt widmete Isabel sich ihrer fortgeschrittenen Schwangerschaft und den politischen Geschäften im Kronrat. Ein neues Jahrhundert brach bald an, das eine Epoche des Friedens werden sollte, und sie hatte diese Friedensepoche eingeleitet mit ihrer Tochter, ganz nach dem Vorbild der großen Königinnen. Und als sie im Januar 1397 von einem kleinen Sohn entbunden wurde, betrachtete sie den friedlich schlafenden Säugling und taufte ihn nach seinem Urahn, dem heiligen Louis. Die neue Zeit, die mit dieser englisch-französischen Ehe beginnen würde, dachte sie sich so sanft und friedlich wie dieses unschuldige Kind.

Sie sollte sich grausam täuschen.

# PARIS 1413

Edler Freund! Wo öffnet sich dem Frieden,
Wo der Freiheit sich ein Zufluchtsort?
Das Jahrhundert ist geschieden,
Und das neue öffnet sich mit Mord.

*Friedrich Schiller*

# MARGAUD

Mühsam bahnte sich die trübe Februarsonne ihren morgendlichen Weg durch die Rauchschwaden des geschäftigen Paris, so mühsam, wie sich die verarmten Menschen ihre Wege durch die Gassen und Gässchen bahnten auf der Suche nach Essen, Brennholz, Wasser, nach etwas zum Stehlen, zum Rauchen, zum Betrinken. Der Winter war hart gewesen durch strengen Frost, aber vor allem durch die Belagerungen, abwechselnd durch die Soldaten des Herzogs von Burgund und durch die Soldateska von Karl, dem Sohn des ermordeten Herzogs Louis von Orleans, der nach dem Tod seiner Mutter Valentina erbittert nach Rache schrie.

Der Königshof zeigte sich hilflos. Ein wahnsinniger König, eine im Luxus lebende Königin, ein verschwenderischer Hofstaat und ein unfähiger Konnetabel waren nicht in der Lage gewesen, den Herzog von Burgund zur Rechenschaft zu ziehen, obwohl seine Täterschaft außer Frage stand. Jean Sanspeur hatte den Mord nicht nur gestanden, sondern ihn sogar durch Professor Petit von der Sorbonne öffentlich verteidigen lassen: Tyrannenmord sei keine Heimtücke, sondern notwendig. Louis von Orleans habe Geld und Güter der Krone unrechtmäßig an sich gerissen. Er sei schuld gewesen an der Finanzmisere, an den drückenden Steuern und habe die Absicht gehabt, den König zu entmachten, wahrscheinlich sogar zu ermorden.

Margaud wusste nicht, ob dies der Wahrheit entsprach. Sie war auf der verwahrlosten Gasse unterwegs. Sie hatte Tinte für Christine de Pizan gekauft, für eine Unsumme, wie ihr schien, aber Christine hatte ihr eingeschärft, nur diese Dornrindentinte bei dem Händler neben der Universität zu kaufen und sich keine andere andrehen zu lassen, alle billigen seien gepanscht mit Ochsenblut, verstopften ständig die Feder und verblassten nach wenigen Monden.

Plötzlich wurde Margaud aufgehalten. Auf dem Platz vor den Hallen versperrte ihr eine große Menschenmenge den Weg. Ein Mann hatte sich auf ein Fass geschwungen und hielt eine Ansprache. »Ihr denkt, ihr seid arm, ihr Dummköpfe?«, schrie er die Menge an. »Ja, euch meine ich: Dummköpfe seid ihr, und daran seid ihr selbst schuld! Denn warum seid ihr arm?«

»Weil ihr Metzger uns schlechtes Fleisch zu überteuerten Preisen verkauft!«, schrie eine Frau unter dem Beifall und Gelächter der Umstehenden.

»Richtig!«, rief der Mann auf dem Fass. »Die kluge Frau hat recht! Aber wir tun's nicht, um euch zu prellen, wir können auch nicht billiger schlachten! Uns geht's nicht besser als euch!«

Margaud hielt unwillkürlich inne. Der Sprecher war kaum älter als sie, hatte lange Haare undefinierbarer Farbe und auffallend helle grüne Augen. Er war kräftig und muskulös, und auf seinem Gesicht spiegelte sich in lebhafter Mimik, was er zu sagen hatte. Er kam ihr bekannt vor.

»Dreckslügner! Ihr habt jeden Tag Fleisch auf dem Teller und wir müssen Kohl fressen!«, rief ein alter Mann zornig. Kinder johlten und bewarfen sich mit einer toten Ratte.

Ein Metzgergeselle stand dort also. Jetzt wusste Margaud, woher sie den Mann kannte. Aus der mächtigen Zunft der Metzger stammten viele begeisterte Anhänger des Ballspiels. Sie sorgten für lukrative Wetten und spendierten den Spielern manchmal Schafskeulen und andere feine, unerschwingliche Dinge. Ihre Mannschaft, erklärten die kräftigen Gesellen, müssten sie bei Kräften halten. Manche wollten auch nur einen näheren Blick auf die weibliche Wunderspielerin erhaschen, aber Louis sorgte dafür, dass Margaud stets abgeschirmt wurde und keiner sich ihr nähern konnte.

»Auch der Kohl ist viel zu teuer!«, rief der Mann auf dem Fass. »Alles ist viel zu teuer, und wisst ihr, warum? Weil wir alle bestohlen werden! Wir alle werden ausgeplündert durch die Steuereintreiber des Königs! Wer, denkt ihr, zahlt die Livree des Stadtkommandanten?«

»Der König!«, schrie ein Botenjunge vorlaut.

»Ja, der König zahlt sie!«, bekräftigte der Blonde, strich energisch seine Haarpracht aus der Stirn und rief: »Junge! Läufst dir die Hacken ab und hast nicht mal Holzschuhe! Wovon zahlt denn der König seinen Kommandanten? Sie nennen es *aides*, *gabelle* oder *taille:* hübsche Worterfindungen für immer dasselbe: euch das letzte Hemd stehlen! Habt ihr ein einziges Jahr erlebt, an der die Marmortafel im Grand Palais im Januar leer blieb? Fleischsteuer, Mehlsteuer, Mühlensteuer, Salzsteuer, ja sogar unsere Hochzeiten und Bestattungen werden besteuert! Wir können nicht einmal elendig krepieren, ohne die königliche Finanzkasse zu bereichern!«

Die Menschen waren still geworden. Gebannt lauschten sie den Worten des jungen Mannes. Tatsächlich war jedes Jahr eine neue Steuer eingeführt und im Januar an der Marmortafel des Palais verkündet worden. Nicht einmal zur Hochzeit des Königs oder bei den Geburten der königlichen Kinder, als die Pariser wie immer bei solchen Anlässen einen Steuererlass erwarteten, war die drückende Last geringer geworden.

Margaud beobachtete den Mann. Seine Augen glitzerten wie die einer Katze, als er die Menge anrief. Jeden einzelnen funkelte er an, als müsse er ihn überzeugen. Mutig fand sie ihn auch, denn die Häscher des Königs und die Soldaten des Herzogs von Burgund waren überall, und wer so aufrührerische Reden führte, konnte schnell in Handfesseln abgeführt werden und landete an der Garotte. Der König war in Reims gesalbt, er war heilig, so durfte ein Mann auf der Gasse nicht über ihn sprechen. Und nannten nicht alle den König den »Vielgeliebten«, war er nicht einer, der sie alle erlöste aus ihrem Jammertal durch sein Leiden, das er geduldig und in festem Glauben ertrug? »Der König ist verschuldet, erschöpft sind die Staatskassen von Hochzeiten, Bällen, von ständigen Kriegen, von teuren Pensionen an korrupte Hofdiener! Der König hat die Generalstände einberufen, weil die Kassen Frankreichs leer sind! Für den letzten Krieg hat sie der Herzog von Berry geplündert! In allen Truhen sind wir auf den Hund gekommen, und die Engländer stehen vor den Toren!«

Die Leute wurden unruhig, stießen einander an und tuschelten. In der Tat hatte der König zu Jahresbeginn die Generalstände einberufen, aber diese hatten, wie man hörte, nur gestritten und waren ergebnislos auseinandergegangen. Reformen hatte die Stadt Paris gefordert, aber welche, darüber war man uneins.

»Ja, was tun sie denn, wenn die Kassen leer sind, die hohen Herren? Sparen sie? Schränken sie sich ein? Bauen sie ihren eigenen Kohl an?«

»Sie plündern die Nachbarländer!«, schrie einer.

Der Redner lachte nur und strich sich die Locke zurück, die ihm im Eifer wieder über das Auge gefallen war. »Eine Möglichkeit, ja. Aber die Nachbarländer sind bereits verarmt! Hört euch an, welche Qualen die Ausgeplünderten erleiden müssen. In Scharen sind die Bauern geflohen, das Land ist verwüstet und wird nicht mehr bestellt! Aber das macht ja nichts …«

Der Mann veränderte seine Stimme, sie triefte vor Hohn: »Der König erhebt einfach eine neue Steuer! Die Herdsteuer, die *gabelle*, eine gute Idee! Da zahlt schlicht jeder Haushalt, gleich ob es eine dreißigköpfige Sippschaft ist oder ein armes Wittib, alle, alle zahlen, und schon sind die königlichen Kassen wieder voll – und die unsrigen leer!«

Margaud sah Berittene kommen und flüchtete in die Hallen, um die Lebensmittel zu kaufen. Sie stellte fest, dass der Geselle draußen auf dem Fass recht hatte, zumindest, was die Teuerung anging. In der vergangenen Woche hatte sie für dasselbe Geld doppelt so viel Trockenfisch bekommen.

»Die Wege sind unsicher, Mademoiselle«, sagte der Händler bedauernd, »die Transporte werden ständig überfallen, also müssen wir sie schützen, und Gewappnete lassen sich gut bezahlen, glauben Sie mir! Ich bin froh, mit heiler Haut hier zu stehen.«

Nachdenklich lief Margaud durch die belebten Gassen Richtung Seine zurück, zum Turm Barbeau am Quai des celestins, dem Haus von Christine de Pizan. Die Menge vor den Hallen hatte sich zerstreut, das Fass war fortgeräumt, der Redner nicht zu sehen. Ob ihn die Soldaten wegen aufrührerischer Reden in die Festung gebracht hatten?

Das Leben in Paris war nicht mehr sicher, nicht für eine junge Frau, das hatte ihr am frühen Morgen auch Blanche erklärt. Louis, Kapitän ihrer Mannschaft, hatte auf Margaud gewartet und sie ein Stück des Weges begleitet. Kurz vor Blanches Haus drückte er ihr verstohlen ein kleines Päckchen in die Hand. Eine hübsche Haarspange lag darin, aus Horn gefertigt, eine Blume eingeschnitzt. Louis hatte ihre Hand genommen und geflüstert, ob sie ihn heiraten wolle, das Leben sei doch viel schöner zu zweit.

Was sollte sie tun? Mit verlegenem Dank hatte sie ihm ihre Hand entzogen und war in die Backstube geflüchtet. Aber Blanche hatte sie missgelaunt angefahren, was sie eigentlich glaube, ob sie sich für etwas Besseres halte, seit sie bei der Hofdichterin arbeite. Sie solle den Louis endlich heiraten, einen Besseren bekäme sie nicht, sie sei jetzt eine Frau und könne nicht länger allein sein. Außerdem müsse diese Ballspielerei ein Ende haben, Margaud könne mit ihren Kindern Ball spielen.

Margaud schüttelte ärgerlich den Kopf und klopfte an die schmale Tür des alten Stadtturms. Louis sei ein anständiger Mann, hatte Blanche immer wieder betont, als könne Margaud nie wieder einen solchen treffen. Und es war ja nicht sein erster Versuch, am Neujahrstag hatte Louis ihr ein wunderschönes Wolltuch geschenkt, es musste ihn die komplette Wetteinnahme gekostet haben.

Die dürre Köchin öffnete, der Morgenbrei köchelte bereits über der Feuerstelle. Margaud knotete ihr Tuch auf, betrachtete es und plötzlich wurde ihr ganz heiß. Waren Louis und sie nun verlobt? Sie hatte schon zwei Geschenke von ihm angenommen. Unglücklich schlang sie das Tuch um ihre schmale Taille. Hätte sie das Tuch und die hübsche Haarspange zurückweisen müssen?

Schnell legte sie der wortkargen Köchin den Trockenfisch zum Einweichen neben den Wasserkrug, stellte den Korb mit den Kohlköpfen auf die Anrichte und ging die schmale Stiege hinauf in die Schreibstube. Die Flasche mit der Tinte stellte sie auf den großen Tisch, auf dem ihre begonnene Arbeit lag. Es war Christines Gedicht »Das Buch des Herzogs der wahren Liebenden«. Eine reiche Hofdame hatte eine Kopie des Gedichts bestellt, und Margaud war seit einiger Zeit zunehmend vom Ausmalen zur versierten Kopistin avanciert.

Margaud las, was sie zuletzt abgeschrieben hatte, und seufzte. So also war die Liebe? So, dass der Herzog nachts nicht schlafen konnte? Nichts essen konnte? Dass seine Geliebte sich vor Trennungsschmerz aus dem Fenster stürzen wollte, als der Herzog nach Spanien zog? Dass ihr das Herz zu zerspringen drohte, wenn sie ihren eifersüchtigen Mann betrog?

Margaud strich ihre Haare hinter die Ohren. Das waren nur Hirngespinste, hübsche Gedichte, die Christine erdachte, um die Damen des Hofes zu sehnsüchtigen Seufzern zu bringen. Niemals würde ihr so etwas geschehen. Denn Christine beschrieb auch, wie die Liebe langsam erkaltete. Die Liebe, schrieb Christine, wich einem zärtlichen Erinnern. Nicht einmal Freundschaft blieb, der Herzog und seine Dame sahen sich offenbar nie wieder. Was sollte also das Ganze? Das war doch nur eine Erfindung von Christine für die hohen Herrschaften und ihre höfischen Spiele. Die Ritter erschöpften sich im Turnier, die Damen im Minnehof mit Minnegefühlen.

Ich spiele Jeu de paume, dachte Margaud, das ist viel aufregender als diese falschen Gefühle. Von Louis fühlte sie sich beschützt, sie war ihm unendlich dankbar, und ihr gemeinsames Spiel war aufregend, aber sie hatte wegen ihm noch nie eine schlaflose Nacht erlitten.

Vorsichtig füllte Margaud etwas Tinte aus der Flasche in das alte irdene Tintenfässchen, tauchte die angespitzte Feder ein und setzte mit Blick auf die Vorlage das Gedicht bei der Zeile fort, an der sie unterbrochen hatte.

Sorgfältig und flink ging ihr das Kopieren inzwischen von der Hand. Nein, solche Minneschmerzen wollte sie nicht erdulden, diese Art Liebe war peinigend und überflüssig. Sie, Margaud, fiel am Abend nach getaner Arbeit todmüde ins Bett und konnte immer schlafen, dankbar, dass sie ein Bett hatte und nicht mehr auf einem Strohwisch in der Ecke liegen musste.

Wieder sah Margaud Louis' große erwartungsvolle Augen vor sich: »Hast du es dir überlegt? Das Leben ist so wunderschön zu zweit!«

Aber sie sah auch ein paar andere Augen vor sich, grün, glitzernd, einen Mund, der verwegene, nie gehörte Dinge aussprach. Ihr Dummköpfe. Nehmt euer Schicksal in die eigene Hand. Ein Dieb ist, wer den Dieb gewähren lässt. Was bleibt uns zu tun, da uns das Recht nicht hilft? Plötzlich war ein dicker Klecks auf dem kostbaren Papier.

Erschrocken warf Margaud die Feder beiseite. Dies war unklug, denn so spritzte noch mehr Tinte auf die begonnene Seite. Margaud sprang auf. Das war ihr noch nie geschehen, nicht einmal vor drei Jahren beim Ausmalen der zarten Illustrationen, mit denen die Malerin Anastasia Christines Schriften schmückte.

Sie suchte nach dem Tuch, das eigentlich in einer Schale auf der Kommode liegen sollte. Wie oft hatten ihr die Kopistin, die Malerin Anastasia, ja sogar Christine selbst gesagt, sie solle vor Beginn der Arbeit stets den Lappen parat halten! Nie hatte sie ihn gebraucht, und nun, das einzige Mal, war er nicht zur Hand, und die verdammte Tinte sickerte in das Papier, das es gieriger aufzusaugen schien als die Schrift, denn ihre Kopien musste Margaud stets sorgfältig mit Sand bestreuen, sonst verwischte die mühevolle Arbeit von Stunden. Margaud rannte in die Küche, griff nach einem Lappen, nahm ihn trotz Protestes der Köchin mit, wischte wild über das Papier und sah voller Entsetzen, was sie angerichtet hatte. Sorgfältiges Tupfen hätte die Seite vielleicht noch gerettet, aber nun war sie völlig verdorben. Grobe graue Schlieren zogen sich über die Seite, sie war nicht mehr zu gebrauchen. Das teure Papier! Die wertvolle Arbeit! Der wunderschöne Text, die mühevolle Vorarbeit des Linienziehens, alles umsonst!

Margaud schrie auf vor Wut auf sich selbst. Aber ihre Wut verwandelte sich in Trauer. Hilflos sank sie auf ihren Stuhl, barg das Gesicht in den Händen und weinte.

Christine eilte herein, vom Schimpfen der Köchin angezogen. So verzweifelt hatte sie Margaud noch nie gesehen. Sie blieb in der Tür stehen und betrachtete Margauds zuckende Schultern, sah Papier, Feder, Tintenklecks und den vergeblichen Versuch, ihn zu beseitigen.

Christine besah sich die verdorbene Seite und befand, dass es ein Malheur, aber keine Katastrophe sei, und wunderte sich über den Tränenausbruch ihres Schützlings. Für Christine war Margaud wie eine zweite Tochter geworden. Das magere Kind war zu einem schönen jungen Mädchen herangewachsen. Es machte Christine Freude, Margauds Intelligenz zu entdecken und zu schulen. Sie hatte sie nicht nur Lesen und Schreiben gelehrt, sondern mithilfe der Bücher ihres Vaters auch in der Astronomie und der Kräuterkunde unterrichtet. Außerdem konnte Margaud inzwischen so gut rechnen, dass sie in den Hallen nicht übervorteilt wurde. Immer bevor der Mond sich rundete und wenn er verschwand, gingen sie gemeinsam in die Badestube, reinigten sich ausgiebig, wuschen sich im Holzzuber gegenseitig die langen Haare und rubbelten sie mit Tüchern trocken, kämmten sich gegenseitig und genossen die intime Zweisamkeit. Margaud war viel ernsthafter als ihre Altersgenossinnen, umsichtig und penibel genau in ihrer Arbeit.

Behutsam strich Christine Margaud über die Haare. Da sah sie, woran das Mädchen gearbeitet hatte. War die Kleine etwa verliebt?

Unsinn, erklärte Margaud, rieb die Feder ordentlich ab und nahm ein neues zurechtgeschnittenes Blatt Papier aus der Kommode. Sie werde Christine selbstverständlich den Schaden ersetzen, und bis heute Abend habe sie die neue Seite fertig abgeschrieben.

Aber Christine nahm ihr das Papier aus der Hand, legte sanft die Feder zur Seite und sah Margaud prüfend ins Gesicht. Fünf Jahre sei sie nun bei ihr, ihre Hüften hätten sich gerundet, ihre Brüste müsse sie inzwischen binden, ob Margaud schon eine Blutung gehabt habe.

Margaud errötete. Trotzig erklärte sie, dass sie diese Blutung nicht bekomme, und sie binde ihre Brüste nur beim Jeu de paume, sie könne derlei nicht brauchen.

Nun lachte Christine. »Den Körper hat Gott Eva gegeben«, sagte sie sanft, »seine Entwicklung lässt sich nicht von uns beeinflussen. Am besten ist es, der Geist ruht zufrieden im Körper einer Frau, sonst ist sie ständig im Kampf mit sich selbst.«

»Ich wünschte, ich hätte einen Männerkörper!«, stieß Margaud heftig hervor.

»Ginge es dir dann besser?« Christine betrachtete das heranwachsende Mädchen aufmerksam.

»Ach, ich weiß nicht. Jedenfalls hätte ich dann mit Liebe und solchem Zeug nichts zu tun.«

Christine erinnerte sich schmerzlich an ihren viel zu früh verstorbenen Ehemann. »Es ist nicht alles so wie in meinem Gedicht, das du gerade abschreibst. Viele sehnen sich nach einer solchen Liebe, weil ihre Ehe lieblos, ja trostlos ist, weil sie einander versprochen wurden, ohne sich zu kennen. Aber ich sage dir, das Leben zu zweit kann wunderschön sein, das Erwachen jeden Morgen neben einem zärtlich geliebten Freund ...«

Christine versagte auch nach zwanzigjähriger Witwenschaft die Stimme. Mühsam hielt sie ihre Tränen zurück. Margaud betrachtete ihre Herrin erstaunt. Christine trug die Witwenhaube, aber sie hatte noch nie von ihrer Ehe gesprochen, und so war es nicht an ihr gewesen, das Thema zu berühren. »Etienne war Sekretär in königlichen Diensten, der König liebte ihn so sehr, dass er ihn auf Feldzügen begleiten durfte. Und da ist es geschehen. Er ist in Beauvais gestorben, an einer Seuche, ein hitziges Fieber, alles ging so schnell ... Ich habe ihn nie mehr wiedergesehen.«

Margaud griff nach Christines Hand. »Es tut mir so leid ...«

»Diese verfluchten Seuchen. Aber es stand wohl in seinen Sternen.«

Christine erhob sich, blies kräftig in ihr Schnupftuch und knuddelte gedankenverloren den kleinen Hund, der sich trotz Verbotes in die Stube gestohlen hatte. »Etienne war ein zärtlicher, liebevoller Gefährte und ein intelligenter noch dazu. Unser Leben mit den Kindern war harmonisch, wenn es auch entbehrungsreich war. Wir hatten nie Geld. Aber wir waren sehr glücklich. Das Unglück erwischte mich erst als Witwe.«

Sie setzte sich wieder zu Margaud und sagte: »Spiele du weiter dein Jeu de paume. Wenn der Richtige kommt, wird er auch eine kräftige Ballspielerin mögen.«

»Aber es ist ja schon einer gekommen!« Margaud berichtete von Louis' Geschenken und seinem Heiratsantrag. »Ich fühle mich verpflichtet!«, sagte sie.

Christine strich ihr über die Haare. »Ist er der Richtige?«

Heftig antwortete Margaud: »Es gibt keinen Richtigen! Selbst wenn Louis es wäre, ich will nicht heiraten. Ich will nicht schwanger werden, keinen dicken Bauch kriegen, mich nicht jeden Tag um kleine Kinder sorgen müssen. Ich will bei dir arbeiten und ich will Jeu de paume spielen, das kann ich dann alles nicht mehr.«

Sie ist mir weit voraus, dachte Christine, oder ist sie weit zurück? Wenn sie wirklich verliebt wäre, würde sie nicht zögern. Die Sehnsucht ließe ihr keine Wahl. »Du könntest auf falsche Gedanken kommen, was mich angeht, nur weil ich Liebesgedichte schreibe. In Wahrheit liegen meine Interessen ganz woanders. Die Welt sähe anders aus, wenn die Männer den Frauen Respekt zollten statt Liebe.«

»Louis respektiert mich«, stellte Margaud langsam fest. Der Gedanke war ihr erst durch Christine gekommen. »Er hat mich ernst genommen, als ich geprahlt habe, er hat mich in die Mannschaft aufgenommen wegen meines Talents, gegen den Widerstand der anderen Burschen, und er hat mich gefördert und trainiert all die Jahre. Er hat mit mir gemeinsam bewiesen, dass Frauen ebenso gut Ball spielen können wie Männer.« Nachdenklich fügte sie hinzu: »Aber vor allem hat er mich beschützt vor meinem Feind, dem

Hauptmann. Wenn ich seine Frau wäre …« Sie brach ratlos ab. Alles sprach dafür, Louis zu heiraten.

»Wenn du seine Frau wärst, wärt ihr keine Mannschaftskameraden mehr.«

Margaud nickte energisch. Christine hatte auf den Punkt gebracht, was sie befürchtete. »Dann müsste ich Dinge mit ihm tun, die …« Margaud brach ab, es war ihr entsetzlich unangenehm. Sie wusste ja nicht einmal, welche Dinge sie tun musste. Jedenfalls wäre sie Louis' Weib und hatte ihm zu gehorchen.

»Ihr werdet euch ein Bett teilen. Ihr werdet euch lieben und ihr werdet Kinder zeugen. Ist es das, wovor du Angst hast?«

Margaud nickte. Sie wollte Louis zum Freund. Wenn sie seinen Antrag ablehnte, war er beleidigt. Und was taten beleidigte Männer?

»Er könnte dich aus der Mannschaft ausschließen«, vermutete Christine, »und er könnte dich bei Blanche und Jaquette kompromittieren.«

Unglücklich sah Margaud vor sich hin. Aussichtslos schien diese Zwickmühle. Wie sie sich auch entschied, es war falsch. »Diese blöde Liebe und all das«, stieß sie hervor, »wir entscheiden doch unser Leben nicht nach Gefühl! Ich muss tun, wovon ich leben kann, und ich bin froh, dass es Dinge sind, die mir Freude machen. Schreiben, Backen, das Ballspiel. Wie unglücklich wäre ich im Hause eines Mannes am Herd, mit Kindern, mit der gesamten Hauswirtschaft und all den Besorgungen, diese endlose Plackerei.«

Christine betrachtete Margaud erstaunt. Die Kleine hatte völlig recht. Es gab keine Alternative. Frauen hatten keine Alternative. Vielleicht konnte Margaud eine Magd ins Haus nehmen, wenn Louis imstande war, seine Familie zu ernähren. Aber als verheiratete Frau konnte sie nicht mehr Ball spielen, und eine Kopistin mit kleinen Kindern, die die

Schreibstube durchpflügten … Christine stellten sich schon bei dem Gedanken alle Haare auf.

»Es gibt kinderlose Ehen«, sagte sie versuchsweise.

Margaud sah ihre Herrin verächtlich an. »Natürlich! Darauf kann ich mich gut verlassen!«

»Nun, es gibt gewisse Kräuter …«

»Hör auf!«, unterbrach Margaud. »Ich kann mir das Leben mit einem Mann einfach nicht vorstellen. Ich will es nicht.«

»Du redest wie eine Amazone«, lachte Christine. Auf Margauds fragenden Blick hin holte sie aus ihrer großen Büchertruhe ihr »Buch von der Stadt der Frauen«, stellte es auf das Gestell und las vor: »Auf der anderen Seite Europas, in der Nähe des großen Ozeans, der die ganze Welt umgibt, liegt ein Land namens Skythien. Vor langer Zeit geschah es, dass dieses Land durch den Krieg alle bedeutenden Männer verlor. Als die Frauen sahen, dass sie all ihre Gatten, Brüder und männlichen Verwandten verloren hatten, fassten sie sich ein Herz, versammelten sich, berieten und beschlossen, von nun an selbst die Herrschaft auszuüben, ohne sich den Männern zu unterwerfen. Sie schufen einen Erlass, der keinem Mann gestattete, in ihr Hoheitsgebiet einzudringen; dass sie sich jedoch, um für Nachkommenschaft zu sorgen, zu bestimmten Zeiten des Jahres in benachbarte Regionen begäben, dann in ihr Land zurückkehrten, und, wenn sie Jungen gebären würden, diese zu ihren Vätern schicken, Mädchen jedoch selbst aufziehen wollten. Mit der Durchführung dieses Beschlusses betrauten sie zwei der edelsten Frauen unter ihnen, die sie zu Königinnen krönten; die eine hieß Lampheto, die andere Marpesia. Alle Männer, die ihnen verblieben waren, jagten sie aus ihrem Land; dann bewaffneten sie sich, Frauen wie Jungfrauen, und lieferten ihren Feinden heftige Kämpfe. Mit Feuer und Waffengewalt verwüsteten sie das gesamte Land, und es gab niemanden, der ihnen zu widerstehen vermocht hätte. Kurz, sie rächten auf das Vortrefflichste den Tod ihrer Männer.«

»Gibt es das Reich der Amazonen noch?«, fragte Margaud, schwer beeindruckt.

Christine schüttelte bedauernd den Kopf. »Nein, liebe Kleine. Griechenland erschrak vor der Macht der Amazonen und befürchtete eine Invasion. König Theseus überfiel mit seinem tapfersten Ritter, genannt Herkules, des Nachts Amazonien, ohne zuvor den Krieg erklärt zu haben. Zwei kühne Jungfrauen, Manalipe und Hippolyte, preschten mit ihren Pferden an den Hafen und kämpften, Manalipe gegen Herkules und Hippolyte gegen Theseus. Trotz der großen Kraft, Kühnheit und des großen Mutes jener Männer schlugen die edlen Mädchen in einem scharfen Zusammenprall so stark auf sie ein, dass eine jede ihren Ritter mit seinem Pferd zu Boden warf.«

»Wie können zwei Jungfrauen Ritter in der Schlacht besiegen? Das ist doch ein Märchen«, sagte Margaud.

Christine hob den schönen Kopf: »Man könnte kaum glauben, dass sich dies wirklich zugetragen hat, aber es gibt viele glaubwürdige Autoren, die es in ihren Büchern bezeugt haben. Theseus und Herkules schämten sich, von den Mädchen abgeworfen worden zu sein. Sie setzten ihnen nach und lieferten ihnen einen heftigen Kampf mit dem Schwert. Stunden dauerte er, aber am Schluss unterlagen die tapferen Frauen und wurden von ihren Gegnern gefangen genommen.«

»Siehst du«, sagte Margaud ohne Genugtuung.

Christine hob die Hand: »Warte! Als die Königin Oreithyia mit einem starken Heer gegen die Griechen anrückte, erreichte sie die Nachricht von der Gefangennahme der Mädchen, die sie sehr schmerzte. Sie schlossen Frieden, und Theseus fragte die Königin, ob er Hippolyte zur Frau nehmen dürfe, liebte er sie doch bereits von ganzem Herzen.«

»Und dies war das Ende des Amazonenreiches«, mutmaßte Margaud düster, »wegen ein bisschen Verliebtheit fällt ein ganzes Reich zusammen.«

Christine lachte über Margauds finsteren Blick. »Nein, noch nicht. Das Reich der Amazonen war mächtig und bestand mehr als achthundert Jahre. Aber der griechische König Pyrrhos, von der großen Königin Penthesilea im Kampf besiegt, schämte sich und nutzte die Tatsache aus, dass ihr Helm zerbrochen war. Beim Anblick ihres hervorquellenden blonden Haares versetzte er ihr einen so starken Schlag auf den Kopf, dass er ihr den Kopf und das Gehirn zerhieb.«

Margaud standen die Tränen in den Augen. »Arme tapfere Penthesilea«, murmelte sie, »war damit die Herrschaft der Amazonen für immer gebrochen?«

»Ja, aber ihnen folgten viele tapfere und ruhmreiche Frauen. Die Königinnen Artemisia, Lilli, die Jungfrau Camilla und viele mehr. Ich habe sie als Grundstein meiner ›Stadt der Frauen‹ bezeichnet, so werden die Mauern auf einem festen Fundament ruhen.«

Christine deckte ein Tuch über das aufgeschlagene Buch auf dem Gestell und empfahl Margaud, darin zu lesen, wann immer sie wolle.

»Ach, könnte ich leben wie eine Amazone«, seufzte Margaud sehnsüchtig.

Christine lächelte nachsichtig. Die Kleine hatte nicht verstanden, dass ihre »Stadt der Frauen« eine Allegorie war. Woher auch, sie hatte keinerlei Bildung.

»In unseren Tagen haben die Beginen ein ähnliches Leben versucht, wenn auch ohne Waffen«, erklärte Christine. Margaud sah sie fragend an. Von Beginen hatte sie ebenso wenig gehört wie von Amazonen. »Im vergangenen Jahrhundert taten sich Frauen in Konventen zusammen. Sie wollten gemeinsam leben und arbeiten, ohne Gelübde, ohne Ordensregel, nach Art der ersten Franziskanerinnen.«

»Das klingt wie Amazonen, nur ohne Rüstung!«, rief Margaud begeistert aus. »Warum leben wir nicht so?«

»Weil es verboten ist«, dämpfte Christine die Begeisterung des Mädchens. »Lebendig eingemauert wurden die Beginen in Flandern, weil sie dem Papst zu selbstständig wurden. Es ist gerade hundert Jahre her, da wurde die Begine Marguerite Porete als Ketzerin auf der place de grève verbrannt, als Warnung für alle.«

Wo sie fast jede Woche Ball spielte. Wie traurig. Margaud fand einen solchen Konvent aufregend. »Hat sich kein solcher Beginenhof erhalten?«

»Manche munkeln von heimlichen Konventen in abgeschiedenen Landstrichen Flanderns und Lothringens. Seit dem Schisma sind die Päpste mit ihren eigenen Dingen beschäftigt. Nein, wenn du niemals heiraten willst, musst du den Schleier nehmen wie meine Tochter in Poissy.«

Margaud schüttelte entschieden den Kopf. Der Welt entsagen wollte sie keineswegs. Von ballspielenden Nonnen hatte sie noch nichts gehört, und Paris wollte sie auf keinen Fall gegen ein abgeschiedenes Leben im Kloster eintauschen. Das Land kannte sie, und es war keineswegs sicher. Wie oft hörte man von Klöstern, die von den marodierenden Söldnerhaufen überfallen wurden, und die Soldaten taten den wehrlosen Nonnen Gewalt an. Margaud war sich ihrer Sache sicher, sie wollte aber mit Rücksicht auf Marie nichts sagen. Sie wollte Christine nicht beunruhigen, und vielleicht war Poissy ja bewacht.

»Da hilft alles nichts, du musst Louis hinhalten«, riet Christine. »Wenn du ihn respektierst und er dich, dann kannst du ihm nur sagen: Ich bin noch nicht so weit.«

»Ich bin noch nicht so weit«, murmelte Margaud.

Sie blickte auf und sah Christine entschieden ins Gesicht. »Aber ich werde niemals so weit sein.«

# ISABEL

»Der Friede von Auxerres ist brüchig, lieber Bruder«, sagte Isabel. Ludwig, der das Pferd interessiert betrachtet hatte, bewegte verneinend den Zeigefinger. Der Verkäufer ließ das nächste Pferd vorführen. Isabel hatte ihren Bruder auf Saint-Martin-des-Champs getroffen, dem königlichen Turnierplatz. Hier auf der königlichen Tribüne gab es keine Lauscher, frei lag das Feld vor ihnen, und ein Pferd nach dem anderen wurde in allen Gangarten vorgeführt.

»Nenne mir einen Frieden in der Vergangenheit, der stabil war«, forderte er.

»Mein Frieden von Calais war fest wie die Mauern von Melun! Isabella und Richard – ein perfektes Paar …«

»Er war knapp dreißig, und Isabella sieben«, erinnerte Ludwig.

»Er hat sie respektvoll behandelt. Aber du hast recht, wäre sie älter gewesen mit allen Rafinessen eines Weibes und einer Hausmacht, hätte sie ihren Mann vielleicht retten können. Wer konnte auch ahnen, dass dieser widerliche Henry Richard vom Thron stößt.«

»Jeder konnte das ahnen«, meinte Ludwig, einen weiteren Rappen interessiert musternd. »Henrys Großvater war ein Anjou-König, warum sollte er diesen Lancaster-Emporkömmlinmg dulden!«

Isabel sah ihren Bruder empört an. »Ich schließe einen Frieden über 28 Jahre, und du sagst, du hättest gewusst, dass er nicht halten wird?«

So habe er das nicht gemeint, sagte Ludwig und ließ sich den Rappen heranführen. Ein Schemel wurde neben das Pferd gestellt, dann saß er auf. Er sah auf seine Schwester herab: »Wir müssen jeden Tag damit rechnen, dass unsere

Pläne durch Verbrechen, Verrat, durch Seuchen und Tod zunichte gemacht werden. So ist unser Jahrhundert, Schwesterchen.«

Damit drückte er dem Hengst die Sporen zwischen die Rippen, und ließ ihn in vollem Galopp die Turnierbahn des Klosters entlangrasen, dass der Sand stob.

Isabel beobachtete ihren Bruder bekümmert. War sie in der falschen Zeit geboren? Leider war alles brüchig, die Frieden von Bicetre, von Auxerre ... nichts, was sie mühevoll eingefädelt hatte, war das Wachs wert gewesen, mit dem es gesiegelt wurde. Dreißig Jahre Frieden mit England! Wie erleichtert und glücklich war sie gewesen. Nichts war davon geblieben. Sogar Charles war aus seinem Wahn aufgewacht und hatte viel im Innern des Landes erreicht, gute Leute berufen, Frieden und Wohlstand geschaffen. Und dann hatte sie um ihre Tochter gebangt. War sie ebenfalls in den Turm geworfen worden? Hatte Henry das gewagt? Er hatte es nicht gewagt, aber ihre Mitgift hatte er sich natürlich einverleibt. Weinend war ihr die Tochter in die Arme gefallen, kindliche Witwenjungfrau nach nur drei Jahren Ehe. Demonstrativ hatte sie Isabella mit Louis' Sohn Karl verheiratet, aber die frisch verheiratete Herzogin von Orleans war wenig später im Kindbett gestorben. Geblieben war eine verwaiste Vierjährige, ihre Enkelin Johanna, um die sich außer ihr niemand kümmerte. Ihr Vater Karl, inzwischen mit Bonne, der Tochter dieses schrecklichen Bernard von Armagnac verheiratet, war von Rache besessen und dachte an nichts anderes. Einen Mitstreiter hatte Karl in seinem neuen Schwiegervater, dem Waffennarren Bernard von Armagnac, gefunden, der sich, bisher von geringer Bedeutung, eine Chance erhoffte, in den inneren Kreis des Hofes vorzudringen und Bedeutung und Pfründe zu erlangen. Isabel traute ihm nicht, aber Karl schien aufrichtig verliebt in seine Frau Bonne zu sein, und sie hatte sie zur Hofdame gemacht, damit sie Karl von seinen Rachegedanken abbrachte.

Nach dem Mord an Louis hatte Isabel keine Hausmacht mehr. Voller Wut hatte sie der Verteidigungsrede zugehört, für die sich der Herzog von Burgund Professor Petit von der Universität Paris gedungen hatte. Von berechtigtem Tyrannenmord hatte Petit vier Stunden lang gefaselt, sie hatte sich gewünscht, vorübergehend taub zu sein. Viel zu spät war die Gegenrede Jean Gersons im Auftrag des Königs erfolgt. Der König hatte den Herzog von Burgund in einem seiner klaren Moment vom Hofe verbannt.

Alles schien sinnlos, Mord, Verrat, Rache waren die Worte, die alle Welt seit 1407 im Munde führte. Hass schien der Beweggrund allen Handelns zu sein. Sie brauchte ihren Bruder und seine zuverlässigen bayerischen Leute als Hausmacht.

Ludwig ritt in einer eleganten Wendung zurück, stieg ab und bot mit gestreckten Daumen und Zeigefinger für das Pferd.

»Den Daumen«, sagte Isabel mechanisch.

»Was?«

»Du wirst zu viel bezahlen, in Frankreich zeigt man drei so …«, Isabel zeigte drei Finger, »nicht den Daumen.«

»Herrgott noch mal!«, sagte Ludwig wütend.

Isabel nickte dem Pferdehändler zu, der sich ehrfürchtig verbeugte.

»Ich schenke dir den Hengst«, sagte sie, »du wirst ihn brauchen in den Kämpfen, die Engländer stehen schon in der Guyenne.«

Ludwig schluckte. Ihre Art passte ihm nicht. Nun musste er sich auch noch bedanken. Kämpfen wollte er schon gar nicht, er würde sich vorher aus dem Staub machen. Aber das musste er seiner Schwester nicht auf die Nase binden.

»Für den Feldzug brauchen wir Geld, und wie du weißt, haben die Stände die Kriegsanleihe verweigert«, erklärte er.

»Schmarrn«, entgegnete Isabel kategorisch, »nur die Pariser haben sich aufgemandelt, das tun sie immer. Sie benutzen mal wieder einen von der Universität, diesen Karmeliter Pavilly, der nutzt die Gelegenheit, um mit Rhetorik um sich zu werfen.«

»Er hat die königliche Verwaltung der Korruption, des Amtsmissbrauchs und der Bereicherung bezichtigt. Und er hat 25 Namen öffentlich genannt, darunter den Stadtkommandanten Pierre des Essarts. Die Ersten sitzen bereits verhaftet im Chatelet.« Ludwig nahm die Sache nicht so leicht wie seine Schwester.

Isabel wischte seinen Einwand mit einer Handbewegung fort. »Ohnefurcht hasst Pierre des Essarts. Er benutzt die Universität, deren Professoren er besticht, um Essarts loszuwerden. Der König hat versprochen, die Missstände zu beseitigen.« Damit schien die Sache für sie erledigt.

»Wird der König sein Versprechen auch halten?«, fragte Ludwig vorsichtig. Falls Charles morgen wieder in Agonie verfiel, war alles hinfällig. Ob die erbosten Pariser sich hinhalten lassen würden?

Isabel lachte ihn aus. »Schmarrn!«, wiederholte sie. »Bei der nächsten Sitzung werden sie überstimmt, und dann hat sich das erledigt.«

Wie er dieses kurze »Schmarrn« hasste, mit dem sie seine Einwände abtat! Wie er ihre Selbstsicherheit hasste! Dieses pummelige Mädchen war der Herrschsucht wie der Habgier gleichermaßen verfallen. Kein Wunder, dass der König dem Wahnsinn verfiel, kein Mann konnte herrschsüchtige Weiber neben sich ertragen. Ein Lied aus seiner Kindheit fiel ihm ein: »Weiber, Esel und Nussbäum / müssen immer geschlagen sein / sparst du die Streich / schadet es dir / schlag nur drein / es hilft, glaub's mir«, summte er vor sich hin.

Isabel griff zärtlich nach seinem Arm. »Liebster Bruder, ich verlasse mich auf dich! Ich bin so einsam, ich habe nur noch dich als Verbündeten! Dieses Mal müssen wir in den Krieg ziehen, ich sehe keine andere Möglichkeit. Ich weiß, dass die Orleanisten heimlich einen Bund mit den Engländern geschlossen haben.«

»Was?« Nun war er erstaunt. Woher wusste sie das?

»Ich hab zwar keine Hausmacht, aber ich bezahle meine Spione gut«, sagte sie lächelnd. »Ich vermute, dass auch die Burgunder heimlich einen Bund mit England geschlossen haben.«

Er sah sie zweifelnd an. Wie sollte das möglich sein? Welchen Sinn machte es, wenn beide Parteien mit England im Bund standen? Welcher eigenartigen Verschwörungstheorie war Isabel aufgesessen?

»Du wirst das herausfinden«, befahl sie ihm. »Sprich mit diesem Johann, dem man statt Ohnefurcht besser den Beinamen ›der Mörder‹ geben sollte. Er brauchte keinen Mut, den armen Louis von gedungenen Gewappneten meucheln zu lassen. Ich muss nach allen Seiten Freundschaft schließen, so habe ich den Dauphin mit seiner Tochter verheiratet. Du kommst mit ihm klar, und du bist mein Bruder, also sprich in meinem Namen. Er braucht nicht zu wissen, dass er mir zuwider ist wie der Leibhaftige.«

Sie sah so angeekelt auf den Schimmel, der eben vorgeführt wurde, dass der Händler das Pferd sofort wieder wegführen ließ.

Ludwig nickte langsam. Diese Mission war eher nach seinem Geschmack. »Da steht noch ein Diner aus. Das könnte ich jetzt …«

»Tu das! Erforsche Burgunds Absichten! Schließe irgendeine bedeutsam klingende, aber völlig inhaltsleere Allianz mit ihm! Aber betrink dich nicht, du kennst seinen schweren Burgunderwein! Die Leute schwatzen im Rausch und am nächsten Tag haben sie alles vergessen, darauf rechnet er.«

»Ich betrinke mich nicht«, sagte Ludwig empört. Was fiel ihr ein, ihn zu bevormunden?

Sie lächelte beruhigend. »Ich weiß, mein gerissener Bruder. Ich brauche dich, ich habe ständig Angst, Sanspeur will den König entführen!«

Ludwig hielt dies für eine dumme Idee, typisch weiblich. Was sollte der Burgunder davon haben? Aber er sagte nichts.

»Willst du dich nicht wieder verheiraten?«, fragte Isabel plötzlich schmeichelnd.

Ah, sie wollte ihn in ihrer Nähe behalten! Hatte sie seine Absicht, nach Bayern zurückzukehren, geahnt? Ihre letzte Partie war mit Anna von Bourbon nicht die schlechteste gewesen. Anna hatte ihm einiges eingebracht, aber sie hatten ein wenig über ihre Verhältnisse gelebt, und nun musste er als Witwer die Schulden bezahlen, um ihr Erbe antreten zu können. Schloss Marcoussis war hübsch, aber was ihm noch fehlte, war ein Lehen.

Er gab sich romantisch: »Nun, wenn sie schön ist …«

Isabel lachte auf. »Du kennst sie! Aber selbst wenn sie hässlich wie eine Eule wäre, sie ist eine Witwe mit einer Grafschaft! Ein bisschen mehr als Marcoussis!«

Sie war plötzlich abgelenkt. Der Pferdehändler hatte einen wunderschönen Falben mit langer sahnefarbener Mähne herausgeführt. Es war eine zierliche, aber muskulöse Stute, und sie führte ein halbjähriges Fohlen, das auf ihr Wiehern aus dem Stall hinaus hinter ihr hergaloppierte. Guter Verkäufer, dachte Isabel, der weiß, dass die Dame, wenn sie ein großzügiges Geschenk macht, auch etwas für sich will.

Sehnsüchtig betrachtete sie das elegante Reittier. Wie ihr Zelter, auf dem sie damals nach Frankreich geritten war, noch schöner, noch eleganter, mit dem Blut der Sarazenenpferde, sie sah es an dem feinen trockenen Köpfchen, der seidigen langen Mähne und den weit geöffneten Nüstern.

Isabel nickte kaum merklich, und schon wurde das Pferd an die Bande geführt. Sie stieg in den bequemen Zeltersattel und ritt auf die Sandbahn, gefolgt von dem Fohlen, touchierte die Flanke der Stute leicht mit der Gerte, nahm die Zügel gleichzeitig energisch auf. Die Stute wusste sofort, was die Reiterin von ihr wollte, sie brauchte keine Sporen. Mit aufmerksam spielenden Ohren fiel sie in einen weichen, schnellen Tölt. Mit kundigem Blick zur Seite vergewisserte sich Isabel, dass das Fohlen die Gangeigenschaften der Mutter geerbt hatte. Ein zweiter Blick zur Tribüne zeigte ihr, dass der Bruder angebissen hatte. Neugierig blickte er zu ihr, und seine Neugier galt nicht der Stute.

Isabel parierte das Pferd durch und ließ es einige Schritte rückwärtsgehen, bevor sie es auf der Hinterhand wendete. Die Stute schnaubte und hob den linken Huf im spanischen Schritt anmutig in die kalte Februarluft.

Isabel lächelte und gab sich dem federnden Tritt des Zelters hin. Sie würde Ludwig zum Pair von Frankreich erheben, sie brauchte ihn als Schutzwall. Er war der Einzige, auf den sie sich verlassen konnte. Sie hatte alles mit ihrer Hofdame Katharina von Alencon besprochen. Deren Gatte Pierre de Mortain war wenige Monate nach der Hochzeit verstorben. Die junge Witwe war sehr angetan, des Königs Schwägerin zu werden, und Katharina war Isabel treu ergeben.

Als Graf von Mortain würde ihr Bruder französischer Lehnsherr. Ein hübsches königliches Heiratsgut, eine Mitgift über 30.000 Francs und das Pariser Palais der verstorbenen Blanca sollten Ludwig hier zu binden wissen. Bisher hatte er nur ein Gehalt als Erzieher des Dauphins erhalten, und sein Titel »Bruder der Königin« war nichts wert. Als

Lehnsherr aber konnte er ihr mit eigener Armee zu Hilfe eilen. Mortain lag nur 30 Ruten von Cherbourg entfernt im Landesinnern zwischen Normandie und Bretagne.

Ruhm und Ehre würde er erwerben, als Pair des französischen Königs würde er die Engländer von dort aus Respekt lehren, und sie, die Schwester dieses Helden, würde endlich die dringend benötigte Hausmacht besitzen.

Isabel lenkte die Stute mit leichter Hand an die Bande zurück und verhandelte mit wenigen Gesten und Worten den Preis für die Stute mit Fohlen. Angesichts der Entschiedenheit Isabels verzichtete der Händler auf die üblichen ausführlichen Handelsattituden. Der Preis war gut, der Verkauf an die Königin geschäftsfördernd.

Zufrieden bestieg Isabel mit Ludwig ihre Sänfte. Das Fohlen zeigte die guten Anlagen der Mutter, in drei Jahren würde es ihr einen hübschen kleinen Gewinn eintragen oder sie würde es zur Zucht verwenden. Jedes Stück zählte, wenn Charles starb. Nicht einmal eine Königswitwe hatte Pfründe zu erwarten, sie musste ihr Geld und Gut jeden Tag vermehren, um im Alter davon zehren zu können.

Die berittene Wache sorgte für freie Passage der Königin, indem sie alles wegstieß, was auf den schmalen Gassen nicht schnell genug flüchtete. Äpfel, Kohlköpfe, aber auch fette Ratten und junge Kätzchen gerieten unter die Hufe der Gewappneten. Auf dem holperigen Rückweg befriedigte Isabel die Neugier ihres Bruders. Lächelnd fragte sie, ob ihm ihre Hofdame Catherine von Alencon, die Witwe Pierre de Mortains, gefalle, und erläuterte, ohne seine Antwort abzuwarten, ihren Plan. Sie sah nicht, dass er erblasste bei dem Gedanken, sich seinen Titel als Graf von Mortain sozusagen mit einem Feldzug gegen die Engländer erobern zu müssen – mit ungewissen Verbündeten, denn offenbar stand ja nicht nur der Herzog von Berry im heimlichen Bund mit Henry IV., sondern auch Ohnefurcht.

Ludwig heuchelte Begeisterung, ja, er küsste seiner Schwester sogar die Hand, als er, von ihr ermuntert, vor dem Hotel de la Reine Blanche ausstieg, um der jungen Witwe seine Aufwartung zu machen.

In den folgenden Wochen beeilten sich Isabel und Ludwig, den Hochzeitsplan mit den damit verbundenen umständlichen Formalitäten so schnell wie möglich umzusetzen. Mit Hilfe des Dauphins trieb Isabel die Übertragung der Grafschaft an Ludwig noch vor der Hochzeit voran. Die Königin ahnte nicht, dass ihren Bruder zu dieser Eile völlig andere Motive trieben als die Verteidigung Frankreichs.

## MARGAUD

»Der Stadthauptmann soll zurückgekehrt sein!« Louis hatte nur geflüstert, aber unter den Spielern entstand große Aufregung. Der verhasste Pierre des Essarts? Hatte der Reformkatalog, den der Karmeliter Pavilly dem königlichen Rat vor der Fastenzeit vorgelegt hatte, nicht die Entfernung des brutalen Steuereintreibers zur Folge gehabt? War er nicht aus Paris geflüchtet?

Margaud, die gerade das vom Spiel verschwitzte Gesicht wusch, hielt inne. Woher hatte Louis diese Neuigkeit? »Er hat eine Truppe ausgehoben, direkt nach Ostern, bei Vincennes! Ich prophezeie euch: Wenn der Dauphin zum Maifeiertag nach Vincennes hinausreitet, wird er mit dieser Truppe zurückkommen und die Stadt einnehmen, und dann können wir uns mit dem Papier unserer Reformen in der Bastille den Hintern abwischen!«

Margaud blickte Louis erschrocken an, auch die anderen Spieler zeigten sich von der Neuigkeit überrascht. Erst am 23. April hatte die Fastenzeit mit einem kargen Osterfest geendet. Kein Osterlämmchen hatte es gegeben, keine Eier. Der tägliche Kohl war mit etwas muffigem Stockfisch und getrockneten Pilzen zum Ostermahl aufgewertet worden, erträglich nur durch die ersten frischen Kräuter. Aber immerhin hatte der König die Reformen zugesagt, und ein Aufatmen war durch das Volk gegangen. Dann aber war er wieder erkrankt und die Königin hatte das Sagen. Hatte sie den ihr treu ergebenen Essarts aus Cherbourg zurückberufen? Oder war das dem Dauphin zu verdanken, der mit seinem 16. Geburtstag viele Vollmachten erhalten hatte?

»Gehen wir! Auf zur Bastille!«

Sie hatten auf dem kleinen Platz hinter Saint Jaques de la Boucherie gespielt. Die Rue Saint-Antoine war voller Menschen, die die weißen Kappen des Widerstands trugen. Margaud sah, dass sie bewaffnet waren. Offenbar hatten die Bürger den Prevot der Kaufmannschaft bewegen können, die eisernen Hämmer aus dem Rathauskeller auszugeben.

Auf der Place de Gréve stand Simon, umringt von Schauerleuten. Margaud errötete tief. Seit sie ihn das erste Mal auf dem Fass vor den Hallen hatte reden hören, hatte es sie immer wieder dort hingezogen. In den vergangenen Monaten hatte sie seinen verwegenen Reden gelauscht, und immer mehr hatte ihr eingeleuchtet, dass dieses Leben keine Zukunft hatte. Alles musste sich ändern, aber wie? Der schlanke Mann mit den raubtierhaften Augen hatte viele Ideen, die meisten davon waren umstürzlerischer Natur. Er gehörte nicht einmal zur mächtigen Zunft der Metzger, sondern er kaufte von ihnen alles nicht Verwertbare, manches schenkten sie ihm sogar. Nach einem aufregend spannenden Jeu de paume gegen die Mannschaft der Universität, das Simon mit Brüllen und Pfeifen begleitete, hatte er Margaud, heiser vom Anfeuern, gestanden: Knochen, Kopfteile, Klauen, Felle, Gedärme. Alles Eklige, um das sich sonst die Hunde knurrend balgten, das brachte er zu seiner Mutter, die einen Stand vor Notre Dame betrieb. Sie verstand es, aus diesen Abfällen köstliche Sülzen und Würste zu bereiten. Die Felle verkaufte er den Gerbern, die ihn für seine Botengänge von Zeit zu Zeit mit einem schönen Stück Leder belohnten.

Simon le Coutelier stand bei den an Land gezogenen Kähnen und teilte Waffen aus.

»Nimm!«, forderte er Zögernde auf. »Nimm, die Zeit ist gekommen, in der Worte allein nicht genügen! Fakten müssen wir schaffen, nimm! Kämpfe um dein Recht!«

Louis' Mannschaft stand etwas zögernd in dem Trubel. Die Menschen rannten an ihnen vorbei zur Rue Saint-Antoine Richtung Bastille, um Pierre des Essarts zu erwischen, der sich angeblich dort versteckt hatte.

»Bleibt am Ufer!«, befahl Simon. »Lauft zum Port Saint-Paul, damit er nicht zu Schiff flüchten kann! Wir müssen die Verräter einkesseln!«

Essarts zeigte sich nicht, worauf die Menge weiterlief zum Palast des Dauphins, dem Hotel d'Aquitaine. Margaud hatte sich keine Waffe geben lassen, obwohl viele Frauen Hämmer in ihren Händen schwangen, von kreischenden Kindern umtobt. Auch die Männer der Ballspielmannschaft schwangen eiserne Hämmer in den Händen. Sie zögerte, ob sie am Quai de la Gréve weiterlaufen sollte, folgte schließlich den Mannschaftskameraden, aber schon an der Kreuzung, die zum Hotel des Abbes de Louy führte, drängten Menschenmengen zwischen sie und trennten sie von ihrer

Mannschaft. Plötzlich stand Margaud allein auf dem Quai des Ormes.

Einzelne Menschen hasteten an ihr vorbei, Nachzügler, unversehens war es still. Ruhig umfloss die Seine die kleine, unbebaute Ile de vache, auf der die Mönche im Sommer ihr Vieh weideten, weiter flussabwärts erhoben sich die mächtigen Türme von Notre Dame in den grauen Himmel. Kleine schmutzige Wellen schwappten an den Quai, hielten Exkremente und Unrat, die sich zwischen abgerissenen Ästen verfangen hatten, schaumig fest. Was tat sie hier? Gegen den Strom der Seine konnte kein Schiff an, wie sollte sie, ein Mädchen vom Land, gegen die Mächtigen der Welt etwas tun! Nicht einmal der König konnte gegen seine rivalisierende Sippe etwas ausrichten. Angstvoll hatte sie sich im vergangenen Jahr das burgundische Andreaskreuz ans Kleid genäht, um im burgundischen Terror nicht erschlagen zu werden. Und wie sie sich vor jedem Gang von Christines Haus zur Bäckerei fürchtete! Die Leute des Herzogs von Burgund waren Herren der Straße, womöglich war auch der Hauptmann, der Mörder ihres Bruders, unter ihnen. Mit Gottes Hilfe war sie bisher dem Terror entkommen. Und nun sollte sie eine weiße Kappe tragen. Das eine ein Zeichen der Stigmatisierung, das andere sollte die Befreiung sein? Und wenn plötzlich alle auf die mit den weißen Kappen losgingen? Oder die mit den weißen Kappen auf die mit dem Andreaskreuz?

Margaud beobachtete, wie der Unrat im Strudel kreiselte, ohne einen Ausweg oder einen Rückweg in den Strom zu finden. Aussichtslos war dies alles. Wie sollten sich die armen Menschen gegen den Strom stellen? Schnell zurück in Christines warme Schreibstube am Qui des celestines, da war sie sicher und geborgen. Sie lief los, so schnell sie konnte. Da griff plötzlich jemand nach ihrer Hand und hielt sie fest. Es war eine kräftige, sehnige Männerhand. Erschrocken blickte sie auf.

Simon Le Cousteliers grüne Augen blinzelten ihr raubkatzenhaft unter der weißen Kappe zu. Margauds Herz machte einen Satz bis in den Hals, machte ihre Kehle weit, ihre Stirn klar und ihren Sinn mutig, und sie lief neben Simon her bis vor das Hotel d' Aquitaine und rief mit Tausenden den Dauphin so lange beim Namen, bis er ans Fenster trat.

Margaud war wie vom Donner gerührt, als sie den Dauphin am Fenster sah. Er ließ sich herbeirufen von ihnen allen, dem gemeinen Volk? Sie hatten einfach »Louis, zeig dich, Louis, zeig dich!«, skandiert. Und er zeigte sich tatsächlich? So viel Macht hatten sie?

Die Menge verstummte. Es wurde so still, dass Margaud dachte, wenn jetzt ein Hund jaulte, man würde ihn glatt erschlagen, weil er störte.

»Jetzt wirst du was hören«, flüsterte Simon ihr zu. »Wir haben einen Schöffen auserkoren, zu sprechen. Jetzt muss er Farbe bekennen, der Louis!«

Der Dauphin, im Januar erst 16 Jahre alt geworden, setzte die typische arrogante Miene auf, die junge Leute zeigten, wenn Erwachsene sie zurechtwiesen, wagte aber nicht, sich wieder zu entfernen, als der Stadtschöffe zu sprechen begann. »Wir sind traurig über Euch, Prinz Louis«, begann der Schöffe, ein Wundarzt namens Jean de Troyes, »wir befürchten das Schlimmste für Euch. Ihr macht Eurem edlen Namen und Euren edlen Eltern Schande, denn Ihr seid schlecht beraten. Die Zustände an Eurem Hof stinken zum Himmel. Ihr feiert und spielt mit Euren Höflingen und Spielleuten bis in die Morgenstunden, Ihr macht die Nacht zum Tage, diniert am Nachmittag nicht vor drei Uhr und vernachlässigt die Ratsgeschäfte des Vormittags. Die lasterhafte Luxuria hat Euch im Griff und macht Euch süchtig nach Kleidern, Pferden, Kutschen, teuren Kleinodien und Rüstungen. Seht Euch vor, edler Prinz! Schon Euer Vater ist Opfer seiner jugendlichen Ausschweifungen geworden! Auf Euch liegen die Hoffnungen Frankreichs, enttäuscht sie nicht! Hört auf Eure Mutter, die Königin, trennt Euch von verräterischen Ratgebern, von schmeichlerischen Höflingen, die Euch ins Verderben ziehen!«

Der Dauphin wirkte verunsichert. Eine solche Ansprache hatte er offensichtlich nicht erwartet. Er rettete sich in eine blasierte Miene und sagte etwas Spöttisches über die Schulter zu seinen Höflingen, die offenbar hinter ihm standen. Meckerndes Gelächter war bis auf die Straße zu hören. Aber damit hatte der jugendliche Prinz einen entscheidenden Fehler gemacht. Die Menschen waren aufs Äußerste gereizt und reagierten nun erbost. Der Schöffe wurde mit dem Ruf: »Holen wir uns die Verräter!« niedergeschrien, und dann brach das Volk in das Palais ein, aussichtslos war die Lage der Wachen. In allen Räumen suchten die aufgebrachten Menschen nach denen, die sie Verräter nannten, der Dauphin schlotterte vor Angst und flehte seinen Schwiegervater um Hilfe an. Aber seltsamerweise rührte der Herzog von Burgund keinen Finger, nicht einmal, als der Herzog von Bar, der Kammerherr Jaques de Rivière und der Kanzler des Dauphins abgeführt wurden. Diese drei, die vornehmsten von fünfzehn Gefangenen, ließ Jean Sanspeur in sein Palais bringen, die anderen kamen in den Louvre, nur einen Geschützmeister und einen Spielmann des Prinzen warf er der Menge zum Fraß vor: Sie wurden erschlagen. Der Dauphin flüchtete nach nebenan ins Hotel Saint-Pol zu seinen königlichen Eltern.

Margaud hatte der Rede des Jean de Troyes mit steigendem Unbehagen zugehört. »Warum sagt er nichts von den Reformen?«, flüsterte sie.

Simon unterbrach seine wilden Schreie: »Wir müssen dem

Dauphin die Leviten lesen. Sonst setzt er die Reformpläne nicht um.«

»Gut, aber warum kritisiert dieser Troyes seinen Lebenswandel?«

»Ja, findest du sein Lotterleben nicht empörend?« Simon sah sie erstaunt an.

Margaud erinnerte sich an die Feste, die sie in ihrem Leben gefeiert hatte. Es waren wenige gewesen, eine Hochzeit im Dorf, einige spektakulär gewonnene Spiele ihrer Mannschaft, der Jahrmarkt mit Musik und Tanz bei den Maifeiern. Aber jedes dieser Feste war bis weit in die Nacht gegangen, und am nächsten Morgen hatte sie länger geschlafen als sonst. »Er ist jung, der Dauphin, gerade im 17. Jahr«, sagte sie unsicher, »warum sollte er nicht mit seinen Freunden und Spielleuten feiern?«

Simon fehlten die Worte. Kopfschüttelnd sah er das ungewöhnliche Mädchen an. Margaud spielte Jeu de paume wie ein Mann, sie kämpfte wie ein Mann um den Sieg, warum kämpfte sie nicht für den Umsturz? Was sollte diese Nachsicht gegenüber den adeligen Gewohnheiten?

»Was hilft es uns, die Lebensgewohnheiten des Prinzen an den Pranger zu stellen«, sagte Margaud, die ihre widersprüchlichen Gedanken mittlerweile sortiert hatte, »sie unterscheiden sich nicht von denen seines Standes. Sie sind Müßiggänger, weil sie von unseren Steuern leben. Das müssen wir ändern, dann werden sie ihr Lotterleben beenden müssen. Wir ändern es nicht, indem wir sie auffordern, ein sittsames Leben zu führen.«

Simon wog seinen Hammer in der Hand und lachte plötzlich auf: »Du meinst, wir sollten sie direkt erschlagen? Du bist ja eine …«

»Nein, nicht erschlagen«, sagte Margaud, die den blutigen Terror des letzten Jahres fürchtete. »Entmachten! Keine Steuern mehr bezahlen! Unsere Reformpläne sehen die Regierung des Volkes unter einem gewählten Bürgermeister vor. Das ist doch das Wichtigste: die absetzen, die uns aussaugen!«

»Aber wir sind doch dabei!«, rief Simon, der sich und seine Absichten missverstanden fühlte. »Wir stürmen jetzt den Palast und holen die da raus, diese Blutsauger!«

Er stieß einen gellenden Schrei aus: »Stürmt, Leute! Krieg den Blutsaugern! Greift euch die Verräter! Es sind …« Und er ratterte fünfzehn Namen herunter, darunter den verhassten Essarts, und dann packte er Margaud an der Hand und stürmte los.

Margaud rannte mit, erleichtert, frei. Die Zeit der Demonstrationen und Disputationen war vorbei. Zu lange hatten sie mal unter den Burgundern, mal unter den Orleanisten gelitten, zu lange gewartet, dass der König die Absetzungen der korrupten Beamten durchführte und die Beschlagnahmungen ihrer Reichtümer, die er im Februar versprochen hatte. Jetzt gehörte die Straße ihnen, der Friede war greifbar nah, den Palast wollte sie nicht, die Hütte interessierte sie nicht. Nur seine Hand, die wollte sie in der ihren spüren. Margaud rannte in ein neues Leben.

## ISABEL

In aufgeräumter Stimmung trank Isabels Bruder seiner jungen Verlobten zu. Catherine d'Alencon kicherte über seinen launigen Trinkspruch, zufrieden strich er sich über den Bart, den er sich zur Feier dieses Tages modisch hatte stutzen lassen.

Endlich, nach drei Monaten, waren alle Formalitäten erledigt. Ludwig hatte auf Eile gedrungen. Im Gegensatz zu seiner arglosen Schwester sah er, was sich auf den Straßen von Paris zusammenbraute, und er war sicher, dass der Herzog von Burgund seine Hand im Spiel hatte. Aber nun war er Graf von Montmartin, und sein Schloss Marcoussis hatte er sich trotz der prozessierenden Erben des hingerichteten Montaigue ebenfalls gesichert, indem er es Catherine großzügig als Wittum zuschrieb. Er hatte ihr etwas geschenkt, das er nicht so richtig besaß, egal, sie war wohlhabend genug.

Hübsch sah sie aus, blond war sie, ein wenig anämisch, wie es der französischen Mode entsprach, die nicht unbedingt sein Geschmack war, er hatte es lieber deftig mit viel Weiberspeck. Aber er würde sie morgen in der Hochzeitsnacht vernaschen, die sahnebleiche Catherine, vermutlich war sie langweilig, aber hoffentlich so zuckersüß wie die Torte auf dem Tisch. Und danach nichts wie weg, alle seine Vertrauten waren eingeweiht, die wertvollen Güter gut verpackt und verschnürt, Ende Mai würde er nach Bayern zurückkehren.

Ludwig hob seinen schweren Humpen und trank feierlich dem Herzog von Burgund zu, der ihm gegenübersaß, von Isabel so platziert, dass formell nichts dagegen einzuwenden war, sie ihn aber nicht sehen musste. Sie bekäme bei seinem Anblick keinen Bissen herunter, hatte sie ihrem Hofmeister anvertraut.

In einem weiteren Trinkspruch ließ Ludwig auf die Furchtlosigkeit des Herzogs trinken und betonte seine unverbrüchliche Freundschaft zu ihm. Zweimal hatte er in den vergangenen Monaten mit Johann Ohnefurcht diniert. Ein Freundschaftsvertrag, auch im Namen der Königin und des Dauphins, war feierlich unterzeichnet worden. Während sie mit andächtigen, ernsten Mienen tranken, dachte Ludwig, dass ein Pair einen anderen Pair hoffentlich nicht berauben würde.

Johann Ohnefurcht winkte ihn an seine Seite. Geehrt begab sich Ludwig zu ihm. Er gehörte jetzt dazu, gottlob konnte ihm nichts mehr geschehen. »Verehrter Schwager, ich gratuliere Euch.«

Der Herzog trank ihm zu: »Ich hoffe, der kleine Zwischenfall ist vergessen.«

»Vergessen und vergeben«, versicherte Ludwig, obwohl er sich mit Grauen erinnerte. Der »Zwischenfall« war ein Raubüberfall gewesen. Seine gesamte Fahrhabe, darunter wertvoller Schmuck und silbernes Tafelgeschirr, hatte er im Hennegau in Sicherkeit bringen wollen. Seine Leute hatten noch nicht die halbe Strecke nach Valenciennes zurückgelegt, da wurden sie überfallen und hinterrücks gemeuchelt. So weit war es unter dem burgundischen Terror gekommen, dass burgundische Unterführer keinen Unterschied zwischen dem Bruder der Königin und den Armagnacs machten, seine Leute niedermetzelten und seinen Besitz als billige Beute betrachteten.

»Man hat seine Leute nicht immer im Griff«, meinte der Herzog lässig.

Es sei ja alles zurückgegeben worden, versicherte Ludwig, obwohl er sich lebhaft an den Schrecken erinnerte, der ihm in die Glieder gefahren war. Diesmal würde der Herzog nicht wagen, seine Leute auf ihn zu hetzen, um ihn zu berauben.

Seinen Knappen hätten sie ihm allerdings nicht lebendig zurückgeben können, meinte der Herzog. Ludwig schluckte. Der junge baierische Edelmann war entsetzlich zugerichtet worden, es hatte ausgesehen, als ob er an seiner Stelle massakriert worden sei.

»Lasst mich Euch eine Fabel erzählen, Ihr seid noch fremd hier. Marie de France hat sie einstens aufgeschrieben von einem reichen Mann, der ein kleines Hündchen hielt.«

Der Herzog wies auf die Schoßhündchen der Damen, die sich zwischen den Tischen balgten. Ludwig lächelte mitleidig. Seltsames Gebaren für einen Mann, besser hielte er sich Jagdhunde. Der Herzog lächelte verbindlich und fuhr fort: »Nun, jener reiche Mann dachte sich, dass jedermann das Hündchen um des Herrn willen liebte, und er spielte oft mit ihm, steckte es unter seinen Mantel und ließ die anderen bellen. Dies beobachtete sein Esel, und der Esel dachte, er sei doch viel mehr wert als der Hund, wenn es der Schönheit nach ginge ...«

Ludwig lachte angetrunken. Ein schöner Esel!

Jean Sanspeur lächelte wieder, ohne dass sein Gesicht dadurch angenehmer wurde. »Auch wüsste er besser mit dem Herrn zu spielen als der kleine Hund, dachte sich der Esel, seine Schreie seien melodischer als das Gekläff, und er könne ihn viel besser anspringen.

Nun geschah es, dass sein Herr eines schönen Tages draußen promenierte, und mit ihm lief spielend und kläffend das Hündchen. Da konnte es der Esel nicht länger ertragen: Er stürmte auf seinen Herrn los und begann ihn anzuschreien, was diesen tief erschreckte. Der Esel sprang ihn an, trat ihn mit seinen Hufen, warf ihn zu Boden, und es hätte nicht viel gefehlt, dann hätte er ihn umgebracht. Der Herr schrie um Hilfe. Von allen Seiten stürzten seine Leute herzu, mit Keulen und Stöcken schlugen sie auf den Esel ein, bis er auf dem Boden hingestreckt liegen blieb.«

Der Herzog nahm einen Schluck und betrachtete über den goldenen Becherrand den erblassten bayerischen Herzog. »Nun, es ist noch einmal gut ausgegangen«, sagte er lauernd, »der Esel schleppte sich mühsam zum Stall, sein Herr litt große Schmerzen, wurde aber wieder gesund.«

»Ja, die alten Geschichten«, brachte Ludwig mühsam hervor. »Die alten Fabeln, ja, da geht nichts drüber! Man kann in dem Esel die Art mancher Menschen erkennen, die sich allzu sehr hervortun! Die einen Platz einnehmen wollen, der ihnen nicht zusteht, nicht wahr?«

Der erblasste Ludwig empfahl sich. Seine Braut warte. Er stolperte davon.

»Manchem ist es so ergangen wie dem Esel, der geschlagen wurde«, hörte er die Stimme Jean Sanspeurs im Rücken.

Das Verlobungsdiner wurde aufgetragen. Isabel hatte wie immer an nichts gespart, wenn es um ihren Bruder ging. Braun gebratene knusprige Gänse und Enten mit köstlicher Füllung, Rehrücken mit Mandeln gespickt, frische Forellen in Kräuterkruste, und alles war auf das Zierlichste mit den Blüten des Mai dekoriert. Blühende Kirsch- und Mandelzweige, Maiglöckchen, sattgelbe Sumpfdotterblumen zierten die Kuchen und Süßspeisen und boten zwischen den Platten mit Fleisch und Geflügel einen appetitlichen Anblick. Ludwig allerdings war der Appetit verdorben.

Beim nächsten Mal würde nicht der Page massakriert, sondern er. Der Herzog von Burgund hatte ihm deutlich gezeigt, dass niemand neben ihm die Macht haben oder gemeinsame Sache mit den Armagnacs machen durfte. Die Sicherheit, in der Ludwig sich als gleichrangiger Vasall des Königs gewiegt hatte, war dahin. Auch wenn er noch geheimer organisieren würde, auch wenn seine Habe in mehreren Transporten mit besser bewaffneten Leuten abgehen würde, den Esel schlug man, weil er nie dazugehören würde.

In Montmartin gegen die Engländer kämpfen oder mich bei Hofe erschlagen lassen, dachte er, das ist keine wirkliche Alternative. Wo soll ich hin?

Isabel bemerkte nichts von der plötzlichen Blässe ihres Bruders. Ihr zufriedener Blick blieb an ihrem ältesten Sohn Louis hängen, der Hoffnung Frankreichs. Blancas Worte waren ihr im Ohr, als die Anfälle des Königs schlimmer wurden: Verteidige deine Söhne wie Eleonore von Aquitanien. Dies hatte sie getan. Der Dauphin hatte sich gut entwickelt, und er hatte seine eigenen Ideen, die er mithilfe des Kronrates umsetzte, auch gegen die burgundischen Stimmen. Energisch hatte Louis sich gegen seinen Schwiegervater, den Herzog von Burgund, durchgesetzt, während sie gleichzeitig dafür gesorgt hatte, dass dieser keinen Streit anfing. Einer ihrer Schachzüge war gewesen, Sanspeur die Führung des Militärs zu übertragen, ihn quasi zum Kriegsminister zu erheben. Heftige Kritik hatte sie dafür einstecken müssen. Sie räume Burgund zu viel Macht ein, warfen ihr die Mitglieder des Kronrates vor. Ihre Taktik war völlig missverstanden worden. Als Kriegsminister hatte Burgund zu tun. Er musste Truppen ausheben, drillen und befehligen, er musste die Interessen Frankreichs über seine eigenen stellen und konnte er nicht, wie schon oft geschehen, mit seinem Gefolge kneifen, wenn es zum Kampf kam. Vor allem konnte er keine heimlichen Bündnisse mit England schließen, denn er war dem Dauphin verpflichtet. So dachte Isabel.

Ihr Bruder Ludwig war als Onkel Erzieher des Dauphins und Vorsteher seines Haushaltes, und das war gut so. Sollte Louis einmal aus trotzigem männlichen Stolz nicht auf seine Mutter hören oder den Einflüsterungen seines Schwiegervaters erliegen, dann würde der Onkel ihre Interessen vertreten, auf Ludwigs Meinung gab der Dauphin viel.

Isabel spießte ein Stück des vorgeschnittenen Wildbrets auf ihre zierliche zweizinkige Gabel und biss genüsslich davon ab. Diese neuen Gabeln waren eine vortreffliche Erfindung, Hände und Kleidung sauber zu halten. Fett und Honig trieften auf die dicke Brotscheibe, die auf ihrem silbernen Teller lag. Lässig brach sie ein Stück ab und warf es den Hunden zu, die sich unter dem Tisch knurrend darum balgten.

Gut sah er aus, der Dauphin, stolz war sie auf ihn, und gleichzeitig voller Sorge. Louis, Johann und der kleine Charlot waren ihr geblieben, mochten die beiden Kleinen, die Gott so früh zu sich geholt hatte, selig im Himmelreich sein. Vor allem ihr kleiner Friedensengel …

Isabel merkte, dass es an der Tafel ruhiger geworden war, und sah auf.

Louis, der die klugen Augen seines Vaters und den schelmischen Blick seiner Mutter geerbt hatte, hatte sich erhoben und ließ seinen Onkel hochleben. Seinem ritterlichen Erzieher Ludwig von Bayern verdanke er viel.

Wie charmant er sein konnte, wie gewandt seine Rede war! Ob Jean, der nur ein Jahr jünger war als Louis, ihm ähnelte? Sie hatte versucht zu verhindern, dass Jean ins Hennegau zu Herzog Wilhelm und dessen einziger Tochter Jakobäa gezogen war. Aber Charles hatte sie in einem seiner wachen Momente beiseitegenommen und geflüstert: Lass ihn ziehen, in Quesnoy ist er sicher!

Es gab immer Menschen, die den Prinzen nach dem Leben trachteten. Charles' Vater blieb sein Leben lang von einer Arsenvergiftung gezeichnet, ein feiger Mordversuch, den er überlebt hatte. Verräter gab es immer, die die hoffnungsvollen Kleinen mitleidlos meuchelten. Kinderfrauen, von Gold oder Liebe bestochen, gaben Gift in die Milch, und wenn es nicht so war, dann machte das abergläubische Volk aus einer todbringenden Krankheit eine Vergiftung. So war es jedenfalls bei Louis' Bruder Charllou gewesen, der im zehnten Lebensjahr an einer rätselhaften unheilbaren Krankheit gestorben war. Haut und Knochen, dachte Isabel, und ihr Mund verzog sich schmerzlich, Haut und Knochen, keine

Hoffnung, und dann mussten sie dem unbarmherzigen Volk den Kleinen auch noch vorführen, statt ihn im warmen Bett zu lassen. Wie das abgemagerte, vom Tod gezeichnete Kind durch die Straßen von Paris getragen wurde …

Isabel kamen die Tränen. Energisch fasste sie die Gabel und stieß nach dem Fleisch wie nach einem Feind. Wie sie dieses Volk hasste, dieses Volk, das mit offen stehenden Mäulern aus triefenden Augen stets glotzte, das nur wach und lebendig war, wenn es umsonst zu fressen und zu saufen gab. Sie verachtete diese stinkenden Kerle, die betrunken auf den Straßen nach Mädchen griffen, die gedungenen Soldaten mit leeren Augen, die hohläugigen Huren, die fetten alten Frauen in verlotterter Kleidung, die den ganzen Tag nichts taten als bösen Tratsch zu verbreiten. Wer sollte den Kleinen vergiftet haben? Passte sie nicht auf ihre Kinder auf wie eine Löwin? Besser als jede dieser leichtlebigen jungen Frauen, die sich in den Straßen von Paris herumtrieben und ihre im Rausch gezeugten Kinder in der Gosse liegen ließen. An der Königin kam kein gedungener Mörder vorbei. Aber in Kriegszeiten musste auch sie auf der Hut sein. So schwer ihr die Trennung von dem Buben fiel, bei seiner Verlobten Jakobäa war Johann sicherer als in Paris: Herzog Wilhelm bewachte die beiden wie ein Drache, und sobald Jakobäa zur Frau geworden war, würden die beiden heiraten. Eigentlich müsste das doch bald so weit sein, war Jakobäa nicht im Januar dreizehn Jahre alt geworden? Sie musste in den Hennegau schreiben …

Isabels Blick fing den des Königs auf. Vom Kopf der Tafel schien Charles sie schon einige Minuten zu beobachten, und wie immer machte ihr Herz einen kleinen Sprung, das Blut schoss ihr ins Gesicht, wenn er sie liebevoll betrachtete. Wie stolz sind wir auf unseren Dauphin, sagte sein zärtlicher Blick, wie ich dich liebe, mon tresor, meine kleine Lisei, haben wir das nicht gut gemacht?

Er räusperte sich und beglückwünschte das Brautpaar. »Vor drei Tagen dankte ich Gott für meine Genesung.«

Der König lächelte dem Bischof von Notre Dame zu und fuhr fort: »Eure Gebete und die der Königin, meiner geliebten Gefährtin, sind von Gott erhört worden. Vor drei Tagen schritten Wir in einer Dankprozession nach Notre Dame, Wir durchschritten die Straßen Unseres geliebten Paris, überschritten die Seine und dankten Gott in Unserer wundervollen Kathedrale, in der Ihr, mein Bruder, und Ihr, Dame Catherine, morgen euren Bund schließen werdet. Wir beglückwünschen euch zu eurer Wahl und erflehen den Segen Gottes für eure Ehe.«

Charles trank seinem Cousin, dem Herzog von Burgund, und seinem Onkel, dem Herzog von Berry, zu und sprach weiter über die Ehe, über die reine Gattenliebe, über die Liebe unter Verwandten und Verschwägerten. Er sprach, und Isabel wunderte sich, dass er so langatmig und ausschweifend sprach.

Aber Charles zwang mit seiner Rede alle, an seiner Tafel zu sitzen, die nur er aufheben durfte. Denn seine heimlichen Boten waren bereits unterwegs: Sie holten die Herzöge von Anjou und Orleans, von Bourbon und Bretagne, die Grafen von Alencon und Vertus, dem König beizustehen, falls er in die Hände des Burgunders fiele. Das Volk beunruhigte Charles weniger als Jean Sanspeur und seine Höflinge im Saal. Vor seinem Volk, auch den aufgebrachten Parisern, die neuerdings »Cabochiens« genannt wurden, hatte der König keine Angst.

Wie schön er ist, dachte Isabel, die nichts von des Königs Plan und seinen geheimen Boten ahnte. Charles trug eine schwarze Kappe aus Brabanter Samt, die die vornehme Blässe seiner Haut unterstrich. Seine Rede war so friedlich wie seine Mimik, und seine Gestik ruhig und sparsam. Mit wenigen klaren Gesten unterstrich er, was ihm besonders am Herzen lag. Sanftmütig und edel, dachte Isabel zärtlich, aber das macht ihn leider auch verletzlich. Sein Leiden macht ihn zum Dulder.

An der Kappe des Königs prangte als einziges königliches Zeichen eine goldene Brosche mit kostbaren Edelsteinen und drei großen schimmernden Perlen in Form der königlichen Lilie. Sie war nicht nur dekorativ, sondern ein deutliches Zeichen an die Herzöge, sich unter dem König zu vertragen: Der Brabanter Samt kam vom Herzog von Burgund, die Brosche war ein Neujahrsgeschenk des Herzogs von Berry. Wie klug Charles ist, dachte Isabel, und wie er diese ewigen, wohl niemals enden wollenden Fehden zwischen Onkel, Neffen und Vettern hasste! Womöglich ist nur diese mörderische Familie mit ihren Intrigen schuld an seinen Wahnsinnsanfällen, und hinzu kommt das dumme Volk.

Nach der unverschämten Rede Pavillys, dieses abtrünnigen Karmeliters, dem Isabel innig wünschte, dass Gott ihn kopfüber in die Hölle stürzen ließe, war Charles in eine tiefe Melancholie gefallen. Kein Zorn, kein Wutanfall, dieses Mal hatte der König nur über Kopfschmerzen geklagt und sich zurückgezogen, nachdem er der Delegation der Universität die Reformen zugestanden hatte. Die Unruhe, die entstand, war verständlich, denn er konnte die Reformen nicht zeichnen. Isabel war froh darüber, denn von diesen Reformen hielt sie nichts. Sie würden dem Volk zu viel Macht geben. Sie hatte aus einem anderen Grund jeden Morgen gebetet, dass er wieder gesund würde, denn Ludwigs Heirat und die Transaktion Montmartin mussten unterschrieben werden. Schließlich hatte sie die Angelegenheit mit dem Dauphin regeln müssen, sonst wäre nichts vorangegangen, und Ludwig drängte die Sache. Verständlich, kein Mann war gern Witwer, und Catherine war umschwärmt von Bewerbern.

Isabel lächelte den Mann ihres Herzens liebevoll an. Die Veränderungen während seiner Krankheit, die Verhaftungen seiner Vertrauten, die Unruhen, die Pavillys Geschwätz bei dieser schrecklichen Metzgerszunft ausgelöst hatten, machten dem König Sorgen. Seine Prozession und die Dankgottesdienste für seine Genesung in allen Kirchen der Stadt dienten vor allem dazu, dem Volk zu zeigen, dass der König das Sagen hatte und nicht irgendwelche selbst ernannten Führer.

Charles war vor einem halben Jahr, am 18. Mai, mit farbenprächtigem Gefolge von seinem Hotel Saint-Pol nach Notre Dame geritten. Er wählte den Weg durch die Stadt über die Rue Saint-Antoine, zog gemächlich am Hotel de la Reine Blanche vorbei, wo ihm Catherine d' Alencon mit ihren Damen am Fenster ihre Verehrung erwies, zur Rue des Arcis, und wollte zur Brücke auf die Isle de la Cité abbiegen. Und da kamen sie, die Pariser, von zwei Seiten, von Saint-Jaques la Boucherie und vom Place de Greve, zwei durchaus respektvolle Züge, aber sie nahmen den König in die Zange. Statt der üblichen »Noel«-Rufe, mit denen die Pariser ausdrückten, dass die Prozession des Königs für sie wie das Weihnachtsfest war, trugen sie die weißen Kappen der Genter, Symbol der Aufständischen. Sie nötigten ihm untertänigst die weiße Kappe auf. Was sollte der König tun? Freundlich lächelnd setzte er sie auf, denn er hatte ja versprochen, mit seiner königlichen Ordonnanz ihre Reformwünsche zu unterstützen. Dann musste sein Gefolge, Hofleute und Fürsten, Professoren und Angehörige des Parlaments, ebenfalls die weiße Kappe aufsetzen, und so behütet, schritten sie bis Notre Dame, wo die Heiligkeit der Kirche ihnen gestattete, die verhassten Kappen herunterzureißen.

Isabel zuckte zusammen. Die sanfte Stimme des Königs hatte sich verändert.

»Wahrlich ich sage euch, einer unter euch, der mit mir isset, wird mich verraten.« Charles' schneidende Stimme stand in scharfem Gegensatz zu der Sanftmut, die sein Gesicht ausstrahlte. »Einer von den zwölfen, der mit mir die Hand in die Schüssel taucht …«

Kalt blickte der König bei diesen Worten dem Herzog von Burgund in die Augen. Isabel hielt den Atem an. Jean Sanspeur saß wie gelähmt.

Aber schon schweifte der Blick des Königs weiter, jeden an der langen Tafel nahm er ins Visier: »Auch mein Großvater König Johann wollte diese letzte Schlacht schlagen, des frommen Glaubens, es werde seine letzte sein. Er musste den schwarzen Prinzen besiegen, der bereits vor der Isle de France stand. Aber er wurde erpresst, erpresst von niedrigen materiellen Dingen, von gewinnsüchtigen Händlern. Es war dieser Verbrecher Etienne Marcel, der Vorsteher der reichen Bürger von Paris, der die Situation zu seinen Gunsten nutzte, um den König zu erpressen. Der König, den sein Volk den Guten nannte, ließ sich auf das Geschäft ein, was sollte er tun: Der schwarze Prinz musste geschlagen werden, und mit ihm die gefährlichen Ideen des Konstitutionalismus, die Leute wie Etienne Marcel und andere Rädelsführer größenwahnsinnig gemacht hatten. Der König beteiligte die Bürger von Paris an der königlichen Finanzpolitik, um dies natürlich nach dem erwarteten Sieg zurückzunehmen.

Es kam anders. Trotz großer Tapferkeit und wahrem Heldenmut verloren die Franzosen die Schlacht. Aus der englischen Gefangenschaft heraus verbot König Johann, mein erlauchter Großvater, dem Etienne Marcel Eigenmächtigkeiten zuzugestehen. Nun, die aufgehetzte Menge erschlug schließlich ihren Anführer. So geschieht es Verrätern.«

Wieder sah der König bedeutsam auf Jean von Burgund. »Wir, Charles von Frankreich, sollen auch erpresst werden. Wir wissen, wer dieses Mal das Volk gegen seinen König aufgehetzt hat. Wir müssen aber England besiegen, da es Unseren Ahnen nicht gelang, ein letzter Kampf noch, und

Wir werden Uns nicht erpressen lassen. Gibt es für einen Mann ein Leben ohne Ehre? Noch ein einziges Mal gilt es zu kämpfen. Es wird die letzte Schlacht sein. Wenn Wir diese letzte Schlacht gewinnen, wird endlich Friede einkehren in Unser Reich.«

Er machte eine kurze Pause. Seine Augen glänzten fiebrig, als er fortfuhr: »Wir brauchen keine Verräter, und deren dreckiges Geld schon gar nicht. Wir kämpfen mit fliegenden Kampfsystemen, die Wir selbst lenken. Deren Namen seien Höllenfeuer, Raubtier, Schlafes Bruder, Hornisse. Wir werden den Gegner mit Schwärmen gelenkter Hornissen totstechen ...«

Charles hatte die Stimme erhoben. In der Tür zeigte sich Odinette de Champdivers mit besorgtem Blick. Isabel scheuchte sie ärgerlich mit einer Handbewegung fort. Diese Mischung aus Krankenschwester und Mätresse sollte in ihren Räumen bleiben, was hatte sie bei einer königlichen Verlobung an der Tür zu horchen. Aber Odinette betreute Charles seit vielen Jahren. Isabel selbst hatte den Beschluss über weibliche Betreuung des Königs im Kronrat eingebracht, weil sie sonst ihren Pflichten dort und der Erziehung des Dauphins nicht mehr hätte nachkommen können.

Bei ihrem Dienstantritt war Odinette erst zwölf Jahre alt, ein braves, schüchternes Mädchen. Wer konnte ahnen, dass sie vom König schwanger werden würde! Isabel weigerte sich zu glauben, dass das Kind von Charles war, diese Odinette war eben doch nur eines Stallmeisters Tochter und führte einen schlechten Lebenswandel. Aber sie hatte einen beruhigenden Einfluss auf den kranken König, ihre Geduld war unerschöpflich, das musste Isabel ihr zugestehen.

Von der Tür aus sandte Odinette besorgte, warnende Blicke an die Königin. Isabel schreckte auf. Sie musste endlich aufhören, ihrem langjährigen Gatten mit der Verzückung eines Schulmädchens zu lauschen. Die Stimmungen des Königs konnten jederzeit umschlagen. Wovon sprach Charles? Seine würdige Hochzeitsansprache hatte sich in eine Hasstirade verwandelt.

»Unbemannt werden sie sein, unsere Kampfgeschwader. Auf unseren todbringenden Kampfrossen werden keine Ritter mehr reiten, unsere Armbrüste werden von Raubtieren zum Abschuss gebracht, und sie werden diese feigen englischen Langbogenschützen erschießen, ohne dass wir einen einzigen Mann beklagen müssen. Tagelang können diese Raubtiere und Kampfrosse am Boden bleiben, ja, sie können sich sogar in die Luft erheben wie Pegasus, ohne zu ermüden. Ihre Augen sehen Dutzende von Feinden gleichzeitig, wo der Mensch nur Aug in Aug mit dem Gegner steht. Unser unbemanntes Streitross reagiert schneller, handelt präziser als jeder gedungene Soldat, und es kostet uns so wenig, dass wir nicht gezwungen sind, uns erpressen zu lassen. Wie Pegasus werden unsere geflügelten unbemannten Streitrosse und Hornissen den Gegner vernichten …«

In diesem Augenblick dröhnten dumpfe Schläge durch den königlichen Palast. Diejenigen, die eben noch an einen Wahnsinnsanfall des Königs geglaubt hatten, zuckten zusammen. Hatte der König hellseherische Fähigkeiten? Griffen seine unbemannten Heerscharen schon an?

Der König reagierte nicht auf das Dröhnen. Er breitete die Arme aus und sagte, nun wieder in sanfterem Tonfall: »Seht uns an! Hat Gott die Menschen mit Hörnern, Klauen, mit Giftzähnen und Stoßzähnen ausgestattet? Nein! Einzig den Menschen erzeugte die Natur nackt, schwach, zart. Sie schenkte ihm freundliche Augen als Spiegel der Seele. Sie gab ihm biegsame Arme zur Umarmung. Nur uns teilte sie das Lachen zu als Ausdruck von Fröhlichkeit, nur uns die Tränen als Symbol der Sanftmut und des Mitleids – und damit nicht genug! Der Gebrauch der Rede und der Vernunft gibt, dass überhaupt nichts zwischen uns Menschen mit Gewalt ausgetragen werden müsste. Was ist euch lieber?«

Wieder dröhnten die wuchtigen Schläge durchs Haus. Die Edelleute erbleichten. War der Tag der Apokalypse gekommen?

»Wollt ihr diesen Krieg, einen Krieg, den wir nicht mehr selbst zu führen imstande sind? Die ungeheure Zerfleischung, die mit Blut überfluteten Schlachtfelder, die mit Menschenblut gefärbten Flüsse? Es kann passieren, dass der Bruder auf den Bruder trifft, der Freund auf den Freund, und unter dem allgemein tobenden Wahnsinn das Schwert in die Eingeweide dessen stößt, von dem er niemals auch nur durch ein Wort verletzt wurde. Diese so unheilvolle Pestilenz lässt sich in ihrem Umfang nicht begrenzen. Ja, ich sage euch, der Krieg wird aus dem Krieg erzeugt. Heere treffen zusammen, auf beiden Seiten das Kreuz tragend. Wo ist denn das Reich des Teufels, wenn es nicht im Krieg ist? Warum schleppen wir Christus hierhin, zu dem der Krieg noch weniger passt als ein Hurenhaus?«

Unzweifelhaft war der König einem seiner Anfälle erlegen. Isabel konnte dennoch nicht umhin, ihm gebannt zuzuhören. Als er beim Hurenhaus angekommen war, war sie enttäuscht. Eben noch schien ihr, als hätte ein Sinn in seiner Rede gelegen, ähnlich wie in den Schriften der Christine. Aber nun …

Und dann hörten alle das jubelnde Geschrei, einen vielstimmigen Schrei aus vielen Kehlen, der ihnen die Gänsehaut über den Nacken trieb.

# MARGAUD

»Nein!«, rief Simon le Coutelier. »Wir lassen uns nicht länger hinhalten!«

»Aber der König hat doch alles zugesagt!«, meinte einer der Professoren der Universität begütigend. Die Menschen standen wie immer vor den Markthallen, wenn sie aufgebracht waren.

»Ja, im Februar! Heute haben wir den 22. Tag des Mai!«, sagte Simon zornig.

»Eine königliche Verfügung dauert eben etwas länger. Der König hat sie noch nicht unterschrieben, er ist abwesend.«

»Die rechnen auf unsere Vergesslichkeit! Als ob wir Stroh statt Hirn im Kopf hätten! Die feiern und fressen, wetten wir, dass der König anwesend ist? Wir können nicht länger warten. Los! Gehen wir! Ziehen wir zum König, beim Dauphin haben wir nichts erreicht!«

»Ein rechter Dickkopf, er will mit dem Kopf durch die Wand!«, rief einer.

»Wie willst du in den Palast reinkommen? Wir haben keine Waffen mehr!«, rief ein anderer.

»Er schlägt die Tür mit seinem Schädel ein! – Ja, mit seinem Dickschädel! Mit seinem Caboche!«, riefen sie und lachten, hoben ihn auf ihre Schultern und trugen ihn zu dem Fass, das vor den Hallen stand. »Caboche! Rede, Caboche, rede, kluger Dickschädel, rede! Was sollen wir tun?«

Margaud hatte in der Menge nicht weit von Simon gestanden, der nun seinen Spitznamen weghatte. Caboche! Er lachte sie an, und sie errötete. Simon war so voller Leben, den Kopf voller verrückter Ideen, das musste schon an den Mauern des königlichen Palastes scheitern. Unmöglich, in den königlichen Palast Saint-Pol einzudringen, unmöglich, einfach so mit dem König sprechen zu wollen, einem heiligen Mann, so ging das nun wirklich nicht. Oder doch? Für diesen Caboche schien nichts unmöglich, mit ihm konnte man jede Ungerechtigkeit besiegen, jede Freiheit erlangen. Margaud strahlte ihn an. Ja, die Obrigkeiten hielten sie hin, alle hier, das mussten sie sich nicht gefallen lassen.

»Bürger von Paris!«, rief Simon und breitete die Arme aus. »Der Bürger Jean de Troyes, ein frommer Mann und sehr gelehrter Herr, hat den Dauphin, unseren künftigen König, wegen seines Lotterlebens ausgeschimpft. Er möge seinen edlen Vorfahren nacheifern und einen besseren Lebenswandel führen. Aber, Bürger: Was schert uns der Lebenswandel des Dauphins? Soll er Feste feiern! Soll er tanzen! Soll er ins Bett gehen, wann er mag, warum nicht erst in den frühen Morgenstunden, wenn wir unserer harten Arbeit nachgehen! Aber: Er soll das Geld dafür nicht aus unseren Geldbörsen nehmen!«

»Bravo!«, schrie einer, und alle schrien durcheinander, um ihre Meinungen und ihren Beifall kundzutun. Manche hielten Caboche für einen Narren, und das schrien sie auch in die Menge, aber sie wurden niedergebrüllt. Margaud betrachtete den wilden Simon hingerissen. Er sagte, worüber sie disputiert hatten! Er nahm sie ernst, als Gefährtin! Ihre unwichtige kleine Sicht der Dinge, auf einmal wurde sie bejubelt von ganz Paris!

»Bürger! Wir brauchen keine königliche Ordonnance, wir brauchen eine eigene! Ich bin nur ein dummer Caboche, ihr sagt es. Ich gehöre nicht zur mächtigen Zunft der Metzger, ich gehöre nicht zur reichen Gilde der Flusshändler, ich kann nicht einmal meinen Namen schreiben, und eine Ordonnance schon gar nicht. Aber ich weiß in meinem Kopf, ich fühle in meinem Herzen, was in unserem Beschluss stehen soll: Gerechtigkeit!«

»Gerechtigkeit!«, echoten die Menschen beeindruckt. »Weniger Steuern!«

Die Leute wiederholten andächtig Simons Worte, viele mit geballten Fäusten. Margaud sah Männer, an denen sie seit Jahren vorbeiging. Sie lebten in den Nischen der Stadtmauer, unter den Brücken, an den Seineufern. Manche verschwanden über Nacht. Sie sah Frauen mit irrem Blick und erloschenen Augen, Frauen mit dünnen, rotznasigen Kindern an den Schürzenzipfeln und auf den Armen, die in den Winkeln der Ställe schliefen, ungeschützt vor den Soldaten. Ob sie diese Kinder gewollt hatten? Nein, vielen hatte man Gewalt angetan und sie dann liegen lassen. Nun standen sie hier unter den guten Bürgern, neben den Professoren, und alle einte der brennende Wunsch: Friede und Gerechtigkeit. Simon fuhr fort mit seiner eindringlichen Rede. »Einer der klugen Professoren schrieb alles in Chroniken auf, was in unserer guten Stadt Paris geschah. So erfuhr ich, Bürger, dass wir nicht die Ersten sind, denen das Geld mit ungerechten Steuern für einen Krieg aus der Tasche gezogen werden soll. Es ist noch keine fünfzig Jahre her, und einige wenige unserer Großväter haben es vielleicht noch erlebt, als der König die Generalstände einberief. Auch dieser König, Johann, den man ›den Guten‹ nannte, wollte gegen England ziehen, den schwarzen Prinzen zu besiegen! Eine Sonderabgabe des dritten Standes sollte ihm die Soldtruppen bezahlen. Nicht solche Hungerleider wie wir, nein: Stolz war der dritte Stand vertreten durch den Prevot der Kaufmannschaft, Etienne Marcel. Marcel war nicht nur reich, er war auch klug. Er ahnte, dass dies nicht die letzte Schlacht sein würde. Sollte der schwarze Prinz die Schlacht gewinnen, würde der König wieder Geld brauchen, sonst würden die plündernden Truppen das Land verwüsten. Das Volk, und macht euch nichts vor: Dieses Volk waren wir, es waren unsere Vorfahren! Das Volk litt unter der Pest, den

Söldnern, dem Krieg und den Steuern. Also stellte Etienne Marcel eine Bedingung: der dritte Stand würde Geld für des Königs Söldnertruppen geben, aber er forderte die Entlassung der königlichen Finanzbeamten. Statt ihrer sollte ein Ratsgremium mit Abgeordneten aus allen Städten und aus allen drei Ständen künftig die königlichen Finanzen überwachen. Räte aus allen Ständen!«

»Räte aus allen Ständen«, murmelten viele andächtig. »Ja! Wie Venedig!«, schrie einer.

Caboche lachte. »Klug seid ihr! Ja, wie in den Stadtrepubliken, in denen der König nicht nach Gutdünken tun kann, was er will! Aber hört weiter, es kam, wie es kommen musste: Johann verlor gegen die Englischen so schmachvoll, dass bis heute keiner seinen Namen tragen mag! Die Engländer forderten Millionen in goldenen Ecus, nicht in der schwankenden Währung des Livre! Und das Volk musste das Lösegeld bezahlen, um seinen geliebten König wiederzubekommen! Was tun die Stände heute? Sie nicken ab, was der König entscheidet. Sie sollen aber immer einberufen werden, und sie sollen entscheiden mit dem König, gegen den König, an einem Tisch!«

»Ein runder Tisch für alle!«, schrie wieder einer.

»Artevelde!«, schrie eine Frau aus der Menge.

Margaud hatte diesen Namen noch nie gehört. Aber Simon reagierte sofort darauf. »Sie sind als Märtyrer gestorben, Artefelde in Gent und Etienne Marcel hier in Paris. Und ihr Opfer darf nicht umsonst gewesen sein! Der König muss unsere gewählten Räte in seinem Parlament beteiligen! Und in den königlichen Rat fordern wir ebenfalls die Abgeordneten der Stände! Wir warten nicht länger, wir wollen Ergebnisse sehen!«

Der Beifall ging in Geschrei, Pfeifen und Trommeln über. Die Menschen waren begeistert und forderten enthusiastisch Gerechtigkeit.

Dann skandierten sie: »Ordonnance cabochien!«

Simon, den sie Caboche nannten, hob wieder die Hände, bis alle ruhig waren.

Er hielt eine dicke Pergamentrolle hoch, die ihm einer der Professoren gereicht hatte. Der Professor stand in einem weiten Mantel mit gewichtigem Pelzkragen neben dem Fass, obwohl es ein warmer Tag war.

»Wie gesagt, ich kann weder schreiben noch lesen. Hier aber ist unser Beschluss, unsere Ordonnance für das Volk, für uns alle geschrieben von den gelehrten Freunden unserer Universität! Sie enthält 258 Forderungen an den König. Und weil er noch immer seine korrupten Beamten nicht entlassen und ihren Besitz noch immer nicht beschlagnahmt hat, ziehen wir jetzt zum König und verhaften die Verräter selbst!«

Die Leute jubelten. Und so zogen an jenem Abend des 22. Mai 1413 Tausende von Menschen zum Hotel Saint-Pol, ihnen voran Professor Pavilly mit der Rolle des Volksbeschlusses, in die Margaud 258 Forderungen in ihrer schönsten und sorgfältigsten Schrift geschrieben hatte. Simon, der »Caboche«, folgte dem Vertreter der Universität mit der gesamten Innung der »grande boucherie«, denen viele Menschen folgten, unter ihnen mit klopfendem Herzen Margaud.

Später wusste Margaud nicht, wie die aufgebrachte Menge die Tür zum Palast geöffnet hatte. Dumpfe Schläge dröhnten durch den lauen Maiabend. Es dämmerte, und die Massen drängten in die Innenhöfe.

Die königlichen Fenster waren von vielen Kerzen erleuchtet, in den Höfen brannten Fackeln, nirgendwo in Paris war es so hell, als schienen der Mond und die Sonne gleichzeitig. Wie festlich der Innenhof aussah. Obwohl er wie die Gassen unter freiem Himmel lag, war der Boden gepflastert wie in einer Kirche, und das Pflaster war von denselben kostbaren hellen Steinen wie die Mauern. Gefegt war der Innenhof, nirgendwo lag Unrat herum, keine Kadaver, und es stank auch nicht.

An einer Mauer war eine Treillage aus Holz angebracht, um den sich Wein wand, der im Schutze der Mauern bereits grünes Laub trug. Blumen, die Margaud noch nie gesehen hatte, blühten in großen Holzkübeln vor den Innenwänden. Überhaupt die Innenwände! Runde Bögen bildeten Gänge, sodass die Menschen bei Regen nicht nass wurden, wenn sie hier liefen, und die Wände in diesen Wandelgängen waren mit wunderlichen Szenen bunt bemalt, nicht aus der Bibel, wie Margaud sie in Notre Dame bestaunt hatte. Margaud sah vornehm gekleidete Damen mit ihren Kavalieren in blühenden Gärten, über denen bunte Vögel flogen. Auf einem gemalten blauen See schwammen weiße Schwäne mit elegant gebogenen Hälsen. Auf einer Wiese lag ein Einhorn und blinzelte in die Sonne, und ein eigenartiges graues Tier mit furchterregenden Zähnen hob eine Schlange in die Höhe, oder war es die eigene lange Nase?

Schon drängten die Leute Margaud zur Seite, immer mehr drängten nach, bis alle drei Innenhöfe gestopft voll mit Menschen waren, und noch immer standen Tausende auf der Straße. Margaud konnte die Wandgemälde nicht länger anstaunen, die Menge schob und stieß, aber sie ließ Simons Hand nicht los, und Simon drängte nach vorn, bemüht, immer hinter dem Professor zu bleiben, den er ehrerbietig Monsieur de Pavilly nannte und von dem er ihr flüsternd berichtete, er sei einer der aufrührerischen Karmeliter, die stets auf Seiten des einfachen Volkes seien.

Pavilly wies sie an, an der Treppe stehen zu bleiben, und ging mit der Ordonnance in der Hand hinauf. Von unten hörten sie seine Rede vor dem König, denn Pavilly empfahl, die Fenster zu öffnen, damit das Volk zuhören konnte und keine Händel anfing, wie er sagte. Pavilly war nicht allein. Der Prevot der Kaufleute und der Stadthauptmann, die Stadtschöffen und die Vorstände der Zünfte begleiteten ihn.

Pavillys Rede war lang und gewunden, gespickt mit lateinischen Zitaten aus der Bibel, die Margaud und die Leute unten nicht verstanden. Er war es gewohnt, zu predigen, und das Volk im Hof war verstummt, stand still und lauschte mit angehaltenem Atem.

»Wenn der Herr nicht seine Stadt hütet, wacht umsonst, wer sie hütet«, begann er mit erhobenem Zeigefinger, und dann versicherte er der versammelten Gesellschaft, er sei gekommen, den König zu warnen. Das Volk sei ohne Schutz, weil es schlecht regiert werde. Die Menschen von Paris seien dem König nicht feindlich gesinnt, sondern sorgten sich um ihn, den sie sehr liebten, denn er sei von Verrätern umgeben.

Dann machte Pavilly eine bedeutungsvolle Pause und ging über zu einem, wie er sagte, »Exemplum«: »Denkt Euch, edler, vielgeliebter König, einen Garten, einen wundervollen Garten, wie die Gärten, die Eure Schlösser umgeben. Königliche Lilien wachsen darin heran, sie wollen blühen und duften, wohlriechende Rosen und wertvolle Kräuter für Eure Tafel gedeihen darin. Gedeihen? Ja, wenn der Gärtner umsichtig gießt, harkt, beschneidet, pflegt und ausreißt. Denn es gibt unnütze Kräuter, die sich stark vermehren, giftiges, ekles Zeug, das die gesunden wohlriechenden Edlen am Wachsen und Blühen hindert und stets nach unten zieht, Winden, die sich an nichts zu halten wissen als an den zarten aufstrebenden Pflänzlein. Sie bedürfen der Pflege des umsichtigen Gärtners, sonst verkümmert das Edle.«

Pavilly machte eine bedeutungsvolle Pause und sagte dann, jedes Wort betonend: »So ist Euer königlicher Hof, gnädiger König. Diener und Hofleute in Eurer nächsten Umgebung klammern sich an die königlichen Lilien und wollen sie zu Boden zwingen. Reißt das Unkraut heraus wie ein umsichtiger Gärtner, damit die Blüten der Tugend sich entfalten, edler König!«

Der König sah ernst aus. Aufmerksam betrachtete er den Karmeliter mit seinem wüsten Gefolge, der die Verlobungsfeier störte, und dachte, dass er kurz zuvor eigentlich dasselbe gesagt hatte. Es schienen nur noch Zweifel darüber zu bestehen, wer das Unkraut war und wie es unschädlich gemacht werden sollte. Pavilly meinte es zweifellos aufrichtig. Außerdem wollte der König Zeit schinden, ein kleiner Disput konnte nicht schaden, also richtete der König das Wort an den Karmeliter und fragte: »Wenn dies so ist, wie du sagst, Mann der Kirche, dann sage Uns doch, warum lässt Gott die Sonne auf die unnützen Kräuter ebenso scheinen wie auf die Lilien?«

Pavilly war irritiert, aber nur einen Wimpernschlag lang. Dann lächelte er sanft und erwiderte: »Der Herr unser Gott und seine Wege sind unerforschlich. Er macht Sonne und Mond und Tag und Nacht. Er schafft das Ekle ebenso wie das Edle. Wie ein Gärtner, der seinen Garten nicht säubert, Tadel verdient, so müsst Ihr, Monseigneur, selbst das Verlangen haben, Euren Hof vom Unkraut zu säubern.«

Die hinter ihm Stehenden nickten bekräftigend und reichten ihm die Rolle. »Es ist Zeit, die Nutzanwendung aus dem gelehrten Exemplum des Herrn Professors zu ziehen«, erklärte würdig der Stadthauptmann, und ohne ein Zeichen des Königs abzuwarten, verlas er vor dem erstarrten Hof die Namen von 18 Herren und fünf Damen des Hofes. Der erste war der des Bruders der Königin.

Margaud hielt Simons Hand fest umklammert, weil die Menge sie zu trennen drohte. Tausende von Menschen stürmten auf Saint-Pol zu. Die auf der Straße Stehenden hörten nichts, die Hinteren wollten wissen, worum es ging. Immer erregter wurde die große Zahl derer, die Pavillys

Rede nicht hören konnten. Die Stimmen derer, die das Gesagte weitergaben, vermehrten sich, wirr wurden die Zusammenhänge, bis die auf der Straße nicht anders dachten, als dass sie aufgefordert waren, das Unkraut im Garten des Königs auszureißen, und mit wilden Schreien die Treppe hinaufstürmten.

Simon gab es auf, die Menschen davon abhalten zu wollen, nutzte seinen Vorteil, einer der Ersten zu sein, und stürmte, bevor sie ihn überrennen würden, Hand in Hand mit Margaud die Treppe hinauf in den Saal, wo die Wachen vor dem Festsaal standen. Ihre gekreuzten Lanzen wurden einfach durchbrochen, Zorn über das Hindernis brach sich Bahn und trampelte die unschuldigen Lanzenträger nieder.

Simon und Margaud quollen in einer Traube von Menschen in den Saal und blieben hinter Eustache de Pavilly und seinen Leuten stehen. Undeutlich bemerkte Margaud, dass die überraschte Wache sich erhoben und mithilfe weiterer Bediensteter die anderen Menschen ausschloss, indem sie die schweren Balken von innen vorlegten.

Margaud glaubte zu träumen. Sie packte Simons Hand fester und er erwiderte ihren Druck. Sie träumte also nicht, sie war wirklich im Palast des Königs. Dort, auf dem Podest unter dem roten Baldachin, dort saß der König, und ihm gegenüber unter dem grünen Baldachin, das musste die Königin sein mit einem vornehmen, bärtigen Edelmann an ihrer Seite. An den Längsseiten zwischen dem Königspaar dinierten die Damen und Chevaliers des Hofes an langen Tafeln, die mit kostbaren gewebten Teppichen bis zum Boden verhängt waren. Über die Teppiche waren weiße Damastdecken gebreitet, deren kostbare Webmuster im Kerzenlicht glänzten. Margauds Blick blieb an den Gegenständen hängen, die auf den funkelnden Tischdecken standen: kleine Türmchen, Vögel, sogar veritable Schiffe aus purem Gold. Ja, ernährte sich der König von Gold?

Scheu betrachtete sie den heiligen, in Reims gesalbten König, der, ein wenig abwesend in seiner Vornehmheit, den Karmeliter bei seinen letzten feurigen Sätzen besah. Der König trug einen weiten blauen Samtmantel, auf den goldene Lilien gestickt waren, und seine goldenen Haare fielen unter seiner dunklen Kappe bis auf die Schultern, und sein Gesicht war gut. Ach, wie gut war es! Margauds Herz klopfte heftig. Jetzt verstand sie, warum alle diesen König Charles »den Vielgeliebten« nannten. Von edler Blässe war sein Antlitz, unschuldig wie ein Engel blickte der König auf Pavilly, sehr kleine Kinder hatten manchmal diesen Blick. Ja, der König musste ein Engel sein, ganz sicher ernährte er sich von so etwas Kostbarem wie Gold. Sein Wein war vermutlich mit Goldstaub verfeinert, darum funkelte er im Pokal zwischen den Kerzen.

Aber dann nahm Margaud durch ihr Magenknurren den Duft des Gebratenen wahr und sie blickte in die Mitte des Raumes. Zwischen den Tafeln waren Diener mit Krügen, Platten und Schüsseln unterwegs, die beim Eindringen der Menschen ängstlich in ihrem Tun innehielten und nicht recht wussten, ob sie weiter einschenken, das Geflügel und den Fisch servieren oder besser flüchten sollten. Aber der Weg zur Küche blieb ihnen versperrt, und so verharrten sie ängstlich, als habe ein Zauber sie befallen und zu Stein erstarren lassen. Nur die Hunde, die träge und satt in der Mitte lagerten, hatten sich erhoben und kläfften die Eindringlinge an. Die Musiker auf der Empore hatten ihr Spiel unterbrochen. Fanfaren und Fiedeln in den Händen, beobachteten sie ungehalten, was sich unter ihnen zusammenbraute und drohte, ihnen den Verdienst des Abends zu nehmen. Ein Zwerg mit einer gelb-weißen Schellenkappe und gelb-roten Strümpfen lärmte frech mit seiner hölzernen Klapper, aber einer der reich gekleideten Edelleute schlug ihn, und so kroch er unter den Tisch und blickte unter hoch gehaltenem Teppich mit höhnischem Grinsen auf das, was nun geschah.

Die Königin, die dem König gegenübersaß, war kräftiger und dunkler im Teint und wirkte majestätisch, aber durchaus von dieser Welt, nicht so himmlisch wie der König. Ein Teil ihrer dunklen Haare fiel auf die Schultern, die anderen trug sie zu Zöpfen aufgeflochten und geschickt zu zwei Hörnern gedreht, die von einer roten Samthaube, passend zu ihrem Kleid, bedeckt wurden. Die rote Haube war mit goldenen Blumen bestickt, auch auf den Hörnern erhoben sich zarte goldene Blümchen, in deren Mitte Edelsteine funkelten. Die Königin bemühte sich um Würde, Margaud sah es, aber sie hatte Angst. Wovor konnte eine mächtige, in Gold gekleidete Königin Angst haben? Sie blickte den König an, und nun verstand Margaud, dass die Königin sich um den König sorgte. Offenbar hatte sie sich gerade erheben wollen, nun aber sah sie verärgert zu ihren Untertanen, die hereingestürmt waren, und nun, ja …

Margaud machte sich ganz klein neben dem hochgewachsenen Simon. Die Königin, so schien es ihr, hatte sie angeblickt, voller Zorn, und die edle Dame hatte recht. Was tat sie hier? Dies war nicht ihre Welt, dies war der königliche Hof, und man würde Margaud bestrafen, weil sie hier eingedrungen war. Was für eine Strafe stand auf Eindringen in den königlichen Palast?

Margaud überlegte in einem Anfall heißer Panik, ob man ihr die Hand abhacken würde wie einem Dieb, aber sie hatte nichts gestohlen. Vielleicht den Fuß, mit dem sie unerlaubterweise diesen königlichen Boden betreten hatte? Unwillkürlich strich sie ihre Schürze glatt, zupfte das Kleid tiefer, aber die Füße in den derben Holzpantinen ließen sich nicht bedecken. Welch spitze Schuhe selbst die Diener hatten! Waren das überhaupt Diener? Einer trug einen Degen an der Seite, ach, wahrscheinlich war es ein Verwandter, dem es eine Ehre war, den König zu bedienen. Er konnte sie ergreifen, abführen und ihr die Augen ausstechen lassen wie diesem Bejammernswerten neulich auf der Place de greve. Margaud erschrak so heftig, dass ihr die Luft wegblieb. Mit diesen Augen hatte sie unerlaubterweise die königliche Tafel erblickt, ihre Augen hatten ihre Schritte hierher gelenkt. Man würde ihr die Augen ausstechen.

Aber dann ging alles sehr schnell.

Eustache de Pavilly räusperte sich und beugte demütig das Knie vor dem König. Es war das letzte Zeichen von Demut, dann griffen sich die Menschen auf ein Zeichen des Stadthauptmanns die Verräter, deren Namen verlesen worden waren.

Margaud sah, wie der Zorn auf dem Gesicht der Königin einem fassungslosen Entsetzen wich, als einer nach dem bärtigen Herrn neben ihr griff. Das musste der Bruder der Königin sein, und es war nicht etwa er, der sich zur Wehr setzte, sondern, wie Margaud mit wachsendem Staunen beobachtete, die Königin. Ihr Bruder sei kein Verräter, und wer es wage, sich am Herzog von Bayern und Lehnsherrn des Königs von Frankreich zu vergreifen, bekomme es mit ihr zu tun. Die Königin befahl, dann bat sie, schließlich schrie und weinte sie. Es half ihr nichts.

Voller Erstaunen und mit großem Respekt vor Caboche sah Margaud, wie seine Leute die Verräter, darunter den verhassten Bayernherzog und einige schreiende und schluchzende Hofdamen der Königin, festnahmen, um sie in den Louvre zu bringen. Der Herzog von Burgund schritt nicht ein. Ihr früherer Herr, der mächtige Johann von Burgund, den alle Sanspeur nannten, schnitt sich ruhig ein Stück Fleisch ab und steckte es in den Mund, als ginge ihn die Sache nichts an. Warum zog er nicht sein Schwert und verteidigte den Bruder der Königin?

Der König beobachtete das Geschehen und brach plötzlich in Gelächter aus, ein so grausiges Gelächter, dass alle erstarrten. Dann griff er nach seinem Weinpokal und schleuderte ihn auf Pavilly, seinen gefüllten Teller warf er auf den Stadthauptmann, und das Nächste, das er zu fassen bekam, schleuderte er ohne Vorwarnung in die falsche Richtung, auf die eigene Tafel. Er traf den Herzog von Burgund.

Aber der Herzog wich mit der Behändigkeit eines geübten Kriegers blitzschnell aus und der Krug zerschellte hinter ihm an der Wand. War da so etwas wie Enttäuschung im Gesicht des Königs? Nein, er lachte weiter und griff nach dem nächsten Gegenstand auf der Tafel. In diesem Augenblick eilte ein zierliches, reich gekleidetes Mädchen von der Tür her auf ihn zu, hielt den Arm des Königs fest, streichelte ihn, flüsterte begütigend auf ihn ein und führte ihn, der plötzlich sonderbar willenlos war, aus dem Saal.

Aber Margaud, die etwas vom Werfen verstand, hatte bemerkt, dass der König nicht ungezielt im Wahn um sich geworfen hatte. Es sah zwar aus, als ob er im irren Gelächter wild und sinnlos mit Gegenständen um sich warf, aber sie war sich beinahe sicher, dass er den schweren Weinkrug gezielt nach dem Herzog von Burgund geworfen hatte. Unzweifelhaft hätte er ihn am Kopf getroffen, und diese Krüge, die einen Schlauch Wein fassten, waren schwer. Margaud zweifelte nicht, dass der Herzog, am Kopf getroffen, zusammengebrochen wäre. Der Schlag hätte sein Tod sein können. War dieser König, eben noch einem Engel gleich, vollkommen irre, gefährlich in seinem Wahn? Hatte er seinen Vetter erschlagen wollen?

Unsinn, ermahnte sich Margaud, die im Gefolge der anderen durch die nun wieder geöffneten Türen hinausdrängte, Edelleute hatten doch ganz andere Möglichkeiten. Wenn der König seinen Vetter hasste, brauchte er ihn doch nur im Turnier zu besiegen.

Noch einmal wandte sie sich neugierig gegen den Strom, reckte sich auf die Zehenspitzen und erhaschte über die Köpfe der Menge einen Blick in den Saal. Sie sah das fassungslose Gesicht der Königin, im Arm eine weinende Hofdame, die versteinerte Miene des gefesselten bärtigen Herzogs von Bayern inmitten der Cabochiens. Sie sah den leeren Stuhl des Königs, die umgestürzten Schüsseln und Platten voller gebratener Köstlichkeiten, die die ängstlichen Diener auf ihrer Flucht hatten fallen lassen. Hunde wollten sich gierig darauf stürzen, flohen aber mit eingezogenen Schwänzen vor ein paar hungrigen, dadurch besonders dreisten Aufständischen, die die Kostbarkeiten hastig in ihre Taschen stopften, während sie den Herzog von Bayern Richtung Tür stießen. Andere hielten Fleischstücke in den Händen und räumten kauend den Saal.

Margaud sah die Musiker, die von der schützenden Empore aus die Fäuste gegen die Cabochiens schwangen, sie sah Edelleute, die sich an der Tafel halb erhoben hatten und die Fleischmesser wie Schwerter in den Händen hielten. Sie sah, wie andere durch die offene Tür, eben jene, durch die der König mit der jungen Frau den Saal verlassen hatte, flüchteten oder nach ihren Schwertträgern brüllten. Aber sie sah auch das Kopfende der mittleren Tafel. Dort saß der Herzog von Burgund, unbewegt, als ginge ihn das gesamte Chaos nichts an. Mit unergründlicher Miene, finster wie stets, griff er nach seinem Pokal und trank, als wolle er seinen Burgunderwein verkosten.

Und dieses Chaos hatten sie angerichtet, einfache Bürger von Paris, an der Spitze ein Mann von unehrlichem Beruf, ein Schinder, und sie, eine Illegale, ein Mädchen vom Lande?

Ihr Blick suchte Caboche, fand ihn, sie kämpfte sich zu ihm durch.

Er strahlte sie an, ein grüner Wasserfall, sie tauchte ein und stolperte über die erste Stufe der steinernen Treppe, strauchelte, und er hielt sie, umfing sie mit beiden Armen, und während die Menschen um sie herum fort aus dem Hotel Saint-Pol auf die Straßen strömten, küsste er sie. Völlig überrascht hielt Margaud still, alles, alles stand still. Ihre Beine, gewohnt, sie im Jeu de paume zu tragen, wohin sie befahl, versagten, und wenn Simon sie nicht gehalten hätte, Margaud schien zu schmelzen, still und ruhig war die Welt, während sie sich in seinen Armen, an seinem Mund verlor. Alles blieb stehen, die Ewigkeit hatte ihren durchsichtigen Schleier über Caboche und sie gebreitet und hüllte sie ein wie die feinen Gespinste zwischen den sommerlichen Wiesenblumen, die sie so lange nicht mehr gesehen hatte.

Jemand stieß Margaud den Ellbogen in die Rippen. Jäh erwachte sie aus ihrem süßen Traum. Nichts stand still, alle drängten an ihnen vorbei, alle stießen sie an, und die Gewappneten waren ihnen vermutlich schon auf den Fersen, und überhaupt, was fiel ihm eigentlich ein? Jeder konnte sie sehen, und … Margaud wurde heiß vor Entsetzen. Hatte sie gerade ihr kostbarstes Gut verloren?

Sie stieß Simon mit beiden Händen gegen die Brust und rannte mit hochrotem Kopf fort, zwischen die vielen anderen Menschen, fort von diesem Katzenäugigen, der sich erkühnte, was Louis, der sie respektierte, nie gewagt hätte.

# ❧ CHRISTINE ❧

Die vermummte Gestalt sah sich nach allen Seiten um, bevor sie an Christines Tür klopfte. Christine legte den Finger auf die Lippen und winkte die Köchin heran.

»Frag nach seinem Begehr«, flüsterte sie, »wir können nicht vorsichtig genug sein in diesen Zeiten.«

Die dürre Köchin räusperte sich und fragte dann, in ihre tiefe Stimme unwillige Energie legend, nach dem Begehr. Man hätte sie durchaus für den Herrn des Hauses halten können, einen großen, starken Herrn.

»Gerson, lass mich ein!«, wisperte es von draußen. Gerson? Fragend sah die Köchin Christine an. Die nickte und die Köchin öffnete schnell die Tür. Die Gestalt huschte hinein und die Köchin schloss die Tür blitzartig hinter ihr. Sie nahm das Tuch ab, das sie sich um Kopf und Schultern geschlungen hatte, und Christine erkannte die jüngste Schwester ihres Freundes Jean Gerson. Der Professor der Theologie war mit zehn Schwestern gesegnet, sie lebten in geschwisterlicher Eintracht in einem Haus.

»Ist etwas geschehen?«, fragte Christine besorgt. Sie hatte Gerson lange nicht gesehen, sie hatte allerdings in den letzten Wochen, seit der Terror auf den Straßen tobte, niemanden mehr gesehen, sondern sich voller Angst in ihrem Turm verbarrikadiert. Seit dem Mord an des Königs Bruder ohnehin vorsichtig geworden, reagierte Christine seit den Cabocheaufständen fast panisch.

»Mein Bruder schickt mich, er will Euch unbedingt sehen, Madame de Pizan. Und Ihr möchtet den Traktat über das Schisma mitbringen.«

»Den Traktat? Den besitzt er doch selbst.«

»Aber nicht in seinem Versteck, und meine Schwestern und ich wagen nicht, ihm das Buch zu bringen.«

Jean hatte sich versteckt?

Die Schwester bejahte unglücklich. »Er ist nach Notre-Dame geflohen. Kommt, Madame, ich begleite Euch, gleich ist Gottesdienst, da fallen wir zwischen den anderen nicht auf.«

Sie eilten durch die Stadt auf die Insel zu Notre-Dame. Zwischen den Gläubigen, die zum Gottesdienst in die riesige Kathedrale strömten, fiel es ihnen leicht, in die kleine Tür des Nordturms zu schlüpfen. Sie stiegen die steilen Stufen des gewundenen Treppenhauses hinauf, an den Fratzen der Wasserspeier einen schmalen Steig entlang zwischen den Türmen und der Balustrade, bis sie vor eine niedrige Holztür gelangten. Auf dreimaliges Klopfen wurde von innen geöffnet und Professor Gerson lugte vorsichtig durch den Türspalt.

Beim Anblick der Frauen entspannte sich sein Gesicht. Er lächelte sanft, küsste seine Schwester auf die Stirn und Christine die Hand. Außer Atem durch den anstrengenden Aufstieg mit dem schweren Buch, lächelte sie ihn an.

Die Schwester packte Käse und Brot aus, grüßte von den Schwestern und verabschiedete sich. Madame solle noch vor Ende des Gottesdienstes zurückkehren, um das Versteck des Bruders nicht versehentlich zu verraten, mahnte sie und huschte so lautlos fort, wie sie gekommen war.

Christine betrachtete den Freund, sein schmales Gesicht, die klugen Augen. In seine dunklen Haare, die er einfach gescheitelt trug, hatten sich graue Strähnen gemischt. Sie reichte ihm das Buch.

»Wie wunderbar! Ich danke dir, liebe Freundin. Ich bin geistig fast verhungert in meinem Kämmerchen, nur Papier habe ich bekommen für meine Aufzeichnungen.«

»Warum bist du hier oben?« Christine trat neugierig an das winzige Fenster der Dachkammer.

Gerson lachte. »Darf ich nicht? Ich bin nicht nur Kanzler der Universität, sondern auch von Notre-Dame!«

Christine blickte auf Paris hinunter. Sie sah, wie sich die Seine braun und zäh durch die ständig ausbreitende Stadt wand, sah die beiden Brücken, den Louvre und die mehrstöckigen grau gedeckten Hotels der Edelleute mit ihren großzügigen Innenhöfen, die sich um das königliche Hotel Saint-Pol gruppierten. Sie sah die einfachen, strohgedeckten Häuser, die sich weiter außerhalb aneinanderdrängten. Fern erkannte sie das Gebäude der Universität, sah die Gläubigen, die über die Brücke nach Notre-Dame strebten, hörte die Geräusche der Stadt neben dem wilden Gurren der Tauben und den heiseren Schreien der Falken, die um die nicht fertiggestellten Türme kreisten.

»Sieh, ich bin so frei wie ein Turmfalke!« Gerson trat neben sie. »Hier oben finden mich die Häscher des Herzogs von Burgund nie!«

»Mein Gott, warum sollten sie dich suchen?«, fragte Christine besorgt.

»Warum? Nun, weil ich die vom Herzog bestellte Rede zum Tyrannenmord nicht halten wollte!«

»Jean, das ist fünf Jahre her, und Petit hat sie gehalten!«

»Ja, dieser Verräter an der Wissenschaft!« Gerson blickte böse.

»Auch er ist inzwischen tot und begraben, vergib ihm!«

»Die Wissenschaft muss frei forschen können, nicht in Abhängigkeit von Aufträgen der Herrschenden.«

Der Herzog von Burgund verfolge ihn, er habe keinen Forschungsauftrag mehr erhalten, seit er seine Gegenrede vor dem Hof gehalten und den Mord an Orleans verurteilt habe …«

»Jean! Auch die liegt vier Jahre zurück!«

Gerson blickte Christine an. »Du weißt nicht, wie Männer sind, du liebe Frau! Du hast nur deinen guten Vater und deinen zärtlichen Gatten Etienne gekannt. Ich habe den Stolz des Herzogs beleidigt, das wird er mir nie vergessen! Sein Herz ist von Mordplänen erfüllt, seine Seele sinnt auf Rache, seine Gedanken beschäftigen sich mit Intrigen gegen echte und vermeintliche Feinde.«

Christine betrachtete den Geistlichen, der in seiner intelligenten Einfachheit vor ihr stand. Er war stets ihr Freund gewesen. Der Gedanke, dass sie ihn verlieren könnte, schmerzte.

»Wir leben unter einem schlechten Stern«, sagte sie leise. »Ob wir es noch erleben werden, dass die Menschen in Frieden und Gerechtigkeit leben?«

»Der erste Schritt war ja bereits getan!«, rief Gerson. »Mein Collega Pavilly hat entsprechende Forderungen vorgetragen.«

»Du meinst doch nicht diesen aufgehetzten Mob, dem er sich unerklärlicherweise zur Verfügung gestellt hat?«, fragte Christine erstaunt.

Gerson meinte, sie solle nicht zu hart urteilen. »Die Sache lief aus dem Ruder, aber die armen Menschen, die nur eine Steuerbefreiung wollten, konnten nichts dafür. Auch sie sind Opfer des Herzogs von Burgund.«

Christine betrachtete kurz den Freund, dann sah sie wieder auf Paris hinunter. Oft vertrat Gerson einen Standpunkt mit dem ihm eigenen Humor, meinte aber das Gegenteil. Wenn sie ernsthaft disputierte, lachte er herzlich. Das Weibliche sei der Ironie fremd, sagte er. Christine hatte überlegt, ob die Fähigkeit zu dem, was er Ironie nannte, auf der uneingeschränkten Macht des Patriarchats beruhte. Aber im Fall des Cabocheaufstandes schien er zu meinen, was er sagte. Vielleicht musste sie mit Margaud sprechen, die schien den Aufständischen näherzustehen, als ihr, Christine, lieb war.

»Es ist noch viel schlimmer, und deshalb muss ich mit dir sprechen. Der Herzog von Burgund will seine Macht ausbauen. Paris mithilfe des Pöbels aufzuhetzen, reicht ihm nicht. Er hat vor, den König zu entführen.«

»Was!« Christine fuhr herum und starrte Gerson entsetzt an. »Das wird er nicht wagen!«

»Doch, er wird.«

»Woher willst du das wissen?«

»Du denkst, in meiner Abgeschiedenheit bekomme ich nichts mit, aber das Gegenteil ist der Fall. Daher bin ich für Jean Sanspeur gefährlich. Die Spatzen pfeifen es im wahrsten Sinne von den Dächern.« Er ging zu Christine und sah sie eindringlich an. »Du musst zur Königin, sie muss den Anschlag verhindern!«

»Die Königin ist in Vincennes!«

»Dann wende dich an den Herzog von Berry, der ist doch auch einer deiner Auftraggeber! Oder an den Dauphin! Ich weiß weder Zeit noch den genauen Plan, aber der König darf auf keinen Fall einer Einladung des Herzogs zur Jagd folgen, auch dann nicht, wenn der Dauphin dabei ist!«

Christine schluckte. Der Plan erschien ihr ungeheuerlich. »Ist der Dauphin in das Komplott eingeweiht?«

Gerson beruhigte sie. Der Sohn würde nicht zum Verräter am eigenen Vater werden. Aber er hielt Louis für zu jung und zu unerfahren, um im entscheidenden Moment besonnen zu reagieren.

»Was kann ich nur für dich tun?«, fragte sie ratlos.

»Tja, du könntest mir ein Bad bereiten, ich habe seit Wochen keines mehr gehabt«, sagte Gerson ernsthaft.

Sie lachten sich an. »Ach, du armer Professor, ich freue mich, dass deine Gedanken sauber sind«, lachte Christine, »hast du wenigstens Wein hier oben?«

Gerson zeigte auf einen Schlauch. »Willst du einen Schluck auf diese schreckliche Nachricht?«

Ja, den wollte sie. Sie würde ihm morgen einen neuen Weinschlauch hinaufschaffen. Gerson goss Wein in zwei

Becher und schob einen wackeligen Stuhl heran. Er selbst nahm auf dem schmalen Lager Platz. Sie trank ihm zu und eine Welle von Zärtlichkeit überflutete sie bei seinem Anblick. Da saß er auf seiner schmalen, nur mit einer Strohmatte bedeckten Pritsche, ein Kleriker, in seinem bodenlangen, abgeschabten Mantel.

Hier muss die Intelligenz sich verstecken, während Frau Dummheit gemeinsam mit Herrn Hass regiert, dachte Christine, es ist ein Jammer und eine Schande für Frankreich. »Trinken wir auf deine schnelle Rückkehr, mein lieber Freund«, wünschte sie ihm.

Und dann läuteten die mächtigen Glocken von Notre-Dame das Ende des Gottesdienstes ein. Eilig verabschiedete sich Christine von Gerson. Während sie die schmalen Stufen hinuntereilte und sich unauffällig wieder unter die Gläubigen mischte, überlegte sie, wie sie Burgunds entsetzlichen Plan vereiteln konnte – sie, eine schwache Frau. Stolz war sie, dass Jean Gerson sie gerufen hatte. Er traute ihr offenbar einiges zu.

Inmitten der Menschen ging Christine aus den breiten Türen von Notre-Dame hinaus in den regnerischen Frühsommertag.

## ISABEL

»Der Friede von Pontoise ist brüchig, liebste Schwester«, sagte Yolantha mit einem Lächeln, das sanft sein sollte. Aber ihre dunklen Augen glitzerten.

Wo hatte sie dies schon gehört? Isabel betrachtete Yolantha nachdenklich, es wollte ihr nicht einfallen. Die Königin von Sizilien, wie Yolantha sich gern nannte, war eine jener Frauen, neben denen sich Isabel klein, dick und schwerfällig fühlte. Isabel hatte sich nie daran gewöhnt, in Frankreich als braun und hässlich empfunden zu werden. Sie hasste die anämischen Blondinen, die ihre Räume kaum verließen, um ihre helle zu einer weißen Haut zu pflegen. Regelmäßige Schönheitskuren dienten Isabels Selbstvertrauen. Stunden badete sie in Öl und Milch, ließ sich die Stirnhaare sorgfältig auszupfen, die Haare waschen und bürsten, bis sie glänzten, und zu einer komplizierten Coiffure flechten und stecken. Isabel war nicht groß, das kaschierte sie mit hohen Schuhen, die sie sehr liebte, denn sie gaben ihr einen langsamen, würdevollen Gang. Aber neben Yolantha fühlte sie sich wie ein Wildschwein neben einem Reh.

Yolantha hatte keinen Busen. Jedenfalls keinen nennenswerten, sie war schlank, böse Zungen hätten sie dünn genannt. Sie hatte die dunklen Augen ihres spanischen Vaters und die vornehme Blässe ihrer Mutter, der Herzogin von Bar, geerbt. Yolantha war mit ihrem Gatten Herzog Ludwig von Anjou gekommen, um Paris von den Cabochiens zu befreien.

Zum ersten Mal nach dem Ritterschlag hatte Isabel den Herzog nach über zwanzig Jahren gesehen. Vergeblich suchte sie in seinen herrischen Zügen nach denen des schüchternen Zwölfjährigen. Nur eines war geblieben: die von der Mutter eingepflanzte Sucht nach der Königswürde von Neapel, ein verbissener, aussichtsloser Kampf.

Es war der 21. Oktober 1413, und Yolantha saß im Saal von Schloss Marcoussis, Isabels prächtigem Schloss in der Nähe von Paris, umgeben von einem Park, der in den feurigen Farben des Herbstes leuchtete. Es musste ein Gott wohlgefälliger Ort sein, dachte Yolantha, denn die Sonne tanzte im Blattwerk, und auf den Lichtungen grasten wollige Schafe und zahme Hirschkühe mit weißen Punkten auf dem Rücken. Auf den satten Wiesen schrien Pfauen, und bunte Fasane wetteiferten mit den Farben der Laubbäume. Es hätte sie nicht verwundert, wenn ein weißes Einhorn seinen schönen Kopf gehoben hätte, um sie zu beobachten.

Im Boudoir, in dem die Königin Yolantha privatissime empfangen hatte, bedeckten prächtige Teppiche die Böden, und die Wände waren bodenlang verhängt mit dunkelblauen Samtvorhängen, auf denen abwechselnd golden gestickt die Lilien Frankreichs und die Rauten Bayerns prangten. Auf einem Tischchen stand ein Schachbrett, eine Kostbarkeit aus Ebenholz und Elfenbein, mit geschnitzten Figuren aus Bergkristall und Jade. »Der Friede von Pontoise ist ein von Männern gemachter Frieden«, entgegnete Isabel zögernd und kam sich dumm vor.

Yolantha zog die wohlgeformten Brauen hoch und sah sie fragend an. »Ist ein von Frauen geschlossener Frieden haltbarer, liebe Schwester?«

»Ja, wenn die Frauen es richtig anfangen.« Isabel war die Königin, und wenn sie sich schon klein und dick fühlte, sollte dieses Reh wenigstens ihre Würde und ihre Klugheit bewundern. »Ich werde es dir beweisen, liebe Yolantha. Heute habe ich nicht nur Köstlichkeiten für den Gaumen vorgesehen, sondern auch Köstlichkeiten des Geistes.«

Isabel gab einer ihrer Hofdamen einen Wink und diese eilte davon.

Die Köstlichkeiten des Geistes. Yolantha fiel keine geistreiche Antwort ein. Offensichtlich hatte sie diese Königin unterschätzt. Was hatte man ihr alles erzählt von der Ausländerin, einer plumpen bayerischen Herzogstochter, die nicht einmal richtig Französisch könne, deren Hofstaat sich promiskuitiven Vergnügungen hingebe, die sich weit über ihrem Stand den König von Frankreich gegriffen habe, was ihr nur gelungen sei, weil er ein Irrer sei, wie seine Mutter, diese Spanierin.

Isabel saß entspannt, die gepflegten weißen Hände im Schoß, auf einem roten Diwan. Im Kamin brannte ein üppiges Feuer, obwohl die Fenster weit geöffnet waren und die würzige warme Herbstluft hineinließen. Ich spare an nichts, zeigte jedes Detail, auch die kostbaren goldenen Pokale, aus denen sie nach einem opulenten Mahl gewürzten Wein tranken.

Isabel selbst war alles andere als tumb, sie war eine wohlgeformte Brünette von jener Art, die die Chevaliers mit lüsternen Blicken, weniger edle mit Gewalt verschlangen. Brüste und Hüften betonte sie in einem reich bestickten, unter dem Busen eng taillierten Gewand mit elegant geschlitzten, golden gefütterten Ärmeln, die bis zum Boden reichten. Ihr Gesicht bekrönte sie mit einer geradezu atemberaubenden Coiffure. Ihre Bewegungen glichen denen einer edlen Stute, bemerkte Yolantha, der eine solche Eleganz nicht gegeben war, denn auch nach fünf Geburten war sie stets ein dünnes Füllen geblieben. Ihre Brüste band sie hoch, damit wenigstens kleine Rundungen unter dem Gewand zu sehen waren. Neben der eleganten, erotischen Königin fühlte Yolantha sich wie eine Vogelscheuche.

Eine einfache Frau betrat das Boudoir. Eine Witwe unbestimmten Alters in einem schlichten blauen Gewand, die Haare bedeckt mit einer weißen Haube, sauber, schmucklos, verbeugte sich vor der Königin, dann vor Yolantha, schließlich vor den Hofdamen. Sie trug eine Kostbarkeit in den Armen: ein schweres, in roten Samt eingebundenes Buch mit goldenen Schließen. »Meine Philosophin, Christine de Pizan«, stellte Isabel sie im Plauderton vor, als sei diese Frau von niedrigem Stand eine Fürstin des Hochadels. »Eine weise

Frau, weiser als mancher Mann. Sie wird uns ihr Buch vorstellen. Es ist das Buch von der Stadt der Frauen.«

Sie wies der Frau ein Taburet zu, auf dem diese mit der ihr gebührenden Bescheidenheit Platz nahm, während es sich die Damen auf dem Diwan bequem machten. Auf einen Wink bekam Christine de Pizan einen Pokal mit Wasser vermischten Weines auf ein Tischchen gestellt.

Die Frau legte das schwere Buch auf ihre Knie, öffnete es aber nicht, sondern sprach frei heraus: »Hochedle Damen! Als ich eines Tages meiner Gewohnheit nach in meiner Klause saß und mich dem Studium der Schriften widmete, war mein Verstand es mit jeder Stunde mehr leid, die bedeutenden Lehrsätze verschiedener Autoren zu durchdenken. Auf der Suche nach Heiterem stieß ich auf Anstößiges, und ich fragte mich, welches die Ursache dafür sein könnte, dass Männer, gleich welchen Bildungsgrades, dazu neigen, in ihren Reden, Traktaten und Schriften derartig viele teuflische Scheußlichkeiten über Frauen und deren Lebensumstände zu verbreiten.«

Die Königin und ihre Damen neigten lächelnd das Haupt. Yolantha schwieg vorsichtig. Sie kannte dergleichen Schriften nicht, hatte aber gehört, dass es einen Streit um den Rosenroman gegeben hatte. Sie wusste nicht, warum, es war doch eine Dichtung über die Liebe, was sollte daran schlecht sein? »Ich machte mich daran, mich selbst und mein Verhalten als Wesen weiblichen Geschlechts zu prüfen. Es war doch völlig unvorstellbar, dass so bedeutende Männer, berühmte Gelehrte von beträchtlichem intellektuellen Format, Lügen über Frauen verbreitet hätten! Und dies an so vielen Stellen, dass ich kaum einen Band moralischen Schrifttums fand, ohne nach wenigen Seiten auf Kapitel oder Aussprüche zu stoßen, die gegen Frauen gerichtet waren! Offenbar war ich in meiner Einfalt und Unwissenheit unfähig, meine eigenen schlimmen Schwächen und die anderer Frauen zu erkennen. Ich verachtete mich selbst und mit mir das gesamte weibliche Geschlecht, als wäre es ein Irrtum der Natur.«

Ja, was hatte diese unscheinbare Frau denn alles gelesen? Woher hatte sie Geld für Bücher? Yolantha betrachtete Christine de Pizan irritiert, sah dann auf die Königin, aber diese griff nach einer Näscherei und hörte kauend der Philosophin zu, als erzähle diese einen intriganten Hoftratsch.

Die Frau fuhr fort: »Ach Gott, sprach ich in meinem Kummer, ich darf doch annehmen, dass Du in Deiner grenzenlosen Weisheit und vollkommenen Güte nichts Unvollkommenes erschaffen hast. Aber hast Du nicht die Frau erschaffen und sie mit allen Eigenschaften versehen, die Du ihr zu geben beliebtest? Wenn es stimmt, dass das weibliche Geschlecht ein Ausbund an Schlechtigkeit ist, warum ließest Du mich nicht als Mann zur Welt kommen? So haderte ich in meinem Unmut und meiner Torheit damit, von Gott in einem weiblichen Körper auf die Erde geschickt worden zu sein.«

Als Yolantha aufblickte, sah sie direkt in die dunkelbraunen Augen Isabels. Interessiert hatte diese sie betrachtet. Yolantha errötete. Hatte die Königin sie durchschaut? Hatte sie diese Pizan bestellt, um ihr den Spiegel vorzuhalten?

Oh ja, Yolantha wusste, wovon die Dichterin sprach! Wie hatte sie sich danach gesehnt, als Mann zur Welt zu kommen, ein verbotener Gedanke nach einer Reihe von Verboten. Für ein Mädchen war sie zu gut geritten, hatte zu gut gekämpft, zu erfolgreich gejagt. Was eben noch kindliches Spiel gewesen war, wurde strikt untersagt. Yolantha wurde in die Kemenate gerufen und in der Kunst des Gobelinstickens unterwiesen. Wie sie es gehasst hatte! Wie sie gelitten hatte, wenn sie die Brüder im Hof fechten hörte! Heimlich hatte sie sich in die Scheune geschlichen, oh, sie gab nicht auf! Aus Stroh waren ihre ersten Gegner geformt, jeder Stich traf und war tödlich. Aber als der Vater das erste Turnier veranstaltete und die Brüder auf ihren wilden Kampfhengsten ihren ersten Tjost ritten, saß sie auf der Tribüne, eingezwängt in ein zu enges Kleid und Schuhe mit Absätzen, mit einem spitzen Hennin auf den schulterlangen Haaren. Nichts hatte sie zu tun, als mit brennenden Augen dem Turnier zuzuschauen, anstatt sich eine Rüstung anlegen zu lassen und mit den Brüdern gemeinsam den Gegner in die Schranken zu weisen.

Oh ja, Yolantha verstand, wovon diese verhärmte Witwe sprach! Aber verstand die es überhaupt, diese Pizan, mit ihren Büchern und ihrer muffigen Studierstube? Und diese Königin … wie sie auf ihrem Diwan thronte! Die fleischgewordene Weiblichkeit, nach zwölf Geburten noch so reizvoll wie eine aufgeblühte Rose. Im nächsten Winter ist sie nur noch eine Hagebutte, dachte Yolantha, aber es wollte ihr nicht gelingen, gehässig zu sein. Die Dame Isabel fühlte sich wohl in ihrer Weiblichkeit, sie hatte keine Ahnung von den Schmerzen des Gefühls, im falschen Körper zur Welt gekommen zu sein.

»Da sah ich plötzlich einen Lichtstrahl auf meinen Schoß fallen und als ich den Kopf hob, erblickte ich drei gekrönte Frauen von sehr edler Haltung und großer Schönheit. Man kann sich meine Überraschung vorstellen, denn alle Türen waren fest verriegelt. In der Befürchtung, es handele sich um eine mir als Versuchung auferlegte Geistererscheinung, schlug ich auf meiner Stirn das Zeichen des Kreuzes und war von großer Angst erfüllt. Da redete die erste mich lächelnd an: Teure Tochter, erschrick nicht, wir sind gekommen, dich aus deiner Unwissenheit zu erlösen, denn uns dauert deine Verwirrung. Du gleichst dem Narren aus dem Schwank, dem man, während er in der Mühle schlief, Frauenkleider anzog und der beim Erwachen, weil seine Gegner ihm weismachten, er sei eine Frau, diesen Lügen mehr Glauben schenkte als der Gewissheit seines Seins.«

Die Königin lachte auf, ihre Damen stimmten gehorsam in ihr Gelächter ein. Yolantha lächelte mit verwundeter Seele. Ein Narr, gewiss, aber eine solche Närrin wäre sie mit Genuss gewesen.

Christine de Pizan blickte streng und fuhr im Ton der Dame fort: »Wo hast du all deinen Scharfsinn gelassen, schöne Tochter? Hast du denn vergessen, dass feines Gold in der Feuersglut seine Beschaffenheit beweist, die sich nicht verändert, sich höchstens verfeinert, je mehr es auf unterschiedliche Weise bearbeitet wird?«

Die Damen nickten. Ein längerer Exkurs der Dichterin über Aristoteles, den Rosenroman und Antiphrasen darauf folgte. Schließlich hob Christine de Pizan die Stimme: »Wisse, wir sind hier, um eben jenen Irrtum, dem du aufgesessen bist, aus der Welt zu schaffen. Zu lange waren die Frauen allein ...«

Christine de Pizan machte eine Pause, trank einen kleinen Schluck Wein und richtete dann ihren Blick fest auf die anwesenden Damen: »Welche Stadt, ganz gleich, wie stark ihre Befestigungen sind, ließe sich nicht einnehmen, wenn es an Widerstand mangelt?«

Und da auch Yolantha zustimmend nickte, gespannt auf den Gedanken, den diese gelehrte Frau entwickeln würde, fuhr Christine fort: »Wisse, Tochter, wir sind hier, um künftig allen hochherzigen und rechtschaffenen Frauen einen Ort der Zuflucht, eine umfriedete Festung gegen die Schar der boshaften Belagerer zu bieten.«

Isabel hatte beobachtet, dass Yolantha nachdenklich wurde, und sie freute sich darüber. Die »Königin der vier Reiche« war ihr als hochmütig und eigensinnig, unschön und ehrgeizig geschildert worden. Alle Zerstreuungen des Hofes dürfte sie bis zum Überdruss kennen, Bälle, Turniere und Jagden würden sie sicherlich langweilen. Außerdem war die Situation in Paris hochbrisant. Die Ankunft des Herzog von

Anjou hatte ein deutliches Zeichen gegen Burgund gesetzt. Alles, was Isabel tat, konnte ihr zum Nachteil gereichen. Vor allem konnte jedes prunkvolle Fest die Stimmung gegen sie schüren. Daher hatte sie das abgelegene Schlösschen Marcoussis gewählt, um die Jüngere durch Geist zu beeindrucken. Sie hatte dafür gesorgt, dass es sich herumsprach: die Königin empfing die umstrittene Philosophin Christine de Pizan zur Disputation, statt teure Belustigungen zu veranstalten. Damit konnte sie der guten Nachrede der burgundtreuen Sorbonne gewiss sein. Es galt, die aufsässigen Professoren der Universität zu beeindrucken, denen es nicht passte, dass Pavilly nach seiner frechen Rede seine verdiente Strafe erhalten hatte. Christine de Pizan hatte sich durch ihre scharfe Logik den Respekt selbst der übellaunigsten, dünkelhaftesten Professoren erworben, und sie war die Freundin des gemäßigten Jean Gerson.

»Wir, die drei großen Frauen, die wir hier vor dir stehen, sind gekommen, dir von einem Bauwerk ganz besonderer Art zu künden. Es wird der Umfriedung einer solide gemauerten und gebauten Stadt gleichen. In früheren Zeiten, so berichtet die Überlieferung, wurde das Reich der Amazonen auf Geheiß und Bestreben großherziger Frauen gegründet, welche die Knechtschaft verachteten. Unter der Herrschaft frei gewählter Königinnen verteidigten sie es. Aber so mächtig und stark sie auch waren, zerfiel das Reich der Amazonen doch am Ende.

Aber du wirst mit dieser Stadt, die du zu bauen hast, ein weitaus beständigeres Werk schaffen. Nach unser dreier Ratschluss bin ich damit beauftragt, den Anfang zu machen und dich mit haltbarem Mörtel zu versehen, damit ein solider Grund gelegt wird; dann um sie herum starke Mauern zu ziehen, bestückt mit gewaltigen Türmen und wehrhaften Kastellen mit Gräben, mit allem, was zu einer stark und dauerhaft befestigten Stadt gehört. Ich bin …«

»Die edle Frau Vernunft!«, echoten Isabel und ihre Damen im Chor. Sie schienen das Werk so gut zu kennen wie die Bibel.

Nun war auch Yolanthas Neugier geweckt. Mithilfe der Vernunft eine Stadt der Frauen errichten, das hatte sie noch nie gehört. Die Allegorie gefiel ihr. »Wer sind die beiden anderen edlen Frauen?«, fragte sie neugierig.

»Dieses funkelnde Lot, das ich in der Rechten halte, trennt Recht von Unrecht und zeigt den Unterschied zwischen Gut und Böse an: Wer ihm folgt, geht nie fehl. Dieses Lot zeigt allen Dingen ihre Grenze an, denn unbegrenzt ist sein Geltungsbereich. Du wirst es sehr wohl gebrauchen können, um das Innere der Stadt der Frauen zu konstruieren. Ich werde …«

»… Rechtschaffenheit genannt, und meine Bleibe ist eher im Himmel als auf Erden«, echoten die Hofdamen.

Christine de Pizan lächelte geschmeichelt und fuhr fort: »Die dritte Dame trug zwar ebenso prächtige Kleidung und eine Krone wie die anderen, blickte jedoch so streng, dass auch der Mutigste es mit der Angst zu tun bekommen konnte, wenn er ihr in die Augen sah. – Teure Christine, diese Waagschale aus feinem Gold, die du mich in der Rechten halten siehst, hat Gott, mein Vater, mir gegeben. Sie dient dazu, jedem das ihm Zukommende zu bemessen. Niemand kann sich über mein Maß beklagen. Aber die Menschen auf der Erde benutzen andere Maße, von denen sie zu Unrecht behaupten, sie stammten von meinem ab. Meine Orte sind Himmel, Erde und Hölle, ich bin …«

»… Gerechtigkeit, die einzigartige Tochter Gottes, deren Wesen in Ihm seinen unmittelbaren Ursprung besitzt«, sprachen wieder alle Damen im Chor.

»Meine Aufgabe wird es sein, die hohen Dächer der Türme, der vornehmsten Gebäude zu errichten, die aus feinem, leuchtendem Gold bestehen sollen. Des Weiteren werde ich deine Stadt mit würdigen Bewohnerinnen bevölkern und mit der vornehmen Königin, die ich dir zuführe und der die höchste Ehre und der höchste Rang unter den Frauen gebührt.«

Christine hatte die ganze Zeit über dem geschlossenen Buch gesprochen. Nun öffnete sie feierlich die Schließen und las vor, wie sie, Christine, in der Erde gewühlt habe, wie sie mit Frau Vernunft den Baugrund von allen üblen Nachreden gegen die Frauen gereinigt habe. Sie ermunterte die Anwesenden, ebenfalls Fragen zu stellen.

Yolantha fasste sich ein Herz und fragte: »Gott schuf das Weib aus der Rippe des Mannes. Demzufolge wären wir die Dienerinnen der Männer?« Seit sie ihren Psalter hatte lernen müssen, brannte Yolantha diese Frage auf der Seele.

Christine glaubte zu wissen, was die Dame Vernunft dazu sagte: »Die Erschaffung aus der Rippe bedeutet, dass Gott Eva dazu bestimmte, Adam als Gefährtin zur Seite zu stehen – nicht jedoch dazu, als Sklavin zu seinen Füßen zu liegen! Und: dass er sie lieben soll wie sein eigenes Fleisch.«

Yolantha war beeindruckt. Die Antwort war so einfach und so plausibel!

»Schwatzhaft und von schwachem Geiste seien die Frauen«, meinte eine der Hofdamen zaghaft.

»Betrachte das Wesen des Kindes: Ist es nicht von Natur aus sanftmütig und liebenswürdig? Was aber auf der Welt ist sanfter und liebenswürdiger als eine gesittete Frau? Ah, das sind üble, teuflische Menschen, die das Gute in sein Gegenteil verkehren und aus der weiblichen Tugend der Sanftmut eine schlechte Eigenschaft und einen Vorwurf machen!«

Weitere Vorwürfe wie körperliche Schwäche und Feigheit wurden von Christine abgeschmettert mit dem Verweis auf die Amazonen und auf tapfere Männer, die nicht über den Körperbau eines Herkules, aber über Verstand und Klugheit verfügten.

Schließlich meinte Christine, Frau Vernunft habe nun die Erde fortgeschafft und einen breiten Graben angelegt. Nun sei es an der Zeit, den Grundstein zu legen. »Ergreife die Kelle deiner Schreibfeder und mache dich daran, solide zu mauern!«

Yolantha spürte den schweren Burgunderwein in den Gliedern, als Isabel in die Hände klatschte und das Mahl auftragen ließ. Christine de Pizan hatte von Laudes bis zur Mittagshore kurzweilig viele Vorwürfe gegen die Frauen entkräftet. Als Bausteine für die metaphorische Stadt dienten ruhmreiche Königinnen wie Pentesilea und Artemisia, die für die Tapferkeit der Frauen standen, Sappho und Circe für die Gelehrsamkeit, Minerva und Isis als einfallsreiche Erfinderinnen, Dido und Lavinia für die »prunetia«, die Umsicht, Dinge zu handhaben.

»Weiberwissen schafft Zivilisation!«, erklärte Isabel abschließend und hob ihren Pokal. Dann erteilte sie Christine de Pizan gnädig zwei weitere Aufträge: Sie solle für sie eine schön bebilderte Werkausgabe des Pizan'schen Gesamtwerkes schaffen und für ihren Sohn, den Dauphin Louis, ein Buch über Ritterlichkeit und Frieden schreiben. Der Dauphin sei durch die Ereignisse der letzten Zeit verunsichert, er brauche eine Anleitung, um einmal so weise wie sein Großvater regieren zu können.

»Ein Buch vom Frieden?«, vergewisserte sich Christine. Bisher hatten die jungen Herren nur Interesse an Krieg gezeigt. Daher hatte sie ihr letztes Buch »Von den Heldentaten und der Ritterlichkeit« genannt und beschrieben, wie ein König einen gerechten Krieg führen könne.

»Vom Frieden«, bestätigte Isabel und lächelte ihre neue Freundin Yolantha an. »Oder gibt es nach der Klugheit der Frauen etwas Wichtigeres als den Frieden?«

Und als Yolantha würdevoll nickte, klatschte die Königin in die Hände und rief: »Du kannst dich schon übermorgen an die Arbeit machen, liebe Dichterin! Aber jetzt spielen wir Jeux á Vendre, keine versteht sich auf feines Verseschmieden so galant wie Christine! – Yolantha, liebste Freundin, ich verkaufe Euch mein Körbchen, was tut Ihr hinein?«

Isabel verbrachte drei Tage mit Yolantha in Marcoussis. Am zweiten Tage erzählte Christine, wie sie mithilfe von Frau Rechtschaffenheit die prächtigen Paläste und die vornehmen Wohnstätten der trefflichen Damen mauerte: »Komm her, Tochter, rühre den Mörtel an und mauere tüchtig im Rhythmus des Eintauchens deiner Feder! Mithilfe Gottes werden wir binnen Kurzem eine Zufluchtsstätte für die vortrefflichen Damen errichten, die bis ans Ende aller Zeiten in dieser Stadt einen Zufluchtsort und eine Bleibe finden sollen!«

Die feurige Sonne tauchte den Park von Marcoussis in unwirkliches Orange. Isabel und Yolantha fühlten sich zueinander hingezogen wie Sonne und Mond. Sie hatten das schwere Buch Christines mit hinausgenommen und betrachteten entzückt den zarten Pinselstrich der farbenprächtigen Miniaturen.

»Seht nur, da zieht Ihr ein in Euren prächtigen Palast der Vernunft«, kicherte Yolantha und deutete auf die gekrönte Frau, die das Tor der Stadtmauer öffnete und sich mit einer einladenden Bewegung zu den Damen hinter ihr wandte.

»Und Ihr folgt mir als Erste, denn nur Ihr versteht mich, meine liebe Freundin«, meinte Isabel. Ihre Hand umfasste die der Jüngeren. Wie schmal sie war, wie zerbrechlich die Handgelenke! Wie zart ihr Wuchs! Isabel streichelte Yolanthas Arme, Yolantha wagte, die kostbare Kleidung der Königin zu berühren. Das Rot des warmen Abends nach einem heißen Herbsttag flirrte über ihre erhitzten Gesichter. Fühlen, greifen, Neugierde, schon waren die Badezuber gerichtet, lauwarm nach Rosenwasser duftend, schon saßen die wohlgeformte Ältere und die Zierliche, ach wie alt war sie eigentlich?, darin. Sie ginge in ihr dreißigstes Jahr, gestand Yolantha verschämt, während sie die weißen runden Brüste der anderen mit einem weichen Schwamm massierte. Isabel war vierzehn Jahre älter als sie, wie sanft und weich fühlten sich ihre Brüste an, Isabel stöhnte. Welch ein Unsinn, diese Dichter, die sie als feste Äpfel bedichteten, diese waren groß wie Kürbisse und weicher als feinste Seide. Mutiger griff Yolantha in das weiche weiße Fleisch, Isabel quiekte, wand sich, die Rollen seien dem guten Essen geschuldet, nein, sie machten sie erst schön, ein Schwall Rosenwasser landete auf Yolanthas rotbraunen Strähnen und verwandelten sie in glänzendes Rotgold. Sie wollte in diese Stadt einziehen, nur Frauen, mit Frauen sei alles möglich, Männer stören nur, kicherte Isabel, wir haben genügend Kinder geboren, die Thronfolge zu sichern, was brauchen wir diese haarigen Biester, langanhaltendes Kichern, Plätschern, Schwappen, Wasser mit Salbeiöl rann über feuchte Strähnen. Sie können nur kämpfen und schlagen, sie halten uns für verweichlicht und feige, dabei sind wir genießerisch und hingebungsvoll.

Und weich und warm, und lebenschenkend. Aber auch groß und stark, Yolantha richtete sich auf, wieder ein Schwall warmes, weiches Wasser, und eine Zunge, das leckte, griff, umschlang sie, das wühlte, feuchtete, stöhnte, glitschte, schwappte, saugte, biss … Genug. Christine de Pizan blickte streng. Wir sind die Stadt der Frauen, keine Lasterhöhle, ihr Frauen der Vergangenheit, Gegenwart und Zukunft, die Ihr Tugend, Ehre und Unbescholtenheit liebt, findet hier eine Bleibe. Sie besteht ganz und gar aus dem Material Tugend, einer strahlenden Tugend, gloriosa dicta sunt de te, civitas Dei, missbilligender Blick auf den nassen Boden, den fast leeren Zuber, die erhitzten rosigen Frauenkörper, Tugend, in der ihr euch alle spiegeln könnt.

Beschämt ließen die Frauen sich abgießen, eiskaltes Wasser klatschte auf heiße Haut, geile Seide erstarrte zu gerupfter Entenhaut, Begierde erfrostete.

Strenge Badedamen hüllten die Königinnen in harte leinerne Badetücher, kämmten ziepende Locken streng zu glänzenden Heringsschwänzen, zwangen sie unter Hauben, schnell in die Boudoirs zum Ankleiden, vermiedene Blicke, unterdrücktes Kichern. Das dritte Buch war noch nicht gelesen, wie furchtbar war Frau Gerechtigkeit in ihrem Zorn gegen die unehrenhaften Frauen.

Aber da war etwas geblieben, Isabel nannte es Freundschaft, Yolantha nannte es ihrem Gatten gegenüber Ziel erreicht. Als die königlichen Freundinnen die Dichterin reich beschenkt verabschiedeten, waren sie fest entschlossen, die Stadt der Frauen zu errichten, am besten sofort, hier in diesem wunderschönen Garten von Marcoussis.

»Aber es ist nur eine Allegorie«, wandte Christine de Pizan ein. Sie bemühte sich, den Anblick der nassen, schlingernden, fischigen Frauenkörper im Badezuber zu verdrängen.

»Es wird Zeit für die Stadt der Frauen, sieh nach draußen, Dichterin! Was siehst du?«

Christine schwieg.

»Eine geschändete Stadt, der Willkür ehrgeiziger rivalisierender Ritter ausgeliefert. Ein König, den Gott in seiner Unerforschlichkeit zum Narren werden ließ: Aber hier haben wir vielleicht den Schlüssel, nicht wahr? Vielleicht will Gott uns den Weg zu einem Frieden weisen, der nur den Frauen gelingen kann, weil sie nicht imstande sind zu kämpfen!«

»Die Zeit des Kampfes und der Kriege ist für immer vorbei«, bestätigte Yolantha.

Die hohen Damen verstehen meine Vision falsch, dachte Christine, ich habe sie drei Tage in ihrem Schloss unterhalten, sie haben sich miteinander vergnügt, und schon erklären sie ein neues Zeitalter für begonnen. »Um Frieden zu schaffen, braucht es Mut, sehr viel mehr als zum Kriegführen«, wandte Christine ein.

»Ja, Weibermut! Und du, Christine, wirst unsere Bannerträgerin in unserem Kampf gegen die männliche Kriegslust und Überheblichkeit!«

Die Hofdamen brachen befeuert in Jubel aus. Isabel reichte der neu gewonnenen Freundin Yolantha die Hand: »Ich hoffe, dass unsere Begegnung der Beginn eines neuen Weges auf der Suche nach dem ist, was eint, um zu überwinden, was trennt.«

Yolantha antwortete: »Wir alle sehnen uns nach Frieden, wir brauchen Frieden, einen Frieden zwischen gleichberechtigten Königreichen.«

»Einen gerechten Frieden«, sagte Christine schnell, »der ein menschenwürdiges Leben ermöglicht.«

Die Damen sahen sie etwas irritiert an, aber dann nickten sie.

»Wir werden nicht auf das Feld der Literatur gehen, um unsere Stadt zu erbauen, sondern auf das Feld der Politik. Und dich, Christine, bitte ich um eine weitere Kopie der ›Stadt der Frauen‹.«

Isabel ließ es sich nicht nehmen, Yolantha das schwere Buch selbst zu reichen: »Dies ist mein Geschenk für die Königin der vier Reiche, für unseren Bund der Frauen.«

Christine verneigte sich tief. Drei große Aufträge, die ihr helfen würden. Sie hatte die Königin wegen Gersons schwieriger Lage um Hilfe bitten wollen, aber dies war bereits ihre gnädige Verabschiedung. Sie würde um eine Audienz nachsuchen, wenn die Königin nach Paris zurückgekehrt war.

Christine war schon an der Tür, da hörte sie Yolantha sprechen. »Ich sage Euch, geliebte Schwester, was mein erster Schritt sein wird, damit Ihr seht, dass es mir ernst ist mit unserem Frauenbund: Ich werde die Verlobung meines Sohnes mit Katharina von Burgund rückgängig machen!«

»Nein«, rief Isabel erschrocken aus, »tut das nicht, edle Dame, der Herzog von Burgund wird sich furchtbar rächen!«

Aber Yolantha war entschlossen, der Königin zu imponieren.

»Noch vor Ablauf dieses Mondes werde ich Katharina zu ihrem Vater zurückschicken. Mag er sie in Beauvais in Empfang nehmen. Mit diesem Untier will ich nicht verbündet sein.«

Kein guter Plan, dachte Christine und ergriff die Türklinke. Mit diesem Affront kann diese Fürstin alles zunichtemachen, was sie eben so wortreich begonnen hatte.

»Stattdessen bitte ich um die Hand Eures jüngsten Sohnes Charlot für meine süße Marie!«

Isabel überlegte blitzschnell. Sie vergab sich nichts, wenn sie ihren Jüngsten mit dem Hause Anjou verlobte. König würde er niemals werden, Dauphin war Louis, der mit Jean Sanspeurs Tochter verheiratet war, ein mächtiger Bund, und Jean war im Hennegau. »Teuerste Freundin, so sei es. Ich will unseren Friedensplan dem König vortragen.« Damit gewann sie etwas Zeit. »Ich bin sicher, er wird ihn billigen.«

»Und seht: Die Kinder spielen schon miteinander.«

Die Damen sahen hinaus in den Park, in dem Catherine, Marie und Charlot um einen Ball zankten. Man konnte es gerade noch kindliches Spiel nennen.

»Ich werde ihn in Angers mit Marie und meinem Sohn René aufziehen, verehrte Freundin, es wird ihm an nichts fehlen.«

Isabel zuckte zusammen. Der Abschied von Jean war ihr schwergefallen. Sie hatte nur noch diese beiden jüngsten Kinder Charlot und ihr Katerl um sich. Es war einsam geworden im Hotel Saint-Pol. Und nun auch noch Charlot? Musste das sein als Opfer für den neuen Bund, der den Frieden bringen würde?

Unter Tränen versprach Isabel alles. Nur eine Bedingung: Yolantha musste sie mit den Kindern oft besuchen.

Christine ging hinaus. Ein Blick zurück bestätigte ihr Misstrauen: Yolanthas glitzerndes Lächeln gefiel Christine de Pizan überhaupt nicht. Das war nicht das Lächeln der Freundschaft. Was führte diese Dame im Schilde?

# MARGAUD

So schlecht hatte Margaud noch nie gespielt. Sie griff in die Luft, während der Ball längst in gegnerischer Hand war, sie spielte unter das gespannte Seil zum Jubel ihrer Gegner, sie sah nicht, dass Louis frei stand, stand teilnahmslos mit leerem Blick da, während der Ball neben ihr aufschlug. Sie verloren haushoch. Das Publikum johlte, pfiff, grölte. Der Weg vom Spielfeld war ein Spießrutenlauf. Übel wurde Margaud an Haaren und Kleidung gezaust. Sie wehrte sich nicht, hielt den Kopf gesenkt. Wütend warf Louis den Ball auf den Boden. Die Reaktionen der Mannschaftskameraden waren schlimmer.

»Weiber!«, knurrte der Lange, und der kleine Federic, um den Wettgewinn betrogen, ergänzte: »Launenhaft und bösartig! Wahrscheinlich hat sie mit der Marktmannschaft paktiert!«

Gegen die Marktmannschaft hatten sie gespielt, und an den Markthallen war es auch geschehen, was Margaud derart aus der Fassung gebracht hatte, dass sie keinen Ball bekam.

»Was ist mit dir los, verdammt noch mal?«, fragte Louis wütend.

Margaud stand da wie eine Puppe, unfähig, sich die Hände aufzubinden, unfähig, sich für ihr Versagen zu schämen. Sie konnte Louis nicht sagen, was geschehen war. Wieder sah sie Simon vor sich, im Morgengrauen vor dem Hotel Bourguignon, das sie aus Angst vor den Bewaffneten des Herzogs mied. Aber der Weg vom Buchbinder führte daran vorbei, und so hatte sie, immer vorsichtig um sich blickend und die kleinen Gassen als Deckung benutzend, Christines Buch zum Binden gebracht, und da hatte sie ihn gesehen, ihren Caboche, dessen kluge Rede sie so sehr bewunderte, der sie so frech geküsst hatte, seine schlanke große Gestalt, seine wilden Haare, die er unter einer großen Kappe versteckte, als solle ihn keiner erkennen. Und der Reiter beugte sich nach unten, Caboche streckte sich ihm devot entgegen, sie tuschelten miteinander, und dann lachte der Reiter, Caboche lachte auch, und beim Lachen hob der Reiter den Kopf, und Margaud sah sein Gesicht. Es war der Herzog von Burgund.

Margauds Kehle zog sich schmerzhaft zusammen, wie am Morgen, als sie die Szene beobachtet hatte. Sie wollte Louis alles erklären, sie öffnete den Mund, aber Louis hatte sich abgewendet und trank mit den Kameraden. Eine Flasche billiger Branntwein ging von Hand zu Hand. Margaud war ausgeschlossen, sie hatte sich selbst ins Abseits manövriert durch ihr miserables Spiel. Hatte sie dem Falschen vertraut?

Der Herzog von Burgund gab seinem Pagen, der hinter ihm auf seinem Pferd saß, einen Wink, und der Page warf Simon lässig einen Beutel zu. Simon fing ihn auf, verbeugte sich devot, wieder lachte der Herzog gönnerhaft und ritt hinein ins Hotel Bourguignon. Die Tore schlossen sich hinter ihm.

Simon band den Beutel an seinen Gürtel und ging pfeifend seiner Wege. Margaud blieb in ihrem Winkel, zitterte, entdeckt zu werden. Minuten blieb sie dort, die ihr wie eine Ewigkeit erschienen. Was hatte das zu bedeuten?

»Die Armagnacs stehen vor den Toren!« Der Ruf brachte sie zu sich.

Louis, Federic und der Lange fuhren herum, die Augen gerötet vor Zorn und Schnaps. »Rettet euch, Leute! Die Armagnacs kommen!«

Ein Mann warf seine weiße Kappe in den Staub und deutete auf die Ballspieler, die natürlich in den Kappen der Aufständischen gespielt hatten. »Wenn sie euch so finden, seid ihr die Ersten, die sie erschlagen!«

»Der Herzog von Burgund wird sie besiegen!« Der Schnaps hatte Louis mutig gemacht.

Aber schon hasteten Menschen an den Spielern vorbei, weiße Kappen bedeckten das Spielfeld. Ein besonders dreister Junge warf einige zusammen und entzündete sie auf der Mitte des Platzes. Plötzlich rannten alle hin und warfen ihre Kappen, das Symbol des Aufstandes, in die Flammen.

Margaud glaubte nicht, was sie sah. »Uns gehört die Stadt«, rief sie, »uns! Rennt nicht fort, ihr Feiglinge! Die Verräter sitzen im Louvre!«

»Weibergewäsch!«, schrie einer, und der Lange klopfte ihr auf die Schulter und sagte höhnisch: »Bravo, ma petite! Eure Ordonnance cabochien funktioniert ja ganz hervorragend!«

»Eure? Es ist unser Manifest!«, empörte sich Margaud. »Wir müssen für unsere Forderungen kämpfen!«

»Mädchen, Mädchen!« Der Lange sah sie mitleidig an. »Du verstehst dich aufs Ballspiel, leider nicht heute, aber sonst bist du gut. Bring dich in Sicherheit, damit wir morgen besser spielen können! Geh heim!«

»Glaubst du, die Armagnacs scheren sich um die Ordonnance?«, rief Federic. »In der Luft werden sie sie zerreißen!«

»Geh nach Hause«, drängte Louis, »los, schnell!«

Nach Hause. Margaud sah auf das Feuer, auf die flüchtenden Menschen. Immer mehr kamen vorbei, warfen hastig ihre weißen Genter Kappen ins Feuer und rannten weiter. Simon hatte einen dicken Beutel Geld vom Herzog von Burgund bekommen. Ihr kam plötzlich der Gedanke, dass dies nicht so schlecht sei.

»Feiglinge!«, schrie sie die Leute an und versuchte, sie mit weit ausgebreiteten Armen aufzuhalten. »Der Herzog von Burgund wird den Armagnacs entgegentreten! Und wir werden ihm helfen!«

Sie wurde beinahe umgerannt. Eine Frau, die ihr schreiendes Kind hinter sich her zerrte, zischte im Vorbeieilen, und ihre Stimme klang beinahe mitleidig: »Kleine, der Herzog von Burgund ist nach Saint Denis geflohen!«

Geflohen? Aber am Morgen war er noch in seinen Palast geritten. Louis packte sie hart am Arm. »Lauf nach Hause, Margaud, schnell! Nur dort bist du sicher!«

Margaud nickte mechanisch. Simon hatte Geld genommen. Simon hatte sich bezahlen lassen, und dann war der Herzog geflohen. Simon hatte sie nur benutzt. Welch ein schmutziger Sumpf. In diesen Sumpf war sie geflohen? Wie hatte sie denken können, dass Paris besser sein könnte als ein kleines burgundisches Dorf. Margaud sah sich um.

Immer noch rannten die Leute, jeder in Richtung seines Zuhauses. Selbst die Krüppel, die sonst vor Notre-Dame lagerten und gern den kostenlosen Ballspielen zusahen, packten ihre Holzknüppel unter die Achseln und hinkten, so schnell sie konnten, in die Nischen der Stadtmauern. Kinder weinten, Frauen schrien sie an, schnell zu rennen, sonst käme der böse Mann. Plötzlich blieb eine stehen und reckte die Faust gegen Margaud. »Du bist schuld! Ein Weib spielt nicht Ball, ein Weib kämpft nicht! Was bist du für eine, hast keinen Mann, kein Kind!«

»Hexe!«, tönte es über den Platz. »Packt sie, die Hexe! Sie bringt Unglück über uns alle!«

Schon rannten zwei Frauen auf sie zu. Louis packte Margaud unter dem Arm und zerrte sie weiter. »Los! Du siehst doch, wozu Menschen in ihrer Angst fähig sind! Nun lauf, schnell!«

Margaud schlang in einer Anwandlung die Arme um Louis' Hals. Eng schmiegte sie sich an ihn, spürte seine Überraschung. Kurz erwiderte er ihren Druck, dann schob er sie von sich, in Richtung Christines Turm.

»Lauf!«, sagte er. Seine Stimme klang plötzlich sanft. »Schnell, du Dumme! Bei Madame de Pizan bist du sicher! Ich muss mich um Großmutter kümmern! Ab nach Hause!« Er gab ihr einen Klaps, drehte sich um. Margaud sah nicht, dass er innehielt und besorgt hinter ihr her sah, ob sie wirklich fortrannte.

Margaud rannte nicht. Wie eine Schlafwandlerin ging sie durch das Gewühl der gehetzten Menschen. Nach Hause. Madame de Pizan. War das ihr Zuhause? Menschen rannten, Feuer brannten überall auf den Straßen, Kinder schrien, wurden zurückgelassen, ein Hund heulte und zerrte an seiner Kette, ein Esel raste in Panik mit angelegten Ohren durch die schmale Gasse. War das ihr Zuhause? Eine Stadt voller Verräter?

Nächtelang hatten sie über den einzelnen Punkten ihrer Forderungen, die sie Ordonannce nannten, gesessen. Geehrt hatte Margaud sich gefühlt, mit den Professoren zusammen, dass sie schreiben durfte, Respekt hatten die Metzger vor ihr, weil sie schreiben konnte. Sorgsam hatte sie die Beschlüsse notiert, über zweihundert einzelne Forderungen der Cabochiens hatte sie ins Reine geschrieben. Paris hatte sie das alles gelehrt, oder?

Nein, nicht diese verräterische Stadt war ihr Zuhause, nicht diese gleisnerische Hure, die sich jedem an den Hals warf, der sie besser bezahlte als der Vorherige. Ihr Haus war das jener klugen italienischen Dame, die sie in ihr Haus aufgenommen hatte, ihr ein Dach über dem Kopf, Arbeit gegeben und sie das Schreiben gelehrt hatte. Nur das Lesen und Schreiben?, fragte sich Margaud, nein, viel mehr, das Denken. Ja, Christine de Pizan hatte sie das Denken gelehrt, so waren ihr die Erkenntnisse über die Ungerechtigkeit gekommen, die Ideen, sie zu beseitigen, die Steuerbelastung zu erleichtern, die korrupten Verräter gefangen zu nehmen und zu enteignen, um Geld für Söldner gegen England zu dingen. Sie hatte wirklich geglaubt, dem König zu dienen, für ein gerechtes, friedliches Frankreich, in dem sie vielleicht doch einmal Kinder aufziehen mochte. Dies wäre ihr Zuhause gewesen. Und nun?

Nun hatte man sie als Hexe beschimpft, sie angegriffen, nun drehten sich die dummen, verängstigten Menschen wieder einmal in die andere Richtung, als wäre nichts gewesen. Erst hefteten sie sich das burgundische Andreaskreuz an die Kleidung, dann zogen sie die weißen Kappen der Armagnacs auf, und was würden sie jetzt tun? Alles, alles wäre nicht geschehen, wenn der Mörder des Herzogs von Orleans wie ein Mörder von einem Gericht verurteilt und gehängt worden wäre. Aber dieser Mörder war der mächtige Herzog von Burgund, er konnte flüchten oder bewaffnet zurückkehren, wie es ihm beliebte, nicht einmal der König gebot ihm Einhalt. Der Mörderherzog Jean Sanspeur war der wahre König, und er hatte die Cabochiens gedungen.

Leute stießen die in Gedanken versunkene Margaud an, deren Schritte schleppend geworden waren. Sie strauchelte, fing den Sturz ab wie eine Marionette, raffte gleichmütig ihr Tuch um die Schultern und ging weiter. Seltsam, alle schienen in die Gegenrichtung zu flüchten.

Gab es Gerechtigkeit? Nein, es gab nur Chaos und Armut und Ungerechtigkeit. Es gab einen korrupten Caboche, der sie frech geküsst hatte. Es gab einen verrückten König und eine putzsüchtige Königin, die heimlich mit ihrem Bruder nach Bayern fliehen wollte. Margaud konnte ihr das nicht einmal verübeln. Auch die Königin wollte nur nach Hause, wollte nur diesem mörderischen Chaos entfliehen. Margaud empfand beinahe so etwas wie Sympathie für diese Dame, deren Madonnenantlitz sich so böse und gar nicht in edler königlicher Würde verzerrt hatte, als sie schreiend und weinend ihren Bruder und ihre Damen gegen die Cabochiens zu retten versucht hatte. Auch die Königin hatte plötzlich ausgesehen wie ein verzweifeltes Marktweib, deren Familie als Verschwörer abgeführt wurde.

Plötzlich hörte Margaud Hufgetrappel und Wiehern, Schreie tönten durch die Gasse. Menschen rannten ihr entgegen, die noch vor Sekunden in die andere Richtung geflohen waren. Sie sah in panisch aufgerissene Augen, eine Frau hielt sich den blutenden Arm, ein Mann stürzte über einen Haufen Unrat auf den festgestampften Lehm und blieb liegen. Unter ihm bildete sich eine Blutlache.

Margaud schreckte auf und sah den Turm Barbeau wenige Schritte vor sich. Ihren Gedanken nachhängend, war sie ständig weitergegangen und hatte den Weg beinahe geschafft. Erneutes Hufgetrappel, Metall klirrrte, es waren viele, und es waren Gewappnete, und sie kamen vom Stadttor. Jemand musste sie zur Bastille Saint-Antoine hineingelassen haben. Waren es die Armagnacs?

»Hau ab, Mädchen, bring dich in Sicherheit!« Ein Entgegenkommender wollte sie mit sich reißen. Es kostete Margaud viel Kraft, sich von dem Panischen loszureißen.

Margaud eilte weiter, nur noch wenige Schritte trennten sie von der Sicherheit des Pizanschen Turms, noch ein schneller Sprung … Sie sah das Pferd durch die Gasse jagen, in vollem Galopp, den Ritter in seiner stumpfen dunklen Stahlrüstung, gesichtslos den Morgenstern in der Rechten schwingend. Wahllos donnerte die mörderische Waffe auf alles, was sich bewegte, schrill wieherte das Kampfross auf, die Kette rasselte, die tödliche Kugel sauste durch die Luft. Schreckstarr stand Margaud, sie konnte nicht mehr ausweichen, jetzt war er gekommen, der Tod. Warum so früh, dachte sie noch, da riss sie etwas von hinten zu Boden, dumpf krachte der Morgenstern auf Knochen, ein tiefes Stöhnen, ein schweres Gewicht brach über Margaud zusammen, das Pferd raste weiter, Verderben und Tod bringend.

Margaud spürte den warmen, schweren Körper. Ein Mensch lag auf ihr, ein Mensch, der den Streich statt ihrer empfangen hatte. Vorsichtig kroch sie unter dem Leblosen hervor. Ein bleiches Gesicht, schweißnasse Haare klebten auf der Stirn, grüne Augen sahen sie an, ein schöner, sehr vertrauter Mund wollte sprechen … »Simon!«

Er hatte sie gerettet. Ein Verräter hatte sie gerettet.

Aber nun … Seine Lippen bewegten sich lautlos. Sie zog ihn zu Christines Haus, in den Eingang, sie musste doch helfen, ihn aus der Reichweite der todbringenden Waffen bringen. Unablässig flohen Menschen, sie schrien durcheinander, rannten, stießen einander um, wieder kamen Reiter, dieses Mal aus der anderen Richtung, schwer dröhnten die Hufe, klirrte das Metall, surrten Waffen durch die Luft und knallten auf Wehrlose.

Margaud zog. Wie schwer so ein Mann war! Endlich hatte sie ihn im Eingang liegen, sodass niemand auf ihn treten oder ihn verletzen konnte. Entsetzt sah sie die breite Blutspur, die sein Körper hinterlassen hatte. Simon hob schwach die Hand, sie sollte näher kommen, an seinen Mund. »Ich bring dich in Sicherheit«, versprach sie ihm, »wir werden dich gesundpflegen, die Köchin versteht sich auf Heilkräuter …«

Er lächelte. »Da, in dem Beutel ist Geld …«

»Ich weiß«, sagte sie düster. Sein Bestechungsgeld vom Herzog von Burgund. Noch immer konnte sie es nicht fassen. Da lag er, der Held der Straße, der große, aufrührerische Caboche, der vom König Gerechtigkeit gefordert hatte – gedungen vom Herzog von Burgund.

»Nimm es! Du musst fliehen, raus aus Paris, der Herzog von Anjou wird gnadenlos aufräumen!«

»Anjou? Du meinst die Armagnacs«, sagte sie ratlos.

Simon griff nach ihrer Hand. »Der König ist in seinen hellen Momenten nicht dumm. Er hat Anjou und Bretagne zu Hilfe geholt. Nie wird er unsere Ordonnance unterzeichnen, er wird gnadenlos alle niedermetzeln, die daran beteiligt waren, und alle Leute des Jean Sanspeur wird er hängen lassen. Du musst fort! Fort! Flieh! Nimm das Geld …«

Seine Stimme war nur noch ein Hauch. Margaud focht einen schweren inneren Kampf. Der bewunderte Caboche war ein Verräter, und sie sollte seinen Beutel nehmen? Sie sollte fliehen mit dem Blutgeld des Herzogs von Burgund? Aber er hatte recht, die Armagnaken würden alle Häuser duchsuchen und jeden ergreifen, und dann brauchte nur einer »Hexe« zu rufen, und schon würde sie auf den Place de greves geschleppt und gehängt werden, bevor ein Richter sie auch nur angehört hätte.

Aber wohin?

Simon zog sie tief zu sich herunter. »Vor dem Tor Saint-Germain-des-Pres ist eine Gruppe Gaukler, man wollte sie nicht in die Stadt lassen, schließe dich ihnen an! Man wird euch nichts tun, und das Geld wird dir nützlich sein.«

Seine Stimme ging in ein heiseres Flüstern über. Panisch schrie Margaud: »Nein! Nicht sterben, Simon, nicht sterben! Wir können noch so vieles tun, wir müssen …«

Simon lächelte. »Mach es nicht so wie ich, lass dich niemals korrumpieren«, brachte er mühsam hervor, »geh deinen Weg weiter, du bist eine kluge Jungfrau.«

Ein Blutschwall brach aus seinem Mund, Margaud stöhnte auf und bettete seinen Kopf in ihren Schoß. Tief beugte sie sich hinunter, sie spürte, er wollte noch etwas sagen. »Mit dir hätte ich gern ein Kind gemacht.«

Still fiel sein Kopf zur Seite. Simon Caboche war tot, in den Rücken getroffen von einem Morgenstern, als er ihr Leben gerettet hatte.

»Ich weiß doch auch nicht, warum es ausgerechnet dein Gesicht ist in diesem Albtraum, das ich liebe.« Er hörte sie nicht mehr. Margaud fuhr ihm über die schönen Augen. Als sie die Hand wegzog, waren seine Augen geschlossen. Nie wieder würde sie die blitzenden Katzenaugen sehen, nie wieder seine schöne Stimme kluge Dinge sagen hören. Sie band den Geldbeutel von seinem Gürtel ab. Er war unberührt und wog schwer.

Margaud warf einen letzten Blick auf die geschlossenen Läden von Christines Haus.

Danke, Philosophin, dachte sie, fuhr mit dem Zeigefinger in den Dreck und zeichnete ein Kreuz auf die Stirn von Simon. Ein Gebet fiel ihr nicht ein. Und weil sie nichts hatte außer einem Sacktuch, legte sie es zart über das blasse Gesicht von Simon le Coutelier, genannt Caboche.

Margaud band den Beutel an ihre Schürze und ging, eine kleine, schmale Gestalt zwischen raubenden, mordenden und brennenden Horden, zwischen schreienden, flüchtenden und verletzten Menschen. Sie ging, und mechanisch half sie brüllenden, blutenden Kindern auf die Beine, legte verlorene Säuglinge auf sichere Treppenabsätze, wich verstörten Haustieren aus. Und wie es denen geht, denen das Leben nichts wert ist, kam sie unversehrt zum weit geöffneten Tor Saint-Germain-des-Pres und ging hinaus.

Margaud verließ das brennende Paris, das einmal ihre Zuflucht gewesen war, ohne sich ein einziges Mal umzuschauen.

# PARIS 1415

Ich seh die Welt so voll und schwer
von Gier und Geiz, so falsch gesinnt,
daß selbst der Vater seinem Kind
nicht traut, und dieses ihm nicht mehr.
Und darob sorg ich mich so sehr
und weiß kein Wort, das klänge hold,
es sei denn, daß ich lügen wollt. –
Oh daß die Welt doch anders wär!

*Peire Cardinal*

# ISABEL

»Der Friede von Arras ist brüchig, liebste Schwester«, erklärte Ludwig. Wo hatte sie diese Worte nur schon einmal gehört? Isabel betrachtete den Bruder, der seine Erklärung mit einem gewissen Genuss ausgesprochen hatte. Oder genoss er den Ausblick vom Donjon Vincennes auf die baumbestandenen königlichen Jagdgebiete?

»Brüchig! Er ist eben erst beschlossen!«, erwiderte sie empört.

In die wehrhafte alte Königsveste Vincennes nahe Paris hatte Isabel sich während des Kampfes gegen die erneut heranrückenden Burgunder geflüchtet. Der Donjon war von einem 300 Fuß breiten Wassergraben umgeben, das weitläufige Gelände mit Wirtschaftsgebäuden, Stallungen und einer schönen Kapelle, die sich um den mächtigen Turm gesellten wie Küken um die Glucke, war von einem Wall mit zehn Kastellen geschützt. Die Königsveste, von Charles' Vorfahren erbaut und von seinem Vater Charles V. wehrhaft ausgebaut, war klug gedacht. Sollte eine Streitmacht tatsächlich die Mauer überwinden, so fand sie sich in der Falle vor dem Wassergraben, und wenn sie nicht dort von den Türmen aus niedergemetzelt wurde und den Wassergraben überwand, bot der runde Donjon mit seinen glatten Mauern und schmalen Fenstern keine Möglichkeit des Eindringens, den Bewohnern aber viele Unterschlupfmöglichkeiten über geheime Treppengänge.

Eigentlich zog Isabel die ähnlich gebaute Festung Melun vor, die auf einer Insel in der Seine lag, aber die Belagerung der Burgunder hatte ihr keine Möglichkeit gelassen, zu Schiff nach Melun zu kommen. Auch wollte sie sich vom König und dem Dauphin in Saint-Pol nicht weit entfernen. So war sie mit ihrer jüngsten Tochter Catherine nach Vincennes gezogen, obwohl sie sich wie eine Gefangene im eigenen Schloss fühlte. Nur die lebenslustige Dreizehnjährige und der luftige Ausblick vom Plateau der Zwillingstürme des Eingangs, auf dem sie gerade standen, versöhnte sie mit Vincennes.

»Ich wollte einen Waffenstillstand mit besiegten Burgundern schließen, nicht derartig lasche Bedingungen aushandeln!«, sagte Ludwig erregt, die Absicht, mit der er gekommen war, vergessend. »Der König ist einfach zu nachgiebig, ein Narr, wer vor der Entscheidungsschlacht derartig viele Zugeständnisse macht!«

»Ja, ein Narr«, wiederholte Isabel traurig. Ihre Augen folgten einem Bussard, der sich über Vincennes höher und höher ins Blau des Septemberhimmels hinaufschraubte. Ludwig stotterte eine Entschuldigung. Dass der König immer wieder abwesend war, rechtfertigte nicht, den Herrscher von Gottes Gnaden einen Narren zu nennen.

Nachgiebig oder nicht, Isabel fand die Frage müßig.

»Der Friede, gleich, wie er geschlossen, wird ohnehin nicht halten«, erklärte sie, als spräche sie zu einem ungezogenen Kind.

Mühsam wahrte Ludwig die Form. Liebend gern hätte er seiner Schwester das hochmütige Lächeln aus dem Gesicht geschnitten. War das die Königin, die ständig den Frieden predigte, die sich mit der Fürstin von Anjou, dieser spindeldürren Yolantha, so herzlich in Freundschaft verbunden hatte, dass sie ihre Kinder einander verlobt hatten? Sogar ihren jüngsten Sohn Charlot hatte sie mit den Anjou nach Angers abreisen lassen, damit er mit seiner Verlobten gemeinsam erzogen wurde, und dies hatte sie als ihr großes Friedenswerk bezeichnet, ihr Opfer dafür. Und jetzt meckerte sie an dem Frieden herum, den er unter größter Mühe und nur ungern ausgehandelt hatte? Nichts war für ihn dabei herausgesprungen. Aber er hielt an sich, er musste Isabel für seine Idee gewinnen, und wenn sie dem Frieden von Arras nicht traute, konnte dies seinem Plan in die Hände spielen.

»Wir müssen uns nach allen Seiten offen halten«, erklärte Isabel und blickte den Rauchschwaden nach, die über die Dächer von Paris zogen. »Einige läppische Zugeständnisse den Burgundern gegenüber schaden nicht, sie helfen uns eher. Du vergisst, dass Michelle die Gattin von Philipp, Sanspeurs Sohn, ist! Und darüber hinaus habe ich hier eine Schwiegertochter sitzen, die sich um ihren Vater, den Herzog von Burgund, die Augen ausweint! Margarethe ist untröstlich über die Situation! In diesem Kampf hätte sie den Gatten oder den Vater verlieren können!«

Das sei bei jedem Gefecht die Regel, erklärte Ludwig, diesen typisch weiblichen Einwand fortwischend wie eine lästige Fliege, Bündnisse durch Heirat seien eben nicht so stabil, wie die Damen das gern hätten. Bündnisse müssten durch ritterliche Kämpfe ausgetragen werden und …

»Und was?« Isabels dunkle Augen sahen ihn fragend an.

»Ich muss meinen Feind besiegen, bevor ich mit ihm Frieden schließe.«

Das sei kein Frieden, sondern eine Niederlage, erklärte Isabel, und diese schreie nach Rache wie jede Demütigung. So nähme das nie ein Ende. Außerdem sei Ludwig im ritterlichen Gefecht ja nicht auf seinen Todfeind gestoßen, um ihn zu besiegen. Forschend blickten ihre dunklen Augen ihn an.

Ludwig fühlte sich unbehaglich. Hatte die kleine Schwester ihn durchschaut? Ludwigs Wut auf Jean Sanspeur war ungleich größer als sein Mut, ihm im offenen Kampf entgegenzutreten. Vier Monate hatte Ludwigs Gefangenschaft im Louvre gedauert. Vom Dauphin befreit, hatte Ludwig geschäumt über den Verrat und Rache gefordert. Als die Burgunder sich im Februar 1414 tatsächlich wieder Paris näherten, um die Stadt aus den Händen der Armagnacs zu befreien, war er mit seinen Leuten vor die Tore geritten und hatte kurzen Prozess gemacht mit allem, was sich regte, keine Gnade kannte er, auch nicht, wenn einer winselte, er sei kein Burgunderknecht. Aber wirkliche Kämpfe waren das nicht gewesen, eher ein Gemetzel.

Erst als der König aus seinem Wahn erwachte, am Palmsonntag in Saint-Denis die Oriflamme hisste und mit über tausend Mann gegen Jean Sanspeur zog, da musste Ludwig wohl oder übel mit. Der König wollte ihn an seiner Seite reiten sehen und schlug ihn erneut zum Ritter wegen Tapferkeit.

Ludwig hatte es geschickt vermieden, auf den gefürchteten Gegner selbst zu stoßen, den sprichwörtlichen Ohnefurcht, dessen Schwert ihn gespalten hätte, bevor er einen Streich hätte ausführen können. Ein Scharmützel hier, eines dort, mal einen Tag zu früh, mal an einer belanglosen Stelle – immer sah es nach Zufall aus, denn wer wusste schon mit Sicherheit, wo der Feind sich gerade aufhielt, und Ludwig hatte stets gegen schwache Gegner aufopferungsvoll gekämpft. Hatte seine Schwester etwa davon Kunde?

»Der Friede von Arras ist so zuverlässig wie ein morscher Holzsteg!«, erklärte Ludwig großspurig. Er ging ein paar Schritte die Mauer entlang, um seinen Worten mehr Gewicht zu verleihen, und beobachtete scheinbar gelangweilt den Betrieb um die Stallungen und Wirtschaftsgebäude im Innern der Burg. Jean Sanspeur hatte sich heimlich mit den Engländern verbündet. Das war Ludwig aus sicherer Quelle zugetragen worden. Es war nur eine Frage der Zeit, wann die Engländer an der normannischen Küste landen und gemeinsam mit dem Burgunderherzog die Herrschaft über Frankreich übernehmen würden. Dieses Frankreich war dem Untergang geweiht, und Ludwig verspürte nicht die geringste Lust, gegen dieses übermächtige Bündnis Burgund mit England in eine aussichtslose Schlacht zu ziehen. Er wollte seine Haut retten, er musste fort. Dieser

Krieg würde niemals ein Ende finden, aber in sein unwirtliches Bayern zog es ihn auch nicht.

Lässig über die Schulter blickend, warf er die lockenden Worte wie eine Angel aus: »Den wirklich dauerhaften Frieden erlangen wir auf völlig andere Weise.«

Neugierig sah Isabel dem Bruder nach. Wie meinte er das? Tatsächlich waren all diese Friedensschlüsse eher Trugschlüsse gewesen. Aber sie hatte inzwischen eine mächtige Freundin und Schwägerin, Yolantha, die Königin von Sizilien, außerdem den charmanten Schwiegersohn in der Bretagne zum Vermitteln, und sie hatte diesen Bruder, der sie beschützte, wenn der König wieder einmal nicht bei sich war. Und es kam leider immer öfter vor, dass er nicht bei sich war.

Einen Narren zum Gatten. Der liebste Mensch auf der Welt, mit dem sie alles teilte, den sie niemals betrügen könnte, den sie verehrte, bewunderte, bedingungslos liebte, war ein Narr, ein unberechenbarer Irrer, dessen Anfälle jedes Mal länger und dessen vernünftige Phasen kürzer wurden. Sie liebte einen Irren, und er wurde von dieser Schlampe betreut, die bei Hofe hinter vorgehaltener Hand »petite reine« genannt wurde …

Isabel krallte ihre Finger in ohnmächtiger Wut in die groben, vom Ruß vergrauten Sandsteinquader der Festung. Blieb die Geschwisterliebe. Was war sie wert?

Sie betrachtete Ludwig, der sich vor der Tür um den würdevollen Ausdruck des tapferen Recken und besorgten Bruders zugleich bemühte. Es war ihr gelungen, ihn über zwanzig Jahre an ihrer Seite zu halten. Nach Louis' Ermordung 1407 hatte sie auf ihren Bruder gesetzt, viele Jahre hatte sie sich unter seinem Schutz geglaubt, und viel hatte sie ihm gegeben. Auch heute hatte sie vor, ihm einen lukrativen Handel vorzuschlagen, allerdings mit einem Hintergedanken.

»Gehen wir hinunter, da braut sich was zusammen«, sagte er. Hatte sie angebissen?

Isabel blickte nach oben. Der Greifvogel war ihren Blicken entschwunden. Von Westen näherte sich eine schwarze Gewitterwand. Isabel raffte ihre Schleppe und folgte dem Bruder in die erste Etage, langsam, Stufe um Stufe, neugierig auf seine Vorschläge zum dauerhaften Frieden, den sie so sehnlichst wünschte wie die Genesung des Königs.

Die geräumige Kemenate war das Schlafzimmer des früheren Königs, und es war unverändert geblieben. In großen, schweren Kisten lagerte die umfangreiche Bibliothek Charles V., ergänzt durch wertvolle Bücher, die Isabel und Charles in Auftrag gegeben hatten. Der große Kamin war angefeuert, es war warm. Farbenprächtige Gobelins zeigten biblische Szenen. Hätte Isabel Vincennes nicht stets wie eine Gefangenschaft empfunden, es wäre die behaglichste Kemenate des Königreiches gewesen.

Ludwig hatte es sich auf dem mit Fellen belegten Diwan vor dem Kamin bequem gemacht und betrachtete die Iluminationen eines großen Buches, das aufgeschlagen auf dem Buchhalter lag. Es war ein Stundenbuch. Offenbar hatte Isabel es vom Herzog von Berry geschenkt bekommen, denn nur dieser reiche Feingeist beschäftigte teure Maler wie die Gebrüder Limburg.

Isabel winkte einen Pagen mit einer Karaffe Wein heran. Eine junge Dienerin eilte mit einem Tablett herbei, auf dem süße Köstlichkeiten standen, und verschwand auf Isabels Kopfnicken lautlos.

»Mach dir nichts draus, liebster Bruder, mit dem Herzog von Burgund kann auch der Frömmste nicht in Frieden leben. Du hast sehr geschickt verhandelt«, schmeichelte sie ihm.

Ludwig wehrte ab und behauptete, seine Sache sei der Kampf, nicht das Verhandeln. Aber es gehe um den einzigen, wahren, wichtigen Frieden, bestätigte er, sein Ziel ansteuernd. »Erst wenn wir diesen zustande bringen, wird auch dieser feige Krieg beendet sein – und er ist doch feige, nicht wahr? Geht es etwa im Krieg ritterlich zu wie in den Schranken?«

Er trank in einem Zug den Becher aus und schimpfte auf die Feigheit des Gegners.

Sie nickte zustimmend. »Wie hast du das gemeint mit dem dauerhaften Frieden?«

Ludwig meinte, dass Krieg nur durch einen geistigen Frieden zu besiegen sei. »Gott zürnt uns«, erklärte er mit ungewöhnlich sanfter Stimme. »Wir haben die Heilige Kirche beleidigt. Die Kirche muss zu ihrer Einheit, zu Frieden und Wahrheit zurückfinden. Sie muss die Ketzerei ausrotten und diese unselige Vielpäpsterei beenden, die nun schon vierzig Jahre die Christenheit spaltet.«

»De unitate ecclesiastica«, bestätigte Isabel, überrascht von dieser offenbar neuen Einsicht ihres Bruders. Seit wann interessierte er sich für die Kirche?

Sie habe Nachricht von König Sigismund, dem neuen König des deutschen und römischen Reiches, erhalten. Er wolle das schreckliche Schisma endlich beenden. Ludwig zeigte sich erfreut. Er habe gehört, dass Sigismund die Päpste einberufen wolle. »Über ein Konzil schrieb er, liebe Schwester, ein Konzil in Konstanz, das diese Geißel unserer Zeit beseitigen, diese Wurzel allen Übels ausreißen wird.«

Isabel griff zu einer Näscherei und betrachtete kauend den Bruder. Ludwig erklärte mit bedächtiger Würde: »Wir brauchen eine klug ausgewählte Delegation, damit wir die Interessen Frankreichs im Konzil geltend machen können. Jean Gerson möchte mit einigen anderen Professoren zum Konzil reisen, aber Sigismund hat noch keinen Anführer von Geblüt, und das Konzil soll im November beginnen.«

Stille trat ein. »Du willst die französische Delegation anführen?«

Ja, oder die deutsche, dachte Ludwig, es ist mir eins, nur weg von hier und dem Krieg ohne Ende, bevor die Engländer in Calais landen. »Jawohl, liebe Schwester, ich bitte dich darum. Die Einigkeit der Kirche wird die Einigkeit aller Fürsten zur Folge haben.«

»Das letzte Konzil hat drei Päpste geboren.«

»Dieses Konzil steht unter der guten Hand von König Sigismund, Papst Clemens hat bereits zugesagt. Wir werden das Schisma beseitigen, liebe Schwester.«

Isabel betrachtete das weiße Einhorn auf dem großen Gobelin neben dem Kamin und dachte, dass Gerson guten Grund hatte, Frankreich auf Jahre fernzubleiben. Seine Gegenrede auf Petits Tyrannenmord hatte ihm die Todfeindschaft Jean Sanspeurs eingetragen. Er hielt sich versteckt. Aber Ludwig ... warum wollte er nach Konstanz? Plötzlich wurde sie argwöhnisch. Wollte er zurück nach Bayern? Warum?

Sie blickte ihn forschend an, er sah arglos zurück. »Dies ist keine Aufgabe für einen Mann des Schwertes, sondern des Geistes«, wandte Isabel ein.

Ludwig setzte ein breites Lächeln auf, das er für vertrauenerweckend hielt. »Es braucht beides zum Gelingen. Raffinierte Taktik, aber immer mit der Hand am Schwert.«

Er hat etwas Beschwörendes, dachte Isabel. Sie brauchte ihren Bruder an ihrer Seite. Andererseits war es eine bestechend schöne Idee, als Friedenskönigin in die Geschichte einzugehen. Isabel de Bavière und Ludwig der Bärtige besiegen das Schisma und begründen eine neue Ära des Friedens und der Gerechtigkeit. Charles VI. – nicht mehr Karl der Narr, sondern Karl der Friedensengel. Ein Lächeln spielte um Isabels Mundwinkel, breitete sich langsam wie ein Sonnenaufgang auf ihrem Gesicht aus und machte sie, wie der Page entzückt beobachtete, schön wie die Madonna im Paradiesgarten.

Sie blätterte in der alten Chronik und wies auf eine bunte Zeichnung: »Sieh diese Illustration! Sie zeigt das Konzil von Pisa vor sechs Jahren.«

Ludwig betrachtete die Zeichnung der drei gekrönten Päpste. Der Zeichner hatte sich nicht bemüht, die Würde dieser Männer hervorzuheben. Unter den prachtvollen edelsteinbesetzten Tiaren waren nichtswürdige Gesichter zu sehen. »Warum willst du zum Konzil?«

»Aus Überzeugung«, sagte Ludwig sofort.

Isabel lachte spöttisch. »Sigismund wird auch aus Überzeugung reisen, aber Kaiser will er dennoch werden! Was bietet er dir?«

Ludwig kratzte sich am Bart, eine Geste, die Isabel kannte. Tatsächlich hatte Sigismund ihm nichts versprochen, er wusste nicht einmal, wer die französische Delegation führen würde. Er musste fort, bevor die Engländer in Calais landeten. Ludwig wollte nicht kämpfen, weder an der Seite noch gegen Jean Sanspeur. Und er musste fort, bevor die Nachricht über die englische Invasion Isabel erreichte.

Isabel deutete seine Geste als Eingeständnis. »Ich kann dir auch etwas bieten, Pair von Frankreich. Als Erstes werde ich deinen Sohn mit Lothringen verbinden.«

»Lothringen? Einen Säugling?«

»Schmarrn! Den Wigggerl natürlich, von der Anna!«

»Den Höckrigen? Den wird keine wollen!«

Er machte keinen Hehl aus seiner Abneigung gegen seinen Sohn Ludwig.

Isabel schüttelte verärgert den Kopf. »Du willst zum Konzil und glaubst, Politik wird mit dem Schwert gemacht?«

»Jedenfalls nicht durch Frau Minne!«

Sie werde weder Schwert noch Minne bemühen. Der Herzog von Lothringen sei ein Todfeind des Fürstbischofs von Bar, der wiederum ein Onkel der Yolantha von Anjou sei.

»Yolantha will ihn dazu bringen, ihren Sohn René als Erben einzusetzen.«

Na und? Was hatte das mit seinem verwachsenen Sohn zu tun?

Isabel seufzte. Die meisten Männer, auch wenn es ihr Bruder war, verstanden nichts von Rankünе. Nur Charles war klüger und sensibler, als er noch gesund war, er hätte sie sofort verstanden. Ein verschmitztes Lächeln, und er hätte ihren Plan durchschaut. Ein Handkuss hätte sie in ihren Absichten bestärkt.

Etwas ungeduldig erklärte Isabel: »Wir werden uns Lothringen sichern! Karls einzige Erbin ist seine Tochter Isabelle. Ein Vorvertrag macht uns zu Verbündeten, auch finanziell. Wenn die Kinder später nicht heiraten wollen, sehen wir weiter. Ein Verlöbnis hat noch keinem geschadet.«

»Karl von Lothringen nennen sie den Kühnen, weil er in engem Bund mit Ohnefurcht steht.«

»Genau deshalb! Diese Allianz werden wir stören. Wir bieten ihm den mächtigen Schutz Frankreichs gegen Bar, er bietet uns seine Tochter. Meine Spione werden stets auf dem Laufenden über Anjous Pläne sein.«

Hatte er richtig gehört? Spione gegen Anjou? War sie nicht mit dieser Yolantha in großartiger Freundschaft verbunden?

Nun betrachtete sie ihn fast mitleidig. Bündnisse waren gut, Freundschaften besser, Spione waren am besten, vor allem in dem Dreieck Domremy zwischen Bar und Lothringen. Wusste der Bruder das nicht?

Sie antwortete nicht sofort. »Ich dachte, du würdest gern Herzog von Lothringen. Aber wenn nicht ... wenn du dieses Konzil vorziehst ...«

Dieses Biest! Natürlich wollte er, was hatte sie sich da wieder ausgedacht, um ihn zu halten.

Isabel lächelte, als er eifrig versicherte, dass er natürlich wolle, und sicher, gern, alles. Er sehe keinen Widerspruch, das Konzil werde in kurzer Zeit beendet sein, dann könne er sich Lothringen widmen.

Er beabsichtige also, vom Konzil an den Hof zurückzukehren. Isabel stellte diese Frage beiläufig, eher als Feststellung, während sie ihn belauerte wie eine Hyäne ihre Beute.

»Liebste Schwester, selbstverständlich kehre ich zurück«, log Ludwig, der sich blitzartig ausrechnete, was ihm Lothringen einbringen würde, selbst wenn er Frankreich nie wieder betreten sollte. Und außerdem, warum nicht? Er war sicher, dass dieses Konzil keine elf Tage, sondern mindestens elf Monate dauern würde. Von Konstanz aus konnte er zwischendurch in aller Gelassenheit nach Bayern ziehen, mit Geld und Gewappneten, und seinem Landshuter Neffen, diesem Hundsfott, zeigen, wer der Herr in Bayern war.

Isabel erhob sich und trug die Chronik eigenhändig in die Büchertruhe zurück. Schritt um Schritt überlegte sie ihr weiteres Vorgehen. Ludwig würde niemals Herzog von Lothringen werden, so wenig wie sein verwachsener Sohn, aber das war unwichtig. Sie brauchte einen Bündnisvertrag mit Karl von Lothringen, um herauszufinden, was die Burgunder im Schilde führten. Ludwig sollte sich in dem Glauben wiegen, bald Herzog von Lothringen zu werden. Mochte er ruhig nach Konstanz ziehen, das Schisma zu beseitigen, das spielte ihr in die Hände, so konnte sie seine zuverlässigsten bayerischen Leute an Karls Lothringer Hof schicken, um auf dem Laufenden zu bleiben. Ich habe die Königin der vier Reiche als Verbündete, dachte Isabel, das allein wiegt viel, aber wichtiger als diese fragilen Bündnisse ist, dass ich in ihr eine königliche Freundin habe, eine wahre Schwester im Geiste. Wie sie strebte Yolantha den Frieden an, und ihr Gatte, Louis von Anjou, würde im Bund mit den Armagnacs das Königreich gegen Burgund verteidigen.

Ludwig verabschiedete sich, plötzlich hatte er es eilig. Er werde sich um alle Formalitäten kümmern, versprach er seiner Schwester, Sigismund müsse informiert werden, die Delegation ausgewählt, und sie müsse sicherlich nach Lothringen schicken lassen und brauche seine Signatur.

»Vergiss nicht, deiner Gattin die Vormundschaft für deinen Sohn zu übertragen!«, sagte Isabel. Kathei eilte herbei, verabschiedete sich zärtlich von ihrem Onkel und ließ sich mit seinem Ring beschenken.

Sie verabschiedeten sich herzlich, jeder im Gefühl, den anderen für seine Zwecke gut verwendet und seine geheimen Absichten durchgesetzt zu haben.

Einige Wochen später, König Sigismund war mit Ludwigs Delegation nach Konstanz gezogen, mit Geld und Segenswünschen der Königin versehen, hörte Isabel Hufgetrappel auf dem Burghof, Wiehern, Lärm von Gewappneten. Noch ehe sie ans Fenster eilen konnte, vernahm man die Fanfaren.

»Der König! Mein Vater!« Jubelnd rannte Catherine aus dem vierten Stock, umarmte ihre Mutter flüchtig, ließ schnaufende ältere Hofdamen bei ihr und flog dem Vater förmlich entgegen.

Die Zugbrücke wurde heruntergelassen, einige Zeit später betraten die Leute des Königs die Kemenate. Charles, der ihnen folgte, schickte sie hinaus und umarmte seine Tochter.

Isabel küsste dem König die Hand. An der Art, wie er seine jüngste Tochter neckte, mit ihr herumalberte, merkte sie, dass etwas Ernstes im Hintergrund stand.

»Wir sind nur Bote des englischen Königs«, meinte Charles und versuchte, vergnügt auszusehen. Zärtlich begrüßte er seine Königin. »Mich schickt Henry, der seinen Besuch in Paris ankündigt.«

Isabel hatte das Gefühl, dass ihr die Beine weggeschlagen wurden. Sie ließ sich auf den Diwan vor dem Kamin sinken, sprang aber sofort wieder auf. Es war nicht die Zeit für Bequemlichkeit. Catherine sah ihre Eltern ratlos an.

»Nun, mein Herz, wie würde es dir gefallen, Königin von England zu werden?«, fragte Charles lächelnd. Catherine betrachtete ihre leichenblass gewordene Mutter, sah das wie ihr schien falsche Lächeln des Vaters, mit dessen ständig wechselnden Stimmungen sie groß geworden war.

»Ihr wollt mich mit dem Mörder meines Schwagers verheiraten?«, schrie sie auf. »Was seid Ihr für Untiere! Seinetwegen ist meine Schwester Isabella an Kummer gestorben!« Sie wollte an der Mutter vorbeirennen, tränenblind, aber diese hielt sie auf.

»Du läufst nicht fort, wenn dein Vater, der König mit dir spricht«, mahnte sie streng.

Weinend, mit hängenden Schultern, blieb Catherine stehen. Charles erläuterte: »Henri IV., den du Mörder nennst, ist vor zwei Jahren gestorben. Sein Sohn Henry V. ist nun König von England. Er dürfte etwas älter sein als dein Bruder Louis und gilt als gut aussehender, ritterlicher Mann.« Charles sah Isabel an und ergänzte bedeutungsvoll: »Er soll sogar der Navigation kundig sein.«

Isabel verstand. Die Engländer waren gelandet. Aber wo? Calais gehörte ihnen, sie dürften dort kaum auf Schwierigkeiten gestoßen sein.

Catherine nahm das Tuch, das ihr eine Hofdame mit zitternden Händen gereicht hatte, und blickte alle an. Es stand etwas im Raum, etwas Unausgesprochenes, das sie nicht verstand. Sprachen alle eine andere Sprache?

»Wünschest du, mein Vater, dass ich Henry heirate?«, fragte sie eingeschüchtert.

»Nun, ich denke darüber nach«, sagte Charles. Er ging zu seiner Tochter, umarmte sie und drückte ihr einen Kuss auf die Stirn. »Du bist ein kluges Mädchen. Henry soll auch des Schreibens kundig sein …«

Wieder durchfuhr Isabel ein heißer Schreck. Es gab also einen Verhandlungsvorschlag. Ihre linke Hand umklammerte die rechte, aber sie lächelte und befahl: »Geh nun in deine Kemenate, Katerl, und studiere mit deinen Damen England und seine Geschichte.« Sie wies auf die schwere Holztruhe: »Ihr dürft die Mapa Mondi mit hinaufnehmen.«

Die Hofdame entnahm der Truhe einen riesigen, schweren Folianten, den sie nur mit Mühe tragen konnte. Die gehorsame Catherine küsste erst ihrer Mutter, dann ihrem Vater die Hand. An der Tür zur steilen Treppe wandte sie sich noch einmal um, öffnete den Mund, als wolle sie etwas fragen. Aber die Hofdame hinter ihr mit dem schweren Buch schob sie hinaus. Nie würde Isabel den Anblick der eingeschüchterten, verwirrten Prinzessin zwischen ihren Hofdamen vergessen, Röcke, Rascheln steifer Stoffe, den dunkelbraunen rissigen Lederfolianten, die aufgerissenen blauen Augen. Der goldene Reif hatte sich von der Stirn gelöst, sodass sich die blonden Strähnen ihrer Katerl wie groteske Ohren nach oben verschoben. Die Hilflosigkeit gab der Prinzessin etwas unendlich Rührendes. Isabels Herz krampfte sich zusammen. Es war der Beginn einer neuen Ära.

Das Getrappel der Damenschuhe entfernte sich. Charles stand reglos neben der Säule, die den Mittelpunkt der Kemenate zierte und wie ein Baum in die Schönheit der Deckenverstrebungen mündete.

»Hier wurde mein Vater geboren«, sagte er. »Mein Vater, den sie den Weisen nannten, weil er stets den Frieden wollte. Es gilt als weise, nicht Krieg zu führen.« Er wandte sich Isabel zu: »Warum zieht dennoch jeder stets gegen jeden und alles in den Krieg?«

»Du bist so weise wie dein Vater, mein König.« Isabels Schockstarre hatte sich gelöst. Wie klug Charles war, wie einfühlsam. Wie zart er seiner Tochter die erschütternde

Nachricht vom Untergang Frankreichs vermittelt hatte. Dass es ihm nicht vollständig gelungen war, lag nur daran, dass Catherine wie ihr Vater ein feinsinniger Mensch war, eine Jungfrau, die Untertöne zu hören imstande war, die das Unausgesprochene erlauschte wie ein Fuchs im Dunkel die Maus.

Charles nahm ihre Hand und führte sie in die Kapelle, die als achteckige Ausbuchtung die Ecke des Raumes bildete. Eine schmucklose, im Laufe des Jahrhunderts dunkel gewordene Holztüre führte in den winzigen Raum, in dem der frühere König seine täglichen Gebete allein verrichtet hatte. Hier nahm Charles Isabel in die Arme. Stumm sahen die Heiligen von den bunt bemalten Wänden auf sie herab. Isabel konnte ihr Schluchzen nicht mehr unterdrücken.

»Sie haben Harfleur«, flüsterte Charles an ihrem Ohr.

»Harfleur?« Isabel befreite sich aus seiner Umarmung und sah den König entsetzt an.

»Sie haben Uns überrascht. Natürlich dachten Wir, sie würden ihren sicheren Hafen Calais ansteuern. Mit Harfleur haben Wir nicht gerechnet.«

»Ist Harfleur gefallen?«, fragte sie voller Angst.

Charles strich Isabel zärtlich den Hals entlang. »Noch nicht.«

»Wir müssen Ludwig zurückrufen …«

»Dein Bruder ist für den Frieden in Konstanz. Lass ihn dort seine Arbeit tun. Jean de Montfort ist unterwegs.«

Isabel zeigte sich beruhigt. Montfort, Herzog der Bretagne und ihr Schwiegersohn, würde es richten.

»Ich reite morgen mit Louis nach Rouen, dort werden wir die Truppen zusammenziehen. Gebe Gott, dass Harfleur so lange durchhält.«

»Mit Louis? König und Dauphin … Nein, mein König! Lasst den Dauphin hier, das geht nicht gut.«

»Er will sich als Ritter bewähren, und das ist gut so. Außerdem wird der Konnetabel keinen Schritt von seiner Seite weichen.«

Isabel hatte Angst um ihren ältesten Sohn. Louis hatte eben erst begonnen, seine Thronfolge ernst zu nehmen. Im Kronrat zeigte er sich besonnen, er versuchte, zwischen den burgundischen und armagnakischen Gegnern zu vermitteln, und auf eindringliches Zureden Isabels hatte er seine zahlreichen Mätressen vernachlässigt und den Kontakt zu seiner Ehefrau Margarethe wieder aufgenommen. Musste er jetzt in eine gefährliche Schlacht ziehen? Und wenn Charles etwas geschähe … wer bliebe dann?

Charles betrachtete seine Frau. »Die Königin ist ja hier«, sagte er zärtlich.

»Ich werde nach Saint-Pol zurückkehren«, erklärte Isabel, »die Pariser sollen sehen, dass ich bei ihnen bin. Ihre Königin fürchtet sich nicht vor den Engländern.« Sie zog die Stirn in Falten. »Wie ist das gemeint mit der Hochzeit?«

Charles betrachtete den heiligen Denis, der mit goldenen Umrissen auf dem blauen Untergrund, den Kopf unter dem Arm, auf ihn herabsah. Schon im Januar war die englische Delegation in St. Denis gewesen und hatte um Catherine geworben. Aber Charles war sicher: »Es geht nie um Catherines Hand, es geht Henry stets um die Hand Frankreichs. Seine Bedingungen sind unannehmbar, und das weiß er. Er will den Kampf.«

»Er will Herrscher beider Reiche sein«, sagte Isabel nachdenklich.

»Ja, und er leitet sein Recht natürlich aus seiner Ahnenreihe ab. Er erkennt das salische Recht nicht an.«

Isabel lächelte spöttisch und meinte, das könne sie Henry nicht einmal verübeln. Die Berufung auf das angebliche salische Recht habe auch ihr sehr geschadet.

»Niemals kann eine Königin mehr so machtvoll regieren

wie Eleonore oder Blanca. Die Zeit der großen Königinnen ist mit einem so ungerechten Erbrecht für immer vorbei.«

Charles sah angestrengt aus. Er habe sie als Königin mit allen Privilegien ausgestattet, sie sei im Kronrat, sie habe die alleinige Vormundschaft über ihre Kinder und auch sonst alle finanziellen Freiheiten …

Isabel küsste ihn leidenschaftlich. »Ich weiß, dass ich den besten Gatten der Welt habe«, murmelte sie, als sie sich aus seinen Armen löste.

»Yolantha und du … du wirst deine Gründe haben, liebste Isabel, und die Freundschaft zu den Anjou ist uns natürlich nützlich. Aber wir wissen, was geschehen kann, wenn wir uns nur zu einer Seite wenden, wir müssen uns nach allen offen halten.«

»Ja, zur Seite deiner burgundischen Entführer!«, sagte Isabel empört. »Die dürfen wir wahrlich nicht enttäuschen!«

Charles lächelte sanft. »Wer sagt dir, dass mein Cousin mir nicht eine Freude mit einem harmlosen Jagdausflug machen wollte?«, fragte er.

Isabel schnaubte. »Du bist zu gut für diese Welt! Glaube mir, du lägest vergiftet in Beauvais oder in Ketten in Dijon, wenn du mit Sanspeur geritten wärest!«

Charles zog gleichmütig die Schultern hoch. »Nun ja, wem liegt etwas daran, ob ein alter Narr …«

»Mir! Frankreich!«, rief sie und umschlang ihn heftig.

# CHRISTINE

Sie klopfte, aber niemand öffnete. Christine klopfte noch einmal, dann lugte sie zaghaft in das Dachkämmerchen. Jean Gerson war nicht da.

Christine trat ein und rief leise seinen Namen, obwohl es sinnlos war, denn die kleine Kammer war sehr übersichtlich. Sie sah, dass der kleine Raum ordentlich ausgefegt war. Die Strohmatte auf dem Bett war mit einer Wolldecke bedeckt, der Stuhl war an die Wand gerückt, der Tisch sauber gewischt und das wenige Geschirr stand gespült auf dem Bord.

War Jean bereits ausgezogen? War er wieder bei seinen Schwestern?

Nach dem Frieden von Arras musste er zwar den Herzog von Burgund nicht mehr fürchten, aber er war bei ihrem letzten Besuch noch sehr vorsichtig gewesen, zu Recht: Keiner Seele würde es auffallen, wenn Gerson von Bewaffneten ins Hotel Bourguignon hineingezerrt und dort im Keller gefangen gehalten wurde, so lange es den Schergen des Herzogs beliebte. Der offiziell geschlossene Friede und der Friede auf den Straßen sind zweierlei Dinge, dachte Christine. Auch sie wagte sich nachts nicht mehr aus dem Haus.

Sie wollte die Tür schon schließen und den Professor in seinem Haus besuchen, da sah sie seine große lederne Tasche am Boden neben der Tür stehen. Die hätte Jean doch nicht vergessen? Oder war etwas geschehen? Voller Sorge um den Freund wollte Christine den Rückweg antreten, da winkte ein Mann mit Pelzkappe fröhlich von der Balustrade des anderen Turms. »Jean!«

Gestenreich zeigte er ihr den Weg. Sie ging zwischen Turm und Balustrade entlang, vorbei an den grinsenden steinernen Ungeheuern, die sie jedes Mal aufs Neue erschreckten, und das war ja auch deren Aufgabe. Bisher hatte kein Blitz Notre-Dame getroffen, kein Unwetter die Türme zum Einsturz gebracht. Schließlich fand sie die schmale Brücke, die die Türme in luftiger Höhe miteinander verband.

Jean Gerson kam ihr lachend entgegen. Erleichtert lief sie auf ihn zu. Wie gesund er aussah, wie intelligent seine Augen blitzten, wie fröhlich sein Lächeln sie anstrahlte unter seiner einfachen Fellmütze. Ach, wie wundervoll, dass es ihm gut ging, wie ein Abenteurer stand er da, hoch über Paris, als habe er eben den Bann ausgesprochen, der die Teufel um ihn herum versteinerte. Wie Etienne, durchbrannte es sie, und sie musste kurz innehalten, um nach Luft zu ringen, so lebendig, so fröhlich wie Etienne, ach, Etienne … Sie blickte dem Mann entgegen, ach, sie würde sich in seine Arme werfen, und er legte sie um sie, ganz fest, und küsste sie aufs Haar, und dann hob sie den Kopf und schloss die Augen und ihre Lippen öffneten sich zu einem wilden, leidenschaftlichen Kuss … Ihr schwindelte. Sie bremste ihren Lauf und starrte ihn mit aufgerissenen Augen an.

Er blickte erschrocken zurück. »Verzeih, Christine, ich war leichtsinnig! Ich hätte mir denken können, dass dich hier oben der Schwindel packt!«

Er nahm sie zart am Arm. »Schließe die Augen, ich geleite dich sicher in die Kammer zurück!«

Christine schloss die Augen und spürte seine Hand auf ihrem Arm. Seit Jahrzehnten hatte kein Mann sie mehr berührt.

Gerson stellte fest, dass der Gang für zwei Menschen zu schmal war.

»Warte«, sagte er eifrig, »halte die Augen geschlossen, liebe Freundin, und vertraue mir, ich werde dich sicher zurückführen. Stelle dich auf meine Schuhe. Und blicke auf keinen Fall nach unten, hörst du?«

Sie murmelte etwas. Ihr sei nicht schwindlig, aber Jean stellte sich hinter sie, umfasste ihre zierliche Taille mit beiden Armen und ging langsam die Balustrade entlang über die schmale Brücke zurück. Wie leicht sie ist, wie eine Feder, dachte er, und wie ihr Herz hämmert, mein Gott, wie furchtsam sie ist, dabei bringt sie mir seit Monaten voller Mut Bücher hinauf, jedes Mal riskiert sie, entdeckt zu werden, und disputiert mit mir wie meine Kollegen an der Universität. Wie eigenartig ist der Frauen Mut.

Christine dachte, dass sie zwischen den gewaltigen, fest gemauerten Türmen Notre-Dames sicher stand und kein bisschen schwindlig war, aber dann legten sich Jeans Arme um ihren Körper, und da wurde ihr schwindlig. Sollte sie jetzt noch ... Gehorsam stieg sie mit ihren alten, etwas ausgeleierten Schühchen auf seine großen Pantinen und fühlte sich auf diese eigenartige Weise über den Steg befördert, voran, aber nicht mit eigenen Schritten. Wenn er sie auf diese Weise durch den Rest ihres Lebens geleiten würde ... Aber Etienne, es hatte doch immer nur Etienne gegeben! Sie versuchte, sich das Gesicht des Gatten vorzustellen, aber sie sah nur Jeans lachendes Antlitz vor sich, ein Lachen, das der Besorgnis um sie wich. Etienne, das war ein anderes, längst vergangenes Leben gewesen, ein Leben mit Kinderlachen, warmen Sommerabenden auf dem Lande und zärtlichen Nächten. Das letzte Leben hatte sie in ihrem selbst gewählten Kerker, ihrer Schreibstube, gelebt. Sollte ein neues beginnen, mit diesem Freund, dem sie bedingungslos vertraute, dessen große Schritte sie willig vollführte, ohne selbst ihren Weg zu bestimmen? Aber er war doch nur ein guter Freund, nie hatte sie ... Kurz öffnete sie die Augen und blickte direkt in die grinsende Fratze eines Wasserspeiers. Er ist ein Mann, grinste der Höllenhund, ein Mann, nimm dich in Acht, jungfräuliche Witwe! Schnell schloss sie die Augen, ein Mann, er ist ein Mann, er ist nicht nur ein Freund, mit ihm lässt sich nicht nur bestens disputieren über die Philosophie des Lebens, den Rosenroman und die Stellung der Frauen in unserer Zeit, nein, er hat starke Arme, ein jungenhaftes Lachen, Füße, so verlässlich wie Boote, und …

»Gleich hast du es geschafft, liebe Freundin, keine Angst«, hörte sie seine Stimme. Wie sollte sie Angst haben vor ihm, bei ihm, auf seinen Füßen … Sie riss die Augen auf. Wie seltsam mussten sie aussehen! Wenn nun jemand … Sie schwankte, drohte von seinen Pantinen zu stürzen, er packte kräftiger zu. Sie schloss die Augen wieder. Mochte es ewig dauern, bis sie die Tür erreichten, vielleicht öffnete sich eine goldene Pforte, und dann …

»So, da sind wir. Geht es dir besser?« Er hatte sie sanft von seinen Pantinen geschoben, umgedreht und sah ihr forschend ins Gesicht. Christine hielt die Augen fest geschlossen, sie wollte die Wirklichkeit nicht sehen, der köstliche Moment sollte bleiben, immer …

Sie fühlte sich auf einen Stuhl gesetzt und hörte Schritte, die sich entfernten. Es war vorbei. Sie öffnete die Augen und nahm den Becher Wasser, den er ihr hinhielt.

»Verzeih, dass ich dir keinen Wein anbieten kann, der Schlauch ist zu Ende, alles ist schon verpackt.«

Er ist zu Ende. Sie trank und sah ihn an. Hatte er keine solchen sündigen Gedanken gehabt wie sie? Ach, er war ein Kleriker, wie konnte er, vermutlich war sie ihm eher eine Last gewesen, womöglich sogar widerlich.

Er goss sich auch Wasser ein, versteckte sein Gesicht und seine Rührung über dieses zarte, mutige Geschöpf hinter dem Becher und beneidete den verstorbenen Etienne Castel, dem diese Frau über den Tod hinaus treu blieb, die immer nur ihn liebte und keinen anderen Mann kannte. Womöglich war ihr seine Berührung widerlich gewesen?

Schnell sagte er: »Es gibt eine Neuigkeit.«

Oh ja, dachte Christine, eine gewaltige Neuigkeit, Frau Minne hat mich gepackt, dich auch? Aber sie sagte nichts, sondern sah ihn fragend an.

»Ich bin in die Delegation gewählt worden für das Konzil.«

»Das Konzil. Welches Konzil?«

»Das Konzil, das in Konstanz beginnt! Wir werden Europa von der Geißel des Schismas und der Ketzerei befreien!«

Konstanz. Christine war, als ob ein Schleier vor ihren Augen zerriss.

»Das ist weit weg«, sagte sie mühsam.

»Ja, am Bodensee, auf neutralem Boden, daher könnte es erfolgreich werden. Alle Päpste haben zugesagt, zu kommen und die Entscheidung des Konzils zu respektieren. Ein neuer Anfang für Frieden und Gerechtigkeit, wäre es nicht wunderbar, wenn es gelingt?«

In seiner Begeisterung hatte er nach ihren Händen gegriffen und hielt sie in den seinen. Sie waren groß, warm und gut. Christine wagte sich nicht zu rühren.

Wir könnten heiraten und gemeinsam nach Konstanz gehen ... Nein, das hatte er nicht gesagt. Sie versuchte, seinen Worten zu folgen, Konzil, Konstanz, Ketzerei ... Unendlich mühsam, als schleppe ihr Hirn Wackersteine, kam sie wieder in der Gegenwart an. Seine Hände waren in die Luft gefahren und gestikulierten tatkräftig, während er seine Theorie erläuterte, wie er die Welt von Schisma und Ketzerei befreien wolle, von der Vielpäpsterei, den Hussiten, den Wigcliffs und jenen Strömungen, die die Einheit der Heiligen Kirche bedrohe, und ...

Die Fetzen des zerrissenen Schleiers wehten aus dem Fenster über Paris, und Christine blickte ihnen nach. Ein köstlicher, wundersamer Moment schwebte für immer fort. Das Leben hätte sich ändern können.

Unsinn, was soll ich in einem Nest am Bodensee, wo keiner meine Sprache spricht, dachte sie, erhob sich energisch und sagte: »Welch ein Glück für dich, lieber Freund. Möge alles gelingen, was du dir vorgenommen, und der Verfolgung der Burgunder kannst du in Konstanz spotten.«

Gerson betrachtete ihre schmale Gestalt und dachte, wie wundervoll es wäre, eine solche Gattin neben sich auf seiner Reise reiten zu sehen. Wie sie in Konstanz gemeinsam die Rhetorik ausarbeiten würden, die raffinierten Winkelzüge der Logik, die sie wie keine andere beherrschte, eine Partnerin im Geistigen ebenso wie in der Liebe … Ach, die Liebe, er erschrak furchtbar vor seinen Gedanken, wie konnte er nur daran denken, diese strenge Witwe! Diese Dame lebte nach ihren Grundsätzen, nein, nicht daran zu denken, dass sie sich jemals wieder verheiraten würde, geschweige denn Paris verlassen wollte. Was sollte sie tun, während er auf dem Konzil war, Frauen waren nicht zugelassen, obwohl, diese Frau langweilte sich nie, sie würde einfach ein neues Buch beginnen …

Sie drehte sich herum, eine Sekunde lang sahen sie einander in die Augen, eine Ewigkeit schwebte in der winzigen Dachkammer über Paris die Liebe. Der letzte Fetzen des feinen Schleiers wehte vor dem Fenster und wollte hinein.

Schon öffnete er den Mund, schon öffnete sie den Mund, einen Schritt machten sie aufeinander zu, da klopfte es.

Zwei von Gersons Schwestern traten ein, und sofort wurde es schwesterlich lärmend, freundschaftlich begrüßten sie Madame de Pizan, packten Tasche und Wolldecke, riefen den Bruder und hatten viel zu erzählen, zu lachen und zu planen. Gerson merkte nicht einmal, dass Christine zurückblieb, dass sie der Familie Gerson nur langsam die Balustrade entlang folgte. Vor der Treppe sah sie noch einmal zurück. Wie grazil sich der schmale Steg zwischen den mächtigen Türmen Notre-Dames spannte. Wie von seinem zu meinem Herzen, dachte sie, wir sind so starr und unbeweglich wie diese Türme, nie werden wir zueinanderfinden, der Weg ist ja schon von hier aus kaum zu sehen.

# MARGAUD

Der Prinzipal sträubte seinen rissigen eisgrauen Schnurrbart, schaute grimmig auf das Volk und breitete die Arme aus. Gleich kam ihr Stichwort. Margaud ging in Position und griff in den Eimer mit dem braunen Schlamm. »Besser als vorher!«, rief der Prinzipal aus, und da traf ihn die braune Masse wie ein Haufen Kot. Hinter der Sofitte verborgen, zielte Margaud auf das volle weiße Haar des Prinzipals, traf ihn zielsicher, sodass ihm der braune Schlamm von der Stirn über das Gesicht lief und er schon vor Vorfreude kicherte.

Das Volk jubelte. »Besser als vorher!«, rief der Prinzipal noch einmal pathetisch, dann traf ihn der zweite Wurf. Das Volk johlte, schrie vor Lachen, und die beiden hübschen Töchter des Prinzipals nutzten die gute Stimmung und gingen behände und lächelnd mit den Hüten herum, um die kleinen Münzen einzusammeln, bevor die Geizigen sich verdrücken konnten. Es waren nicht so sehr die Armen, denen ihr Lachen keine Münze wert war, hatte Margaud bemerkt, oft waren es die Betuchteren, die feinen Bürger, für die sogar eine Bank bereitstand, auf der sie breitärschig, sich ihrer Privilegien bewusst, Platz nahmen.

»Besser als vorher!«, rief der Prinzipal noch einmal, wie ein begossener Pudel, umso komischer, hielt er doch an seiner Aussage fest, denn offensichtlich war nichts besser, sondern alles schlechter als zuvor, und das war auch der Inhalt der Farce, die die Gaukler nach einigen Schelmenstreichen und Kunststückchen zum Besten gaben. Der Prinzipal eilte nach vielen Verbeugungen hinter die Sofitte zu Margaud, die das wertvolle Kostüm schnell mit einem feuchten Tuch säuberte. Der alte Mann drohte ihr schelmisch mit der Faust:

»Zu fest, Tochter des Jeu de paume! Bringst mich noch einmal um mit deinem Wurf!«

Er warf ihr das Tuch zu und eilte auf die Bühne, verbeugte sich viele Male, musste auch dem ein oder anderen Wurf des animierten Publikums ausweichen, und als sich das Volk zerstreute und seine Familie und die anderen Gaukler zurückkamen, band Margaud ihm die Maske ab und reinigte sie sorgfältig. Der Prinzipal wischte sich den Schweiß von der Stirn, griff nach einem Krug Wasser, ließ sich auf einen dreibeinigen Schemel sinken und nahm einen kräftigen Schluck.

»Na, Gorda!« Josef klopfte Margaud mit der Linken auf den Hintern, mit der Rechten reichte er dem Prinzipal die mit Münzen gefüllte Kappe. Der warf ihm einen scharfen Blick zu. Josef nestelte seine Maske ab und verkrümelte sich. Auf der Bretterbude gab der Prinzipal die derbsten Zoten von sich, innerhalb der Truppe aber duldete er nicht die geringste Vertraulichkeit.

Margaud zählte die Einnahmen. Dass sie rechnen, lesen und schreiben konnte, hatte den Prinzipal für sie eingenommen, als sie vor den Toren von Paris mit leeren Augen und zerrissenem, blutbeflecktem Kleid auf ihn zugekommen war. Noch immer zuckte sie manchmal zusammen, blickte in die Ferne mit schmerzverzerrtem Gesicht und war nicht ansprechbar. Ein seltsames Mädchen mit faszinierenden Fähigkeiten, Ball spielen konnte sie auch noch, offenbar war sie in Paris eine gefeierte Größe gewesen. Aber aus diesem Paris waren nach den Aufständen Hunderte gekommen, die nie wieder bei Sinnen sein würden, daher hatte er sie sich geschnappt und war sofort weitergezogen, bevor einer sie aus purer Mordlust erschlagen konnte.

Die Einnahmen waren nicht überwältigend, aber zufriedenstellend.

»Morgen ziehen wir weiter nach Kemper«, verkündete der Prinzipal mit tiefer, gebieterischer Stimme. Nun wussten alle, was zu tun war, jeder Handgriff saß, jede Handlung war geplant und durchdacht und brauchte keine weitere Absprache. Josef suchte Trommeln, Pfeifen, Masken und Requisiten zusammen und verstaute sie in große Weidentruhen. Die Prinzipalin und ihre ältere Tochter Michelle nahmen die Stange mit dem roten Vorhang ab und rollten ihn zusammen. Margaud und die jüngere Tochter Jeannette gingen ins Zelt und halfen sich gegenseitig aus den Kostümen. Dann griffen sie nach Körben und ließen sich vom Prinzipal Geld geben. Sie gingen auf den Markt und kauften für die Reise ein: Gemüse, Stockfisch, Brot, sogar ein Fässchen Wein hatte der Prinzipal verlangt.

Margaud lächelte das Mädchen an, das vertrauensvoll neben ihr stand. So alt war sie gewesen, als sie aus ihrem Dorf nach Paris geflohen war, und das Kind hatte bereits mehr von der Welt gesehen als sie.

»Warst du schon in Kemper, Jeannette?«, fragte sie.

Die dünne Kleine nickte. »Es ist der Sitz des Bischofs. Er hat uns vertrieben.«

Erstaunt ließ Margaud den Sack mit dem Mehl sinken. »Warum will der Prinzipal dann wieder nach Kemper?«

Die Kleine schielte begehrlich nach den Äpfeln und meinte gleichgültig: »Wir werden immer vertrieben, überall.«

Vertrieben, dachte Margaud, Fahrende oder Flüchtlinge wie ich, wir sind gleich. Sie überschlug, dass das restliche Geld für einen Apfel reichen müsste, und reichte dem Mädchen einen. Jeannette schlug gierig ihre Zähne in die kostbare Frucht und lächelte Margaud dankbar an.

»Spielen wir nachher wieder Ball?«, fragte sie zutraulich. Margaud meinte, wenn sie noch heute in Kemper ankommen wollten, bliebe dafür vermutlich keine Zeit.

Aber das Mädchen lachte: »Heute schaffen wir das nicht

mehr! Da müssten wir einen Tag und eine Nacht lang laufen ohne Rast! Heute werden wir unser Lager in einem Dorf aufschlagen, da ist ein Bauer, der lässt uns auf seine Wiese!«

Wie gut sie sich auskannte! Wie weit sie gezogen waren in den letzten Monden! Jeannette griff nach einem Stöckchen, zeichnete apfelknirschend, ohne den Rummel ringsherum zu beachten, einen Kreis und erklärte: »Das ist Le Mans, siehst du, wir sind ungefähr hier, und die Straße nach Kemper ist dort. Wir gehen aber besser hier durch den Wald, sagt der Prinzipal, die Straße ist zu gefährlich. Dort fließt die Sarthe, die können wir nur hier an dieser Stelle überqueren, und wir brauchen nach Kemper zwei bis drei Tage, da wir keinen Esel mehr haben.«

Geschickt hatte sie eine kleine Landkarte mit Flusslauf, Wegen und Städten gezeichnet. Margaud staunte.

»Du kennst dich aber gut aus auf der Isle de France«, sagte sie bewundernd.

Die Kleine legte den Kopf schief und lächelte sie an. »Kemper ist in der Bretagne«, erklärte sie nachsichtig, »und darum durfte uns der Bischof auch nicht so richtig vertreiben. Sonst …«

»Was sonst?« Margaud blickte die Kleine fragend an. War der Weg nach Kemper gefährlich? Der Prinzipal hatte ständig Sorge getragen, dass seine kleine Gauklertruppe nicht zwischen irgendwelche Kämpfe geriet.

Jeannette lächelte geheimnisvoll. Der Herzog der Bretagne sei sehr mächtig, flüsterte sie, viel mächtiger als der König, er herrsche bis ans Ende der Welt.

Mächtiger als der König von Frankreich? Margaud schüttelte den Kopf, das war unmöglich.

»Hinter Kemper beginnt das Ende der Welt, du wirst schon sehen«, prophezeite Jeannette, aber dann hatte sie es plötzlich eilig. »Wir müssen los«, meinte sie, »sollen wir noch ein Brot kaufen oder backst du uns eines?«

»Dummchen«, lachte Margaud, »wenn ich Brot backe, muss ich erst mal Brennholz sammeln und einen Ofen bauen. Dann kommen wir frühestens in drei Tagen weiter.«

Sie betrachtete das dunkel gebackene Brot, fragte den Bäcker nach dem Preis und begann eine schwungvolle Feilscherei. Nach wenigen Minuten packte sie drei große Laibe in ihren Sack. Zufrieden kehrten die Mädchen zurück zur Truppe, die bereits alle Kostüme, Requisiten und die wenigen Dinge des täglichen Bedarfs aufgepackt und mit Stricken gut verstaut hatten. Josef zog den großen Karren, der Hund des Prinzipals einen kleineren, die anderen gingen zu Fuß.

Margaud gesellte sich zur Prinzipalin, die mürrisch vor sich hin blickte. »Was hast du, Prinzipalin?«

»Wieder dieses Kemper!«, schimpfte sie. »Ich weiß nicht, was der Mann sich denkt, es ist am Ende der Welt, da sprechen sie nicht mal französisch! Wir sollten lieber nach Lothringen oder ins Hennegau, da ist weniger Krieg, es gibt fettes Vieh und es geht freizügiger zu!«

»Frau!« Der Prinzipal wandte den Kopf zu seiner gereizten Gemahlin. »Wir werden nach Lothringen gehen, ich habe es dir versprochen. Aber wir müssen uns den Weg dorthin verdienen! Wenn wir ausreichende Einnahmen haben, sind wir mit dem nächsten Neumond schon wieder in Rouen.«

»In Rouen!«, schrie die Prinzipalin. »Bist du närrisch! Die Engländer beherrschen die Normandie!«

»Deswegen gehen wir erst in die sichere Bretagne«, erklärte der Prinzipal. »Wir werden schon erfahren, welche Route die sicherste sein wird. Rouen ist gut befestigt, und sollten die Engländer in Cherbourg einfallen, dann ziehen wir eben über Tours. Mehr Angst als vor den Engländern, die unsere tapferen Kämpfer wieder übers Meer zurücktreiben werden, habe ich vor dem schrecklichen Gebirge! Gebe Gott, dass wir auf dem Rückweg die Vogesen heil überqueren, dann können wir auch an ein Winterquartier in Lothringen denken!«

Die Prinzipalin lachte bei dem Verweis auf die Tapferkeit der französischen Truppen höhnisch auf, erwiderte aber nichts. Stumm setzten die Gaukler ihren Weg fort. Finster und undurchdringlich kam Margaud der Wald vor, aber Josef schien sich auszukennen und folgte, auch als es zu regnen begann, zielstrebig einem schmalen, kaum erkennbaren Saumpfad. Sie fanden Heidelbeeren, Brombeeren und Pilze. Margaud hing ihren Gedanken nach. Was bedeutete das Ende der Welt? Was meinte die Kleine, die schon viel gesehen hatte? Hörte die Welt einfach auf? Stand dort ein Topf mit Gold, wie sie als Kind geglaubt hatte?

Margaud hatte keine Ahnung, wie weit sie von Paris fort war. Sie wusste nur, wie lange sie fort war, denn der Mond hatte sich zwanzigmal gerundet, sie hatte es gezählt. Mein drittes Leben, dachte sie, und wieder überfielen sie Gewissensbisse, dass sie Madame de Pizan verlassen hatte ohne Nachricht, aber mit einer Leiche vor der Tür. Sie musste sich entsetzlich erschrocken haben. Doch Margaud konnte nie zurück nach Paris, niemals, nach dem, was geschehen war. Wieder hörte sie Pavilly, wie er mit klarer, fester Stimme alle ihre Hoffnungen auf eine bessere, gerechtere Zukunft verkündete, wieder sah sie die flüchtenden Menschen, hörte ihre grässlichen Schreie, sah die schwarz gerüsteten Soldaten durch die Gassen galoppieren, sah Simons grüne glitzernde Augen, sah, wie sein Blick fortirrte in eine ihr nicht zugängliche Ferne, das Glitzern erlosch für immer. Geh zu den Gauklern. Sie fasste Jeannettes schmale Kinderhand fester und verscheuchte die Gedanken, bevor der Träne, die über ihre Wange rollte, weitere folgten.

Die Gaukler hatten sie aufgenommen, als gehöre sie zur Familie. Diese Menschen waren völlig anders als erwartet. Margaud erinnerte sich, wie alle in ihrem Dorf bei dem

Ruf: »Die Gaukler kommen!« hastig die Wäsche hereingeholt und alle Türen verschlossen hatten. Sie stehlen uns das letzte arme Korn, das die Soldaten übersehen haben, hatte die Mutter gesagt, sogar kleine Kinder nehmen sie mit, während sie ihr ungehöriges Treiben mit Affen und nackten Mädchen zur Schau stellen. Gaff nicht, sonst packen sie dich, drohte die Mutter, und dann verzaubern sie dich. In was, hatte Margaud gespannt gefragt. Wer weiß, meinte die Mutter, vielleicht in einen Esel, damit du ihre Lasten trägst, vielleicht in eine Kröte, die sie für ihre ketzerischen Zaubereien gebrauchen.

Nun weiß ich, dass du dich geirrt hast, Mama, dachte Margaud, überall meidet man sie, die Unehrlichen. Sie werden verfolgt, und wenn sie nirgendwo unterkriechen können, werden sie erbarmungslos gejagt. Und solche Menschen sollten ihr Schutz bieten? Anfangs hatte sie dies bezweifelt, aber dann hatte sie die Schliche des fahrenden Volkes kennengelernt. Der Prinzipal kannte jedes Dorf, jeden Wegstein, ja, manchmal schien es ihr, als kenne er auch jeden Baum, als seien geheime Zeichen in die Rinde geritzt.

Trafen die Prinzipale einander, sprachen sie ernst und lange, tauschten Erfahrungen aus, manchmal verbrachte man einige Tage miteinander, bevor jeder seinen Weg fortsetzte. Dunkelhäutige Gitanes aus Spanien, Messerschleifer, fahrende Gesellen, Spielleute kreuzten ihren Weg. Tierbändiger, die dressierte Ziegen und Hunde, sogar Affen und Bären mit sich führten, saßen am abendlichen Feuer und sprachen ernst über den Krieg. Viele ihrer Sehnsüchte und Wünsche klangen wie die Ordonnance Cabochien, dachte Margaud. Alle sehnten den Frieden herbei. Der Prinzipal nahm die Erfahrungen und Ratschläge auch des Geringsten ernst, mied die Wege, auf denen versprengte Soldaten Übel anrichteten oder die Wachen reicher Kaufleute ihr Mütchen grausam an den Fahrenden kühlten. Sie waren geringeren Standes als die verachteten Bauern und durften keine Waffen tragen, aber Josef wusste sein Messer zu gebrauchen.

Josef hieß eigentlich Guiseppe und kam aus Neapel. Seine Messerwerfernummer mit der hübschen Michelle zog die Gaffer in Scharen an, und unterwegs hatte er seine Messer zur Verteidigung griffbereit. Er schwieg sich darüber aus, wie er nach Frankreich gekommen war, aber manchmal behandelte ihn der Prinzipal besonders fürsorglich. Margaud war sicher, dass er Guiseppes Geschichte kannte und ihn beschützte wie einen Sohn.

In strömendem Regen kamen sie am frühen Abend aus dem Wald heraus. Das Dorf, in dem sie ihr Nachtlager aufschlagen wollten, lag vor ihnen, und alle freuten sich auf die Behaglichkeit einer Scheune voller Stroh, als Margaud einen eigenartigen süßlichen Geruch wahrnahm. Angeekelt verzog sie das Gesicht. Es roch nach Aas. Auch der Prinzipal verhielt den Schritt und rief Josef zurück.

»Meine Nase juckt«, stellte die Prinzipalin fest. Wenn ihre Nase juckte, stimmte etwas nicht.

»Ich schleich mich an«, rief Jeannette entzückt, überhörte das scharfe »Nein!« ihrer Mutter, und bevor jemand sie hindern konnte, lief die schmächtige Kleine, geduckt wie ein Hase, hakenschlagend über das Stück Feld zum Dorf.

Der Prinzipal und Josef stießen gleichzeitig einen italienischen Fluch aus.

»Ich folge ihr«, schlug Josef vor, aber der Prinzipal schüttelte den Kopf.

Die Prinzipalin war aschfahl geworden. Sie griff nach dem Rosenkranz, den sie an ihrer Schürze trug, und betete lautlos.

Sie zogen sich ins Unterholz zurück, behielten aber das Dorf im Auge. Kein Rauch stieg aus den Kaminen der niedrigen schilfgedeckten Häuser. Sie duckten sich in die Senke wie Küken, die den Habicht kreisen sehen. Michelle griff nach der Hand ihrer Mutter. Sie konnten nichts tun als warten. Oder? Vielleicht gab es einen anderen Weg? Margaud wandte sich um, sah in den Wald und erstarrte. Dann schrie sie gellend auf.

## ISABEL

Der Bote war schlammbedeckt, seine Haare trieften, und seine Ausdünstung glich der des Leoparden, dem Stolz der Menagerie Isabels. Er war die Nacht durchgeritten, sprengte mit schweißbedecktem, stolperndem Pferd in den Innenhof von Saint-Pol und wurde sofort in die Halle vorgelassen. Isabel ließ ihm einen Krug mit Wasser vermischten Weines bringen. Gierig trank der Mann, wischte sich mit dem schmutzigen Handrücken über das verstaubte Gesicht, dankte der Königin für ihre Gnade und begann: »Ich bin nur ein Knappe, edle Königin, ich ritt wegen meines schnellen Rosses bei der Vorhut mit. Ich soll Bericht erstatten vom Dauphin.«

»Ist er wohlauf?«, fragte Isabel ängstlich.

»Prinz Louis ist unverletzt und entbietet Euch seinen respektvollen Gruß, edle Königin. Es grenzt an ein Wunder, denn dieser Kampf war alles andere als ritterlich …«

»Beginne am Anfang, Bote. Ist Harfleur gefallen?«

»Harfleur fiel, hohe Dame, nach vierwöchigem tapferen Kampf musste sich die gute Stadt ergeben. Die armen Bewohner, ach! Niemals sah ich solche Schande! Nur ihr Nötigstes durften sie mitnehmen, nicht einmal einen Esel beladen, nur, was sie am Leibe tragen konnten, rafften sie zusammen. Ich sah Weiber mit Kindern, die an ihnen hingen wie die Trauben, weinend, alte Männer, die sich mühselig an Stöcken aus der Stube schleppten, und junge, vom Kampf verletzte, die ihre Mütter auf dem Rücken trugen. Ach, welch ein Elend, edle Dame!«

»Wir werden sie versorgen«, sagte Isabel mit weißen Lippen. Lakaien, Vorschneider, Mundschenk, bis zum Küchenmädchen drängten sich die Bediensteten von Saint-Pol stumm in den Türen. Würde es noch schlimmer kommen? »Die Engländer aber waren ebenfalls geschwächt durch die Belagerung. Es schien, ihr Versorgungsschiff war ausgeblieben, oder sie hatten zu wenig Vorrat, und diese Seuche, die Ruhr, hatte unter ihnen gewütet, sodass sie nicht wagten, sich die Seine hinunter einzuschiffen, denn das wollte deren König, den Gott verfluchen möge ...«

»Fluch nicht, Bote! Befehligt König Henry seine Truppen selbst?« »Man sah ihn, hohe Dame, man sah ihn!«

»Wie sieht er aus?«, fragte Catherine, die die ganze Zeit stumm zugehört hatte.

»Edles Fräulein, ich habe ihn nicht gesehen. Wie soll ein verdammter Engländer aussehen? Ein räudiger Hund ist schön gegen einen solchen ...«

»Du sprichst von einem König, Knappe!«

»Verzeihen Sie, edles Fräulein. Der Zorn ging mit mir durch. Die ihn sahen, sagten, er sei ein mutiger, ritterlicher Kämpfer, ein ...«

»Schön, aber wie sieht er aus? Welche Farbe haben seine Augen, ist er ein stattlicher Mann?«

Der Bote sah irritiert aus. »Er trug den Helm, Prinzessin, weder Freund noch Feind sahen seine Augen ... er ist schön von Gestalt, ja, soweit der Feind stattlich sein kann, ist er es ...«

»Fahre fort mit deinem Bericht, Knappe, und du unterbrich ihn nicht mit deinen jungfräulichen Fragen, Katerl.«

»Nun also, die Engländer wagten es nicht, zu Schiff die Seine nach Paris hinaufzufahren, das haben wir ihnen gründlich verdorben. Wir, die Vorhut, standen in Honfleur und Caudebec. Rouen machte mobil, von Vernon kamen weitere gut gewappnete Armeen der Unsrigen. Schon wollte ich reiten, da merkten unsere Kundschafter, dass die Engländer ihren Plan geändert hatten. Sie zogen an der Küste entlang! Nur einen Tag, schon waren sie in Fecamp, zwei weitere, und sie waren in Arques. Schnell zogen sie, die verfluchten ... Verzeihung, edle Damen, schnell waren sie, die Engländer, obwohl sie nur noch Schatten ihrer selbst waren! Sie hatten ja kaum Pferde, kaum Edle, nur Fußvolk! Unzweifelhaft wollten sie nach Calais, hohe Königin, und zurück nach England flüchten. Wir verfolgten sie, ständig blieben wir auf ihrer Höhe, denn sie kannten ja das Gelände nicht: An der Mündung der Somme würden sie unzweifelhaft in unsere Hände fallen. Wir schickten Boten zum hohen Herrn Konnetabel. Als die Engländer zwei Tage später – mittlerweile war es Mitte Oktober geworden, edle Dame, und die Tage dort im Norden sind viel kürzer als hier! –, als sie also an der Mündung der Somme ankamen und nach einer Furt suchten, da standen wir schon dort, denn wir hatten bei Abbeville die Somme überquert. Sie fürchteten uns und zogen weiter Richtung Amiens, wir immer ihnen gegenüber auf der anderen Seite, so nahe, edle Damen, ich schwöre, wir haben sie keuchen und husten hören! Ja, es ging ihnen schlecht, den verflu... den Engländern, die Mücken stechen wie verrückt am Fluss. Und weil sie so eilten, konnten sie keine Beute machen, brannten nichts nieder, während wir zu Pferde immer ein wenig voraus waren, satt zu essen hatten ...«

»Hat Konnetabel d'Albret das Plündern nicht untersagt?«, fragte Isabel empört.

Der Bote wand sich. »Nun ... so genau hat er es nicht ... und unsere Pferde mussten bei Kräften bleiben.«

Catherine d'Alencon, Isabels Schwägerin und Hofdame, wandte ein, dass Pferde ihres Wissens keine Schinken und Hühner fraßen. Der Bote breitete die Arme aus: »Sie gaben ihren Leuten gern, edle Dame, wir beschützten sie ja vor den verd… vor dem Feind.«

Isabel tauschte einen Blick mit Catherine. Gerüchte, dass die eigenen Leute schlimmer plünderten und brandschatzten als die englischen, waren ihnen immer wieder zu Ohren gekommen. Sie befahl dem Knappen, fortzufahren.

»Wir hielten Abstand zum Fluss in der Ebene und versalzten ihnen die magere Suppe. Unser tapferer Konnetabel würde sie mit seinen Leuten bei Amiens stellen, er kam ohne Umweg von Rouen.«

Der Bote trank einen Schluck. Isabel betrachtete ihn und sagte aufmunternd: »Wir waren also im Vorteil.«

Verzweiflung klang aus der Stimme des Knappen, als er antwortete: »Ihr sagt es, edle Königin, wir waren im Vorteil! Nur, dass unsere Truppen Amiens nicht rechtzeitig erreichten und die Engländer ungehindert weiterzogen, immer auf der Suche nach einer Furt, denn die Somme ist dort an keiner Stelle nicht zu überqueren! Sie zogen Richtung Nesle, und unsere Truppen, schlau, zogen von Amiens aus über die Sommebrücke direkt nach Bapaune, um sie dort abzufangen. Aber die verdammten Hundesöhne – Verzeihung, edle Damen – machten plötzlich eine Kehrtwendung, und in einem Gewaltmarsch zogen sie über die Santerre durch die schaurigen Sümpfe! Irgendwo bei Voyennes müssen sie die Somme überquert haben, denn ein Teil unserer Armee wollte sie bei Peronne stellen, aber sie waren fort! Nun aber mussten sie unzweifelhaft am nächsten Abend Bapaune erreichen, alles stand bereit, sie niederzumachen, dass keiner je wieder französischen Boden betreten sollte. Aber diese Feiglinge wichen aus. Sie müssen sogar die Nacht durchmarschiert sein, in vier Tagen hatten sie 250 Ruten bewältigt! Wie sie das getan haben, weiß ich bei Gott nicht, wo sie doch, von der Ruhr angesteckt, überall hinschissen, sie müssen sich während des Laufens an die Beine geschissen haben …«

Eine Hofdame kicherte nervös. Isabel blickte den Boten streng an. Er entschuldigte sich, er sei Soldat und nicht gewohnt, vor Damen zu sprechen.

»Wir sahen sie bei Acheux wieder, und unsere Mannen konnten sie erst drei Tage später stellen, bei Azincourt, aber es wurde schon dunkel, und so wurde die Schlacht auf den nächsten Morgen verschoben.«

Der Bote wirkte plötzlich fahrig und irritiert. Einer der Lakaien stieß ihn an. Er fuhr zusammen, als habe er im Stehen geschlafen, räusperte sich und fuhr schleppend fort: »Wir sind dreimal so stark wie die Engländer, wir sind 60.000 Mann, edle Königin, davon die Hälfte zu Pferde und gut gewappnet – so dachten wir. Aber drei Befehlshaber erschienen nicht mit ihren Truppen, daher schätzte ich unsere wahre Stärke auf 20.000 Gewappnete …«

»Wer erschien nicht?«, fragte die Königin scharf.

»Der Herzog der Bretagne von Montfort, Tanguy du Chastel, und der Graf von Morvillier – der kam verspätet.«

»Ach! Was hatte Morvillier Wichtiges zu tun, das ihn vom Kämpfen abhielt?«, höhnte Isabel bitter. Verärgert trank sie den Wein in ihrem Pokal auf einen Zug aus, ließ sich neu einschenken, dem Knappen getrocknete Kirschen zur Belebung reichen und nickte ihm zu, fortzufahren.

»Hohe Dame, wir waren auch ohne die Verspäteten dem Feind überlegen! Über tausend Pferde hatten wir …«

Hatten. Isabel erblasste. Sie ahnte, woher die Verstörung des Knappen rührte, aber sie wollte ihn nicht unterbrechen.

»… starke, gut trainierte wilde Kampfhengste an den Flanken! In der Mitte standen die Gewappneten zu Fuß, und hinter uns die Bogen- und Armbrustschützen, 8.000 Mann in drei Reihen! Der Sieg schien unser. Am nächsten Morgen konnten wir sie sehen, die verfluchten … Verzeihung, die Engländer, denn sie rückten auf 50 Ruten vor. Ach, was für armselige Gestalten! Nicht einmal in Eisen geharnischt waren sie, sie trugen Hemden aus Stoff, sie liefen barhäuptig ohne jeden Schutz, und einige von ihnen waren sogar barfuß! So liefen sie über das Feld, das frisch gepflügt war für die Wintersaat, der Bauer mag uns verflucht haben, doch hatte er noch nicht gesät, und wir sahen den englischen Jammergestalten zu, wie sie gespitzte Pfähle mit Hämmern in den weichen Boden rammten – gespitzte Pfähle! Wir waren übermütig, edle Damen, ich gesteh's, wir riefen ihnen Spottworte zu, ob sie nicht schwimmen gehen wollten, einer fragte, ob er sie rasieren solle, denn ich schwör's, sie sahen aus, als ob sie ins Badhaus wollten in ihren Hemden. Der Konnetabel gab noch immer nicht Befehl zum Angriff, wir saßen dort und aßen und tranken und würfelten, und einige begruben kleinlichen alten Streit, wie es sich gehört vor einer Schlacht. Nun sandten sie noch einmal einen Unterhändler, aber es kam zu keinem Ergebnis …«

»Führte der Kronprinz die Verhandlungen?«, fragte Isabel.

»Ja, edle Königin, und die Bedingungen der Englischen waren unannehmbar, ich hörte von 800.000 Dukaten in Gold und Aquitanien und die Hand der hochverehrten Prinzessin.«

Er verneigte sich gegen Catherine hin, die stumm auf ihrem Sessel saß.

Weniger als je zuvor, dachte Isabel, Henry ist uns weit entgegengekommen, wenn man es genau bedenkt. Aquitanien war ohnehin sein Lehen, die unannehmbare Summe vom Anfang des Jahres war gemindert worden. Warum hat Louis sich nicht mit mir beraten, wenn er sich unsicher war? Warum hat er keinen Boten geschickt? Wir hätten verhandeln können. Diese verfluchte Arroganz der jungen Männer!

»Hat der Dauphin versucht, die Geldsumme abzuschlagen oder zu vermindern?«

Der Knappe trat unruhig von einem Fuß auf den anderen. »Edle Königin, das weiß ich nicht. Die Chevaliers waren sehr beschäftigt, sie mussten ihre wilden Hengste warmreiten, und es entstand ein edler Wettstreit um die Führung: Keiner der edlen Herren wollte mit seinem Gefolge in der hintersten Reihe kämpfen, jeder wollte zu Beginn mit seinen Mannen vorpreschen und den Sieg erringen!«

»So wurde das Angebot ausgeschlagen?«

Der Knappe sah erstaunt auf. »Selbstverständlich, edle Königin! Es war doch unannehmbar, und der Sieg lag vor uns, wozu verhandeln! Alle wollten den Kampf!« Er blickte plötzlich erschrocken, dann fuhr er fort: »Der Konnetabel endete den edlen Wettstreit, indem er die Schlachtordnung anordnete. Der Graf von Nevers maulte, er fühlte sich benachteiligt, und sein Bruder, der Herzog von Brabant, wollte mit seinen Mannen lospreschen, auch die anderen edlen Anführer konnten das Warten schlecht aushalten. Wir sollten sie jetzt einfach überrennen, forderte der edle Herzog von Brabant, es sind nicht einmal Edelleute, nur walisische Bogenschützen, unsere Rösser sind ausgeruht und nicht mehr zu halten. Und der edle Graf von Nevers mutmaßte, dass die feigen Engländer rossige Stuten hätten, um unsere Hengste wild zu machen.

Nun, wir warteten fast bis Mittag, denn so erklärte der Konnetabel, obwohl er die Rösser kaum mehr halten konnte, der Sieg gehört denen, die den Angriff abwarten. Die lächerlichen Bogenschützen rückten nun wieder vor – wenn man von Vorrücken reden kann! Sie schlichen heran und zogen mit großer Mühe die Pfähle heraus, die sie vor Stunden erst eingeschlagen hatten, und schlugen sie kaum eine Rute näher bei uns wieder ein. Wir lagerten nur etwa dreihundert Schritt weit von ihnen entfernt! Wir aßen, tranken, würfelten und sahen ihnen dabei zu, sie sahen aus wie Wildschweine im aufgewühlten Schlamm, der ihnen bis an die Knie reichte, wie sie sich abmühten mit ihren lächerlichen Stecken. Ach, ihre Rücken boten ein so leichtes Ziel! Unsere Ritter hätten sie ohne Weiteres niederreiten, unsere Bogenschützen ihnen den Garaus machen können …«

»Ja! Warum taten sie es nicht?«

Der Knappe legte eine Hand auf seinen Brustharnisch. Seine Stimme klang tränenerstickt. »Wenn ich es wüsste, edle Königin, wenn ich es wüsste! Sie taten es nicht, auch unsere Armbrustschützen nahmen sie nicht ins Visier. Der Konnetabel hatte noch nicht zum Angriff blasen lassen. Wenn wir doch nur geahnt hätten, welche Bedeutung diese uns lächerlich erscheinenden Pfähle hatten, ach! Wie grausam hat uns Gott der Herr für unseren Hochmut gestraft!«

Er schwankte, Isabel ließ ihm ein Taburet bringen. Er hockte sich kurz nieder, verbarg den Kopf in den Händen und holte tief Luft.

Dann sprang er auf und erzählte gestenreich weiter: »Plötzlich griffen die verdamm… Verzeihung, die Engländer an. Aber nicht, indem sie vorrückten! Nein, sie standen bei ihren vermaledeiten eingeschlagenen Stecken, ohne Schutz, ungewappnet, in ihren lächerlichen Hemden, die Füße versanken im Schlamm, und vor sich hatten sie ihre Pfeile in den Moder gesteckt. Aber dann ließen sie einen Hagel von Pfeilen auf uns niederregnen! Wir dachten erst, sie könnten nicht richtig zielen, denn die Pfeile sausten nicht in direkter Flugbahn auf uns zu, sondern sie schossen in die Luft, die Pfeile regneten auf uns nieder, was uns nicht viel machte, aber die Rösser! Diese feigen Halunken hatten es auf unsere kostbaren Pferde abgesehen. Die wurden verletzt oder erschraken, manche gingen durch, sie keilten nach einander mit angelegten Ohren, ungesattelte Rösser vertrieben gesattelte, es entstand ein großes Durcheinander.

Nun, der Angriff war erfolgt, der Konnetabel ließ unsere Reiter vorpreschen, und sie preschten! Wie sie preschten! Schon nach wenigen Sprüngen kamen sie kaum vorwärts, ach! Nicht nur die verfluchten Bogenschützen steckten im Schlamm, auch unsere edlen Pferde. Sie kamen so mühsam voran, dass sie ein leichtes Ziel für die englischen Bogenschützen waren. Die Schnellsten erreichten zwar die Stecken, aber nun sahen wir es: Es waren keine Stecken, es waren armdicke Pfähle, angespitzt auf teuflische Art, sie schlitzten den Rössern die Bäuche auf, andere scheuten, warfen ihre Reiter ab, direkt dem Feind vor die Füße. Und das Schlimmste: In dem Durcheinander kamen die anderen nicht nach, von unseren tausend Reitern war nur die Hälfte vorn in der vordersten Linie, und die wurden dahingerafft, ach, unsere stolzen Rösser!«

Wieder schlug der Bote die Hände vors Gesicht, auch Catherine riss die Hände vor den Mund und wartete angstvoll auf das Ende des Berichts.

»›Tiefenstaffelung‹ nannte Konnetabel d'Albret seine Taktik. Drei Anführer, der edle Robert de Chalus, Herr de la Tour und der Herr von Saveuse fielen in die Pfähle und wurden von den Bogenschützen unritterlich erschlagen! Sie erschlugen unsere edlen Ritter mit den Hämmern, mit denen sie die Pfähle in den Boden gerammt hatten! Es gab keinen Schwertkampf Mann zu Mann! Ich hatte einen vor mir, in seinem Hemd, und stach ihn mit meiner Pike …«

Wieder stockte der Mann, schüttelte den Kopf, als könne er im Nacherleben das Geschehen nicht fassen. Dann sah er auf und flüsterte: »Da kam kein Blut, edle Herrin!«

Die Damen sahen sich irritiert an.

»Heu!«, schrie der Knappe unvermittelt. »Heu quoll aus ihm heraus, wie aus einem Schober! Wattiert mit Heu hatten sie ihre Hemden, die verdammten Engländer! Es waren keine Hemden, es waren Matten, sie liefen herum, in Pferdefutter gekleidet! Diese lächerliche Maskerade schützte sie statt Eisen und Stahl! – Und jetzt geschah es. Jetzt zischten die Pfeile unaufhörlich, jetzt schossen sie gezielt, die gottverfluchten Englischen, ein mörderischer Hagel von Pfeilen, der nicht aufhörte! Oh, diese grässlichen Geräusche, wenn die Pfeilspitzen auf die eisernen Harnische trafen …«

»Aber sie konnten doch nicht die goldbeschlagenen prächtigen Rüstungen unserer Tapferen durchschlagen«, mutmaßte Isabel.

Der Mann nestelte aus seinem Beutel, den er am Gürtel trug, etwas heraus und reichte es der Königin. Ein Diener eilte herbei und brachte ihr das kleine Teil. Isabel drehte das Eisenteil mit der geviertelten Spitze hin und her.

»Edle Königin, das sind die Stahlspitzen der verfl…, der Engländer. Sie müssen in der Hölle geschmiedet worden sein.«

Isabel reichte die Pfeilspitze an ihren Haushofmeister weiter, der sie irritiert betrachtete. Fragend sah sie ihn an. Der Mann schüttelte den Kopf. »Ja, in der Hölle, von Teufeln geschmiedet, denn dergleichen sah ich nie zuvor«, wiederholte der erschöpfte Knappe. »Sie zerschlugen unsere prachtvollen Rüstungen, ein Wunder, dass ich entkam, Euch zu berichten, edle Königin.«

»Aber unsere Armbrustgeschütze haben eine gewaltige Durchschlagskraft«, wagte der Haushofmeister einzuwenden.

Fast höhnisch klang es, als der Knappe verzweifelt erklärte: »Unsere Schützen waren noch mit dem Spannen ihrer schweren Armbrüste beschäftigt, während Dutzende von Pfeilen ihnen den Garaus machten. Nein, unsere Armbrustschützen waren zu langsam, unsere Bogenschützen hatten weder diese Durchschlagskraft noch die Reichweite der Engländer.«

»Aber unsere tapferen Schwertkämpfer?«, fragte Isabel, auf das Schlimmste gefasst.

»Ach, edle Damen, es waren ihrer zu viele! Die schiere Übermacht brachte sie zu Fall. Die erste Linie fiel, die anderen rückten nach, aber es war eng, kaum 40 Ruten betrug das Feld an seiner engsten Stelle, von Wald und dichtem Unterholz an beiden Seiten begrenzt! Keiner konnte ausweichen, unerbittlich wurden wir in die Reichweite der Feinde gedrängt, und diese schlugen erbarmungslos zu: Die wenigsten hatten Schwerter, edle Dame, die Bogenschützen schlugen zu mit ihren Hämmern, Keulen und Hellebarden taten ein Übriges ... Wir standen vor Bergen von Leichen unserer Tapferen, während immer mehr Feinde nachrückten und schoben und drückten, und keiner gebot ihnen Einhalt! Eine tödliche Falle, ein mörderisches Schlammloch, in dem wir aussichtslos kämpften gegen ein paar halb verhungerte, verschissene, barfüßige Drecksengländer in Heumatten, es ist nicht zu begreifen ...«

In diesem Augenblick trat der König herein. Isabel sah überrascht auf. Charles war es schlecht gegangen, der letzte Anfall hatte Monate gedauert. Er hatte nicht in die Schlacht ziehen können und war noch immer nicht genesen. Nun kam er in feierlichem Aufzug mit langem Umhang, darunter trug er aber nur ein Hemd, und er ging barfuß. Zwei unglücklich blickende Pagen trugen die breite Schleppe an beiden Seiten. Er hatte seinen goldenen Prunkhelm aufgesetzt, aber falsch, sodass die Spitze, die eigentlich die Stelle zwischen Nasenwurzel und Stirnmitte bedecken sollte, grotesk über dem linken Ohr hing und die Hälfte der Wange bedeckte.

Hinter ihm erschien Odinette aufgeregt und machte hilflose Gebärden zur Königin, die besagten, sie habe ihn nicht hindern können.

»Ah, der Bote aus Crecy!«, rief der König aus. »Ist die Schlacht gewonnen?«

Der Bote starrte seinen König an. Isabel versuchte, die

Situation zu retten, und sagte sanft: »Der Knappe ist gerade aus Azincourt gekommen, mein König, nicht aus Crecy.«

»Weib! Habe ich dich gefragt!«, schrie der König verstimmt. »Hat der Feind dem Boten die Zunge rausgeschnitten? Kann er seinem König nicht selbst antworten?«

Immer noch starrte der Bote, aber Charles hatte sich schon von ihm abgewandt, griff nach einer Kanne und legte sie in den Arm wie eine Laute, wobei er mit schriller Stimme sang: »Poitiers, Crecy, wir lernen nie, wir lernen nie / Crecy, Portiers, wir lernen nie, oje, oje ...«

Vertraulich wandte er sich wieder dem Boten zu, der zitternd auf das Taburet gesunken war: »Wir haben den Pferden die Schlacht überlassen, nicht wahr, mein Kleiner? Sie haben die größeren Köpfe, sie denken besser als ein Konnetabel. Wenn wir erst meinen unbemannten Hornissen die Schlacht überlassen, dann wird kein Mensch mehr zu Schaden kommen!«

Er machte eine plötzliche Wendung, raffte seine Schleppe, sodass seine beiden Knappen nicht folgen konnten. Wütend wandte er sich um und zischte: »Verschwindet, ihr Krähen, sonst hackt euch der Falke die Augen aus!«

Er ging zu dem Boten, tätschelte ihm die Wange und lächelte ihn freundlich an. »Der Konnetabel d'Albret?«

»Tot, Sieur.«

»Mein Neffe Karl von Orleans?«

»Gefangen, Sieur.«

»Der Herzog von Burgund?«

»Nicht erschienen, Sieur.«

»Der Herzog der Bretagne?«

»Nicht erschienen, Sieur.«

Der König warf plötzlich die Kanne an die Wand, dass sie zerschellte. »Seht und staunt, verehrte Anwesende, so geht es zu in Frankreich: Wenn unsere Ritter einen Feldzug unternehmen, werden die Lastpferde nicht mit Waffen, sondern mit Wein beladen, nicht mit Lanzen, sondern mit Käse, nicht mit Schwertern, sondern mit Schläuchen, nicht mit Speeren, sondern mit Bratspießen. Man meint, sie ziehen zu einem Gelage, nicht in den Krieg. Sie tragen herrlich vergoldete Schilde mit sich, die der Feind gern erbeutet. Auf ihre Sättel und Schilde lassen sie Kriegsszenen und Reiterschlachten malen, damit sie sich im Bild der Fantasie an den Kämpfen erfreuen, die sie in Wirklichkeit nicht zu bestehen wagen! Und seht Ihr, meine verehrte Königin …« Der König drehte sich mit tänzerischer Eleganz, dass sein Umhang um ihn flog wie ein blauschillernder Schmetterling. »Seht Ihr, das werden sie auch weiterhin tun dürfen: schlemmen und genießen, während der Kampf von meinen unbemannten Hornissen ausgetragen wird. Sie brauchen dabei nur zuzusehen, sie können ihre kostbaren Schilde vor sich aufstellen, schon wird jede Schlacht gewonnen werden …«

Er ging zum Sessel der Königin und meinte vertraulich: »Selbst wenn der Feind ebenfalls über unbemannte Hornissen verfügt, wird der Kampf niemanden verletzen! Er wird in der Luft stattfinden, wir werden ihn lenken, und alles wird gut!«

Dieses Mal war es nicht die »kleine Königin«, die den König beruhigte, das erzählte der Bote später jedem. Er erzählte, die Königin müsse Zauberkräfte haben, denn sie erhob sich von ihrem Sessel, schritt die Stufe hinab, lächelte den König freundlich an und wies auf seinen Thron, der in Zeiten seiner Abwesenheit stets leer neben dem ihrigen stand. Und der König lächelte ebenfalls, nahm sie bei der Hand und führte sie würdevoll zu ihrem Platz, und er hatte auch barfuß eine edle Haltung. Kaum hatte er auf dem Thron neben ihr Platz genommen, fing er wieder an zu singen.

»Poitiers, Crecy, wir lernen nie, wir lernen nie«, krächzte er schauerlich. Catherine begann zu weinen.

Der König verstummte und betrachtete seine Tochter, als sähe er sie zum ersten Mal. Dann erhob er sich, ging vor ihren Sessel, verbeugte sich tief und sagte: »Oh, die edle Königin ist zu Besuch! Meine Verehrung, Königin von England! Ich huldige Ihnen, schöne Dame! Darf ich Sie in meinem bescheidenen Hause willkommen heißen als Königin der zwei Reiche!«

Dann sank er in sich zusammen und blickte mit leeren Augen vor sich hin. Er schien nach innen zu lauschen und keinen Menschen wahrzunehmen.

Totenstill lag der Thronsaal. Isabel wollte den Boten, der erschöpft auf das Taburet gesunken war, schon fortschicken, da blickte er auf.

»Ich verstehe nur eines nicht, hohe Dame«, sagte der Knappe verwirrt. »Warum sind die Engländer, die Gott verfluchen möge, nicht nach Calais gezogen? Warum sind sie zu Schiff zurück nach England? Wir sind schmählich besiegt, wir liegen am Boden, in den Schlamm gedrückt Tausende von Leichen – warum marschierten die verdammten Englischen nicht nach Paris?«

Niemand sagte ein Wort. Nur Isabel dämmerte, dass dies die richtige Frage war. Und dass Charles, obgleich im Wahn, sie bereits beantwortet hatte. Henry wollte nicht Frankreich. Er wollte Catherine.

# MARGAUD

MARGAUD WICH ZURÜCK VOR DEM ENTSETZLICHEN ANBLICK. Im Dunkel des Waldes erschien der Umriss eines Ritters auf einem riesigen Ross. Schwarz war er von oben bis unten, selbst der Busch auf seinem Helm war schwarz, sein Ross schien die Zähne zu fletschen wie ein Drache, der gleich Feuer speien wollte. Wie konnte der Reiter lautlos wie eine Katze aus dem Dunkel des Waldes auftauchen? Geister, schoss es Margaud durch den Kopf. Das Entsetzlichste waren die Axt und der Morgenstern, die von seinem Gürtel hingen, die schwarzen Sporen, plötzlich war alles wieder da. Der Ritter auf der engen Gasse, die flüchtenden, schreienden Menschen, das Blut, die grünen Augen, deren Blitzen erlosch, der Geldbeutel. Simon war tot, für immer und ewig tot.

Wieder schrie Margaud gellend auf, dann flüchtete sie vor dem todbringenden Geist, ohne ihm den Rücken zuzukehren, denn durch ihr Hirn raste, dass man dem Tod ins Auge sehen musste und ihm niemals den Rücken zudrehen durfte. Sie taumelte an die Brust des Prinzipals, der ihr gefolgt war.

Sie hörte den Prinzipal etwas sagen, er musste fort von hier, fort! Sie zerrte an ihm, wollte ihn zu seinem Karren bringen, aber der große Mann rührte sich nicht. Er schob sie einfach weiter zu seiner Frau, die nun auch herangetreten war, und begrüßte den Tod. »Guten Abend, schwarzer Ritter«, hörte Margaud ihn sagen, nicht ängstlich, eher ehrerbietig, wie ihr schien. Ja, wusste der Prinzipal nicht, wen er vor sich hatte?

»Fort, fort von hier, der Tod! Das ist der Tod! Der schwarze Tod!«, schrie sie, aber die Prinzipalin lächelte nur, murmelte etwas Beruhigendes, und nun war auch Jeannette zurückgekehrt, und Michelle und sie nahmen Margaud beschützend in ihre Mitte.

Der schwarze Ritter schob das Visier nach oben und antwortete: »Guten Abend, Signor Prinzipal! Ich hörte, dass du in Le Mans auftratest, und folgte dir. Verzeih, dass ich die Jungfer Tochter erschreckte, es war nicht meine Absicht. Beruhigt Euch, Jungfer!«

Er winkte mit der eisenbehandschuhten Hand, und einer aus seinem Gefolge ritt heran und warf Margaud ein Schmuckstück zu. Unfähig, sich zu rühren, starrte sie ihn nur an. Die Prinzipalin hob den Stein auf und betrachtete ihn verzückt.

»Für die Madame Prinzipalin habe ich natürlich auch ein Willkommensgeschenk und für die Demoisellen auch.«

Der Knappe griff wieder in den Beutel und reichte mit einer Verbeugung, als stünde er vor einer Fürstin, weitere drei Edelsteine, die die Prinzipalin voller Bewunderung annahm.

Margaud begann zu weinen. Alles war zu viel, nein, dies war nicht Simons Mörder, das konnte, durfte er nicht sein. Helle, verwegene Augen sahen aufmerksam unter dem hochgeschobenen Visier hervor, beschauten sie interessiert.

»Dies ist nicht deine Tochter«, stellte der Ritter fest.

Inzwischen war auch Josef herangekommen und betrachtete den Ritter und seine Leute neugierig.

»Nein, schwarzer Ritter, dies ist Margaud. Sie versteht sich auf Jeu de paume.«

Die Augen des Ritters blitzten interessiert auf.

»Sie hat sich aus Paris nach dem Cabocheaufstand halb wahnsinnig zu uns geflüchtet. So verschreckt wie heute habe ich sie seit damals nicht gesehen«, erklärte der Prinzipal. »Gib ihr Wasser, Frau, dass sie sich beruhigt! – Und Ihr, Herr Ritter? Immer unterwegs auf der Jagd nach Ruhm und Ehre?«

Der Ritter lachte und zügelte sein Ross, das nicht still stehen wollte. »Ja, auf Ehre und Tod, und nicht zu meinem Nachteil, Herr Prinzipal. Wohin bist du des Wegs?«

Der Prinzpal deutete auf das Dorf. »Nur eine Übernachtung, dann wollen wir weiterziehen nach Kemper.«

»Quimper! Das trifft sich gut, Prinzipal! Aber nicht über dieses Dorf, auf keinen Fall! Dort hat die Seuche gewütet!«

Die Augen des Prinzipals weiteten sich vor Furcht. »Der schwarze Tod …«

»Nein, es ist nicht der schwarze Tod, es ist eine unbekannte Krankheit, die den Menschen die Luft nimmt, sie ersticken nach wenigen Tagen qualvoll. Ich kenne sie nicht, niemand kennt sie, die Kreuzfahrer schleppen so einiges ein.«

Der Prinzipal strich sich besorgt über den Schnurrbart und blickte strafend auf seine Tochter. Jeannette senkte den Kopf.

»Höre, mein Verehrter, ich kenne eine Lichtung nicht weit von hier, da wollen wir unser Lager aufschlagen. Kommt mit uns, da seid ihr sicher.«

Margaud schluckte das Wasser, das Michelle ihr brachte, ließ sich die Wangen klopfen und lächelte endlich, als Jeannette besorgt immer wieder rief: »Margaud, Margaudchen, nun schau doch nur! Schau den Stein vom Herrn Ritter an! Wie er funkelt! Sieh nur, diese Farbe!«

Erst als sie auf der Lichtung angekommen waren und ein Feuer beruhigendes Licht und Wärme verbreitete, hörte Margaud auf zu zittern. Scheu betrachtete sie den Stein, den der Ritter ihr geschenkt hatte. Er war von leuchtend blauer Farbe mit feiner weißer Maserung. Er funkelte nicht. Ein Lapislazuli, hatte die Prinzipalin ehrfürchtig erklärt.

Der Prinzipal und der Ritter schienen miteinander bekannt zu sein, sie redeten wie Geschäftspartner, während die sieben Knappen des Ritters beschäftigt waren mit Dingen, die sonst Mägde taten: Sie rupften Hühner, nahmen Fische aus, weideten ein kleines Tier aus, das Margaud noch nie gesehen hatte. Vielleicht ein Marder? Lächelnd half ihnen die Prinzipalin.

Schließlich hatten sie alle Herrlichkeiten über dem Feuer gebraten. Der Ritter sah ohne seine Rüstung, die ihm seine Knappen abgenommen und, sorgfältig gereinigt, in sein Zelt gehängt hatten, nicht mehr zum Fürchten aus. Er erinnerte Margaud an die Jungs vom Jeu de paume, er war schmal, sehnig, durchtrainiert und hatte den scharfen Blick des Kämpfers.

»Nun, Herr Prinzipal, was willst du in Quimper?«, fragte er, als das gebratene Fleisch in Stücken verteilt und die Prinzipalin zum Essen Wein in Zinnbechern reichte, die ihr Stolz waren.

Der Prinzipal erklärte, die Bretagne sei nicht vom Krieg betroffen, er wolle dort so oft spielen, bis er genug Geld für die Rückreise habe.

»Welche Rückreise?«

»Die Prinzipalin ist des Reisens müde, mein Herr. Sie will sich in Lothringen auf einem kleinen Stück Land zur Ruhe setzen. Sie träumt von einer Milchkuh und einigen Ziegen.«

Die Prinzipalin nickte kauend. Der schwarze Ritter betrachtete sie nachdenklich. »Wir sind Fahrende«, sagte er, »wirst du dich nicht langweilen, Madame?«

Die Prinzipalin lachte. Wenn sie sich langweile, was sie nicht glaube, dann werde sie eben ihren Alten wieder unter den Arm packen und erneut auf Tour gehen.

Margaud staunte, wie ungezwungen der Chevalier mit den Gauklern sprach. Er setzte sich mit den Fahrenden gleich, er, ein Ritter von Stand?

Aber dieser Chevalier war ein Fahrender. Er sei nicht mit Gütern gesegnet, flüsterte Jeannette Margaud zu, er reise von Turnier zu Turnier, von Tjost zu Tjost und kämpfe unter dem Namen »Der schwarze Ritter«. Pferde, Kleidung, Rüstungen waren des Siegers Verdienst, seine Knappen durften alles auflesen, was auf dem Turnierplatz liegen blieb. Besonders beliebt waren Satteldecken, die oft kostbarer bestickt waren als die Umhänge der Damen, und die Stoffe der Bahn- und Podestverkleidung, die am Ende einiger Turniere verschenkt wurden. Sie gaben hervorragende Reisekleidung ab. Jeannette deutete auf den warmen Umhang ihrer Mutter.

»Ich möchte dich wieder als Ausrufer haben, Prinzipal«, sagte der Ritter, »ich reise zum Turnier nach Nantes.«

Er reise nach Kemper, meinte der Prinzipal störrisch.

»Das Turnier in Nantes ist ein sehr großes, ich brauche deine volltönende Stimme.«

Der Prinzipal lächelte geschmeichelt, beharrte aber auf Kemper, da sei eine Menge los, Markt, Hafen, Jahrmärkte …

»Du ziehst deinen Karren selbst, Prinzipal, ich hab es gesehen. Ich spann dir ein Maultier vor, wenn du mit nach Nantes kommst. Sieh, du brauchst doch nur deine Route ein klein wenig zu ändern: Statt über Craon kommst du mit uns über Angers nach Nantes, und in Angers ist ebenfalls Turnier, wenn auch kein so großes.«

Der Prinzipal wiegte den Kopf, guckte in die Luft, betrachtete einen Grashalm. Wieder lachte der schwarze Ritter, hieb ihm auf den Rücken und meinte: »Ein neues Zelt sei auch deines.«

»Gemacht.« Der Prinzipal streckte die Hand aus, der Ritter schlug ein, dann rief der Prinzipal plötzlich so laut, dass außer der Prinzipalin alle zusammenzuckten: »Und hier, meine Herrschaften, kommt aus der fernen Gascogne, aus der Gascogne, von dorten nur die tapfersten aller Ritter stammen, hier kommt …« Der Prinzipal machte eine bedeutungsvolle Pause, bevor er in eigenartigem Singsang fortfuhr: »Gleich reitet in die Schranken, die Aufregung steigt ins Unerträgliche, sein furchterregender Hengst ist schon gesattelt, schwarz wie die Hölle und groß wie ein Walfisch, hier kommt, hier werdet ihr ihn erleben im Kampf, wie ihn edler und ritterlicher kein Mann auszufechten imstande ist, einen ritterlichen Tjost von Mann zu Mann. Wer wagt es, sich ihm zu stellen? Wer reitet gegen ihn in die Schranken in ritterlichem Zweikampf? Hier kommt er auf seinem gewaltigen spanischen Streithengst, schwarz wie ein maurischer Neger, Stockmaß zeeeehhn Fuß, ungelogen, mit der Brust eines Löööwen, auf diesem prachtvollen Ross fordert er jeden in die Schranken: der schwaaaarze Ritttäär!«

Margaud kam aus dem Staunen nicht heraus. Sie hatte geglaubt, dass Ruhm und höfische Gesinnung das Handeln der Ritter bestimmte. Dass ein Ritter von Turnier zu Turnier reiste, um sich zu bereichern, war ihr neu, dass er angekündigt werden musste, ebenfalls.

Der Ritter lachte die Gaukler an und meinte beifällig: »Wenn der Prinzipal nur mein Ross ankündigt, steht den ersten Gegnern schon der Angstschweiß auf der Stirn!«

Er lebe von nichts anderem, flüsterte Michelle später, als sie im Zelt lagen, der schwarze Ritter habe weder Leibeigene noch Vasallen, seine Familie sei verarmt gestorben, seine Burg verfallen. Aber die Damen belohnten ihren Lieblingsritter mit Schmuckstücken und Pferden.

»Er muss ein gefürchteter Gegner sein«, murmelte Jeannette, schon halb im Schlaf.

Margaud lag wach und starrte ins Dunkel. Seit sie beim Prinzipal war, hatte sie nur an ihr neues Leben gedacht. Nachdem sie mehr als einmal gestottert, ihren Text vergessen und unfähig zur Improvisation war, hatte der Prinzipal sie in den Farcen und Possen nicht mehr eingesetzt. Ich habe hart trainiert, um zu vergessen, dachte sie, Ballspieltricks, Jonglage, kleine Zaubereien. Auch konnte sie inzwischen auf einem straff gespannten Seil laufen und hüpfen, dass die Leute von fern dachten, sie schwebe zwischen Himmel und Erde. Jeder Tag war ausgefüllt mit Entrainement, Essen beschaffen, Auf- und Abbau der Zelte und der Habe, Aufpassen vor den städtischen Gens d'armes und den Pfaffen, und während der Reisetage galt es, den schrecklichen Routiers, Räubern und anderen Kriegsprofiteuren auszuweichen, Seuchengebiete zu meiden, Kranke und Bettler abzuschütteln, die sich an ihre Fersen hefteten.

Das Erscheinen des Ritters hatte das Vergangene wieder aufgerissen, das Margaud über der täglichen Arbeit zu vergessen suchte. Wie schlecht hatte sie an denen gehandelt, die ihr geholfen hatten. Louis, die alte Jaquette, die großzügige Madame de Pizan, der sie so viel verdankte. Wie schlecht sie war, und Simon war tot, und alle Hoffnungen auf ein freieres Leben dahin, und er war auch nur ein Verräter gewesen … Sie tastete nach dem Beutel, den sie in ihr Kissen eingenäht hatte. Nur einmal hatte sie eine Goldmünze herausgenommen, als sie aus Paris auf den Prinzipal zugewankt war. Sie hatte ihm die Münze in die Hand gedrückt, und er hatte, ohne zu zögern, einen Esel und Proviant gekauft, und dann waren sie so schnell von Paris geflohen, wie sie konnten.

Simons Geld. Das Blutgeld des Herzogs von Burgund, ihres Herrn. Was hatte Caboche dafür getan? Hatte er der burgundischen Streitmacht die Tore geöffnet und die Aufständischen deren Schwertern preisgegeben? War der ganze Aufstand nur eine Farce, gelenkt vom Herzog von Burgund, eine Farce, wie sie der Prinzipal täglich spielte? Aber in den Farcen des Prinzipals gewannen nicht die Herzöge, sondern sie wurden blamiert, das Volk strömte zusammen, weil es über die Dummheit der Mächtigen lachen wollte. An dem Aufstand in Paris war nichts komisch gewesen, alle Forderungen der Ordonnance hatten sie mit ihrem Blut und ihrer Seele geschrieben, einmal musste doch Schluss sein mit den erdrückenden Steuern, den ungerechten Gesetzen, den harten Strafen.

Der Schlaf wollte nicht kommen, Margaud hielt es nicht

im Zelt. Vorsichtig befreite sie sich aus der Umarmung Jeannettes und kroch hinaus. Der Prinzipal saß mit dem Ritter am fast niedergebrannten Feuer. Sie blickten in die Glut und sprachen leise miteinander, wie alte Freunde, die sich lange nicht gesehen und viel zu erzählen hatten.

Margaud ging hinter das Zelt und setzte sich an einen Baum. Frisch war die herbstliche Nachtluft, es roch nach Harz und Kiefernnadeln. Sie hüllte sich in ihren Umhang und sah auf zu dem glitzernden Gespinst, das der aufgehende Mond hinter dürren Ästen bildete.

Langsam stieg das Gespinst nach oben und zeigte sich als schmale Sichel, ein Boot in einem schwarzen Meer glänzender Sterne. Margaud dachte an Simon. Sie hatte einen Verräter geliebt. Die Mondgöttin kennt keinen Verrat, dachte Margaud traurig, sie bescheint alles ohne Unterschied auf Stand und Vergehen.

Der Ritter war herangetreten. Um die Jungfer nicht zu erschrecken, setzte er sich an einen weiter entfernten Baum.

Lange saßen sie dort, der Ritter und das Mädchen.

»Auch Verräter sind es wert, geliebt zu werden«, meinte der schwarze Ritter leise. Margaud zuckte zusammen. Konnte der Mann Gedanken lesen?

»Das Leben ist ein Kampf, und nicht jeder besteht ihn glänzend«, fuhr er fort, »dem Verlierer wirft die Dame keinen Kranz zu.«

Margaud schwieg.

»Ich hörte, du bist eine versierte Spielerin«, fing der Ritter wieder an. »Was hältst du von einem Spiel in Angers, zum Warmwerden? Meine Knappen sind nicht schlecht, suche dir die Besten aus.«

»Aber ich spiele beim Prinzipal, ich muss ihm …«

Der Ritter machte eine wegwerfende Handbewegung. »Habe ich geklärt. Beides ist möglich, natürlich nur, wenn du willst.«

Ob sie wollte! Margaud lächelte die Mondin an. Wieder Jeu de paume spielen, was konnte es Schöneres geben!

»Dann sind wir also im Wort«, sagte der Ritter. »In Angers kenne ich eine gute Mannschaft, die Wetten werden hoch sein. Ihr müsst schon ein bisschen gewinnen.«

»Ein bisschen gewinnen!« Margaud lachte auf, es klang rau.

»Um in Nantes hoch zu gewinnen, da gilt es.«

Wieder schwiegen sie. Die schmale Sichel des Mondes verschwand hinter dem Hügel, und die Schwärze der Nacht fiel auf den Mann und das Mädchen.

»Die Nächte lehren einen viel, wovon die Tage nichts ahnen«, meinte der Ritter und erhob sich. Margaud kroch wieder ins Zelt.

Die tiefen Atemzüge der schlafenden Mädchen beruhigten sie endlich. Margaud drehte sich auf die Seite und schlief ein. In dieser Nacht träumte sie vom Ende der Welt. Es war ein Regenbogen, hinter dem der Himmel begann. Louis kam ihr entgegen und nahm ihre Hand und fragte: Wo warst du so lange, die anderen warten, lass uns spielen. Und dann spielten sie Jeu de paume auf einem Boden, der aus Wolken gemacht war. Jeder Sprung federte sie hoch hinauf, und ihr Ball war die Sonne. Sie ließ sich nicht schmettern wie der kleine, harte Ball, die Sonne war heiß und brauchte nur einen, einen sanften Anstoß, und sie hielten sie in der warmen Luft, sprangen nach ihr, und die Sonne ließ sich nicht zum Gegner schießen, sondern suchte sich den nächsten Spieler aus, zu dem sie sich in einem sanften Bogen niederließ, und alles war weich und gut.

# 1417 – KLOSTER MARMOUTIER BEI TOURS

Je mehr mein Auge Menschen sieht,
veracht ich sie und schätz mich selbst,
je mehr ich diene, hass ich sie,
je mehr sie reden, zweifle ich,
und je vertrauter mir ihr Haus,
je öder wird es mir ums Herz.
Oh, daß ich leben könnt vom eignen Gut,
an ihrem Herde wahrlich säß ich nie.

*Peire Cardinal*

# ISABEL

Sie war allein. Vollständig allein. Nicht einmal ihre Tochter und ihre Hofdamen hatten sie ihr gelassen. Wut und Trauer, Zorn und Verzweiflung waren Isabels einzige Gesellschafter. Sie ballte die kleinen Hände zu Fäusten und schlug sie gegen die Schläfen, um den Schmerz zu beruhigen, der durch ihren Körper tobte.

Sie hatte sich übertölpeln lassen. Die bewaffneten Verbrecher der Armagnacs hatten sie ins Kloster Marmoutier verbannt. Eingesperrt in eine Zelle im Logis des Abtes! Giftmischerin, Hexe, Kindsmörderin, so hatten sie sie beschimpft. Isabel wollte aufschreien vor Wut, beherrschte sich aber mit der Würde, die sie jahrzehntelang trainiert hatte. Ich hatte einmal sechs Söhne, dachte Isabel und krallte die Hände in den Stoff ihres Gewandes, nur Charlot hat Gott mir gelassen, und diese Verbrecher setzen in die Welt, dass ich die anderen fünf ermordete … Bin ich eine Medea, eine rasende Messalina? Was denken diese Untiere von mir, wo bleibt der Respekt, den sie ihrer Königin schulden?

Ach, die Welt war in Unordnung geraten, und schuld waren diese Kriege, dieser ständige Schrei nach Rache und Vergeltung.

Sie hatte die Verschwörung gerochen wie einen scharfen Geruch in der Luft, war bei dem fantasierenden Charles geblieben und hatte die Wachen verstärkt, während die Verbrecher ihre Verschwörung anzettelten. Aber ihre Feinde waren stärker gewesen und schlauer.

Voller Zorn starrte Isabel von ihrem Fenster auf die sanft mäandernde Loire. Das Logis Rougemont lag auf einer Anhöhe innerhalb des Klostergeländes. Die Klosterkirche von Marmoutier war trotz der bescheidenen Bezeichnung

»Kapelle« eine hohe Kathedrale. Nur durch einen überdachten Gang kam Isabel hinunter zu den Gottesdiensten. Drüben, auf der anderen Seite, schmiegte sich Tours an eine der sandigen Buchten des breiten Flusses, die alte Königsstadt Tours mit dem Grab des heiligen Martin und seiner prächtigen Kathedrale.

Isabel ballte die Fäuste. Die Königin aus ihrem Schloss vertrieben, verbannt in eine Klosterzelle! Ungeheuerlich! Aber noch ungeheuerlicher war ihre eigene Dummheit gewesen. Wie hatte das nur geschehen können?

Unter der Folter hatte Orgemont gestanden, dass er König und Königin ohne Gnade ins Gefängnis hatte werfen wollen, mit ihm den Kanzler und andere Verbündete der Armagnaken. So weit war es gekommen, dass die Könige von Gottes Gnaden von Verbrechern entmachtet und ermordet werden sollten.

War Orgemont nicht auch Doyen von Tours? Dann war der Prior von Marmoutier womöglich mit im Komplott? Vermutlich hatte ihr Sekretär, dieser nichtsnutzige Verräter, den Prior bestochen. Ja, dieses Mal war sie allein. Sie konnte keinem Menschen trauen, sie war verraten, von allen verraten und verlassen.

Ich bin allein, weil mich alle verlassen haben, dachte Isabel, mein Gott, ich bin siebenundvierzig Jahre alt, ich sollte als Königinmutter in Schloss Beauté sitzen, meinen Sohn beim Regieren beraten und mit den Enkeln im Park spielen.

Aber beide Dauphins waren gestorben. Sie hatte ihre bleichen, verzerrten Gesichter betrachtet und mit Gott gehadert, warum er nicht sie nehme, warum er die Hoffnung Frankreichs sterben ließ, warum er ihr die Söhne in der Blüte ihrer Jugend nahm. Erst war Louis in seinem 19. Lebensjahr unter schrecklichen Umständen verstorben, mehrere Wochen war er dahingesiecht, ohne dass ihm ein Arzt hatte helfen können. Hatte ihn eine seltsame Krankheit dahingerafft? Hatte er die Schmach von Azincourt nicht verwinden können? Hatte ihn ein Pfeil getroffen? Man sagte, die englischen Pfeile seien vergiftet. Noch vor Weihnachten 1415 hatte sie ihren Ältesten am Grab beweint.

Jean, der nur zögernd aus dem Hennegau gekommen und die Nachfolge als Dauphin angetreten hatte, war im April gestorben, und sie wurde neben dem Schmerz um ihre Söhne den Argwohn nicht los, dass Jeans Tod kein Zufall gewesen war. War Jean tatsächlich vergiftet worden? Aber von wem?

Isabel wischte die Tränen ab, ihre Trauer wich der zornigen Verwirrung über jenes Ereignis, das Bernhard von Armagnac an die Macht gebracht hatte.

Wer hatte in diesem Schachspiel den entscheidenden Zug gespielt? Ein Zug, typisch für die Verworrenheiten dieser Zeit der Intrigen, gewebt aus den falschen Umarmungen der Machtgier, geschmiedet aus dem Stahl des Hasses. Meine Rochade hatte nicht zum Sieg geführt, dachte Isabel, es war ein großer Fehler, Bernhard von Armagnac die Nachfolge des geschlagenen Konnetabels d'Albret antreten zu lassen. Aber wie hätte sie Armagnac verhindern können ohne ihre Söhne, ohne Charles von Orleans, ohne Berry, ohne Wilhelm von Hennegau, ohne Anjou, ohne ihren Bruder Ludwig? Ihre Getreuen waren in englischer Gefangenschaft, gestorben, geflohen, weit fort. Leer war der Kronrat und schnell aufgefüllt mit Bernhard und seinen Anhängern, vor allem nach diesem seltsamen Ereignis …

Rastlos ging Isabel in der kleinen Kammer auf und ab. Nach Jeans Tod war Yolantha gekommen. Sie brachte Charlot, den Isabel nun auf seine Aufgaben als Dauphin vorbereiten musste. Yolantha hatte außerdem ihre Tochter Marie und ihren Sohn René mitgebracht. Ob sie gehofft hatte, René mit Isabels kleiner Katei zu verloben? Isabel fühlte sich von der

Freundin in ihrem Schmerz um die Dauphins getröstet. Sie hatte noch einige junge Leute nach Vincennes geladen, darunter ihre kleine verwaiste Enkelin Johanna, Isabelas und Orleans' Tochter, der seit Azincourt in Gefangenschaft war, und dessen jetzige Frau Bonne, Armagnacs einsame Tochter. Eine fröhliche kleine Runde junger Menschen, die den etwas schwermütigen Charlot an seinem vierzehnten Geburtstag aufheitern sollte. Denn ihr Sohn, den sie nach drei Jahren zum ersten Mal wieder in die Arme geschlossen hatte, schien sich mit seiner Verlobten Marie keineswegs so prächtig zu verstehen, wie es für eine künftige Ehe nötig war. Vermutlich hatte Yolantha deshalb vorsorglich Marie und Charlot begleitet, denn sie befürchtete zu Recht, dass der nun zum Dauphin avancierte junge Mann das Verlöbnis lösen könnte. Dies war das gute Recht jedes Prinzen und jeder Prinzessin, die als Kinder einander anverlobt worden waren.

Nun, Yolanthas Tochter Marie war nicht sonderlich hübsch, gescheit war sie auch nicht, eher altklug, aber Isabel sah keinen Grund, das Verlöbnis mit Charlot zu lösen oder es ihrem Sohn auszureden, denn die Anjou waren ihre mächtigsten Verbündeten. Und die Gruppe fröhlicher junger Königskinder, aufgeheitert durch Spielleute, war ihr Ein und Alles gewesen.

Im Gefolge König Sigismunds hatte sogar der Sänger Oswald von Wolkenstein den jungen Hofleuten aufgespielt. Reich belohnt hatte sie den Tiroler Dichter, der mit den neuesten Tänzen und Liebesliedern aufgewartet hatte, so frech, dass sie und die bayerischen Hofdamen, die sein Deutsch verstanden, öfter gekichert hatten als die französische Jugend. Nach den trüben Tagen, die dem Desaster von Azincourt gefolgt waren, hatten sie alle eine Aufheiterung gebraucht. Lächelnd erinnerte sich Isabel an diese Tänze. Früher hatte sie keinen noch so hohen Sprung, keine noch so gewagte Drehung ausgelassen. Diese Zeit war mit

47 Jahren vorbei. Sie war eine alte Frau mit einem verrückten Gatten, doch den Kindern zuzusehen, für sie Lustbarkeiten zu planen und Feste zu veranstalten, das war ihre neue Leidenschaft geworden.

Aber dann kam der Bote mit der schrecklichen Nachricht aus Angers. Louis von Anjou war schwer erkrankt. Yolantha war sofort zurück nach Angers gereist, um ihrem Mann beizustehen. Danach hatte sie die Freundin nicht mehr gesehen.

Und dann war der König nach Vincennes gekommen, und sie hatte nichts anderes getan, als ihm seinen Jüngsten, den neuen Dauphin, zur Begrüßung entgegenzusenden …

Isabels Herz krampfte sich schmerzhaft zusammen. Es waren schöne Frühjahrswochen gewesen in Vincennes, aber wo waren inzwischen die Kinder? Was war mit ihnen geschehen? Was hatten diese Scheusale mit Charlot gemacht? Wo war ihre Katei, wo ihre Hofdamen? Saßen sie alle gefangen im Louvre und weinten sich die Augen aus?

Und hatte ihr Feind, Jean Sanspeur, Jeans Tod genutzt, um sich die Niederlande einzuverleiben? In dieses Kloster drangen keine Nachrichten, aber wer sollte Jean Sanspeur daran hindern? Die arme Jakobäa, ihre verwaiste Schwiegertochter im Hennegau? Frankreich? Isabel lachte kurz und trocken auf.

Die verlorene Schlacht von Azincourt hatte die Besten des Landes gekostet. Die Überlebenden waren entweder in englischer Gefangenschaft oder dienten sich England an. Im Frühjahr war Henry noch einmal in die Normandie eingefallen. Es war eine widerstandslose Besetzung gewesen, es gab niemanden mehr, der sich dem englischen König entgegenstellte. Isabels Spione hatten ihr von dem geheimen Bündnis zwischen Burgund und England berichtet.

Sie hatte die Hoffnung, einen mächtigen Verbündeten zu gewinnen, als sie König Sigismund auf der Rückreise vom Konstanzer Konzil in Paris in aller Pracht empfangen hatte.

Ach, Ludwig hatte ihn nicht begleitet, und sie hatte solche Sehnsucht nach ihrem Bruder gehabt. Sigismunds vergeblicher Versuch, Frieden mit England zu schaffen, gipfelte ebenfalls in einem Bündnis mit dem mächtigen Henry! Hatte den König das damit verbundene Geld gelockt? Sigismund war so notorisch pleite, dass er die englischen Geschenke bereits in der Normandie versetzen musste. Hatte sie ihm zu wenig geschenkt, dass er auf der Rückreise kein Bedürfnis hatte, die Königin von Frankreich noch einmal zu besuchen? Aber wahrscheinlich musste er eilig nach Prag. Statt das Schisma abzuschaffen, hatten sie beim Konzil in Konstanz erst einmal Jan Hus verbrannt, der die Autorität des Papstes infrage stellte, daher gärte es in Böhmen. Dieser Jan Hus, dachte Isabel, was hat er schon anderes gewollt als Wiglif und Occam, dem mein Ahn Asyl bot. Die Kirchen sollten sich besinnen, dass kein Reicher ins Himmelreich kommt.

Der Verlierer hat keine Verbündeten mehr, dachte Isabel, wer ist mir geblieben? Gestern warst du Königin, was bist du heute? Und weißt du, was du morgen sein wirst?

Isabel sah aus dem Fenster hinaus. Wie riesig diese Anlage war und wie geordnet der Tagesablauf der bienenfleißigen Benediktiner! Mönche in schwarzen Kutten bewegten sich gemessenen Schrittes mit ihren Harken zwischen den geraden Reihen Reben und Gemüse. Das Kloster an der Loire war unter seinem Prior reich und wohl geordnet. Gegründet hatte es der von Isabel seit ihrer Kindheit hochverehrte heilige Martin, der gegenüber in der Kathedrale von Tours begraben lag. Über dem mächtigen Eingangstor der Abtei prangte die steinerne Skulptur des Heiligen auf dem Pferd, seinen Mantel teilend.

Wie die Bauern werkelten die Mönche in ihren verschiedenen Gärten. Sie hatten Bäume, Weingärten und Obsthaine auf dem fruchtbaren mineralischen hellen Boden angelegt, aber im Gegensatz zu den Bauern auch hohe Mauern mit Zinnen. Wenn sie auch nicht gewappnet waren, so wussten sie sich doch gegen ungebetene Eindringlinge zu wehren.

Aber anscheinend nicht gegen die Armagnacs. Womit hatte Bernhard von Armagnac ihnen gedroht, dass sie ihre Königin gefangen hielten?

Sie haben Angst vor mir, dachte Isabel grimmig, was habe ich getan? Ich habe meine mir verbliebenen Kinder und Kindeskinder in Vincennes beschützt. Ich habe mit ihnen gespielt, gebetet, die Tiere der Menagerie gefüttert, sie unterrichtet, für sie kleine Lustbarkeiten veranstaltet, damit ihre unschuldigen Augen das Grauen und die Verwüstung dieser Welt nicht erblicken. Und doch bin ich eine solche Bedrohung, dass man mich verleumden und fortschaffen muss. Warum lässt Gott der Herr mich so alt werden? Stimmte es, dass Gott diejenigen früh holte, die er besonders liebte? Hatte er von ihren zwölf Kindern fünf so sehr geliebt, dass er sie in sein Himmelreich geholt hatte?

Isabel weinte. Sie weinte um ihre Kinder, um ihr Schicksal, um ihre Liebe zu einem Irrsinnigen, der nicht imstande war, dieses reiche Land zusammenzuhalten, nicht imstande, seine Königin zu schützen. Wie wundervoll war alles, was sie in Frankreich gesehen hatte, wie scheinbar mühelos gedieh der Reichtum an jedem Wegesrand! Stünde dieses fette Kloster in Bayern, würden die Mönche auf unzugänglichen Almen wirtschaften und ihren Wein auf schroffen Felsen ziehen, könnte das Haus Wittelsbach dann mithalten in den Dynastien der Mächtigen?

Und mächtig wollte sie sein …

Isabel schüttelte den Kopf und ging zur Tür, sie brauchte Luft und Bewegung, um Klarheit in ihre Gedanken zu bringen. Die beiden Mönche, die links und rechts von der Tür gesessen hatten, senkten demütig die Köpfe und versenkten die Unterarme in ihren schwarzen Ärmeln, aber ihre Miene ließ keinen Zweifel daran, dass sie die Gefangene auf Schritt und Tritt verfolgen und keine Sekunde aus den Augen lassen würden. Wütend warf Isabel die Tür wieder zu. Einen Augenblick lang hatte sie vergessen, wo sie war. Dann überlegte sie es sich anders. Die Herbstluft war warm und würzig, mochten ihr die Mönche folgen, es waren keine Gewappneten, deren Rüstungen bei jedem Schritt klirrten.

Isabel legte einen Schal um, straffte sich und trat mit hoch erhobenem Haupt und würdevoller Miene hinaus.

Sie ging nicht zur überdachten Treppe, die vom Logis Rougemont hinunter zur Klosterkirche führte, sondern strebte zur Holztür in der hohen Mauer, die zum Garten des Abtes führte. Wegen der Ernte stand das sonst geschlossene Tor offen. Isabel spürte die Unsicherheit der Mönche, hörte ihr Tuscheln und beschleunigte ihren Schritt, bevor sie ihr den Zutritt verwehren würden. Die sonnendurchglühte Luft war gesättigt von Ernteduft, der würzige Duft des trocknenden Grasschnittes vermischte sich mit dem der gärenden Trauben und reifenden Äpfel. Vor die Mauern waren Haselsträucher gepflanzt, die reichlich Nüsse trugen. Obstbäume und Rebenreihen standen in hübscher Anordnung abwechselnd im Grün, jeder Baum war von einem sorgfältig geharkten Kreis umgeben. Die Mönche schnitten Reben.

Isabel beobachtete sie neugierig. Nie hatte sie gesehen, wie die Trauben für ihren Wein geerntet wurden. In diesem Weingarten wurde ja wirklich »gelesen«, jetzt verstand sie diese Bezeichnung für die Ernte. Jeder Mönch betrachtete die Traube, als würde er in ihr lesen, prüfte sie sorgfältig und schnitt mit einem scharfen kleinen Messer die gereifte ab, andere ließ er hängen. Keiner unterbrach seine Arbeit, keiner beachtete die Königin, schweigend gingen sie ihrer Lese nach, legten die geernteten Trauben sorgfältig in den Korb. War ein Korb voll, kam ein jüngerer Mönch, vielleicht ein Klosterschüler, lud sich den Korb auf und ließ einen leeren da.

Wohlgeordnet, friedlich, und jeder nach seinen Fähigkeiten, dachte Isabel, ich muss mich wie diese Benediktiner auf das Wesentliche besinnen. Die ira, der Zorn, ist eine der Todsünden. Ira bringt nichts ein, sie schwächt mich nur und überlässt mich hilflos dem Gegner. Ich muss meine Gedanken wohl ordnen und sortieren und die conclusio daraus ziehen wie diese frommen Brüder hier. Die ungereiften Gedanken bleiben hängen.

Sie wollte langsam zurückkehren, wandte sich um und sah direkt in die höhnischen Augen ihres Kanzlers Guillaume Thoreau und ihrer Sekretäre Puy und Picart. Die beiden feigen Mönche hatten ihre Bewacher geholt.

»Die hohe Dame wollte sich zur Feldarbeit begeben?«, fragte Thoreau spöttisch, und Picart antwortete für sie: »Ja, die Arbeit einer Bäuerin ist das Richtige für sie, denke ich.«

Puy besah Isabel mit unschicklichen Blicken und meinte abfällig: »Sie hat keine Ahnung davon. Von nichts versteht sie was außer vom Verschwenden, von der Völlerei und von …« Er machte anstößige Hüftbewegungen, Thoreau und Picart lachten.

Picart widersprach Puy ironisch: »Unsinn, sie ist doch nicht schön! Isabel … Wir werden die hohe Bäuerin umbenennen, in ›Isabeau‹.«

Schier endloses rohes Gelächter folgte. »Isabeau!«, kreischten die drei und wollten sich ausschütten vor Lachen.

Isabel schloss die Augen und hoffte, dass diese unverschämten Verräter sich in Luft auflösen würden, wenn sie sie wieder öffnete. Sie drehte sich mit geschlossenen Augen um und betrachtete wieder den Garten und die arbeitenden Mönche. Wo war der Prior? Er konnte doch solche Frechheiten nicht dulden.

Aber die Mönche unterbrachen ihre Arbeit nicht, sie sahen nicht einmal auf.

Sie ging zwei Schritte weiter, da stellte Puy sich vor sie. »Wer hat der Gefangenen Isabeau erlaubt, in den Garten zu gehen?«, fragte er frech. Isabel sah ihn an, aber sie schwieg. Sie war die Königin, zwar eine verbannte Königin, aber Frechheiten dieser Manier musste sie sich nicht bieten lassen. Was fiel diesen Kerlen ein? Sie ging wieder einige Schritte, in der Hoffnung, einer der Mönche würde sich einmischen.

Mit zwei schnellen Schritten war Puy wieder vor ihr. Ohne sie anzusehen, fragte er: »Picart! Hast du der Gefangenen erlaubt, in den Garten zu gehen?«

Er fragte auch Thoreau, der verneinte, dann stellte er sich Isabel in den Weg. »Der Gefangenen Isabeau ist der Besuch des Gartens untersagt. Sie könnte ja Kräuter für ihre Gifttränke sammeln.«

Isabel ging weiter, obwohl ihr schwindelte. Es war unfassbar, was sich die drei herausnahmen. Ihr Sekretär, ihr Kanzler, am frechsten der neue Chef ihrer Garde, der seine Herrin nun bewachte, statt sie zu beschützen. Sie hatten sich stets im Hintergrund gehalten, wohl wissend, dass sie ihnen grollte und sie irgendwann für ihren Verrat bestrafen würde. Was aber fiel ihnen heute ein? Dergleichen hatten sie sich noch nie herausgenommen.

Sie blieb stehen und versuchte, durch Puy hindurchzusehen.

»Thoreau, deine Untergebenen leisten sich Frechheiten, du darfst sie bestrafen«, sagte sie.

Gelächter in ihrem Rücken antwortete ihr. Die beiden schienen sich prächtig zu amüsieren. Ein angebissener Apfel flog über ihren Kopf hinweg auf Puy, der sich duckte.

»Die Gefangene Isabeau erteilt Befehle«, stellte er eisig fest. »Die Gefangene wird nun zurückgehen in ihre Kammer.«

Da Isabel sich nicht rührte, schnitt er mit einer schnellen Bewegung eine Gerte von einem Haselstrauch und zog eine scharfe Linie damit durch die Luft. Isabel hörte das Zischen und zuckte unwillkürlich zusammen.

»Zurück in die Kammer!«, wiederholte er.

Es hatte keinen Wert, wollte sie ihre Würde nicht verlieren. Isabel drehte sich um und wollte zum Haus zurückkehren. Aber da standen Picart und Thoreau. Sie raffte ihre Röcke und wollte um sie herumgehen. Nur die scheußlichen Gesichter nicht mehr sehen!

Picart stieß Thoreau an, sodass er ihr vor die Füße fiel. Erschrocken hielt Isabel inne. Vor ihren Füßen wand sich Thoreau in scheinbarem Schmerz.

»Sie hat ihn fallen lassen!«

»So sind sie, die grausamen Königinnen. Deshalb sind sie ja in Gefangenschaft. Geh!«

Wieder pfiff die Haselgerte durch die Luft. Isabel eilte an Thoreau vorbei, vor ihr lagen mehr als hundert Schritte zu ihrer Kammer. Sie kam ins Schwitzen. Was hatten sich diese Verbrecher ausgedacht?

Nichts, schoss es ihr durch den Kopf, sie denken nicht, sie handeln im Auftrag. Natürlich! Oh, sie konnte sich denken, in wessen Auftrag.

Hoheitsvoll drehte sie sich um. »Wir wissen, wer euch geschickt hat. Ihr seid entlarvt, Verbrecher. Unsere Freundin und Verbündete, die Königin der vier Reiche, wird euch und eure Anhänger köpfen.«

Sie hätte mit vielem gerechnet, aber nicht mit dem, was nun geschah. Die hämische Attitüde der Höflinge wich einer ehrlichen Verblüffung. Alle drei starrten die Königin an, als sei sie vom Wahnsinn des Königs angesteckt. Dann löste sich ihre Verblüffung in schallendem Gelächter.

»Oh! Die Königin der vier Reiche! Fürchte sie, Puy!«, rief Thoreau, und Picart schrie: »Schnell, pack den Haselstecken ein, Mann! Die Königin von Aragon wird dich bestrafen, weil du ihren Freund Isabeau bedroht hast!«

Sie lachten unbändig. Isabel war den Tränen nahe. Sie drehte den Kerlen den Rücken zu und flüchtete den Gartenweg entlang.

Aber Puy war schneller. Wieder baute er sich vor ihr auf, den Stecken in der Rechten, mit dem er auf die Innenseite der ausgestreckten Linken klopfte.

»Ich habe ja solche Angst!«, versicherte er hämisch. »Sicherlich wird Königin Yolantha schon morgen von Angers zu Euch eilen!« Er rief seinen Spießgesellen zu: »Oder ist die Königin etwa in ihrem vierten Reich, auf Schloss Saumur? Dann müsste sie eigentlich in wenigen Wimpernschlägen hier eintreffen.«

Picart stellte sich vor Isabel hin und schien zu horchen. Bedauernd schüttelte er den Kopf und meinte, er höre rein nichts, kein Gefolge, kein Plätschern …

Bei dem Wort »Plätschern« wollte Thoreau sich ausschütten vor Lachen. Puy machte pantomische Ruderbewegungen und schrie, es werde noch dauern, die Loire habe so viele Windungen und Stromschnellen.

»Kerle, ihr seid ja betrunken«, sagte Isabel und wandte sich verächtlich ab, aber ihr Herz schlug heftig vor Verwirrung und Angst. War Yolantha wirklich in ihrem Schloss Saumur? Dann war sie doch in unmittelbarer Nähe, nur wenige Ruten entfernt gegenüber, warum war sie ihr nicht längst zu Hilfe geeilt? Seit Juni saß sie in Marmoutier gefangen, Yolantha hätte doch reagieren müssen. Oder wusste sie von nichts? Hatten sie ihren geheimen Brief an Yolantha nach Angers abgefangen? Dann war auch ihr Hilferuf an ihren Bruder in die Hände dieser Ungeheuer gefallen.

»Oh, wie bedauerlich! Unsere Königin kommt nicht!« Das war wieder Picart. »Dann wird die Gefangene weiter unseren Befehlen folgen müssen.«

»Und zwar zur Strafe rückwärts!«

Isabel prallte an Thoreaus Schulter und zuckte zurück, als habe sie sich verbrannt.

Sie glaubte, sich verhört zu haben, aber die drei meinten es bitterernst. Sie zwangen die Königin, rückwärtszugehen. Sie zwangen sie, schlimmer als ein Pferd, das man Gehorsam lehrt, nicht nur wenige Schritte. Isabel musste rückwärtsgehen bis zur Tür des Logis.

Der Weg schien ihr endlos. Mehrere Male stolperte sie, fing sich aber wieder. Kein Flehen, befahl sie sich, keine Tränen, kein Bitten, diese Blöße werde ich mir nicht geben. Wenn ich ihrer einmal habhaft werde, lasse ich ihnen mit Genuss jeden Finger einzeln mit der Zange ausreißen, bevor ich sie aufs Rad flechten lasse.

Völlig erschöpft schloss Isabel die Tür hinter sich und legte sich auf die schmale Pritsche, die ihr als Bett diente. Kalter Schweiß bedeckte ihre Stirn. Aber die triumphierenden Höflinge kannten ihre Königin schlecht. Isabels Zorn paarte sich mit scharfem Verstand und dem unbedingten Willen, sich zu rächen für diese beispiellose Demütigung. Vorbei war die Zeit der Verzweiflung und des Hoffens. Plötzlich erkannte Isabel, warum sie Zielscheibe des Spotts war. Hatte Picart von »seiner« Königin gesprochen, als er von Yolantha sprach?

Sie richtete sich auf und ging zu dem langen Horn des Einhorns, das in einem kostbaren goldenen Gestell die Ecke der Kammer zierte. Nachdenklich nahm sie es in die Hände. Der Herzog von Berry hatte es ihr vererbt, das gedrehte Horn von vier Fuß Länge war der größte Schatz seiner Sammlung gewesen. Isabel hatte es mitgenommen, als sie hastig einige Sachen hatte zusammenpacken lassen für den Ort der Verbannung. Was immer ihr geschehen würde, wenigstens konnte sie niemand vergiften, dagegen stand die heilkräftige Wirkung des Einhorns. Wie rau und rissig war das gelbliche Horn, wie viele Kämpfe mochte das Einhorn damit ausgefochten haben!

Isabels Zeigefinger spürte den Spiralen der Windungen nach. Niemand hatte je das Einhorn im Kampf gesehen, kein Jäger hatte je eines aufgespürt. Stets hatte das kluge Tier sich zu verbergen gewusst. Aber die Sage erzählte, dass es sich sanften Jungfrauen zutraulich genähert hatte, und manchmal fanden Fischer die langen, eigenartig gedrehten Hörner des Einhorns an den Stränden des Meeres, eigenartigerweise weit fort von den Wäldern, in denen das wundersame Tier lebte.

Fleißig wie die Mönche und schlau wie das Einhorn muss ich sein, um zu überleben und meine Kinder zu retten, dachte Isabel, und ließ in ihrem Streicheln der spiralförmigen Windungen nicht nach, während sie sich die Ereignisse ins Gedächtnis zurückrief, die zu ihrer Verbannung geführt hatten.

Wie war das gewesen, als der König nach Vincennes gekommen war? Charles war aus seinen Fantastereien aufgewacht und hatte Yolantha und die Kinder begrüßen wollen. Aber Yolantha war bereits nach Angers zurückgekehrt, voller Sorge um ihren Gatten. »Begrüße deinen Vater, den König!«, hatte sie Charlot zärtlich aufgefordert und hatte satteln lassen. So war Charlot aus der Festung geritten, umgeben von ihrer Wache unter Befehl des Hauptmannes Bosredon.

Noch bevor sie auch nur ein Wort mit dem König sprechen konnte, hatte Bernhard von Armagnac, der mit seinen Gewappneten den König begleitete, Bosredon ergreifen und fesseln lassen. Nach einem kleinen Scharmützel mit Bosredons Leuten, die ihm aber zahlenmäßig weit unterlegen waren, war Armagnac mit dem König sofort zurückgeritten, hatte aber den verblüfften Dauphin mitgenommen. Dies alles hatte sie voller Entsetzen vom luftigen Ausblick des hohen Donjon aus beobachtet. Sie hatte allerdings nicht erkennen können, in welcher Stimmung der König war. War er nicht bei Sinnen? Warum griff er nicht ein? War er womöglich selbst Gefangener der Armagnaken? Wäre der König nicht dabei gewesen, sie hätte an eine Entführung des Dauphins geglaubt, Bernhard war dies zuzutrauen. Alles das machte nicht den geringsten Sinn, denn Armagnac war mit den Anjou verbündet! Er wäre Yolantha nicht feindlich begegnet – aber Yolantha war bereits abgereist.

Schon drei Tage später war sie von Bewaffneten abgeholt und erst nach Blois, dann nach Tours verbracht worden. Ihre flehentlichen Bitten in diesen Tagen, mit dem König sprechen zu dürfen, wurden abgelehnt. Der König sei abwesend. Ihre Bitte, mit ihrem Sohn sprechen zu dürfen, wurde ebenfalls abgelehnt. Der Dauphin sei abgereist.

Bisher hatte sie das nie geglaubt. Sie hatte gedacht, Charlot sei in Saint-Pol, wolle sie aber nicht sehen, weil er gegen seine Mutter, die er ja kaum kannte, beeinflusst worden sei. Was musste in einem Vierzehnjährigen vorgehen, der glaubte, seine Mutter habe ihn in die Hände eines bewaffneten Trupps geschickt! Isabel hatte auch keine Ahnung, was man Bosredon vorwarf. Wohin konnte Charlot gereist sein? Aber er wäre doch nie allein abgereist! Isabel erkannte entsetzt, dass hinter Armagnacs brutalem Handeln Yolanthas Ränke steckten. Es musste jedem bei Hofe völlig normal erscheinen, dass Yolantha zu ihrem kranken Gatten nach Angers eilte, aber sie reiste mit den Kindern!

Plötzlich war Isabel alles klar. Der König unterzeichnete in Zeiten seiner Anfälle alles, was ihm eine geschickte Frau einflößte. Und Yolantha war geschickt, was mochte sie ihm alles eingeflüstert haben! Vermutlich, dass die Königin bereits zwei Dauphins vergiftet habe und der letzte Dauphin Charlot in höchster Gefahr sei, wenn er bei seiner Mutter in Vincennes bleibe. Was mochte dieser Bosredon unter der Folter gestanden haben! Selbst der größte Unsinn konnte Isabel schaden, so kurz nach dem Tod von Jean. Denn von Dijon aus hatte ja auch der Herzog von Burgund öffentlich überall verkündet, Louis und Jean seien vergiftet worden. Wie sie den Herzog für seine ständigen Verleumdungen hasste, die er schriftlich ausstreute, sogar in den Städten verteilen ließ, ohne dass sie etwas dagegen tun konnte, ein Verleumder von geradezu unheimlicher Rafinesse!

Yolantha musste hinter diesen Vorgängen stecken, über die sie sich den Kopf zermartert hatte, ohne zu einem Ergebnis zu kommen. Es ist gleich, ob meine flehentlichen Briefe in Angers angekommen sind oder nicht, dachte Isabel, Yolantha hat keinen Wimpernschlag lang daran gedacht, mich zu befreien.

Ihr wurde übel von dem Ausmaß des Verrates. Sie legte das Einhorn auf die Pritsche, stand auf, wankte mit zitternden Knien zur Waschschüssel und tauchte das Gesicht in das kühle Wasser, ohne Rücksicht auf Schminke und Frisur.

So musste es gewesen sein. Ihre beste Freundin, die edle Yolantha! Der sie ihren Jüngsten anvertraut hatte, mit der sie von einer Stadt der Frauen geträumt hatte, vom Frieden, von einem besseren, gerechteren Reich ... Wie widerlich! Sie hatte eine Schlange an ihrem Busen genährt! Großer Gott, sie war ja noch viel einsamer, als sie je geglaubt hatte! Auch Yolantha wollte sie außer Gefecht setzen, erst vertreiben, dann ermorden ...

Prustend tauchte Isabel auf. Man trachtete ihr nach dem Leben. Sie musterte die Partien ihres Gesichts, Augen, Mund, Stirn, tropfende Strähnen, die im bewegten Wasser einen irren Tanz aufführten. Nur Ludwig konnte ihr helfen, ihr treuer Bruder, der Einzige, der zu ihr hielt. Wenn Ludwig ihre geheime Botschaft erhalten hatte, würde er sofort von Konstanz losreiten und sie befreien. Sie wiederholte diesen Satz laut, auf bayerisch, und ihre Stimme war ihr so fremd wie die tanzenden Augen im Wasser. Wer war ihr eigentlich treu in diesem scheußlichen Spiel? Und selbst wenn der Bruder zu ihr stand, wie konnte er ihr zu Hilfe kommen, wie lange sollte das dauern, selbst wenn er noch heute von Konstanz abritt?

Was hatte Catherine beim Abschied vor zwei Jahren gesagt? – Da reitet er hin, mein Ehemann, ich werde ihn nie wiedersehen.

Sie hatte ihre Ehrendame und Schwägerin ausgelacht, aber diese war sehr ernst geblieben. Sie trage ja den Namen d'Alencon, hatte Katherina gesagt, auf den Titel des Bayern könne sie gut verzichten, und wenn sie mit einem Sohn schwanger sei, werde dieser Graf von Mortain. Und als Isabel sie erstaunt angesehen hatte, hatte sie sich in ihre Arme geworfen und geweint, aber mehr war aus ihr nicht herauszubringen. Isabel hatte nicht weitergefragt. War Ludwig ein schlechter Ehemann? Was hatte er getan, dass seine Gattin sicher war, ihn nie wiederzusehen?

Nein, in ihrer Lage konnte sie sich auf keinen Freund, nicht einmal auf ihre Familie verlassen. Charles fiel ihr ein, und die klugen Dinge, die er sagte, wenn er nicht in seine Wahnwelt eingetaucht war.

Einmal, als jemand im Kronrat unbedingt in die Schlacht ziehen wollte, hatte der König gesagt: Der Feind, den du nicht besiegen kannst, mit dem verbünde dich.

Sie hatte einen Feind, den sie nicht besiegen konnte: Jean Sanspeur, der Herzog von Burgund. Isabel wurde übel bei dem Gedanken, mit ihm ein Bündnis zu schließen. Aber was sollte sie tun?

# DER KÖNIG

Der König sah aus dem Erkerfenster von Saint-Paul. Er sah, wie die Menschen aus Paris hasteten. Manche eilten mit geringer Habe, die sie in Säcken am Leib trugen, so schnell sie konnten, andere hatten Fässer und Körbe auf Karren geladen, die von Hunden oder Ziegen gezogen wurden. Bernhard von Armagnac hatte verboten, dass Esel die Stadt verließen, sie waren kriegsnotwendig.

Traurig sah der König den Menschen nach. Meine Schuld, dachte er, ich habe mich verstrickt in meinen Irrsinn, weder meine Königin konnte ich retten noch meine Untertanen. Das hatte er nicht bedacht. Papa kommt immer wieder, hatte er seine kleine Johanna getröstet – ach, sie hatte es nicht erlebt, nur zwei Jahre hatte sie in dieser Welt verbracht. Seine Irrsinnsanfälle hatte er sich so bequem gedacht, in Regierungsphasen entscheiden, um danach in den Wahn zu fallen, um die Durchführung der unbequemen Entscheidungen zu überprüfen. So konnte manches Unbequeme vertagt, Verbündete geschützt, neue Wege gesucht werden, um zu dem Ergebnis zu gelangen, das der König umsichtig vorbereitet hatte. Mancher Hitzkopf würde das Schwert in der Scheide lassen, hatte er gehofft. Er hatte Isabel Friedensverhandlungen führen und Heiratspolitik betreiben lassen, damit Frankreich wieder zu einem gerechten, glücklichen Reich wurde.

Er war gescheitert. Nichts hatte funktioniert, außer dass er seine eigene Haut gerettet hatte. Selbst der größte Schurke hatte kein Interesse daran, einen schwachsinnigen König zu eliminieren, er war einfach nicht wichtig genug. Die Entwürdigung zur Bedeutungslosigkeit ist das Einzige, was mir gelungen ist, dachte er bitter, und dieser habe ich die Königin und meine Kinder geopfert. Isabel verbannt, die Söhne tot, der letzte Dauphin fort. Seinen Kindern, den ihm liebsten und wichtigsten Menschen, die einmal das Reich klug und umsichtig hätten führen sollen, war er das denkbar schlechteste Vorbild gewesen. An wen hätten sie sich halten, zu wem aufblicken können? Erst während sie aufwuchsen, hatte er begriffen, wie wichtig er gewesen wäre. Wie hatte er sich einbilden können, dass seine Phasen des »Wiederkommens« ausreichten, den Kindern ein Vorbild zu sein! Wie verblendet war er gewesen, wie überheblich und unglaublich dumm!

Der König sah einen kleinen Jungen auf der Gasse. Weinend stolperte er hinter seinen Eltern her, die so viele Dinge zu tragen hatten, dass sie ihn nicht an die Hand nehmen konnten. Sie hörten das Kind nicht, hasteten weiter zum Stadttor Saint-Antoine, schwer waren die Lasten, mühsam das Laufen auf der mit Unrat übersäten Gasse. Charles wollte das Fenster öffnen und ihnen zurufen, dass sie das Wichtigste ihres Lebens vergaßen. Werft das Zeug fort, wollte er ihnen zurufen, rettet den Jungen, hängt euer Herz nicht an Dinge, sondern nehmt ihn an die Hand, liebkost ihn, denn er ist eure Zukunft, und nicht die Kleider, Stoffe, das bisschen Hausrat.

In dem Augenblick sah der Mann auf. Er sah den König am Fenster des Palastes stehen und zuckte zusammen. Er stellte einen der Säcke ab, um nach seiner Kappe zu greifen und sie vor dem König zu ziehen. Aber sein Weib, die dem Blick ihres Mannes gefolgt war, verzog wütend das Gesicht und schwenkte nur die Faust gegen den König. Sie zog den Mann weiter, wobei sie anscheinend auch dem Jungen etwas Aufmunterndes zurief, denn er lief zu seiner Mutter und packte sich den Sack auf den Rücken.

Charles war unwillkürlich zurückgezuckt. Auch die Bürger von Paris hatten keinen Respekt mehr vor ihm. War er nicht mehr ihr vielgeliebter König? Himmel, sie hassen mich, dachte Charles erschrocken. Scharf hatte das Weib erkannt, dass er, der König, schuld an ihrem Unglück war. Warum hatte er die entsetzlichen Säuberungen der Armagnacs nicht verhindert? Warum hatte er sich derart ins Abseits manövriert? Wie sich diese Krankheit rächte, die er sich in seiner königlichen Einfalt ausgedacht hatte! Wahrscheinlich war er wirklich wahnsinnig, nur ein krankes Gehirn konnte eine solche Idee ausbrüten. Aber nun war es zu spät. Er saß fest in der Falle, die er selbst gelegt hatte.

Der König weinte. Er weinte um seine toten Kinder, um die Stadt Paris, die in Tod, Seuchen, Schmutz und Hoffnungslosigkeit versank, er weinte um Frankreich, dessen reiche Äcker er durch seinen Unverstand in Distelödland verwandelte. Charles weinte um seinen letzten Sohn, der voller Angst vor ihm und diesem unwirtlichen Palast das Weite gesucht hatte. In die Arme seiner königlichen Pflegemutter Yolantha war er geflüchtet, und diese ließ keinen Zweifel daran, dass nur sie imstande war, umsichtig für den künftigen König Frankreichs zu sorgen. Warum hatte Yolantha nicht ihn vergiftet? Sie hätte ihm einen Gefallen getan.

Charles weinte. Er weinte um Isabel, die Frau, die er liebte und die er verbannt hatte. Wie konnte sie ihm je wieder vertrauen? Ach, er würde sie nie wiedersehen. Charles weinte, und immer weinte er ein bisschen um sich, denn seine Erkenntnisse ließen ihn bei aller Bitterkeit auch mit einem nicht zu kleinen Anteil Selbstmitleid zurück.

Er trat vom Fenster zurück, als der Strom der flüchtenden Menschen nicht abreißen wollte, und floh in die Arme seiner »kleinen Königin« Odinette, von der er immer häufiger den Eindruck gewann, dass er ihr nur auf die Nerven ging.

Isabel, dachte er, verzeihe mir, wenn ich an dir zweifelte, kehr zu mir zurück, ohne dich verwahrlose ich, verlasse mich nicht, meine Königin. Komm zurück. Und damit sein Wunsch auch erfolgversprechend war, richtete er ein Gebet an den heiligen Martin und befahl Odinette, in die Kirche Saint-Antoine zu gehen und die größte Kerze zu entzünden, die es gab, und seine Fürbitte an den heiligen Martin zu richten.

## CHRISTINE

DIE BÜCHERKISTEN WAREN DAS SCHLIMMSTE. Es war einfach nicht möglich, mit fünf schweren Bücherkisten zu flüchten. Was sollte sie nur tun?

Christine sah sich suchend in ihrer Schreibstube um, als könne diese ihr eine Antwort geben. Auf dem Tisch ihres Vaters lagen, sorgfältig zusammengefaltet, die grüne Tischdecke und der Gobelin. Die Köchin hatte geweint, als sie sie ausbezahlte, aber Christine sah keine Zukunft mehr in dieser Stadt, seit die armagnakischen Milizen derb an ihre Tür gepocht und ihr den Befehl überbracht hatten, Paris binnen drei Tagen zu verlassen. Hunderte von Menschen mussten die Stadt verlassen, seit die Königin in Misskredit geraten war. Sie sei verbannt worden, hieß es, weil sie den Dauphin vergiftet habe. Liebschaften habe sie außerdem gehabt. Andere bestritten dies und sagten, die Königin habe sich nach Tours in Sicherheit gebracht und überlasse ihr Volk feige dem Terror der Armagnacs.

Was hatte die Königin getan? War es auf ihrer Festung Vincennes tatsächlich zu anstößigen Liebschaften gekommen?

Christine packte nachdenklich die Decken und Teppiche in große Weidenkörbe. Angeblich sollte der Hauptmann der königlichen Garde, ein gewisser Bosredon, der Liebhaber der Königin gewesen sein. Unter der Folter hatte er dies gestanden, und darüber hinaus, dass er den König entwaffnen und verbannen sollte, damit die Königin mit ihren Liebhabern allein regierte. Bosredons Leiche hatten die Fischer in der Seine gefunden, in einem Sack, auf dem »Das Recht des Königs geschehe« geschrieben stand.

Christine sah wieder das Bild der badenden Königinnen in Marcoussis vor sich. Isabel war gewiss nicht der Ausbund an Tugend, aber es war auch nicht leicht, das Leben an der Seite eines irren Königs zu verbringen, dessen Höflinge schlimme Gerüchte in die Welt setzten. Beide Dauphins, erst Louis, dann Jean, waren in den letzten beiden Jahren gestorben, und Isabel, so hielt sich ein hartnäckiges Gerücht, habe sie vergiftet.

So ein Unsinn, dachte Christine, die die Sorge Isabels um ihre Kinder erlebt hatte, die Königin war gewiss erleichtert gewesen, dass sie einen Teil der Verantwortung im Kronrat an ihre Söhne abgeben konnte. Warum sollte eine Mutter ihre Kinder töten? Isabel war doch keine von Jason verstoßene Medea. Nein, wer solche Dinge in die Welt setzte, hatte ein schlechtes Herz und eine schlechte Zunge, die gehörte ausgerissen.

Viel hatten vor allem die Geistlichen an der Königin auszusetzen. Die einen schimpften wegen der Verschwendung, die anderen wegen der Hoffart. Isabels Mode war in der Kritik, aber hatten nicht zu allen Zeiten die Kleriker die weibliche Mode kritisiert?

Schwierig für uns, dachte Christine, obwohl sie der Mode nicht sonderlich viel abgewinnen konnte. Machen wir uns schön, indem wir uns die Stirnhaare auszupfen, um eine schöne hohe Stirn zu haben, berufen sich die Männer auf die Natur, der wir nicht nachhelfen dürfen, und die Prediger drohen uns die ewige Verdammnis wegen unserer Eitelkeit an. Sehen wir hässlich aus, beschimpfen sie eben jene Natur, würdigen uns keines Blickes und lassen uns als Jungfern im Stich. Tun nun die Jungfern etwas Gescheites, um zu überleben, und werden Seidenweberinnen, Näherinnen, Malerinnen, Dichterinnen, dann ist dies auch wieder nicht recht. Die Frauen müssen schon ein Ausbund an Tugend sein, nicht einmal ein Engel könnte es den Kritikern recht machen. Hinter der harschen Kritik steckt die Angst vor den Frauen, die den Männern dieses Verhalten diktiert. Die Mode ist sicherlich voller Torheiten, aber ist dies die Männermode mit diesen spitzen Schnabelschuhen nicht auch? Und den Herren geht es nicht um die Mode, sondern um die Frauen, die sich erkühnen, selbstständig zu leben und zu entscheiden – und sei es nur, was sie anziehen möchten.

Christine nahm ein Gewand nach dem andern aus den Truhen und betrachtete es kritisch. Würde sie dies im Kloster jemals wieder anziehen? Kleiderpracht war nie ihr Interesse gewesen, und ihre schmalen Einkünfte hatten für teure Stoffe nie gereicht. Christine entschied sich für drei einfache Kleider und drei Übergewänder. Die anderen faltete sie sorgsam zusammen und legte sie auf den Tisch. Sie konnten als Bezahlung für den Transport dienen.

War an dem Gerücht über die Liebschaft der Königin etwas Wahres? Bosredon war ein junger Mann, kampferprobt von der Schlacht bei Azincourt, aber auch von vielen Ehrenhändeln und Duellen, bei denen es um die Ehre junger Frauen ging. Christine glaubte nicht, dass die Königin einen so auffallenden, keineswegs verschwiegenen Mann zum Liebhaber nahm. Sollte Isabel einen Liebhaber erwählen, und das konnte sich Christine beim Temperament der Königin durchaus vorstellen, dann würde sie sicher keinen soldatischen Dummkopf, sondern einen verschwiegenen, gescheiten Mann wählen, denn die Königin war eine kluge Frau. Sie dachte stets politisch, war auf ihren guten Ruf bedacht und konnte keinen Prahlhans brauchen, der seine amourösen Abenteuer mit der Königin hinausposaunte.

Wer also wollte Bosredon unbedingt loswerden und warum?, überlegte Christine, als es klopfte. Die verweinte Köchin stand mit einem Putztuch in der Tür. Ob der Köter, dieser kleine Feigling, auch mitsolle, er sei im Hof und kläffe unaufhörlich. Ob sie ihn fortjagen solle.

Christine horchte auf. Wenn der Hund kläffte, hatte er immer etwas mitzuteilen. Sie klopfte der Köchin aufmunternd auf die Wangen, was einen lauten Heulanfall zur Folge hatte, und besah sich den tobenden kleinen Köter.

»Was hast du nur, foli chon?«, fragte sie und kraulte ihn hinter den Ohren. Wahrscheinlich durfte sie im Kloster keinen Hund halten, was sollte sie nur mit ihm tun?

Der Hund rannte zum Hoftor. Christine hörte ein Klopfen und befahl der Köchin, mit dem Geplärr aufzuhören und zu fragen, wer sich da herumdrücke. Die Köchin räusperte sich, legte die Stimme in Falten und fragte: »Wer da?« in einem Ton, als habe man eine Kanone geladen.

Jemand wisperte etwas für Christine völlig Unverständliches. Aber es veranlasste die Köchin, das Tor schnell zu öffnen. Ein junger Mann mit einem Tuch um Kopf und Schultern drückte sich hinein, die Köchin schaute auf die Gasse in beide Richtungen und schloss schnell das Tor. Der kleine Hund umsprang den Mann mit freudigem Kläffen.

»Wirst du wohl endlich still sein!« Die Köchin schlug mit ihrem Tuch nach dem Hund, aber der ließ sich nicht beirren. Christine fühlte sich wie in einer schlechten Jahrmarktsfarce.

»Was soll das? Wer bist du?«, herrschte sie den Mann an und fragte die Köchin erbost: »Warum lässt du diesen Mann herein? Hab ich dir das erlaubt?«

Bevor die Köchin auch nur ein Wort herausbringen

konnte, stürzte der Mann zu Füßen Christines und entschuldigte sich wortreich. Er habe nur seiner Lebensretterin danken und ihr helfen wollen, einige Dinge in Sicherheit zu bringen, vor allem, und dabei sah er treuherzig zu ihr auf: »Vor allem Ihre Bücher, Madame de Pizan.«

Christine, noch immer verärgert, sah in ein paar Augen, jadegrün wie die Seen ihrer Lombardischen Heimat, und ihr Zorn schmolz. Die Köchin rief aufgeregt, man solle hineingehen, bevor die Armagnaken kämen, schnell, nur schnell, und wedelte so energisch mit dem schmutzigen Tuch, dass ihr alle auf der Stelle gehorchten.

Das Hündchen beendete sein Kläffen und rannte erwartungsvoll in die Küche, Christine ging in die Stube, und die Köchin folgte ihr, wobei sie dem jungen Mann die Schulter tätschelte und ermunternde Worte murmelte.

Schließlich standen alle in Christines halb ausgeräumter Stube. Die Köchin drückte den Mann ohne Weiteres an sich wie einen Sohn, und er schien nicht im geringsten geniert, sondern küsste sie herzhaft auf beide Wangen, bevor er sich an Christine wandte: »Sie ist doch meine Lebensretterin, die Louise! Wenn sie mich nicht gefunden und zusammengeflickt hätte, wäre ich tot!«

Die Köchin bestätigte, dass kein Fünkchen Leben mehr in ihm gewesen sei, aber mit Gottes Hilfe und der kräuterkundigen Nachbarin habe sie es geschafft, ihn aufzupäppeln und seiner Mutter, der Witwe Coutelier, zurückzugeben.

»Du hast ihn hier, unter meinem Dach ...« Christine wurde schwindlig bei der Vorstellung, welche heimlichen Verschwörungen in ihrem Hause ohne ihr Wissen geschahen.

»Nur in den ersten Tagen!«, versicherte die Köchin eilig. »Da war er noch sehr schwach und er hatte viel Blut verloren. Ein Morgenstern hatte ihn getroffen, und er schien tot, der Simon. Dann hab ich ihn zur Nachbarin hinübergeschafft ...«

Christine hörte nicht länger zu. Der Sohn der Witwe Coutelier, und er hieß Simon. Simon le Coutelier. Sie holte tief Luft und gebot der Köchin mit einer Handbewegung, zu schweigen. »Du bist Caboche.«

Die Köchin verstummte mitten im Satz. Der Hund, der verbotenerweise in die Stube hineingewedelt kam, verdrückte sich mit eingekniffenem Schwanz. Es wurde vollkommen still in der leer geräumten Pizan'schen Schreibstube. Der Mann senkte den Kopf. »Man nannte mich so, ja.«

»Wie kannst du es wagen, in mein Haus zu kommen! Was du angerichtet hast, du Untier, du … Und du hast ihm das Leben gerettet! Unter meinem Dach!«

Wütend funkelte Christine ihre Köchin an. Aber diese wäre nicht im Pizan'schen Haushalt gewesen, hätte sie nicht ihre eigenen Gedanken entwickelt. Sie richtete sich auf und sagte: »Ja, das habe ich. Er ist ein Mensch und er brauchte Hilfe. Die Berittenen haben auf alles draufgeschlagen, was sich bewegte, sie …«

»Es war euer Terror, euer höchst eigener, der von Caboche selbst! Habt ihr das schon vergessen?«

Simon Coutelier, der bisher geschwiegen hatte, meinte nur: »Der Terror kehrt sich gegen die eigenen Leute, wenn man verraten wird. Wäre unsere Ordonnance Cabochien befolgt worden, wäre es allen besser gegangen, und …«

»Befolgt! Wie redest du! Hätte sich der König etwa nach seinem Volk richten sollen?« Stille trat ein. Christine merkte verblüfft, dass sie Köchin Louise und diesen Caboche gegen sich hatte.

»Madame«, meinte Caboche, und er wirkte kein bisschen eingeschüchtert, »Ihr habt ein Werk über die Waffenkunst geschrieben, ein Werk, das sich für die Verwendung der neuen Erfindungen der Feuerwaffen einsetzt. Denkt Euch nur, man hätte diese Geschütze gegen uns auf den Gassen von Paris eingesetzt. Die Wirkung wäre verheerend gewesen! Man hätte auch den König nicht vor seinen eigenen Waffen schützen können.«

»Die Geschütze sind für ritterliche Gefechte entwickelt worden, nicht für Aufständische …«

»Ritterlich! Pah! Wer hat sich in den letzten Jahren ritterlich verhalten!«, sagte die Köchin, und ihre tiefe Stimme triefte vor Verachtung. »Ist es ritterlich, kleine Kinder aufzuspießen und ihre Leichen in die Seine zu werfen? Ist es ritterlich, Frauen Gewalt anzutun? Ist es ritterlich, das eigene Volk Hunger leiden zu lassen? Dieses Volk wird vom bösen und gierigen Willen der Reichen beherrscht, die Paris dominieren und die immer mit den Herren waren und nie Erbarmen kannten mit uns, deren Armut jeden Tag schlimmer wird.«

Christine blickte die beiden an. Lebte sie in einem Nest von Aufständischen und hatte es bisher nicht bemerkt, ausgerechnet sie, die Dichterin mit sensiblem Gefühl für ihre Welt und die Zeit, in der sie lebte?

Simon sagte: »Sehen Sie, Madame, die Waffen sind immer nur so ritterlich wie die, die sie führen. Schwingt unser König sein Schwert gegen den König von England, so sinkt der in den Staub, der den Kampf besser beherrscht. Aber wenn der König selbst sein Geschütz bedient, kann er nicht verhindern, dass Tausende Unschuldige sterben, weil das Geschütz nicht unterscheiden kann wie der Ritter, dessen Augen bestimmen, wie er sein Schwert gegen den Feind führt. Waffen, die selbst entscheiden, können niemals unsere Interessen vertreten, sie bringen uns keine Gerechtigkeit, keinen Frieden, und …« Simon zögerte, fuhr dann aber tapfer fort: »Und keine Gleichheit. Jedenfalls nicht die Gleichheit, die ich meine.«

»Welches ist die Gleichheit, die du meinst? Die Diktatur der Schlachthöfe? Die dieser Henker Capeluche betreibt?«, schrie Christine aufgebracht.

Simons Gesicht vereiste. »Madame, wir Aufständischen von den Hallen haben mit diesem Henker nichts zu tun. Wir haben sicher Fehler gemacht, aber unsere Forderungen nach Steuererlassen und Mitsprache im Rat waren nicht unbillig. Wir wurden dafür blutig niedergeschlagen wie einst Etienne Marcel, den schreib ich mir gern auf die Fahne, aber Capeluche – nein, Madame, mit diesem Bluthund, der nur die mörderischen Befehle seines Herrn ausführt, habe ich nichts gemein.«

Christine blickte hilfesuchend zu ihrer Köchin, aber Louise hing mit verzücktem Gesichtsausdruck an Caboches Lippen, als habe er ein köstliches Rezept vorgetragen.

Christine seufzte. »Und meine verschwundene Schreiberin, hast du die auch auf dem Kerbholz?«

Eine merkwürdige Wandlung geschah mit Caboche. Seine Augen wurden feucht, er flüsterte: »Margaud? Margaud hat mich gerettet.«

Die Köchin eilte zu ihm, nahm seine Hand, und während sie sie aufmunternd klopfte, sah sie Christine vorwurfsvoll an. »Simon hat Margaud überall gesucht! Er weiß auch nicht, wo sie ist.«

»Sie hat mich verlassen. Wahrscheinlich mit diesem Louis ... Wer weiß, er passt auch viel besser zu ihr. Margaud hat mich kritisiert wie Sie, Madame de Pizan, sie dachte, ich lasse mich von den Burgundern kaufen. Aber so war es nicht.«

Er besann sich, weshalb er gekommen war, und sagte: »Ich soll Ihnen von den Schwestern Gerson sagen, dass sie Ihre Bücherkisten sicher verwahren, bis Sie zurückkehren. Ich werde sie zu ihnen bringen, in der Nacht, eine nach der anderen. Ich habe Leute von Capeluche bestochen, sie werden mich nicht behelligen.«

Christine konnte nicht verhindern, dass sie auflachte. Der Aufständische Caboche trug der königstreuen Dichterin die Bücher hinterher, mit Duldung des berüchtigten Henkers von Paris, während die Dichterin ins Kloster flüchten musste! Es war alles andere als komisch, es war geradezu grotesk.

Wie die beiden das auch immer beurteilten, Christines Lachen wirkte versöhnend, und so lachten sie ebenfalls befreit mit.

»Hochverehrte Dame«, redete Simon sie an, als alle wieder ernst geworden waren, »ich weiß aus sicherer Quelle, dass die Tage der Armagnacs gezählt sind. Ihr müsst die Stadt nicht für lange verlassen. Der Herzog von Burgund steht mit seiner Streitmacht bereit, die Armagnacs zu vertreiben.«

Christine winkte ab. Ob Burgunder oder Armagnak, was machte das für einen Unterschied.

»Ich habe beide erlebt, mein schöner Junge. Weder unter dem einen noch unter dem anderen kann eine Dichterin in Frieden leben. Meine Tage sind gezählt, und eine alte Fregatte ändert nicht ständig den Kurs. Nein, mein Entschluss ist gefasst: Ich werde das Ruder meines Lebensschiffes ein letztes Mal herumwerfen und zu meiner lieben Tochter ins Kloster Poissy gehen.« Zaghaft fügte sie hinzu: »Haben die Schwestern Nachricht von Professor Gerson?«

Sie konnte nicht verhindern, dass ihr Herz heftig klopfte. Ach, er würde nie zurückkehren, wenn die Burgunder tatsächlich wieder die Macht übernahmen. Ob er den Weg hinaus ins stille Poissy finden würde?

Die Reden und Schriften des Professors seien in Konstanz sehr gut aufgenommen worden, meinte Simon. »Seit der Flucht des falschen Papstes Johannes scheinen die Verhandlungen über das Schisma voranzukommen. Der neue Papst soll noch in diesem Jahr gewählt werden. Welch schrecklicher Irrtum es war, Jan Hus zu verurteilen.«

Christine hatte keine Lust auf eine weitere Debatte über umstürzlerische Ketzer. Ihre wehmütigen Erinnerungen waren jäh verscheucht. Sie schlang ihr Tuch um die Schultern und band den Knoten so energisch über der Brust, als könne ein gut gewundener Knoten den Einlass in ein neues Leben gewähren. Die verstimmten alten Glocken von Saint-Antoine begannen zu scheppern und kündigten die Morgenhore an. Die Köchin heulte auf.

Wieder klopfte es ans Tor. Es war der Kaufmann, der Christines Turm gemietet hatte und mit dessen bewaffneter Karawane sie nach Poissy reisen durfte. Simon zog sich das Tuch über den Kopf und verschwand in der Küche, offenbar lebte er illegal in Paris. Obwohl es eigentlich gleich war, auf wessen Seite man stand, dachte Christine, auch der weiße armagnakische Streifen über dem Gewand, ohne den sich kein Pariser Bürger auf die Gasse wagte, war nicht viel wert. Wenn es die Horden nach Essen, Geld oder Gewalt gelüstete, brachen sie in die Häuser ein und nahmen sich, was sie wollten, und die Menschen durften noch froh sein, wenn ihnen nicht Gewalt angetan wurde.

Christine zeigte den Leuten des Kaufmanns die Truhen, die sie aufladen sollten, herzte die Köchin, die laut schluchzte und sich kaum beruhigen konnte, und drückte ihr den Hund in die Arme. Im Schutz des beginnenden Tages verließ Christine de Pizan die Stadt, flankiert von gedungenen Gewappneten, und mit ihr, der philosophischen Moralistin, verlor Paris den letzten Rest an Würde, Verstand und Respekt.

Noch einmal drehte sie sich um. Dies war ihre Heimat gewesen, dieser steinerne runde Turm Barbeau an der alten Stadtmauer im Schatten der reichen Hotels. Mochte er die Kaufmannsgattin glücklich machen. Auf der Gasse vor dem geöffneten Tor stand die weinende Köchin mit dem winselnden, strampelnden Hund, ungeschickt getröstet von diesem rätselhaften langhaarigen jungen Aufrührer, der ihre Bücherkisten retten wollte.

Christine de Pizan hob die Röcke, um sie vor den Kothaufen auf der Gasse zu schützen, und sah nach vorn, während eine Träne nach der anderen auf den Knoten ihres

Tuches tropfte. Es waren nicht nur Tränen der Vorfreude auf ihre Tochter Marie. Durch ihren Tränenvorhang erblickte Christine nicht die ekligen stinkenden Haufen, die die Gasse bedeckten, daher sah sie auch nicht das von dicken Blasen bedeckte Kind, das halb nackt im Dreck saß und sich unaufhörlich kratzte.

Christine ging. Aber die gequälten, geschundenen Bürger von Paris hatten eine neue Seuche: die Pocken.

# ISABEL

DAS WIEDERSEHEN WAR tränenreich. Catherine hing schluchzend am Hals ihrer Mutter, ihre Hofdamen standen ein wenig abseits und konnten die Tränen nicht zurückhalten.

»Mein Katherl!«, jubelte Isabel und liebkoste ihre jüngste Tochter. »Bist du gekommen, meine Einsamkeit mit mir zu teilen!«

Leider war Catherine mit den Damen nicht allein aus Zuneigung nach Marmoutier gekommen. Bernhard von Armagnac hatte in seiner Selbstherrlichkeit Isabels Hofstaat aufgelöst, ihre Bediensteten fortgejagt, ihre Wertsachen gestohlen und die schönen Räume plündern lassen. In Paris waren Angehörige ihres Hofes vertrieben worden oder saßen gefangen im Louvre. Die Armagnacs hatten Hunderte von Pariser Bürgern, die sich zur Königin bekannten, verjagt. Vincennes, Melun, Beauté, nichts war verschont worden, die Armagnacs hatten alle königlichen

Schlösser geplündert. Bernhard hatte Isabels ehemaligen Sekretär und jetzigen Bewacher Picart bestochen, und so hatte dieser einige Depots verraten, die Isabel umsichtig in mehreren Klöstern angelegt hatte, um Geld und Schmuck zu sichern. »Wo ist meine Schwägerin?«

Catherine senkte den Kopf. »Sie ist im Louvre gefangen.«

Gefangen! Isabel war außer sich vor Zorn. »Und der kleine Johann?«

Ihren Sohn Johann habe man ihr gelassen, auch die Amme, berichtete eine der Damen, aber Armagnac habe die Rente der Madame d'Alencon beschlagnahmt, sodass sie sich nicht freikaufen könne.

Das werde ihr Bruder Ludwig schon übernehmen, meinte Isabel zuversichtlich, er lasse seine Gattin und seinen Sohn nicht im Stich. Aber die Damen schwiegen, und Catherine schüttelte den Kopf. »Er hat auf mein Schreiben nicht reagiert«, sagte sie leise.

»Nun ja, sicher kann er vom Konzil schlecht fort ...«, Isabel merkte, wie dünn ihre Stimme klang. Plötzlich war ihr klar: Ihr Bruder Ludwig hatte sich aus dem Staub gemacht. Schmählich hatte er sie alle im Stich gelassen, seine Schwester, seine Gattin, seinen kleinen Sohn, ja sogar seinen Patensohn Louis. Weder um seine Schwester noch seine Gattin zu retten, kam Ludwig von Bayern zurück. Er hatte einzig seine Pfründe gerettet, die Pfründe, die er seiner großzügigen Schwester verdankte. Sie hatte keinen Bruder mehr. Schwarz wurde Isabel vor Augen bei dieser Erkenntnis. Sie holte tief Luft, um den Druck von ihrer Brust zu nehmen, der dort plötzlich lag wie eine fette Kröte. Sie war noch viel einsamer, als sie geglaubt hatte.

»Wo ist der König?« Er sei im Louvre, sie solle ihr diesen Brief geben. Catherine reichte der Mutter einen gesiegelten Brief des Königs.

Isabel erbrach das Siegel mit klopfendem Herzen. Ihre Hände zitterten so sehr, dass sie kaum die wenigen Zeilen lesen konnte. Sie waren hastig hingekritzelt, nur mühsam ließen sie sich entziffern. Aber es war des Königs Handschrift, und es war sein Siegel, und es war eindeutig: Der König bat sie, zurückzukommen. Sie sei seine Königin und vielgeliebte Gefährtin, und er vermisse sie.

Isabels Hände zerdrückten fast das schöne Einhorn, ihren Glücksbringer, den sie in den letzten Wochen jeden Tag mehrmals in die Hände genommen hatte. Ein Mensch war treu an ihrer Seite, auch wenn es ein Irrer war, der sich gegen Usurpatoren nicht zur Wehr setzen konnte. Ein König, der sie nicht beschützen konnte, sondern den sie beschützen musste. Eine Welle von Zärtlichkeit überflutete Isabel und gab ihr neuen Mut. Blanca, dachte Isabel, große Königin Blanca, ich muss so handeln wie du. Alle sagen, ich sei unfähig, zu regieren, aber ich werde ihnen zeigen, dass ich es kann. Jeden Tag bete ich, dass mein Plan gelingt. Ich brauche keinen Krieg, ich brauche eine Hochzeit. Ich werde wieder an der Seite des Königs regieren, und ich werde einen mächtigeren Verbündeten haben als meinen Bruder, diesen unzuverlässigen Vagabunden. Mein Verbündeter heißt Henry, König von England. Und dazu muss ich mich meines ärgsten Feindes bedienen. Der Coup musste gelingen.

Erleichtert, fast fröhlich lächelte sie den Mönch an, der den Damen die Schalen mit dem Morgenbrei brachte. Zu ihrem Erstaunen stellte der Mönch ihr die Holzschale nicht auf den Tisch, sondern kniete vor ihr nieder und hielt ihr die Schale entgegen.

»Jean de Drosay, Euer ergebener Diener, edle Königin«, flüsterte der Mann, »mein Herr erwartet Euch mit seinen Mannen beim Gottesdienst. Und ich werde Euch begleiten.«

Er stellte die Schale nun doch auf den Tisch, weil Isabel nicht imstande war, sie entgegenzunehmen. Zum ersten Mal seit Monaten überzog ein geradezu überirdisches Lächeln ihr Gesicht. Wie Musik hörten sich die Worte des Mannes an, wie Fanfaren eines Neubeginns. Bescheiden lächelte er unter der Mönchskutte zurück, ein junges, vertrauenerweckendes Gesicht. Jean de Drosay, den Namen würde sie sich merken.

Und dann begann der große Coup, ein Handstreich von wenigen Minuten. Zunächst musste Isabel sich aus diesem Kloster befreien, alles andere würde der Herzog mit Drosay und seinen Männern erledigen. Sie erwirkte von ihren widerwärtigen Bewachern die Erlaubnis, die Messe zu besuchen. Mit Bitten, Flehen und der Drohung, den Prior einzuschalten, wenn man sie nicht an Allerseelen ihrer gestorbenen Kinder bei den Reliquien von Saint-Martin gedenken lasse. Schließlich gestattete man ihr, mit Catherine und ihren Damen die Messe in der Basilika von Tours zu besuchen. Thoreau ging voraus, Picart ging an ihrer Seite, Puy an der Seite der Damen, die ihr folgten.

Sie nahmen das Klosterboot auf die andere Seite der Loire, flussabwärts, am wehrhaften Palast des Erzbischofs mit den vier runden wehrhaften Türmen vorbei in die Basilika, die so groß war wie ein Dorf, einen Turm hatte höher als Notre-Dame und Tausende von Menschen fasste. Zur Allerseelenmesse hatte sich ganz Tours eingefunden, nachdem sich herumgesprochen hatte, dass die Königin an der Messe teilnehmen würde. Alle starrten sie an. Respekt, Mitleid, Bewunderung, aber auch Hass und Angst spiegelten sich auf den ausgezehrten Gesichtern der Menschen.

Isabel zeigte ein maskenhaftes Lächeln, nahm in der bischöflichen Seitenkapelle mit ihrer Tochter und den Damen Platz und versuchte der Liturgie zu folgen, obwohl ihr Herz vor Aufregung zu zerspringen drohte. Dicht gedrängt standen die Menschen in der Kirche. Nur wenigen Umstehenden fielen die sechs Männer auf, die zur Königin ins Seitenschiff vordrangen und die überraschten Wächter nach einem stummen Handgemenge entwaffneten und gebunden abführten. Fiel es auf, dass einer der Wächter aus der Kathedrale flüchtete? Dass er versuchte, ein Boot zu nehmen, und ins Wasser stürzte? Keiner hörte die Schreie von Laurent de Puy. Erst Stunden später fischte man seine Leiche aus der Loire.

Es folgten 50 Männer, angeführt von Hector de Saveuse, die bei den Damen Aufstellung nahmen und das Ende der Messe abwarteten. Nach der Messe erlebte das staunende Volk, wie ein reich gekleideter Edelmann mit einer Gruppe Gewappneter auf die Basilika zugeritten kam, sein schwarzes Ross einem Knappen überließ, in die Kirche schritt und vor der Königin niederkniete.

Es war Jean Sanspeur, Herzog von Burgund. Er bezeichnete sich als ergebenen Diener der Königin, nannte sie seine »sehr verehrte und gefürchtete Herrin«, der er Gehorsam schulde, und er sei dankbar, sie aus ihrem Gefängnis zu befreien und im Triumphzug nach Paris zu führen.

Isabel blickte auf das gesenkte Haupt mit der schwarzen Samtkappe hinab. Fast auf den Tag waren es zehn Jahre, dass dieser Mann den Bruder des Königs ermordet hatte, ihren charmanten Schwager Louis. Nie hatte er sich für die Tat verantworten müssen, seine Macht bestand in seinem Reichtum und der Schwäche des Königs. Ich begebe mich in die Obhut eines Mörders, dachte Isabel. Es gefiel ihr nicht, aber sie hatte keine Wahl.

Sie reichte Jean Sanspeur die Hand zum Kuss und gebot ihm aufzustehen. Lange hatte sie ihn nicht mehr gesehen und viele Jahre vermieden, ihm ins Gesicht zu blicken. Inzwischen 46 Jahre alt und auf der Höhe seiner Macht, war der Herzog etwas fülliger geworden, aber sein Gesicht war schmal und unschön, gebräunt wie das eines Bauern, und die kleinen tief liegenden braunen Augen hatten, auch als er sich demütig gab, nichts Liebenswürdiges. Sie forschte nach der Güte seines Vaters in seinen Zügen, konnte aber nichts von der hellen Freundlichkeit Philipps darin entdecken. Aber wahrscheinlich war sie damals, jung und dumm, auch nur einem gewieften Machtmenschen aufgesessen, dessen Freundlichkeit nur höfische Attitude war.

Sie dankte dem Herzog und bat alle, sie zu begleiten, um dem heiligen Martin für ihre Befreiung zu danken. Sie gingen hinunter in die Gruft zum Grab des Heiligen. Ein schlichtes Altartuch bedeckte die steinerne Grabplatte, beleuchtet von zwei Kerzen, die darauf standen und deren Schein auch auf eine Wandmalerei fiel, die den Heiligen zu Pferde zeigte, wie er seinen Mantel mit dem Schwert teilte.

Isabel sank in die Knie. Was ihr getan habt dem geringsten meiner Brüder, das habt ihr mir getan, betete sie. Martin begleitete offenbar wohlwollend ihr Leben. Damals in Amiens hatte er die Liebe in ihrem Herzen geweckt, und nun in Marmoutier, seiner einstigen Eremitage, hatte er seine schützenden Hände der Barmherzigkeit über sie gehalten. Ihre Gefangenschaft hätte schlimmer sein können, denn aus den Verliesen des Chatelet oder des Louvre gab es kein Entkommen. Ihre Rettung war ein Wunder, und sie bat den Heiligen stumm um Verzeihung, wenn der Zweck die Mittel heilige und sie sich nun in die Hände eines Mörders begeben müsse.

Sie bemerkte, dass auch der Herzog von Burgund still im Gebet verharrte, und als sie sich aufrichtete, wozu er ihr hilfreich den Arm bot, sagte er: »Erhabene Herrin, ich habe den Auftrag, Euch Grüße Eurer Tochter zu überbringen. Sie betet für das Gelingen unseres Vorhabens und ist in Gedanken bei Euch.«

Erstaunt betrachtete Isabel den Herzog. In der finsteren, nur durch den Kerzenschein erhellten Gruft lag sein Gesicht im Dunkel.

»Ah, Michelle«, sagte sie leise. Diese Tochter, ihr besonderes Kind der Liebe, war Burgunds Schwiegertochter. Sie hatte sie mit seinem Sohn Philipp verheiratet.

»Nein, Marie de France«, antwortete der Herzog. Isabel suchte verwundert seinen Blick. Was hatte er mit Marie zu tun?

»Eure Tochter, die Äbtissin, ist eine kluge Frau«, sagte der Herzog, »ich suche sie von Zeit zu Zeit auf, denn ich schätze Maries Rat sehr. Sie bat mich dringend, Euch aus den Händen dieser Verbrecher zu befreien.«

Marie, ihr Herzenskind, hatte ihre Befreiung veranlasst. Der Herzog bei ihr? Der Kriegsmann und Intrigant suchte den Rat einer Nonne? Wieder eine Facette an diesem rätselhaften, verschlossenen Mann, die sie nicht zu deuten vermochte. Sie hatte es also Maries Fürspruch zu verdanken, dass der Herzog sie befreit hatte, ohne dass sie sich die Blöße hatte geben müssen, ihn um Hilfe zu bitten.

Isabel erhob sich und schritt im Kreise ihrer Damen und des Herzogs durch die riesige Kathedrale nach draußen auf den Platz des mächtigen viereckigen Turms Saint-Nicolas, einer der drei hohen Türme der Basilika. Die Truppe des Herzogs, etwa 60 Mann, schirmte sie von den Neugierigen ab. Ihr verräterischer Sekretär stand gebunden neben einem burgundischen Gewappneten. Sie trat vor ihn hin.

»Wie ist der Name deiner Königin?«, fragte sie. Picart senkte den Blick. »Ich will es hören, aus deinem Munde.«

»Isabel«, flüsterte der Mann.

»Lauter!«

»Es lebe Königin Isabel, ich werfe mich Euch zu Füßen und bitte um Verzeihung!«, schrie Picart.

»Jeden Finger einzeln«, murmelte Isabel, aber sie spürte, dass diese Art von Rache nicht ihre Leidenschaft war. Sollte der Herzog von Burgund die Verräter bestrafen, wie es ihm beliebte.

Ein Zelter wurde vorgeführt. Es war nicht ihre geliebte Stute, aber es war ein Falbe mit weißer Mähne und großen dunkelblauen Augen. Die Stute sei für sie, erklärte der Herzog, und offensichtlich freute ihn ihre kindliche Dankbarkeit für sein Geschenk, denn er lächelte zum ersten Mal. Jean Sanspeur wurde selbst durch ein Lächeln nicht schöner als ein Fuchs, der sich auf die Gans freut, aber Isabel, die seit vier Monaten in Gefangenschaft gesessen hatte, wusste dieses Geschenk mehr zu schätzen als den schönsten Schmuck. Sie lachte ihren Befreier zum ersten Mal an, bestieg das sanfte Reittier und ritt durch die schmalen Gassen von Tours. Sie ließ sich von den städtischen Autoritäten huldigen und verließ die Stadt erst, nachdem burgundische Beamte die bisherigen ersetzten.

»Und nun sammle ich meine Truppen, sie stehen überall um Paris, und wir erobern die Stadt!«, erklärte der Herzog feurig, als sie am Abend in einem behaglichen Haus des Kapitel Saint-Martin vor dem Kamin saßen. Ein kräftiges Feuer brannte, die Wärme und der Wein hatten Isabels Wangen gerötet. »Das wäre eine große Dummheit«, erklärte sie lässig, während sie fieberhaft überlegte, wie sie den selbstherrlichen Herzog von ihren Ideen überzeugen konnte. Aber wenn er Maries Rat in Poissy suchte, dann hörte er hoffentlich auch auf seine Königin. »Ich habe Zehntausende unter Waffen, die es gar nicht erwarten können, Paris von diesem Armagnakengesindel zu befreien!«, sagte der Herzog erstaunt.

»Das ist gut, denn wir werden sie noch brauchen. Ihr denkt immer, ich sei unfähig, zu regieren. Das hat Euer Vater auch schon gedacht. Nun gut, ich habe nach Azincourt einmal nicht aufgepasst, das könnt Ihr mir vorwerfen, lieber Cousin. Keiner konnte aber auch ahnen, dass unser starkes, gut gerüstetes Heer den Engländern unterlegen sein würde. Dadurch bin ich in diese missliche Lage geraten, aus der Ihr mich dankenswerterweise befreit habt. Aber bedenkt bitte selbst: Ziehen wir nach Paris, hat der Konnetabel den Dauphin und den König als Geiseln.«

»Die hole ich vorher heimlich heraus!«, behauptete der Herzog, aber er klang nicht mehr so selbstsicher wie vorher.

»Ihr habt schon einmal versucht, den König zu entführen, Herzog.«

Errötete er? Nein, dafür war Jean Sanspeur zu abgebrüht. Aber er wurde verlegen. Er habe den König nicht entführen wollen, das sei ein Missverständnis gewesen ...

»Eine Jagdpartie, ich weiß«, sagte Isabel ironisch. »Ihr habt Troyes«, fuhr sie fort, »Troyes, dem König ebenso ergeben wie Euch. Dort werden wir eine Regierung errichten.«

»Eine Regierung?« Der Herzog sah verblüfft aus. Isabel lachte innerlich. Sie hätte nicht gedacht, dass sie einen derart gewieften Landesherrn und politischen Intriganten aus dem Konzept hätte bringen können. Sah dieses Konzept denn immer nur Erobern vor? Man konnte doch nicht stets gegen Mauern anrennen. Die findigsten Geister beschäftigten sich damit, immer neue, gefährlichere Geschütze für immer höhere, dickere Mauern zu entwerfen. Aber sie war die Königin, sie musste ihren Geist dafür anstrengen, wie sie wieder an die Regierung kam, wie sie den König befreite, von dem sie nun wusste, dass er sie noch liebte und sie wieder an seiner Seite wünschte – jedenfalls, wenn er bei Sinnen war. Das konnte sich natürlich jederzeit ändern, aber damit lebte sie seit über zwanzig Jahren. Noch einmal stürmt, Gedanken, dachte sie, jetzt geht es einmal nicht um Gerechtigkeit noch um Frieden, jetzt geht es um Macht, und die will ich zurück. »Zuerst brauche ich einen Siegelschneider«, erklärte sie.

Jean Sanspeur begriff diese Frau nicht. Ihm fiel ein, was sein Vater über sie gesagt hatte: Hüte dich, die Dame ist klüger, als es den Anschein hat.

Er betrachtete sie. Was hatte man ihm erzählt? Diese Königin sei alt, verfettet, leide wegen ihrer Vergnügungssucht an Podagra und könne sich kaum bewegen. Wer setzte solche Gerüchte in die Welt? Wenn ihre Feinde ihr damit schaden wollten, erreichten sie das Gegenteil. Diese Frau war so alt wie er, und sie mochte einige Falten haben, beim Aufsteigen aufs Pferd Hilfe benötigen, aber sie hatte offensichtlich klare Vorstellungen von ihrem Ziel. »Einen Siegelschneider«, wiederholte er und fühlte sich dumm.

»Ja, denn Unser erster Schritt wird sein, die Steuern abzuschaffen. Die unbeliebtesten, die *aides*.«

Sie sah zu ihren Damen, die sich mit Lesen und Stickereien beschäftigten, und fuhr fort: »Dann brauche ich Kopisten, denn ich werde an alle Städte Frankreichs schreiben und sie erinnern, dass ich die Königin bin, Mitglied des Kronrates, dass ich in den Zeiten der Abwesenheit des Königs regiere, und dass sie mir Gehorsam schulden. Seht mich nicht so an, Herzog, das habe ich von Euch gelernt. Wer hat denn allen Städten geschrieben, ich hätte meine Söhne vergiftet?«

»Niemals!«, empörte sich Jean Sanspeur. »Hochverehrte Herrin, das habe ich nie behauptet! Ihr seid doch keine rasende Medea, nein, die Armagnacs haben meinen teuren Schwiegersohn vergiftet, und auch bei Jean war ich nicht sicher, ob …«

»In Euren Briefen wart Ihr sehr sicher«, meinte Isabel, wollte aber nicht länger darauf bestehen. Das Vergangene war Geschichte. Mit einer Handbewegung wischte sie es fort. »Ich werde auf alle königlichen Verfügungen der letzten Jahrzehnte hinweisen …«

»Hochverehrte Dame, wenn Ihr die aides abschafft, werden wir keine Einnahmen haben, um Eure Pläne zu finanzieren …«

Isabel lachte. »Es sind nicht Eure Einnahmen, Herzog, und auch nicht meine. Ohne Steuern wird Armagnac ausbluten, versteht Ihr?«

Er verstand. Es klopfte, Jean de Drosay trat ein.

»Mein lieber Drosay! Ich erbitte Eure Erlaubnis, Herzog, Drosay als Sekretär zu beschäftigen.«

Der Herzog erteilte sie, etwas verlegen, die Königin solle befehlen, nicht bitten. Drosay verbeugte sich. Der Siegelschneider sei da.

Der Herzog von Burgund schüttelte den Kopf. Sie hatte alles schon vorbereitet, wann wollte sie …

»Auf der Reise nach Troyes, verehrter Cousin! Ich werde die Sänfte nehmen, um diktieren zu können, den wundervollen Falben werde ich später reiten. Wir werden von Troyes aus regieren. – Schreiben Sie!«, befahl sie dem Mann, der eben eingetreten war, und diktierte: »Isabel von Gottes Gnaden Königin von Frankreich, durch den unwiderruflichen Auftrag unseres Herrn und seines großen Rates besitzen Wir die Regierung und Verwaltung dieses Königreiches anstelle Unseres Herrn, des Königs.«

Die Damen hatten Bücher und Gobelins sinken lassen und betrachteten die Königin mit einer Mischung aus Angst und Bewunderung. Catherine klatschte in die Hände und lief zu ihrer Mutter, küsste ihr die Wange und sagte: »Chere maman, wie wundervoll, alles wird wieder gut, nicht wahr?«

Der Siegelschneider entfernte sich unter vielen Verbeugungen, in zwei Stunden werde er das Siegel liefern.

Isabel küsste ihre Tochter auf die Stirn. »Mit dem Herzog von Burgund wird alles wieder gut, Katerl. Er ist ein Freund des Königs von England.«

Jean Sanspeur fühlte sich ertappt wie ein Dieb.

Er räusperte sich, aber die ehrliche Bewunderung der überaus hübschen Prinzessin ließ ihn verstummen. Wie hatte die Königin von seinem geheimen Pakt mit England erfahren?

Isabel lächelte zufrieden. Seine Reaktion zeigte ihr, dass sie richtiglag, auch wenn er sich bemühte, keine Regung zu zeigen. Es gab also einen Pakt zwischen Burgund und England. Daher hatte er auf bewährte burgundische Art die Schlacht bei Azincourt verbummelt. Daher hatte Henry im Frühjahr ungestraft weitere Teile der Normandie erobert. Ob es der Herzog bereute, nicht eingegriffen zu haben? Er hatte seine beiden Brüder, Anton von Brabant und Philipp von Nevers, in der Schlacht verloren. Hätte seine Mutter, Margarethe von Flandern, noch gelebt, sie hätte ihm heftige Vorwürfe gemacht.

Obwohl … Sie blickte ihn von der Seite an, sein scharf geschnittenes Profil mit der schmalen, langen Nase, deren Nasenlöcher sie an geblähte Nüstern eines edlen Pferdes erinnerten. Vielleicht schätzte er die Vergrößerung seines Reiches mehr als seine Brüder? Er hatte von ihnen Brabant und Nevers hinzugewonnen, zwei reiche Länder, die ihm viel einbrachten.

Er blickte zu ihr, doch sie sah schnell zu ihrer Tochter. Sanspeur brauchte nicht zu wissen, dass sie gegen den Pakt mit England wenig einzuwenden hatte. Aber es sollte *ihr* Pakt sein, nicht seiner. Der geheime Englandplan der Königin ging ihn nichts an. »Wir brauchen Geld, verehrter Cousin, Ihr habt recht. Sobald ich das Siegel habe, werde ich Euch zu meinem Gouverneur ernennen, und ich lasse Euch 200.000 Livres anweisen – als Kredit, versteht sich. Davon errichten wir in Troyes Kronrat, Finanzkämmerei, Kanzlei und Rechtsprechung. Ich bin mir sicher, Ihr kennt fähige, ergebene Leute für diese Posten. Als Konnetabel hätte ich gern Karl von Lothringen.«

Jean Sanspeur öffnete den Mund und schloss ihn wieder.

»Ihr seid einverstanden? Ja, Karl ist Euch ebenso ergeben wie dem König, ein treuer Vasall wie Ihr, Herzog, wenn auch nicht so mächtig. Seine Tochter, ein hübsches Mädchen, wie ich hörte, sollte meinen Neffen heiraten, wenn meine Feinde dies nicht verhindert haben.«

Sie plauderte, als bespreche sie ihre nächste Coiffure. Bevor der Herzog etwas einwenden konnte, gähnte sie herzhaft und verkündete, sie sei eine alte Frau und müsse nun zu Bett. Man müsse am nächsten Morgen früh heraus und sie freue sich auf ihre erste Nacht in Freiheit in einem ihrer würdigen Schlafgemach unter einem Baldachin von burgundischem Brokat.

Vier Wochen später kam die Königin in Troyes an, nachdem sie sich in Chartres hatte huldigen lassen. Unter dem Läuten der großen Glocke zog sie in Troyes ein, empfangen und beschenkt von den Autoritäten der Stadt, die die Anweisung des Königs vom Juli 1417, den Herzog von Burgund nicht in ihre Mauern zu lassen, glatt ignorierten. Sie nahm Logis mit ihren Damen im Haus einer begüterten Witwe und feierte Weihnachten mit dem Herzog und seiner eigens angereisten Gattin Margarethe von Bayern, ihrer Cousine, der sie seit vielen Jahren herzlich zugetan war.

Als Isabel erfuhr, dass das Schisma endlich beseitigt war und die Einheit der Christenheit unter einem Papst, der am 11. November gewählt worden war und sich folgerichtig Martin nannte, wiederhergestellt worden war, weinte sie dicke Tränen des Glücks und beschenkte zu Neujahr die Armen der Stadt üppiger als sonst. Gott war unzweifelhaft auf ihrer Seite, dank der Fürbitte des heiligen Martin. Sie eignete sich die Einnahmen aus dem Languedoc an, die früher in die Tasche des Herzog von Berry geflossen waren, und begann die Fastenzeit mit ihrem größten Coup: kraft ihres Amtes erklärte sie das Parlament und die Finanzkämmerei für ungültig und den Konnetabel in Paris für abgesetzt.

»Seht Ihr, lieber Cousin, so besetzen wir Paris«, sagte sie zufrieden.

Margarethe, die umsichtiger und diplomatischer war als ihr Gatte, wagte einzuwenden, dass Isabel damit das Königreich spalte. Sie warnte: »So wird der Krieg in die Familien eindringen, Onkel gegen Neffen, sogar Vater gegen Sohn!«

»Genau das!«, erklärte Isabel ungerührt. »Sie sollen sich um die Macht streiten, die Pariser Beamten mit meinen. Und was die Familie angeht, meine liebste Margarethe: Leider war das schon immer so, ich habe damit nicht begonnen.«

Sie sandte einen Boten zum neuen Papst Martin, gratulierte ihm zu seiner Wahl und bat ihn um Vermittlung. Dies war ein kluger Schachzug, und es geschah, was sie erwartet hatte: Bernhard von Armagnac zeigte sich zu Verhandlungen bereit. Isabel forderte freien Zugang zum König und zum Dauphin und Ratifizierung aller ihrer getroffenen Entscheidungen durch den König.

Es war klar, dass sie Armagnac ausschalten wollte, und es war ebenso klar, dass Bernhard von Armagnac sich darauf nicht einließ. Isabel focht das nicht an. Zu Ostern ließ sie ein farbenprächtiges Mysterienspiel aufführen, zu dem sie einhundert Mitwirkende mit kostbaren Kostümen ausstaffierte, empfing den Bischof von Portugal, die Botschafter des Königs von Spanien und weitere wichtige Gesandte. Sie hielt Hof in Troyes und sie tat es mit Genuss.

Einmal fragte Margarethe, ob sie nicht Sehnsucht nach dem König und ihrem Sohn habe.

»Warum sollte ich?«, fragte Isabel hart.

»Nun, weil die Liebe … Ihr wart doch stets trotz allem ein Liebespaar?«, meinte Margarethe, die mit Jean Sanspeur eine recht glückliche Ehe führte.

»Du erinnerst mich an die Liebe?« Isabel lachte auf, ihr Lachen klang hart und unmelodisch. »Ich bin siebenundvierzig Jahre, liebe Base, ich habe zwölf Geburten überlebt, andere Frauen sind bereits im ersten Kindbett gestorben. Liebe! Die Liebe ist ein lächerlich kleines Ding, von Männern erfunden, die Frauen abzulenken vom wahren Leben. Sie klein zu halten. Wer sich mit der Liebe beschäftigt, verfällt ihr und ist für die wesentlichen Dinge des Lebens unbrauchbar. Sieh, die Liebe ist wie deine Stickerei: Der Gobelin wird nie fertig. Sie beschäftigt eine Frau ihr ganzes Leben. Sie sitzt stickend in ihrer Kemenate, eine Penelope, ihren Odysseus erwartend, statt zu handeln. Da ist mir Penthesilea lieber!

Ich hatte in meiner Einsiedelei in Marmoutier viel Zeit zum Nachdenken und habe festgestellt, dass das Wesentliche die Macht ist. Versuche, Frau Minne zu halten, sie wird fortlaufen. Versuche, sie zu bestechen, sie wird flatterhaft. Gehe zärtlich mit ihr um, sie springt zum Nächsten.

Dagegen die Macht: Hätschle sie, sie wird verlässlich größer in dem Maße, wie du sie hegst. Bestich sie, sie wird es dir lohnen, vergrößere sie beständig, dann ist sie treu wie ein Hund an deiner Seite.«

Margarethe beugte sich erschreckt über ihre Stickerei. Der Herzog trat ein. Er hatte die letzten Worte gehört und grinste süffisant. Isabel betrachtete den finster aussehenden Mann, dessen Qualitäten sie in den letzten Monaten schätzen gelernt hatte.

»Die Macht ist mein Lebenselixier, Herzog, und erzählt mir nicht, Ihr wüsstet das nicht: Ich hab's von Eurem Vater gelernt.«

»Es ist so weit«, sagte der Herzog nur. Aufgeregt sprang Isabel auf.

»Wann?«

»In der Nacht des 29. Mai.«

»Ohne Blutvergießen, das habt Ihr mir versprochen.«

Margarethe sah wortlos, etwas beleidigt, von ihrem Gatten zu Isabel. Als seine Vertraute führte sie selbstständig die Staatsgeschäfte in Flandern, wenn der Herzog in Burgund war. Was planten die beiden? Warum erfuhr sie nichts davon?

»Ich habe Verbündete gewonnen. Wir werden durch das Tor du Temple eindringen und nichts anderes tun, als den Konnetabel festzunehmen.«

»Und den Prevot, diesen Tanguy du Chastel! Er ist Yolanthas Spion!«

»Es wird geschehen, hohe und gefürchtete Feldherrin und Königin!« Jean Sanspeur vollführte eine kleine, ironische Verbeugung.

»Sehr gut. Gleich darauf hinrichten, zum Exempel. Alles andere wird sich von selbst ergeben. Ihr werdet sehen, die Pariser sind die Armagnakenherrschaft leid! Wie sagte mir der albanische Gesandte? Er wundere sich, dass die Vögel noch den Mut hätten, ihre Nester in Paris zu bauen.«

Der burgundische Überraschungsangriff in der Mainacht gelang vollständig. Die Burgunder drangen durch das heimlich durch Verbündete geöffnete Stadttor in Paris ein und nahmen Bernhard von Armagnac gefangen. Zwei Wochen später richteten sie ihn hin. Erst nach seinem Tod wagte sich die Königin in die Stadt.

Feierlich schloss sie alle Einrichtungen in Troyes im Hinblick auf ihre Übersiedlung und zog mit dem Herzog, Catherine und Gefolge nach Paris. Schon bei Nogent-sur-Seine vergrößerte sich das Gefolge mit Burgunds Neffen, dem Grafen von Saint-Pol. Viele seiner Freunde hatten sich ihm aus Begeisterung angeschlossen, und als sie das Örtchen Charenton erreichten, kam ihnen eine Abordnung von 1.200 Pariser Bürgern entgegen, die sich in blaue Gewänder gekleidet hatten, geschmückt mit dem burgundischen Andreaskreuz.

Es war der 14. Juli 1418, ein sonniger, warmer Sommernachmittag, als die Königin in einer Sänfte durch das Tor Saint-Germain in Paris einzog. An ihrer Linken ritt Jean Sanspeur, an ihrer Rechten ihre Tochter Catherine, ihnen folgte Margarethe von Burgund mit allen Hofdamen, in Weiß gekleidet. Es schien, als habe die Königin mit ihrem lichtvollen weiblichen Gefolge alles Böse, alle Not, sogar die Pocken vertrieben. Die Menschen jubelten ihr und dem Herzog zu.

Am Tor bekam Isabel heftiges Herzklopfen. Wie würde sie der König empfangen? Und wie sah ihr Sohn Charlot inzwischen aus, ihr lieber kleiner Junge, dem sie im Februar zum 15. Geburtstag gratuliert hatte? War der unsichere schmale Junge zum Mann gereift?

Der Louvre bot einen erschreckenden Anblick. Unrat häufte sich in den Ecken, es fehlte an Teppichen und Kerzen, alles sah duster und unwohnlich aus, die nackten Steinböden stanken nach Urin, die Wände atmeten Verwahrlosung.

Im Thronsaal kam ihnen der König entgegen. Ach, wie schmal und eingefallen er aussah, wie blass schien seine Haut, wie verwirrt seine Haare, sogar sein blauer Königsumhang war abgewetzt, die aufgestickten goldenen Lilien waren verblasst und an einigen Stellen abgerissen.

Formell und feierlich sprach er: »Ich heiße Euch herzlich willkommen.«

Dann wandte er sich an Jean Sanspeur: »Auch Euch, mein Vetter, heiße ich herzlich willkommen.«

Isabel suchte in seinem Gesicht, da sah er sie an. Verzweiflung lag in seinem Blick, aber auch Liebe und Zärtlichkeit. Er umarmte sie, und sie hielt sich an ihm fest, als wolle sie ihn nie wieder loslassen, und sie spürte, dass sie Margarethe belogen hatte. Ja, es gab Phasen, in denen die Macht wichtiger schien als alles, aber das Wichtigste auf der Erde war die Liebe. Sie schmiegte sich an Charles, und ihre Tränen flossen auf die abgeschabten goldenen Königslilien, und er hielt sie fest, murmelte sanfte Worte und streichelte ihr Haar.

Auf den Straßen ließen die Menschen den König hochleben, für sie war er nie der Irre, sondern stets der Vielgeliebte. »Noel« schrien sie, denn das Erscheinen des königlichen Paares war wie der weihnachtliche Friede, und »Vivat le roy et la royne«. In einem Wimpernschlag schienen Ruhe und Frieden wiederhergestellt, es gab wieder Brot, Fleisch und Wein zu kaufen, die Steuern waren gesunken, das Brennholz für den Herd bezahlbar. Was wollten sie mehr? Die Menschen zündeten Freudenfeuer an und tanzten die ganze Nacht auf den Straßen.

Isabel und der König zeigten sich im Fenster des Louvre, und als einer schrie: »Vive la paix!«, sagte sie zufrieden zu Charles: »So, nun bin ich wieder Königin, nun können wir an den Frieden denken. Wo ist unser lieber Sohn?«

## MARGAUD

DER KLEINE BALL lag fest und gut in ihrer Hand, und Margaud schleuderte ihn mit Genuss über die Linie. Alles war feiner hier in Angers, sie spielten nicht auf hartem, unebenem Steinpflaster, sondern auf dem mit Sand aufgeschütteten Abreitplatz hinter dem großen Turnierplatz, und statt eines gemalten Kreidestriches auf dem Boden war ein Seil in Augenhöhe gespannt. Aber das Beste war: Keiner, auch nicht die gegnerische Mannschaft, musste befürchten, von Gewappneten gefangen genommen und bestraft zu werden. Jeu de paume war bei den Anjou nicht verboten. Margaud sah einen der Knappen des schwarzen Ritters frei stehen, warf ihm hart und gezielt den Ball zu, sah zu ihrer Erleichterung, dass er ihn zurückexpedieren konnte, bevor ihn einer zu Fall bringen konnte, und stürzte sich erneut auf den Ball, bevor der Gegner zugreifen konnte.

Margaud spielte schnell, wendig und taktisch klug, und sie war, wie in Paris, eine Sensation. Der schwarze Ritter saß auf seinem Rappen und beobachtete fasziniert, wie das Mädchen rannte, schrie, taktierte, den Gegner mit kleinen eleganten Bewegungen täuschte, zielsicher zu den Mannschaftskollegen warf, die frei standen.

Sie gewannen das Spiel, und das Wettgeld war gut, viel besser als erwartet. Margaud tat einige livres in ihren Beutel zu dem jahrelang gehüteten Blutgeld des Herzogs von Burgund. Bevor jemand sie anpöbeln konnte nach dem Spiel, sie kannte das zur Genüge, lief sie im Schutz der Knappen davon zum Zelt des Prinzipals, wo Josef mit dem Aufbau der Bretterbude beschäftigt war. Jeannette lief ihr entgegen. »Hast du schon gehört? Der schwarze Ritter tritt gleich gegen den Grafen von Morvillier an! Komm mit, das müssen wir sehen! Papa ruft ihn aus!«

Margaud ging zur Prinzipalin. Sie nickte, ohne ihre Arbeit zu unterbrechen. »Seid zum Abendläuten zurück, dann spielen wir den Pathelin! Es ist viel Volk unterwegs, das verspricht gute Einnahmen, aber wir müssen auch aufpassen, denn es wimmelt von Beutelschneidern und Gesindel! Einer von uns bleibt immer beim Zelt«, befahl die Prinzipalin.

Die mächtige Stimme des Prinzipals dröhnte ihnen schon von Weitem entgegen. Wortreich und pathetisch pries er den Ritter als Wunder der Menschheit an, als eleganten Ritter von sagenhaften Kräften, den seine Gegner fürchteten, es sei eine Ehre, von ihm besiegt zu werden.

An der Bahn wartete der Ritter auf seinem Ross in der schwarzen Rüstung, die Margaud vor Wochen in Schrecken versetzt hatte. Sein Visier hatte er schon geschlossen. Sogar sein Schild war schwarz, nur von einem roten Längsstreifen durchzogen, das uralte einfache Wappen seiner Familie.

Sein schwarzes Kampfross hatte am Morgen eine zusätzliche Schütte Hafer bekommen, es schnaubte, scharrte mit dem Vorderhuf, warf den schönen Kopf unruhig auf und nieder und konnte den Tjost kaum erwarten. Es trug schwarze Umhänge mit schmalen blutroten Säumen, sogar das Zaumzeug und der Federbusch auf der Rossstirn waren schwarz, und die Hufe hatten die Knappen gefettet, dass sie schwarz glänzten.

Der Graf von Morvillier am anderen Ende der Bahn ritt einen nicht weniger kräftigen Fuchshengst. Er und sein Ross trugen die grün-weißen Farben seiner Grafschaft, Helm und Rossstirn waren mit leuchtend grünen Federbuschen geschmückt.

Ritter und Pferd wirkten stark, ausgeruht und kampferfahren, der Fuchshengst stand vollkommen ruhig wie ein Standbild, hatte die Vorderbeine weit auseinandergestellt und sah dem gegnerischen Hengst mit gespitzten Ohren entgegen.

Der Graf von Morvillier hatte keinen Ausrufer, er ließ sich durch den Richter ankündigen, der auch die ritterlichen Regeln bekannt gab.

Nun hörte Margaud die Fanfaren. Die Herzogin von Anjou betrat mit ihren drei Kindern die Tribüne. Margaud staunte über die Prachtentfaltung. Alle trugen Kleider, die in der Sonne funkelten, sie mussten mit Perlen und Edelsteinen besetzt sein. Auf den kupferfarben schimmernden Haaren trug Herzogin Yolantha, die auch als Königin von Sizilien und Aragon angekündigt wurde, einen hohen Hennin, auf dem, wie ein Schmetterling gefaltet, ein feiner Seidenschleier saß. Der Herzog von Anjou war im vergangenen Jahr gestorben, daher umwehte sie noch darüber ein schwarzer Schleier, der ihr etwas Geheimnisvolles verlieh. Ihre Robe war ein prachtvoller seidener ockerfarbener Tasselmantel mit aufgestickten braunen Blüten, dessen Ausschnitt, Ärmel und Schleppe mit braunem Fell gesäumt war. Ein roter Gürtel mit kostbarer Schließe hielt das Kleid eng über ihrer schmalen Taille zusammen. Die Königin und ihre halbwüchsigen Kinder, zwei junge Männer und eine Jungfrau, nahmen unter der blumengeschmückten Empore Platz, dann hob die Jungfrau ein Tuch zum Zeichen, dass das Turnier beginnen solle. Der Richter hob die Fahne des Hauses Anjou und ließ sie durch die Luft sausen.

Die Ritter galoppierten aufeinander zu, dass die Sandbahn bebte. Mit eingelegten Lanzen galoppierten die Pferde in die Schranken, aber der schwarze Ritter war langsamer, obwohl die Bahnen von jeder Seite gleich lang waren. Margaud presste die Fäuste vor den Mund. War der schwarze Hengst nicht schnell genug? Nun war der Ritter im Nachteil, denn er hatte nicht die volle Kraft. Der Graf von Morvillier preschte auf den schwarzen Ritter zu, seinen Vorteil erkennend, aber da traf ihn unvermittelt die Lanze des schwarzen Ritters an der Brust und warf ihn beinahe aus dem Sattel. Zu spät hatte er seinen Schild gehoben. Sein Fuchshengst knickte nur ein wenig ein, hielt aber stand und trug seinen schwankenden Reiter in sachtem Schritt weiter.

Die Ritter nahmen wieder Aufstellung. Beide waren unverletzt. Dennoch zitterte Margaud. Wenn das gegnerische Ross schneller war? Offensichtlich rechnete der grüne Ritter wieder damit, vor seinem Gegner die Mitte der Schranken zu erreichen, denn er trieb sein Pferd an, aber der nächste Waffengang war genau umgekehrt. Der schwarze Ritter schnalzte nur kurz, und der Rappe galoppierte aus dem Stand doppelt so schnell los wie in der ersten Runde, sodass der schwarze Ritter einen Augenblick eher die Schranken erreichte. Wie ein Reiterstandbild blieben Ross und Reiter stehen und verwirrten den Gegner. Dieser hatte nicht damit gerechnet, den Stoß aufzufangen, statt ihn zu erteilen. Der Aufprall war heftig, und der Graf kam nicht einmal dazu, seine Lanze einzusetzen, so gewaltig traf ihn der Stoß des schwarzen Ritters, der ihn mit eingelegter Lanze erwartete. Mit schaurigem Knirschen zersplitterten die Lanzen. Den Zuschauern entfuhren Laute des Schreckens. Margaud hatte wie viele andere die Hände vor den Mund geschlagen, beobachtete nun aber den schwarzen Hengst, der so gut dressiert war, dass er einige Schritte rückwärtsging, um den Stoß aufzufangen. Der Graf von Morvillier wirkte verunsichert. Er ließ sich eine neue Lanze reichen und nahm Aufstellung. Die Fanfaren ertönten.

Wieder galoppierten die Rösser aufeinander zu, wieder donnerte die Erde unter ihren Hufen, aber bei diesem dritten Angriff war Margaud sicher: Der schwarze Ritter ließ sein Ross Schritt halten, damit es exakt zeitgleich mit dem anderen in den Schranken anlangte. Dröhnend krachten die Lanzen auf die Rüstungen, entsetzlich hörte sich das Knirschen von Eisen auf Stahl an. Der schwarze Ritter saß fest im Sattel, der Graf von Morvillier hingegen schwankte, und es war eindeutig, dass der schwarze Ritter den Kampf führte, der Graf konnte nur reagieren.

Margaud fragte sich, ob der vierte Angriff auch der letzte sein würde. Sie bewunderte den Ritter, der nicht nur kraftvoll, sondern taktisch geschickt kämpfte wie sie beim Jeu de paume, und sie sah den Hengst, der ihr bisher nur Angst eingeflößt hatte, mit anderen Augen. Er bildete mit seinem Herrn eine sensible Einheit. Auch trug er keine geschlossene Rossstirn, die ihn zwang, mit verbundenen Augen loszupreschen wie der Fuchs des Grafen. Damit war er diesem weit überlegen, denn er konnte auf das Kampfgeschehen reagieren.

»Jetzt geht es los, jetzt fängt er erst an«, meinte einer der Knappen, der neben Margaud stand und gespannt den Tjost beobachtete.

Und richtig: Wieder achtete der schwarze Ritter darauf, gleichzeitig mit dem Gegner in der Mitte der Schranken aufeinanderzutreffen. Waren die Lanzen bisher nur zersplittert wie bei einem Schaukampf, stieß der schwarze Ritter nun kraftvoll zu und traf den Harnisch des Grafen an der Schulter, an der empfindlichsten Stelle, wo die Scharniere Bewegungsfreiheit gaben, aber auch Verletzlichkeit offenbarten. Die Lanze des Schwarzen hob den Harnisch und die Pike drang in die Schulter ein.

Der Graf zuckte zusammen, er hatte keinen Stoß anbringen können. Er war verwundet, aber er saß zu Pferde. Die Regel erklärte den zum Verlierer, der zu Boden fiel, es gab keinen Schwertkampf ohne Pferd. Es war nur ein Tjost, kein tödlicher Zweikampf, aber diese Regel schloss nicht aus, dass einer der Ritter tödlich verletzt vom Pferd stürzte.

Zum fünften Male ertönten die Fanfaren. Der Graf, sichtlich geschwächt durch seine Verwundung, trieb sein Pferd heftig voran und setzte zu einem gewaltigen Stoß an. Dies hatte der schwarze Ritter erwartet. Er fing den Stoß mit seinem Schild ab, während er seine Lanze tief hielt, und ehe die Zuschauer wussten, wie es geschehen war, hatte er den verblüfften Grafen aus dem Sattel gehoben. Der kippte zur Seite, das Gewicht seiner Rüstung zog ihn vom Pferd, und unglücklicherweise blieb er im Steigbügel hängen und wurde von seinem Ross im vollen Lauf bis ans Ende der Bahn mitgeschleift, bevor seine Knappen es einfangen und ihren Herrn befreien konnten. Damit war dieser Tjost zugunsten des schwarzen Ritters entschieden und er konnte sich weiteren Gegnern stellen. Pferd und Rüstung gehörten nun ihm, aber, so erklärte der Knappe, der Graf von Morvillier war reich und würde sich vermutlich freikaufen, denn für die auf seinen Körper gearbeitete Rüstung habe sein Herr keine Verwendung.

Fünf solcher Tjosts kämpfte der schwarze Ritter in Angers, keinen verlor er, und weitere sechs bestand er in Nantes, der bretonischen Hauptstadt, die das nächste Ziel der Fahrenden war. Der schwarze Ritter bewunderte Margauds raffinierte Taktik beim Jeu de paume, wobei er auch ihre Schönheit bewunderte, und Margaud bewunderte den Ritter in seiner geradezu unheimlichen Sicherheit beim Kampf, liebkoste vorsichtig das schwarze Ross, das zwischen den Kämpfen wie ein braves Maultier neben dem Zelt stand und Heu malmte. Zwischendurch bewarf sie den Prinzipal mit Schlamm, wenn er seinen »Pathelin« spielte, der jedes Mal bejubelt wurde. Das Volk amüsierte sich königlich über den Betrüger, der selbst am Ende als Betrogener dastand.

Alle waren zufrieden, selbst die Prinzipalin hatte es nicht mehr so eilig, nach Lothringen zu kommen. Friedlich verlief das Leben in der Bretagne, keine versprengten Soldaten und Räuber machten die Reisewege unsicher, keine Kriege drohten, keine englischen Routiers bedrohten Dörfer und Städte. Man hörte, die Königin sei verbannt worden, andere sagten, dass sie schon wieder in Paris eingezogen sei und Paris sei wieder in den Händen des Herzog von Burgund. In einem waren sich alle einig: Die Engländer standen im Land, weit in die Normandie hatten sie ihre Kriegszüge geführt. Aber es schien, dass König Henry kein Interesse hatte, das Land ausbluten zu lassen.

»Warum sollte er, es ist ja seines«, meinte der schwarze Ritter, aber der Prinzipal ereiferte sich: »Was fällt Euch ein! Wie könnt Ihr so etwas sagen!«

Es sei wegen des salischen Rechts, meinte der Ritter grinsend, Henry wolle doch nur sein Reich wieder regieren, das Ludwig ihm einst gestohlen habe.

Wenn die Prinzipalin nicht eingegriffen hätte, hätten sie sich geschlagen. Oder auch nicht? Bei dem schwarzen Ritter wusste man nie, sein Humor war seltsam, nicht einmal seinen Namen kannten sie. Nur in einem waren sich alle einig:

Er war ein wahrer Ritter, denn er war tapfer und gerecht. Alles teilte er ehrlich mit dem Prinzipal, seinem Ausrufer, und seinen Knappen, deren Zahl inzwischen auf zehn angestiegen war. Als Margaud sich darüber wunderte, sagte er nur: »Jeder hält es mit den Siegern.«

Dann kam der Morgen des Abschieds. Der Prinzipal wollte von Kemper aus nach Lothringen ziehen. Entgeistert fragte Margaud: »Aber das Ende der Welt?«

Kemper war eine reiche, wehrhafte Stadt mit festen Mauern, durchzogen von drei Flüssen, jeder redete vom Finisterre, aber das konnte es doch nicht sein?

Das sei nur eine Redewendung, meinte der Prinzipal etwas gereizt, denn er wollte das Zelt abbauen, auf dem Margaud stand, und sie wollte einfach nicht weichen. Seltsame Launen hatte das Mädchen manchmal. Auch das Ross des Ritters stand fertig gesattelt, die Knappen bepackten die Maultiere, am Nachmittag wollten sie bereits in Plouray sein.

Das Ende der Welt, sie wolle es sehen, beharrte Margaud eigensinnig. Da lachte der Ritter, packte die überraschte Margaud um die Taille und hob sie hinter den Sattel. Dann saß er auf und rief: »Ich zeige ihr das Finisterre! Zieht nur, wir treffen uns am Guidfoss!«

Und drückte dem Hengst die Sporen in die Seiten, dass er mit angelegten Ohren davonjagte, sie ritten und ritten, oh, wie herrlich war es zu reiten, Margaud sauste der Wind um die Ohren. Erst taten ihr die Arme weh vom Festhalten, dann die Beine, dann wurde ein Körperteil nach dem anderen taub, aber der Ritter hielt nicht inne, und es war noch nicht Mittag, als sie eine Anhöhe hinaufritten, die prachtvoller als ein Königinnenkleid in allen Farben schimmerte, violett das Heidekraut, gelb der Ginster, grün der Farn, und über der wundervollen Palette erhoben sich weiße Felsen und blaue Wacholderkegel.

Steil fiel die Küste ab, unten schäumte das Meer und zog einen scharfen türkisen Bogen zum Horizont. Der Himmel schien darüberzurasen, grau und blau, mit schwarzen und weißen Wolken, die zerrissen, sich auflösten, bis wieder neue auftauchten, woher? Aus der Tiefe des Meeres? Oder aus der Unendlichkeit des Himmels?

Ruhig stand das schwarze Ross, den Ritter und das Mädchen auf dem Rücken, und blickte mit gespitzten Ohren auf den Ozean. Scharf hob sich die schwarze Silhouette vom Himmel ab. Lange standen sie so, keiner sprach. Der Hengst senkte den schönen Kopf und begann zu grasen. Der Ritter ließ ihn gewähren. Margaud glitt von der Kruppe, der Ritter stieg ab, und sie saßen am schwindelnden Abhang, zehn Klafter unter ihnen das Meer, ließen die Beine baumeln und sprachen lange kein Wort. Das Ende der Welt, dachte Margaud, bis hierher wäre ich für Simon gegangen. Und der Gedanke an den Caboche tat so weh in ihrer Brust, dass sie nach Luft ringen musste. Tief sog sie die salzige Luft ein, bis der Schmerz nachließ. Scheu fragte sie: »Hört hier wirklich die Erde auf?«

Wohl kaum, meinte der Ritter, wenn sie sich hier einschiffe, käme sie, vorausgesetzt, die Wellen verschlängen sie nicht, im Norden nach England und im Süden nach Spanien, weiter zu den Mauren, und dann … »Terra incognita«.

Was das bedeute?«

»Wir wissen nichts«, sagte der Ritter überzeugt, »wir sind dumme kleine Tiere, die sich bekriegen und bekämpfen, während auf der anderen Seite der Erde womöglich Menschen in Frieden miteinander leben. Vielleicht haben sie nicht einmal einen König.«

Er zog einen Ring vom Finger und reichte ihn Margaud. Der Hengst kam und stupste ihn mit seiner weichen Nase an.

»Ja, wir müssen los.« Er stand auf. »Schau noch einmal

zum Horizont. Und wisse, Mädchen, das verspreche ich dir hier am finisterre: wenn du einmal in Bedrängnis kommst, dann drehe diesen Ring und rufe nach mir, ich werde sofort kommen, dir zu helfen.«

Wie will er das anstellen, dachte Margaud, kann das Ross fliegen?

»Versprich, dass du nach mir rufst!«

Margaud versprach es. Und dann ritten sie zurück, und es war noch nicht Abend, da hatten sie die Knappen und den Prinzipal eingeholt, die ihre Zelte am uralten Dolmen von Guidfoss aufgeschlagen hatten.

## ISABEL

»FORT?«, FRAGTE ISABEL ENTGEISTERT.

Der Dauphin sei nach Bourges geflohen, teilte der Haushofmeister mit.

»Geflohen? Vor seiner Mutter, die gekommen ist, ihn aus den Händen der Armagnacs zu befreien?«

Die Armagnacs seien die Verbündeten der Anjou, gab der Herzog von Burgund zu bedenken, womöglich habe der Junge sich bedroht gefühlt. Er fragte, mit wem der Kronprinz geflohen sei.

Das sei schwer zu sagen. In Bourges sei er von Tanguy du Chastel und seinen Männern umgeben.

Isabel sah den Herzog an: »Ich dachte, Tanguy du Chastel ist in Eurer Gefangenschaft? Hatte ich nicht befohlen ...«

Er ließe sich nichts befehlen, erklärte der Herzog gereizt, Chastel sei ihnen entwischt.

Isabel sah Charles fassungslos an. »Unser Sohn flieht seine Eltern! Er zieht seine Höflinge vor!«

Plötzlich kam ihr ein Gedanke. »Und Yolantha ist natürlich auch in Bourges, nicht wahr?«

Keiner antwortete.

»Tanguy du Chastel hat unseren Sohn geraubt und nach Angers gebracht!«, schrie Isabel wütend. »Wie konntest du das zulassen!«

Ihre letzten Worte galten dem König, der zum Fenster gegangen war und auf die Seine hinuntersah. Charles drehte sich um und zog müde die Schultern hoch. Der Dauphin sei schwierig und scheu gewesen, er habe kaum mit ihm reden können. Seine Anfälle hätten ihn erschreckt, daher hatte der König es vorgezogen, im Louvre beim Kronrat zu residieren und den Kindern Saint-Paul zu überlassen.

Charles sah sehr unglücklich aus. Catherine ging zu ihrem Vater und schmiegte sich an ihn. »Man konnte nicht mit ihm reden«, bestätigte sie, »mein Bruder hat sich eingeschlossen, tagelang! Zum Essen ist er nur gekommen, wenn der König abwesend war, sonst hat er in seinen Gemächern diniert.«

Isabel schwindelte, sie sank auf einen Sessel. Ein Vorhang zerriss vor ihrem geistigen Auge, plötzlich sah sie alles klar. Diese raffinierte Yolantha wollte die königliche Familie auseinanderreißen, das war der Plan. Erst hatte sie sich bei der Königin eingeschmeichelt, hatte ihr Freundschaft geschworen …

Isabel schluchzte auf, als sie an die schönen Tage in Marcoussis dachte. Eine Freundin fürs Leben glaubte sie gefunden zu haben, es war, als wäre eine neue Zeit angebrochen, voller Pläne für eine neue Welt der Frauen, eine Welt ohne Krieg, ohne kleinliche Fragen der Ehre, eine Welt, regiert von weiblicher Weisheit. Wie entsetzlich dumm war sie gewesen! Sogar ihren Jüngsten hatte sie mit Yolantha ziehen lassen, was mochte sie seit Jahren dem kleinen Charlot eingetrichtert haben! Ach, sie ließen sich so leicht dressieren in ihrer Arglosigkeit, die Kinder, womöglich hasste Charlot seine Mutter und hatte an ihrer Befreiung überhaupt kein Interesse.

Dann hatte Yolantha für ihre Verbannung gesorgt, wohl wissend, dass sie weder Hausmacht noch Verbündete hatte. Eigentlich hätte Isabel in Marmoutier sterben sollen, politisch ins Abseits geschoben, während Yolantha sich des Pariser Hofes bemächtigte. In meiner Abwesenheit konnte sie sowohl den König als auch den Dauphin beeinflussen, dachte Isabel, vermutlich entsprangen die letzten Ordonnancen, in denen der König sie aus dem Kronrat ausschloss, ebenfalls ihrem Einfluss. Und womöglich hatte sie vorher schon für die Dezimierung der Kronprinzen gesorgt … Oh Gott! Bisher hatte sie das für burgundischen Rufmord gehalten.

Sie sah zu Jean Sanspeur, der sie aufmerksam beobachtete. »In Angers kann sie ihn nicht brauchen, in Bourges ist er ihr nützlicher«, sagte er, »glaubt Ihr mir jetzt, hohe Dame?« Jeans hässliches Gesicht war ohne Genugtuung.

»Und ich bin schuld, ich bin schuld!« Der König hämmerte mit der Faust gegen seinen Kopf. Isabel eilte zu ihm und streichelte ihn sanft. »Ich reise nach Bourges und rede mit ihm«, erklärte sie entschlossen.

»Nein!« Das waren der Herzog und Charles gleichzeitig.

Isabel sah erstaunt vom König zu Sanspeur. »Ich bin damals nach Senlis gereist, um dem Dauphin Jean entgegenzukommen«, rief sie ihm ins Gedächtnis, »erinnert Euch! Auch Jean war sehr zögerlich, wollte den Hennegau und seine Jakobäa nicht verlassen und seinen Pflichten als Kronprinz nicht nachkommen.«

»Im Unterschied zu Jean sammelt Charlot ein Heer«, murmelte der König.

»Ich kann Euch nicht schützen«, warnte der Herzog.

Isabel fiel schmerzlich ein, dass der Herzog weder Louis noch Jean hatte schützen können, ja, dass sogar das Gerücht kursierte, er habe die hoffnungsvollen Kronprinzen vergiftet. Isabel seufzte. Der Herzog von Burgund hatte den Bruder des Königs ermorden lassen, aber die Dauphins ganz sicher nicht.

Isabel schrieb an Charlot. Sie bat ihn, zurückzukehren. Er antwortete nicht. Auch der König schrieb an seinen Sohn, appellierte an sein Pflichtbewusstsein. Charlot antwortete nicht. Jeden Tag ritten Boten nach Bourges. Viele Briefe wurden überbracht, irgendwann nach Monaten kam eine unverbindliche Antwort des Dauphin.

Sie schrieben an Yolantha. Die antwortete, sie werde nicht zulassen, dass der Dauphin von Burgundern vergiftet oder zum Engländer werde. Sie werde ihn beschützen, bis er König von Frankreich sei.

Schäumend vor Wut zeigte Isabel den Brief ihrer Schwägerin. Blass und verhärmt war Catherine d'Alencon, in der Gefangenschaft war ihr kleiner Sohn Johann an den Blattern gestorben. Ludwig hatte nicht einmal kondoliert. Das Gerücht ging, er habe sich aus Konstanz eine Mätresse mitgebracht, mit der er in Ingolstadt lebe. »Ich wünschte, mein Sohn lebte, selbst wenn er mein Feind wäre«, sagte Catherine und weinte. Danach schämte sie sich. Eine Hofdame sollte die Königin bei guter Laune halten, eine melancholische Ehrendame konnte sie nicht gebrauchen.

»Du bist meine Schwägerin«, erinnerte Isabel sie. Aber das war nicht dazu angetan, Catherine fröhlicher zu machen. Sie wolle nichts Schlechtes über den Bruder der Königin sagen, aber …

»Nur heraus damit!«

»Ludwig ist ein Schwein.«

Die Engländer standen vor Rouen, der Hof flüchtete aus Paris nach Troyes. Isabels Reisewägen wurden von den Engländern geplündert, wütend stellte sie fest, dass sie nichts zum Anziehen, nichts zum Lesen, kein goldenes Geschirr hatte. Catherine erinnerte daran, dass die belagerten Menschen in Rouens Mauern verhungerten.

Isabel drängte Jean Sanspeur, sich mit dem Dauphin zu treffen, ihm zu zeigen, dass sie Verbündete seien. »Niemals«, erklärte der Herzog, »höchstens auf einer Brücke, und erst, wenn seine Entourage abgereist ist.«

Das werde ihr Sohn vermutlich als Gefangennahme werten, wandte Isabel ein. Der Herzog hob die Schultern. Nicht sein Problem, er werde den Dauphin nicht gefangen nehmen, sondern herzlich begrüßen. Im Übrigen stünden die Engländer vor Paris, es werde Zeit, sie hinauszuwerfen, und das könne man nur gemeinsam, das werde auch die Königin von Sizilien einsehen müssen.

Isabel wollte die Engländer nicht hinauswerfen, sie wollte sich mit ihnen verbünden. Aber nicht ohne Charlot, der einmal König werden sollte eines vereinigten englisch-französischen Königreiches, nicht ohne den Herzog von Burgund, der auf gutem Fuß mit Henry stand. Es bewegte sich nichts. Monate vergingen mit diesem Briefwechsel, der König fiel in eine tiefe Katatonie, alles war blockiert, was sollte sie nur tun?

Der Herzog riet ihr, mit Marie zu sprechen.

»Fahrt nach Poissy, verehrte Herrin«, meinte er, »die Äbtissin weiß mehr von den Menschen, als die abgeschiedenen Mauern eines Klosters vermuten lassen. Vielleicht weiß sie auch etwas über den Dauphin, ihren kleinen Bruder.«

Isbabel betrachtete den Herzog, seine düstere Verschlossenheit, seine tief liegenden kleinen Augen. Er war ihr politischer Verbündeter, nicht ihr Freund. Früher hatte sie ihn sogar gehasst. Nie hatten sie über persönliche oder familiäre Angelegenheiten gesprochen, und sie vermutete, dass er auch jetzt hinter ihrem Rücken mit den Engländern verhandelte. Aber dies war der beste Rat, den sie je gehört hatte, er machte ihr den Herzog plötzlich sympathisch.

Umgehend ließ sie satteln und verabschiedete sich. Isabel ahnte nicht, dass es ein Abschied für immer sein sollte.

# MARGAUD

»Hier trennen sich unsere Wege, Prinzipal.«

Sie standen vor der Stadtmauer von Reims. Die Männer umarmten sich. »Wo werdet Ihr den Winter verbringen?«, fragte der Prinzipal.

Der schwarze Ritter lachte. »Auf meiner zugigen Burgruine, wo sonst! Aber da haben die Pferde wenigstens gute Ställe.«

»Danke für alles, was Ihr für uns getan habt«, sagte die Prinzipalin mit ungewöhnlich weicher Stimme.

»Verlier den Ring nicht, Mädchen!«, mahnte der Ritter. »Denk an das, was ich dir gesagt habe!«

Margaud nickte. Der Sommer mit dem schwarzen Ritter und den Knappen war schön gewesen. Sie hatte Turniere beobachtet, Jeu de paume gespielt, und sie hatte viele Attraktionen der Jahrmärkte gesehen, von angeblichen Drachen bis zu Jungfrauen mit zwei Köpfen, Zwerge, Löwen, Bären und Hunde, die auf zwei Beinen auf dem Seil liefen.

Das Spiel hatte ihr sogar so viel eingebracht, dass sie die Prinzipalin schüchtern gefragt hatte, ob sie mit ihnen nach Lothringen ziehen dürfe. Sie brauche sie nicht durchzufüttern, und sie benötige auch nicht viel Platz ... Jeannette hatte gejubelt, die Prinzipalin hatte die Stirn in vorwurfsvolle Falten gezogen und gemurmelt, das sei doch selbstverständlich, und wo bitte schön Margaud sonst hinwolle, so ganz allein. »Wir sehen uns wieder in dieser Welt«, sagte der schwarze Ritter und blickte Margaud so lange in die Augen, bis diese sich verlegen abwandte. Dann schwang er sich auf sein Pferd, brüllte aufmunternd seine Knappen an, zu denen sich für den Winter auch Josef gesellt hatte, und verschwand in einer Staubwolke.

Es waren nur wenige Reisetage bis in den kleinen Ort an der Maas, in dem die Prinzipalin das Winterquartier aufschlagen wollte. Sie hatte von einem großen Gut erzählt, das dem Bischof gehörte. Der Verwalter sei ein Vetter von ihr, und sie könnten sich in einem Häuschen neben der Scheune einrichten, da sei es warm, und für das Maultier gebe es Heu umsonst. Aber vielleicht, man habe ja eine gute Einnahme gehabt ... Sie sah den Prinzipal bedeutsam an. Der reagierte nicht, aber Margaud und die Mädchen kannten ihren Traum: ein Häuschen mit einer kleinen Parzelle. Die Prinzipalin war des Umherziehens müde. Sie wollte die Spielsaison verkürzen, auch ein wenig Gemüse anbauen und Hühner halten. Der Prinzipal zog eine Augenbraue hoch. Eine fahrende Bäuerin, wie sie sich das vorstelle, ob sich das Gemüse von allein zöge.

Margaud grinste. Sie hatte keinen Zweifel, dass die Prinzipalin im Frühjahr wieder vom Fernweh gepackt würde.

Das Land war lieblich anzuschauen. Ein schmaler Fluss durchzog in reichlichen Windungen satte grüne Weiden und fette braune Äcker. Das Korn war bereits eingebracht. Das Dorf, das sich nach dem heiligen Remigius Dom-Remy nannte, lag an der Mündung dieses Flüsschens, Vair genannt, das in die viel breitere Maas mündete. Im Hintergrund zeichneten sich die Hügel der Vogesen ab, gelb leuchtete das herbstliche Laub zwischen dem dunklen Grün der Tannen.

Das Dorf bestand aus fünfzehn Gehöften mit Familien. Es war nicht viel größer als Margauds Heimatdorf in Burgund. Die meisten arbeiteten für das Gut des Herzogs von Bar. Da dieser auch Bischof von Chalons war, konnte der Verwalter recht unabhängig wirtschaften, solange die Einnahmen stimmten, die einmal im Jahr dem Bischof übergeben wurden.

Jakob Tarc freute sich, die Prinzipalin wiederzusehen. »Bienvenue ma chere cousine, sei mir willkommen! Seht, Kinder, wer zurückgekommen ist! Da könnt ihr Tricks lernen, aber fallt mir nicht vom Seil!«

Madame Tarc, eher mürrisch, zeigte ihnen den Teil des großen Gehöftes, den sie über den Winter nutzen konnten. Offensichtlich war sie von der winterlichen Einquartierung nicht begeistert, aber das sei sie nie, raunte Jeannette Margaud zu, imitierte die wohlhabende Bäuerin mit zusammengekniffenen Lippen und Augen und amüsierte sich köstlich. Die Prinzipalin warf ihrer Tochter einen scharfen Blick zu. Sie wusste offenbar, wie man Madame Tarc für sich gewinnen konnte. »Sieh nur, liebe Base, was ich dir aus der Bretagne mitgebracht habe!«

Sie zog einen fein gearbeiteten Fayencekrug aus ihrer Weidentruhe. »Und dann habe ich noch etwas für die Kinder ... Nanu, habt ihr Nachwuchs bekommen?«

Madame Tarc errötete und murmelte etwas Unverständliches. Die Frage der Prinzipalin bezog sich auf ein hübsches blondes Mädchen, das Margaud auf neun oder zehn Jahre schätzte, groß und kräftig gewachsen.

Die Prinzipalin hatte für die Mädchen fein gemusterte Bänder aus Nantes und für die Prinzipalin noch einen Ballen feinen Wollstoff, um den Jungen warme Westen für den Winter zu nähen. Die Züge der Frau hellten sich etwas auf, und als der Prinzipal dem Verwalter einen Birnenschnaps aus der Bretagne in die Hand drückte und verkündete, ein Fässchen Wein aus Reims wolle er mit Jakob am Abend »niedermachen«, da blieb Madame nichts anderes übrig, als den Prinzipal und seine Familie einzuladen.

Im Kessel über dem Kamin köchelte eine kräftige Bohnensuppe, und auch wenn Madame am Speck gespart hatte, langten die Fahrenden gern zu, als sie alle um den großen Holztisch saßen, denn sie waren nicht verwöhnt.

Nach dem Essen vergnügten sich die Jungen am Tisch mit Würfeln. Tarc und der Prinzipal setzten sich neben die Feuerstelle und legten das Schachbrett auf einen Hocker, Spiel und Wein genießend.

»Es sind Umbruchzeiten«, meinte Tarc, »der Bischof ist ohne Erben, und er will um jeden Preis verhindern, dass Bar an Lothringen fällt. Eine alte Fehde.«

Er trank genießerisch einen Schluck Wein, lobte ihn und meinte: »Vetter, das ist der Vorteil, den ihr Fahrenden habt: stets von allem das Beste überall kaufen!«

»Nur wenn wir uns das Beste leisten können!«, lachte der Prinzipal und fragte besorgt, ob die Erbsache dazu führe, dass Tarc seine Position verliere.

Das stehe kaum zu befürchten, meinte der Verwalter. Bedeutungsvoll fügte er hinzu, er stehe mit der Nichte des Bischofs auf gutem Fuß, da er ihre Kinder aufziehe. Vertraulich beugte er sich zum Prinzipal, aber Margaud hörte dennoch am Tisch, was er dem Prinzipal leise über dem Schachbrett anvertraute. Es sei nicht der erste Bischofsbankert, den seine Frau aufziehe, aber an dieser Kleinen sei etwas anders …

»Was?« Der Prinzipal beugte sich gespannt nach vorn.

»Die Nichte des Bischofs ist die Königin der vier Reiche, Yolantha von Aragon, ihr Sohn René wird das Herzogtum erben. Vor einigen Jahren ist sie angereist und hat mit vielen kostbaren Geschenken den Bischof dazu überredet, dass er René adoptiert. Bei diesem Besuch brachte sie das kleine Mädchen mit, es sei auf den Namen Jeanne getauft. Noch nie ist ein Kind von Königin Yolantha gebracht worden, und sie kamen aus Paris!«

»Schach!«, erklärte der Prinzipal ohne Neugier. Die Männer konzentrierten sich wieder auf das Spiel. Die Kinder wurden zu Bett geschickt, Margaud durfte mit Michelle bei der Prinzipalin und der Bäuerin sitzen bleiben.

»Sie verstehen sich gut, unsere Mädchen, nicht wahr?«, meinte die Prinzipalin unschuldig.

Die Bäuerin sah unsicher von ihrem Mann zur Prinzipalin. Dann goss sie allen einen Becher Wein ein und bejahte. Jeanne sei ein liebes, fleißiges Mädchen, und sie hielte es wie ihr eigen Kind, aber was da geschehe, das sei eine Versündigung gegen die Natur … Sie verstummte, ihr Mann hatte sich geräuspert.

»Es ist ein kräftiges, schönes Mädchen, sie wird euch im Haus und auf dem Feld eine gute Hilfe sein«, meinte der Prinzipal begütigend.

Da streckte sich die Frau, und da der Wein seine Wirkung tat, sagte sie stolz: »Eine Königstochter, auch wenn sie ein Bastard ist, arbeitet nicht auf dem Feld.«

Der Verwalter sprang auf: »Willst du das Schachbrett am Hirnkasten spüren, Frau! Halt jetzt dein Maul!«

Die Frau schwieg beleidigt. Margaud, Michelle und die Prinzipalin hielten den Atem an. Eine Königstochter sollte die kleine Jeanne sein? Das war ja ein tolles Ding!

Und weil sie ihren Gatten nicht gegen sich aufbringen wollte, stand die Frau nach einiger Zeit auf, meinte, sie müsse noch einmal nach der Kuh sehen, die werde in der Nacht kalben, und so erfuhren die neugierigen Frauen im Stall beim schwankenden Licht der Stalllaterne aus flüsterndem Munde, dass Jeanne die Tochter der »kleinen Königin« sei. Vermutlich sei der König selbst der Vater, aber man wisse ja nie, diese Odinette habe sicher viele Liebhaber. Sie dürfe das Mädchen zwar aufziehen, aber irgendwann werde sie es abgeben müssen, denn Jeanne habe ihre eigenen Lehrer, und was der Kaplan und der Hauptmann das Mädchen lehrten, sei Ketzerei, eine Versündigung gegen die Natur …

Man hörte die Stalltür klappen. Die Frau verstummte und sagte laut: »Na, das wird sich wohl noch hinziehen mit dem Kalben. Gehen wir wieder in die Stube.«

Jakob Tarc stand in der Tür, die Wangen gerötet von Zorn und Wein. Unvermittelt nahm er den Ochsenziemer von der Wand und schlug seine Frau damit so heftig, dass sie aufschrie. »Du tratschst, Weib! Ich habe es dir verboten, bei unser aller Leben! Wenn etwas von Jeannes Herkunft ans Tageslicht gelangt, werden wir von hier verjagt, und zwar nachdem sie uns alle gestäupt haben, muss ich dir das mit Schlägen einbläuen!«

Der Prinzipal erschien hinter ihm, legte ihm die Hand auf die Schulter und sagte beruhigend: »Wir sind Fahrende, Vetter, unser aller Lippen sind versiegelt. Das gilt auch für meine Familie. Wenn Fahrende etwas gelernt haben, dann ist es, das Maul zu halten. Denn alles andere bringt uns nur in Schwierigkeiten, hab ich recht, Prinzipalin? Und nun lass uns die Sache vergessen und noch eine Partie beginnen. Keiner spielt schlauere Züge als Ihr, Jakob Tarc.«

Margaud dachte darüber nach, was die Bäuerin als Versündigung gegen die Natur meinte. Was konnten ein Kaplan und ein Hauptmann mit der kleinen Jeanne anstellen? Aber in den nächsten Wochen gab es viel zu tun, so vergaß sie Madames geheimnisvolle Beschuldigung. Äpfel mussten gepflückt und gekeltert werden, die abgeernteten Felder gepflügt, Birnen zu Mus verkocht, andere aufgefädelt und auf dem Dachboden an langen Schnüren zum Dörren aufgehängt werden. Margaud und die Mädchen halfen beim Schlachten, Selchen und Käsen. Margaud, die einen solchen Reichtum nie erlebt hatte, staunte über die Mengen von Vorräten, die der Verwalter anlegte. Es schien ihr, als müsse er das gesamte Dorf im Winter versorgen. Sie stellte fest, dass die Bäuerin in einem Punkt nicht gelogen hatte: Alle mussten anpacken, nur Jeanne nicht. Es hieß, sie hüte die Schafe und Ziegen.

An einem schon sehr kalten Novembermorgen ging sie früh mit Jeannette und Michelle Wäsche im Fluss waschen. Die weitläufigen Sandbänke der Maas waren gut geeignet, um an den Fluss heranzukommen, aber es war schwierig, denn immer wieder wühlten die Mädchen den Sand auf und mussten alle Stücke erneut spülen. Margaud betrachtete ihre aufgequollenen, blaugefrorenen Hände und dachte, dass sie mit solchen Händen nicht bei Madame de Pizan hätte schreiben können. Es war mehr als ein Jahrzehnt her, dass sie ihrer Mutter bei dieser schweren Arbeit geholfen hatte. In Paris hatte eine Magd die große Wäsche erledigt, nicht einmal als Fahrende hatte sie sich um diese Dinge kümmern müssen, stets war die Wäsche bei Wäschemädchen abgegeben worden. Sie hatte vergessen, wie hart das Leben auf dem Lande war, und sie wollte es nicht wieder zurück.

Michelle hatte mit Jeannette die großen Wäschestücke gefaltet und in den Korb gelegt. »Komm!«

»Geht nur, ich komme gleich.«

Ruhig in kühlem Grün floss die Maas. Plötzlich tauchte ein Haubentaucher vor ihr im Wasser auf und paddelte munter, bis er wieder tauchte und nach einigen Augenblicken mit einem Fischlein im Schnabel an die Oberfläche kam. Eine ganze Zeit ging das so, Margaud beobachtete den eifrigen Wasservogel mit der hübschen rotbraunen Federhaube. Wie gut er es hat, dachte sie, ständig gegen den Strom schwimmen und wieder zurückfliegen, wer das könnte. Sie seufzte tief.

Margaud bekam plötzlich Lust, die Gegend zu erkunden. Sie folgte dem Fluss, bis sie stromabwärts an einen schmalen Holzsteg kam. Sie wusste, dass er zu den bischöflichen Stallungen führte, aber sie war bisher noch nicht dort gewesen. Neugierig folgte sie dem Weg in eine Senke und sah die großen steinernen Gebäude vor sich liegen.

Neben dem Pferdestall sah sie einen Reitplatz, und auf diesem war Betrieb. Ein Junge übte offenbar den Tjost. Er hatte eine Lanze in der Rechten, und als Gegner diente ihm ein gefüllter Sack, der an einen Baum gebunden war. Margaud beobachtete den Knaben, der sein Pferd anfeuerte, mit der Lanze in der hoch erhobenen Hand auf den Sack zugaloppierte und die Lanze warf. Er traf, zog zufrieden die Waffe heraus und wiederholte die Übung. Dies tat er eine ganze Weile und er war offenbar allein mit seinem schnaubenden Ross. Margaud, neugierig geworden, trat näher, um ihn genauer zu beobachten. Es war Jeanne.

Jeanne ritt sehr gut, sie trug Hosen, einen ledernen Brustpanzer und einen ledernen Helm, aber Margaud erkannte das Mädchen. Jeanne übte sich im Turnierkampf! Plötzlich verstand Margaud die erboste Bäuerin: eine Versündigung gegen die Natur. Warum übte ein Mädchen den Tjost?

Sie hörte Stimmen und versteckte sich schnell im Gebüsch. Jeanne stieg ab, das Pferd wurde zurück zum Stall geführt und ein Mann reichte dem Mädchen ein Schwert. Nach einigen Erläuterungen nahm er mit seinem Schwert Aufstellung. Sie fochten! Und Jeanne stellte sich nicht ungeschickt an. Männlicher Sport war der Ballspielerin Margaud nicht fremd, eine Versündigung gegen die Natur konnte sie darin nicht erkennen, wenn sie Jeu de paume spielte, auch wenn manche sie genau deswegen angefeindet hatten. Aber Tjosten und Fechten war etwas anderes. Das Mädchen würde niemals auf einem Turnier zugelassen werden, es sei denn, sie gab sich als Ritter mit eigenem Wappen aus, und damit riskierte sie ihr Leben, wenn sie aufflog. Männerkleidung war Frauen bei Todesstrafe verboten, Rüstungen aber allzumal, die weit über ihrem Stand waren. Obwohl … Margaud beobachtete das Mädchen, das ernsthaft das Schwert schwang, die Kommandos ihres Lehrers befolgte, sich sichtbar um Verbesserung bemühte. Was hatte die tratschsüchtige Bäuerin Tarc behauptet? Sie dürfe ein Königskind aufziehen? Dann allerdings wäre der Kampf nicht unter Jeannes Stand, dann durfte sie vermutlich Fechten lernen und männliche Verkleidungen tragen, wie sie wollte. Hieß es nicht immer, die Damen des Hofes gingen hinaus nach Schloss Beauté und unterhielten sich damit, wie Schäferinnen und Bauern gekleidet ihre Feste zu feiern, unter freiem Himmel zu dinieren und ihre Hündchen zu dressieren? Dann gehörte vielleicht auch eine gerüstete Jungfrau zu ihren Vergnügungen, wer wusste das schon. Die Ausschweifungen des Hofes hatten ja schon die Cabochiens angeprangert.

In diesem Augenblick ritt ein Mann über den Platz und befahl laut: »Schluss für heute! Der Priester wartet!«

Margauds Knie knickten ein, ihr Herz begann zu rasen, und vor ihren Augen flimmerte es. Unter allen Stimmen Frankreichs würde sie diese Stimme heraushören. Er war es. Ihr Feind, der Hauptmann, war hier. Sie kam nicht dazu, sich zu fragen, wie er ausgerechnet hierher, in ein winziges Dorf zwischen dem Herzogtum Bar und Lothringen, kam. Ihre erschreckte Bewegung hatte sie verraten. Der Hauptmann blickte zum Gebüsch, gab seinen Leuten einen Wink, und ehe die überraschte Margaud hätte fliehen können, wurde sie von vier Männern gepackt und vor den Hauptmann gezerrt.

Margaud brach fast zusammen beim Anblick des vernarbten Gesichtes, das mit dem scheinbar höhnischen Grinsen auf sie herabsah. Das vergangene Jahrzehnt hatte das schreckliche Gesicht des Hauptmannes noch mehr verwüstet. Schwere Tränensäcke unter den Augen und eine zur Unkenntlichkeit aufgequollene Nase zeugten von lasterhaften Ausschweifungen, und das breiter gewordene, aufgeschwemmte Gesicht durchzogen tiefe Falten wie Ackerfurchen.

»Was macht sie hier?«, herrschte der Hauptmann sie an.

Margaud merkte erleichtert, dass er sie nicht erkannte. Anscheinend hatte sie sich verändert. Ihre Begegnung vor der Flucht war offenbar zu kurz gewesen, und sie hatte ihm auch nach dem Mord keine Gelegenheit gegeben, sie lange zu betrachten.

»Nichts …«, stotterte sie. Margaud atmete tief durch, senkte den Blick und erklärte, sie sei Magd und käme vom Fluss, heute sei Waschtag.

»Ah, und die Wäsche ist ihr davongeschwommen.« Rohes Gelächter, Margaud wurde gestoßen, der Kopf wurde ihr an den Haaren hochgerissen, sie musste dem schrecklichen Mann ins Gesicht sehen.

»Was spionierst du hier herum?«

Sie habe nicht spioniert, log Margaud, während sie inständig flehte, dass Jeanne bereits beim Kaplan im Haus unterrichtet würde. Nicht auszudenken, was geschah, wenn sie hilfsbereit herbeirennen und sie unabsichtlich verraten würde.

Sie habe die Wäsche nicht dabei, weil die beiden anderen Mägde den Korb bereits mitgenommen hätten.

»Ah, sie ist Magd! Bei wem?«

»Bei dem Bauern Tarc.«

Der Hauptmann musterte die junge Frau nachdenklich. »Sie ist also wegen Jeanne gekommen.«

Vorsicht, dachte Margaud und gab sich harmlos.

»Jeanne? Die Tochter? Nein, die hat mit der Wäsche nichts zu tun.«

Die Männer schleuderten Margaud auf einen Wink des Hauptmanns zu Boden.

Er lenkte das Pferd so dicht an sie heran, dass sie aus Angst vor den Hufen fortkroch. »Hebt sie auf! – Was hast du gesehen?«

»Gesehen? Hier, Sieur?«

»Wo sonst? Auf dem Mond?«

»Ich habe einen kleinen Jungen gesehen, Sieur, der im Fechten trainiert wurde«, sagte Margaud harmlos, während ihr Herz hämmerte, als wolle es den Brustkorb durchstoßen. Der Hauptmann starrte sie intensiv an. Dann suchte er mit Blicken das Gebüsch ab. Glaubte er ihr die schnelle Lüge? Zweien seiner Männer befahl er: »Schafft sie in den Keller!« Den anderen beiden befahl er, die Gegend abzusuchen: »Womöglich war das Luder nicht allein.«

Margaud wurde grob unter den Armen gepackt, zu den Stallungen geschleppt und dort die Kellertreppe hinuntergestoßen. Kreischend drehte sich der Schlüssel im rostigen Schloss.

Margaud schrie auf, als sie auf den feuchten Stufen den Halt verlor und bis in den Keller hinunterstürzte. Modrig roch es in dem uralten Gewölbe, und es war so stockduster, dass sie nichts erkennen konnte. Nur oben, durch die Bretter der Holztür, drang ein wenig Licht. Sie tastete sich zur Treppe und kletterte auf allen vieren zur obersten Stufe hinauf. Wie sollte sie jemals hier herauskommen?

Still saß sie im Dunkel und überdachte ihre Situation. Was konnte sie tun? Wie konnte sie sich befreien? Aber ihre Angst ließ keinen einzigen klaren Gedanken zu. Die erbarmungslose Brutalität des burgundischen Hauptmanns kannte sie, und nun hatte er offenbar die Seiten gewechselt. Oder diente er abwechselnd dem Herzog von Burgund und der Herzogin von Anjou? Er musste Verbindung zu den höchsten Hofkreisen haben, wenn er hier eine Bastardin des Königs trainierte. Niemals würde er sie, eine Zeugin dieses seltsamen Geschehens, wessen Zwecken es auch immer dienen mochte, lebendig wieder freilassen. Sie konnte nur beten und hoffen, dass es dem Bauern oder dem Prinzipal auffallen würde, wenn sie nicht zum Abendessen kam.

Hatte sie gedöst vor Erschöpfung? Als Margaud die Stimmen hörte, riss sie die Augen auf, aber durch die Tür drang kein Licht mehr. Es musste Abend geworden sein. »Sie lügt«, sagte die entsetzliche Stimme des Hauptmanns. Sie schien tief aus den Katakomben zu kommen, obwohl die Menschen oben vor den Stallungen standen. Margaud zitterte vor Angst und Kälte.

»Hauptmann, sie ist keine Spionin. Für wen hätte sie spionieren sollen?«

»Für den Herzog von Burgund natürlich, Dummkopf! Der hat seine Finger überall drin.«

»Aber wir haben alles abgesucht und sonst niemanden gefunden«, sagte die etwas menschlichere Stimme versöhnlich. »Glaubt Ihr, solch ein Mädchen arbeitet allein?«

»Sie lügt, denn sie ist keine Magd. Die Tarcs haben zwei Mägde, die kenne ich, sie ist keine von ihnen. Wir können uns keinen Patzer leisten, sonst bringt meine Herrin mich um. Hat sie nicht was vom Waschen gesagt? Du holst sie jetzt und ertränkst sie in der Maas. Wenn man sie findet, war es ein bedauerlicher Unfall.«

Margaud zerknüllte vor Entsetzen ihr Kleid. Panik griff mit kalten, feuchten Fingern nach ihr.

»Aber es ist stockdunkel draußen«, wandte die menschlichere Stimme ein, »ich müsste eine Fackel mitnehmen, das fällt auf.«

Eine Weile war Stille. Dann hörte Margaud wieder den Hauptmann. »Du hast recht. Pack sie dir im Morgengrauen, bevor alle aufs Feld gehen.«

Eine Galgenfrist! Was sollte sie nur tun? Voller Entsetzen tastete Margaud sich hinunter in das Kellergewölbe. Irgendwo musste es einen Ausgang geben oder ein Fenster. Hatten Keller nicht geheime Gänge, die zu anderen Häusern führten?

Der Boden war eiskalt und glitschig, etwas rannte quiekend über Margauds tastende Füße. Ratten! Ihr schauderte vor Ekel. Sie schob sich die grob gemauerte Wand entlang und tastete Stein um Stein ab nach einem Fenster oder einer Tür. In der Dunkelheit hatte sie schnell wieder die Treppe erreicht. Der Keller war nicht sehr groß, er hatte keinen Ausgang, und er war vollkommen leer. Nicht einmal eine Holzlatte oder ein Knüppel fand sich, den sie dem Feind hätte über den Kopf ziehen können.

Zitternd vor Kälte tastete Margaud sich wieder die Treppe hinauf und schob die eiskalten Hände in die Taschen ihres Rockes. Da griffen sie in den Ring. Der Ring des schwarzen Ritters! Sie hatte ihn beim Waschen am Fluss abgezogen, um ihn nicht zu verlieren. Dreh ihn, hatte der schwarze Ritter gesagt, und Margaud musste trotz ihrer abgrundtiefen Verzweiflung lächeln. Der tapfere Chevalier, wie sollte er ihr helfen, er wusste nicht einmal, wo sie war. Aber sie drehte den Ring und bat den schwarzen Ritter laut, ihr zu helfen. Dann versuchte sie lange und ausdauernd, die Tür zu öffnen. Erschöpft gab sie irgendwann auf. Sie musste einen anderen Fluchtweg erdenken. Sie musste ihre Schnelligkeit nutzen, um wie beim Jeu de paume zu entfliehen. Dafür musste sie sich warm halten. Margaud hüpfte und klopfte ihre Arme und Beine mit Fäusten, hüpfte auf und nieder, aber irgendwann sank sie auf der obersten Stufe vor der Tür zusammen.

Hatte sie geschlafen? Margaud fuhr auf, als sie Schritte hörte. Drei schmale Streifen fahles Morgenlicht fielen durch die Bretterspalten der Tür. Nun galt es, ihren Plan in die Tat umzusetzen. Margaud duckte sich auf die zweite Stufe, legte die Hände auf die oberste und spannte alle Muskeln an, bereit zum Absprung. Dieser Sprung war ihre einzige Chance: In dem Moment, wenn ihr Mörder die Tür öffnete, würde sie hervorschnellen wie beim Jeu de paume, nach oben hechten, ihn beiseitestoßen und rennen. Einfach nur rennen.

Der Schlüssel drehte sich knirschend im Schloss. Margaud schoss hervor, sah zwei Beine, stieß sie mit aller Kraft fort. Sie hörte ein Rumpeln und einen Laut der Überraschung. Nur weg! Sie hechtete nach vorn, rannte geduckt weiter und prallte genau gegen den Hauptmann, der sie im Genick packte.

»Wie eine Katze«, murmelte er, »und wie eine Katze wirst du auch sterben.« Er schüttelte sie. »Junge Katzen ersäuft man, sie kratzen und greinen zu laut.«

Sie knebelten und fesselten die wild um sich schlagende Margaud.

»So, nun wirst du wohl mit dieser Wildkatze fertig«, meinte endlich der Hauptmann. Er rieb sich eine Stelle am Arm, in die Margaud ihn gebissen hatte, schlug ihr ins Gesicht und zischte verächtlich: »So etwas machst du nie mehr!«

Margaud wurde von dem zweiten Mann gepackt und vorwärts zum Fluss gestoßen. Es dämmerte über der Maas, Nebelschwaden zogen aus dem Tal und blieben wie stumme graue Zeugen in der kalten Morgenluft stehen.

Der Mann zerrte Margaud an den Fluss und tauchte ihren Kopf gewaltsam unter Wasser. Margaud erinnerte sich an die jungen Kätzchen, die sie einmal hatte ersäufen müssen. Sie hatte geglaubt, es sei leicht, aber die Kleinen hatten sich mit Leibeskräften gewehrt, gekratzt und gebissen. Margaud konnte nicht beißen mit dem Knebel und ihre Hände waren gefesselt. Sie trat wild um sich, und wirklich, der Griff ließ vorübergehend nach, um dann aber nur umso fester zu werden. Wie in einem Schraubstock steckten Margauds Beine fest, ihr Kopf klemmte wie in einem Pranger, sie sah ihre Haare im Flusswasser wehen wie einen Todesschleier. Das ist das Ende, fühlte Margaud voller Verzweiflung und begann zu beten.

Plötzlich ließ der Griff nach. Rote Schlieren färbten das Wasser. Mit einem heftigen Ruck riss Margaud den Kopf hoch und holte tief Luft. Auf dem Steg stand, riesig und schwarz im Nebel des ergrauenden Morgens, wie eine steinerne Statue, der schwarze Ritter auf seinem Hengst.

## CHRISTINE

Christine war die Erste, die die Königin erblickte. Ganz oben im Turmzimmer des Klosters Poissy hatte sie ihre Schreibstube einrichten dürfen, seit sie Asyl bei ihrer Tochter Marie gefunden hatte. In diesem Kämmerchen übersetzte sie das Leben der Heiligen aus dem Latein ins Französische, schrieb die Klosterregeln und die Bibel ab, erledigte die Korrespondenz der Priorin. Nur selten kam sie dazu, ihre eigenen Gedanken und Visionen aufzuzeichnen.

Oft stand sie auf und sah auf die Schleife der Seine, die Mühlen am Ufer, die Kornfelder, das Flittern der silbrigen Espen in der reichen Auenlandschaft, in die in friedlichen Zeiten das Vieh getrieben wurde. Seit einigen Jahren blieb mindestens die Hälfte der Kühe in den Ställen, weil die leidgeprüften Bauern ständig mit Überfällen rechneten. Christine liebte auch Poissys bewaldete Anhöhen, die sich sanft aus dem Flusstal erhoben, hier glich die Natur dem Paradies. Ruhig war es im Kloster, so ruhig, wie sie es erhofft hatte, und manchmal wunderte sie sich über sich selbst, wenn sie ihren Turm Barbeau an der stinkenden Seine mitten im Trubel von Paris schmerzlich vermisste.

Christine hörte Berittene und trat ans Dachfenster. Sie sah den Staub, den die Garde von mindestens fünfzig Berittenen aufwirbelte. In ihrer Mitte erblickte sie die Königin auf einem hellen Zelter. Sie besuchte ihre Tochter! Früher wäre das Volk zusammengelaufen, um die Königin in ihrem reichen Aufzug zu bewundern, um Almosen zu ergattern, Segenswünsche zu rufen, Blumen zu streuen oder um nur einfach neugierig zu gaffen. Inzwischen war die Königin von Gewappneten umgeben, sodass niemand zu ihr vordringen konnte. Auf der Straße war sie inmitten ihrer Garde kaum zu sehen. Vor wem schützt sie sich, dachte Christine, das einfache Volk liegt krank und schwach darnieder, es könnte seiner Königin nichts antun, selbst wenn es wollte. Es kann sich nicht einmal zum Gaffen aufraffen. Hingegen hatten die Edelleute inzwischen so viel Macht, dass sie nach Belieben Bürger aus Paris und sogar die eigene Königin verbannen konnten! Wie grauenhaft haben sich die Zeiten geändert, dachte Christine, Frankreich liegt wie ein Greis darnieder und will lieber sterben als genesen.

»Maman, wie schön, Euch gesund zu sehen! Gott segne Euch!«

Die Begrüßung zwischen Mutter und Tochter, inzwischen Äbtissin des Klosters, in dem sie seit ihrer Kindheit lebte, war herzlich und liebevoll. Marie ließ der Königin ein Bad bereiten, um den Reisestaub abzuwaschen, und einen Pokal Wein kredenzen, um die Zunge zu lösen, denn sie sah, dass die Mutter nicht ohne Grund kam. Die Königin wirkte verärgert und empfindlich in ihren Kreisen gestört.

Die wohlige Wärme des Bades entspannte Isabel, erinnerte sie aber auch an die schönen Tage in Marcoussis mit Yolantha, die sie für ihre Freundin gehalten und die sie verraten hatte.

»Was spricht man von mir?«, fragte sie Marie. »Hassen sie ihre Königin?«

Marie zog die Augenbrauen hoch. »Wer sollte Euch hassen?«

Isabel seufzte. »Alle!«, sagte sie entschieden. »Gott, weil ich keine Wallfahrten und Messen für den König mehr bezahlen kann, das Volk, weil die Engländer ungehindert im Land stehen, die Edelleute, weil ich schuld am Wahnsinn des Königs sei, meine Kinder, weil ... besonders mein jüngster und letzter Sohn, dein Bruder Charlot ...« Sie brach ab.

»Warum sollte ich Euch hassen, maman«, sagte Marie liebevoll, »Ihr habt mir ein wunderbares Leben im Kloster ermöglicht, statt mich zu einer ungeliebten Heirat zu zwingen. Und der König, Mama, Gott liebt ihn! Es steht geschrieben: Was töricht ist vor der Welt, das hat Gott erwählt, damit er die Weisen zuschanden mache. Ich bete jeden Tag für meinen lieben Vater.«

Maries freundlicher Umgang tat Isabel gut. Sie erzählte Marie vom Kloster Marmoutier, von den Demütigungen in der Verbannung. Sie erzählte von ihrer Angst, dass der König sie für immer verstoßen hatte, von fast zwei Jahren Einsamkeit, in denen sie nicht wusste, wie es dem Dauphin in Angers ging, in denen ihre Hoffnung auf Rettung durch ihn und Yolantha zunichtegemacht wurde. Als sie den Dauphin erwähnte, stockte sie und brach ab. Ihr fehlten die Worte, das Ungeheuerliche zu beschreiben.

»Wie befindet sich der Dauphin, mein Bruder Charlot?«, fragte Marie besorgt.

Ja, wie befand er sich? Isabel konnte die Frage nicht beantworten. Traurig sagte sie: »Er kämpft gegen seine Eltern.«

Sie berichtete, dass der König nach ihrer Verbannung in den Louvre übergesiedelt sei, dass kein vertrauensvoller Umgang zwischen Vater und Sohn geherrscht habe, und dass sie Charlot seither nicht gesehen habe, weil er seit der Einnahme durch die Burgunder verschwunden sei. Inzwischen kämpfe er von Bourges aus gegen die Truppen des Herzog von Burgund, aber ihre Briefe beantworte er nicht.

»Ich habe alles versucht, den Herzog mit dem Dauphin zu versöhnen«, schloss sie. »Sie sollten sich treffen, aber es fielen nur böse, ungezogene Worte, sodass der Herzog erzürnt fortritt.«

»Wie ist Charlot verschwunden?«, fragte Marie besorgt.

Isabel wusste es nicht. Sie vermute, dass er mit dem Prevot Tanguy du Chastel geflohen sei.

»Ist er entführt worden?«

Isabel sah ihre Tochter erschrocken an. Sie war stets der Meinung gewesen, dass Charlot geflohen sei, als die burgundischen Truppen Paris eroberten. Dass der Dauphin gegen seinen Willen nach Bourges gebracht worden sein könnte, darüber hatte sie nie nachgedacht.

»Es könnte erklären, warum er nicht antwortet«, meinte Marie.

Dann hätte er sich aber dem Herzog gegenüber anders verhalten, meinte Isabel, er sei sehr schroff gewesen.

In Gegenwart seiner Entführer sei ihm womöglich nichts anderes übrig geblieben, mutmaßte Marie, er sei doch erst fünfzehn Jahre alt. Sie holte ein großes Handtuch, trocknete die Königin sorgfältig ab und ließ sie von zwei Novizinnen in vorgewärmte Leintücher einhüllen. Isabel hätte sich gern wohlig warm gefühlt, aber dieser neue Gedanke, dass Charlot gegen seinen Willen in Bourges sei, ließ sie frösteln. Hatte sie ihrem Jüngsten Unrecht getan? War er nicht feige geflüchtet, sondern in der Gewalt von armagnakischen Entführern? Er war doch noch sehr jung, ihr Herzenskind, ihr jüngstes, an dem sie besonders hing und dessen Verrat sie unendlich schmerzte. Und nun sollte es eine Entführung sein? Was sollte sie tun?

»Grübelt nicht, maman«, sagte Marie herzlich, »wir werden eine Lösung finden. Heute Abend habe ich eine Überraschung für Euch, sie wird Euch freuen.«

Die Überraschung war Christine de Pizan.

Sie habe großes Glück, noch zu leben, sagte die Dichterin, als beide Mütter mit ihren Töchtern am Abend nach einem einfachen klösterlichen Mahl in Maries schlichter Stube saßen. Dann erzählte sie von ihrer abenteuerlichen Flucht aus Paris. »Im vergangenen Jahr war das Leben in Paris entsetzlicher als je zuvor, sodass man eigentlich nur von Überleben sprechen kann. Alles war teurer geworden, gutes Lammfleisch nicht zu bekommen, selbst Erbsen und Bohnen waren nicht zu bezahlen. Der Mietzins stieg um das Achtfache an, und wer seinen Zins nicht bezahlen konnte, den vertrieben die Armagnacs oder sie erschlugen ihn vor seiner Haustür und vertrieben seine Frau und vergewaltigten seine Töchter. Weizen und Hafer blieben auf den Feldern, weil niemand vor die Tore zu gehen wagte aus Angst vor den Burgundern und den versprengten Banden, die jeden Pariser töteten, den sie ergreifen konnten. Dann führte Euch der Herzog von Burgund zurück, edle Königin … Aber es wurde nicht besser.«

Christine versagte die Stimme. Sie griff nach dem Wein und trank, ohne abzusetzen, den Becher aus.

Isabel war erblasst. »Ich habe ihm befohlen, kein Blut zu vergießen. Er schaffte es mit einem Trick, in Paris einzudringen und sich des Prevots zu bemächtigen.«

Christine stellte den Becher ab und lachte bitter auf. »Sein Trick war schlichter Verrat! Er hatte jemanden bestochen, ihm das Tor zu öffnen! Natürlich konnte er sich des verhassten Konnetabels Armagnac sofort bemächtigen, aber er verhinderte nicht, dass seine Leute eigenmächtig alle ergriffen, die sie für seine Anhänger hielten! Kaum waren die Burgunder Herren von Paris, konnte jeder seinen Nachbarn anzeigen, er brauchte ihn nur als Armagnaken zu denunzieren, ob es stimmte oder nicht, schon wurde er aus seinem Haus gezerrt und auf der Stelle erschlagen. Und hinaus konnte wieder keiner gehen, denn vor den Toren lauerten nun statt der Burgunder die vertriebenen Armagnacs und erschlugen jeden Pariser aus Rache, gleich, ob er vorher ihr weißes Band getragen hatte oder nicht.«

Die Töchter sahen einander erschrocken an. Christines Tochter, weil die Mutter, seit sie ins Kloster übergesiedelt war, in dieser Deutlichkeit bisher nie von den Zuständen in Paris gesprochen hatte; Isabels Tochter, weil die Zustände schlimmer waren, als sie erwartet hatte. Beide machten sich Sorgen um ihre Brüder. »Immer wieder suchen Menschen Asyl bei uns im Kloster«, sagte Marie, »und auch sie haben berichtet, dass es kein Brot in Paris mehr gab, weil die Bäcker kein Mehl mehr zum Backen hatten. Die Preise für Fleisch und Brennholz seien um das Hundertfache gestiegen, und dazu kam noch diese Seuche, sodass die Menschen nicht nur Hungers starben, sondern in Tausenden so grausam, dass man große Gruben auf den Friedhöfen ausheben musste und die Menschen gestapelt beerdigt wurden ohne den Segen der Priester, die keiner fürs Singen bezahlen konnte. Dabei wäre es ihre Pflicht gewesen, dies ohne Geld für das Seelenheil der armen Verstorbenen zu tun!«

»Fünfzigtausend Menschen sollen allein in Paris gestorben sein«, bestätigte Christine, »ich konnte gerade noch vorher entfliehen.«

Isabel schwieg. Sie hatte den König aus dem verwahrlosten Louvre geholt und war mit ihm in den angenehmeren Palast Saint-Pol zurückgekehrt, mitten in Paris, und doch so fern von dieser Seuche wie Kloster Poissy. Vielleicht hatte es Charlots Leben gerettet, dass er in Bourges geblieben war?

Dann sagte sie: »Wir haben einen Frieden geschlossen zwischen Armagnaken und Burgundern. Ich hoffte, Jean Sanspeur würde die schlimmen Ausschreitungen verhindern. Aber wir mussten den Frieden ohne den Dauphin abschließen! Bis zuletzt hoffte ich, er würde nach Corbeil kommen und den Friedensvertrag unterzeichnen, aber er kam nicht.«

»Er wird nicht kommen, solange seine königlichen Eltern mit dem Herzog von Burgund verbündet sind«, sagte Christine. Zwar kritisierte sie die Königin nicht, aber man hörte ihren Worten an, dass sie deren häufige Bündniswechsel nicht billigte.

Isabel spürte, wie sie in die Defensive geriet. Sie holte tief Luft.

»Was hätte ich tun sollen?«, sagte sie verletzt. »Ich war nicht freiwillig in Tours, ich war in ein Kloster verbannt, unter Bewachung, völlig allein, ich hatte keine Hilfe! Erinnerst du dich an Yolantha, Christine? Ich glaubte, eine wahre und edle Freundin gefunden zu haben, ein Bündnis mit einer königlichen Freundin geschlossen zu haben, der ich vertrauen kann, mit der ich unsere Stadt der Frauen und des Friedens errichten kann. Aber sie hat mich verraten. Sie hätte mich befreien können, ein Wink an ihren Bluthund Armagnac hätte ausgereicht. Sie hat es nicht gewollt. Ich möchte nicht einmal ausschließen, dass Yolantha ihrem Bluthund befahl, mich gewaltsam von meinem Sohn zu trennen, um ihn ganz nach ihrem Sinn zu lenken. Die Macht, wie Männer sie ausüben, war reizvoller für sie als die Freundschaft der Königin von Frankreich.«

»Aber sie hat den Dauphin gerettet«, meinte Christine.

»Gerettet – das ist die Frage. Marie vermutet, die Armagnacs hätten Charlot entführt. Ich werde dies prüfen. Seine Entführung wäre die einzige Entschuldigung, warum er mir nicht geholfen hat. Mit vierzehn Jahren wäre er alt genug gewesen, seine Mutter zu befreien.«

Isabel beugte sich vor und fragte die Frauen eindringlich: »Was an mir ist so gefährlich, dass man mich außer Gefecht setzen muss? Wessen Pläne habe ich durchkreuzt? Mir fällt Yolantha ein, und sie hat unseligerweise den größten Einfluss auf Charlot, er ist bei ihr aufgewachsen. Der Herzog von Burgund hat sich auf unschöne Weise seiner Feinde entledigt, das ist wahr. Aber er hat nie die Macht an sich reißen wollen, er war stets ein treuer Vasall seines Königs.«

Christine zog hörbar die Luft ein. »Wenn es seinen Interessen nicht zuwiderläuft«, wandte sie ein. »Hätte der König die Macht, Burgund den Zugang nach Flandern und Brabant zu verweigern, würde Jean Sanspeur sich gemeinsam mit England gegen den König erheben.«

Isabel sagte erstaunt: »Der Herzog zahlt dafür! Warum sollte der König ihm den Transit verweigern? Vom reichen Flandern und Brabant profitiert nicht nur Burgund, sondern auch Frankreich!«

»Der Mord an Louis von Orleans ist nie gesühnt worden«, wandte Marie, Christines Tochter, schüchtern ein. Sie hatte bisher geschwiegen.

Isabel wandte sich an die Nonne: »Es ist ungerecht, nicht wahr?«

»Der König hätte den Herzog von Burgund in Bande legen und zum Tode verurteilen müssen«, sagte Marie entschieden.

Isabel stimmte ihr zu. Nichts hätte sie sich seinerzeit sehnlicher gewünscht, vor allem nach der unverschämten Rechtfertigungsrede des Professors Petit. »Es ist leider so, dass der König erst einmal des Herzogs hätte habhaft werden müssen. Er konnte ihn aus Paris verbannen, mehr war nicht möglich. Es hätte Krieg gegeben, einen Rachefeldzug gegen die gut gerüsteten Burgunder. Ich erinnere mich genau, wie der König gegen die Bretagne ritt, um seinen Konnetabel Clisson zu rächen. Er wurde darüber wahnsinnig.«

»Diese Ungerechtigkeit ist aber der Grund, weshalb die Armagnacs sich erheben«, wagte Marie einzuwenden.

»Du meinst, sie wollen meinen Onkel rächen?«, fragte Marie, die Königstochter.

Isabel schüttelte energisch den Kopf. »Rache war schon immer ein schlechter Vorwand für Tyrannei. Würde Bernhard von Armagnac all sein Geld verwenden, um das Lösegeld an die Engländer zu zahlen, dann könnte seine Tochter Bonne schon in wenigen Wochen ihren Gatten Karl von Orleans in die Arme schließen. Aber Armagnac will Karl nicht befreien. Er will lieber Heere von Gewappneten kaufen und kämpfen. Er ist derjenige, der den König von Frankreich bekämpft, nicht Burgund. Er bemächtigt sich des Dauphins wie einer Marionette, unterstützt von den Anjou, und das fügt dem Königreich schweren Schaden zu, denn die Engländer nutzen diese Situation als lachende Dritte. Noch heute und den Rest meines Lebens würde ich in Marmoutier sitzen, meiner Rechte als Königin beraubt, wenn der Herzog von Burgund mich nicht befreit hätte – nicht wahr, Marie?«

Marie errötete. Sie hatte entscheidenden Anteil an der Befreiung ihrer Mutter gehabt.

»Mein Sohn fürchtet seinen Onkel völlig ohne Grund«, fuhr Isabel fort. »Er muss endlich einsehen, dass er mit ihm Frieden schließen muss. Ohne die Versöhnung zwischen Charlot und Jean Sanspeur kann es keinen Frieden mit England geben.«

Die Frauen spürten die ehrliche Verzweiflung der Königin.

»Eine gute Königin muss ihrem Sohn doch den Weg ebnen«, meinte schließlich Christine aufmunternd, »unsere edle Königin Blanca hat ihrem Sohn das Königreich gegen alle Feinde erkämpft.«

Isabel horchte auf. Sie erinnerte sich lebhaft an ihren ersten Unterricht bei der gleichnamigen Nachfahrin auf Schloss Creil.

»Ja, teure Dichterin«, stimmte sie Christine zu, »aber warum konnte die edle Blanca so souverän handeln? Doch nur, weil ihre Großmutter, die große Königin Eleonore, ihr den Weg ebnete! Sie erkannte das Unheil, das ihr Sohn Johann anrichtete, aber er war Dauphin, er hörte nicht auf seine Mutter, und sie konnte ihn an nichts hindern. Alle ihre vielversprechenden Söhne starben dahin. Ausgerechnet Johann folgte auf Englands Thron, der zum König nie getaugt hatte, den das Volk spöttisch ›Ohneland‹ nannte, während Eleonore ohnmächtig in der Verbannung gefangen saß! Die kluge Eleonore fädelte die Heirat ihrer Enkelin Blanca mit Louis, dem König von Frankreich, ein und rettete so den Frieden.«

Christine pflichtete ihr bei und fügte traurig hinzu: »Dieser Weg ist den edlen Königinnen leider versperrt worden durch das salische Recht.«

»Das salische Recht!«, rief Isabel aus. »Das salische Recht hat schon Jahrhunderte vor Eleonore existiert, und es hat sie nicht gekümmert.«

»Es wurde nicht angewandt«, meinte Christine, »und als es wieder ans Tageslicht gezerrt wurde, sollte es eigentlich nur Philipp V. den Thron sichern – für ganze drei Monde, dann starb er, aber er hatte diesen Krieg mit England ausgelöst, der kein Ende nehmen will.«

»Es waren die Nachfahren, die entdeckten, wie günstig es ist, die weiblichen Familienmitglieder von der Erbfolge auszuschließen«, ergänzte die Königin.

»Damit wurden die Frauen entmachtet«, stellte Marie fest.

»Ja, und Witwen sind nichts wert. In terram salicam mulieres ne succedant, keinerlei Erbe für Frauen. Ich habe es selbst erlebt«, sagte Christine, »ich wurde betrogen von Gerichten, Geschäftsleuten, Notaren und Gläubigern. Ich wurde um meine Häuser und Grundstücke gebracht und dazu noch verhöhnt, nur weil ich eine Frau war, die sich mit diesen Dingen nicht gut auskannte.«

Sie schwiegen. Der Mond hatte sich am schwarzen Nachthimmel erhoben und warf seinen silbrigen Schein auf die nachdenklichen Gesichter der Frauen. Plötzlich griff die Königin nach Maries Schachbrett und warf mit einer Bewegung alle Figuren um.

»Ich habe einen Traum«, sagte sie, »ich weiß, Königinnen dürfen nicht träumen. Sie haben für den Frieden und für Nachkommen zu sorgen. Für reichlich Nachkommen hatte ich gesorgt, von zwölf geliebten Kindern blieben mir nur sieben. Aber der Frieden … Ist es meine Schuld, dass jeder Friede, kaum die Hand darauf, kaum gesiegelt, zuschanden wird? Die Männer in diesem Jahrhundert sind wütig geworden wie gereizte Stiere, es ist kein Frieden zu machen mit ihnen, sie kämpfen um des Kämpfens willen.«

Sie stellte die schwarze Königin auf ihr Feld. »Da steht sie, die einsame Königin, die letzte Figur auf dem Schachbrett des Lebens, matt, einsam, aber noch nicht geschlagen. Und sie wird ihr letztes Spiel gegen alle Regeln spielen: Sie wird noch eine Dame ins Spiel bringen. Eleonore hat ihr Leben dem Frieden geopfert, dann kam Blanca, und dann? Was hat sich geändert? Nichts. Die Königinnen mühten sich um den Frieden, während die Könige einen Fehdehandschuh nach dem anderen warfen, aus schierem Übermut, den sie ›ritterlichen Kampf‹ nennen. Oder die Gier nach Macht und Gold treibt sie, dann nennen sie es Ehre. Es reicht.«

Sie nahm die weiße Königin und stellte sie gegenüber auf ihr Feld. »Meine Dame heißt Catherine, sie ist meine schöne Tochter, und sie wird die männlichen Regeln zu Fall bringen. Ich kann es nicht mehr, mein Leben verlöscht neben dem Schachbrett des Lebens.«

»Catherine?«, fragte Marie erschrocken, »aber was ist mit Charlot?«

»Kathei ist älter«, erklärte Isabel kampfeslustig. »Sie ist die Kronprinzessin, ihr gebühren die Rechte der Erstgeborenen. Was ist schlecht an weiblicher Erbfolge? Nur der männliche Machtwille hat sie uns genommen. Was ist schlecht an geeinten Reichen? Die Könige waren bisher nicht reif dafür, das ist alles. Wir haben im Mai mit England verhandelt, Kathei war vom Charme des englischen Königs entzückt. Aber dann nahm er Pontoise ein. Unser Sohn Charlot hat Uns nicht verteidigt, deshalb mussten Wir nach Troyes flüchten.«

Einer Königin widersprach man nicht, aber sie saßen so vertraut zusammen wie Gleiche unter Gleichen. Daher wagte Christine Einspruch. Sie schüttelte bedenklich den Kopf und wandte ein, es sei eine Sünde. Die Königin könne ihren Sohn, den Dauphin, nicht übergehen.

»Der Sohn führt Krieg gegen seine Mutter. Ist das keine Sünde?«, fragte Isabel erregt.

Marie bat, ihrem Bruder eine Chance zu geben. Vielleicht sei er tatsächlich eine Geisel der Armagnacs.

»Einverstanden«, erklärte Isabel, »der Herzog von Burgund soll das herausfinden. Anderenfalls ist es Verrat! Bitter, den geliebten Sohn Verräter nennen zu müssen.«

»Nein, Ihr seid die Verräterin, wenn Ihr Euren Sohn enterbt!«, rief Christine heftig aus. »Verrat bleibt Verrat, auch wenn es ein königlicher ist!«

Wütend funkelte Isabel die Dichterin an. Verräterin? Sie, die Königin? Nicht einmal dieser Priester Legrand, der die

Hoffärtigkeit der Damen des Hofes angeprangert hatte, hatte gewagt, sie so zu nennen.

»Ein Jahrhundert so schwarz wie die Kutten der Pfaffen«, entgegnete sie zornig. »Und keine Aussicht auf Licht, auf Helligkeit? Auf Erhellung? Keine Aussicht auf Erleuchtung des Geistes? Wie habe ich Gott angefleht, die Dunkelheit von meinem König zu nehmen, wie habe ich mich bemüht, Königin zu sein in einem Land ohne König! Wie habe ich um alle Dauphins getrauert, die Gott mir genommen hat! Jetzt will ich eine Nachfolgerin auf meinem Weg zum Frieden.«

Christine entschuldigte sich. Sie habe eine Vision gehabt in der Nacht vor der Ankunft der Königin.

»Meine Vision war, dass eine Frau dieses Königreich befreit und eint, eine Frau, die den Frieden bringt und die Gedanken an Rache, Vergeltung, an das stete unsinnige Kämpfen und Morden für immer beendet. Meine Vision war eine Frau. Sie ritt ein schneeweißes Ross, trug die Oriflamme und war gewappnet wie ein Mann, aber unter ihrem Visier sah das sanfte Antlitz einer Frau hervor, sanft, aber entschieden, mit dem energischen Vorsatz, den ewigen Frieden zu bringen und zu bewahren gegen alle Feinde.«

Catherine, dachte Isabel, meine Kathei, mein zweiter Friedensengel. Sie hatte keine Ahnung, wie grausam sie sich irren würde, keine Ahnung, dass Jeanne, die Bastardin ihres Gatten, bereits trainiert wurde für einen Kampf, der zwei kurze Friedensjahre wieder zunichtemachen sollte.

Bevor sie Poissy verließ, gab Isabel eine kostbare Marienfigur für den Altar der Klosterkirche in Auftrag und deponierte Wertsachen bei ihrer Tochter. Dann verabschiedete sie sich. Sie fühlte sich geistig und körperlich erfrischt wie lange nicht mehr. Herzlich umarmte Isabel die Töchter, reichte Christine die Pizan die Hand und ritt in dem sicheren Gefühl nach

Paris zurück, mit ihrem Plan auf dem richtigen Weg zu sein, auch wenn Christine ihn als königlichen Verrat bezeichnete.

Nun, Christine hatte sich entschuldigt, es war im Eifer des Disputes geschehen, und ihre Vision gab der Königin recht. Isabel war entschlossen, in die Geschichte einzugehen als Friedensfürstin und Königin, die das salische Recht aushebeln und ihre Tochter zur Königin zweier Reiche krönen würde.

Christine stand mit beiden Marien an der wehrhaften Pforte des Klosters und sah der Königin nach, bis die Reiter den Blicken der Frauen entschwunden waren. Eine Staubwolke zog träge vor dem wolkenlosen Himmel auf.

»Ich habe der Königin verschwiegen, dass die Frau in meiner Vision nicht ihr Gesicht hatte«, sagte Christine leise. »Ich sah das Antlitz eines Mädchens, ernsthaft und schön wie die aufgehende Sonne, und an ihrer Seite ritt der Dauphin mit goldenen Sporen. Gott hat sich schon einmal einer Jungfrau bedient, um den Friedensbringer zu den Menschen zu senden. Möge Gott die Königin schützen. Alles Licht scheint nicht nur für sie.«

Als Isabel den Thronsaal im Palast von Troyes erreichte, kam ihr Jean Sanspeur entgegen. »Hochverehrte Herrin, ich habe mich zu einem letzten Versöhnungsgespräch entschlossen …«

»Wir uns auch!«

Zum ersten Mal lachten sie sich an, freundschaftlich, unbefangen.

»Ich werde Euch den Dauphin zurückbringen und dann werden wir Frieden mit England schließen«, versprach der Herzog feierlich.

Der König betrat den Empfangssaal und begrüßte Isabel mit einem zärtlichen Kuss. Dann betrachtete er erst sie, dann den Herzog mit einem strengen Blick.

»Ein letzter Versuch, und das ist königliche Order«, erklärte er streng. »Wenn der Dauphin sich auch dieses Mal weigert, werden Wir ihn vorladen. Wir sind leider öfter abwesend, aber Wir lassen uns nicht auf der Nase herumtanzen.«

Der Herzog hatte sich mit seiner Idee des Treffens auf einer Brücke durchgesetzt. Es sollte am 10. Tag des September 1419 in dem kleinen Ort Montereau stattfinden. Beide Parteien mussten unbewaffnet kommen und durften nur von vier Zeugen begleitet werden. In einer Laubhütte auf der Mitte der hölzernen Brücke, die das Schloss mit dem Bergstädtchen am Zusammenfluss von Seine und Yonne verband, sollte die Unterredung, der Herzog nannte es »Versöhnungsgespräch«, stattfinden.

»Aber das Schloss ist doch in seiner Hand …«, wandte Isabel ein.

»Der Dauphin hat es geräumt, um seinen guten Willen zu zeigen«, sagte der Herzog.

»Wer wird Euch begleiten?«, fragte Isabel.

Der Herzog nannte die Namen einiger seiner Vertrauten.

»Welche Herren werden meinen Sohn begleiten?«

Der Herzog wusste es nicht. »Mir ist nicht wohl bei dem Gedanken. Es könnten ihn treue Freunde der Anjou begleiten.«

Isabel reichte ihm ein kleines Stundenbuch mit einem kostbaren silbernen Madonnenrelief auf dem ledernen Einband. »Es ist von meiner Tochter Marie für Euch.«

Der Herzog küsste das Buch, steckte es ein und sagte: »Brechen wir auf. Wir müssen dorthin gehen, wohin es Gott gefällt, uns zu führen. Ich will nicht, dass man mir vorwirft, der Frieden sei durch meine Feigheit gescheitert.«

Isabel sah dem Zug von fünfhundert Kriegsknechten und zweihundert Bogenschützen nach, die den Herzog und seine Leute begleiteten. Schier endlos schob sich der Trupp durch die schmalen Gassen zwischen den bunt bemalten Eichenbalken der Fachwerkhäuser von Troyes. Wie ein Friedenszug sieht es nicht aus, dachte sie. Was macht den Herzog so sicher, dass niemand die Gelegenheit nutzt, sich zu rächen? Geht es nicht immer um die Ehre? Und müsste das der Herzog von Burgund nicht am besten wissen?

Isabel schloss die Augen. Sie hörte, wie sich das metallische Scheppern langsam entfernte, und sandte dem Zug ein inniges Gebet hinterher. Möge die Vision der Christine de Pizan Wirklichkeit werden, damit bald Engel durch diese schönen Gassen schweben.

Es dauerte nur wenige Tage, bis ein Bote dem Königspaar die grauenvolle Nachricht brachte. Das Gespräch zwischen dem Dauphin und dem Herzog von Burgund hatte nicht lange gedauert. Die Temperamente der Kontrahenten hatten keine ruhige Rede zugelassen. Der Dauphin oder einer seiner Leute hatte schon nach dem ersten heftigen Wortwechsel zu einer im Gewand verborgenen Axt gegriffen und dem Herzog von Burgund den Schädel gespalten. Jean Sanspeur, der furchtlose Herzog von Burgund, Isabels letzter mächtiger Verbündeter, war tot.

Isabels Herz setzte einen Schlag aus. Der König verließ den Thronsaal und ging wortlos in seine Gemächer. Sie hörte ihn dort toben, Gegenstände zersplitterten, Glas zerschellte auf dem Boden, Möbel polterten.

Isabel wollte keine Details des mörderischen Attentats wissen. Der eine sagte so, der andere so. Warum waren trotz der Absprache Waffen in der Hütte auf der Brücke? Hatte Jean Sanspeur zum Degen gegriffen und gesagt, er werde den Dauphin zu seinem Vater bringen, tot oder lebendig? Hatte Charlot den Mord geplant oder war er von seinen Leuten verraten oder überrumpelt worden? War der unvermeidliche Tanguy du Chastel beteiligt, hatte er sogar das mörderische Beil geschwungen?

Selbst dann trug ihr Sohn die Verantwortung. Charlot war der wahre Mörder, nicht seine Diener. Warum war er nicht zu seinen Eltern gekommen? Nun war es zu spät. Der Dauphin, ihr Sohn, war ein Mörder. Unmöglich konnte er König werden.

Unendlich müde sank Isabel auf ihren Diwan. Hilflos hörte sie, wie der König schrie, tobte und mit Dingen um sich warf. Gern hätte sie sich auch auf diese narrenhafte Weise Luft verschafft. Alle Hoffnungen waren durch diesen dummen Jungen zunichte gemacht. Aber … Sie sprang auf.

Dumm? Der Dauphin war jung, aber dumm war er nicht. Unüberlegt? Hinter seinem Verhalten schien doch ein Plan zu stecken. Womöglich war der Mördersohn bereits auf dem Weg nach Troyes, um seine Eltern in seine Gewalt zu bringen? Um sie zu töten oder zu verbannen? Mithilfe der Armeen Yolanthas?

Wieder einmal blieb Isabel keine Zeit, weder zum Trauern noch zum Nachdenken, sie musste sofort handeln. Der einzige Mann, der sich dem König von England hätte entgegenstellen oder aber ihn zu einem günstigen Bündnis überreden können, war tot.

Blitzschnell musste Isabel alles organisieren. Zu dem tobenden Charles schickte sie Kathei. Die sanfte Tochter konnte ihn in der letzten Zeit am besten beruhigen.

Dann verstärkte Isabel die Wachen, schickte nach Gent zu Jeans Sohn Philipp, zu seiner Witwe Margarethe von Bayern, ihrer Cousine und Freundin, zu Karl von Lothringen und bat alle um militärische Hilfe. Sie sandte Rundschreiben an alle Städte und Vasallen und erinnerte sie an ihre Gehorsamspflicht.

Charles unterschrieb die Vorladung an seinen Sohn, wie versprochen, und sie las sich eisig.

Dann sandte Isabel einen Boten ins englische Heerlager nach Pontoise und lud Henry nach Troyes ein. Ihr Sohn habe sich gegen Gott, Recht, Vernunft, Glaube und Gesetz versündigt und das Recht verwirkt, König von Frankreich zu werden, schrieb sie ihm, und sie sehne sich nach Frieden und biete ihm die Hand ihrer Tochter Catherine, um die er seit acht Jahren anhalte.

Und dann besprach sie sich mit ihrer Tochter.

»Katerl, meine liebe Tochter, mein Unterpfand der Versöhnung, du bist mein letzter Friedensengel, dein Flug muss gelingen. Deine Flügel sind stark und schön, denn sie werden getragen von dem ehrlichen Versuch, die Könige von Frankreich und England zu vereinen. Du musst stark sein, meine Tochter, und du musst deinen Gatten lieben. Wo soll die Liebe zu den Menschen herkommen, wenn die Liebe nicht einmal die Ehe regiert? Wie können wir die Welt lieben, wenn wir einander nicht lieben? Schlecht sind wir, verdorbenes Blut in einer verdorbenen Zeit, das muss ein Ende haben. Henry ist jung und klug, du hast ihn gesehen. Er soll überheblich sein, davor musst du keine Angst haben, das treibst du ihm schnell aus. Komm, meine Tochter, regiere, wie ich es dich gelehrt habe. Sei eine würdige englische Königin, wie deine Schwester selig, handle aber mit der Raffinesse unserer Ahnin Isabella von Sizilien. Wir können unsere Zeit nicht mit Gobelinsticken vergeuden. Regiere wie die großen Königinnen Frankreichs: Eleonore, Blanca, und Isabel – die sie hassen und Isabeau nennen und eine Verräterin schimpfen werden. Aber du wirst meinen Namen wieder reinwaschen, meine Tochter. Die Zeit schreit nach Frieden, und nur edle Frauen können ihn schaffen und bewahren. Diese verrottete Zeit braucht große Königinnen.«

Und nachdem sie dies alles getan hatte, ging sie zu Charles, sah ihm in die vor Wut geröteten Augen und sagte: »Wir haben keinen Sohn mehr. Ich bin eine Verräterin.«

Sie sank vor ihm auf die Knie und weinte, als könne sie nie wieder aufhören, und Charles streichelte ihr sanft und erschöpft über die Haare, immer wieder.

## MARGAUD

Margaud fuhr prustend aus dem Wasser hoch, rang nach Luft, hustete, atmete. Sie lebte. Neben ihr lag der Morddiener des Hauptmanns, noch im Tod mit einem Staunen auf dem erstarrten Gesicht. Seine Hände umgriffen den Schaft einer Lanze, die in seiner Brust steckte. Blut sickerte in einer schmalen Bahn ins Wasser.

Margaud richtete sich auf und wankte unsicher zu ihrem Lebensretter. Sie betrachtete den Ring an ihrer Hand und dann voller Staunen den Reiter. Wie war das möglich? Konnte dieser Ritter alles?

»Na, Mädchen, gut, dass du mich schon in der Nacht gerufen hast, das wäre sonst knapp geworden, was?«, meinte der schwarze Ritter.

Sie hätte sich gern dankbar in seine Arme geworfen, aber er machte keine Anstalten, abzusteigen. So ging sie zu dem Hengst und verbarg ihr Gesicht an seinem schönen Kopf. Er hielt ganz still, pustete nur leise in ihre tropfenden Haare.

»Und nun?«

»Wir haben noch etwas zu erledigen«, sagte Margaud, band ihre Schürze ab, wand sie um die nassen Haare und verknotete die Enden fest am Kopf. Der Ritter trieb sein

Ross zu dem Toten, zog die Lanze aus dessen Körper und legte sie ein.

Sie ging voran zu den Stallungen. Der Hauptmann kam aus dem Gebäude und erstarrte. Lautlos und undeutlich, geradezu schwebend, sah er im Morgennebel eine weibliche Gestalt mit einem weißen Turban auf sich zukommen, gefolgt von einem riesigen Ritter auf einem Ross, groß wie ein Drache im morgendlichen Nebel. Der Kriegsmann, der gewohnt war, blitzschnell zu reagieren, war wie gelähmt. Voller Entsetzen starrte er auf die geisterhafte Erscheinung. Erst dann griff er zum Schwert, aber bevor er es aus der Scheide ziehen konnte, traf ihn die Lanze des Ritters und er stürzte zu Boden.

Margaud beugte sich über ihn. Im fahlen Morgen sah die Narbe des Hauptmanns aufgeschwollen und böse aus, kein höhnisches Grinsen verzerrte sein Gesicht, nur Schmerz. »Das ist nicht für den Mord an dem schönen Herzog von Orleans, obwohl du das auch verdient hättest«, sagte Margaud leise. »Das ist für den Mord an meinem Bruder, einem unschuldigen kleinen Kind, das sein Leben gern gelebt hätte. Es steckte an deiner Lanze, so wie du jetzt daran steckst.«

Sie ließ den Mann liegen und schwang sich auf die Kruppe hinter den Ritter. Aber er galoppierte nicht davon, wie sie gehofft hatte.

»Was nun?«, fragte er stattdessen. »Fort, nur fort von diesem grässlichen Mann.«

»Er ist tot, er kann dir nichts mehr tun, Mädchen.«

Der schwarze Ritter wendete sein Ross und ritt über die Brücke zurück zum Bauern. Auf dem Hof stand der Prinzipal. Er hatte ein Tuch in der Hand und Margauds Bündel lag neben ihm. »Trockne dir die Haare, Margaud, du wirst dich sonst erkälten.«

Wie im Traum nahm Margaud das Leinentuch und rieb ihre Haare damit ab. »Wie ...«

»Der Prinzipal kann alles«, sagte der Ritter. »Ich empfehle dir, jetzt ins Bett zu kriechen und nachher an die Arbeit zu gehen, als sei nichts geschehen.«

Margaud schüttelte den Kopf.

»Ich wusste, dass du das nicht willst«, sagte der Prinzipal und reichte ihr das Bündel. Dem Ritter erklärte er: »Sie hat noch etwas zu erledigen.«

»Noch etwas?«, fragte der Ritter.

Der Prinzipal winkte und ging zum Haus.

»Danke für alles«, sagte Margaud.

»Man sieht sich im nächsten Sommer«, winkte der Prinzipal.

Margaud weinte.

»Wohin?«, fragte der schwarze Ritter.

»Ans Ende der Welt«, schluchzte Margaud.

Sie ritten in den grauen Novembermorgen hinein, Margaud lehnte sich an den kalten Eisenharnisch des Ritters. Die Dämmerung wich ohne Erröten übergangslos dem grauen Tag. Bauern waren mit Hacken über der Schulter unterwegs, Hirten trieben ihre Tiere auf die Weiden, Frauen trugen Wäschekörbe, Kinder hockten frierend neben Ziegen, die sie am Strick hielten. Alle wendeten die Köpfe nach dem schwarzen Ritter und der zarten Gestalt mit den fliegenden Haaren hinter ihm auf dem schnaubenden Ross, wie eine geraubte Braut.

Sie ritten, schliefen, aßen und tranken ein wenig, ritten und schliefen. Am zweiten Tag kaufte der schwarze Ritter einem Händler ein Maultier ab. Er könne sein Pferd durch Margauds extravagante Reisewünsche nicht ruinieren, sagte er. Margaud bestieg das Tier, ritt zum ersten Mal in ihrem Leben und wusste die weiche Gangart des Maultieres zu schätzen.

Auf einer Wiese an einem großen grauen Felsen, der dort lag, als habe Gott selbst ihn in die felsenlose grüne Hügellandschaft geschleudert, machten sie Halt. Der schwarze Ritter nahm seinem schweißbedeckten Pferd die Kandare aus dem Maul, band das Maultier mit einem langen Strick am Sattel des Rosses fest und ließ die Tiere grasen. Er zog einen Schinken und ein Messer aus der Satteltasche. Margaud nahm ein großes Brot aus ihrem Bündel. Sie setzten sich auf den Stein und aßen kleine Stücke Fleisch mit Brot.

»Es überwältigt einen Menschen, dem Tod von der Schippe gesprungen zu sein«, sagte der Ritter, »aber wenn du ab Troyes nicht aufhörst zu weinen, musst du allein ans Ende der Welt. Heulende Mädchen erträgt mein Ross nicht.«

Margaud nickte und wischte die letzten Tränen energisch von den Wangen. Stockend erzählte sie, warum sie umgebracht werden sollte. Sie erzählte von Jeanne, von dem Gerücht, dass sie des Königs Tochter sei, von der Rüstung und dem Entrainement zu Pferde und mit dem Schwert.

»Habt Ihr jemals auf einem Turnier gegen eine gewappnete Frau gekämpft, Chevalier?«, fragte Margaud.

»Nein.« Der Ritter schwieg und aß. Als Margaud und er gesättigt waren und sich Wasser aus dem Schlauch teilten, erzählte er von einer edlen Dame, die sich eines Tages allein auf ihrer Burg fand. Ihr pflichtvergessener Ehegatte hatte sie schutzlos verlassen, um sich auf einem Turnier zu amüsieren. Dies kam dem Ritter zu Ohren, dessen Burg nicht weit entfernt war, und er wollte die günstige Gelegenheit nutzen, sich der Burg und der Burgherrin, die sehr schön war, zu bemächtigen. Die Dame hatte niemanden außer ihrer Magd bei sich. So verteidigte sie gemeinsam mit der Magd die Burg. Die Frauen schütteten kochendes Wasser, Teer, ja sogar den Kot der Tiere von den Zinnen. Aber es half ihnen nichts, der Ritter drang mit seinen Mannen in die Burg ein. Selbst da gab die Dame nicht auf: Sie legte die Rüstung ihres Mannes an, griff nach seinem Schwert und kämpfte wie ein Mann um ihre Frauenehre. Als sie sah, dass nichts half, dass sie unweigerlich in die

Hände des Eindringlings fallen würde, stürzte sie sich von der Mauer ihrer Burg.«

Margaud sah den Ritter von der Seite an. Er starrte in die Ferne auf die sanften Hügel der Champagne.

»Es war Eure Frau, nicht wahr?«

»Ich fand sie in meiner Rüstung unter den Zinnen der Burg liegen.«

Der Ritter zeichnete die Furchen des Felsens mit seiner sehnigen Hand nach. »Sie war lieber einem Treulosen treu, verstehst du?«, sagte er leise.

Margaud verstand.

Der Ritter schlug mit der geballten Faust auf den Stein. »Ihre Ehre konnte ich im Zweikampf retten, ihr Leben nicht mehr.«

Weit in der Ferne erblickte Margaud plötzlich eine ungewöhnliche graue Masse, die auf und ab wogte.

»Was ist das?«, fragte sie. Der Ritter hob die Hand über die Augen. Margaud kletterte auf den Stein, um besser sehen zu können. »Gewappnete?«, fragte sie panisch. Der schwarze Ritter pfiff dem Hengst, legte ihm aber noch nicht das Zaumzeug an.

Sie beobachteten die Menschen, die langsam nach Norden zogen wie sie, eine graue Welle, die nun in eine Senke hineinwellte, ohne zu enden.

Zu langsam für Gewappnete, befand der aufmerksam blickende Ritter. Und nicht bunt genug. Margaud hörte ein Kind weinen.

»Ich glaube, es ist einer dieser Kreuzzüge«, sagte der Ritter schließlich.

Ein Kreuzzug, hier? Es schien Margaud seltsam. Immer länger zog sich die graue Woge hin, immer mehr Menschen erschienen auf dem Hügel, verschwanden in der Senke, während die ersten oben auf der nächsten Erhebung wieder auftauchten und unaufhörlich weiterzogen.

»Ich hörte von Kindern, die das Kreuz nehmen, ihre Heimat verlassen und unter schrecklichen Entbehrungen ans Meer zum heiligen Mont Saint-Michel ziehen. Es sollen Tausende sein. Einige haben sich sogar ins Meer gestürzt, als die Kapitäne der Schiffe sie nicht mitnehmen wollten ins Heilige Land.«

Waren es Kinder? Jedenfalls waren Kinder dabei. Margaud konnte nun ihre hellen Stimmen hören. Viele waren größer, und sie alle trugen graue Büßergewänder. Und noch immer nahm der geisterhafte Zug kein Ende.

Der Anblick brachte Margaud auf einen schrecklichen Gedanken. »Ihr meint … sie haben Jeanne nicht für das Turnier ausgebildet?«

Der schwarze Ritter nickte, nahm die Hand von den Augen und setzte sich wieder.

Wie grauenhaft! Hatte der König keine Soldaten mehr, mussten nun auch Frauen und Kinder in den Kampf ziehen …

Margaud setzte sich niedergeschlagen neben den schwarzen Ritter.

»Dieses Land ist auf den Hund gekommen«, sagte der Ritter düster, »es wundert mich nicht, wenn die Kinder davonlaufen. Im belagerten Rouen haben sie Frauen und Kinder aus den Mauern der Stadt gejagt, direkt vor die Reihen der Englischen. Angeblich fraßen sie zu viel, ohne zu kämpfen. Diese Kinder haben weder Mutter noch Vater, sie kennen nur Mordbrennerei, Hass und Verwüstung.«

Er stand auf und legte dem Hengst das Zaumzeug an. Margaud machte es ihm nach, zog den Sattelgurt fest und stieg auf. Sie tätschelte den Hals des Maultieres, streichelte die struppige graue Mähne. Ein Reittier, für sie allein. Sie würde ans Ende der Welt reiten, auf ihrem weißen Maultier. Was dann? Sie verscheuchte den Gedanken. Immer weiter, dachte sie, immer weiter …

»Du kannst nicht dein ganzes Leben davor weglaufen.«

Hatte der schwarze Ritter etwas gesagt? Margaud sah zu ihm auf, aber er blickte nach vorn über die aufmerksam spielenden Ohren seines Pferdes. Sein Profil im geöffneten Visier des Helms sah streng und mit den Falten von der Nase zum Mund ein wenig traurig aus.

Nun waren sie dem Zug näher gekommen. Kinder zogen an ihnen vorbei, mit ernsten, andächtigen Gesichtern, aber auch junge Erwachsene, die sich in graue Pilgergewänder gehüllt hatten. Die Älteren trugen die Jüngsten auf dem Arm oder in Kiepen auf dem Rücken, manche zogen Handkarren hinter sich her, andere hatten nur ein Handbündel um den Leib. Wie ich damals, dachte Margaud, als die Ersten ängstlich zu ihr und dem Ritter aufsahen und schnell weiterzogen, und heute sitze ich auf einem Maultier neben einem Ritter und schon gehöre ich zu den Furchterregenden da oben.

Immer mehr zogen vorbei, im immer gleichen Schritt, nicht schnell, geübt wirkten sie und zielstrebig.

»Wohin geht ihr?«, fragte Margaud, als sie nahe herangekommen waren, aber sie antworteten nicht, schlugen einen großen Bogen um den Ritter und die Frau, ohne innezuhalten. Sie haben Angst vor mir, dachte Margaud, und das ertrug sie nicht. Sie stieg ab und nahm das Maultier am Zügel.

»Wohin des Wegs, sagt es mir«, wollte sie den nächsten fragen, einen jungen Mann, der zwei Kinder an den Händen hielt und mit ihnen scherzte, der würde wohl antworten und nicht vor Schreck davonlaufen.

Sie hatte den Mund schon geöffnet, da blickte er auf. Grün blitzten die Augen, heller als die Novemberwiese hinter ihm, ein grüner Wasserfall, zerzauste Haare, ein schmales, sonnengebräuntes Gesicht … Das konnte nicht sein, er war tot, sie hatte ihr Tuch über sein bleiches Gesicht gebreitet … tot, wie sich das Blut unter ihm ausbreitete, ein dunkelroter See, er … Margaud sank in die Knie.

Simon sah die verloren geglaubte Liebe seines Lebens im Staub vor sich, mystisch wie das weiße Einhorn an ihrer Seite ...

»Margaud!« Ah, es war nur ein Maultier, das sie am Zügel hielt, und es scheute, als er vor ihr auf den Weg sank, und die Kinder klammerten sich vor Schreck an ihn, er konnte sie doch nicht loslassen.

»Margaud, mein Herz!«

Er sah in ihre angstvoll aufgerissenen Augen, die Kinder klammerten sich an ihn und schrien, das Maultier legte die Ohren flach an den Kopf und keilte aus, er brachte die Kinder aus der Reichweite der Hufe, verhedderte sich, blickte in Margauds vor Schreck geweitete braune Augen. Sie hielt ihn für einen Geist, er musste sie berühren, sie ansprechen, beruhigen. Endlich hatte er die Kinder abgeschüttelt, das Maultier weggedroht, ließ sich vor ihr auf die Knie fallen, nahm sie in die Arme und flüsterte: »Margaud, Margaud, da bist du, meine Margaud ist zurück!«

# SENLIS, 1422

Keiner, glaube ich,
nimmt im Tod mit sich
Habe oder Macht –
nur was er vollbracht.

*Peire Cardinal*

# ISABEL

Der König hatte behauptet, er müsse sterben. Das hatte er oft gesagt in den letzten Jahren, nach dem Vertrag von Troyes. Aber der Tod, der alle wunderbaren Taten Isabels mit einem Schlag zunichtemachte, hatte vor wenigen Wochen Henry dahingerafft, als er zu Besuch in Vincennes war. Nicht der König von Frankreich, sondern der Regent und König von England war gestorben, und mit ihm alle Hoffnungen, die Isabel mit dem formvollendeten Schwiegersohn verband, einem Edelmann, an dem nichts auszusetzen war: liebevoller Gatte ihrer Kathei, Vater eines kleinen Henry, ihres Enkels, den sie noch nicht gesehen hatte, verantwortungsbewusster König.

Wie prachtvoll waren Charles und sie mit Henry und Kathei zu Pfingsten in Paris eingezogen, wieder hatte das Volk »Weihnachten!« gerufen, obwohl es an allem mangelte und noch keineswegs Frieden herrschte. Der enterbte Dauphin kämpfte von Bourges aus um die Krone, Gefechte überall, unberechenbar, grausam und blutig beantworteten sie die englischen Truppen.

Ihre Tochter Michelle war ebenfalls gestorben, noch keine dreißig Jahre alt. Und auf den Tag genau drei Monate später war Henry gestorben, und sein Thronfolger, ihr kleiner Enkel in England, hatte sein erstes Lebensjahr noch nicht vollendet. Wieder einmal war nur Sterben um die Königin gewesen. Sterben, Tod und Verderben, zunichtegemachte Verträge, gestorbene Pläne, begrabene Hoffnung auf Frieden. Es hieß immer, der Tod sei gerecht, er bevorzuge keinen und hole jeden, Edelmann und König, Bürger und Bauern, alle mache er gleich. Aber das stimmte nicht, der Tod zerschlug alle blühenden Hoffnungen, unter seiner Sense sanken Frieden, Freundschaft und Liebe, eben gekeimt auf widrigem trockenem Feld, dahin und verdorrten erbarmungslos.

Alles war gut und schön gewesen nach dem Vertrag von Troyes, den bitteren Nachgeschmack der Enterbung des Sohnes hatte Isabel mit schwerem Burgunderwein hinuntergespült und gelobt: »Von nun ab und für alle Zeiten werden Zwist, Hass, Groll, Feindschaft und Krieg zwischen den beiden Königreichen von Frankreich und England schweigen, sich besänftigen und schließlich für immer beendet sein, und die Völker dieser Königreiche, die dieser Eintracht anhängen, werden von nun ab und für alle Zeit fortwährend Frieden, Ruhe, Eintracht und gegenseitige Zuneigung und feste und beständige Freundschaft besitzen.«

Nun auch noch der König? Bitte nicht, flehte Isabel Gottes schwarzen, schrecklichen Vasallen an. Sie eilte in Charles' Schlafzimmer und zog die Vorhänge seines Bettes auf. Der König war nicht da.

Sie fand ihn in seinem Schreibzimmer, dem kleinen mit dem Erker, von dem aus er gern die sanfte Landschaft der Picardie betrachtete, die sich unter dem Schloss von Senlis ausbreitete, die Schlaufe der Nonette, die Weinberge am Flusstal, deren Stöcke reiche Frucht trugen, die Hänge, an denen sich die ersten gelben Blätter zeigten.

Die schweren Vorhänge verdeckten den Ausblick. Charles saß fröstelnd, ein Fell über den Knien, vor dem Kamin und starrte in die Flammen.

Sie blickte in sein blasses Gesicht. War er bei sich? Sie nahm seine Hand, küsste sie, streichelte seine Wangen, flüsterte ihm Koseworte zu, aber was Charles dann sagte, ließ sie erblassen. Er sagte nur einen Satz.

»Du bist ...«

»Völlig klar im Hirn«, bestätigte Charles.

Sie schwieg. Misstrauisch betrachtete sie den Mann, den sie glaubte seit über vierzig Jahren zu kennen. Nie wusste sie, woran sie mit ihm war. »Das ist nicht wahr«, sagte sie schließlich.

»Leider doch«, meinte der König.

»Du hast all diese ganzen Jahre …«

»… dir etwas vorgespielt. Ja.«

»Gespielt?«, wiederholte Isabel entgeistert. »Du hast mich geschlagen.«

»Verzeih mir. Ich dachte, das gehört zur Glaubwürdigkeit.«

»Du hast mich wüst beschimpft«, warf Isabel ihm vor.

»In einem höfischen Ritter steckt immer auch ein Rüpel.«

Sie schwiegen. Isabel versuchte, das Gesagte zu verarbeiten, während er ihre Hand küsste. Er wirkte nicht schuldbewusst. Er sah erleichtert und fröhlich aus.

»Aber Odinette …«, fing sie an, Empörung in der Stimme.

»Sie war sehr hübsch. Es war nicht meine Idee«, verteidigte sich Charles.

»Meine auch nicht!«

Charles streichelte ihre Hand. »Wir sind umgeben von Leuten mit Ideen, sehr gefährlichen Ideen, und diese Leute wollen sie umsetzen, koste es, was es wolle.«

Langsam begriff Isabel das Ausmaß des Geständnisses. »Aber du bist der König!«

»Und du die Königin!«

»Du hast mich verbannt.«

Charles sah in die züngelnden Flammen. »Hier war es, in Senlis, nicht wahr? Hier ist Jean gestorben.«

»Großer Gott, denkst du etwa auch, ich hätte unseren geliebten Sohn vergiftet?«

»Ja, ich dachte es«, gab Charles zu. Dann verbesserte er sich: »Ich glaubte denen, die es mir einflüsterten, und unterschrieb den Befehl zu deiner Verbannung.«

»Yolantha!«, stieß sie hervor. »Sie ist geschickt.«

»Sehr geschickt«, bestätigte Charles, »intelligent, überzeugend und … attraktiv.«

Isabel sah ihren Gatten forschend an. »Hast du etwa …«

»Sie war sehr attraktiv, und sie wollte mich überzeugen. Warum hätte ich sie aus meinem Bett jagen sollen.«

»Eine Schlange erschlägt man mit dem Stock.«

»Sei nicht so hart«, bat Charles, »sie hat nicht bekommen, was sie wollte.«

Sie wird es bekommen, dachte Isabel.

»Dafür erfuhr der Irre, was er wissen wollte«, meinte Charles fröhlich. Er griff nach ihrer Hand. »Deine Verbannung war der einzige Weg, Burgund wieder ins Spiel zu bringen.«

Isabel war nicht im Mindesten amüsiert. Wortlos verließ sie das Zimmer, ließ ihren Zelter satteln und ritt drei Stunden über die Berge, die Nonette entlang, hinauf und hinunter, und fragte sich, die brave Stute und Gott, der diesen milden Herbsttag erschaffen hatte, womit sie dieses Geständnis verdient hatte. Vierzig Jahre lang hat sich die Welt verändert und ist doch immer dieselbe geblieben, dachte sie, immer dieselben alten Dramen.

Sie kehrte zurück, wusch sich das Gesicht und ging ins Schreibzimmer. Sie fand den König in unveränderter Haltung vor dem Kamin.

»Du hättest wenigstens verhindern können, dass Odinette ein Kind in die Welt setzt, das unter dem Namen Jeanne Tarc als Kindersoldatin Karriere machen soll«, meinte Isabel bitter.

Charles bat sie, sich wieder zu ihm zu setzen. Sie tat es widerstrebend.

»Schau, meine Liebe, es ging mir wie dir: Ich hatte keine Hoffnung mehr in unsere Söhne. Die Töchter erblühten, wurden kräftig und schön wie du, voll energischer Intelligenz der Visconti, und die verzärtelten Knaben waren kraftlos wie die Fliegen. Ich sah sie dahinsterben, wer hat sie vergiftet, die amüsiersüchtigen Prinzen? Der Einzige, der übrig blieb, Charlot, ist mutlos, verstockt und heimtückisch. Manche sagen, er sei schwachsinnig wie seine Großmutter, meine Mutter. Ich dachte, diese Tochter Jeanne …«

»Diese Tochter, nicht von meinem Fleisch, soll es richten.«

Isabel entzog dem König ihre Hand. Charles sagte schnell und bittend: »Sie hat mich getäuscht. Ich habe mich geirrt.«

»Du hast unsere Catherine verraten.«

Er schwieg.

»Es ist beleidigend, begreifst du das nicht?«

»Diese Aktion sollte dich entlasten. Ich sah dich, wie du jeden seidenen Faden zu einem Friedensstoff webtest, wie du kämpftest, und ich bewunderte dich. Nie hätte ich gedacht, dass ein Weib so kämpfen kann.«

»Was hätte ich tun sollen?«

»Dich mit mir auf Schloss Beauté zurückziehen, deinen geisteskranken Gatten pflegen und die Regierung anderen überlassen.«

»Wem?«, fragte Isabel empört. »Jean Sanspeur? Bernhard von Armagnac?«

»Warum nicht.« Charles zog die Schultern nach oben. Er wirkte plötzlich schwach.

»Ich kämpfe bis zur Idiotie, damit das Land nicht in die korrupten Hände verschiedener Mörder fällt, und dir ist das völlig egal?«, schrie Isabel.

»Ich hatte nicht damit gerechnet, dass du so lange durchhältst«, sagte er leise. »Eine Gattin gehört zu ihrem Mann, aber du hast dich verhalten wie eine Witwe. Du hast die Zügel in die Hand genommen.«

Sie lachte auf. »Du hast zu gut gespielt.«

»Das war wohl mein größter Fehler.«

»Nein«, sagte Isabel heftig, »dein größter Fehler war, immer wieder aus dem Nichts aufzutauchen und mir vorzuspielen, du wärest völlig gesund. Gott, jedes Mal alles wieder zunichtegemacht, was ich begonnen.«

»Das ist nicht wahr«, protestierte Charles. »Ich bin nur aufgetaucht, um dir und den Kindern zu helfen. Ich habe dich jedes Mal erhoben. Du hattest die uneingeschränkte Macht, sogar in der Verbannung warst du meine Stellvertreterin.«

»Ich bin gescheitert.«

»Vielleicht. Deine Gedanken waren dieser Welt zu weit voraus. Das hatte ich nicht bedacht.«

»Du hast alles nur in Bezug auf dich gesehen.«

»Eine Männerkrankheit«, gab Charles zu.

»Eine Seuche, an der alle Frauen zugrunde gehen«, sagte Isabel heftig. »Ich brachte unsere Tochter auf den Thron Europas, und du willst sie von dort mithilfe deiner Kebse verjagen.«

»Ach, Lisei, Europa braucht keinen Thron, der in England steht.«

Europa, dachte Isabel und flüsterte: »Ich bin so einsam. Das mit Europa hat keiner je verstanden.«

»Nicht einmal deine feministische Freundin Christine?«, fragte er spöttisch.

»Christine hat Visionen von gewappneten Jungfrauen.«

»Sie hat dich verraten«, meinte Charles überrascht.

Isabel winkte müde ab: »So weit würde ich nicht gehen. Sie hat mich nicht verstanden.«

»Ich dachte, der Frieden, von Frauen gemacht, wäre ihre Idee.«

»Auf dem Papier, ja. Mit schönen bunten Bildern«, meinte Isabel bitter.

»Gute Ideen werden von denen zerstört, die nach nichts weiter trachten, als sie in die Tat umzusetzen.«

Sie schwiegen.

Charles empfand große Zärtlichkeit für Isabel. Unbeholfen streichelte er ihren Arm.

Sie habe wohl alles falsch gemacht, mutmaßte Isabel mit zitternden Lippen.

»Es ist ein weiter Weg von der Utopie zur Gerechtigkeit.«

»Du hast ihn mir überlassen. Du Feigling! Was wären wir zusammen gewesen! Was hätten wir gemeinsam erreichen können!«

»Ja, was?«, fragte Charles.

Sie verstand ihn nicht.

»Ich verstehe mich selbst nicht. Ich sage dir, nichts von dem, was dir misslungen ist, wäre mit mir besser gegangen. Ich war nie in der Lage, mich gegen meine Vormünder aufzulehnen, ich hatte nie die Kraft, die verfeindeten Herzöge zu befrieden. Der Wahnsinn war die einzige Möglichkeit, mir Respekt zu verschaffen.«

Isabel lachte unwillkürlich auf. »Respekt? Du meinst wohl Ruhe!«

»Ja, ich wollte meinen Frieden, aber ich wollte ihn nicht auf Kosten des Respektes, der einem König gebührt.«

»Ich wollte den Frieden für alle«, meinte Isabel.

»Das ehrt dich und wird dir einmal einen schönen Platz im Himmel verschaffen.«

Der König starb, nachdem sie Senlis verlassen hatten, friedlich in seinem Bett in Saint-Paul, erleichtert von seinem Geständnis.

Isabel nahm seine kalte Hand zwischen die ihren und betrachtete sein Gesicht, das wächserne Gelb des Todes, die geschlossenen Augen, wie das Gesicht eines Fremden.

Nie würde jemand vom Opfer des Königs erfahren. Er hatte auf seine königliche Würde, seine Ritterlichkeit, seinen Traum vom gerechten König-Artus-Reich verzichtet und sich zum Narren gemacht, alles für sein Land und für den Frieden. Er hatte seiner Königin mehr Macht gegeben als jemals ein König zuvor, dennoch war sie gescheitert. Sein Opfer hatte nichts genützt, sie waren beide gescheitert an dem Machtwahn, der Mordlust und der Habgier dieser Edelleute, die kein anderes Ziel kannten, als ihren Besitz zu vermehren, koste es, was es wolle, und dabei alles zunichtemachten, was die Menschheit einen Schritt nach vorn hätte bringen können.

Ich bin so einsam, dachte sie, und ich werde es bleiben. Sie bat Gott, sie in seiner Herrlichkeit gemeinsam mit Charles ins Himmelreich zu nehmen, aber Gott weigerte sich.

Nutzlos, einsam, gescheitert, eine Witwe in ihrem Palast, irrte sie vor schwarz verhängten Spiegeln noch dreizehn Jahre von Saal zu Saal, ein lebendiges Gespenst ihrer selbst, und führte Prozesse gegen ihren Bruder Ludwig, dem sie nie verzieh, dass er sie im Stich gelassen hatte.

Auf ihrem Sterbelager, im Angesicht des Bildhauers Pierre de Thoiry, der ihr Gesicht für ihr Grabmal in Marmor meißelte, erreichte sie erst die Nachricht vom qualvollen Tode Jeannes auf dem Scheiterhaufen, dann die vom Frieden von Arras. Der verlorene Sohn Charlot hatte dem von den Engländern enttäuschten Burgunderherzog die Hand gereicht.

»Verrat und Eitelkeiten«, knurrte Isabel, »zu Arras wurden schon vier Frieden geschlossen und alle vier wieder gebrochen. Ich sage dir, Meister des Marmors, auch in fünfhundert Jahren wird in Arras kein Frieden zu machen sein. Die Königin dieses Landes heißt Habgier. – Vergiss das Hündchen zu meinen Füßen nicht.«

# MARGAUD

Es musste ein Traum sein. Oder ein Wunder. Der schwarze Ritter brachte dergleichen zuwege.

Margaud hielt die Augen fest geschlossen, um den köstlichen Augenblick zur Ewigkeit auszudehnen. Sie roch Simons Haare, seine Haut, die ein wenig nach Mehl roch, das in den härenen Säcken transportiert wurde, die diese Pilger trugen, und sie roch etwas Schweiß vom Laufen, köstlichen, lebendigen Schweiß, tief sog sie den Geruch ein. Und sie fühlte, wie er ihre Haare streichelte und ihren Rücken, wie er sie festhielt, und als ihre Ohren die Welt wieder wahrnahmen, hörte sie die verstörten Kinder weinen, das Maultier schreien, hörte die Schritte, die unaufhaltsam an ihnen vorbeistapften, hörte die Kinder, die an Caboches Gewand zupften und zerrten: »Komm, Simon, komm! Steh auf! Komm weiter!«

Und als sie die Augen wieder öffnete, sah sie, dass der Strom der Menschen fast vorübergezogen war. Nur die kleinen Kinder, die Simon an der Hand hatte, waren weinend stehen geblieben, aber sie wollten mit der Gruppe ziehen, sie verstanden nicht, was ihren Beschützer aufhielt, sie zerrten und zogen an seinem Kittel. Margaud öffnete die Augen und tauchte wieder ein in dieses grüne Leuchten, dieses verwegene Blitzen, ach, wie hatte sie das vermisst.

»Wohin geht ihr?«, fragte sie.

Und er lachte und antwortete: »Woher kommst du?«, und umarmte sie wieder, und wenn diese Kinder nicht gewesen wären, die an ihm zerrten und weinten, wäre sie nie aufgestanden, niemals, denn zu köstlich war dieser Moment, köstlicher als Honig im Mund oder Wind in den Haaren oder das Meeresrauschen am Ende der Welt … Sie sprang auf.

Weit entfernt auf der Anhöhe erblickte sie den schwarzen Ritter. Sie wollte nach ihm rufen, da sah sie, dass er nicht fortritt. Gemächlich, mit durchhängenden Zügeln, ritt er neben dem Pilgerzug her, ein mächtiger, schwarzer Beschützer.

»Ans Ende der Welt«, murmelte Margaud.

»Da wollen wir auch hin«, sagte Simon le Coutelier, der kein Abdecker mehr war, und sie sah ihn an und dachte, natürlich, wie konnte ich nur vergessen, dass die Liebe ans Ende der Welt trägt. Er setzte die Kinder auf das Maultier, legte einen Arm um Margauds Schultern, und so folgten sie dem Zug, der sich unaufhaltsam fortbewegte.

Nur eine Frau war stehen geblieben. Aufmerksam sah sie Margaud entgegen. Unter ihrem Pilgersack leuchtete in grellem Gelb das Gewand der Hure. Sie war alt, Zähne fehlten ihr, von Entbehrungen und Krankheiten war ihr faltenreiches Gesicht gezeichnet.

»Du hattest recht«, sagte sie nur. Margaud betrachtete sie erstaunt.

»Ich hätte auf dich hören sollen«, sagte die Frau. Margaud forschte in ihrem Gesicht, aber sie kannte sie nicht.

Bitter lachte die Frau auf. »Ich bin Maria, die Hure des Soldaten. Er musste mich an den Hauptmann abtreten, nachdem du geflohen warst. Bis er mich satthatte.«

Simon umfasste Marias Schultern. »Du bist keine Hure mehr. Du bist Maria, die Pilgerin, auf dem Weg in ein neues Leben.«

Maria deutete auf den schwarzen Ritter. »Ist er dein …?«

»Er hat den Hauptmann getötet«, sagte Margaud, »wir sind frei.«

»Frei wie die Vögel«, bestätigte Simon. »Erinnerst du dich an unsere Ordonnance? 258 Forderungen hatten wir an den König! Es schien so unmäßig, dabei hätte ein einziges Wort gereicht: Gerechtigkeit. Inzwischen sind wir noch unverschämter geworden: Wir fordern Freiheit. Und wir fordern sie von keinem König der Welt. Irgendwo auf dieser Erde werden wir ein Fleckchen finden, auf dem diese Kinder in Freiheit aufwachsen können. Es muss eine Welt ohne Edelmänner möglich sein. Dafür werden wir kämpfen, wenn nötig. Vielleicht auch sterben, das ist das Risiko, aber in Knechtschaft werden wir nie wieder leben!«

Er blieb stehen und umfasste Margauds Kopf mit beiden Händen, blickte ihr ins Gesicht, als wolle er es sich für immer einprägen. »Ich liebe dich bis ans Ende der Welt und aller Zeit«, murmelte er und küsste sie.

Dann folgten sie Arm in Arm den Kindern.

ENDE

# NACHWORT

Schlechte Mutter, Hure, häßliche braunhäutige Ausländerin: das ist nur eine kleine Auswahl der Schmähungen, mit denen die französische Königin Isabel (1370 – 1435) belegt wird und die mich auf sie aufmerksam machten. Was konnte an der einzigen Wittelsbacherin, die jemals Königin von Frankreich wurde, so entsetzlich sein?

Ausgerechnet diese Königin war Mäzenin der ersten, als langweiliger Blaustrumpf diskriminierten Philosophin Christine de Pizan (um 1364 – um 1430)? Meine Neugier war geweckt. Ich stellte fest, dass nicht die Zeitgenossen, sondern die patriarchale Rezeption späterer Jahrhunderte Isabel beschimpfte. Was wäre wenn, dachte ich, wenn hinter all den hurenhaften, verräterischen, bösartigen Handlungen etwas ganz anderes stünde?

Wie Thersites in der Ilias, so wurde Isabel zur hässlichen Hetzerin und Verräterin erklärt, weil sie die Einzige war, die ritterliche »Ehre« als Kriegstreiberei erkannte und die Habgier der mächtigen Fürstenhäuser durch ihre Intrigen zu schwächen suchte.

»Auch sie, die alte Königin, sieht man,
Die stolze Isabeau, die Bayerfürstin,
In Stahl gekleidet durch das Lager reiten,
Mit giftigen Stachelworten alle Völker
Zur Wut aufregen wider ihren Sohn,
Den sie im Mutterschoß getragen!«

Die Verse aus Friedrich Schillers Tragödie »Die Jungfrau von Orleans« charakterisieren Isabel (die nur in einem Spottgedicht Isabeau genannt wurde) als wutschnaubende Megäre und widernatürliche Mutter. Schiller, der sich auf eine Biografie des Marquis de Sade stützte, glaubte, ein historisch treues Bild der verblühten, ränkevollen, sittenlosen Königin zu liefern, dramatisch wirkungsvolle Antagonistin der reinen Jungfrau Johanna, die die Nation rettet. Das 19. Jahrhundert, vom Nationalgedanken bestimmt, verstärkte dieses Zerrbild und fand Eingang in die Geschichtsbücher. Wer heute den deutschen Wikipedia-Artikel »Isabeau« liest, findet alle Vorurteile bestätigt.

Den historischen Rahmen des bewegten Lebens Isabels, der tapferen Gemahlin Charles VI des Narren (»le fou«), bildeten die Revolutionen und Gegenrevolutionen der Maillotins, Marmousets, Cabochiens, die mörderischen Zwiste zwischen Orleanisten (später: Armagnacs) und Burgundern, die Frankreich im Innern erschütterten, während gleichzeitig der Hundertjährige Krieg tobte, in welchem der Waffenstillstand ebenso teuer zu stehen kam wie der Krieg. Kinder verließen zu Tausenden das verwüstete Land, wie Margaud.

Christine de Pizan widmete die für ihre Zeit überraschend moderne Utopie »Das Buch von der Stadt der Frauen« 1405 der Königin. Als es zur Umsetzung der Utopie kommt, erweist sich die Königin als ihrer Zeit weit voraus. Zu weit: Isabel wird mißverstanden, ja, bewußt verleumdet als Verräterin, denn ihre Bündnispolitik ist für die herrschenden Männer gefährlich. Sie ändert die eigenmächtig die Erbfolge und bringt den eigenen Sohn um die Krone.

Der Roman unternimmt nicht den Versuch einer Rehabilitation. Das ist Aufgabe der Historiker. Mich interessierte die

Frau, deren Politik unpopulär ist, weil sie an patriarchalen Machtstrukturen rüttelt, und das schon im 15. Jahrhundert.

600 Jahre nach der Jungfrau von Orleans wird es Zeit, einen Blick auf ihre spannenden Zeitgenossinnen zu werfen, deren politische Utopie aus heutiger Perspektive ausgesprochen modern wirkt. Nicht Johannas Nationalgedanke ist bahnbrechend, sondern Isabels und Christines Vision eines geeinten friedlichen Europa, ein »Staat der Frauen«.

Keine Zeile wäre mir möglich gewesen ohne das Studium bei meinem verehrten Professor Joachim Bumke (+ 2011) über Frauen im Mittelalter, ohne die umsichtigen Übertragungen der Schriften Christine de Pizans ins Deutsche durch Margarete Zimmermann, die klugen Biografien von Jean Markale, Marie-Véronique Clin, Martin Saller und Heidrun Kimm. Ihnen gilt mein Dank ebenso wie Dr. Theodor Straub und Dr. Gerd Treffer, Ingolstadt, für weiterführende Gespräche. Barbara Thaden sei gedankt, daß sie mich in Paris aufmerksam begleitete, und Wolfgang Rommerskirchen, der die Klosterruine Marmoutier fand und diesen Roman von Anfang bis zum Erstlesen mit konstruktiver Kritik begleitete.

*Weitere Krimis finden Sie auf den folgenden Seiten und im Internet:*

**WWW.GMEINER-SPANNUNG.DE**

**SUSANN ROSEMANN**
Das Lied der Flötenspielerin

978-3-8392-1913-3 (Paperback)
978-3-8392-5083-9 (pdf)
978-3-8392-5082-2 (epub)

**GEFÄHRLICHE REISE** Ulm im Jahre 1524. Die Familie der Flötenspielerin Laila benötigt dringend Geld. Deshalb willigt Laila ein, die am Gemüt erkrankte Franca gegen gute Entlohnung auf einer Reise über die Alpen zu begleiten. In Florenz bei einem Medicus soll das Mädchen Heilung erfahren. Doch warum suchen im Verlauf der Reise immer mehr Menschen die Nähe zu Franca? Verbirgt sie ein dunkles Geheimnis? Als in Ulm Francas Verlobter tot aufgefunden wird, spitzt sich die Lage zu. Kann Laila herausfinden, was hinter all dem steckt?

**SUSANNE GANTERT**
Der Mädchenreigen

978-3-8392-1907-2 (Paperback)
978-3-8392-5071-6 (pdf)
978-3-8392-5070-9 (epub)

**JUNGFER IN NÖTEN** Braunschweig im Jahre 1580. Elise, die Tochter des reichen Kaufmanns Lorenz Kale soll von einem feuerspeienden Drachen entführt worden sein. Sie ist aber nicht die einzige Jungfer, die wie vom Erdboden verschluckt ist. Der Wolfenbüttler Jurist Konrad von Velten begibt sich im Auftrag des Herzogs auf die Suche. Auf seinem Weg begegnet er dem Mädchen Laura. Sie ist als Junge verkleidet und hat ihre Erinnerung verloren. Gemeinsam decken die beiden mit Lauras rückkehrenden Erinnerung einen teuflischen Plan auf.

GMEINER SPANNUNG

**WWW.GMEINER-VERLAG.DE**
*Wir machen's spannend*

# Das Neueste aus der Gmeiner-Bibliothek

## Unser Lesermagazin

Bestellen Sie das kostenlose Krimi-Journal in Ihrer Buchhandlung oder unter www.gmeiner-verlag.de

## Informieren Sie sich ...

**www** ... auf unserer Homepage:
www.gmeiner-verlag.de

**@** ... über unseren Newsletter:
Melden Sie sich für unseren Newsletter an unter www.gmeiner-verlag.de/newsletter

**f** ... werden Sie Fan auf Facebook:
www.facebook.com/gmeiner.verlag

## Mitmachen und gewinnen!

Schicken Sie uns Ihre Meinung zu unseren Büchern per Mail an gewinnspiel@gmeiner-verlag.de und nehmen Sie automatisch an unserem Jahresgewinnspiel mit »mörderisch guten« Preisen teil!